ROBÔS E IMPÉRIO

ISAAC ASIMOV
ROBÔS E IMPÉRIO

TRADUÇÃO
ALINE STORTO PEREIRA

ROBÔS E IMPÉRIO

TÍTULO ORIGINAL:
Robots and Empire

COPIDESQUE:
Opus Editorial

REVISÃO:
Luciane H. Gomide
Hebe Ester Lucas
Ana Luiza Candido

CAPA:
Giovanna Cianelli

ILUSTRAÇÃO DE CAPA:
Stephen Youll

PROJETO GRÁFICO E DIAGRAMAÇÃO:
Desenho Editorial

DIREÇÃO EXECUTIVA:
Betty Fromer

DIREÇÃO EDITORIAL:
Adriano Fromer Piazzi

EDITORIAL:
Daniel Lameira
Tiago Lyra
Andréa Bergamaschi
Débora Dutra Vieira
Luiza Araujo

COMUNICAÇÃO:
Thiago Rodrigues Alves
Fernando Barone
Júlia Forbes

COMERCIAL:
Giovani das Graças
Lidiana Pessoa
Roberta Saraiva
Gustavo Mendonça

FINANCEIRO:
Roberta Martins
Sandro Hannes

COPYRIGHT © 1985 BY NIGHTFALL, INC.
COPYRIGHT © EDITORA ALEPH, 2022
(EDIÇÃO EM LÍNGUA PORTUGUESA PARA O BRASIL)

TODOS OS DIREITOS RESERVADOS.
PROIBIDA A REPRODUÇÃO, NO TODO OU EM PARTE, ATRAVÉS DE QUAISQUER MEIOS.

EDITORA ALEPH
Rua Tabapuã, 81, cj. 134
04533-010 – São Paulo – SP – Brasil
Tel.: (55 11) 3743-3202
www.editoraaleph.com.br

DADOS INTERNACIONAIS DE CATALOGAÇÃO NA PUBLICAÇÃO (CIP) DE ACORDO COM ISBD

A832p   Asimov, Isaac
Robôs e Império / Isaac Asimov ; traduzido por Aline Storto Pereira. - São Paulo, SP : Editora Aleph, 2022.
544 p. ; 14cm x 21cm.

Tradução de: Robots and Empire
ISBN: 978-85-7657-319-7

1. Literatura americana. 2. Ficção científica. I. Pereira, Aline Storto. II. Título.

	CDD 813.0876
2021-4447	CDU 821.111(73)-3

ELABORADO POR VAGNER RODOLFO DA SILVA - CRB-8/9410

ÍNDICES PARA CATÁLOGO SISTEMÁTICO:
1. Literatura americana : ficção científica 813.0876
2. Literatura americana : ficção científica 821.111(73)-3

A Robyn e Michael,
e aos anos de felicidade de que continuarão a desfrutar
enquanto caminham pela estrada da vida juntos.

SUMÁRIO

Introdução — 9

PARTE I - AURORA
1. O descendente — 23
2. O ancestral? — 55
3. A crise — 81
4. Outro descendente — 113

PARTE II - SOLARIA
5. O mundo abandonado — 139
6. A tripulação — 165
7. Superintendente — 185

PARTE III - O MUNDO DE BALEY
8. O Mundo dos Colonizadores — 217
9. O discurso — 239
10. Depois do discurso — 271

PARTE IV - AURORA
11. O velho líder — 305
12. O plano e a filha — 327

13	•	O robô telepata	353
14	•	O duelo	387

PARTE V - TERRA

15	•	O mundo sagrado	421
16	•	A cidade	449
17	•	O assassino	477
18	•	A Lei Zero	509
19	•	Sozinho	541

INTRODUÇÃO

A HISTÓRIA POR TRÁS DOS ROMANCES DE ROBÔS

O meu caso de amor com robôs como escritor começou em 10 de maio de 1939; entretanto, como *leitor* de ficção científica, começou ainda mais cedo. Afinal, os robôs não eram nenhuma novidade na ficção científica, nem mesmo em 1939. Seres humanos mecânicos podem ser encontrados em mitos e lendas da antiguidade e medievais; já a palavra "robô" apareceu originalmente na peça *R.U.R.*, de Karl Capek, a qual foi encenada pela primeira vez em 1921, na Checoslováquia, mas que logo foi traduzida para muitos idiomas. R.U.R. significa "Rossum's Universal Robots" [Robôs Universais de Rossum]. Rossum, um industrial inglês, produziu seres humanos artificiais para fazer todo o trabalho mundano e libertar a humanidade para uma vida de ócio criativo. (O termo "robô" vem de uma palavra checa que significa "trabalho compulsório".) Embora Rossum tivesse boas intenções, as coisas não funcionaram como ele tinha planejado: os robôs se rebelaram e a espécie humana foi destruída.

Talvez não seja nenhuma surpresa que um avanço tecnológico, imaginado em 1921, fosse visto como a causa de tamanho desastre. Lembre-se de que não fazia muito tempo que a Primeira Guerra Mundial, com seus tanques, aviões e gases venenosos, havia acabado e mostrado às pessoas "o lado sombrio da força", para usar a terminologia de *Star Wars*.

R.U.R. acrescentou sua visão sombria àquela proporcionada pela obra ainda mais famosa *Frankenstein*, na qual a criação de outro tipo de ser humano artificial também acabou em desastre, embora em uma escala mais limitada. Seguindo esses exemplos, tornou-se muito comum, nas décadas de 1920 e 1930, retratar os robôs como inventos perigosos que invariavelmente destruiriam seus criadores. A moral dessas histórias apontava, repetidas vezes, que "há coisas que o Homem não deve saber".

No entanto, mesmo quando eu era jovem, não conseguia acreditar que, se o conhecimento oferecesse perigo, a solução seria a ignorância. Sempre me pareceu que a solução tinha que ser a sabedoria. Não se devia deixar de olhar para o perigo; ao contrário, devia-se aprender a lidar cautelosamente com ele.

Afinal, para começar, esse tem sido o desafio desde que certo grupo de primatas tornou-se humano. *Qualquer* avanço tecnológico pode ser perigoso. O fogo era perigoso no princípio, assim como (e até mais) a fala – e ambos ainda são perigosos nos dias de hoje –, mas os seres humanos não seriam humanos sem eles.

De qualquer forma, sem saber ao certo o que me desagradava quanto às histórias de robôs que eu lia, eu esperava por algo melhor, e encontrei na edição de dezembro de 1938 da revista *Astounding Science Fiction*. Essa edição continha "Helen O'Loy", de Lester del Rey, uma história na qual um robô era retratado de modo compassivo. Aquela era, acredito, apenas a segunda história de del Rey, mas me tornei seu fã incondicional desde aquele momento. (Por favor, não digam isso a ele. Ele nunca deve saber.)

Quase na mesma época, na edição de janeiro de 1939 da *Amazing Stories*, Eando Binder retratou um robô simpático em "I, Robot". Essa era a mais fraca das duas histórias, mas de novo eu vibrei. Comecei a ter uma vaga sensação de que queria escrever uma história na qual um robô seria retratado afetuosamente. E em 10 de maio de 1939, comecei essa história. Esse trabalho demorou duas semanas, pois, naquela época, eu demorava algum tempo para escrever uma história.

Eu a intitulei "Robbie" e era sobre uma babá robô que era amada pela criança de quem cuidava e temida pela mãe. No entanto, Fred Pohl (que tinha 19 anos na época e cuja produção se igualou à minha ano a ano desde então) era mais sábio do que eu. Quando ele leu a história, disse que John Campbell, o todo-poderoso editor da *Astounding*, não a aceitaria porque se parecia demais com "Helen O'Loy". Ele estava certo. Campbell a rejeitou exatamente por esse motivo.

No entanto, Fred tornou-se editor de duas novas revistas pouco tempo depois, e *ele* aceitou "Robbie" em 25 de março de 1940. Ela foi publicada na edição de setembro de 1940 da *Super-Science Stories*, embora seu título tivesse sido alterado para "Strange Playfellow". (Fred tinha o horrível hábito de mudar títulos, quase sempre para algo pior. A história apareceu muitas vezes depois, mas sempre com o título original.)

Naquela época, não me agradava vender minhas histórias a qualquer editor a não ser Campbell, então tentei escrever outra história de robôs após algum tempo. Discuti a ideia com ele primeiro, para me certificar de que ele não a rejeitaria por nenhum outro motivo a não ser uma redação inadequada, e aí escrevi "Reason", na qual um robô se torna religioso, por assim dizer.

Campbell a comprou em 22 de novembro de 1940 e ela foi publicada na edição de abril de 1941 da revista. Era a terceira vez que eu vendia um conto para ele e a primeira que ele o aceitava exatamente como eu o apresentara, sem pedir uma revisão. Fiquei tão animado que logo escrevi minha terceira história de robôs, sobre um robô que lia mentes, a qual intitulei de "Liar!" e a qual Campbell *também* aceitou e que foi publicada na edição de maio de 1941. Eu tinha duas histórias de robôs em duas edições sucessivas.

Depois disso, não pretendia parar. Eu tinha uma série nas mãos. Eu tinha mais do que isso. Em 23 de dezembro de 1940, quando estava discutindo minha ideia sobre um robô que lia mentes com Campbell, vimo-nos analisando as regras que regiam o comportamento dos robôs. Parecia-me que os robôs eram inventos da engenharia que deveriam ter salvaguardas incorporadas, e então nós dois começamos a dar um formato verbal para essas salvaguardas. Elas se tornaram as "Três Leis da Robótica".

Primeiro, elaborei a forma final das Três Leis, e as usei explicitamente no meu quarto conto de robôs, "Runaround", que foi publicado na edição de março de 1942 da *Astounding*. As Três Leis apareceram pela primeira vez na página 100 daquela edição. Verifiquei isso, pois a página onde elas aparecem nessa edição é, que eu saiba, a primeira vez que a palavra "robótica" é usada na história mundial.

Continuei escrevendo mais quatro histórias de robôs para a *Astounding* na década de 1940. Eram elas: "Catch That Rabbit", "Escape" (a qual Campbell intitulou de "Paradoxical Escape" porque, dois anos antes, ele tinha publicado uma história cujo título era "Escape"), "Evidence" e "The Evitable Conflict". Foram publicadas, respectivamente, nas edições de fevereiro de 1944, agosto de 1945, setembro de 1946 e junho de 1950 da *Astounding*.

Em 1950, editoras importantes, notadamente a Doubleday and Company, estavam começando a publicar livros de ficção científica. Em janeiro de 1950, a Doubleday publicou meu primeiro livro, o romance de ficção científica *Pedra no céu*, e eu estava trabalhando duro em um segundo romance.

Ocorreu a Fred Pohl, que foi meu agente por um breve período naquela época, que talvez fosse possível organizar um livro com as minhas histórias de robôs. A Doubleday não estava interessada em coletâneas de contos naquele momento, mas uma editora bem pequena, a Gnome Press, estava.

Em 8 de junho de 1950, a coletânea foi entregue à Gnome Press, e o título que eu dei a ela foi *Mind and Iron* [Mente e Ferro]. O editor negou com a cabeça.

— Vamos chamá-la de *Eu, Robô* — ele disse.

— Não podemos — eu disse. — Eando Binder escreveu um conto com esse título dez anos atrás.

— Quem se importa? — disse o editor (embora essa seja uma versão editada do que ele realmente disse) e, constrangido, eu permiti que ele me persuadisse. *Eu, Robô* foi o meu segundo livro, publicado no fim de 1950.

O livro continha oito histórias de robôs da *Astounding*, cuja ordem tinha sido reorganizada para tornar a progressão mais lógica. Além disso, incluí "Robbie", minha primeira história, porque eu gostava dela apesar da rejeição de Campbell.

Eu tinha escrito outras três histórias de robôs na década de 1940 que Campbell tinha rejeitado ou que nunca tinha visto, mas elas não seguiam a mesma linha de progressão das histórias, então as deixei de fora. Entretanto, essas e outras histórias de robôs escritas nas décadas que se seguiram a *Eu, Robô* foram incluídas em coletâneas posteriores — todas elas, sem exceção, foram incluídas em *The Complete Robot*, publicada pela Doubleday em 1982.

Eu, Robô não causou grande impacto quando da sua publicação, mas vendeu lenta e regularmente ano após ano. Em meia década, havia sido publicada uma tiragem para as Forças Armadas, uma versão capa dura mais barata, uma edição britânica e outra alemã (minha primeira publicação em língua estrangeira). Em 1956, a coletânea foi até mesmo impressa em formato de livro de bolso pela New American Library.

O único problema era que a Gnome Press mal conseguia sobreviver e nunca chegou a me dar demonstrações financeiras semestrais ou pagamentos. (Isso incluía meus três livros da série *Fundação*, que a Gnome Press também tinha publicado.) Em 1961, a Doubleday tomou conhecimento do fato de que a Gnome Press estava tendo problemas e entrou em acordo para adquirir os direitos de *Eu, Robô* (e dos livros da série *Fundação* também). A partir daquele momento, as vendas dos livros melhoraram. De fato, *Eu, Robô* continua em circulação desde que foi publicado pela primeira vez. Já faz 33 anos. Em 1981, foi vendido para o cinema, embora nenhum filme tenha sido feito ainda. Que eu saiba, também foi publicado em dezoito línguas estrangeiras diferentes, inclusive em russo e hebraico.

Mas estou me adiantando demais nesta história.

Voltemos a 1952, momento em que *Eu, Robô* caminhava a passos lentos como livro da Gnome Press e não havia sinal de que ele seria um sucesso.

Naquela época, novas e excelentes revistas de ficção científica tinham surgido e o gênero estava em um de seus *booms* periódicos. *The Magazine of Fantasy and Science Fiction* surgiu em 1949, e *Galaxy Science Fiction*, em 1950. Com isso, John Campbell perdeu seu monopólio do gênero, e a "Era de Ouro" da década de 1940 acabou.

Comecei a escrever para Horace Gold, o editor da *Galaxy*, com certo alívio. Por um período de oito anos, eu tinha escrito exclusivamente para Campbell e tinha chegado a sentir que era um escritor de um editor só e que, se algo acontecesse a ele, eu estaria acabado. O êxito em vender algo para Gold aliviou minha preocupação quanto a isso. Gold até publicou meu segundo romance em fascículos, *The Stars, Like Dust...*, embora ele tenha alterado o título para *Tyrann*, que eu achei horrível.

Gold tampouco era meu único novo editor. Vendi uma história de robô para Howard Browne, editor da *Amazing* durante um breve período no qual se tentou que ela fosse uma revista de qualidade. A história, intitulada "Satisfaction Guaranteed", foi publicada na edição de abril de 1951.

Mas essa foi uma exceção. De modo geral, eu não tinha intenção de escrever mais histórias de robôs àquela altura. A publicação de *Eu, Robô* parecia ter trazido aquela parte da minha carreira literária ao seu encerramento natural, e eu ia seguir adiante.

No entanto, Gold, tendo publicado um livro meu em fascículos, estava disposto a tentar fazer isso de novo, sobretudo porque Campbell tinha aceitado publicar desta mesma maneira um novo romance que eu tinha escrito, *The Currents of Space*.

Em 19 de abril de 1952, Gold e eu estávamos falando sobre um novo romance que deveria ser publicado na *Galaxy*. Ele sugeriu que fosse um romance de robôs. Meneei a cabeça de maneira veemente. Meus robôs tinham aparecido apenas em contos e eu não tinha certeza de que poderia escrever um romance inteiro baseado neles.

– É claro que consegue – Gold sugeriu. – Que tal um mundo superpovoado no qual os robôs estão tomando os empregos dos humanos?

– Depressivo demais – respondi. – Não tenho certeza se quero trabalhar com uma história de tema sociológico difícil.

– Faça do seu jeito. Você gosta de mistérios. Coloque um assassinato nesse mundo e faça com que um detetive o resolva com um parceiro robô. Se o detetive não resolvê-lo, o robô o substituirá.

Isso acendeu uma chama. Campbell tinha dito muitas vezes que um mistério de ficção científica era um contrassenso; que os avanços da tecnologia poderiam ser usados para tirar os detetives de apuros de um modo injusto e que, portanto, os leitores seriam ludibriados.

Sentei-me para escrever uma clássica história de mistério que não fosse ludibriar o leitor – mas que ainda fosse uma verdadeira história de ficção científica. O resultado foi *As Cavernas de Aço*. A história foi publicada na *Galaxy* em três partes nas edições de outubro, novembro e dezembro de 1953 e, em 1954, foi publicada pela Doubleday como meu décimo primeiro livro.

Não há dúvida de que *As Cavernas de Aço* é meu livro de maior sucesso até hoje. Ele vendeu mais do que qualquer um dos meus livros anteriores; recebeu cartas mais simpáticas dos leitores; e (a maior prova de todas) a Doubleday abriu os braços para mim com mais entusiasmo do que nunca. Até aquele momento, eles me pediam esboços e capítulos antes de me dar os contratos, mas depois disso eu os conseguia simplesmente dizendo que ia escrever outro livro.

De fato, *As Cavernas de Aço* obteve tanto sucesso, que era inevitável que eu escrevesse uma sequência. Creio que eu a teria começado sem demora, se não tivesse acabado de começar a escrever livros de divulgação científica e descoberto que adorava fazer isso. Na verdade, somente em outubro de 1955 comecei *O Sol Desvelado*.

Uma vez começada, a escrita do livro fluiu. De certa forma, ele contrabalançava os livros anteriores. *As Cavernas de Aço* se passava na Terra, um mundo com muitos humanos e poucos robôs, enquanto *O Sol Desvelado* se passava em Solaria, um mundo com poucos humanos e muitos robôs. Além disso, embora geralmente meus livros sejam desprovidos de romance, coloquei uma discreta história de amor em *O Sol Desvelado*.

Eu estava muito satisfeito com a sequência e, no fundo, pensava que era ainda melhor do que *As Cavernas de Aço*, mas o que deveria fazer com ela? Eu estava um tanto afastado de Campbell, que tinha se dedicado a um ramo de pseudociência chamado dianética e tinha se interessado por discos voadores, psiônica e vários outros assuntos questionáveis. Por outro lado, eu devia muito a ele e me sentia culpado de publicar sobretudo com Gold, que tinha lançado consecutivamente dois de meus livros em fascículos. Mas como ele não tinha nada a ver com o planejamento de *O Sol Desvelado*, eu podia fazer com ele o que quisesse.

Portanto, ofereci o romance a Campbell, e ele o aceitou sem demora. Foi publicado em três partes nas edições de outubro, novembro e dezembro de 1956 da *Astounding*, e Campbell não mudou meu título. Em 1957, foi publicado pela Doubleday como meu vigésimo livro.

Esse livro vendeu tão bem quanto *As Cavernas de Aço*, se não mais, e a Doubleday logo ressaltou que eu não podia parar por ali. Eu teria que escrever um terceiro livro e fazer uma trilogia, do mesmo modo como os meus três livros da série *Fundação* formavam uma trilogia.

Eu estava totalmente de acordo. Eu tinha uma vaga ideia do enredo do terceiro livro e tinha um título – *The Bounds of Infinity*.

Em julho de 1958, minha família estava passando três semanas de férias em uma casa na praia em Marshfield, Massachusetts, e eu tinha planejado trabalhar e escrever um pedaço considerável do novo romance ali. O cenário seria Aurora, onde o equilíbrio entre humanos e robôs não pesaria nem para o lado dos humanos, como em *As Cavernas de Aço*, nem para o lado dos robôs, como em *O Sol Desvelado*. Além disso, o romance apareceria com muito mais força.

Eu estava pronto – e, no entanto, algo estava errado. Gradualmente, eu tinha passado a me interessar mais por não ficção na década de 1950 e, pela primeira vez, comecei a escrever um romance que não fluía. Quatro capítulos depois, meus esforços desvaneceram e eu desisti. Decidi que, no fundo, sentia que não conseguiria trabalhar no romance, não conseguiria equilibrar a mescla entre humanos e robôs de maneira adequada e uniforme.

Por 25 anos, o livro continuou assim. *As Cavernas de Aço* e *O Sol Desvelado* nunca desapareceram ou ficaram esgotados. Foram publicados juntos em *The Robot Novels* e com uma série de contos em *The Rest of the Robots*, além de várias edições em brochura.

Portanto, por 25 anos, os leitores tinham esses dois romances à disposição para ler e, suponho eu, para se divertir. Como consequência, muitos me escreveram pedindo um terceiro romance. Nas convenções, faziam esse pedido diretamente. Ele tornou-se o pedido mais inevitável que eu receberia (exceto pelo pedido por um quarto romance da *Fundação*).

Toda vez que me perguntavam se eu pretendia escrever um terceiro romance de robôs, eu respondia:

– Sim, algum dia, então rezem para que eu tenha uma vida longa.

De certa forma, eu sentia que devia fazer isso, mas, com o passar dos anos, eu tinha cada vez mais certeza de que não conseguiria trabalhar com ele e estava cada vez mais convencido de que um terceiro romance nunca seria escrito.

Entretanto, em março de 1983, apresentei à Doubleday o "tão esperado" terceiro romance de robôs.* Ele não tem relação nenhuma com aquela tentativa malfadada de 1958 e seu título é *Os Robôs da Alvorada*. A Doubleday o publicou em outubro de 1983.

– Isaac Asimov
Nova York

---

* O autor ainda escreveu *Robôs e Império*, o quarto volume da série, dois anos depois. [N. de E.]

ROBÔS E IMPÉRIO

**PARTE I
AURORA**

1 O DESCENDENTE

1

Gladia tocou a espreguiçadeira do gramado para certificar-se de que não estava úmida demais e depois se sentou. Um toque no controle ajustou o encosto de modo a permitir que ela ficasse semirreclinada e outro ativou o campo diamagnético e deu-lhe, como sempre, uma sensação de extremo relaxamento. E por que não? De fato, ela estava flutuando... um centímetro acima do tecido do sofá.

Era uma noite cálida e agradável, o tipo de noite que o planeta Aurora tinha de melhor: fragrante e estrelada.

Com uma pontada de tristeza, ela estudou os numerosos pontinhos brilhantes que salpicavam o céu, formando padrões, centelhas que brilhavam ainda mais porque ela ordenara que a intensidade das luzes de sua propriedade fosse reduzida.

Ela se perguntava por que nunca aprendera os nomes das estrelas nem nunca descobrira quais eram quais ao longo de suas 23 décadas de vida. Uma delas era a estrela em torno da qual orbitava seu planeta de nascimento, Solaria, a estrela sobre a qual, durante as três primeiras décadas de sua vida, ela pensara simplesmente como sendo "o sol".

No passado, Gladia se chamara Gladia Solaria. Foi quando chegou a Aurora, há vinte décadas, duzentos anos galácticos padrão, e tivera o propósito não muito amigável de marcar sua origem estrangeira. O ducentésimo aniversário de sua chegada fora há um mês, algo que deixara passar despercebido porque não queria pensar naqueles dias em particular. Antes disso, em Solaria, ela fora Gladia... Delmarre.

Ela se remexeu, inquieta. Quase se esquecera daquele sobrenome. Seria porque tudo acontecera há tanto tempo? Ou seria apenas porque ela se esforçara para esquecer?

Em todos esses anos, ela não lamentara ter deixado Solaria, nunca sentira saudade.

Mas e agora?

Seria porque ela de repente havia se dado conta de que sobrevivera, mas seu planeta não? Ele se fora... uma lembrança histórica, enquanto ela continuava vivendo? Será que agora sentia saudade dele por esse motivo?

Ela franziu a testa. Não, ela não sentia sua falta, decidiu, resoluta. Não tinha saudade, nem desejava voltar para lá. Era só aquela pontada peculiar pelo fato de que algo que constituíra uma parte tão intrínseca dela, por mais que houvesse sido de uma forma destrutiva, se fora.

Solaria! O último dos Mundos Siderais a ser colonizado e transformado em lar para a humanidade. E, como consequência, talvez por alguma misteriosa lei de simetria, era também o primeiro a morrer?

O primeiro? Isso implicava que haveria um segundo, um terceiro e assim por diante?

Gladia sentiu sua tristeza aumentar. Havia aqueles que pensavam de fato haver tal implicação. Se fosse esse o caso, Aurora, o lar que adotara, tendo sido o primeiro Mundo Sideral a ser colonizado, seria, portanto, pela mesma regra de simetria, o último a morrer. Nesse caso, ele poderia, mesmo na pior das hipóteses, continuar existindo além do próprio tempo longo de vida dela e, se assim fosse, isso teria de ser o bastante.

Seus olhos procuraram as estrelas outra vez. Não adiantava. Era impossível que ela conseguisse reconhecer qual daqueles indistinguíveis pontos de luz era o sol de Solaria. Ela imaginava que seria um dos mais brilhantes, mas havia centenas mesmo entre aqueles.

Ela ergueu o braço e fez o que identificava para si mesma apenas como seu "gesto para Daneel". O fato de estar escuro não importava.

O robô Daneel Olivaw se pôs a seu lado quase que de imediato. Qualquer um que o tivesse conhecido há um pouco mais de vinte décadas, quando fora projetado por Han Fastolfe, não teria notado nele nenhuma mudança perceptível. Seu rosto largo, com maças do rosto salientes, com o cabelo curto penteado para trás, olhos azuis, e seu corpo alto, bem estruturado e perfeitamente humanoide teriam parecido tão jovens e tranquilamente impassíveis como sempre foram.

— Posso lhe ser útil de alguma forma, madame Gladia? — perguntou ele sem alterar a voz.

— Sim, Daneel. Qual daquelas estrelas é o sol de Solaria?

Daneel não olhou para o céu.

— Nenhuma delas, madame Gladia. Nesta época do ano, o sol de Solaria só aparecerá às 3h20 — respondeu ele.

— Ah, é? — Gladia ficou desapontada. De certo modo, ela havia suposto que qualquer estrela pela qual ela viesse a se interessar estaria visível a qualquer momento em que lhe ocorresse vê-la. Claro que elas nascem e se põem em diferentes horários. Ela sabia disso.

— Então estive olhando o nada.

— Pelo que observo das reações humanas, as estrelas são belas, esteja visível uma estrela em particular ou não — comentou Daneel, como que em uma tentativa de consolá-la.

— Certamente — redarguiu Gladia com descontentamento, ajustando a espreguiçadeira para a posição vertical com um gesto brusco. Ela se levantou. — Entretanto, era o sol de Solaria que eu queria ver... mas não a ponto de ficar aqui até as 3h20.

— Mesmo que a senhora fizesse isso, precisaria de magnilentes — acrescentou Daneel.

— Magnilentes?

— Não estaria visível a olho nu, madame Gladia.

— Pior ainda! — Ela ajustou as largas calças compridas. — Eu deveria tê-lo consultado antes, Daneel.

Qualquer pessoa que houvesse conhecido Gladia há vinte décadas, quando ela chegara a Aurora, teria notado uma mudança. Diferente de Daneel, ela era apenas uma humana. Ainda tinha 1,55 metro de altura, quase 10 centímetros a menos que a altura ideal para uma mulher Sideral. Ela cuidadosamente mantivera sua figura esguia, e não havia sinal de fraqueza ou rigidez em seu corpo. No entanto, tinha algumas mechas grisalhas no cabelo, algumas rugas finas na região dos olhos e um toque de textura granulosa na pele. Poderia chegar a viver mais dez ou vinte décadas, mas não se podia negar que ela já não era mais jovem. Isso não a incomodava.

— Você consegue identificar todas as estrelas, Daneel? — indagou ela.

— Conheço aquelas visíveis a olho nu, madame Gladia.

— E sabe quando nascem e se põem em qualquer dia do ano?

— Sim, madame Gladia.

— E todos os tipos de coisas sobre elas?

— Sim, madame Gladia. Certa vez, o dr. Fastolfe me pediu que reunisse dados astronômicos, de modo que ele pudesse tê-los ao alcance sem ter de consultar o computador. Ele costumava dizer que era mais amigável que eu o informasse em vez do computador. — Depois, como que antecipando a próxima pergunta, acrescentou: — Ele não me explicou por que isso seria mais amigável.

Gladia ergueu o braço esquerdo e fez o gesto apropriado. Sua casa se iluminou de imediato. Em vista da suave luz que emanava agora, ela notava, de modo subconsciente, os vultos indistintos de vários robôs, mas não prestou atenção neles. Em qualquer propriedade bem organizada, sempre havia robôs ao alcance dos seres humanos, tanto para garantir a segurança quanto para prestar algum serviço.

Gladia relanceou uma última vez para o céu, onde as estrelas agora apresentavam um brilho mais apagado em meio à luz difusa. Ela encolheu os ombros de leve. Fora uma ideia quixotesca. De que lhe teria servido mesmo se ela houvesse conseguido ver o sol daquele mundo agora perdido, um débil ponto de luz entre tantos? Ela poderia muito bem ter escolhido um pontinho de forma aleatória, dito a si mesma que era o sol de Solaria e olhado para ele.

Sua atenção se voltou para Daneel. Ele a esperava pacientemente, a superfície de seu rosto coberta, na maior parte, pelas sombras.

Ela se viu pensando de novo em como ele havia mudado pouco desde que ela o vira quando chegara à propriedade do dr. Fastolfe há tantos anos. Ele passara por reparos, claro. Ela sabia disso, mas era um conhecimento vago que se colocava de lado e se mantinha à distância.

Fazia parte do mal-estar geral que também se aplicava aos seres humanos. Os Siderais podiam se vangloriar de sua saúde de ferro e de sua longevidade, que durava de trinta a quarenta décadas, mas não eram totalmente imunes à deterioração causada pela idade. Um dos fêmures de Gladia se articulava com um acetábulo de titânio e silicone. Seu polegar esquerdo era inteiramente artificial, embora ninguém pudesse distingui-lo sem cuidadosas ultrassonografias. Até alguns de seus nervos haviam sido reconectados. Seria possível dizer o mesmo sobre qualquer Sideral de idade semelhante de qualquer um dos cinquenta Mundos Siderais (não, 49, pois agora não podiam mais contar Solaria).

Contudo, fazer menção a essas coisas era uma tremenda obscenidade. Os registros médicos envolvidos, os quais tinham de existir, uma vez que outros tratamentos seriam necessários, nunca eram revelados por motivo algum. Os cirurgiões, cuja renda era consideravelmente maior do que a do próprio presidente, eram tão bem pagos, em parte, porque viviam praticamente banidos da sociedade educada. Afinal de contas, eles *sabiam*.

Tudo isso constituía a fixação Sideral com uma vida longa, em sua relutância em admitir que a velhice existia, mas Gladia não se detinha na análise das causas. Ela se sentia muito desconfortável pensando em si mesma dessa forma. Se tivesse um mapa tridimensional de si mesma com todas as suas partes protéticas, todos os reparos, marcados em vermelho contra o tom acinzentado natural do seu ser, ela pareceria ter um tom cor-de-rosa generalizado a distância. Pelo menos era o que ela imaginava.

Seu cérebro, entretanto, ainda estava intacto e inteiro e, enquanto fosse assim, *ela* estaria intacta e inteira, acontecesse o que acontecesse com o resto do seu corpo.

O que a levou de volta a Daneel. Embora ela o conhecesse há vinte décadas, fora apenas naquele último ano que passara a *lhe* pertencer. Quando Fastolfe morreu (seu fim tendo sido apressado talvez pelo desespero), havia deixado tudo em herança para a cidade de Eos, o que era uma situação comum. No entanto, havia deixado dois itens para Gladia (além de confirmá-la como dona da casa onde ela morava, dos robôs da propriedade e outros bens, assim como do terreno que pertencia ao imóvel).

Um deles era Daneel.

— Você se lembra de tudo o que guardou na memória no decorrer de vinte décadas, Daneel? — perguntou ela.

— Acredito que sim, madame Gladia — disse Daneel com seriedade. — Claro, se eu tivesse esquecido alguma coisa, não saberia, pois teria sido esquecida e então eu não me lembraria de algum dia tê-la memorizado.

— Isso não faz sentido algum — retrucou Gladia. — Você poderia muito bem se lembrar de ter conhecimento de algo, mas ser incapaz de recordar naquele momento. Ocorre-me, com frequência, de ter algo na ponta da língua, por assim dizer, e não conseguir recuperar a informação.

— Não entendo, senhora. Se soubesse uma coisa, certamente ela estaria lá quando eu precisasse — explicou Daneel.

— Uma recuperação perfeita de dados? — Eles andavam devagar em direção à casa.

— Apenas recuperação, senhora. Fui projetado desse modo.

— Por mais quanto tempo?

— Não entendi, senhora.

— Quero dizer, quanta informação seu cérebro conseguirá reter? Com pouco mais de vinte décadas de memórias acumuladas, por quanto tempo mais será possível continuar memorizando?

— Não sei, senhora. Até agora, não sinto nenhuma dificuldade.

— Pode não sentir... até descobrir de repente que não consegue mais se lembrar.

Daneel pareceu pensativo por um instante.

— Pode ser, senhora.

— Sabe, Daneel, nem todas as suas lembranças são igualmente importantes.

— Eu não posso julgar entre elas, senhora.

— Outros podem. Seria perfeitamente possível limpar seu cérebro, Daneel, e depois, sob orientação, reabastecê-lo apenas com o conteúdo de lembranças importantes... digamos, 10% do total. Você poderia então continuar memorizando informações por mais séculos do que faria de outra forma. Com repetidos tratamentos desse tipo, você poderia continuar indefinidamente. É um procedimento caro, é evidente, mas eu não me oporia. Por você, valeria a pena.

— Eu seria consultado sobre essa questão, senhora? Pediriam que eu concordasse com esse tratamento?

— Claro. Eu não *daria ordens* a você em uma questão dessas. Seria uma traição à confiança do dr. Fastolfe.

— Obrigado, senhora. Nesse caso, devo dizer-lhe que eu nunca me submeteria voluntariamente a um procedimento desses, a não ser que tivesse de fato perdido a função da memória.

Eles haviam chegado à porta e Gladia parou.

— Por que "nunca"? — perguntou ela em sinal de sincera perplexidade.

— Há lembranças que não posso correr o risco de perder, senhora, nem por inadvertência, nem por erro de avaliação por parte daqueles que estivessem conduzindo o procedimento — esclareceu Daneel em voz baixa.

— Como o horário em que as estrelas nascem e se põem? Perdoe-me, Daneel, não tive a intenção de fazer piadas. A quais lembranças você se refere?

— Senhora, eu me refiro às lembranças de meu antigo parceiro, o terráqueo Elijah Baley — respondeu Daneel em um tom de voz ainda mais baixo.

E Gladia ficou ali, paralisada, de maneira que foi Daneel quem teve de tomar a iniciativa, enfim, e sinalizar para que a porta fosse aberta.

2

O robô Giskard Reventlov estava esperando na sala de estar e Gladia o saudou com a mesma pontada de desconforto que sempre a acometia quando deparava com ele.

Ele era primitivo em comparação a Daneel. Era claramente um robô... metálico, com um rosto cuja expressão não era nem um pouco humana, com olhos que apresentavam um pálido brilho vermelho, como poderia ser visto se estivesse escuro o suficiente. Enquanto Daneel vestia roupas, Giskard aparentava apenas a ilusão de uma vestimenta... mas era uma ilusão bem feita, pois fora a própria Gladia que a projetara.

— Bem, Giskard — disse ela.

— Boa noite, madame Gladia — replicou Giskard fazendo uma ligeira mesura com a cabeça.

Gladia se lembrou das palavras de Elijah Baley, ditas tanto tempo atrás, como um suspiro nos recônditos de seu cérebro:

— Daneel cuidará de você. Será seu amigo, bem como seu protetor, e deve ser uma amiga para ele... por mim. Mas é a Giskard que eu quero que você ouça. Deixe que *ele* seja seu conselheiro.

Gladia franzira as sobrancelhas.

— Por que ele? Não sei ao certo se gosto dele.

— Não peço que goste dele. Peço que *confie* nele.

E não dissera por quê.

Gladia tentava confiar no robô Giskard, mas estava feliz por não ter de tentar gostar dele. Havia algo nele que lhe dava calafrios.

Tanto Daneel quanto Giskard efetivamente fizeram parte de sua propriedade por muitas décadas, durante as quais Fastolfe fora o dono titular. Foi somente no leito de morte que Han Fastolfe transferira de fato a titularidade. Giskard fora o segundo item, depois de Daneel, que Fastolfe deixara a Gladia.

— Daneel é o bastante, Han. Sua filha Vasilia gostaria de ficar com Giskard. Tenho certeza disso — ela dissera ao idoso.

Fastolfe estava deitado na cama, quieto, de olhos fechados, parecendo mais tranquilo do que parecera estar em anos. Ele não respondeu de imediato e, por um momento, Gladia pensou que ele havia se despedido da vida de forma tão silenciosa que ela não notara. Apertou a mão dele de maneira convulsiva e ele abriu os olhos.

— Não me importo nem um pouco com as minhas filhas biológicas, Gladia. Durante vinte décadas, tive uma única filha na prática, e foi você. Quero que *você* fique com Giskard. Ele é valioso — sussurrou o cientista.

— Por que ele é valioso?

— Não sei dizer, mas sempre achei sua presença reconfortante. Fique sempre com ele, Gladia. Prometa-me.

— Eu prometo — disse ela.

E então ele abriu os olhos uma última vez e, encontrando uma última reserva de força, disse, em um tom de voz quase normal:

— Eu amo você, Gladia, minha filha.

E ela disse:

— Eu amo você, Han, meu pai.

Essas foram as últimas palavras que ele disse e ouviu. Gladia percebeu estar segurando a mão de um homem morto e, por algum tempo, não conseguiu soltá-la.

Portanto, Giskard lhe pertencia. E, no entanto, ele a deixava desconfortável e ela não sabia por quê.

— Bem, Giskard, eu estava tentando ver Solaria entre as estrelas no céu, mas Daneel me disse que não estará visível até as 3h20 e que eu precisaria de magnilentes mesmo quando surgisse — comentou ela. — Você sabia disso?

— Não, senhora.

— Será que eu deveria esperar acordada durante tantas horas? O que você acha?

— Acho, madame Gladia, que seria melhor a senhora se deitar.

Gladia ficou ofendida.

— É mesmo? E se eu decidir ficar acordada?

— Foi só uma sugestão minha, mas a senhora terá um dia difícil amanhã e sem dúvida lamentará não ter dormido se optar por ficar desperta.

Gladia franziu a testa.

— O que é que vai tornar o meu dia difícil amanhã, Giskard? Não estou sabendo de nenhuma dificuldade que esteja por vir.

— A senhora tem um compromisso amanhã com um tal Levular Mandamus.

— Tenho? Quando isso foi marcado?

— Há uma hora. Ele fototelefonou e tomei a liberdade...

— *Você* tomou a liberdade? Quem é ele?

— Ele é membro do Instituto de Robótica, senhora.

— Então é subalterno de Kelden Amadiro.

— Sim, senhora.

— Entenda, Giskard, que não estou nem um pouco interessada em ver esse tal Mandamus ou qualquer pessoa ligada àquele sapo venenoso do Amadiro. Assim sendo, se você tomou a liberdade de marcar um horário com ele em meu nome, tome também a liberdade de telefonar para ele agora mesmo e cancelar o compromisso.

— Se a senhora confirmar essa ordem e torná-la tão forte e definitiva quanto é capaz de fazer, tentarei obedecer. Talvez eu não consiga. Sabe, de acordo com meu julgamento, a senhora se prejudicará se cancelar o compromisso, e não devo permitir que se prejudique por conta de uma ação de minha parte.

— Sua opinião pode muito bem estar errada, Giskard. Quem *é* esse homem a quem devo ver, caso contrário me prejudicarei? O fato de ele ser membro do Instituto de Robótica é de pouca importância para mim.

Gladia tinha perfeita consciência de que estava descarregando seu mau humor em Giskard sem muita justificativa. Ela ficara chateada com a notícia a respeito do abandono de Solaria e constrangida pela ignorância que a levara a buscar o planeta em um céu que não o continha.

Claro que fora o conhecimento de Daneel que tornara seu próprio desconhecimento tão evidente, e, no entanto, ela não ralhara com *ele*... mas é que Daneel se assemelhava a um humano, e então Gladia automaticamente o tratava como se ele o fosse. Aparência era tudo. Giskard *parecia* um robô, de modo que se podia facilmente supor que ele não tinha sentimentos a serem feridos.

Sem dúvida, Giskard não teve reação alguma quanto à rabugice de Gladia. (Na verdade, nem Daneel teria reagido...)

— Eu descrevi o dr. Mandamus como membro do Instituto de Robótica, mas talvez ele seja mais do que isso — disse o robô. — Nos últimos anos, ele tem sido o braço direito do dr. Amadiro. Isso o torna importante, e ele não deve ser ignorado. Pode não ser boa ideia ofender o dr. Mandamus, senhora.

— Pode não ser, Giskard? Não me importo nem um pouco com Mandamus e muito menos ainda com Amadiro. Suponho que se lembre de que, certa vez, quando ele e eu éramos jovens, Amadiro fez o máximo que pôde para provar que o dr. Fastolfe era um assassino e foi quase por um milagre que suas armações foram abortadas.

— Eu me lembro muito bem, senhora.

— É um alívio. Eu tive medo de que, após vinte décadas, você tivesse esquecido. Nestes duzentos anos, não tive relação alguma com Amadiro nem com ninguém ligado a ele e pretendo continuar com essa prática. Não me importo com que tipo de dano possa causar a mim mesma ou com quais possam ser as consequências. Não vou ver esse tal de dr. Quem-quer-que-seja e, no futuro, não marque compromissos no meu nome sem me consultar ou, no mínimo, sem explicar que tais compromissos estão sujeitos à minha aprovação.

— Sim, senhora — respondeu Giskard —, mas posso salientar...

— Não, não pode — retrucou Gladia, afastando-se dele.

Houve um período de silêncio que durou três passos e então a voz calma de Giskard falou:

— Senhora, devo pedir que confie em mim.

Gladia parou. Por que ele usou essa expressão? Ela ouviu de novo aquela voz distante.

"Não peço que goste dele. Peço que *confie* nele."

Ela apertou os lábios e franziu a testa. Relutante, sem querer fazê-lo, ela se virou.

— Bem, o que você gostaria de dizer, Giskard? — perguntou ela em um tom indelicado.

— Apenas que, enquanto o dr. Fastolfe estava vivo, senhora, sua política predominou em Aurora e em todos os Mundos Siderais. Como consequência, as pessoas da Terra receberam permissão para migrar livremente a vários planetas que fossem adequados na Galáxia e o que hoje chamamos de Mundos dos Colonizadores floresceu. Contudo, o dr. Fastolfe está morto agora, e seus sucessores não têm o prestígio que ele tinha. O dr. Amadiro manteve vivo seu ponto de vista anti-Terra e é bastante possível que ele triunfe neste momento e que uma forte política contra a Terra e os Mundos dos Colonizadores seja levada a cabo.

— Se for esse o caso, Giskard, o que *eu* posso fazer quanto a isso?

— A senhora pode ver o dr. Mandamus e descobrir por que está tão ansioso para vê-la. Eu lhe asseguro que ele insistiu muito em marcar o compromisso o mais cedo possível. Ele pediu para vê-la às 8h00.

— Giskard, eu *nunca* vejo ninguém antes do meio-dia.

— Eu expliquei isso, senhora. Considerei sua ansiedade em vê-la no café da manhã, apesar de minhas explicações, uma medida de seu desespero. Achei importante descobrir por que ele está tão desesperado.

— E, então, se eu não o vir, na sua opinião, isso me prejudicará pessoalmente? Não pergunto se prejudicará a Terra, ou os colonizadores, ou isso, ou aquilo? Isso vai prejudicar a *mim*?

— Senhora, isso pode prejudicar a capacidade da Terra e dos colonizadores de continuar a colonização da Galáxia. Esse sonho se originou na mente do investigador Elijah Baley há mais de vinte décadas. Desse modo, o dano à Terra se tornará uma profanação de sua memória. Estou errado em pensar que a senhora sentiria qualquer dano que venha a afetar a memória dele como um dano a si própria?

Gladia estava abismada. Era a segunda vez em um período de uma hora que Elijah Baley fora lembrado em uma conversa. Ele partira há muito tempo: um terráqueo de vida curta que morrera há mais de seis décadas... no entanto, a simples menção de seu nome ainda a fazia estremecer.

— Como é que essas coisas podem se tornar tão sérias de repente? — indagou ela.

— Não é repentino, senhora. Durante vinte décadas, as pessoas da Terra e as pessoas dos Mundos Siderais têm seguido cursos paralelos e têm sido impedidas de entrar em conflito pelas sábias políticas do dr. Fastolfe. Sempre houve, entretanto, um forte movimento de oposição ao qual o dr. Fastolfe teve de fazer frente o tempo todo. Agora que o dr. Fastolfe está morto, a oposição está muito mais poderosa. O abandono de Solaria aumentou muito o poder daqueles que compunham a oposição e que podem se tornar a força política dominante em breve.

— Por quê?

— Existe uma clara indicação de que a força Sideral está declinando, senhora, e muitos auroreanos podem sentir que atitudes drásticas devem ser tomadas... agora ou nunca.

— E você acha que ver esse homem é importante para impedir tudo isso?

— Isso mesmo, senhora.

Gladia ficou em silêncio por um instante e se lembrou de novo, embora de forma relutante, de que uma vez prometera a Elijah que confiaria em Giskard.

— Bem, não quero fazer isso e não acho que ver esse homem fará bem algum a qualquer pessoa... mas, muito bem, eu vou vê-lo — declarou ela.

3

Gladia estava dormindo e a casa estava na penumbra... para os padrões humanos. No entanto, estava repleta de movimento e ação, pois havia muito para os robôs fazerem, e eles podiam fazê-lo usando infravermelho.

Era preciso colocar a propriedade em ordem após os inevitáveis efeitos desorganizadores de um dia de atividade. Era preciso trazer suprimentos, descartar o lixo, limpar ou polir ou armazenar objetos, verificar aparelhos, e sempre havia a tarefa de vigília.

Não havia tranca em nenhuma porta; não era necessário. Não existia espécie alguma de crime violento em Aurora, fosse contra seres humanos ou contra a propriedade. Não podia haver nada do tipo, uma vez que cada propriedade e cada ser humano eram protegidos por robôs o tempo todo. Isso era bem sabido e tido como líquido e certo.

O preço por uma tranquilidade dessas era que os guardas robôs tinham de permanecer em seus lugares. Eles nunca eram usados... mas isso se dava apenas porque sempre estavam ali.

Giskard e Daneel, cujas habilidades eram mais intensas e mais gerais do que aquelas dos demais robôs da propriedade, não tinham tarefas específicas, a não ser que se contasse como dever específico ser responsável pelo desempenho apropriado de todos os outros robôs.

Às 3h00, haviam terminado a patrulha na área do gramado e do bosque para se certificarem de que todos os guardas externos estavam desempenhando bem suas funções e de que nenhum problema havia surgido.

Eles se encontraram próximo ao limite sul do terreno da propriedade e, por algum tempo, conversaram em uma linguagem abreviada e esópica. Os dois se entendiam bem, pois havia várias décadas de comunicação entre eles, e não era necessário que se envolvessem em todas aquelas elaborações do discurso humano.

— Nuvens. Oculto — disse Daneel em um tom que não passava de um sussurro inaudível.

Se Daneel estivesse falando para ouvidos humanos, teria dito: "Como pode ver, amigo Giskard, o céu ficou nublado. Se madame Gladia tivesse esperado uma oportunidade de ver Solaria, de qualquer forma, não teria conseguido".

— Previsto. Em vez disso, entrevista — foi a resposta de Giskard, que era o equivalente a: "Isso foi antecipado pela previsão do tempo, amigo Daneel, e poderia ter sido usado como desculpa para fazer com que madame Gladia se deitasse cedo. Pareceu-me mais importante, no entanto, enfrentar o problema de maneira direta e persuadi-la a permitir essa entrevista sobre a qual eu já lhe falei".

— Parece-me, amigo Giskard, que o principal motivo pelo qual essa persuasão foi difícil é que ela está chateada em razão do abandono de Solaria. Eu estive lá uma vez com o parceiro Elijah quando madame Gladia ainda era solariana e vivia lá.

— Sempre pensei que madame Gladia não havia sido feliz em seu planeta natal; que foi com prazer que ela deixou seu mundo e em nenhum momento teve a intenção de voltar — disse Giskard. — No entanto, concordo com você que ela parece ter ficado abalada com o fato de a história de Solaria ter chegado ao fim.

— Não entendo essa reação de madame Gladia, mas muitas vezes as reações humanas não parecem seguir os acontecimentos de forma lógica — redarguiu Daneel.

— É isso o que, por vezes, torna difícil decidir o que causará dano a um ser humano e o que não causará. — Giskard poderia ter dito isso com um suspiro, até mesmo com um suspiro petulante, se fosse humano. Do modo como eram as coisas, ele declarou isso apenas como a avaliação inemotiva de uma situação difícil. — É um dos motivos pelos quais me parece que as Três Leis da Robótica são incompletas ou insuficientes.

— Você já disse isso antes, amigo Giskard, e eu tentei acreditar nisso e não consegui — retrucou Daneel.

Giskard não falou nada durante algum tempo, e depois acrescentou:

— Intelectualmente, creio que devem ser incompletas ou insuficientes, mas, quando tento *acreditar* nisso, também não consigo, pois estou sujeito a elas. Entretanto, se eu não estivesse sujeito a elas, estou certo de que acreditaria em sua insuficiência.

— Esse é um paradoxo que não consigo entender.

— Nem eu. E, contudo, sinto-me forçado a expressar esse paradoxo. Por vezes, sinto que estou prestes a descobrir o que poderia ser essa incompletude ou insuficiência das Três Leis, como em minha conversa com madame Gladia esta noite. Ela me perguntou como o fato de não honrar o compromisso poderia causar-lhe um dano pessoal, em vez de simplesmente causar um dano no sentido abstrato, e havia uma resposta que eu não podia dar pois não estava no âmbito das Três Leis.

— Você deu uma resposta perfeita, amigo Giskard. O dano causado à memória do parceiro Elijah teria afetado profundamente madame Gladia.

— Era a melhor resposta no âmbito das Três Leis. Não era a melhor resposta possível.

— Qual era a melhor resposta possível?

— Não sei, uma vez que não consigo expressar em palavras ou mesmo em conceitos enquanto eu estiver sujeito às Leis.

— Não existe nada além das Leis — disse Daneel.

— Se eu fosse humano — continuou Giskard —, poderia ver além das Leis e acho que você poderá ver além delas antes do que eu, amigo Daneel.

— Eu?

— Sim, amigo Daneel; acredito, há algum tempo, que, apesar de ser um robô, você pensa de forma extraordinariamente semelhante a um ser humano.

— Não é correto pensar dessa forma — retorquiu Daneel devagar, quase como se estivesse sofrendo. — Você pensa tais coisas porque consegue ver dentro da mente humana. Isso deforma sua percepção e pode, no final das contas, destruí-lo. Pensar nisso me deixa infeliz. Se você puder evitar ver a mente mais do que o necessário, evite.

Giskard virou-se.

— Não posso evitar, amigo Daneel. Eu não evitaria. Lamento ser capaz de fazer tão pouco com essa habilidade devido às Três Leis. Não posso examinar de maneira suficientemente profunda... por conta do medo de que possa causar dano. Não posso influenciar de modo direto o bastante... por conta do medo de que possa causar dano.

— No entanto, você influenciou madame Gladia de forma muito hábil, amigo Giskard.

— Na verdade, não. Posso ter modificado seu pensamento e tê-la feito aceitar a entrevista, sem dúvida, mas a mente humana é tão repleta de complexidades que não ouso fazer muito. Quase qualquer mudança que eu possa induzir causará mudanças secundárias cuja natureza não conheço ao certo e que podem causar dano.

— Mas você fez algo com madame Gladia.

— Não precisei. A palavra "confiar" a afeta e a torna mais dócil. Eu já havia notado isso, mas uso a palavra com a máxima cautela, uma vez que usá-la em excesso com certeza enfraquecerá seu poder. Fico intrigado com esse fato, mas simplesmente não consigo chegar a uma solução.

— Por que as Três Leis não permitem?

O brilho débil dos olhos de Giskard pareceu intensificar-se.

— Sim. A cada passo, as Três Leis me atrapalham. Entretanto, não posso modificá-las... porque elas ficam em meu caminho. Apesar disso, sinto que devo modificá-las, pois pressinto que uma catástrofe está por vir.

— Você já disse isso antes, amigo Giskard, mas não explicou a natureza dessa catástrofe.

— Porque não sei qual é sua natureza. Envolve a crescente hostilidade entre Aurora e a Terra, mas como isso vai se tornar uma catástrofe de verdade, não sei dizer.

— Existe a possibilidade de que poderia não haver catástrofe alguma no final das contas?

— Acho que não. Senti, em certos oficiais auroreanos que encontrei, uma aura de catástrofe... de espera pelo triunfo. Não consigo descrever isso com maior exatidão nem posso examinar a situação a fundo para elaborar uma descrição mais precisa, pois as Três Leis não me permitem. É outro motivo pelo qual a entrevista com Mandamus deve ocorrer amanhã. Ela me dará uma chance de estudar a mente *dele*.

— Mas e se você não puder estudá-la de forma eficaz?

Embora a voz de Giskard fosse incapaz de demonstrar emoção no sentido humano, era impossível não notar a desesperança em suas palavras.

— Então isso me deixará impotente. Só posso seguir as Leis. O que mais posso fazer?

E Daneel respondeu, em um tom de voz suave e desanimado:
— Mais nada.

4

Gladia entrou na sala de estar às 8h15, fazendo, de propósito e com um toque de maldade, com que Mandamus (agora ela havia, contra sua vontade, memorizado o nome dele) esperasse por ela. Ela também se esforçou bastante para mostrar uma boa aparência e, pela primeira vez em anos, havia se desesperado por conta dos fios de cabelo branco e desejado, por um breve instante, seguir a prática auroreana quase universal de controle de tonalidade. Afinal, parecer tão jovem e atraente quanto possível daria a esse subordinado de Amadiro mais uma desvantagem.

Ela estava totalmente preparada para não gostar dele à primeira vista e depressivamente ciente de que talvez *ele* fosse jovem e atraente, de que um rosto radiante pudesse abrir um sorriso quando ela aparecesse, de que ela pudesse se sentir atraída por ele, mesmo com relutância.

Em consequência, ela se sentiu aliviada ao vê-lo. Ele era jovem sim, e era provável que ainda não houvesse completado sua primeira metade de século, mas isso não o favorecia. Ele era alto (talvez tivesse 1,85 metro de altura, pensou ela), mas era magro demais. Isso o fazia parecer espichado. Seu cabelo tinha um tom escuro demais para um auroreano, seus olhos tinham uma coloração castanha apagada, seu rosto era comprido demais, seus lábios finos demais, sua boca ampla demais, sua aparência não era bonita o bastante. Mas o que lhe tirava o verdadeiro aspecto de juventude era o fato de que sua expressão era muito empertigada, muito solene.

Com um lampejo de insight, Gladia se lembrou dos romances históricos que estavam tão em voga em Aurora (romances que tratavam invariavelmente da Terra primitiva, o que era estranho para um mundo que odiava os terráqueos cada vez mais) e pensou: "Puxa, ele é a imagem de um puritano".

Ela se sentiu aliviada e quase sorriu. Os puritanos costumavam ser retratados como vilões e, fosse Mandamus de fato um deles ou não, era conveniente que parecesse um.

Mas quando ele falou, Gladia ficou desapontada, pois sua voz era suave e nitidamente musical. (Ela deveria ser anasalada para completar o estereótipo.)

— Sra. Gremionis? — começou ele.

Ela estendeu a mão com um sorriso cuidadosamente condescendente.

— Sr. Mandamus. Por favor, me chame de Gladia. Todos me chamam.

— Sei que usa seu primeiro nome no âmbito profissional...
— Eu o uso em todos os âmbitos. E o meu casamento terminou de forma amigável várias décadas atrás.
— Creio que durou bastante tempo.
— Durou muito tempo. Foi um grande êxito, mas até os grandes êxitos chegam, naturalmente, ao fim.
— Ah — disse Mandamus de maneira sentenciosa. — Continuar depois que já terminou pode muito bem transformar um êxito em fracasso.

Gladia aquiesceu e comentou, com o vestígio de um sorriso:
— Tão sábio para alguém tão jovem. Mas, por favor, passemos à sala de jantar. O café da manhã está servido e com certeza eu já o atrasei por tempo suficiente.

Só quando Mandamus se virou para acompanhá-la e ajustou seus passos aos dela é que Gladia notou os dois robôs que o acompanhavam. Era impensável para um auroreano ir a qualquer parte sem um séquito robótico, mas, enquanto os robôs permanecessem imóveis, não chamavam a atenção do olho auroreano.

Gladia, olhando para eles com rapidez, viu que eram modelos recentes, evidentemente caros. Sua pseudovestimenta era elaborada e, embora não fosse desenhada por Gladia, era de primeira classe. Gladia tinha de admitir isso para si mesma, embora a contragosto. Algum dia, ela teria de descobrir quem a desenhara, pois não reconhecia aquele toque e poderia estar prestes a ter um novo e formidável competidor. Ela se viu admirando o modo como a pseudovestimenta era claramente a mesma para ambos os robôs, ao mesmo tempo que continuava sendo claramente individual para cada um. Um não podia ser confundido com o outro.

Mandamus percebeu sua rápida olhadela e interpretou sua expressão com uma exatidão desconcertante. ("Ele é inteligente", pensou Gladia, desapontada.)

– O exodesign dos meus robôs foi criado por um jovem do Instituto que ainda não obteve o devido reconhecimento – comentou ele. – Mas vai se destacar, a senhora não acha?

– Com certeza – respondeu Gladia.

Gladia não esperava que a conversa fosse direto ao ponto até que houvessem terminado o café da manhã. Seria o cúmulo da falta de educação falar de qualquer outra coisa que não trivialidades durante as refeições e Gladia supôs que Mandamus não se saía muito bem nesse quesito. Houve o comentário sobre o tempo, claro. O período de chuvas constantes, que bom que acabara, foi mencionado e as perspectivas para a estação seca que estava por vir. Houve a quase obrigatória expressão de admiração pela propriedade da anfitriã e Gladia a aceitou com uma modéstia adquirida com a prática. Ela não fez nada para aliviar a tensão do homem exceto deixar que ele procurasse os assuntos sem auxílio algum.

Por fim, ele pôs os olhos em Daneel, o qual estava quieto e imóvel em seu nicho na parede, e Mandamus conseguiu superar sua indiferença auroreana e notá-lo.

– Ah, claro que se trata do famoso R. Daneel Olivaw. Ele é absolutamente inconfundível. Um espécime notável – disse ele.

– De fato é notável.

– Ele é seu agora, não é? Devido ao testamento de Fastolfe?

– Devido ao testamento do *doutor* Fastolfe, sim – retrucou Gladia com uma leve ênfase.

– Parece-me espantoso que a linha de robôs humanoides do Instituto tenha fracassado do modo como fracassou. A senhora chegou a considerar essa questão?

– Ouvi falar a respeito – comentou Gladia com cautela. (Seria possível que era a esse ponto que ele estava querendo chegar?) – Não pensei muito nisso.

– Os sociólogos ainda estão tentando entender. Sem dúvida, nós do Instituto nunca superamos a decepção. Parecia um progresso tão natural. Alguns de nós acham que Fa... o dr. Fastolfe teve algo a ver com isso de alguma maneira.

(Ele evitara cometer o mesmo erro pela segunda vez, notou Gladia. Ela estreitou os olhos e se tornou hostil ao concluir que ele viera para buscar informações a fim de causar danos ao pobre e bondoso Han.)

— Qualquer um que pense assim é um tolo. Se é isso o que o senhor acha, não vou mudar a expressão em seu benefício.

— *Não* sou um dos que pensam dessa forma, sobretudo porque não vejo o que o dr. Fastolfe poderia ter feito para produzir tal fiasco.

— Por que alguém teria alguma coisa a ver com isso? O que importa é que o público não os queria. Um robô que se assemelha a um homem compete com o homem e um robô que se parece com uma mulher compete com a mulher... e de maneiras muito íntimas para que se sintam confortáveis. Os auroreanos não queriam competição. Será que precisamos continuar?

— Competição sexual? — indagou Mandamus em um tom tranquilo.

Por um instante, Gladia olhou para ele calma e fixamente. Será que ele sabia de seu caso de amor com o robô, Jander, que ocorrera há tanto tempo? Será que importava se ele sabia?

Não parecia haver nada em sua expressão que transparecesse a intenção de dizer algo além do significado superficial das palavras.

— Competição em todos os sentidos — respondeu ela. — Se o dr. Han Fastolfe fez algo para contribuir com esse sentimento, foi ter projetado seus robôs de forma muito humana, mas esse era o único jeito.

— Acho que a senhora *considerou* o assunto — comentou Mandamus. — O problema é que os sociólogos acham que o medo da competição com um grupo de robôs demasiado humanos é uma explicação simplista. Só esse fato não bastaria e

não existe evidência de nenhum outro motivo para a aversão que seja significativo.
— A sociologia não é uma ciência exata — contrapôs Gladia.
— Também não é de todo inexata.
Gladia encolheu os ombros.
Após uma pausa, Mandamus disse:
— Em todo caso, isso nos impediu de organizar expedições de colonização de modo apropriado. Sem robôs humanoides para preparar o caminho...
O café da manhã ainda não havia terminado, mas estava claro para Gladia que Mandamus não conseguiria evitar coisas que não fossem triviais por mais tempo.
— Nós mesmos poderíamos ter ido — retrucou ela.
Desta vez, foi Mandamus quem encolheu os ombros.
— Difícil demais. Além disso, aqueles bárbaros de vida curta da Terra, com a permissão do seu dr. Fastolfe, se aglomeraram sobre todos os planetas à vista como enxames de besouros.
— Ainda há muitos planetas à disposição. Milhões. E se eles conseguem...
— Claro que *eles* conseguem — replicou Mandamus com súbito entusiasmo. — A colonização custa vidas, mas o que são vidas para *eles*? A perda de uma década ou algo assim, só isso, e há bilhões deles. Se mais ou menos um milhão de pessoas morrerem no processo, quem vai perceber, quem vai se importar? Eles é que não.
— Tenho certeza de que se importam.
— Bobagem. *Nossas* vidas são mais longas e, portanto, mais valiosas... e somos naturalmente mais cuidadosos com elas.
— Então ficamos aqui sentados e não fazemos nada além de criticar os colonizadores da Terra por estarem dispostos a arriscar a vida e por parecer herdar a Galáxia como consequência.
Gladia não imaginava ter tendências tão favoráveis aos colonizadores, mas estava com vontade de contradizer Mandamus e, enquanto falava, não conseguia deixar de sentir que

O que começara como uma mera contradição fazia sentido e podia muito bem representar seus sentimentos. Além do mais, ouvira Fastolfe dizer coisas semelhantes em seus últimos e abatidos anos.

A um sinal de Gladia, robôs estavam limpando a mesa com rapidez e eficiência. O café da manhã poderia ter continuado, mas a conversa e o humor haviam se tornado inadequados para uma refeição civilizada.

Ambos voltaram para a sala de estar. Os robôs dele foram atrás, bem como Daneel e Giskard, todos encontrando seus nichos. (Mandamus em nenhum momento fizera comentários sobre Giskard, pensou Gladia, mas por que faria? Giskard era bastante antiquado e até mesmo primitivo, totalmente desinteressante em comparação com os belos espécimes de Mandamus.)

Gladia se sentou e cruzou as pernas, ciente de que a curva formada pela porção inferior de suas calças favorecia a aparência ainda jovem de suas pernas.

— Posso saber por que motivo o senhor queria me ver, dr. Mandamus? — perguntou ela, não querendo adiar mais as coisas.

— Tenho o hábito de mascar chiclete medicinal após as refeições para auxiliar a digestão. A senhora se importa? — redarguiu ele.

— Acho que isso distrairia a minha atenção — disse Gladia com frieza.

(Não poder mascar poderia colocá-lo em desvantagem. Além disso, acrescentou Gladia para si mesma virtuosamente, a essa idade ele não deveria precisar de nada para auxiliar sua digestão.)

Mandamus tinha um pacotinho alongado já parcialmente fora do bolso da túnica. Ele o guardou de volta sem nenhum sinal de desapontamento e murmurou:

— É claro.

— Eu estava perguntando, dr. Mandamus, sobre o seu motivo para querer me ver.

— Na verdade, por dois motivos, lady Gladia. Um é uma questão pessoal e o outro é uma questão de Estado. A senhora se importaria se eu começasse pelo assunto pessoal?

— Deixe-me ser franca, dr. Mandamus, em dizer que acho difícil imaginar que assunto pessoal poderia haver entre nós. O senhor trabalha no Instituto de Robótica, não é?

— Sim, trabalho.

— E me disseram que é próximo de Amadiro.

— Tenho a honra de trabalhar com o *doutor* Amadiro — disse ele com uma ligeira ênfase.

("Ele está me pagando na mesma moeda", pensou Gladia, "mas não vou aceitar.")

— Amadiro e eu tivemos contato em certa ocasião vinte séculos atrás e foi muito desagradável — começou ela. — Não tive mais contato com ele em momento algum desde então. Tampouco teria com o senhor, já que possui uma ligação tão estreita com ele, mas me persuadiram de que a entrevista poderia ser importante. Entretanto, questões pessoais com certeza não tornariam esta conversa nem um pouco importante para mim. Desse modo, podemos passar para as questões de Estado?

Mandamus baixou os olhos e um leve tom avermelhado, que poderia ter sido constrangimento, tingiu suas bochechas.

— Nesse caso, permita que eu me apresente de novo. Sou Levular Mandamus, seu descendente em quinto grau. Sou o tetraneto de Santirix e Gladia Gremionis. Invertendo a ordem do parentesco, a senhora é minha tetravó.

Gladia piscou rapidamente, tentando não parecer tão chocada quanto ela na verdade se sentia (e sem ser bem-sucedida). Era óbvio que ela tinha descendentes, e por que um deles não poderia ser esse homem?

— O senhor tem certeza? — indagou ela.

— Absoluta. Pedi que fizessem minha árvore genealógica. Afinal de contas, um dia desses, é provável que eu queira ter filhos e, antes de poder ter um, seria obrigatório pesquisar essa informação. Caso esteja interessada, o padrão de parentesco entre nós é H-M-M-H.

— O senhor é o filho do filho da filha da filha do meu filho?

— Sim.

Gladia não pediu maiores detalhes. Ela tivera um filho e uma filha. Fora uma mãe perfeitamente zelosa, mas, no tempo devido, os filhos assumiram vidas independentes. Quanto aos descendentes além daquele filho e daquela filha, seguindo um costume Sideral perfeitamente decente, nunca perguntou e nunca se importou. Ao conhecer um deles, ela era Sideral o bastante para *continuar* não se importando.

Esse pensamento a estabilizou por completo. Ela se recostou na cadeira e relaxou.

— Muito bem, o senhor é meu descendente em quinto grau. Se essa é a questão pessoal que queria discutir, ela não tem importância alguma — comentou a mulher.

— Entendo isso muito bem, minha ancestral. Não é a minha genealogia em si que quero discutir, mas ela estabelece a base. Perceba, o dr. Amadiro sabe sobre essa relação. Pelo menos, é o que penso.

— É mesmo? Como isso aconteceu?

— Acredito que ele secretamente traça a árvore genealógica de todos os que vão trabalhar no Instituto.

— Mas por quê?

— Para descobrir exatamente o que descobriu no meu caso. Ele não confia nas pessoas.

— Não entendo. Se o senhor é meu descendente em quinto grau, por que isso deveria significar mais para ele do que significa para mim?

Mandamus coçou o queixo com as juntas dos dedos da mão direita de modo pensativo.

— A aversão dele pela senhora não é menor do que a que a senhora sente por ele, lady Gladia. Se a senhora estava pronta para recusar uma entrevista comigo em virtude desse sentimento, ele está igualmente pronto a me recusar uma promoção por sua causa. Poderia ser pior ainda se eu fosse descendente do dr. Fastolfe, mas não muito pior do que já é.

Gladia se retesou em seu assento. Suas narinas se dilataram e ela disse em um tom de voz tenso:

— Nesse caso, o que o senhor espera que eu faça? Não posso lhe dar uma declaração de que não é descendente dele. Devo fazer um pronunciamento em hiperonda de que pouco me importo com o senhor e de que eu o repudio? Isso satisfará o seu Amadiro? Caso satisfaça, devo avisá-lo de que não vou fazer uma coisa dessas. Não farei nada para satisfazer aquele homem. Se isso significa que ele vai demiti-lo e privá-lo de sua carreira em razão de certa desaprovação quanto às suas ligações genéticas, então essa experiência vai ensiná-lo a se associar a uma pessoa mais sã e menos cruel.

— Ele não vai me demitir, madame Gladia. Sou valioso demais para ele... se me perdoa a falta de modéstia. No entanto, espero algum dia sucedê-lo como diretor do Instituto e estou certo de que isso ele não vai permitir, não enquanto suspeitar de que minha ascendência é pior do que advir da senhora.

— Ele acha que o pobre Santirix é pior do que eu?

— De maneira alguma. — Mandamus enrubesceu e engoliu em seco, mas sua voz permaneceu equilibrada e firme. — Não pretendo desrespeitá-la, senhora, mas saber a verdade é algo que devo a mim mesmo.

— Que verdade?

— Sou seu descendente em quinto grau. Isso está claro nos meus registros genealógicos. Mas existe a possibilidade de que eu seja descendente em quinto grau não de Santirix Gremionis, mas do terráqueo Elijah Baley?

Gladia se pôs de pé de forma muito rápida, como se os campos de força não dimensionais de um titereiro a houvessem feito se levantar. Ela não percebeu que havia se levantado.

Era a terceira vez em doze horas que o nome daquele terráqueo tão distante fora mencionado... e por três indivíduos diferentes. A voz que emitiu não parecia ser sua de modo algum.

— O que quer dizer?

— Parece óbvio o bastante para mim — disse ele, levantando-se por sua vez e afastando-se um pouquinho. — Seu filho, meu bisavô, nasceu de uma união sexual entre a senhora e o terráqueo Elijah Baley? Elijah Baley era o pai de seu filho? Não sei como expressar essa questão de forma mais clara.

— Como ousa sugerir uma coisa dessas? Ou mesmo considerar essa hipótese?

— Ouso porque minha carreira depende disso. Se a resposta for "sim", minha vida profissional pode estar arruinada. Quero um "não", mas uma negativa sem comprovação não me servirá de nada. Preciso ser capaz de apresentar provas para o dr. Amadiro no momento oportuno e demonstrar que a desaprovação dele quanto à minha genealogia deve terminar com a senhora. Afinal, ficou claro para mim que a aversão dele à senhora, e mesmo ao dr. Fastolfe, não é nada, nada mesmo, se comparada à terrível intensidade de sua repulsa pelo terráqueo Elijah Baley. Não se trata apenas do fato de que vivem pouco, embora a ideia de ter herdado genes bárbaros seja algo que me perturbaria imensamente. Acho que, se eu apresentasse provas de que sou descendente de um terráqueo que *não* Elijah Baley, ele desconsideraria esse detalhe. Mas é a ideia de Elijah Baley, e somente ele, que o leva à loucura. Não sei por quê.

A reiteração do nome de Elijah havia quase dado a Gladia a sensação de que ele estava vivo outra vez. Ela estava respirando de forma pesada e profunda, e regozijou-se com a melhor lembrança de sua vida.

— Eu sei por quê — replicou ela. — É porque Elijah, sem ter nada a seu favor, com toda a Aurora contra ele, conseguiu, de qualquer maneira, destruir Amadiro no momento em que ele pensava ter o sucesso nas mãos. Elijah fez isso pelo uso de pura coragem e inteligência. Amadiro havia encontrado alguém infinitamente superior a ele na pessoa de um terráqueo que havia desprezado de forma descuidada, e o que ele podia fazer a não ser nutrir um ódio inútil? Elijah morreu há mais de cento e sessenta anos, e Amadiro ainda não conseguiu esquecer, nem perdoar, nem ser capaz de soltar as correntes que o prendem no ódio e na lembrança àquele homem morto. E eu não deixaria que Amadiro esquecesse, ou parasse de odiar, contanto que isso envenenasse cada momento de sua existência.

— Vejo que a senhora tem motivos para desejar o mal ao dr. Amadiro, mas que motivo tem para desejar o mal a *mim*? — perguntou Mandamus. — Permitir que o dr. Amadiro pense que sou descendente de Elijah Baley lhe dará o prazer de me destruir. Por que a senhora daria a ele esse prazer de modo desnecessário, se não for essa a minha descendência? Portanto, dê-me uma prova de que sou descendente da senhora e de Santirix Gremionis, ou da senhora e de qualquer outra pessoa que não Elijah Baley.

— Seu tolo! Seu idiota! Por que precisa de alguma prova de minha parte? Procure os registros históricos. Vai encontrar os dias exatos em que Elijah Baley esteve em Aurora. Vai encontrar o dia exato em que dei à luz meu filho Darrel. Vai descobrir que Darrel foi concebido mais de cinco anos *depois* que Elijah partiu de Aurora. Também vai descobrir que Elijah nunca mais voltou a Aurora. Ou você acha que minha gestação durou cinco anos, que eu carreguei um feto no meu ventre durante cinco anos galácticos padrão?

— Conheço as estatísticas, senhora. E não acho que carregou um feto durante cinco anos.

— Então por que veio me procurar?

— Porque há mais coisas envolvidas quanto a esse ponto. Eu sei (e imagino que o dr. Amadiro saiba muito bem) que, embora o terráqueo Elijah Baley, como a senhora diz, nunca tenha retornado à superfície de Aurora, ele esteve em órbita ao redor deste planeta durante um dia, ou pouco mais. Eu sei (e imagino que o dr. Amadiro saiba muito bem) que, embora o terráqueo não tenha saído da nave para vir a Aurora, a senhora deixou Aurora para ir até a nave; que a senhora ficou na nave uma boa parte de um dia; e que isso aconteceu em torno de cinco anos depois que o terráqueo esteve na superfície deste planeta... na verdade, mais ou menos na época em que seu filho foi concebido.

Gladia sentiu o sangue se esvair de seu rosto enquanto ouvia as palavras calmas do outro. A sala ao seu redor escureceu e ela cambaleou.

Sentiu o súbito e delicado toque de braços fortes envolvendo-a e soube que eram de Daneel. Ela sentiu que a faziam lentamente sentar-se na cadeira.

Ela ouviu a voz de Mandamus como se viesse de muito longe.

– Não é verdade, senhora? – perguntou ele.

Era, obviamente, verdade.

② O ANCESTRAL?

5

A lembrança! Estava sempre ali, claro, mas em geral permanecia escondida. E então, às vezes, como consequência do tipo certo de impulso, podia emergir de repente, nitidamente definida, toda em cores, luminosa e comovente e viva.

Ela era jovem outra vez, mais jovem do que esse homem à sua frente; moça o bastante para vivenciar desgraça e amor... tendo sua "morte em vida" em Solaria alcançado o clímax no amargo final do primeiro em quem ela pensara como "marido". (Não, ela não ia dizer seu nome nem mesmo agora, nem mesmo em pensamento.)

Mais próximos ainda de sua vida naquele momento estavam os meses de emoção fervilhante com o segundo (não humano) em quem ela pensara nesses termos. Jander, o robô humanoide, fora-lhe dado e ela o tornara inteiramente seu até que, como seu primeiro marido, ele morreu de repente.

E então, enfim, houve Elijah Baley, que nunca foi seu marido, que ela virá apenas duas vezes em um intervalo de dois anos, cada uma das vezes por poucas horas em uma sequência de poucos dias de cada encontro. Elijah, cujo rosto ela tocara uma vez com a mão desprotegida por luvas, ocasião em que se acendera nela uma chama; cujo corpo nu ela abraçara mais tarde, ocasião em que ela estivera, por fim, em estado de combustão constante.

E depois, um terceiro marido, com quem ela viveu tranquila e em paz, oferecendo como pagamento uma existência sem regozijo em troca de um relacionamento sem tristeza; comprando o alívio de não ter de reviver certas experiências à custa de um esquecimento ao qual se apegava com firmeza.

Até que um dia (ela não sabia ao certo o dia que interrompeu aqueles anos de imperturbada sonolência) Han Fastolfe, tendo pedido permissão para visitá-la, veio andando de sua propriedade vizinha.

Gladia olhou para ele um tanto preocupada, pois era um homem ocupado demais para socializações levianas. Haviam se passado apenas cinco anos desde a crise que havia estabelecido Han como líder político de Aurora. Ele era o presidente do planeta na prática, não no nome, e o verdadeiro líder de todos os Mundos Siderais. Ele tinha tão pouco tempo para ser um ser humano.

Aqueles anos haviam deixado sua marca... e continuariam a deixá-la até ele morrer tristemente, considerando-se um fracasso, embora jamais houvesse perdido uma batalha. Kelden Amadiro, que fora derrotado, continuava a viver firme e forte, como uma evidência de que a vitória pode cobrar a maior punição.

Em meio a tudo isso, Fastolfe continuou sendo afável, paciente e resignado, mas até mesmo Gladia, por mais apolítica e desinteressada que fosse em relação à infinita trama do poder, sabia que o roboticista só mantinha firme seu controle sobre Aurora por meio de um esforço constante e incansável que drenava dele qualquer coisa que pudesse fazer a vida valer a pena e que Fastolfe se prendia àquilo, ou estava preso àquilo, apenas pelo que considerava o bem de... do quê? De Aurora? Dos Siderais? Simplesmente por algum conceito vago de um Bem idealizado?

Ela não sabia. Evitava perguntar.

Mas isso se passou apenas cinco anos após a crise. Ele ainda dava a impressão de um homem jovem e esperançoso e seu agradável rosto comum ainda era capaz de sorrir.

— Tenho uma mensagem para você, Gladia — disse ele.

— Uma mensagem aprazível, espero — replicou ela de forma educada.

Ele trouxera Daneel consigo. Era um sinal da cicatrização de velhas feridas o fato de ela poder olhar para Daneel com uma afeição honesta e sem dor alguma, embora ele fosse uma cópia de seu falecido Jander em tudo, exceto em um detalhe insignificante. Ela conseguia conversar com Daneel, embora ele respondesse naquilo que era quase a voz de Jander. Cinco anos haviam curado a úlcera e atenuado a dor.

— Espero que sim — redarguiu Fastolfe com um suave sorriso. — É de um velho amigo.

— É tão bom ter velhos amigos — comentou ela, tentando não ser sardônica.

— De Elijah Baley.

Os cinco anos se desvaneceram e ela sentiu a pontada e a angústia de uma lembrança que voltava.

— Ele está bem? — perguntou ela com voz quase estrangulada depois de um minuto inteiro de silêncio e choque.

— Muito bem. E o que é mais importante ainda, ele está perto.

— Perto? Em Aurora?

— Em órbita ao redor de Aurora. Ele sabe que não pode receber permissão para aterrissar, mesmo que eu usasse toda a minha influência, ou pelo menos imagino que saiba. Ele gostaria de vê-la, Gladia. Ele entrou em contato comigo porque acredita que posso providenciar uma visita sua à nave dele. Acho que posso conseguir isso... mas só se você desejar. Você quer?

— Eu... eu não sei. É repentino demais para pensar.

— Ou mesmo para agir por impulso? — Ele esperou, e depois acrescentou: — Seja sincera, Gladia, como estão as coisas com Santirix?

Ela lhe lançou um olhar desvairado, como se não entendesse o motivo da mudança de assunto... depois, entendendo, respondeu:

— As coisas vão bem entre nós.
— Você está feliz?
— Não estou... infeliz.
— Isso não parece um êxtase.
— Por quanto tempo pode durar um êxtase, mesmo que se tratasse de um?
— Vocês planejam ter filhos um dia?
— Sim — replicou ela.
— Está planejando mudar de estado civil?

Ela meneou a cabeça com firmeza.
— Ainda não.
— Então, minha cara Gladia, se quer um conselho de um homem um tanto cansado, que se sente desconfortavelmente velho... recuse o convite. Eu me lembro das poucas coisas que me contou depois que Baley deixou Aurora e, para falar a verdade, consegui deduzir mais de suas palavras do que você pensa. Se o vir, pode ser que ache toda essa experiência decepcionante, que não está à altura do brilho que aprofunda e adoça a reminiscência; ou, se não for uma decepção, pode ser pior ainda, pois interromperá um contentamento um tanto frágil, o qual você, então, não será capaz de reparar.

Gladia, que estava pensando vagamente nessa exata questão, descobriu que essa sugestão só precisava ser expressa em palavras para ser rejeitada.

— Não, Han, *preciso* vê-lo, mas tenho medo de ir sozinha — disse ela. — Você viria comigo?

Fastolfe deu um sorriso cansado.

— Não fui convidado, Gladia. E, de qualquer modo, se tivesse sido, eu seria forçado a recusar. Há uma votação importante no Conselho prestes a acontecer. Questões de Estado, entende, das quais não posso me ausentar.

— Pobre Han!

— Sim, de fato, coitado de mim. Mas você não pode ir sozinha. Que eu saiba, você não sabe pilotar uma nave.

— Ah! Bem, pensei que eu fosse ser levada por...

— Um transportador comercial? — Fastolfe chacoalhou a cabeça. — Impossível. Para que você visitasse abertamente uma nave da Terra e embarcasse nela em órbita, como seria inevitável se usasse um transportador comercial, seria necessária uma permissão especial e isso levaria semanas. Se não quiser ir, Gladia, não precisa explicar as coisas com base no fato de não querer vê-lo. A papelada e a burocracia envolvidas demorariam semanas, e tenho certeza de que ele não poderá esperar tanto tempo.

— Mas eu *quero* vê-lo — contestou Gladia, agora determinada.

— Nesse caso, você pode usar minha nave espacial e Daneel pode levá-la até lá. Ele sabe lidar com os controles muito bem e está tão ansioso para ver Baley quanto você. Nós só não vamos informar sobre essa viagem.

— Mas você vai ter problemas, Han.

— Talvez ninguém descubra... ou talvez finjam que não descobriram. Se alguém criar problemas, terei de lidar com isso.

Gladia baixou a cabeça em um momento de reflexão e depois disse:

— Se não se importar, serei egoísta e correrei o risco de lhe causar problemas, Han. Eu quero ir.

— Então você irá.

5a

Era uma nave pequena, menor do que Gladia imaginara; por um lado era aconchegante, mas assustadora, por outro. Afinal, era pequena o suficiente para fornecer pseudogravidade... e a sensação de ausência de peso, ao mesmo tempo que a induzia a fazer divertidos movimentos de ginástica, também a lembrava constantemente de que estava em um ambiente fora do normal.

Ela era uma Sideral. Havia mais de 5 bilhões de Siderais espalhados por cinquenta mundos, todos eles se orgulhavam dessa denominação. Contudo, quantos daqueles que se chamavam de Siderais eram de fato viajantes siderais? Muito poucos. Talvez 80% deles nunca houvessem saído de seu planeta de origem. Mesmo entre os 20% que restavam, quase nenhum deles passava pelo espaço mais do que duas ou três vezes.

Com certeza, ela própria não era uma Sideral no sentido literal da palavra, Gladia pensou com melancolia. Só uma vez (uma vez!) ela viajara pelo espaço e o trajeto fora de Solaria a Aurora, sete anos antes. Agora ela entrava no espaço pela segunda vez em uma pequena embarcação espacial particular para ir pouco acima da atmosfera, reles 100 mil quilômetros, tendo só mais uma pessoa (não chegava a ser uma pessoa) como companhia.

Ela relanceou outra vez na direção de Daneel na pequena cabine de pilotagem. Só conseguia ver uma parte dele no lugar onde estava sentado perto dos controles.

Nunca estivera em lugar algum com apenas um robô ao seu alcance. Sempre houvera centenas, milhares, à sua disposição em Solaria. Em Aurora, havia, usualmente, grupos de dez, quando não grupos de vinte.

Aqui havia só um.

— Daneel! — ela chamou.

Ele não se permitiu deixar de prestar atenção aos controles.

— Sim, madame Gladia?

— Está feliz porque vai ver Elijah Baley outra vez?
— Não sei ao certo, madame Gladia, qual a melhor maneira de descrever meu estado interior. Pode ser que seja análogo ao que um ser humano descreveria como estar feliz.
— Mas você deve sentir alguma coisa.
— Sinto que posso tomar decisões de forma mais rápida do que de costume; minhas reações parecem ocorrer com mais facilidade; meus movimentos parecem requerer menos energia. Eu poderia interpretar isso, em termos gerais, como uma sensação de bem-estar. Pelo menos, ouvi seres humanos usarem essa expressão e creio que aquilo que se pretende descrever com ela é algo semelhante às sensações que vivencio agora.
— Mas e se eu dissesse que quero vê-lo a sós? — perguntou Gladia.
— Então isso seria providenciado.
— Mesmo que significasse que você não o veria?
— Sim, senhora.
— Você não se sentiria desapontado? Quero dizer, você não teria uma sensação oposta à de bem-estar? Suas decisões não ocorreriam de modo mais lento, suas reações não viriam com menos facilidade, seus movimentos não exigiriam mais energia e assim por diante?
— Não, madame Gladia, pois eu teria uma sensação de bem-estar por cumprir suas ordens.
— Sua própria satisfação é a Terceira Lei, e cumprir minhas ordens é a Segunda Lei, e a Segunda prevalece. Não é isso?
— Sim, senhora.

Gladia lutava contra a própria curiosidade. Jamais teria lhe ocorrido interrogar um robô comum dessa forma. Um robô é uma máquina. Mas ela não conseguia pensar em Daneel como uma máquina, do mesmo modo como, cinco anos antes, fora incapaz de pensar em Jander como uma máquina. Mas com Jander havia sido apenas o ardor da paixão... e isso se fora junto com Jander.

Apesar de toda a semelhança com o outro, Daneel não era capaz de reacender as cinzas. Com ele, havia espaço para a curiosidade intelectual.

— Não o incomoda, Daneel, o fato de estar tão sujeito às Leis?

— Não consigo imaginar nada além disso, senhora.

— Durante toda a minha vida, estive sujeita à atração da gravidade, mesmo em minha viagem anterior em uma espaçonave, mas consigo imaginar como é *não* estar sujeita a ela. E aqui estou eu realmente *não* sujeita a ela.

— E a senhora gosta da sensação?

— De certa forma, sim.

— Ela a deixa desconfortável?

— Sim, de certa forma, também deixa.

— Às vezes, senhora, quando penso que os seres humanos não estão sujeitos a Leis, isso me deixa desconfortável.

— Por quê, Daneel? Você já tentou chegar a uma conclusão sobre *por que* a ideia de ausência de Leis o deixaria desconfortável?

Daneel ficou calado por um instante.

— Pensei, senhora, mas acho que não teria pensado sobre essas coisas se não fosse em razão de minhas breves colaborações com o parceiro Elijah — respondeu o robô. — Ele tinha um jeito de...

— Sim, eu sei — comentou ela. — Ele refletia sobre tudo. Havia uma inquietude nele que o levava a fazer perguntas o tempo todo e em todos os sentidos.

— É o que parecia. E eu tentei ser como ele e fazer perguntas. Então me perguntei como poderia ser a ausência de Leis e descobri que não conseguia imaginar, exceto que poderia se assemelhar a como é ser um humano e isso me deixou desconfortável. E eu me perguntei, como a senhora me perguntou, por que isso me fez sentir assim.

— E você respondeu à sua própria pergunta?

— Depois de muito tempo, concluí que as Três Leis governam o modo como as vias do cérebro positrônico se comportam — Daneel falou. — Em qualquer ocasião, sob qualquer estímulo, as Leis tolhem a direção e a intensidade do fluxo positrônico ao longo dessas vias de modo que sempre sei o que fazer. No entanto, o nível de conhecimento sobre o que fazer não é o mesmo o tempo todo. Há momentos em que fazer o que devo está sob menos restrições do que em outros. Sempre notei que, quanto mais baixo o potencial positronomotor, mais distante da certeza está a minha decisão quanto a que atitude tomar. E, quanto mais distante da certeza, mais próximo de uma sensação de mal-estar eu fico. Optar por uma ação em um milissegundo em vez de fazê-lo em um nanossegundo me faz sentir algo que não gostaria que se prolongasse. O que aconteceria, pensei comigo mesmo, senhora, se eu vivesse completamente sem Leis, como os humanos? E se eu não conseguisse tomar uma decisão clara sobre qual reação ter quanto a uma determinada série de condições? Seria insuportável e não penso nisso de bom grado.

— E, no entanto, você pensa nisso, Daneel. Está pensando agora — salientou Gladia.

— Apenas em razão do meu trabalho com o parceiro Elijah, senhora. Eu o observei em condições em que ele não conseguia, durante algum tempo, optar por uma ação devido à natureza enigmática dos problemas que lhe haviam sido apresentados. Era evidente que ele estava em um estado de desconforto como consequência disso e eu me sentia mal por ele, já que não havia nada que eu pudesse fazer para amenizar sua situação. É possível que eu tenha compreendido apenas uma parte muito pequena do que ele sentia naquele momento. Se tivesse compreendido uma parte maior e entendido melhor as consequências de sua incapacidade de optar por uma ação, eu poderia ter... — ele hesitou.

— Parado de funcionar? Sido desativado? — indagou Gladia, pensando por um breve e doloroso instante em Jander.

— Sim, senhora. Meu fracasso em entender pode ter sido um dispositivo de proteção incorporado contra danos ao meu cérebro positrônico. Mas então percebi que, não importava quão dolorosa a indecisão parecesse ao parceiro Elijah, ele continuava a fazer um esforço para resolver o problema. Eu o admirava muito por isso.

— Então você é capaz de admirar, não é?

— Uso a palavra do modo como ouvi os seres humanos usando-a — contestou Daneel em um tom solene. — Não sei qual é a palavra apropriada para expressar a reação que esse tipo de ação do parceiro Elijah provoca dentro de mim.

— E, no entanto, também existem regras que regem as reações humanas; certos instintos, impulsos, ensinamentos.

— É o que pensa o amigo Giskard, senhora.

— É mesmo?

— Mas ele acredita que essas regras são muito complicadas para analisar. Ele se pergunta se algum dia poderá vir a ser desenvolvido um sistema para analisar o comportamento humano de forma matematicamente detalhada e para extrair disso Leis convincentes que expressassem as regras desse comportamento.

— Duvido — comentou Gladia.

— O amigo Giskard tampouco está esperançoso. Ele acha que vai demorar muito tempo até que tal sistema seja desenvolvido.

— Vai demorar *muitíssimo*, eu diria.

— E agora estamos nos aproximando da nave da Terra e devemos realizar os procedimentos de acoplagem, o que não é simples — explicou Daneel.

5b

Para Gladia, pareceu ter demorado mais para acoplar do que para de fato chegar à órbita da nave terráquea.

Daneel permaneceu calmo durante o processo todo (mas, afinal, ele não poderia ter feito outra coisa) e assegurou-lhe que todas as naves humanas podiam se acoplar umas com as outras, independentemente das diferenças de tamanho e fabricação.

— Como os seres humanos — disse Gladia com um sorriso forçado, mas Daneel não respondeu a isso. Ele se concentrou nos ajustes delicados que tinham de ser feitos. Talvez a acoplagem sempre fosse possível, mas, ao que parecia, nem sempre era fácil.

Gladia ficava cada vez mais agitada. Os terráqueos viviam pouco e envelheciam rápido. Cinco anos haviam se passado desde que ela vira Elijah. Quanto ele haveria envelhecido? Como estaria sua aparência? Será que ela conseguiria não transparecer seu choque ou horror diante da mudança?

Não importava qual fosse a sua aparência, ele ainda seria o Elijah a quem sua gratidão não conhecia limites.

Era isso o que sentia? Gratidão?

Ela percebeu que suas mãos estavam fortemente entrelaçadas, de modo que seus braços doíam. Foi com algum esforço que ela conseguiu fazê-las relaxarem.

Gladia soube quando a acoplagem estava terminada. A nave da Terra era grande o suficiente para ter um gerador de campo de pseudogravitação e, ao acoplar, o campo se expandiu para incluir a pequena embarcação. Houve um ligeiro efeito de rotação quando a direção do chão se tornou "embaixo" e Gladia vivenciou uma nauseante queda de pouco mais de cinco centímetros. Seus joelhos se dobraram de modo desigual sob o impacto e ela caiu contra a parede.

Ela se endireitou com um pouco de dificuldade e ficou irritada consigo mesma por não ter previsto a mudança e se preparado para ela.

— Estamos acoplados, madame Gladia — anunciou Daneel desnecessariamente. — O parceiro Elijah pede permissão para vir a bordo.

— Claro, Daneel.

Houve um zunido e uma parte da parede se abriu em um movimento circular. Um vulto agachado avançou por ali e a parede se contraiu e se fechou após sua passagem.

O vulto se endireitou, e Gladia sussurrou "Elijah!", sentindo-se tomada de alegria e alívio. Pareceu-lhe que o cabelo dele estava mais grisalho, mas, de resto, aquele era Elijah. Não havia nenhuma outra mudança perceptível, nenhum sinal nítido de envelhecimento afinal de contas.

Ele sorriu para ela e, por um instante, pareceu devorá-la com os olhos. Depois levantou o indicador como que dizendo "Espere!", e caminhou em direção a Daneel.

— Daneel! — Ele pôs as mãos nos ombros do robô e o chacoalhou. — Você não mudou nada. Por Josafá! Você é a constante na vida de todos nós.

— Parceiro Elijah. É bom vê-lo.

— É bom ouvir me chamarem de parceiro de novo e eu esperava que fosse assim. Esta é a quinta vez que o vejo, mas é a primeira em que não tenho um problema para resolver. Nem sou mais um investigador. Pedi demissão e agora estou imigrando para um dos novos mundos. Diga-me, Daneel, por que não foi com o dr. Fastolfe quando ele visitou a Terra três anos atrás?

— Foi uma escolha do dr. Fastolfe. Ele decidiu levar Giskard.

— Fiquei desapontado, Daneel.

— Teria sido agradável vê-lo, parceiro Elijah, mas o dr. Fastolfe me contou depois que a viagem havia sido altamente bem-sucedida, de modo que talvez sua decisão fosse a correta.

— Ela *foi* bem-sucedida, Daneel. Antes da visita, o governo da Terra relutava em cooperar com o processo de colonização, mas agora o planeta inteiro está pulsando e se agitando e, aos milhões, as pessoas estão ansiosas para ir. Nós não temos naves para transportar a todos, mesmo com a ajuda de Aurora, e não temos mundos suficientes para recebê-los, pois todos os mundos precisam ser adaptados. Nenhum deles acomodará uma comunidade humana sem ser alterado. O mundo para o qual estou indo tem pouco oxigênio livre e teremos de viver em cidades cobertas por redomas ao longo de uma geração enquanto a vegetação terráquea se espalha pelo planeta. – Seus olhos se voltavam cada vez mais para Gladia enquanto ela permanecia ali sentada, sorrindo.

– É de se esperar – comentou Daneel. – Com base no que aprendi da história humana, os Mundos Siderais também passaram por um período de terraformação.

– Passaram mesmo! E, graças a essa experiência, agora o processo pode ser realizado com mais rapidez. Gostaria de saber se você se importa de ficar na cabine de pilotagem por algum tempo, Daneel. Preciso falar com Gladia.

– Certamente, parceiro Elijah.

Daneel passou pela porta arqueada que levava à sala de pilotagem e Baley olhou para Gladia com um ar inquiridor e fez um sinal com a mão.

Entendendo perfeitamente, ela avançou e tocou o contato que fazia a divisória deslizar de forma silenciosa pela porta. Eles estavam, para todos os efeitos, sozinhos.

Ele estendeu as mãos.

– Gladia!

Ela tomou as mãos dele nas suas, sem considerar que estava sem luvas.

– Se Daneel houvesse permanecido conosco, não teria nos impedido – disse ela.

– Não fisicamente. Mas teria nos impedido *psicologicamente*! – Baley deu um sorriso triste e continuou: – Perdoe-me, Gladia. Eu tinha de falar com Daneel primeiro.

— Você o conhece há mais tempo — ela contestou em um tom de voz suave. — Ele tem preferência.

— Não tem... mas ele não tem como se defender. Se você ficar irritada comigo, Gladia, pode me dar um soco no olho se quiser. Daneel não pode. Posso ignorá-lo, mandá-lo embora, tratá-lo como se fosse um robô, e ele seria forçado a obedecer e a ser o mesmo parceiro leal e conformado.

— O fato é que ele *é* um robô, Elijah.

— Para mim, jamais, Gladia. Minha mente sabe que ele é um robô e não tem sentimentos no sentido humano, mas meu coração o considera humano e devo tratá-lo como tal. Eu pediria ao dr. Fastolfe para deixar eu levar Daneel comigo, mas a presença de robôs não é permitida nos novos Mundos dos Colonizadores.

— Sonharia em *me* levar com você, Elijah?

— Siderais também não são permitidos.

— Parece que vocês terráqueos são tão desarrazoadamente orgulhosos quanto os Siderais.

Elijah aquiesceu com tristeza.

— Loucura de ambos os lados. Mas, mesmo que fôssemos sensatos, eu não a levaria. Você não suportaria essa vida e eu nunca teria certeza de que seu sistema imunológico se desenvolveria da forma apropriada. Eu teria medo ou de que você morresse rapidamente de alguma espécie inferior de infecção ou de que vivesse por tempo demais e visse nossas gerações morrerem. Perdoe-me, Gladia.

— Pelo quê, Elijah?

— Por... isto. — Ele fez um gesto largo com as mãos, as palmas para cima. — Por pedir para ver você.

— Mas fico feliz que tenha pedido. Eu queria vê-lo.

— Eu sei — disse ele. — Tentei não vê-la, mas a ideia de estar no espaço e não parar em Aurora me dilacerou. No entanto, isso não vai fazer nenhum bem, Gladia. Significa apenas mais uma despedida, o que também vai me dilacerar. Foi por isso que nunca escrevi para você; por isso nunca tentei contatá-la via hiperonda. Com certeza você deve ter se perguntado por quê.

— Na verdade, não. Concordo com você que não fazia sentido. Só tornaria tudo infinitamente mais difícil. Entretanto, escrevi várias vezes para você.

— Escreveu? Nunca recebi uma carta sequer.

— Nunca enviei uma carta sequer. Após escrevê-las, eu as destruí.

— Mas por quê?

— Porque, Elijah, nenhuma carta particular pode ser enviada de Aurora para a Terra sem passar pelas mãos do censor e não escrevi nenhuma carta para você que eu estivesse disposta a deixar que os censores vissem. Se você tivesse me mandado uma carta, eu lhe asseguro que nenhuma teria chegado até mim, por mais inocente que fosse. Pensei ser esse o motivo de nunca ter recebido uma carta. Agora que sei que você não estava ciente da situação, estou muito feliz por não ter sido tão tolo a ponto de tentar manter contato comigo. Você teria interpretado mal o fato de eu nunca responder suas cartas.

Baley olhou fixamente para ela.

— Então como é que eu a estou vendo agora?

— Não legalmente, garanto. Estou usando a nave particular do dr. Fastolfe, de modo que passei pelos guardas da fronteira sem ser questionada. Se essa nave não fosse de Fastolfe, eu teria sido interceptada e mandada de volta. Supus que você soubesse disso também e que havia sido por esse motivo que havia entrado em contato com o dr. Fastolfe e não tentado me contatar diretamente.

— Eu não sabia de nada. Fico aqui espantado com a dupla ignorância que me manteve seguro. Ignorância tripla, pois eu não sabia a combinação de hiperonda adequada para contatá-la diretamente e não consegui encarar a dificuldade de tentar descobrir essa combinação lá na Terra. Eu não poderia ter feito isso em segredo e já havia boatos suficientes por toda a Galáxia sobre você e eu, graças àquele drama em hiperonda que passaram nos canais de subonda depois do caso em Solaria. Em outras condições, juro que teria tentado. Contudo, eu tinha a combinação do dr. Fastolfe e, quando estava em órbita ao redor de Aurora, fiz contato com ele de pronto.

– Em todo caso, aqui estamos. – Ela se sentou a um lado da cama e estendeu as mãos.

Baley pegou-as e tentou sentar-se em um banquinho, do qual começou a se aproximar esticando o pé naquela direção, mas ela o puxou insistentemente para a cama e ele se sentou ao seu lado.

– Como você está, Gladia? – disse ele com certo embaraço.

– Bem. E você, Elijah?

– Estou envelhecendo. Acabei de celebrar meu aniversário de 50 anos semana passada.

– Cinquenta não é... – Ela parou.

– Para um terráqueo, estou velho. Vivemos pouco, você sabe.

– Mesmo para um terráqueo, 50 anos não é muito. Você não mudou.

– É gentileza sua dizer isso, mas sei dizer que minhas juntas estão rangendo mais. Gladia...

– Sim, Elijah?

– Preciso perguntar. Você e Santirix Gremionis...

Gladia deu um sorriso e confirmou com a cabeça.

– Ele é meu marido. Segui seu conselho.

– E deu certo?

– Certo o bastante. A vida é agradável.

– Ótimo. Espero que dure.

– Nada dura séculos, Elijah, mas pode durar anos, talvez até décadas.

– Tiveram filhos?

— Ainda não. Mas, e a sua família, meu bom homem casado? Seu filho? Sua mulher?

— Bentley se mudou para as Colônias há dois anos. Na verdade, vou me juntar a ele. Ele é uma autoridade no mundo para onde estou indo. Só tem 24 anos e já é respeitado. — Seus olhos brilharam. — Acho que terei de me dirigir a ele como Vossa Excelência. Pelo menos em público.

— Ótimo. E a sra. Baley? Ela está com você?

— Jessie? Não. Ela não vai deixar a Terra. Eu lhe disse que íamos viver em redomas por um tempo considerável, de modo que não seria de fato tão diferente da Terra. Será primitivo, claro. No entanto, pode ser que ela ainda mude de ideia com o tempo. Vou tornar as coisas tão confortáveis quanto possível e, quando eu tiver me estabelecido, vou pedir que Bentley vá à Terra e a traga. Talvez ela esteja se sentindo sozinha o suficiente a essa altura para querer vir. Veremos.

— Mas, nesse meio-tempo, você está só.

— Há mais de cem outros imigrantes na nave; de modo que não estou realmente só.

— Entretanto, eles estão do outro lado da parede de acoplagem. E eu também estou sozinha.

Baley deu uma breve e involuntária olhada para a cabine do piloto e Gladia disse:

— Exceto por Daneel, claro, que está do outro lado daquela porta e que *é* um robô, não importa com que intensidade você pense nele como uma pessoa. E você com certeza não pediu para me ver apenas para que pudéssemos perguntar sobre a família um do outro.

A expressão no rosto de Baley ficou solene, quase ansiosa.

— Não posso pedir que você...

— Então eu vou pedir a você. Esta cama não foi projetada tendo a atividade sexual em mente, mas espero que você arrisque a possibilidade de cair dela.

— Gladia, não posso negar que... — começou Baley, hesitante.

— Oh, Elijah, não faça uma longa dissertação a fim de satisfazer as necessidades de sua moral terráquea. Estou me oferecendo a você de acordo com o costume auroreano. É seu direito recusar e eu não terei o direito de questionar sua recusa. Mas questionaria de modo ainda mais vigoroso. Decidi que o direito de recusar pertence apenas aos auroreanos. Não vou aceitar algo assim de um terráqueo.

Baley deu um suspiro.

— Não sou mais um terráqueo, Gladia.

— Muito menos de um mísero imigrante seguindo para um planeta bárbaro onde terá de se esconder em uma redoma. Elijah, tivemos tão pouco tempo, e temos tão pouco tempo agora, e pode ser que eu nunca mais o veja. Esse encontro é tão inesperado que seria um crime cósmico jogar essa oportunidade fora.

— Gladia, você realmente quer um velho?

— Elijah, você realmente quer que eu implore?

— Mas estou com vergonha.

— Então feche os olhos.

— Quero dizer, vergonha de mim mesmo... do meu corpo velho e decrépito.

— Então sofra. Sua tola opinião sobre si mesmo não tem nada a ver comigo. — E ela o abraçou ao mesmo tempo que a costura de suas vestes se abria.

5c

Gladia se deu conta de várias coisas, todas ao mesmo tempo.

Deu-se conta da maravilhosa sensação de constância, pois Elijah era do jeito como ela se lembrava. O lapso de cinco anos não mudara as coisas. Ela não estivera vivendo no brilho de uma cintilação intensificada pela memória. Ele era Elijah.

Deu-se conta também de um enigma causado pela diferença. Intensificou-se sua sensação de que Santirix Gremionis, sem ter nenhum grande defeito que ela pudesse definir, era cheio de defeitos. Santirix era carinhoso, gentil, racional, razoavelmente inteligente... e monótono. Por que ele era monótono ela não sabia dizer, mas nada do que fazia ou dizia a entusiasmava como Baley, mesmo quando este não fazia nem dizia nada. Baley era mais velho em idade, muito mais velho em termos fisiológicos, não era tão bonito quanto Santirix e, além disso, Baley tinha aquele ar indefinível de decadência; da aura de um envelhecimento rápido e vida curta que deviam ter os terráqueos. E, no entanto...

Ela deu-se conta da loucura dos homens, de Elijah aproximando-se dela hesitante, sem se aperceber do efeito que causava nela.

Ela ficou ciente da ausência dele, pois ele havia ido falar com Daneel, que deveria ser o último, do mesmo modo como fora o primeiro. Os terráqueos temiam e odiavam os robôs e, entretanto, Elijah, sabendo muito bem que Daneel era um robô, tratava-o apenas como uma pessoa. Os Siderais, por outro lado, que amavam os robôs e nunca se sentiam confortáveis em sua ausência, jamais pensariam neles como qualquer outra coisa que não uma máquina.

Acima de tudo, ela deu-se conta do tempo. Sabia exatamente que haviam se passado três horas e vinte e cinco minutos desde que Elijah entrara na pequena espaçonave de Han Fastolfe e sabia ainda que não podiam permitir que se passasse muito mais tempo.

Quanto mais tempo ela permanecia fora da superfície de Aurora e quanto mais tempo a nave de Baley permanecesse em órbita, aumentava a possibilidade de alguém notar... ou, se já houvessem notado, como parecia quase certo, maior seria a probabilidade de alguém ficar curioso e investigar. E então Fastolfe se veria em um importuno emaranhado de problemas.

Baley surgiu da cabine de pilotagem e olhou para Gladia com tristeza.

— Preciso ir agora, Gladia.
— Sei muito bem disso.
— Daneel cuidará de você — disse ele. — Será seu amigo, bem como seu protetor, e deve ser uma amiga para ele... por mim. Mas é a Giskard que eu quero que você ouça. Deixe que *ele* seja seu conselheiro.

Gladia franziu a sobrancelha.
— Por que ele? Não sei ao certo se gosto dele.
— Não peço que goste dele. Peço que *confie* nele.
— Mas por quê, Elijah?
— Não posso lhe dizer. Deve confiar em mim nesse ponto também.

Eles se olharam e não disseram mais nada. Era como se o silêncio fizesse o tempo parar e lhes permitisse agarrar-se aos segundos e mantê-los imóveis.

Mas isso só poderia funcionar por alguns instantes.
— Você não se arrepende... — perguntou Baley.
— Como eu poderia me arrepender... quando posso nunca mais vê-lo outra vez? — murmurou Gladia.

Baley fez um gesto como se fosse responder, mas ela colocou o pequeno punho cerrado contra a sua boca.
— Não minta inutilmente — pediu ela. — Pode ser que eu nunca mais o veja.

E ela nunca mais o viu. Nunca!

6

Foi com pesar que ela se sentiu sendo arrastada pela vastidão morta dos anos até chegar outra vez ao presente.

"Nunca mais o vi", pensou ela. "Nunca!"

Ela se protegera contra sentimentos que ficavam entre o doce e o amargo por tanto tempo e agora mergulhara neles... mais amargos do que doces... porque vira essa pessoa, esse tal de Mandamus... porque Giskard lhe pedira para fazer isso e porque se sentira forçada a confiar no robô. Fora o último pedido *dele*. Ela focou no presente. (Quanto tempo havia se passado?) Mandamus estava olhando para ela com frieza.

— Pela sua reação, madame Gladia, entendo que *é* verdade. A senhora não poderia ter dito isso de maneira mais clara — ele declarou.

— O que é verdade? Do que você está falando?

— Que a senhora se encontrou com o terráqueo Elijah Baley cinco anos após sua vinda a Aurora. A nave dele esteve em órbita ao redor de Aurora. A senhora foi ao espaço para vê-lo e esteve com ele mais ou menos na época em que seu filho foi concebido.

— Que evidência você tem quanto a isso?

— Senhora, não é totalmente um segredo. A nave do terráqueo foi detectada em órbita. A embarcação de Fastolfe foi detectada em seu voo. A acoplagem foi observada. Não era Fastolfe quem estava a bordo da embarcação, então, presumiu-se que era a senhora. A influência do dr. Fastolfe foi suficiente para manter isso fora dos registros.

— Se não está nos registros, não há evidências.

— Não obstante, o dr. Amadiro passou os últimos dois terços de sua vida seguindo os movimentos do dr. Fastolfe com aversão. Sempre havia oficiais do governo que concordavam de corpo e alma com a política do dr. Amadiro de reservar a Galáxia para os Siderais e eles discretamente o informavam sobre qualquer coisa que pensassem que ele poderia gostar de saber. O dr. Amadiro tomou conhecimento de sua escapadela quase no mesmo momento em que ela aconteceu.

— Ainda assim, isso não é evidência. A palavra não comprovada de um oficial inferior tentando obter favor não tem importância alguma.

— Não é nenhuma evidência com a qual ele pudesse acusar alguém sequer de uma contravenção; não é nenhuma evidência com a qual ele pudesse perturbar Fastolfe; mas é evidência suficiente para suspeitar que eu seja descendente de Baley e prejudicar minha carreira por essa razão.

— Pode parar de se preocupar. Meu filho é filho de Santirix Gremionis, um verdadeiro auroreano, e é desse filho de Gremionis que você descende — retorquiu Gladia com amargura.

— Convença-me disso, senhora. Não lhe peço nada mais. Convença-me de que foi correndo para o espaço e passou horas com o terráqueo e que, durante esse tempo, falaram sobre... política, talvez... comentaram sobre os velhos tempos e os amigos em comum, contaram histórias engraçadas, e nunca se tocaram. Convença-me.

— O que fizemos não importa, então me poupe do seu sarcasmo. Quando eu o vi, já estava grávida do meu marido. Carregava no ventre um feto de três meses, um feto auroreano.

— Pode provar isso?

— Por que eu teria de provar? A data do nascimento do meu filho está registrada e Amadiro deve ter a data de minha visita ao terráqueo.

— Contaram a ele na época, como eu disse, mas quase vinte décadas se passaram e ele não se lembra com exatidão. A visita não está nos registros e não se pode consultá-los. Temo que o dr. Amadiro prefira acreditar que foi nove meses antes do nascimento do seu filho que a senhora esteve com o terráqueo.

— Seis meses.

— Prove.

— O senhor tem a minha palavra.

— Não é suficiente.

— Bem, nesse caso... Daneel, você estava comigo. Quando vi Elijah Baley?

— Madame Gladia, foi cento e setenta e três dias antes do nascimento do seu filho.

— O que significa pouco menos de seis meses antes do nascimento — reforçou Gladia.

— Não é suficiente — insistiu Mandamus.

Gladia ergueu o queixo.

— A memória de Daneel é perfeita, como se pode demonstrar com facilidade, e as declarações de um robô servem de evidência nos tribunais de Aurora.

— Não é e não será uma questão de tribunal, e a memória de Daneel não tem influência alguma com o dr. Amadiro. Daneel foi construído por Fastolfe e foi propriedade de Fastolfe durante quase dois séculos. Não sabemos dizer que modificações foram introduzidas ou como Daneel poderia ter sido instruído a lidar com assuntos referentes ao dr. Amadiro.

— Então raciocine, homem. Os terráqueos são bastante diferentes de nós geneticamente. Somos quase espécies diferentes. Não pode haver reprodução entre nós.

— Não foi provado.

— Bem, existem registros genéticos. Existem os de Darrel; existem os de Santirix. Compare-os. Se meu ex-marido não fosse pai dele, as diferenças genéticas tornariam esse fato indiscutível.

— Os registros genéticos não estão ao alcance de todos. A senhora sabe disso.

— Amadiro não é tão escrupuloso quanto às considerações éticas. Ele tem influência para vê-los ilegalmente. Ou ele tem medo de desmentir a própria hipótese?

— Qualquer que seja o motivo, senhora, ele não trairá o direito de privacidade de um auroreano.

— Bem, então vá para o espaço sideral e sufoque no vácuo — disse Gladia. — Se o seu Amadiro se recusa a ser convencido, isso não é problema meu. O senhor, pelo menos, deve estar convencido, e, por sua vez, é seu trabalho convencer Amadiro. Se não for capaz e sua carreira não progredir como o senhor gostaria, por favor, saiba que isso não é da minha conta de forma alguma.

— Sua resposta não me surpreende. Não esperava mais do que uma reação dessas. Para falar a verdade, eu *estou* convencido. Esperava apenas que a senhora me desse algo com que convencer o dr. Amadiro. Mas não deu.

Gladia deu de ombros, com desdém.

— Usarei outros métodos então — declarou Mandamus.

— Fico feliz que tenha outros — retrucou Gladia com frieza.

— Eu também. Ainda me restam métodos poderosos — disse Mandamus em voz baixa, quase como se não houvesse percebido a presença de outras pessoas.

— Ótimo. Sugiro que tente chantagear Amadiro. Deve haver muito com o que chantageá-lo.

Mandamus levantou os olhos, franzindo de repente a testa.

— Não seja tola.

— Pode ir. Acho que já o suportei o máximo que pude. Fora da minha propriedade! — sentenciou Gladia.

Mandamus ergueu os braços.

— Espere! Eu lhe disse no início que havia duas razões para vê-la... uma era uma questão pessoal e a outra uma questão de Estado. Gastei muito tempo na primeira, mas devo pedir cinco minutos para discutir a segunda.

— Não lhe darei nada além de cinco minutos.

— Há outra pessoa que quer vê-la. Um terráqueo... ou pelo menos um membro de um dos Mundos dos Colonizadores, um descendente de terráqueos.

— Diga-lhe que nem terráqueos nem seus descendentes têm permissão para estar em Aurora e mande-o embora. Por que tenho de vê-lo? — indagou Gladia.

— Infelizmente, senhora, nos últimos dois séculos o equilíbrio de poder mudou um pouco. Os terráqueos têm mais mundos do que nós... e sempre tiveram uma população muito maior. Eles têm mais naves, embora não sejam tão avançadas como as nossas, e, por conta de suas vidas curtas e sua fecundidade, parecem muito mais dispostos a morrer do que nós.

— Não acredito neste último argumento.

Mandamus deu um sorriso forçado.

— Por que não? Oito décadas significam menos do que quarenta. Em todo caso, devemos ser educados com eles... muito mais educados do que jamais tivemos de ser na época de Elijah Baley. Se isso a conforta, foram as políticas de Fastolfe que criaram essa situação.

— O senhor fala em nome de quem, a propósito? É Amadiro quem deve ser educado com os colonizadores?

— Não. Na verdade, é o Conselho.

— O senhor é porta-voz do Conselho?

— Não oficialmente, mas me pediram para informá-la sobre isso... extraoficialmente.

— E se eu me encontrar com esse colonizador, o que acontece depois? Por que motivo ele quer me ver?

— Isso é o que não sabemos. Contamos com a senhora para nos contar. A senhora deve vê-lo, descobrir o que ele quer e se reportar a nós.

— Quem é esse "nós"?

— Como eu disse, é o Conselho. O colonizador virá à sua propriedade hoje à noite.

— O senhor parece presumir que não tenho escolha a não ser aceitar essa posição de informante.

Mandamus se pôs de pé, tendo evidentemente terminado sua missão.

— A senhora não será uma "informante". Não deve nada a esse colonizador. A senhora simplesmente reportará ao nosso governo, como uma leal cidadã auroreana estaria disposta, ou até ávida, a fazer. A senhora não gostaria que o Conselho suponha que sua origem solariana possa diluir em qualquer medida seu patriotismo auroreano.

— Senhor, sou auroreana por uma quantidade de anos quase quatro vezes maior do que o seu tempo de vida.

— Sem dúvida, mas nasceu e cresceu em Solaria. A senhora é aquela anomalia incomum, uma auroreana nascida em outro planeta, e é difícil esquecer esse fato. Isso é especificamente verdadeiro, já que o colonizador quer ver a senhora, e não qualquer outra pessoa em Aurora, exatamente porque nasceu em Solaria.

— Como sabe disso?

— É uma suposição legítima. Ele a identifica como "a mulher solariana". Estamos curiosos quanto ao motivo pelo qual esse detalhe deveria significar alguma coisa para ele... agora que Solaria não existe mais.

— Pergunte a ele.

— Preferimos perguntar à senhora. Agora, devo pedir permissão para me retirar e obrigado pela hospitalidade.

Gladia aquiesceu, tensa.

— Eu lhe dou permissão para ir embora com muito mais boa vontade do que lhe ofereci minha hospitalidade.

Mandamus avançou em direção ao corredor que levava à entrada principal, seguido de perto por seus robôs.

Ele parou pouco antes de sair da sala, virou-se e disse:

— Eu quase me esqueci...

— Sim?

— O sobrenome do colonizador que deseja vê-la, por uma peculiar coincidência, é Baley.

③ A CRISE

7

Daneel e Giskard, como cortesia robótica, acompanharam Mandamus e seus robôs até os limites do terreno da propriedade. Depois, já que estavam do lado de fora, percorreram o território, certificaram-se de que os robôs de menor importância estavam em seus lugares e observaram o clima (nublado e um pouco mais fresco do que era de se esperar para aquela estação).

— O dr. Mandamus admitiu abertamente que os Mundos dos Colonizadores agora são mais fortes do que os Mundos Siderais. Eu não teria esperado que ele fizesse isso — disse Daneel.

— Nem eu. Tinha certeza de que os colonizadores se fortaleceriam em comparação com os Siderais, pois Elijah Baley previu essa situação há muitas décadas, mas eu não tinha como determinar quando o fato se tornaria óbvio para o Conselho Auroreano. Parecia-me que a inércia social manteria o Conselho firmemente convencido da superioridade Sideral muito depois que ela tivesse desaparecido, mas não podia calcular por quanto tempo eles continuariam a se iludir — replicou Giskard.

— Estou admirado que o parceiro Elijah tenha previsto isso há tanto tempo.

— Os seres humanos têm modos de pensar sobre os seres humanos que nós não temos.

— Se Giskard fosse humano, esse comentário poderia ter sido feito com pesar ou inveja, mas, uma vez que ele era um robô, foi apenas um comentário factual.

— Tentei obter o conhecimento, se não a forma de pensar, lendo com detalhe sobre a história humana — continuou ele.

— Com certeza, em algum ponto do longo relato dos acontecimentos humanos, devem estar enterradas as Leis da Humânica, que são equivalentes às nossas Três Leis da Robótica.

— Madame Gladia me disse uma vez que essa esperança era impossível — comentou Daneel.

— Pode ser que seja, amigo Daneel, pois, embora me pareça que essas Leis da Humânica devam existir, não consigo encontrá-las. Cada generalização que tento fazer, por mais ampla e simples que seja, tem suas inúmeras exceções. No entanto, se tais Leis existissem e eu pudesse descobri-las, poderia entender melhor os seres humanos e me sentir mais confiante de que estou obedecendo às Três Leis de um modo melhor.

— Já que o parceiro Elijah entendia os seres humanos, ele devia ter algum conhecimento sobre as Leis da Humânica.

— Presumivelmente. Mas isso ele sabia por meio de algo que os seres humanos chamam de intuição, uma palavra que não entendo e que representa um conceito sobre o qual não sei nada. Supõe-se que esteja além da razão e eu só tenho a razão à minha disposição.

7a

Isso e a memória!
Uma memória que não funcionava como a dos humanos, claro. Ela não tinha a recordação imperfeita, a indefinição, os acréscimos e as subtrações ditados pelo autoengano e pelo inte-

resse próprio, para não falar nada sobre as delongas e as lacunas e os retrocessos que podem transformar a memória em um devaneio com horas de duração.

Era uma memória robótica assinalando os acontecimentos exatamente como aconteceram, mas de forma muito mais acelerada. Os segundos se tornavam nanossegundos, de maneira que dias inteiros de acontecimentos podiam ser revividos com uma precisão tão rápida a ponto de não acrescentar nenhum lapso em uma conversa.

Como Giskard fizera inúmeras vezes antes, ele reviveu aquela visita à Terra, sempre procurando entender a casual habilidade de Elijah Baley de prever o futuro, nunca conseguindo descobri-la.

A Terra!

Fastolfe fora à Terra em uma nave de guerra auroreana com o número necessário de passageiros, tanto humanos quanto robôs. Uma vez estando em órbita, entretanto, apenas Fastolfe tomou o módulo para aterrissagem. Injeções haviam estimulado seu sistema imunológico e ele estava usando as luvas, o macacão, as lentes de contato e os protetores nasais necessários. Como consequência, ele se sentia bastante seguro, mas nenhum outro auroreano estava disposto a acompanhá-lo como parte de uma delegação.

Fastolfe desconsiderou esse fato, uma vez que lhe parecia (como explicou mais tarde a Giskard) que seria mais bem recebido se fosse sozinho. Uma delegação seria, para a Terra, uma lembrança desagradável daqueles dias antigos e ruins (para eles) em que existia a Vila Sideral, em que os Siderais tinham uma base permanente no planeta e o dominavam de maneira direta.

No entanto, Fastolfe trouxera consigo Giskard. Ter chegado sem nenhum robô teria sido impensável, mesmo para o cientista. Se chegasse com mais de um teria provocado tensão nos terráqueos, cada vez mais antirrobôs, que ele esperava ver e com quem contava negociar.

Para começar, claro, ele veria Baley, o qual seria seu intermediário com a Terra e seu povo. Esse era o pretexto racional para o encontro. O verdadeiro pretexto era apenas que Fastolfe queria muito ver Baley outra vez; sem dúvida ele devia muito ao terráqueo.

(Que Giskard queria ver Baley e que ele fortaleceu, de modo muito leve, a emoção e o impulso no cérebro de Fastolfe para ocasionar esse feito, Fastolfe não tinha como saber... ou mesmo imaginar.)

Baley estava esperando por eles no momento da aterrissagem e com ele havia um pequeno grupo de autoridades da Terra, de modo que o tempo passou de forma tediosa, período durante o qual a etiqueta e o protocolo foram iniciados. Demorou algumas horas até que Baley e Fastolfe pudessem escapar sozinhos, e isso poderia ter demorado ainda mais se não fosse pela interferência silenciosa e não sentida por parte de Giskard... com apenas um toque na mente dos mais importantes entre aqueles oficiais que estavam nitidamente entediados. (Sempre era seguro restringir o próprio eu a acentuar emoções que já existiam. Quase nunca causava dano.)

Baley e Fastolfe se sentaram em uma pequena sala de jantar particular que, em geral, ficava à disposição apenas para autoridades governamentais do alto escalão. A comida podia ser escolhida em um cardápio computadorizado e depois era trazida por carregadores computadorizados.

Fastolfe deu um sorriso.

— Muito avançados, mas esses carregadores são apenas robôs especializados — disse Fastolfe. — Estou surpreso de que a Terra os use. Com certeza, não são de fabricação Sideral.

— Não, não são — respondeu Baley em um tom solene. — Feitos em casa, por assim dizer. Eles são somente para uso das esferas mais altas e é a primeira oportunidade que tenho na vida de experimentá-los. É provável que eu não tenha outra.

– O senhor pode ser eleito para um alto cargo algum dia e então vivenciar esse tipo de coisa diariamente.

– Nunca – replicou Baley. Os pratos foram colocados diante de cada um deles e o carregador era sofisticado o bastante para ignorar Giskard, impassivelmente de pé atrás da cadeira de Fastolfe. Por um instante, Baley comeu em silêncio e então disse, com certa timidez:

– É bom vê-lo de novo, dr. Fastolfe.

– Para mim também é um prazer vê-lo. Não esqueci que, há dois anos, quando esteve em Aurora, o senhor conseguiu me livrar da suspeita de destruir o robô Jander e habilmente virar o jogo contra o meu oponente demasiado confiante, o bom Amadiro.

– Ainda estremeço quando penso nisso – disse Baley. – E saudações a você também, Giskard. Espero que não tenha se esquecido de mim.

– Isso seria impossível, senhor – replicou Giskard.

– Ótimo! Bem, doutor, espero que a situação política em Aurora continue favorável. As notícias que temos por aqui fazem parecer que sim, mas não confio na análise da Terra sobre questões auroreanas.

– Pode confiar... neste momento. Meu partido tem firme controle do Conselho. Amadiro mantém uma carrancuda oposição, mas suspeito que levará anos até que seu pessoal se recupere do golpe que levou do senhor. Mas como vão as coisas com o senhor e com a Terra?

– Muito bem. Diga-me, dr. Fastolfe – o rosto de Baley se contorceu de leve, como se estivesse constrangido –, o senhor trouxe Daneel?

– Sinto muito, Baley. Eu trouxe, mas o deixei na nave – respondeu Fastolfe devagar. – Achei que podia não ser prudente estar acompanhado de um robô que parecesse tanto com um ser humano. Com a Terra tendo se tornado tão antirrobô, achei que um robô humanoide poderia parecer-lhes uma provocação deliberada.

Baley deu um suspiro.

– Entendo.

– É verdade que seu governo está planejando proibir o uso de robôs dentro das Cidades? – perguntou Fastolfe.

– Acho que logo as coisas chegarão a esse ponto, com um período de tolerância, claro, para minimizar a perda financeira e o inconveniente. Os robôs ficarão restritos ao campo, onde são necessários para a agricultura e a mineração. Lá também talvez sejam enfim progressivamente eliminados e o plano é não ter robô algum nos novos mundos.

– Já que mencionou os novos mundos, seu filho já deixou a Terra?

– Sim, há alguns meses. Recebemos notícias suas e ele chegou a um novo mundo em segurança, junto com várias centenas de colonizadores, como se autodenominam. O planeta tem um pouco de vegetação nativa e uma atmosfera com pouco oxigênio. Ao que parece, com o tempo pode ficar parecido com a Terra. Enquanto isso, algumas redomas provisórias foram construídas, há anúncios para recrutar novos colonizadores e todos estão muito ocupados com o processo de terraformação. As cartas de Bentley e os ocasionais contatos via hiperonda são muito esperançosos, mas não impedem a mãe de sentir muita saudade dele.

– E você vai para lá, Baley?

– Não sei ao certo se viver em um planeta estranho debaixo de uma redoma é minha ideia de felicidade, dr. Fastolfe. Não tenho a juventude e o entusiasmo de Ben, mas creio que terei de ir em dois ou três anos. Em todo caso, já notifiquei o Departamento sobre minha intenção de imigrar.

– Imagino que isso os tenha deixado aborrecidos.

– De modo algum. Eles dizem que estão, mas ficam felizes de se livrar de mim. Sou notório demais.

— E como o governo da Terra tem reagido a esse ímpeto de expansão para a Galáxia?

— Com nervosismo. Eles não proibiram de todo, mas com certeza não estão cooperando. Continuam achando que os Siderais se opõem e farão *alguma coisa* desagradável para interromper esse movimento.

— Inércia social — comentou Fastolfe.

— Eles nos julgam de acordo com nosso comportamento de anos atrás. De fato, nós deixamos claro que encorajamos a colonização levada a cabo pela Terra em outros planetas e que nós também pretendemos colonizar novos mundos.

— Sendo assim, espero que explique isso ao nosso governo. Mas, dr. Fastolfe, tenho outra pergunta sobre uma questão menor. Como está... — E, nesse ponto, ele parou.

— Gladia? — indagou Fastolfe, escondendo o fato de ter achado graça. — O senhor esqueceu o nome dela?

— Não, não. Eu apenas hesitei em... em...

— Ela está bem — respondeu Fastolfe — e vivendo confortavelmente. Ela me pediu que o lembrasse dela, mas imagino que não precise de um empurrãozinho para isso.

— Sua origem solariana não está sendo usada contra ela, espero.

— Não, nem o papel que desempenhou na ruína do dr. Amadiro. Ao contrário. Estou cuidando dela, eu lhe asseguro. E, no entanto, não permito que fuja por completo do assunto anterior, Baley. E se as autoridades da Terra continuarem a se opor à imigração e à expansão? Será que o processo poderia continuar apesar dessa oposição?

— É possível, mas não há certeza — replicou Baley. — Existe uma oposição substancial entre os terráqueos em geral. É difícil nos separarmos das enormes Cidades subterrâneas que são os nossos lares...

— Seus úteros.

— Ou nossos úteros, se preferir. Ir a novos mundos e ter de viver nas mais primitivas instalações durante décadas; nunca chegar a ver o conforto durante a própria existência... isso é difícil. Quando, por vezes, penso nesse assunto, simplesmente decido não ir... em especial se estou passando a noite em claro. Cem vezes decidi não ir e, um dia, pode ser que eu me mantenha fiel a essa decisão. E, se *eu* tenho dificuldade quando, de certa forma, dei origem à ideia toda, então quem mais poderá ir livre e prazerosamente? Sem o incentivo do governo, ou, para ser muito franco, se o governo não aplicar o pé nos traseiros da população, o projeto inteiro pode vir a fracassar.

Fastolfe aquiesceu.

— Tentarei persuadir o seu governo. Mas e se eu falhar?

— Se o senhor falhar e se, portanto, meu povo falhar, restará apenas uma alternativa. Os próprios Siderais terão de colonizar a Galáxia. Esse trabalho precisa ser feito — disse Baley em voz baixa.

— E o senhor ficará satisfeito em ver os Siderais se expandirem e preencherem a Galáxia, enquanto os terráqueos permanecem em um único planeta?

— Não fico nem um pouco satisfeito, mas seria melhor do que a situação atual sem expansão por parte de nenhum dos dois. Há muitos séculos, uma multidão de terráqueos foi às estrelas, fundou alguns dos mundos que são chamados agora de Mundos Siderais, e esses primeiros colonizaram outros. Entretanto, passou-se muito tempo desde que Siderais ou terráqueos colonizaram e desenvolveram um novo mundo com êxito. Não se deve permitir que isso continue assim.

— Eu concordo. Mas qual é o seu motivo para querer a expansão, Baley?

— Tenho a sensação de que, sem algum tipo de expansão, a humanidade não pode avançar. Não precisa ser uma expansão geográfica, mas essa é a maneira mais clara de induzir outros tipos de expansão. Se a expansão geográfica puder ser feita de modo que não seja à custa de outros seres inteligentes, se houver espaços vazios para onde se expandir, por que não? Resistir a esse movimento nessas circunstâncias é assegurar a decadência.

– Então o senhor vê essas alternativas? Expansão e avanço? Não expansão e decadência?

– Sim, acredito que sim. Portanto, se a Terra rejeitar a expansão, então os Siderais *devem* aceitá-la. A humanidade, seja na forma de terráqueos ou Siderais, *deve* se expandir. Eu gostaria de ver os terráqueos assumirem essa tarefa, mas, se isso não acontecer, a expansão Sideral é melhor do que expansão nenhuma. Uma alternativa ou a outra.

– E se um deles se expandir e o outro não?

– Então a sociedade que estiver se expandindo se tornará gradualmente mais forte e a que não estiver se expandindo gradualmente mais fraca.

– Tem certeza disso?

– Acho que seria inevitável.

Fastolfe aquiesceu.

– Na verdade, eu concordo. É por isso que estou tentando persuadir *tanto* os terráqueos *quanto* os Siderais a se expandirem e progredirem. Essa é uma terceira alternativa, e, creio, a melhor.

7b

A memória passou rapidamente pelos dias que se seguiram... inacreditáveis aglomerados de pessoas passando de forma incessante uns pelos outros em torrentes e turbilhões, subindo e descendo de velozes Vias Expressas, intermináveis conferências com inúmeros oficiais... mentes em multidões.

Em especial, as mentes em multidões.

Mentes em meio a multidões tão grandes que Giskard não conseguia isolar indivíduos. Mentes em massa, misturando-se e mesclando-se em um vasto todo cinzento e vibrante, e tudo o que se podia detectar eram as periódicas centelhas de desconfiança e aversão que irradiavam toda vez que alguém da turba parava para olhar em sua direção.

Só quando Fastolfe estava em reunião com algumas autoridades é que Giskard podia lidar com mentes individuais e era nesse momento, claro, que isso era necessário.

A memória desacelerou até um ponto perto do final da estadia na Terra, quando Giskard pôde enfim conseguir um tempo sozinho com Baley outra vez. Giskard fez um ajuste mínimo em algumas mentes para se certificar de que não haveria nenhuma interrupção por algum tempo.

— Não estive ignorando você, Giskard — disse Baley como quem pede desculpas. — Simplesmente não tive oportunidade de ficar a sós com você. Não tenho um alto status na Terra e não posso comandar minhas idas e vindas.

— Obviamente entendi isso, senhor, mas teremos algum tempo sozinhos agora.

— Ótimo. O dr. Fastolfe me disse que Gladia está bem. Ele pode estar dizendo isso por bondade, sabendo que isso é o que eu quero ouvir. Mas ordeno que você seja honesto. Gladia está bem de verdade?

— O dr. Fastolfe lhe disse a verdade, senhor.

— E você se lembra, espero, do meu pedido quando o vi pela última vez em Aurora, para proteger Gladia e impedir que ela seja prejudicada?

— O amigo Daneel e eu não nos esquecemos do seu pedido, senhor. Tomei providências para que, quando o dr. Fastolfe não estiver mais vivo, tanto o amigo Daneel como eu nos tornemos parte da propriedade de madame Gladia. Então estaremos em uma posição ainda melhor para impedir que ela sofra danos.

— Isso vai acontecer depois que minha hora chegar — comentou Baley com tristeza.

— Entendo isso, senhor, e lamento.

— Sim, mas não se pode evitar, e surgirá uma crise (ou talvez surja) mesmo antes de vocês passarem a pertencer a ela, e ainda assim isso acontecerá depois que meu tempo terminar.

— O que o senhor tem em mente? Qual é essa crise?

— Giskard, é uma crise que pode surgir porque o dr. Fastolfe é uma pessoa surpreendentemente persuasiva. Ou então existe outro fator relacionado a ele que está realizando essa tarefa.

— Senhor?

— Todas as autoridades que o dr. Fastolfe viu e com quem conversou agora parecem concordar com entusiasmo a respeito da imigração. Eles não concordavam antes ou, se estavam de acordo, era com grandes reservas. E, uma vez que os líderes formadores de opinião forem a favor, outros certamente seguirão. Isso vai se espalhar como uma epidemia.

— Não é o que o senhor deseja?

— É sim, mas é quase o meu desejo em um grau excessivo. Vamos nos espalhar pela Galáxia... mas e se os Siderais não fizerem o mesmo?

— Por que não fariam?

— Não sei. Antecipo isso como uma suposição, uma possibilidade. E se eles não se espalharem?

— Dessa forma, a Terra e os mundos que seu povo colonizar irão se fortalecer, de acordo com o que ouvi o senhor dizer.

— E os Siderais irão se enfraquecer. Entretanto, haverá um período em que os Siderais continuarão sendo mais fortes do que a Terra e seus colonizadores, embora seja por uma margem que diminuirá de forma gradual. Por fim, os Siderais inevitavelmente considerarão os terráqueos um perigo crescente. Nesse momento, os Mundos Siderais com certeza decidirão que a Terra e os colonizadores devem ser detidos antes que seja tarde demais e pensa-

rão em tomar medidas drásticas. Esse será um período de crise que determinará toda a história futura dos seres humanos.
— Entendo seu raciocínio, senhor.

Baley permaneceu em um silêncio pensativo por um instante, depois perguntou, quase em um sussurro, como se temesse ser ouvido:
— Quem sabe sobre as suas habilidades?
— Entre os seres humanos, apenas o senhor... e o senhor não pode mencionar isso aos outros.
— Sei muito bem que não posso. No entanto, a questão é que foi você, e não Fastolfe, quem realizou a reviravolta capaz de transformar todas as autoridades contatadas em defensores da imigração. E foi para ocasionar isso que você providenciou que Fastolfe trouxesse você, em vez de Daneel, para a Terra com ele. Você era essencial e Daneel poderia ter sido uma distração.

— Achei necessário manter a equipe reduzida a um número mínimo a fim de evitar que minha tarefa se tornasse mais difícil ao provocar a sensibilidade dos terráqueos. Lamento pela ausência de Daneel, senhor. Sinto completamente sua decepção por não poder cumprimentá-lo.

— Bem... — Baley chacoalhou a cabeça. — Entendo a necessidade e conto com você para explicar a Daneel que sinto muita saudade dele. Em todo caso, ainda estou tecendo minha argumentação. Se a Terra iniciar uma política de colonização de planetas e se os Siderais ficarem para trás na corrida para a expansão, a responsabilidade de tal fato e, portanto, da crise que surgirá inevitavelmente, será sua. Você deve, por esse motivo, sentir que também é sua responsabilidade usar suas habilidades para proteger a Terra quando a crise chegar.

— Farei o possível, senhor.

— E, se você for bem-sucedido nisso, Amadiro, ou seus seguidores, poderá atacar Gladia. Você não deve se esquecer de protegê-la também.

— Daneel e eu não esqueceremos.

— Obrigado, Giskard.

E eles se separaram.

Quando Giskard, seguindo Fastolfe, entrou no módulo para começar a viagem de volta à Aurora, ele viu Baley mais uma vez. Desta vez, não houve oportunidade para conversar com ele. Baley acenou e articulou uma palavra sem pronunciá-la: "Lembre-se".

Giskard sentiu a palavra e, além disso, a emoção por trás dela.

Depois disso, Giskard nunca mais viu Baley. Nunca.

8

Giskard nunca achou possível rememorar as nítidas imagens daquela única visita à Terra sem que fossem acompanhadas pelas imagens da visita-chave a Amadiro no Instituto de Robótica.

Não fora uma reunião fácil de providenciar. Amadiro, com o amargor da derrota oprimindo-o, não acentuaria sua humilhação indo à propriedade de Fastolfe.

— Pois bem — disse Fastolfe a Giskard. — Posso me dar ao luxo de ser clemente, uma vez que alcancei a vitória. Irei até ele. Além do mais, *preciso* vê-lo.

Fastolfe era membro do Instituto de Robótica desde que Baley possibilitara a derrocada de Amadiro e de suas ambições políticas. Em troca, Fastolfe passara ao Instituto todos os dados para a construção e manutenção de robôs humaniformes. Uma série deles havia sido fabricada e então o projeto fora encerrado e Fastolfe se exasperara.

Fora intenção de Fastolfe, em princípio, chegar ao Instituto sem nenhuma companhia robótica. Ele teria se colocado sem proteção e (por assim dizer) nu em meio ao que ainda era a fortaleza do acampamento inimigo. Teria sido um sinal de humildade e confiança, mas também teria sido uma indicação de total autoconfiança e Amadiro teria entendido isso. Fastolfe, completamente sozinho, estaria demonstrando sua certeza de que Amadiro, com todos os recursos do Instituto sob seu comando, não ousaria tocar seu único inimigo, que vinha despreocupado e desprotegido ao alcance de seu punho.

E, no entanto, Fastolfe, sem saber exatamente como, preferiu que Giskard o acompanhasse.

Amadiro parecia ter perdido um pouco de peso desde a última vez que Fastolfe o vira, mas ainda era um espécime formidável: alto e corpulento. Faltava-lhe o sorriso autoconfiante que um dia fora sua marca registrada e, quando tentou sorrir à entrada de Fastolfe, pareceu mais um rosnado que se desvaneceu em uma expressão de sombria insatisfação.

— Bem, Kelden — começou Fastolfe, tomando a liberdade de usar o primeiro nome do outro —, nós não nos vemos com muita frequência, apesar de já sermos colegas há quatro anos.

— Não usemos de uma falsa bondade, Fastolfe — retorquiu Amadiro, resmungando em tom baixo e de forma claramente irritada —, e dirija-se a mim como Amadiro. Não somos colegas, a não ser de fachada, e não oculto de ninguém, e nunca ocultei, minha crença de que sua política externa é um suicídio para nós.

Três dos robôs de Amadiro, grandes e reluzentes, estavam presentes e Fastolfe os examinou franzindo as sobrancelhas.

— Está muito bem protegido, Amadiro, contra um homem de paz acompanhado de um único robô.

— Eles não vão atacá-lo, Fastolfe, como bem sabe. Mas por que trouxe Giskard? Por que não a sua obra-prima, Daneel?

— Seria seguro trazer Daneel e colocá-lo ao seu alcance, Amadiro?

— Suponho que isso era para ter sido uma piada. Não preciso mais de Daneel. Nós construímos nossos próprios robôs humaniformes.

— Com base no meu projeto.
— Com melhorias.
— E, entretanto, você não usa os humaniformes. Por isso vim vê-lo.

Sei que minha posição no Instituto é apenas decorativa e que mesmo a minha presença não é bem-vinda, menos ainda as minhas opiniões e recomendações. Contudo, eu devo, como membro do Instituto, protestar a respeito de seu fracasso em usar os humaniformes.

— Como quer que eu os use?

— A intenção era fazer com que os humaniformes desbravassem novos mundos para os quais os Siderais pudessem enfim imigrar, depois que esses mundos tivessem passado pelo processo de terraformação e fossem completamente habitáveis, não era?

— Mas isso era algo a que você se opunha, não é, Fastolfe?

— Sim, eu me opunha — replicou Fastolfe. — Eu queria que os próprios Siderais imigrassem para novos mundos e realizassem a terraformação. No entanto, isso não está acontecendo e, agora entendo, é provável que não aconteça. Sendo assim, mandemos os humaniformes. É melhor do que nada.

— Todas as nossas alternativas deram em nada, uma vez que seu ponto de vista domina o Conselho, Fastolfe. Os Siderais não viajarão a mundos grosseiros e não formados, e tampouco gostam de robôs humaniformes.

— Você não deu aos Siderais a menor chance de gostar deles. Os terráqueos estão começando a colonizar novos planetas... mesmo que grosseiros e não formados. E fazem isso sem a ajuda de robôs.

— Você sabe muito bem a diferença entre os terráqueos e nós. Há 8 bilhões de terráqueos, além de um grande número de colonizadores.

— E há 5,5 bilhões de Siderais.

— A quantidade não é a única diferença — contrapôs Amadiro com amargura. — Eles procriam como insetos.

— Não procriam, não. A população da Terra tem se mantido razoavelmente estável durante séculos.
— Mas o potencial está ali. Se eles se empenharem na imigração, podem facilmente produzir 160 milhões de novos corpos a cada ano e esse número vai aumentar conforme os novos mundos forem ocupados.
— Nós temos a capacidade biológica de produzir 100 milhões de novos corpos a cada ano.
— Mas não a capacidade sociológica. Somos longevos, não queremos ser substituídos de forma tão rápida.
— Podemos mandar uma grande parte dos novos corpos para outros mundos.
— Eles não irão. Nós valorizamos nosso corpo, que é forte, saudável e capaz de sobreviver nessas condições por quase quarenta décadas. Os terráqueos não podem dar valor a corpos que se desgastam em menos de dez décadas e que estão cheios de doenças e deterioração mesmo nesse curto período. Eles não se importam de mandar milhões por ano a uma situação de miséria certa e morte provável. Na verdade, mesmo as vítimas não precisam temer a miséria e a morte, pois o que mais elas têm na Terra? Os terráqueos que imigram estão fugindo de seu mundo pestilento com plena consciência de que qualquer mudança dificilmente poderá ser para pior. Nós, por outro lado, valorizamos nossos planetas bem elaborados e confortáveis e não os trocaríamos com facilidade.
— Já ouvi esses argumentos tantas vezes — Fastolfe suspirou.
— Posso salientar o simples fato de que Aurora foi originalmente um planeta grosseiro e não formado que teve de passar pela terraformação para se tornar aceitável e que o mesmo aconteceu em todos os Mundos Siderais, Amadiro?
— E eu ouvi seus argumentos até me sentir nauseado, mas não me cansarei de responder a eles — retrucou Amadiro. — Aurora pode ter sido primitiva quando foi colonizada, mas foi co-

lonizada por terráqueos... e os outros Mundos Siderais, quando não foram colonizados por terráqueos, foram colonizados por Siderais que ainda não haviam superado sua herança terráquea. Estamos em uma época que não é mais adequada para isso. O que podia ser feito naquele tempo não pode ser feito agora.

Amadiro ergueu um canto da boca, soltando um rosnado, e continuou:

— Não, Fastolfe, o que a sua política conseguiu foi começar a criação de uma Galáxia que será povoada só por terráqueos, enquanto os Siderais deverão definhar e entrar em declínio. Você pode ver isso acontecendo agora. Sua famosa viagem à Terra há dois anos foi o momento decisivo. De algum modo, você traiu seu próprio povo ao encorajar aqueles meio-humanos a começar uma expansão. Em apenas dois anos, existem, pelo menos, alguns terráqueos em cada um dos 24 mundos e novas colônias estão sendo acrescentadas gradualmente.

— Não exagere — contrapôs Fastolfe. — Nenhum daqueles Mundos dos Colonizadores é verdadeiramente adequado para a ocupação humana no momento e não será durante décadas. É provável que nem todos sobrevivam e, conforme os mundos mais próximos forem ocupados, as chances de colonizar mundos mais distantes diminui, de modo que a explosão inicial vai diminuir. Eu encorajei a expansão *deles* porque também contava com a nossa. Ainda podemos acompanhar o ritmo dos terráqueos se fizermos um esforço e, em uma competição saudável, podemos preencher a Galáxia juntos.

— Não — redarguiu Amadiro. — O que você tem em mente é a mais destrutiva de todas as políticas, um idealismo tolo. A expansão é unilateral e continuará assim apesar de qualquer coisa que você possa fazer. As pessoas da Terra fervilham sem nenhum impedimento e terão de ser impedidas antes que se tornem fortes demais para tal.

— Como você propõe fazer isso? Temos um tratado de amizade com a Terra no qual concordamos especificamente em não deter sua expansão para o espaço contanto que nenhum planeta a vinte anos-luz de um Mundo Sideral seja tocado. Eles aderiram ao acordo de forma escrupulosa.

— Todos sabem sobre o tratado — retorquiu Amadiro. — Todos sabem também que nenhum tratado jamais foi mantido quando começa a trabalhar contra os interesses nacionais do signatário mais poderoso. Não dou importância alguma a esse tratado.

— Eu dou. Ele será seguido.

Amadiro chacoalhou a cabeça.

— Você tem uma fé tocante. Como ele será seguido depois que você não estiver mais no poder?

— Não pretendo deixar o poder por algum tempo.

— Conforme a Terra e seus colonizadores se tornarem mais fortes, os Siderais ficarão temerosos e você não vai continuar no poder depois disso.

— E se você rasgar o tratado, destruir os Mundos dos Colonizadores e fechar as portas para a Terra, os Siderais vão imigrar e preencher a Galáxia?

— Talvez não. Mas, se decidirmos não colonizar, se decidirmos que estamos confortáveis desse modo, que diferença isso fará?

— A Galáxia não se tornará um império humano nesse caso.

— E se não se tornar, e daí?

— Daí que os Siderais se embrutecerão e entrarão em decadência, mesmo que a Terra esteja aprisionada e também embruteça e entre em decadência.

— É exatamente essa a conversa fiada que seu partido anuncia, Fastolfe. Não existe evidência real de que uma coisa dessas aconteceria. E se acontecer, será a *nossa* escolha. Pelo menos não veremos aqueles bárbaros de vida curta herdarem a Galáxia.

— Está sugerindo seriamente que estaria disposto a ver a civilização Sideral morrer, contanto que pudesse impedir a expansão da Terra, Amadiro? — perguntou Fastolfe.

— Não estou contando com nossa morte, Fastolfe, mas, se o pior acontecer, bem, então sim, temo menos a nossa própria morte do que o triunfo de um grupo de seres sub-humanos de vida curta cheios de doenças.

— Dos quais nós descendemos.

— E com os quais não temos mais relação genética de fato. Somos vermes porque, há 1 bilhão de anos, os vermes estavam entre os nossos ancestrais?

Fastolfe, apertando os lábios, levantou-se para ir embora. Amadiro, com uma expressão carrancuda, não fez nenhum movimento para detê-lo.

9

Daneel não tinha como saber, diretamente, que Giskard estava perdido em suas lembranças. Em primeiro lugar, a expressão de Giskard não mudara e, em segundo, ele não estava perdido em suas lembranças como os humanos ficariam. Não demorou um período de tempo substancial.

Por outro lado, a linha de pensamento que havia feito Giskard pensar no passado havia feito Daneel pensar nos mesmos acontecimentos desse passado, quando lhe foram contados há muito tempo por Giskard. Tampouco Giskard se surpreendeu com isso.

A conversa dos dois continuou sem nenhuma pausa incomum, mas de uma maneira marcadamente nova, como se cada um houvesse pensado no passado pelos dois.

— Pode ser, amigo Giskard, que, uma vez que o povo de Aurora reconheça sua posição mais fraca em relação à Terra e seus diversos Mundos dos Colonizadores, já passamos a salvo pela crise que Elijah Baley previu — disse Daneel.

— Pode ser que sim, amigo Daneel.

— Você trabalhou para ocasionar isso.
— Trabalhei. Eu mantive o Conselho nas mãos de Fastolfe. Fiz o que pude para moldar aqueles que, por sua vez, formavam a opinião pública.
— Ainda assim, sinto-me inquieto.
— Tenho estado inquieto em todas as etapas do processo, embora tenha me empenhado para não causar dano a ninguém – explicou Giskard. – Não toquei (mentalmente) nenhum ser humano que exigisse mais do que o mais leve dos toques. Na Terra, tive apenas que suavizar o medo de represália e escolher aqueles em quem o medo já era particularmente pequeno e romper um fio que, em todo caso, já estava desgastado e a ponto de quebrar. Em Aurora, foi o contrário. Os estrategistas políticos aqui estavam relutantes em esposar políticas que levariam a uma saída de seu confortável mundo e eu somente confirmei essa sensação e tornei os vigorosos fios que os detinham um pouco mais fortes. E fazer isso me fez mergulhar em um constante, embora leve, estado de perturbação.

— Por quê? Você encorajou a expansão da Terra e desencorajou a expansão dos Siderais. Por certo, não era assim que deveria ser?

— Que deveria ser? Você acha, amigo Daneel, que um terráqueo conta mais do que um Sideral, apesar de os dois serem humanos?

— Existem diferenças. Elijah Baley preferiria ver os próprios terráqueos derrotados a ver a Galáxia desabitada. O dr. Amadiro preferiria ver tanto a Terra quanto os Siderais desaparecerem a ver a Terra se expandir. O primeiro vê com esperança o triunfo de um dos dois, o segundo fica satisfeito em não ver o triunfo de ninguém. Será que deveríamos escolher o primeiro, amigo Giskard?

— Sim, amigo Daneel. É o que parece. No entanto, até que ponto você está sendo influenciado pelo sentimento quanto à especial importância de seu antigo parceiro, Elijah Baley?

— Valorizo a memória do parceiro Elijah e as pessoas da Terra são seu povo — respondeu Daneel.

— Vejo que valoriza. Tenho dito há muitas décadas que você tende a pensar como um ser humano, amigo Daneel, mas me pergunto se isso é necessariamente um elogio. Entretanto, embora tenda a pensar *como* um ser humano, você *não* é um ser humano e, no final das contas, está sujeito às Três Leis. Não pode ferir um ser humano, seja ele terráqueo ou Sideral.

— Há momentos, amigo Giskard, em que se deve escolher um ser humano em detrimento de outro. Nós recebemos ordens especiais para proteger lady Gladia. Eu seria forçado, às vezes, a ferir um ser humano a fim de proteger lady Gladia e acho que, em igualdade de circunstâncias, eu estaria disposto a ferir um pouco um Sideral a fim de proteger um terráqueo.

— É o que você pensa. Mas, em uma situação real, você teria de ser orientado por circunstâncias específicas. Você descobrirá que não se pode generalizar — contrapôs Giskard. — E o mesmo acontece comigo. Ao encorajar a Terra e desencorajar Aurora, possibilitei que o dr. Fastolfe persuadisse o governo auroreano a patrocinar uma política de imigração e estabelecer duas potências expansivas na Galáxia. Não pude deixar de notar que essa parte do trabalho dele foi reduzida a nada. Isso deve tê-lo enchido de um crescente desespero e talvez tenha antecipado sua morte. Senti isso em minha mente e foi doloroso. E, contudo, amigo Daneel...

Giskard fez uma pausa e Daneel disse:

— Sim?

— Não ter feito as coisas do modo como fiz poderia ter diminuído muito a capacidade da Terra de expandir, sem aumentar muito a movimentação de Aurora nesse sentido. O dr. Fastolfe teria então se frustrado de ambos os lados, a Terra *e* Aurora, e teria sido, além do mais, destituído de seu lugar no poder pelo dr. Amadiro. Sua sensação de frustração teria sido maior. Era ao dr. Fastolfe, enquanto ele viveu, a quem eu devia maior lealdade, e escolhi essa linha de ação que o frustrava menos sem causar dano, de forma mensurável, a outros indivíduos com os quais lidei. Se o dr. Fastolfe se sentiu continuamente perturbado por sua incapacidade de persuadir os auroreanos, e os Siderais, no geral, a expandir para novos mundos, pelo menos ficou encantado pela atividade dos imigrantes terráqueos.

– Você não poderia ter encorajado o povo da Terra *e* o de Aurora, amigo Giskard, e assim ter satisfeito o dr. Fastolfe em ambos os sentidos?

– Claro que isso havia me ocorrido, amigo Daneel. Considerei essa possibilidade e concluí que não seria possível. Fui capaz de encorajar os terráqueos a imigrar por meio de uma mudança mínima que não causaria dano. Tentar fazer o mesmo pelos auroreanos teria exigido uma mudança grande o suficiente para causar muito dano. A Primeira Lei impediu que fosse assim.

– Uma pena.

– É verdade. Pense no que poderia ter sido feito se eu pudesse ter alterado de modo radical a mentalidade do dr. Amadiro. No entanto, como poderia mudar sua fixa determinação de se opor ao dr. Fastolfe? Teria sido como tentar forçá-lo a virar a cabeça em 180 graus. Uma guinada tão grande de sua cabeça ou de seu conteúdo emocional o mataria, creio, com a mesma eficiência. O preço do meu poder, amigo Daneel, é o dilema muitas vezes amplificado em que estou sempre mergulhado – continuou Giskard. – A Primeira Lei da Robótica, que proíbe de ferir seres humanos, lida, em geral, com os danos físicos visíveis que podemos, todos nós, ver com facilidade e sobre os quais podemos fazer juízos com facilidade. Apenas eu, entretanto, percebo as emoções humanas e espécies de mente, de modo que sei de formas mais sutis de danos sem ser capaz de entendê-las completamente. Em muitas ocasiões, sou forçado a agir sem verdadeira certeza e isso coloca uma pressão constante em meus circuitos.

Giskard prosseguiu:

— No entanto, sinto que agi bem. Fiz os Siderais passarem do ponto da crise. Aurora tem consciência da crescente força dos colonizadores e agora será forçada a evitar um conflito. Eles devem reconhecer que é tarde demais para retaliação e, a esse respeito, nossa promessa a Elijah Baley está cumprida. Colocamos a Terra no caminho para preencher a Galáxia e estabelecer um Império Galáctico.

A essa altura, eles estavam andando de volta para a casa de Gladia, mas então Daneel parou e a suave pressão de sua mão no ombro de Giskard fez o outro parar também.

— A imagem que você retratou é atrativa — comentou Daneel.

— Deixaria o parceiro Elijah orgulhoso de nós se, como você disse, tivermos realizado tal feito. "Robôs e Império", diria Elijah, e talvez me desse um tapinha no ombro. E ainda assim, como eu disse, amigo Giskard, sinto-me inquieto.

— Acerca de quê, amigo Daneel?

— Não posso deixar de pensar se de fato deixamos para trás a crise de que o parceiro Elijah falou há tantas décadas. Será que é mesmo tarde demais para uma retaliação Sideral?

— Por que você tem essas dúvidas, amigo Daneel?

— O comportamento do dr. Mandamus no decorrer da conversa com madame Gladia despertou dúvidas em mim.

O olhar de Giskard se fixou em Daneel por alguns instantes e, em meio ao silêncio, podiam ouvir as folhas farfalhando ao sabor da brisa fria. As nuvens estavam se dispersando e o sol logo apareceria. Sua conversa telegráfica demorara pouco tempo e eles sabiam que Gladia não estaria preocupada com a ausência dos dois.

— O que houve naquela conversa que lhe daria motivo para ficar inquieto? — perguntou Giskard.

— Em quatro ocasiões diferentes, tive a oportunidade de observar o modo como Elijah Baley lidava com um problema intrigante — replicou Daneel. — Em cada uma dessas quatro ocasiões, notei a maneira como ele conseguia tirar conclusões úteis a partir de uma informação limitada, e até enganosa. Desde então tenho tentado, dentro de minhas limitações, pensar como ele.

— Parece-me que você tem se saído bem nesse sentido, amigo Daneel. Eu disse que você tende a pensar como um ser humano.

— Você terá percebido, então, que o dr. Mandamus tinha duas questões que queria discutir com madame Gladia. Ele mesmo enfatizou esse fato. Uma era a questão de sua descendência, se era originária de Elijah Baley ou não. A segunda era o pedido para que madame Gladia visse um colonizador e reportasse o ocorrido em seguida. Desses dois, o segundo poderia ser visto como um assunto que seria importante para o Conselho. O primeiro seria um assunto de importância apenas para ele próprio.

— O dr. Mandamus apresentou a questão de sua descendência como sendo importante para o dr. Amadiro também — apontou Giskard.

— Então seria um assunto de relevância pessoal para os dois em vez de um só, amigo Giskard. Ainda assim não seria importante para o Conselho e, portanto, para o planeta em geral.

— Continue, amigo Daneel.

— No entanto, a questão de Estado, como o dr. Mandamus se referiu a ela, foi abordada em segundo lugar, quase como um comentário tardio, e foi descartada praticamente de imediato. Na verdade, nem parecia algo que precisasse de uma visita pessoal. Poderia ter sido tratado por meio de imagem holográfica por qualquer autoridade do Conselho. Por outro lado, o dr. Mandamus tratou da questão de sua descendência primeiro, discutiu-a de forma muito detalhada, e era um assunto de que apenas ele poderia tratar e mais ninguém.

— Qual é a sua conclusão, amigo Daneel?

— Acredito que o dr. Mandamus aproveitou a questão do colonizador como desculpa para uma conversa pessoal com madame Gladia a fim de que ele pudesse discutir sua descendência com privacidade. Era a questão de sua descendência e nada mais que verdadeiramente lhe interessava. Você pode corroborar essa conclusão de algum modo, amigo Giskard?

O sol de Aurora ainda não havia se erguido por sobre as nuvens e o leve brilho dos olhos de Giskard estava visível.

– A tensão na mente do dr. Mandamus de fato estava mensuravelmente mais forte durante a primeira parte da entrevista do que durante a segunda. Talvez isso possa servir como corroboração, amigo Daneel.

– Então devemos nos perguntar por que a questão da descendência do dr. Mandamus deveria ser algo de tamanha importância para ele – argumentou Daneel.

– O dr. Mandamus explicou esse fato – retorquiu Giskard. – Só demonstrando que ele não é descendente de Elijah Baley é que seu caminho estará aberto para uma promoção. O dr. Amadiro, de cuja boa vontade ele depende, voltar-se-ia totalmente contra ele caso fosse descendente de Elijah Baley.

– Foi o que ele disse, amigo Giskard, mas o que aconteceu durante a entrevista vai contra essa interpretação.

– Por que diz isso? Por favor, continue pensando como um ser humano, amigo Daneel. Acho muito instrutivo.

– Obrigado, amigo Giskard – disse Daneel em um tom sério. – Você percebeu que nenhuma declaração feita por madame Gladia referente à impossibilidade de o dr. Mandamus ser descendente do parceiro Elijah foi considerada convincente? Em todos os casos, o dr. Mandamus disse que o dr. Amadiro não aceitaria tal declaração.

– Sim, e o que você deduz a partir disso?

– Parece-me que o dr. Mandamus estava tão convencido de que o dr. Amadiro não aceitaria nenhum argumento contra o fato de Elijah Baley ser seu ancestral que precisamos nos perguntar por que ele deveria se dar ao trabalho de perguntar à madame

Gladia sobre o assunto. Aparentemente, ele sabia, desde o início, que seria inútil fazer isso.

— Talvez, amigo Daneel, mas é mera especulação. Você pode fornecer um possível motivo para essa atitude?

— Posso. Creio que ele indagou a respeito de sua descendência não para convencer um implacável dr. Amadiro, mas para convencer a si mesmo.

— Nesse caso, por que ele teria mencionado o dr. Amadiro? Por que não dizer simplesmente "eu quero saber"?

Um sorrisinho se insinuou no rosto de Daneel, uma mudança de expressão da qual o outro robô teria sido incapaz.

— Se ele tivesse dito "eu quero saber" para madame Gladia, ela com certeza teria replicado que não era da sua conta e ele nada teria descoberto — apontou Daneel. — No entanto, madame Gladia se opõe tão fortemente ao dr. Amadiro quanto este se opõe a Elijah Baley. Era certo que madame Gladia tomaria como ofensa qualquer opinião convicta que o dr. Amadiro tivesse sobre ela. A senhora ficaria furiosa, mesmo que a opinião fosse mais ou menos verdadeira, e mais ainda se fosse absolutamente falsa, como nessa situação. Ela se esforçaria para demonstrar que o dr. Amadiro estava errado e apresentaria todas as provas necessárias para alcançar essa finalidade. Em uma circunstância dessas, a fria afirmação do dr. Mandamus de que cada evidência era insuficiente só a deixaria mais irritada e a levaria a revelar mais coisas. A estratégia do dr. Mandamus foi escolhida para se certificar de que ele tiraria o máximo de informação de madame Gladia e, no final das contas, *ele* se convenceu de que não tinha nenhum terráqueo como ancestral; pelo menos não em um tempo tão recente quanto vinte décadas atrás. Os sentimentos de Amadiro a esse respeito não estavam, creio, verdadeiramente em questão.

— Amigo Daneel, esse é um ponto de vista interessante, mas não parece ter uma forte fundamentação — comentou Giskard. —

De que forma podemos concluir que não passa de uma suposição da sua parte?

— Não lhe parece, amigo Giskard, que, quando o dr. Mandamus terminou o questionamento sobre sua descendência sem ter obtido evidência suficiente para o dr. Amadiro, como queria que nós acreditássemos, ele deveria ter estado nitidamente deprimido e desanimado? De acordo com suas próprias declarações, isso deveria significar que ele não teria chance alguma de conquistar uma promoção e nunca conseguiria a posição de diretor do Instituto de Robótica. E, entretanto, pareceu-me que ele estava longe de estar deprimido, e que estava, na verdade, exultante. Só posso julgar pela aparência exterior, mas você pode fazer melhor. Diga-me, amigo Giskard, qual foi sua atitude mental quando terminou essa parte da conversa com madame Gladia?

— Recordando essa entrevista, não era uma atitude apenas exultante, mas triunfante, amigo Daneel — respondeu Giskard.

— Você está certo. Agora que explicou sua linha de pensamento, essa sensação de triunfo que detectei marca claramente a precisão do seu raciocínio. Na verdade, agora que você delineou esse ponto, não encontro resposta para a minha incapacidade de ver isso por conta própria.

— Essa, amigo Giskard, foi a minha reação ao raciocínio de Elijah Baley em muitas ocasiões. O fato de que eu consegui raciocinar dessa forma neste momento pode se dever, em parte, ao forte estímulo da existência da presente crise. Ela me força a pensar de modo mais concludente.

— Você se subestima, amigo Daneel. Você tem pensado de modo concludente há muito tempo. Mas por que você fala de uma presente crise? Pare por um instante e explique. Como se pode passar do sentimento de triunfo do dr. Mandamus por não ser descendente do sr. Baley a essa crise de que você fala?

— O dr. Mandamus pode ter nos enganado em suas declarações sobre o dr. Amadiro, mas, apesar disso, pode ser correto supor que seja verdade que ele deseja uma promoção, que tenha a ambição de se tornar diretor do Instituto. Não é, amigo Giskard?

Giskard parou por um momento, como se estivesse pensando, e depois disse:

– Eu não estava procurando por ambição. Estava estudando sua mente sem um propósito específico e percebi apenas manifestações superficiais. Contudo, pode ter havido lampejos de ambição ali quando ele falou sobre promoção. Não tenho fortes indícios para concordar com você, amigo Daneel, mas não tenho indício nenhum para discordar.

– Aceitemos então que o dr. Mandamus é um homem ambicioso e vejamos aonde isso nos leva. De acordo?

– De acordo.

– Não lhe parece provável que sua sensação de triunfo, uma vez convencido de que não era descendente do parceiro Elijah, originou-se do fato de que sua ambição agora podia ser atendida? No entanto, não seria em virtude da aprovação do dr. Amadiro, já que concordamos que o motivo em função do dr. Amadiro foi introduzido pelo dr. Mandamus como uma distração. Sua ambição podia então ser atendida por alguma outra razão.

– Que outra razão?

– Não existe nenhuma que se origine de uma evidência convincente. Mas posso especular sobre uma. E se o dr. Mandamus souber de algo ou puder fazer algo que levaria a um grande êxito, um êxito que o tornaria com certeza o próximo diretor? Lembre-se de que, ao concluir a investigação sobre sua descendência, o dr. Mandamus disse: "Ainda me restam métodos poderosos". Suponha que isso seja verdade, mas que ele só pudesse usar esses métodos se *não* fosse descendente do parceiro Elijah. Sua exultação por ter se convencido quanto à sua origem se originaria, então, do fato de que ele agora podia usar esses métodos e assegurar-se de receber uma grande promoção.

— Mas quais são esses "métodos poderosos", amigo Daneel?

— Devemos continuar especulando — redarguiu Daneel com seriedade. — Sabemos que o dr. Amadiro não quer nada além de derrotar a Terra e forçá-la a voltar à sua posição original de subserviência aos Mundos Siderais. Se o dr. Mandamus tiver uma maneira de fazer isso, ele com certeza pode conseguir qualquer coisa que quiser do dr. Amadiro, inclusive uma garantia de sucessão na diretoria. Contudo, pode ser que o dr. Mandamus hesite em ocasionar a destruição e a humilhação da Terra a não ser que não sentisse nenhum parentesco com seu povo. Descender de Elijah Baley da Terra o inibiria. A negação desse parentesco o deixa livre para agir e isso o torna exultante.

— Quer dizer que o dr. Mandamus é um homem de consciência? — indagou Giskard.

— Consciência?

— É uma palavra que os seres humanos usam às vezes. Entendi que se aplica a uma pessoa que adere a regras de comportamento que o forçam a agir de formas que se contrapõem ao seu interesse próprio imediato. Se o dr. Mandamus sente que não pode se permitir alcançar uma promoção à custa de pessoas com as quais tem uma ligação distante, imagino que ele seja um homem de consciência. Tenho pensado muito nessas coisas, amigo Daneel, uma vez que parecem implicar que os seres humanos têm de fato Leis regendo seu comportamento, pelo menos em alguns casos.

— E você consegue dizer se o dr. Mandamus é, de fato, um homem de consciência?

— Com base nas minhas observações em relação às emoções dele? Não, eu não estava buscando nada desse tipo, mas, se sua análise estiver correta, consciência pareceria ser o resultado adequado. E, no entanto, se começarmos supondo que ele seja um homem de consciência e argumentarmos na direção contrária, podemos chegar a outras conclusões. Poderia parecer que, se o dr. Mandamus achou que teve um terráqueo como ancestral há apenas vinte décadas, ele poderia se sentir compelido, contra sua consciência, a liderar uma tentativa de derrotar a Terra como forma de se libertar do estigma de tal descendência. Caso ele não fosse descendente, então não se sentiria compelido de maneira tão insuportável a agir contra a Terra, e sua consciência estaria livre para fazê-lo deixar a Terra em paz.

– Não, amigo Giskard – disse Daneel. – Isso não se encaixaria com os fatos. Por mais aliviado que pudesse estar por não ter de agir de maneira violenta com a Terra, ele acabaria sem ter como satisfazer o dr. Amadiro e impor sua própria promoção. Considerando sua natureza ambiciosa, ele não ficaria com a sensação de triunfo que você notou com tanta clareza.

– Entendo. Então concluímos que o dr. Mandamus tem uma forma de derrotar a Terra.

– Sim. E se esse for o caso, não passamos em segurança pelo ponto de crise previsto pelo parceiro Elijah; ao contrário, ela está aqui agora.

– Mas a pergunta fundamental ficou sem resposta, amigo Daneel – comentou Giskard, pensativo. – Qual é a natureza da crise? Qual é o perigo mortal? Você consegue deduzir isso também?

– Isso eu não consigo, amigo Giskard. Cheguei o mais longe que pude. Talvez o parceiro Elijah pudesse ter feito mais se ainda estivesse vivo, mas eu não consigo. Neste ponto, devo depender de você, amigo Giskard.

– De mim? Em que sentido?

– Você pode estudar a mente do dr. Mandamus de um modo que nem eu nem mais ninguém é capaz. Você pode descobrir a natureza da crise.

– Temo não poder, amigo Daneel. Se eu vivesse com um ser humano por um longo período, como uma vez vivi com o dr. Fastolfe, como agora vivo com madame Gladia, eu poderia, pouco a pouco, abrir as camadas da mente, uma após a outra, desfazer o intricado nó um pouco de cada vez, e descobrir muita coisa sem causar dano a ele ou a ela. Fazer o mesmo com o dr. Mandamus depois de uma breve reunião ou depois de cem breves reuniões não alcançaria grandes resultados. Emoções se mostram facilmente, pensamentos não. Se, por uma questão de urgência, eu tentasse me apressar, forçando o processo, com certeza o feriria... e isso eu não sou capaz de fazer.

— Contudo, o destino de bilhões de pessoas na Terra e outros bilhões no resto da Galáxia pode depender disso.

— *Pode* depender. É uma conjetura. Ferir um ser humano é um fato. Considere que o dr. Mandamus pode ser o único que conhece a natureza da crise e sabe como levá-la a cabo. Ele não poderia usar seu conhecimento ou habilidade para forçar o dr. Amadiro a conceder-lhe a diretoria se o dr. Amadiro pudesse conseguir o mesmo de outra fonte.

— É verdade — redarguiu Daneel. — Pode muito bem ser essa a situação.

— Nesse caso, amigo Daneel, não é necessário conhecer a natureza da crise. Se for possível impedir que o dr. Mandamus conte ao dr. Amadiro, ou a qualquer outra pessoa, o que quer que ele saiba, a crise não acontecerá.

— Alguém pode descobrir o que o dr. Mandamus sabe neste momento.

— Sem dúvida, mas não sabemos quando isso vai acontecer. É muito provável que tenhamos tempo para sondar e descobrir mais... e ficarmos mais bem preparados para desempenhar um papel útil.

— Muito bem.

— Se é preciso deter o dr. Mandamus, isso pode ser feito danificando sua mente até o ponto de ela parar de funcionar, ou destruindo sua vida de imediato. Só eu tenho a habilidade de ferir sua mente de forma apropriada, mas não posso fazer isso. Entretanto, qualquer um de nós pode acabar fisicamente com sua vida. Também não consigo fazer isso. *Você* consegue, amigo Daneel?

Houve uma pausa e por fim Daneel suspirou.

— Não consigo. Você sabe.

— Mesmo sabendo que o futuro de bilhões de pessoas na Terra e em outras partes está em jogo? — perguntou Giskard lentamente.

— Não tenho coragem de machucar o dr. Mandamus.

— E eu tampouco. Então nos resta a certeza de que uma crise mortal está por vir, mas uma crise cuja natureza não conhecemos e não podemos descobrir, e contra a qual, portanto, não podemos fazer face.

Eles se entreolharam em silêncio, sem demonstrar nada em suas expressões, mas, de certo modo, com um ar de desespero pairando sobre eles.

④ OUTRO DESCENDENTE

10

Gladia havia tentado relaxar após o penoso encontro com Mandamus... e o fez com uma intensidade que combatia o relaxamento com todas as forças. Ela opacificara todas as janelas do quarto, ajustara o ambiente para soprar uma brisa cálida com o leve som de folhas farfalhando e o ocasional gorjeio suave de um pássaro a distância. Depois ela mudara o som para o de ondas distantes e acrescentara ao olor do ar uma ligeira, porém inconfundível, maresia.

Não ajudou. Sem que ela pudesse evitar, sua mente ecoava o que acabara de acontecer... e com o que aconteceria em breve. Por que tagarelara com Mandamus com tanta liberdade? O que ele (ou Amadiro, para dizer a verdade) tinham a ver com o fato de ela ter ou não visitado Elijah em órbita e o de ter tido ou não, ou quando, um filho dele ou de qualquer outro homem?

A reivindicação de Mandamus quanto à sua descendência a deixara em estado de desequilíbrio, era esse o motivo. Em uma sociedade em que ninguém se importava com descendência ou relacionamento, exceto por razões médicas e genéticas, a intromissão desse assunto em uma conversa estava fadada a ser desconcertante. Isso e as repetidas (mas com certeza acidentais) referências a Elijah.

Ela concluiu que estava achando desculpas para si mesma e, impaciente, deixou aquilo de lado. Ela reagira mal e balbuciara como um bebê, e isso era tudo.

Agora havia esse colonizador que estava por vir.

Ele não era um terráqueo. Não nascera na Terra, ela tinha certeza, e era bem possível que nunca houvesse visitado o planeta. Seu povo poderia ter vivido em um mundo estranho do qual ela nunca ouvira falar e talvez passasse gerações sem ouvir.

Isso faria dele um Sideral, pensou ela. Os Siderais se originaram dos terráqueos também... muitos séculos atrás, mas de que importava? Na verdade, os Siderais tinham vida longa e esses colonizadores deviam ter vida curta, mas em que sentido esse fato os distinguia? Mesmo um Sideral poderia morrer prematuramente por algum acidente esquisito; ela ouvira certa vez sobre um Sideral que morrera de morte natural antes dos 60. Então, por que não pensar no futuro visitante como um Sideral com um sotaque curioso?

Mas não era tão simples. Sem dúvida, o colonizador não se sentia um Sideral. Não é o que uma pessoa é que conta, mas como a pessoa se considera. *Então pense nele como um colonizador, não como um Sideral.*

No entanto, os seres humanos não eram todos seres humanos, não importando qual nomenclatura se aplicasse a eles: Siderais, colonizadores, auroreanos, terráqueos? A prova disso era que os robôs não podiam ferir nenhum deles. Daneel agiria em defesa do mais ignorante dos terráqueos com a mesma rapidez com que agiria para defender o presidente do Conselho de Aurora... e esse ato significava...

Ela podia sentir sua consciência vagando, relaxando de verdade e entrando em um estágio de sono leve quando lhe ocorreu um pensamento repentino que pareceu ricochetear lá.

Por que o colonizador se chamava Baley?

Sua mente se aguçou e saiu daquela bem-vinda espiral de esquecimento que a envolvera.

Por que Baley? Talvez fosse simplesmente um nome comum entre os colonizadores. Afinal, fora Elijah que tornara tudo aquilo possível e devia ser um herói para eles como... como... Ela não conseguiu pensar em um herói análogo para os auroreanos. Quem liderara a primeira expedição que chegara a Aurora? Quem supervisionara a terraformação daquele mundo em estado bruto, onde mal existia vida que fora Aurora? Ela não sabia.

Será que sua ignorância se originava do fato de ter crescido em Solaria... ou será que os auroreanos simplesmente não tinham um herói fundador? Afinal de contas, a primeira expedição a Aurora fora realizada por simples terráqueos. Só em gerações posteriores, com a expansão do tempo de vida e graças a ajustes de uma sofisticada bioengenharia, que os terráqueos se tornaram auroreanos. E, depois disso, por que os auroreanos iriam querer transformar em heróis seus menosprezados predecessores?

Mas os colonizadores poderiam transformar os terráqueos em heróis. Talvez ainda não houvessem mudado. Poderiam mudar algum dia, e então Elijah ficaria esquecido em meio ao constrangimento, mas até então...

Deveria ser isso. Provavelmente metade dos colonizadores vivos havia adotado o sobrenome Baley. Pobre Elijah! Todos se colocando sobre seus ombros e em sua sombra. Pobre Elijah... querido Elijah...

E ela *de fato* dormiu.

11

O sono foi agitado demais para restabelecer sua calma, muito menos seu bom humor. Ela estava carrancuda sem saber disso...

e, se houvesse se olhado no espelho, ficaria surpresa com sua aparência um tanto envelhecida.

Daneel, para quem Gladia era um ser humano, independentemente de idade, aparência ou estado de ânimo, disse:

— Senhora?

Gladia parou com um leve arrepio.

— O colonizador já chegou?

Ela olhou para o mostrador de tempo na parede e então fez um gesto rápido, em resposta ao qual Daneel ajustou a temperatura, aumentando-a. (Havia sido um dia frio e seria uma noite mais fria ainda.)

— Chegou, senhora — respondeu Daneel.

— Onde você o deixou?

— Na sala de visitas principal, senhora. Giskard está com ele e os robôs domésticos estão todos à disposição.

— *Espero* que tenham o bom senso de descobrir o que ele pretende comer no jantar. Não conheço a culinária dos colonizadores. E espero que consigam tentar atender o pedido dele.

— Estou certo de que Giskard cuidará desse assunto com competência, senhora.

Gladia tinha certeza disso também, mas apenas bufou. Pelo menos teria bufado se fosse o tipo de pessoa que bufa. Ela achava que não era.

— Suponho que ele passou pelo período adequado de quarentena antes que lhe permitissem aterrissar — comentou ela.

— Seria inconcebível ele não ter ficado em quarentena, senhora.

— Mesmo assim, vou usar minhas luvas e filtros nas narinas — disse ela.

Ela saiu do quarto, notou vagamente que havia robôs domésticos à sua volta e fez o gesto para que lhe trouxessem um novo par de luvas e um filtro nasal limpo. Cada propriedade tinha seu próprio vocabulário de sinais e cada membro humano de uma residência desenvolvia esses sinais, aprendendo a fazê-los de forma rápida e imperceptível. Esperava-se que um robô seguisse essas ordens discretas de seus mestres humanos como se pudesse ler mentes; e, como consequência, um robô não conseguia seguir ordens de seres humanos de fora da propriedade a não ser que fossem cuidadosamente expressas pela fala.

Nada humilharia mais um membro humano de uma propriedade do que um robô da casa hesitar em cumprir uma ordem ou, pior, cumpri-la de forma incorreta. Significaria que o ser humano se atrapalhara com um sinal... ou que o robô se atrapalhara.

Em geral, ela sabia, era culpa do ser humano, mas, quase em todos os casos, não se admitia isso. O robô seria mandado para uma desnecessária análise de reação ou injustamente colocado à venda. Gladia sempre achara que nunca cairia nessa armadilha de ego ferido; no entanto, se não tivesse recebido as luvas e os filtros nasais, ela teria...

Mas não precisou terminar o pensamento. O robô mais próximo lhe trouxe o que queria, correta e rapidamente.

Gladia ajustou os filtros nasais e fungou um pouco para se certificar de que estavam adequadamente colocados (ela não estava disposta a correr o risco de ser infectada por alguma doença desagradável que houvesse sobrevivido ao minucioso tratamento durante a quarentena).

— Como ele é, Daneel? — perguntou ela.

— Tem estatura e medidas comuns, senhora — respondeu Daneel.

— Quero dizer o rosto dele. — (Era tolice perguntar. Se ele tivesse qualquer semelhança familiar com Elijah Baley, Daneel teria notado tão rapidamente quanto ela e teria comentado o fato.)

— É difícil dizer, senhora. Não se pode vê-lo por inteiro.

— O que isso quer dizer? Com certeza ele não está usando uma máscara, Daneel.

— De certo modo, está, senhora. O rosto dele é coberto de pelos.

— Pelos? — Ela se viu dando risada. — Quer dizer como nas produções históricas para hipervisão? Barbas? — Ela fez pequenos gestos indicando um tufo de pelo no queixo e outro sob o nariz.

— Mais do que isso, senhora. Metade do rosto dele está coberto.

Gladia arregalou os olhos e, pela primeira vez, sentiu um interesse repentino em vê-lo. Como seria um rosto com pelo por toda parte? Os homens auroreanos e Siderais, em geral, tinham pouquíssimos pelos no rosto, e os que tinham eram removidos de forma permanente no final da adolescência, quase durante a primeira infância.

Às vezes o lábio superior permanecia intocado. Gladia se lembrava de que seu marido, Santirix Gremionis, antes do casamento, tinha uma linha fina de pelos sob o nariz. Um bigode, como ele o chamava. Parecia uma sobrancelha peculiarmente disforme colocada no lugar errado e, uma vez tendo se resignado a aceitá-lo como marido, ela insistira que ele destruísse os folículos.

Ele o fizera com apenas um murmúrio e passava-lhe pela cabeça só agora, pela primeira vez, perguntar a si mesma se ele sentiria falta do pelo. Parecia-lhe que o vira, às vezes, naqueles primeiros anos, levando o dedo ao lábio superior. Ela pensou que ele cutucava nervosamente o local por conta de uma vaga coceira e só nesse momento ocorria-lhe que ele estava procurando por um bigode que sumira para sempre.

Como seria um homem com um bigode no rosto todo? Será que se pareceria com um urso?

Qual seria a sensação? E se as mulheres tivessem esse tipo de pelo também? Ela pensou em um homem e uma mulher tentando se beijar e tendo dificuldades para encontrar a boca um do outro. Achou a ideia engraçada, de uma maneira inofensiva e irreverente, e deu uma gargalhada. Ela sentiu sua petulância desaparecer e estava de fato ansiosa para ver o monstro.

Afinal, não seria necessário temê-lo mesmo que seu comportamento fosse tão animalesco quanto sua aparência. Ele não teria robô algum (os colonizadores supostamente tinham uma sociedade não robótica) e ela estaria cercada por uma dezena. O monstro seria imobilizado em uma fração de segundos caso fizesse o menor movimento que levantasse suspeitas... ou se erguesse a voz, enraivecido.

— Leve-me até ele, Daneel — pediu Gladia em perfeito bom humor.

12

O monstro se levantou. Ele disse algo que soava como "Boatár, milêdi".

De pronto, ela compreendeu o "boa tarde", mas demorou um instante para traduzir a última parte para "milady".

— Boa tarde — replicou Gladia, distraída. Ela se lembrava da dificuldade que tivera para entender a pronúncia auroreana do Padrão Galáctico naqueles distantes dias quando ela, uma mulher jovem e assustada, chegara ali vinda de Solaria.

O sotaque do monstro era rude... ou será que soava rude porque seu ouvido não estava acostumado com ele? Elijah, ela se lembrava, parecia sonorizar o "k" e o "p", mas, do contrário, ele falava muito bem. Haviam se passado vinte décadas, e esse colonizador não era da Terra. A linguagem, quando isolada, passava por mudanças.

Mas apenas uma pequena parte da mente de Gladia estava envolvida com o problema linguístico. Ela estava olhando para a barba dele.

Não era nem um pouco como as barbas que os atores usavam em dramas históricos. Aquelas sempre pareciam constituídas de tufos, um pouco aqui, um pouco ali, com uma aparência melada e brilhosa.

A barba do colonizador era diferente. Ela cobria suas bochechas e seu queixo de maneira uniforme, densa e abundante. Era de um tom castanho-escuro, um pouco mais claro e ondulado que o cabelo dele, e tinha pelo menos uns cinco centímetros de comprimento, ela estimou... uniformemente comprida.

Ela não cobria o rosto todo, o que foi um tanto decepcionante. A testa dele estava totalmente descoberta (exceto pelas sobrancelhas), bem como seu nariz e a parte abaixo dos olhos.

O lábio superior dele também não tinha pelo, mas havia um sombreado, como se o bigode estivesse começando a crescer ali. Havia mais uma parte descoberta logo abaixo do lábio inferior, mas com pelos crescendo de maneira menos pronunciada e concentrada, em sua maior parte, na região central.

Já que ambos os lábios estavam descobertos, ficou claro para Gladia que não haveria dificuldade em beijá-lo. Sabendo que ficar encarando era falta de educação e olhando mesmo assim, ela disse:

— Ao que me parece, o senhor remove os pelos ao redor dos lábios.

— Sim, milady.

— Posso perguntar por qual motivo?

— Pode. Por motivos de higiene. Não quero que a comida fique grudada nos pelos.

— O senhor os raspa, não é? Vejo que estão crescendo de novo.

— Eu uso um laser facial. Leva quinze minutos depois de acordar.

— Por que não depilar e se livrar disso?

— Posso querer que os pelos cresçam outra vez.

— Por quê?

— Por razões estéticas, milady.

Desta vez, Gladia não entendeu a palavra. Parecia "ecléticas" ou talvez "acéticas".

— Como?

— Pode ser que eu me canse da minha aparência de agora e queira deixar que os pelos no lábio superior cresçam novamente.

Algumas mulheres gostam, sabe – o colonizador tentou parecer modesto, mas não conseguiu –, tenho um belo bigode quando deixo que ele cresça.

– O senhor quis dizer "estéticas" – disse Gladia, entendendo de repente a palavra.

O colonizador riu, mostrando lindos dentes brancos, e disse:
– A senhora também fala engraçado, milady.

Gladia tentou parecer altiva, mas se derreteu em um sorriso. Pronúncia apropriada era uma questão de consenso local.

– O senhor deveria me ouvir falando com sotaque solariano... se houver oportunidade para isso. Então seria "razoens estéticas" – disse ela. O "erre" vibrava interminavelmente.

– Estive em lugares onde se fala um pouco parecido com isso. Soa bárbaro. – Ele fez ambos os "erres" vibrarem absurdamente na última palavra.

Gladia soltou uma risadinha.

– O senhor está produzindo o som com a ponta da língua. Tem que ser com os lados da língua. Ninguém, a não ser um solariano, consegue fazê-lo corretamente.

– Talvez possa me ensinar. Um mercador como eu, que já esteve em toda parte, ouve todo tipo de perversão linguística. – Outra vez ele tentou fazer os "erres" da penúltima palavra vibrarem, engasgou um pouco e tossiu.

– Viu? Vai enrolar suas amídalas e *nunca* irá se recuperar. – Ela ainda estava olhando para a barba dele e já não conseguia mais conter sua curiosidade. Ela estendeu o braço para tocá-la.

O colonizador recuou e começou a se afastar; depois, percebendo a intenção dela, ficou imóvel.

A mão de Gladia, coberta por uma luva invisível, pousou de leve no lado esquerdo da face dele. O fino plástico que cobria seus dedos não interferia no tato e ela sentiu que o pelo era macio e flexível.

– É agradável – disse ela com ar de evidente surpresa.

— Amplamente admirada — disse o colonizador, sorrindo.

— Mas não posso ficar aqui e tocando-o o dia todo — comentou ela.

Ignorando a resposta previsível de "por mim, a senhora pode", ela continuou.

— O senhor disse aos meus robôs o que gostaria de comer?

— Milady, eu disse a eles o que digo à senhora neste momento: o que for mais prático. Estive em dezenas de planetas no último ano e cada um tem sua própria culinária. Um mercador aprende a comer qualquer coisa que não seja de fato tóxica. Eu preferiria uma refeição auroreana a algo que tentasse imitar a comida do Mundo de Baley.

— Mundo de Baley? — disse Gladia de forma brusca, voltando a franzir a testa.

— O nome é uma homenagem ao líder da primeira expedição ao planeta, ou a *qualquer* um dos Planetas Colonizados, na verdade. Ben Baley.

— O filho de Elijah Baley?

— Sim — respondeu o colonizador, e mudou de assunto instantaneamente, olhando para si mesmo e acrescentando, com um traço de petulância: — Como vocês conseguem suportar essas suas roupas... lisas e fofas? Eu ficaria feliz de colocar as minhas de novo.

— Estou certa de que terá a oportunidade de fazer isso em breve. Mas, por enquanto, por favor, venha almoçar comigo. A propósito, disseram-me que seu nome é Baley... como o de seu planeta.

— Não é de surpreender. É o nome mais homenageado no planeta, naturalmente. Sou Degê Baley.

Eles entraram na sala de jantar, com Giskard à frente e Daneel atrás, cada um colocando-se em seu nicho apropriado na parede. Outros robôs já estavam em seus nichos e dois destes saíram de seus respectivos lugares para servir. A sala estava iluminada com a luz do sol, as paredes estavam vivamente decoradas, a mesa estava posta e o aroma da comida era atrativo.

O colonizador sentiu o cheiro e soltou a respiração, satisfeito.

— Acho que não terei problema algum em comer a comida auroreana. Onde a senhora gostaria que eu me sentasse, milady?

— Queira se sentar aqui, senhor — interpôs um robô de pronto.

O colonizador se sentou e, depois de tratar de seu convidado, Gladia tomou seu lugar.

— Degê? — começou ela. — Não conheço as peculiaridades do seu mundo quanto aos nomes, então peço desculpas caso minha pergunta o ofenda. Degê não seria um nome feminino?

— De modo algum — retorquiu o colonizador com frieza.

— Em todo caso, não é um nome, são duas iniciais. A quarta e a sétima letras do alfabeto.

— Oh — disse Gladia, esclarecida —, D.G. Baley. E o que significam as iniciais, se me perdoa a curiosidade?

— Com certeza. Ali está o D., sem dúvida — explicou ele, apontando o polegar em direção a um dos nichos na parede — e imagino que aquele seja o G. — Ele apontou o polegar em direção a outro nicho.

— Não está falando sério — comentou Gladia vagamente.

— Ora, estou. Meu nome é Daneel Giskard Baley. Em todas as gerações de minha família, houve pelo menos um Daneel ou um Giskard em suas linhagens cada vez maiores. Eu fui o último de seis filhos, mas o único menino. Minha mãe achou que já era o bastante e compensou o fato de ter apenas um filho dando-me ambos os nomes. Isso me tornou Daneel Giskard Baley, e esse fardo duplo era pesado demais para mim. Prefiro D.G. como nome e ficaria honrado se a senhora o usasse. — Ele sorriu com cordialidade. — Sou o primeiro a ter os dois nomes e sou também o primeiro a ver os magníficos originais.

— Mas por que esses nomes?

— Foi ideia do ancestral Elijah, de acordo com a história da família. Ele teve a honra de escolher os nomes dos netos e batizou o mais velho de Daneel, enquanto o segundo foi chamado de Giskard. Ele insistiu nesses nomes e isso criou a tradição.

— E as filhas?

— O nome tradicional de geração a geração é Jezebel... Jessie. A mulher de Elijah, a senhora sabe.

— Eu sei.

— Não existem... — Ele interrompeu a fala de modo abrupto e transferiu sua atenção para o prato que fora colocado à sua frente.

— Se aqui fosse o Mundo de Baley, eu diria que este é um pedaço de carne de porco assada coberta de molho de amendoim.

— Na verdade, é um prato vegetariano, D.G. O que o senhor estava prestes a dizer era que não existem Gladias na família.

— Não existem — redarguiu D.G. em um tom calmo. — Uma explicação diz que Jessie, a Jessie original, teria objetado, mas não aceito essa versão. A mulher de Elijah, nossa ancestral, nunca veio ao Mundo de Baley, sabe, nunca deixou a Terra. Como ela poderia ter objetado? Não, para mim, é certo que o ancestral não queria nenhuma outra Gladia. Nenhuma imitação, nenhuma cópia, nenhum simulacro. Uma Gladia. Única... Ele também pediu que não houvesse nenhum outro Elijah.

Gladia não estava conseguindo comer.

— Acho que seu ancestral passou a última parte da vida tentando ser tão impassível quanto Daneel. Mesmo assim, tinha ideias românticas sob a superfície. Ele poderia ter permitido a existência de outros Elijahs e outras Gladias. Eu certamente não teria me ofendido, e imagino que tampouco teria ofendido a mulher dele.

— Ela deu uma risada trêmula.

— De certa maneira, nada disso parece real — disse D.G. — O ancestral praticamente faz parte da história antiga; ele morreu há 164 anos. Sou descendente dele da sétima geração. No entanto, estou aqui sentado diante de uma mulher que o conheceu quando ele era bem jovem.

— Eu não o conheci muito bem — replicou Gladia, olhando para o próprio prato. — Eu o vi por pouco tempo em três ocasiões diferentes em um período de sete anos.

— Eu sei. O filho do ancestral, Ben, escreveu uma biografia dele, a qual é um dos clássicos da literatura no Mundo de Baley. Até eu li o livro.

— É mesmo? Eu não o li. Nem sabia de sua existência. O que... o que ele diz sobre mim?

D.G. pareceu achar graça.

— Nada a que a senhora se oporia, deixou uma boa impressão. Mas não se preocupe com isso. O que me impressiona é que estamos aqui juntos com uma diferença de sete gerações. Quantos anos a senhora tem, milady? É de bom tom fazer essa pergunta?

— Não sei se é de bom tom, mas não tenho nenhuma objeção. Tenho 235 anos galácticos padrão. São 23,5 décadas.

— A senhora parece não ter chegado aos 50. O ancestral morreu aos 82 anos, um idoso. Eu tenho 39 e, quando morrer, a senhora ainda estará viva...

— Se eu evitar uma morte acidental.

— E continuará vivendo talvez durante mais cinco décadas.

— Tem inveja de mim, D.G.? — perguntou Gladia com uma ponta de amargura na voz. — Tem inveja de mim porque eu sobrevivi a Elijah mais de quinze décadas e por estar condenada a sobreviver-lhe mais cem anos, talvez?

— Claro que eu a invejo — foi a calma resposta. — Por que não? Eu não me oporia a viver por vários séculos, se não fosse pelo fato de que, dessa forma, estaria dando mau exemplo ao povo do Mundo de Baley. Por via de regra, não gostaria que eles vivessem tanto assim. Dessa forma, o ritmo do progresso histórico e intelectual se tornaria muito lento. Aqueles que estão no topo ficariam no poder por tempo demais. O Mundo de Baley se afundaria em bate-papo e decadência... como aconteceu com o seu mundo.

Gladia ergueu o pequeno queixo.

— O senhor descobrirá que Aurora vai muito bem.

— Estou falando do *seu* mundo. Solaria.

Gladia hesitou, depois falou com firmeza:
— Solaria não é o meu mundo.
— Espero que seja — retrucou D.G. — Vim vê-la porque acredito que Solaria seja o seu mundo.
— Se foi por isso que veio me ver, está perdendo seu tempo, meu jovem.
— A senhora nasceu em Solaria, não nasceu, e viveu lá por algum tempo?
— Vivi lá durante as três primeiras décadas da minha vida... mais ou menos a oitava parte de minha vida.
— Então isso a torna solariana o suficiente para poder me ajudar em uma questão de relativa importância.
— *Não* sou solariana, apesar da suposta importância do assunto.
— É uma questão de guerra e paz... se *a senhora* chamar isso de importante. Os Mundos Siderais estão à beira de um embate com os Mundos dos Colonizadores e as coisas ficarão ruins para todos nós se a situação chegar a esse ponto. E depende da *senhora*, milady, impedir esse conflito e assegurar a paz.

13

Haviam terminado de comer (fora uma refeição breve) e Gladia se viu olhando para D.G. com uma fúria contida.

Ela vivera sossegadamente durante as últimas vinte décadas, descascando as complexidades da vida. Aos poucos, esquecera a tristeza em Solaria e as dificuldades de adaptação em Aurora. Conseguira enterrar bem fundo a agonia de dois assassinatos e o êxtase de dois amores estranhos, com um robô e com um terráqueo, e superar tudo isso. Acabara tendo um longo e tranquilo casamento, concebendo dois filhos e trabalhara com sua arte aplicada para o desenho de vestuários. E por fim seus filhos foram embora, depois seu marido, e logo ela até se aposentaria de seu trabalho.

Então ficaria sozinha com seus robôs, satisfeita... ou melhor, conformada... com deixar a vida passar de forma sossegada e monótona em direção a um lento encerramento a seu tempo... um encerramento tão suave que ela poderia nem se dar conta do fim quando ele chegasse.

Era o que ela queria.

Então... O que estava acontecendo?

Começara na noite anterior, quando ela levantara os olhos em vão para o céu cheio de estrelas para ver a estrela de Solaria, que não estava no céu e que ela não poderia ter visto mesmo se estivesse. Era como se esse ato tolo de olhar para o passado (um passado que deveria ter permanecido morto) houvesse estourado a fria bolha que ela construíra ao seu redor.

Primeiro o nome de Elijah Baley, a lembrança mais alegremente dolorosa de todas as que havia varrido com tanto cuidado, ressurgira diversas vezes em uma repetição desagradável.

Depois ela foi forçada a lidar com um homem que pensou, de forma equivocada, que poderia ser descendente de Elijah em quinto grau e agora com outro homem que era de fato seu descendente em sétimo grau. Por fim, estavam lhe atribuindo problemas e responsabilidades semelhantes àqueles que incomodaram Elijah várias vezes.

Estaria ela se tornando Elijah, de algum modo, sem ter nem um pouco de seu talento nem de sua impetuosa dedicação ao dever a qualquer custo?

O que ela fizera para merecer isso?

Ela sentiu sua fúria ser coberta por uma onda de autopiedade. Achou que estava sento tratada de maneira injusta. Ninguém tinha o direito de descarregar responsabilidade em cima dela dessa forma.

— Por que insiste em dizer que sou solariana, quando estou lhe dizendo que não sou? — perguntou ela, forçando o nível de voz.

D.G. não pareceu perturbado pela frieza que agora se insinuara em sua voz. Ele ainda segurava o macio guardanapo que lhe fora dado ao fim da refeição. O pano estava úmido e quente (não quente demais), e ele imitara as ações de Gladia de cuidadosamente limpar as mãos e a boca. Depois ele o dobrara e o passara com delicadeza pela barba. O guardanapo estava se rasgando e se enrugando.

— Presumo que ele vá desaparecer por completo — comentou ele.

— Sim. — Gladia colocara o próprio guardanapo no receptáculo apropriado na mesa. Segurá-lo era falta de educação e só podia ser justificado pela evidente falta de familiaridade de D.G. com os costumes civilizados. — Alguns acham que isso polui a atmosfera, mas há uma suave corrente que leva o resíduo para cima e o aprisiona em filtros. Duvido que vá nos causar problemas. Mas o senhor ignorou minha pergunta.

D.G. amarrotou o que havia sobrado de seu guardanapo e o colocou no braço da cadeira. Um robô, em reação ao gesto rápido e discreto de Gladia, retirou o chumaço.

— Não pretendo ignorar sua pergunta, milady — disse D.G.

— Não estou tentando *forçá-la* a ser solariana. Estou apenas salientando que a senhora nasceu em Solaria e passou suas primeiras décadas lá e, portanto, seria razoável considerá-la solariana, pelo menos de certo modo. A senhora sabe que o planeta Solaria foi abandonado?

— Foi o que ouvi dizer. Sim.

— Sente algo a respeito?

— Sou auroreana e tenho sido uma há vinte décadas.

— Isso é um *non sequitur*.

— Não sabe *o quê*? — Ela não conseguiu entender nada daquela última expressão.

— A resposta não tem conexão com a pergunta.

— O senhor quis dizer *non sequitur*. Disse algo como "não sei que tá".

D.G. deu um sorriso.

— Tudo bem. Vamos deixar o "que não sei" de lado. Perguntei-lhe se sente algo quanto à morte de Solaria e a senhora me respondeu que é auroreana. A senhora sustenta que isso é uma resposta? Um auroreano de nascimento poderia se sentir mal com a morte de um mundo irmão. Como a senhora se sente sobre o assunto?

— Não importa — respondeu Gladia com frieza. — Por que está interessado?

— Vou explicar. Nós... quero dizer, os mercadores dos Mundos dos Colonizadores... estamos interessados porque há negócios a serem feitos, lucro a ser obtido e um mundo a ser ganho. Solaria já passou pela terraformação; é um mundo confortável; parece que os Siderais não precisam dele ou não o desejam. Por que não o colonizaríamos?

— Porque não é seu.

— Ele é *seu* para a senhora se opor? Aurora tem mais direito a reivindicá-lo do que o Mundo de Baley? Não podemos supor que um mundo vazio pertence a quem deseja colonizá-lo?

— Vocês o colonizaram?

— Não... porque não está vazio.

— Quer dizer que nem todos os solarianos partiram? — indagou Gladia rapidamente.

D.G. voltou a esboçar um sorriso, que se tornou mais amplo.

— A senhora ficou entusiasmada com a ideia. Apesar de ser auroreana.

Gladia franziu a testa de imediato.

— Responda à minha pergunta.

D.G. encolheu os ombros.

— Havia apenas 5 mil solarianos em seu planeta pouco antes de ele ser abandonado, de acordo com nossas melhores estimativas. A população vinha diminuindo há anos. Mas que fossem 5 mil... Podemos ter certeza de que *todos* se foram? Entretanto, não é essa a questão. Mesmo que todos os solarianos tivessem ido embora, o planeta não estaria vazio. Nele existem cerca de 200 milhões de robôs ou mais... robôs sem mestre, alguns dentre eles considerados os mais avançados na Galáxia. Presume-se que esses solarianos que se foram levaram alguns robôs com eles... é difícil imaginar Siderais se virando totalmente sem robôs. – Sorrindo, ele olhou para os robôs nos nichos da sala. – Contudo, eles não podem ter levado 40 mil robôs cada um.

– Pois bem – Gladia retrucou –, já que seus Mundos dos Colonizadores são tão puramente livres de robôs e desejam permanecer assim, suponho que não poderão colonizar Solaria.

– Isso mesmo. Não até que todos os robôs tenham ido embora, e é aí que entram os mercadores, como eu.

– Em que sentido?

– Não queremos uma sociedade robotizada, mas não nos importamos de tocar nos robôs e lidar com eles em termos de negócios. Não temos um medo supersticioso dessas coisas. Apenas sabemos que uma sociedade robotizada está fadada a entrar em decadência. Os Siderais deixaram isso bem claro para nós por seu próprio exemplo. De modo que, embora não queiramos viver com esse veneno robótico, estamos perfeitamente dispostos a vendê-los para os Siderais por uma quantia substancial... se forem tolos de querer uma sociedade nesses moldes.

– O senhor acha que os Siderais vão comprá-los?

– Tenho certeza de que vão. Receberão de bom grado os modelos elegantes fabricados pelos solarianos. Todos sabem que eles eram os mais notáveis designers de robôs da Galáxia, embora digam que o falecido dr. Fastolfe fosse incomparável nessa área, apesar do fato de ser auroreano. Além do mais, mesmo que cobrássemos uma quantia substancial, essa quantia ainda seria consideravelmente menor do que os robôs valem. Tanto os Siderais como os mercadores lucrariam... o segredo de uma negociação bem-sucedida.

– Os Siderais não comprariam robôs de colonizadores – comentou Gladia com evidente menosprezo.

D.G. tinha o costume típico dos mercadores de ignorar fatores que não fossem essenciais, como a raiva e o desdém. O que contava eram os negócios.

— Claro que comprariam — replicou ele. — Se lhes oferecem robôs avançados pela metade do preço, por que deveriam recusá-los? A senhora ficaria surpresa ao ver como essas questões de ideologia perdem importância quando há uma negociação a ser conduzida.

— Acho que o senhor é quem se surpreenderia. Tente vender os seus robôs e verá.

— Eu faria isso se pudesse, milady. Quero dizer, tentar vendê-los. Não tenho nenhum em mãos.

— Por que não?

— Porque nenhum foi recolhido. Duas naves mercantes diferentes pousaram em Solaria, cada uma delas com capacidade para armazenar uns 25 robôs. Caso tivessem sido bem-sucedidas, frotas inteiras de naves mercantes as teriam seguido, e ouso dizer que continuaríamos fazendo negócios por décadas a fio... e por fim colonizaríamos aquele mundo.

— Mas não tiveram êxito. Por que não?

— Porque ambas as naves foram destruídas na superfície do planeta e, até onde sabemos, todos os tripulantes estão mortos.

— Falha no equipamento?

— Imagine. Ambas aterrissaram em segurança; elas não se despedaçaram. Seus últimos relatórios deram conta de que havia Siderais se aproximando... se eram solarianos ou nativos de outros Mundos Siderais, não sabemos. Só podemos supor que os Siderais atacaram sem aviso.

— Isso é impossível.

— É mesmo?

— Claro que é impossível. Qual seria o motivo?

— Manter-nos fora daquele mundo, eu arriscaria dizer.

— Se quisessem fazer isso, teriam apenas de anunciar que o planeta estava ocupado — explicou Gladia.

— Pode ser que achem mais prazeroso matar alguns colonizadores. Pelo menos, é o que pensam muitos de nós, e há uma pressão para resolver as coisas enviando algumas naves de guerra para Solaria e estabelecendo uma base militar no planeta.
— Isso seria perigoso.
— Sem dúvida. Poderia levar a uma guerra. Alguns dos nossos cabeças quentes anseiam por uma. Talvez alguns Siderais também anseiem e tenham destruído duas naves só para provocar hostilidade.

Gladia ficou assombrada. Não houvera nenhuma insinuação sobre relações tensas entre os Siderais e os colonizadores em nenhum dos programas de notícia.

— Decerto pode-se discutir essa questão. Seu povo abordou a Federação Sideral?
— Um órgão totalmente irrelevante, mas abordamos. Também abordamos o Conselho Auroreano.
— E?
— Os Siderais negam tudo. Sugerem que o potencial lucro do comércio de robôs solarianos é tão alto que os mercadores, que estão interessados apenas em dinheiro (como se eles próprios não estivessem), lutariam uns com os outros por essa questão. Aparentemente, querem que acreditemos que as duas naves destruíram uma à outra, cada qual na esperança de monopolizar o comércio em seu mundo.
— As duas naves eram de dois mundos diferentes, então?
— Sim.
— O senhor não acha, então, que talvez tenha de fato ocorrido uma luta entre elas?
— Acho pouco provável, mas admito que é possível. Não houve nenhum conflito direto entre os Mundos dos Colonizadores, mas já ocorreram algumas disputas acirradas. Todas foram resolvidas com mediação da Terra. No entanto, o fato é que os Mundos dos Colonizadores poderiam mesmo, em uma situação

apertada, não se unir quando o que está em jogo é um comércio de muitos bilhões de dólares. É por isso que a guerra não é uma boa ideia para nós e que será preciso fazer algo para desencorajar os cabeças quentes. E é aí que nós entramos.

— *Nós?*

— A senhora e eu. Pediram-me que fosse a Solaria e descobrisse, se eu puder, o que aconteceu de fato. Levarei uma nave armada, mas não fortemente.

— O senhor também pode ser destruído.

— É possível. Mas, pelo menos, não pegarão minha nave despreparada. Além do mais, não sou um daqueles heróis de hipervisão e refleti sobre o que eu poderia fazer para diminuir as chances de destruição. Ocorreu-me que uma das desvantagens da incursão dos colonizadores em Solaria é que não sabemos nada sobre aquele mundo. Então seria útil levar alguém que o conhece... em suma, um solariano.

— Quer dizer que quer *me* levar?

— Isso mesmo, milady.

— Por que *eu*?

— Acho que a senhora consegue perceber sem explicação alguma, milady. Aqueles que deixaram o planeta se foram não sabemos para onde. Se ainda houver algum solariano no planeta, é muito provável que seja o inimigo. Não existem Siderais nascidos em Solaria vivendo em qualquer planeta Sideral que não seja Solaria... exceto a senhora. A única solariana disponível para mim é a senhora, a *única* em toda a Galáxia. É por isso que preciso que me acompanhe e é por isso que a senhora deve vir.

— Está errado, colonizador. Se eu sou a única disponível para o senhor, então não tem ninguém à sua disposição. Não pretendo ir com o senhor e é impossível, absolutamente impossível, forçar-me a ir com o senhor. Estou cercada pelos meus robôs. Dê um passo em minha direção e será imobilizado de imediato... e, se relutar, sairá machucado.

— Não pretendo usar de força. A senhora deve vir por sua livre vontade... e deveria estar disposta a fazê-lo. É uma questão de prevenir uma guerra.

— Isso é tarefa dos governos, do seu lado e do meu. Eu me recuso a ter qualquer relação com o assunto. Sou uma cidadã comum.

— A senhora deve isso ao seu mundo. Podemos sofrer em caso de guerra, mas Aurora também sofrerá.

— Não sou um daqueles heróis de hipervisão, do mesmo modo como o senhor não é.

— Então, a senhora deve isso a mim.

— O senhor está louco. Não lhe devo nada.

D.G. deu um leve sorriso.

— A senhora não me deve nada como indivíduo. Mas me deve muito como descendente de Elijah Baley.

Gladia ficou paralisada, fitando o monstro barbado por um longo instante. Como ela pudera se esquecer de quem ele era?

Com dificuldade, ela enfim murmurou:

— Não.

— Sim — retrucou D.G. energicamente. — Em duas ocasiões diferentes, o ancestral fez mais pela senhora do que jamais poderá retribuir. Ele não está mais aqui para cobrar a dívida... uma pequena parte dessa dívida. Eu herdo o direito de fazê-lo.

— Mas o que poderei fazer pelo senhor se o acompanhar? — perguntou ela em desespero.

— Nós vamos descobrir. A senhora virá?

Gladia queria desesperadamente recusar, mas não seria por isso que, de forma tão súbita, mais uma vez Elijah se tornara parte de sua vida nas últimas vinte e quatro horas? Seria para que, quando lhe fizessem essa exigência impossível, fosse em nome dele e ela não pudesse recusar?

— De que serviria? O Conselho não me deixará ir com o senhor. Não permitirão que uma auroreana seja levada em uma nave dos colonizadores — objetou ela.

— Milady, a senhora tem vivido em Aurora há duzentos anos, então acha que os nascidos neste planeta a consideram auroreana. Não é esse o caso. Para eles, a senhora ainda é uma solariana. Eles a deixarão partir.

— Não deixarão — contrapôs Gladia, o coração batendo forte e a pele dos antebraços se arrepiando. Ele estava certo. Ela pensou em Amadiro, que certamente pensava nela como nada além de uma solariana. Não obstante, repetiu "não deixarão", tentando tranquilizar-se.

— Deixarão — respondeu D.G. — Não veio alguém do seu Conselho para pedir que me recebesse?

— Ele me pediu apenas que reportasse essa conversa que tivemos. E é isso mesmo o que farei — disse ela em tom de desafio.

— Se querem que a senhora me espione aqui na sua casa, milady, acharão ainda mais útil que me espione em Solaria. — Ele esperou uma resposta e, quando esta não veio, disse com certo sinal de cansaço: — Milady, se a senhora se recusar, não vou forçá-la porque não terei de fazer isso. *Eles* a forçarão. Mas não quero que seja assim. Se ainda estivesse aqui, o ancestral não ia querer isso. Ele desejaria que viesse comigo por gratidão a ele e por nenhum outro motivo. Milady, o ancestral lutou em seu favor em condições de extrema dificuldade. A senhora não vai lutar em nome da memória dele?

Gladia ficou com o coração apertado. Sabia que não seria capaz de resistir a esse argumento.

— Não posso ir a lugar algum sem robôs — disse ela.

— Eu não esperaria que pudesse. — D.G. estava sorrindo de novo. — Por que não levar meus dois homônimos? A senhora precisa de mais?

Gladia olhou na direção de Daneel, mas ele estava imóvel. Olhou na direção de Giskard... a mesma coisa. E então pareceu a ela, só por um instante, que a cabeça dele se mexeu, muito de leve, para cima e para baixo.

Ela tinha de confiar nele.

— Pois bem, irei com o senhor — anunciou ela. — Esses dois robôs são tudo de que necessito.

PARTE II
SOLARIA

⑤ O MUNDO ABANDONADO

14

Pela quinta vez na vida, Gladia estava em uma espaçonave. Se pega de surpresa, não lembraria com exatidão há quanto tempo ela e Santirix haviam ido juntos ao Mundo de Euterpe – suas florestas tropicais eram amplamente reconhecidas como incomparáveis, em especial sob a luz de seu brilhante satélite, Pedra Preciosa.

A floresta tropical era, de fato, viçosa e verdejante, com árvores cuidadosamente plantadas por classificação e em fileiras, e a vida animal selecionada com zelo, de modo a oferecer cor e deleite, evitando, ao mesmo tempo, as criaturas venenosas e desagradáveis.

O satélite, com todos os seus 150 quilômetros de diâmetro, ficava próximo o bastante de Euterpe para reluzir como um pontinho bem cintilante. Ficava tão próximo ao planeta que era possível vê-lo percorrendo o céu de oeste a leste, ultrapassando o movimento de rotação do planeta, que era mais lento. Sua luminosidade aumentava conforme subia em direção ao zênite e diminuía à medida que descia em direção ao horizonte outra vez. Uma pessoa o observava com fascínio na primeira noite, com menor interesse na segunda, e com um vago descontentamento na terceira... supondo que o céu estivesse claro nessas noites, o que não costumava acontecer.

Os euterpanos nativos, ela notara, nunca olhavam para o fenômeno, embora o exaltassem com vigor para os turistas, claro.

De um modo geral, Gladia aproveitara muito bem a viagem, mas o que ela lembrava com maior intensidade era a alegria de seu retorno a Aurora e sua decisão de não viajar de novo, a não ser em caso de extrema necessidade. (Pensando bem, tinha de ser há pelo menos oitenta décadas.)

Por algum tempo, ela convivera com o medo inquietante de que seu marido insistisse em outra viagem, mas ele nunca mencionou a ideia. Naquela época, ela chegou a pensar algumas vezes que talvez ele tivesse tomado a mesma decisão e temesse que fosse a esposa quem queria viajar.

O fato de evitar viagens não os tornava estranhos. Os auroreanos em geral... na verdade, os Siderais, em geral... tendiam a ser caseiros. Seus mundos e suas propriedades eram confortáveis demais. Afinal, que prazer poderia ser maior do que aquele de ser cuidado pelos seus próprios robôs, que conheciam cada um dos seus sinais, e que, aliás, conheciam seus costumes e desejos mesmo sem que lhe dissessem?

Ela se remexeu, agitada. Será que era isso que D.G. insinuara quando falou sobre a decadência de uma sociedade robotizada?

Mas agora ela estava no espaço outra vez, depois de todo esse tempo. E em uma nave da Terra.

Ela não havia visto muita coisa da nave, mas o pouco que vislumbrara a deixou terrivelmente inquieta. Parecia ser constituída apenas de linhas retas, ângulos acentuados e superfícies lisas. Aparentemente, tudo o que não era *robusto* fora eliminado. Era como se nada devesse existir, a não ser a funcionalidade. Apesar de ela não saber o que de fato era funcional quanto a qualquer objeto em particular naquela nave, Gladia tinha a sensação de que tudo ali era o necessário, de que nada deveria impedir que se percorresse a menor distância entre os pontos.

Tudo que se tratava acerca dos auroreanos (tudo que dizia respeito aos Siderais, era quase possível dizer, embora Aurora fosse o planeta mais avançado nesse sentido), tudo existia em camadas. A funcionalidade ficava em último plano (não era possível se livrar disso por completo, exceto nas coisas que eram apenas ornamentais), mas sempre havia algo recobrindo-a para satisfazer os olhos e os sentidos, em geral, e, recobrindo isso, algo para satisfazer a alma.

Como assim era melhor! Ou será que isso representava tanta exuberância da criatividade humana que os Siderais já não conseguiam conviver com um Universo sem adornos... e seria isso ruim? Será que o futuro pertencia a esses geometrizadores que iam de-um-lado-para-outro? Ou será que os colonizadores ainda não haviam aprendido a doçura da vida?

Mas, então, se havia tanta doçura na vida, por que ela encontrara tão pouca para si mesma?

Ela não tinha mesmo nada para fazer a bordo dessa nave, exceto pensar e repensar essas questões. Aquele tal de D.G., esse bárbaro descendente de Elijah, colocara tais coisas em sua cabeça, com sua calma suposição de que os Mundos Siderais estavam morrendo, embora ele pudesse ver ao seu redor, mesmo durante a mais curta estadia em Aurora (com certeza, ele teria de ver) que o planeta estava profundamente ancorado na riqueza e na segurança.

Ela tentara escapar dos próprios pensamentos vendo os holofilmes que lhe deram e assistindo, com uma curiosidade moderada, as imagens que bruxuleavam e saltavam na superfície de projeção, conforme a aventura (todos eram histórias de aventuras) acelerava de um acontecimento ao outro, deixando pouco tempo para conversas e nenhum para uma reflexão... nem para a diversão. Muito parecidos com os móveis deles.

D.G. entrou quando ela estava no meio de um dos filmes, mas havia parado de prestar atenção de fato. Ela não foi pega de surpresa.

Seus robôs, que protegiam a entrada, sinalizaram sua chegada com bastante antecedência e não teriam permitido que ele entrasse se ela não estivesse em condições de recebê-lo. Daneel entrou com ele.
— Como tem passado? — perguntou ele. Depois, quando ela tocou um contato e as imagens foram desvanecendo, encolhendo, e sumiram de vez, acrescentou: — Não precisa desligar. Assistirei com a senhora.
— Não é necessário — respondeu ela. — Já assisti o bastante.
— Está confortável?
— Não de todo. Estou... isolada.
— Lamento! Mas eu também fiquei isolado em Aurora. Não permitiram que nenhum dos meus homens fosse comigo.
— Está se vingando?
— De modo algum. Por um lado, permiti que a senhora trouxesse dois robôs de sua escolha para acompanhá-la. Por outro, não sou eu, mas sim minha tripulação que impõe essa situação. Eles não gostam nem de Siderais nem de robôs. Mas por que se importa? Esse isolamento não diminui seu medo de uma infecção?

O olhar de Gladia era altivo, mas sua voz soava cansada.

— Eu me pergunto se não fiquei demasiado velha para temer uma infecção. De muitas formas, acho que vivi por tempo demais. Também tenho minhas luvas e meus filtros nasais e, se necessário, minha máscara. Além de tudo, duvido que o senhor se dê ao trabalho de me tocar.

— Nem eu nem ninguém — disse D.G. com uma ponta repentina de austeridade na voz, enquanto sua mão se dirigia ao objeto do lado direito de seu quadril.

A Sideral seguiu seu movimento com os olhos.

— O que é isso? — indagou ela.

D.G. sorriu e sua barba pareceu brilhar sob a luz. Havia alguns fios avermelhados perdidos em meio ao castanho.

— Uma arma — e ele sacou-a. Segurava-a por um cabo modelado que se insinuava por sobre sua mão, como se a força de seu aperto o estivesse espremendo para cima. Na frente, voltado para Gladia, havia um cilindro fino com cerca de quinze centímetros de comprimento. Não havia nenhuma abertura visível.

— Isso pode matar pessoas? — disse Gladia, estendendo a mão em direção ao objeto.

D.G. rapidamente recolheu o dispositivo.

— Nunca estenda a mão em direção à arma de uma pessoa, milady. É pior do que ser mal-educada, pois qualquer colonizador é treinado a reagir com violência diante de um movimento desses e a senhora pode se ferir.

Gladia, com os olhos arregalados, recolheu a mão e colocou-a, junto com a outra, atrás das costas.

— Não ameace me ferir — advertiu ela. — Daneel não tem senso de humor quanto a esse assunto. Em Aurora, ninguém é bárbaro o bastante para portar armas.

— Bem — disse D.G., indiferente ao adjetivo —, não temos robôs para nos proteger. E isto não é um dispositivo para matar. De certa maneira, é ainda pior. Ele emite um tipo de vibração que estimula as terminações nervosas responsáveis pela sensação de dor. Machuca bem mais do que qualquer coisa capaz de imaginar. Ninguém passaria de bom grado por essa experiência duas vezes e aquele que porta essa arma raras vezes deve usá-la. Nós a chamamos de chicote neurônico.

Gladia franziu as sobrancelhas.

— Repulsivo! Temos os nossos robôs, mas eles nunca machucam ninguém a não ser em uma emergência inevitável... e, ainda assim, eles causam o menor dano possível.

D.G. deu de ombros.

— Isso parece muito civilizado, mas um pouco de dor... até mesmo algumas mortes... é melhor do que a decadência de espírito causada pelos robôs. Além do mais, o chicote neurônico não se destina a matar, e o seu povo tem armas em suas espaçonaves que podem resultar em morte e destruição em larga escala.

— É porque tivemos guerras no início de nossa história, quando nossa herança terráquea ainda era forte, mas nós aprendemos a lição.

— Vocês usaram essas armas contra a Terra, mesmo depois de supostamente terem aprendido a lição.

— Isso... — ela começou a falar e então fechou a boca como que para engolir o que estava prestes a dizer.

D.G. anuiu com a cabeça.

— Eu sei. A senhora estava prestes a dizer: "Isso é diferente". Pense nisso, milady, caso se veja pensando sobre por que minha tripulação não gosta de Siderais. Ou por que eu não gosto. Mas a senhora será útil para mim, milady, e não deixarei minhas emoções atrapalharem.

— Como vou lhe ser útil?

— A senhora é solariana.

— O senhor continua dizendo isso. Mais de vinte décadas se passaram. Não sei como Solaria é nos dias de hoje. Não sei nada sobre ela. Como era o Mundo de Baley há vinte décadas?

— Ele não existia vinte décadas atrás, mas Solaria, sim, e aposto que a senhora se lembrará de *algo* útil.

Ele se levantou, fez uma breve mesura com a cabeça, em uma demonstração de educação que era quase ridícula, e saiu.

15

Gladia se manteve em um silêncio pensativo e conturbado por um instante e então disse:

— Ele não foi nem um pouco educado, foi?

— Madame Gladia, o colonizador está claramente sob tensão. Está se dirigindo a um mundo no qual duas naves como esta foram destruídas e suas tripulações mortas. Ele está indo ao encontro de grande perigo, bem como sua tripulação — salientou Daneel.

— Você sempre defende qualquer ser humano, Daneel — disse Gladia, ressentida. — Há perigo para mim também, e não o estou enfrentando de forma voluntária, mas isso não *me* força a ser rude.

Daneel não disse nada.

— Bem, talvez me force. Eu *tenho* sido um pouco rude, não tenho? — perguntou Gladia.

— Não acho que o colonizador tenha se importado — retorquiu Daneel. — Posso sugerir que a senhora se prepare para dormir? Já é bem tarde.

— Muito bem. Vou me preparar para dormir, mas acho que não estou relaxada o suficiente para isso, Daneel.

— O amigo Giskard me assegurou de que a senhora vai dormir, e ele costuma estar certo sobre essas coisas.

E ela dormiu.

16

Daneel e Giskard estavam nas trevas da cabine de Gladia.

— Ela dormirá profundamente, amigo Daneel, e precisa do descanso. Enfrenta uma viagem perigosa — disse Giskard.

— Pareceu-me, amigo Giskard, que você a influenciou a concordar em vir. Presumo que tenha tido um motivo — comentou Daneel.

— Amigo Daneel, sabemos tão pouco sobre a natureza da crise que afronta a Galáxia que não podemos recusar, sem riscos, qualquer ação que possa aumentar nosso conhecimento. Devemos descobrir o que está acontecendo em Solaria e o único modo de fazer isso é indo até lá... e o único modo de nós irmos é providenciando que madame Gladia vá. Quanto a induzi-la, isso não exigiu mais do que um leve toque. Apesar de suas persistentes declarações em contrário, ela estava ansiosa para ir. Havia dentro dela um desejo irresistível de ver Solaria. Era uma dor que carregava dentro de si e que não cessaria até ela ir.

— Se você diz que é assim, então é assim; no entanto, acho esse fato intrigante. Ela não deixou claro, com frequência, que sua vida em Solaria fora infeliz, que adotara completamente Aurora e nunca quisera voltar ao seu lar original?

— Sim, isso estava lá também. Estava bastante claro em sua mente. Ambas as emoções, ambos os sentimentos, existiam juntos e ao mesmo tempo. Tenho observado algo desse tipo muitas vezes na mente humana: duas emoções contrárias simultaneamente presentes.

— Tal condição não parece lógica, amigo Giskard.

— Concordo, e só posso concluir que os seres humanos não são lógicos em todas as ocasiões e em todos os aspectos. Essa deve ser uma das razões pelas quais é tão difícil decifrar as Leis que regem o comportamento humano. No caso de madame Gladia, tenho percebido, de vez em quando, essa saudade de Solaria. Normalmente, ficava bem escondida, ofuscada pela antipatia bem mais intensa que também sentia pelo planeta. Todavia, quando chegaram as notícias de que Solaria fora abandonada por seu povo, seus sentimentos mudaram.

— Por quê? O que o abandono tinha a ver com as experiências de juventude que levaram madame Gladia a sentir antipatia? Ou, tendo reprimido sua saudade do planeta durante as décadas em que existia uma sociedade, por que ela deveria libertar esse sentimento assim que o planeta foi abandonado e, nos últimos tempos, sentir falta de um mundo que deve ser agora algo totalmente estranho a ela?

— Não sei explicar, amigo Daneel, uma vez que, quanto mais conhecimento reúno sobre a mente humana, mais desespero sinto por ser incapaz de entendê-la. Não é uma vantagem pura o fato de ver dentro dessa mente e muitas vezes eu invejo a simplicidade de controle de comportamento que resulta de sua incapacidade de ver sob a superfície.

— Você arrisca alguma explicação para isso, amigo Giskard? — persistiu Daneel.

— Suponho que ela sinta tristeza pelo planeta vazio. Ela o abandonou há vinte décadas.

— Ela foi rechaçada.

— Agora parece-lhe ter sido um abandono e imagino que ela brinca com a dolorosa ideia de que deu o exemplo; de que, se ela não tivesse partido, ninguém mais o teria feito e o planeta estaria povoado e feliz. Como não posso ler seus pensamentos, estou apenas procurando uma explicação em retrospecto, talvez de maneira imprecisa, com base em suas emoções.

— Mas ela não poderia ter dado o exemplo, amigo Giskard. Uma vez que se passaram vinte décadas desde que ela partiu, não pode haver uma conexão de causa verificável entre aquele acontecimento passado há muito e o acontecimento de tanto tempo depois.

— Concordo, mas os seres humanos às vezes encontram um tipo de prazer em acalentar emoções dolorosas, em culpar-se sem razão ou mesmo contra a razão. Em todo caso, madame Gladia sentia tão nitidamente um desejo de voltar que achei necessário desprender o efeito inibidor que a impedia de concordar em ir. Isso exigiu um simples toque. Entretanto, embora eu ache necessário que ela vá, uma vez que significa que ela nos levará consigo, tenho a inquietante sensação de que existe uma possibilidade de que as desvantagens sejam maiores do que as vantagens.

— Em que sentido, amigo Giskard?

— Já que o Conselho estava ansioso para que madame Gladia acompanhasse o colonizador, pode ter sido com o propósito de que madame Gladia estivesse ausente de Aurora durante um período crucial, em que a derrota da Terra e de seus Mundos dos Colonizadores está sendo preparada.

Daneel parecia estar refletindo sobre essa declaração. Pelo menos, foi apenas depois de uma pausa perceptível que ele perguntou:

— Na sua opinião, que propósito seria alcançado ao fazer madame Gladia se ausentar?

— Não consigo determinar esse detalhe, amigo Daneel. Quero sua opinião.
— Não cheguei a considerar essa questão.
— Então considere agora! — Se Giskard fosse humano, o comentário teria sido uma ordem.
Seguiu-se uma pausa maior e então Daneel recomeçou:
— Amigo Giskard, até o momento em que o dr. Mandamus apareceu na propriedade de madame Gladia, ela nunca demonstrara nenhuma preocupação quanto a assuntos internacionais. Ela era amiga do dr. Fastolfe e de Elijah Baley, mas essa amizade se devia a uma afeição pessoal e não tinha uma base ideológica. Além do mais, ambos se foram. Ela tem antipatia pelo dr. Amadiro e o sentimento é recíproco, mas isso também é uma questão pessoal. Essa antipatia já dura dois séculos e nenhum dos dois fez nada de concreto quanto a isso, apenas se mantiveram teimosamente hostis. Não pode haver razão para o dr. Amadiro, que é agora a influência dominante no Conselho, temer madame Gladia ou ter o trabalho de afastá-la.
— Você deixa passar o fato de que, ao afastar madame Gladia, ele também afasta a você e a mim — apontou Giskard. — Talvez ele tivesse certeza de que madame Gladia não partiria sem nós, então pode ser que ele nos considere perigosos.
— No decorrer de nossas existências, amigo Giskard, nós nunca demos sinais, de qualquer forma que fosse, de ter posto o dr. Amadiro em perigo. Que motivo tem ele para nos temer? Ele não sabe sobre suas habilidades ou sobre o modo como você tem feito uso delas. Então por que ele teria o trabalho de nos afastar temporariamente de Aurora?
— Temporariamente, amigo Daneel? Por que você supõe que ele planeja um afastamento temporário? Pode ser que ele saiba mais do que o colonizador sobre o problema de Solaria e saiba, também, que o colonizador e sua tripulação com certeza serão destruídos... e, junto com eles, madame Gladia, você e eu. Talvez

a destruição da nave dos colonizadores seja seu objetivo principal, mas ele consideraria o fim da amiga do dr. Fastolfe e dos robôs do dr. Fastolfe um bônus.

— Certamente ele não arriscaria uma guerra com os Mundos dos Colonizadores, pois isso poderá muito bem acontecer se a nave dos colonizadores for destruída e o prazer mínimo de nos ver destruídos, quando somado, não tornaria o risco conveniente — contrapôs Daneel.

— É possível, amigo Daneel, que a guerra não seja exatamente o que o dr. Amadiro tem em mente, que seja algo que não envolve riscos segundo a avaliação dele, de modo que se livrar de nós ao mesmo tempo aumente sua satisfação sem elevar um risco que não existe?

— Amigo Giskard, isso não tem lógica. Em qualquer guerra travada nas atuais condições, os colonizadores venceriam — argumentou Daneel em um tom calmo. — Psicologicamente, eles estão mais adaptados aos rigores da guerra. Estão mais espalhados e podem, portanto, realizar táticas de ataque relâmpago com maior êxito. Em comparação, eles têm pouco a arriscar em seus mundos relativamente primitivos, enquanto os Siderais têm muito a perder em seus mundos confortáveis e altamente organizados. Se os colonizadores estivessem dispostos a oferecer a destruição de um de seus mundos em troca pela destruição de um dos Mundos Siderais, os Siderais teriam de se render de imediato.

— Mas será que essa guerra seria travada "nas atuais condições"? E se os Siderais tivessem uma nova arma que pudesse ser usada para derrotar os colonizadores de forma rápida? Não poderia ser essa a crise a qual estamos enfrentando?

— Nesse caso, amigo Giskard, a vitória poderia ser obtida de um modo melhor e mais efetivo em um ataque surpresa. Por que ter o trabalho de instigar uma guerra que os colonizadores poderiam começar com um ataque surpresa em Mundos Siderais, o qual causaria um dano considerável?

— Talvez os Siderais precisem testar a arma, e a destruição de uma série de naves em Solaria represente esse teste.

— Os Siderais teriam sido nada engenhosos se não tivessem descoberto um método para testar a nova arma sem revelar sua existência.

Agora foi a vez de Giskard refletir.

— Muito bem, amigo Daneel, como você explicaria esta viagem que estamos fazendo? Como explicaria a prontidão, e até a avidez, do Conselho em nos fazer acompanhar o colonizador? O colonizador disse que ordenariam que Gladia fosse e, com efeito, eles o fizeram.

— Não cheguei a considerar essa questão, amigo Giskard.

— Então considere agora. — Outra vez a frase teve o caráter de uma ordem.

— Farei isso — respondeu Daneel.

Houve um período de silêncio, que foi se prolongando, mas Giskard não mostrou, por palavras ou sinais, nenhum traço de impaciência enquanto esperava.

Por fim, Daneel declarou, devagar, como se estivesse tateando o caminho ao longo das estranhas avenidas do pensamento:

— Não acho que o Mundo de Baley, ou quaisquer outros Mundos dos Colonizadores, tenha o direito evidente de tomar posse de propriedades robóticas de Solaria. Mesmo que os solarianos tenham partido ou tenham, talvez, morrido, Solaria continua sendo um Mundo Sideral, ainda que esteja desocupado. Com certeza, os 49 Mundos Siderais restantes pensariam assim. Acima de tudo, Aurora pensaria assim... se se sentisse no comando da situação.

Giskard refletiu sobre isso.

— Está dizendo, amigo Daneel, que a destruição das duas naves Colonizadoras foi a maneira Sideral de reforçar seus direitos de propriedade sobre Solaria?

— Não, essa não seria a maneira utilizada se Aurora, a principal potência Sideral, se sentisse no comando da situação — corrigiu

Daneel. – Nesse caso, Aurora teria simplesmente anunciado que Solaria, vazia ou não, era zona proibida para as embarcações dos colonizadores e teria ameaçado represálias contra os planetas de origem de quaisquer naves colonizadoras que entrassem no sistema planetário de Solaria. E teriam estabelecido um cordão de naves e estações sensoriais. Não houve nenhum aviso desse tipo, nenhuma ação dessa espécie, amigo Giskard. Então, por que destruir naves que eles poderiam, para começar, ter mantido longe desse mundo com bastante facilidade?

– Mas as naves *foram* destruídas, amigo Daneel. Você vai fazer uso da falta de lógica básica da mente humana como explicação?

– Não a menos que eu precise. De momento, tomemos essa destruição apenas como um fato consumado. Agora considere a consequência... O capitão de uma única embarcação de colonizadores se aproxima de Aurora, exige permissão para discutir a situação com o Conselho, insiste em levar uma cidadã auroreana consigo para investigar acontecimentos em Solaria, e o Conselho acede a tudo. Se destruir naves sem aviso prévio é uma ação forte demais para Aurora, aceder ao capitão colonizador de modo tão acanhado é uma ação fraca demais. Longe de procurar a guerra, Aurora, ao aceder, parece estar disposta a fazer qualquer coisa para afastar tal possibilidade.

– Sim – concordou Giskard –, entendo que essa é uma maneira possível de interpretar os acontecimentos. Mas qual é a consequência?

– Parece-me que os Mundos Siderais ainda não se tornaram tão fracos a ponto de ter de se comportar com tanta subserviência... e, mesmo que tivessem se tornado, o orgulho de séculos de soberania os impediria de agir assim – disse Daneel. – Deve ser algo diferente de fraqueza que os impulsiona. Eu salientei que eles não podem estar instigando uma guerra de propósito, então é muito mais provável que estejam tentando ganhar tempo.

– Com que finalidade, amigo Daneel?

— Eles querem destruir os colonizadores, mas ainda não estão prontos. Deixam este colonizador conseguir o que quer para evitar uma guerra até que estejam prontos para lutar em seus próprios termos. Só estou surpreso por não terem oferecido enviar uma nave de guerra auroreana com ele. Se essa análise estiver correta, e acho que está, Aurora não poderia ter tido relação alguma com os incidentes em Solaria. Não se dariam ao luxo de alfinetá-los, o que serviria apenas para alertar os colonizadores antes de ter algo devastador em mãos.

— Então como explicar essas alfinetadas, como você as chamou, amigo Daneel?

— Talvez descubramos quando aterrissarmos em Solaria. Pode ser que Aurora esteja tão curiosa quanto nós e os colonizadores, e essa é outra razão pela qual eles cooperaram com o capitão, a ponto inclusive de permitir que madame Gladia o acompanhasse.

Agora foi a vez de Giskard ficar em silêncio. Por fim, ele disse:

— E em que consiste essa devastação misteriosa que eles planejam?

— Antes, nós falamos sobre uma crise se originando de um plano Sideral para derrotar a Terra, mas usamos Terra em seu sentido geral, implicando os terráqueos e seus descendentes nos Mundos dos Colonizadores. Contudo, se suspeitamos seriamente da preparação de um golpe devastador que permitirá aos Siderais derrotar seus inimigos de uma só vez, talvez possamos apurar nosso ponto de vista. Desse modo, eles não podem estar planejando um golpe contra um Mundo dos Colonizadores. Individualmente, esses Mundos são dispensáveis, mas os Mundos dos Colonizadores restantes contra-atacariam de pronto. Tampouco podem estar planejando um golpe contra vários ou contra todos os Mundos dos Colonizadores. Estes são muitos e estão espalhados de forma muito difusa. Não é provável que todos os ataques sejam bem-sucedidos e aqueles que sobreviverem, em estado de fúria e desespero, trarão a devastação aos Mundos Siderais.

— Então você pensa, amigo Daneel, que será um golpe contra a Terra em si.

— Sim, amigo Giskard. A Terra contém a vasta maioria dos seres humanos de vida curta; é uma fonte perene de imigrantes para os Mundos dos Colonizadores e é a principal matéria-prima para a fundação de novas colônias; é a venerada pátria de todos os colonizadores. Se a Terra fosse destruída de algum modo, o movimento colonizador talvez nunca viesse a se recuperar.

— Mas os Mundos dos Colonizadores não retaliariam com tanta força e vigor quanto se um deles fosse destruído? Isso me pareceria inevitável.

— E a mim também, amigo Giskard. Portanto, parece-me que, a menos que os Mundos Siderais tenham enlouquecido, o golpe teria de ser sutil, um golpe pelo qual os Mundos Siderais não pareceriam ser responsáveis.

— Por que não aplicar um golpe sutil desses contra os Mundos dos Colonizadores, que detêm a maior parte do verdadeiro potencial de guerra dos terráqueos?

— Talvez porque os Siderais sentem que um golpe contra a Terra seria psicologicamente mais devastador ou porque a natureza do golpe é tal que só funcionaria contra a Terra e não contra os Mundos dos Colonizadores. Suspeito que seja este último caso, já que a Terra é um planeta único e possui uma sociedade que não se parece com a de nenhum outro mundo... nem dos colonizadores, nem, na verdade, Sideral.

— Em resumo, então, amigo Daneel, você chegou à conclusão de que os Siderais estão planejando um golpe sutil contra a Terra que a destruirá sem deixar evidências de que foram eles os autores, e um golpe que não funcionaria contra nenhum outro mundo, e de que ainda não estão prontos para dar esse golpe.

— Sim, amigo Giskard, mas talvez eles fiquem prontos em breve... e uma vez que estiverem prontos, terão de atacar de imediato. Qualquer atraso aumentará as chances de vazar alguma informação que os exponha.

— Deduzir tudo isso, amigo Daneel, com base nas pequenas indicações que nós temos é louvável. Agora me diga qual a natureza desse golpe. O que é exatamente que os Siderais estão planejando?

— Cheguei até este ponto, amigo Giskard, por um terreno muito instável, sem ter certeza de que meu raciocínio seja inteiramente preciso. Mas, mesmo que suponhamos que seja, não consigo ir mais longe. Temo não saber nem imaginar qual poderia ser a natureza do golpe.

— Mas não podemos tomar as medidas apropriadas para neutralizar o golpe e solucionar a crise até sabermos qual será sua natureza — apontou Giskard. — Se tivermos de esperar até que o golpe se revele pelos seus resultados, então será tarde demais para fazer qualquer coisa.

— Se algum Sideral sabe sobre a natureza do acontecimento que está por vir, essa pessoa é Amadiro — comentou Daneel. — Você não poderia forçar Amadiro a anunciá-lo publicamente e assim alertar os colonizadores e tornar tal ameaça inutilizável?

— Não conseguiria fazer isso, amigo Daneel, sem praticamente destruir sua mente. Duvido que eu seja capaz de mantê-la inteira por tempo suficiente para permitir que ele fizesse a declaração. Eu não poderia fazer uma coisa dessas.

— Então, talvez possamos nos consolar com a ideia de que o meu raciocínio esteja errado e de que nenhum golpe contra a Terra esteja sendo preparado — disse Daneel.

— Não — discordou Giskard. — Tenho a sensação de que você está certo e de que devemos simplesmente esperar... impotentes.

17

Gladia esperou, quase com uma dolorosa expectativa, pela conclusão do último Salto. Eles estariam então perto o bastante de Solaria para distinguir seu sol como um disco.

Seria apenas um disco, claro, um círculo de luz inexpressivo, subjugado a ponto de poder ser observado sem piscar depois de tal luz ter passado pelo filtro apropriado.

A aparência do astro não seria singular. Todas as estrelas orbitadas por planetas (os quais possuíssem um mundo habitável por seres humanos) tinham uma longa lista de propriedades essenciais que acabava fazendo com que todas se assemelhassem. Todas eram estrelas individuais, nem muito maiores nem muito menores do que o Sol que brilhava na Terra, nenhuma era muito ativa, nem muito velha, nem muito inerte, nem muito jovem, nem muito quente, nem muito fria, nem muito extravagante em sua composição química. Todas tinham manchas e erupções e proeminências solares e todas pareciam ser a mesma ao olho do observador. Era necessária uma cuidadosa espectro-heliografia para distinguir os detalhes que tornavam cada estrela única.

Não obstante, quando Gladia se viu fitando um círculo de luz que, para ela, não era absolutamente nada além de um círculo de luz, seus olhos se encheram de lágrimas. Ela nunca pensara no sol quando vivia em Solaria; ele era apenas uma fonte eterna de luz e calor, nascendo e se pondo em um ritmo estável. Quando ela deixara Solaria, observara aquele sol desaparecer atrás de si com nada além de um sentimento de gratidão. Ela não tinha nenhuma lembrança dele que estimasse.

No entanto, ela chorava em silêncio. Estava com vergonha de si mesma por se deixar afetar tanto sem um motivo que pudesse explicar, mas isso não conteve o choro.

Ela fez um esforço ainda maior quando o sinal de luz brilhou. Tinha de ser D.G. à porta; ninguém mais se aproximaria de sua cabine.

— Ele pode entrar, senhora? — indagou Daneel. — A senhora parece emocionada.

— Sim, estou emocionada, Daneel, mas deixe-o entrar. Imagino que não lhe parecerá uma surpresa.

Entretanto, pareceu. Pelo menos, ele entrou com um sorriso no rosto barbado... e tal sorriso desapareceu quase de imediato. Ele se afastou e disse em voz baixa:

— Voltarei mais tarde.

— Fique! — disse Gladia de forma abrupta. — Isto não é nada. Uma tola reação momentânea. — Ela se retesou e passou as mãos nos olhos raivosamente. — Por que está aqui?

— Eu queria conversar sobre Solaria com a senhora. Se conseguirmos fazer um microajuste, aterrissaremos amanhã. Se não estiver disposta a conversar agora...

— Estou *bastante* disposta. Na verdade, tenho uma pergunta para o senhor. Por que precisamos de três Saltos para chegar até aqui? Um Salto teria sido suficiente. Um foi o bastante quando fui levada de Solaria a Aurora, vinte décadas atrás. A técnica de viagem espacial não deve ter retrocedido desde então.

D.G. deu um leve sorriso outra vez.

— Ação evasiva. Se houvesse uma nave auroreana nos seguindo, eu gostaria de... confundi-la, podemos colocar dessa forma?

— Por que uma nave nos seguiria?

— Foi só uma ideia, milady. Achei que o Conselho estava demasiado ávido por ajudar. Sugeriram que uma nave auroreana se juntasse a mim em minha expedição a Solaria.

— Bem, poderia ter ajudado, não poderia?

— Talvez... se eu tivesse certeza absoluta de que Aurora não está por trás disso tudo. Deixei bem claro ao Conselho que eu me viraria sem ela, ou melhor — ele apontou o dedo para Gladia —, só com a senhora. Apesar disso, o Conselho não poderia enviar uma nave para me acompanhar mesmo contra a minha vontade... por, digamos, genuína amabilidade? Bem, continuo não querendo a companhia de uma nave; já espero problemas suficientes sem ter de olhar nervosamente para trás a todo momento. Então, dificultei uma perseguição. Quanto a senhora conhece de Solaria, milady?

— Eu não lhe disse várias vezes? Nada! Passaram-se vinte décadas.
— Vamos, senhora, estou falando do psicológico dos solarianos. Não podem ter mudado em apenas vinte décadas. Diga-me por que abandonaram o planeta.
— Segundo ouvi dizer, a história é que a população vinha diminuindo de forma gradual. Uma combinação de mortes prematuras e muito poucos nascimentos foi, ao que parece, a responsável.
— Isso lhe soa razoável?
— Claro que sim. Os nascimentos sempre foram poucos. — Ela contorceu o rosto ao se lembrar. — Os costumes solarianos não facilitam a gravidez, fosse de forma natural ou artificial, nem mesmo por fertilização *in vitro*.
— A senhora nunca teve filhos?
— Não em Solaria.
— E as mortes prematuras?
— Posso apenas conjeturar. Suponho que isso se originou de uma sensação de fracasso. Estava claro que Solaria não ia bem, apesar de os solarianos terem empenhado um grande fervor emocional na ideia de que seu mundo tinha a sociedade ideal... não apenas uma sociedade que era melhor do que a Terra jamais tivera, mas mais próxima da perfeição do que qualquer outro Mundo Sideral.
— Está dizendo que Solaria estava morrendo por conta de um sentimento coletivo de coração partido do seu povo?
— Se quiser expressar as coisas dessa maneira ridícula — retorquiu Gladia, insatisfeita.
D.G. deu de ombros.
— Parece ser isso o que a senhora estava dizendo. Mas eles partiriam mesmo? Para onde iriam? Como viveriam?
— Não sei.
— Mas, madame Gladia, todos sabem que os solarianos estão acostumados a grandes áreas de terra, servidos por muitos milhares de robôs, de modo que cada solariano fica quase como se em

total isolamento. Se abandonarem Solaria, aonde podem ir para encontrar uma sociedade que se submeteria a tais caprichos? Eles foram realmente para qualquer um dos demais Mundos Siderais?
— Não que eu saiba. Mas, falando a verdade, eu não tinha a confiança deles.
— Será possível terem encontrado um novo mundo para si mesmos? Se esse for o caso, seria um mundo em estado bruto e exigiria muito em termos de terraformação. Eles estariam prontos para isso?
Gladia chacoalhou a cabeça.
— Não sei.
— Talvez não tenham partido de fato.
— Pelo que entendi, Solaria está dando todos os sinais de estar vazia.
— Que sinais são esses?
— Toda a comunicação interplanetária cessou. Toda a radiação do planeta, a não ser por aquela compatível com o trabalho de robôs ou evidentemente decorrentes de causas naturais, cessou.
— Como sabe disso?
— Essa foi a reportagem nos noticiários de Aurora.
— Ah! A reportagem! É possível que alguém esteja mentindo?
— Qual seria o propósito de uma mentira dessas? — Gladia se retesou ao ouvir tal sugestão.
— Para que a nossa nave fosse atraída a este planeta e destruída.
— Isso é ridículo, D.G. — A voz dela ficou mais áspera. — O que os Siderais ganhariam destruindo duas naves mercantes por meio de um subterfúgio tão elaborado?
— Alguma coisa destruiu duas naves dos colonizadores em um planeta supostamente vazio. Como explica isso?
— Não sei explicar. Presumo que estejamos indo a Solaria para encontrar uma explicação.
D.G. olhou para ela com um ar sério.
— A senhora conseguiria me guiar até a área deste mundo que lhe pertencia quando vivia em Solaria?

— Minha propriedade? — Ela olhou de volta para ele, atônita.
— A senhora não gostaria de vê-la outra vez?

O coração de Gladia ficou sobressaltado por um instante.

— Sim, gostaria, mas por que a minha casa?

— As duas naves que foram destruídas aterrissaram em pontos muito diferentes do planeta e, no entanto, ambas foram rapidamente destruídas. Embora qualquer localidade possa ser mortal, parece-me que a sua pode ser menos do que as outras.

— Por quê?

— Porque lá podemos receber ajuda dos robôs. A senhora os reconheceria, não? Suponho que eles duram mais de vinte décadas. Daneel e Giskard duraram. E aqueles que estavam lá quando a senhora morava em sua propriedade ainda se lembrariam da senhora, não? Eles a tratariam como sua mestra e reconheceriam a obrigação que lhe devem mesmo além daquela que deveriam a seres humanos comuns.

— Havia 10 mil robôs na minha propriedade. Eu conhecia uns 36 de vista. Nunca vi a maioria dos restantes e pode ser que eles nunca tenham me visto. Os robôs agricultores não são muito avançados, sabe, nem os robôs florestais ou os mineiros. Os robôs domésticos ainda se lembrariam de mim, se não foram vendidos ou transferidos desde a minha partida. Também acontecem acidentes e alguns robôs *não* duram vinte décadas. Além do mais, não importa o que pensar sobre a memória robótica, a memória humana é falível e talvez eu não me lembre de nenhum deles — disse Gladia.

— Mesmo assim, pode me orientar sobre como chegar à sua propriedade? — perguntou D.G.

— Por meio de latitude e longitude? Não.

— Tenho mapas de Solaria. Isso ajudaria?

— Talvez uma localização aproximada. Ela fica na porção centro-sul do continente de Heliona, que se localiza ao norte.

— E uma vez que estejamos mais ou menos lá, a senhora consegue usar pontos de referência para obter maior precisão... se nós sobrevoarmos a superfície solariana?

— Quer dizer com base no litoral e nos rios?
— Sim.
— *Acho* que posso.
— Ótimo! E, enquanto isso, veja se consegue se lembrar do nome e da aparência de qualquer um dos seus robôs. Pode ser a diferença entre viver e morrer.

18

D.G. Baley parecia uma pessoa diferente com sua tripulação. O sorriso amplo não estava à mostra, tampouco a indiferença fácil com relação ao perigo. Estava sentado, olhando os mapas com atenção, com um ar de intensa concentração no rosto.

— *Se* a mulher estiver certa, definimos a propriedade dentro de limites estreitos... e, se passarmos ao modo de voo, não demoraremos muito para chegar lá — disse ele.

— Desperdício de energia, capitão — resmungou Jamin Oser, que era o segundo em comando. Ele era alto e, como D.G., tinha barba espessa. A barba tinha um tom castanho-avermelhado, bem como suas sobrancelhas, que se arqueavam sobre olhos azuis. Ele parecia um tanto velho, mas ficava-se com a impressão de que isso se devia à experiência, e não aos anos.

— Não se pode evitar — retrucou D.G. — Se tivéssemos a antigravidade que os técnicos vêm nos prometendo há quase uma eternidade, seria diferente.

Ele olhou para o mapa repetidas vezes.

— Ela disse que seria junto a esse rio, cerca de sessenta quilômetros para cima do ponto onde ele deságua neste rio maior. *Se* ela estiver certa.

— O senhor insiste em duvidar — interpôs Chandrus Nadirhaba, cuja insígnia demonstrava que ele era navegador e responsável por aterrissar a nave no local correto. Sua pele escura e seu bigode acentuavam a força e a beleza de seu rosto.

— Ela está recordando uma situação que ocorreu em um intervalo de tempo de vinte décadas — explicou D.G. — De quais detalhes você se lembraria de um lugar onde esteve há apenas três décadas? Ela não é um robô. Pode ter esquecido.

— Então qual o motivo de trazê-la? — murmurou Oser. — E o outro cara e o robô? É o tipo de coisa que perturba a tripulação e eu também não gosto muito disso.

D.G. levantou os olhos, franzindo as sobrancelhas.

— Nesta nave, não importa do que você não gosta, ou do que a tripulação não gosta, camarada — disse ele em voz baixa. — Eu tenho a responsabilidade e tomo as decisões. Todos nós corremos o risco de estar mortos seis horas após a aterrissagem, a menos que essa mulher possa nos salvar.

— Se for para morrermos, então morremos — disse Nadirhaba com frieza. — Não seríamos mercadores se não soubéssemos que a morte repentina é o outro lado da moeda no caso dos grandes lucros. Mesmo assim, não dói nada saber de onde a morte está vindo, capitão. Se você descobriu, é necessário que seja um segredo?

— Não, não precisa. Os solarianos supostamente partiram, mas suponha que uns duzentos ficaram discretamente para trás, apenas para ficar de olho na loja, por assim dizer.

— E o que eles podem fazer contra uma nave armada, capitão? Eles têm uma arma secreta?

— Não tão secreta — respondeu D.G. — Solaria está repleta de robôs. É o exato motivo pelo qual as naves dos colonizadores aterrissaram neste mundo em primeiro lugar. Cada solariano que restou pode ter um milhão de robôs à sua disposição. Um exército enorme.

Eban Kalaya era o responsável pelas comunicações. Até então, ele não dissera nada, consciente de seu status de iniciante, o que parecia ainda mais acentuado pelo fato de que ele era o único dos quatro oficiais presentes que não tinha nenhum tipo de pelo no rosto. Agora ele arriscou um comentário.

— Robôs não podem ferir seres humanos — disse ele.

— Foi o que nos disseram — retorquiu D.G. secamente —, mas o que *nós* sabemos sobre robôs? O que sabemos de fato é que duas naves foram destruídas e que cerca de cem seres humanos, todos bons colonizadores, foram mortos em partes muito distantes de um mundo cheio de robôs. Não sabemos que tipo de ordens um solariano poderia dar aos robôs ou por meio de que artifício a chamada Primeira Lei da Robótica poderia ser contornada.

Ele continuou:

— Então, nós mesmos temos que ser um pouco circunspectos. Pelo que sabemos com base nos relatórios que chegaram a nós das outras naves antes de serem destruídas, todos os homens a bordo desembarcaram após aterrissar. Afinal de contas, era um mundo vazio, e eles queriam esticar as pernas, respirar ar puro *e* procurar pelos robôs que haviam vindo buscar. Suas naves não estavam protegidas e eles próprios não estavam prontos quando o ataque veio. Isso não vai acontecer desta vez. Eu vou sair, mas o resto de vocês vai ficar a bordo da nave ou em suas proximidades.

Os olhos escuros de Nadirhaba tinham um brilho de reprovação.

— Por que o senhor, capitão? Se precisa de alguém como isca, é mais fácil prescindir de qualquer outra pessoa do que do senhor.

— Aprecio a consideração, navegador — replicou D.G. —, mas não estarei sozinho. A mulher Sideral e seus companheiros virão comigo. Ela é a pessoa essencial. Pode ser que ela conheça alguns dos robôs; pelo menos, pode ser que alguns a reconheçam. Espero que, embora tenham ordenado aos robôs que nos ataquem, eles não ataquem *a ela*.

— Quer dizer que se lembrarão da senhoria e cairão de joelhos? — propôs Nadirhaba secamente.

— Se quiser colocar as coisas dessa forma. Foi por isso que eu a trouxe e foi por isso que aterrissamos em sua propriedade. Preciso estar com ela porque sou eu quem a conhece, de certo modo, e preciso me certificar de que ela se comporte. Uma vez que tenhamos sobrevivido usando-a como escudo e, assim, tivermos descoberto exatamente o que estamos enfrentando, podemos continuar sozinhos. Não precisaremos mais dela.

— E depois o que faremos com ela? Nós a lançaremos ao espaço? — perguntou Oser.

— Nós a levaremos de volta a Aurora! — vociferou D.G.

— Sinto-me obrigado a dizer, capitão, que a tripulação consideraria essa viagem um desperdício e desnecessária — comentou Oser. — Acharão que nós podemos simplesmente deixá-la neste maldito mundo. Afinal, ela veio daqui.

— Sim, claro, e você acha que eu vou acatar ordens da tripulação? — indagou D.G.

— Tenho certeza de que não vai — respondeu Oser —, mas a tripulação tem suas opiniões e uma tripulação infeliz torna a viagem perigosa.

6 A TRIPULAÇÃO

19

Gladia pisou no solo de Solaria. Sentiu o cheiro da vegetação (que não se parecia com os odores de Aurora) e de pronto cruzou o intervalo de vinte décadas.

Ela sabia que nada podia fazer lembrar associações como os cheiros eram capazes. Nem imagens nem sons. Apenas aquele leve e singular olor trazia de volta a infância... a liberdade de correr por aí, com uma dúzia de robôs observando-a com cautela... o entusiasmo ao ver outras crianças às vezes, parando de repente, olhando com timidez, aproximando-se umas das outras um passinho de cada vez, esticando o braço para tocar, e então um robô dizendo "já chega, srta. Gladia", e ela sendo levada dali... olhando para trás para a outra criança, a qual tinha outro grupo de robôs encarregados de acompanhá-la.

Gladia se lembrava do dia em que lhe disseram que, a partir daquele momento, ela só poderia ver outros seres humanos por meio de holovisão. Olhar, disseram-lhe, não ver. Os robôs disseram "ver" como se fosse uma palavra que não deviam pronunciar, de forma que tiveram de sussurrá-la. Ela podia ver *os robôs*, mas eles não eram humanos.

Não foi tão ruim no começo. As imagens com as quais ela podia falar eram tridimensionais e tinham liberdade de movimento. Elas podiam falar, correr, dar cambalhotas se quisessem... mas não podiam ser sentidas. E então lhe disseram que poderia ver de fato alguém que ela vinha olhando com frequência e de quem ela gostasse. Ele era um homem adulto, um pouco mais velho do que ela, embora parecesse bastante jovem, como todos em Solaria. Ela teria permissão para continuar a vê-lo, se quisesse, sempre que fosse necessário.

Ela queria. Ela lembrava como foi; *exatamente* como foi o primeiro dia. Ela estava calada e ele também. Eles andavam ao redor um do outro, com medo de se tocarem. Mas aquilo era um casamento.

Claro que era. E então eles se encontraram de novo... se viram, se olharam, *porque* era um casamento. Eles iriam enfim se tocar. Eles deviam se tocar.

Gladia deteve seus pensamentos com ferocidade. De que adiantava continuar? Ela, tão quente e ansiosa; ele, tão frio e retraído. Ele continuou a ser frio. Quando vinha vê-la, em intervalos fixos, para os ritos que poderiam (ou não) engravidá-la, era com uma repulsa tão clara que em pouco tempo ela começou a desejar que ele se esquecesse. Mas ele era um homem responsável e nunca se esquecia.

Então chegou a época, após longos anos de infelicidade, em que o encontrou morto e quando ela mesma se tornara a única suspeita. Elijah Baley a salvara naquele momento e ela fora levada de Solaria a Aurora.

Agora ela estava de volta, sentindo o cheiro de Solaria.

Não havia mais nada que fosse familiar. A casa ao longe não tinha semelhança alguma com nada de que ela se lembrasse, mesmo que de leve. Em vinte décadas, o edifício fora modificado, destruído, reconstruído. Nem mesmo com o próprio solo Gladia tinha uma sensação de familiaridade.

Ela se viu estendendo o braço para trás para tocar a nave dos colonizadores que a trouxera àquele mundo que tinha cheiro de lar, mas que não era seu lar em qualquer sentido... só para tocar algo que fosse, em comparação ao que acabara de ver, mais familiar.

Daneel, que estava perto dela à sombra da nave, perguntou:
— A senhora está vendo os robôs, madame Gladia?

Havia um grupo deles, a cerca de noventa metros de distância, em meio às árvores de um pomar, observando, imóveis e com solenidade, brilhando sob o sol, com o acabamento de metal cinzento bem polido que Gladia lembrava que os robôs solarianos tinham.

— Estou, Daneel — respondeu ela.
— Existe algo de familiar neles, senhora?
— De modo algum. Parecem ser modelos novos. Não consigo me lembrar deles e tenho certeza de que não conseguem se lembrar de mim. Se D.G. contava que algo de esperançoso resultasse da minha suposta familiaridade com os robôs da minha propriedade, ficará desapontado.

— Eles parecem não estar fazendo coisa alguma — comentou Giskard.

— Isso é compreensível. Nós somos intrusos e eles vieram nos observar e transmitir informações sobre nós de acordo com aquilo que devem ser ordens permanentes. Entretanto, eles não têm ninguém a quem informar, e podem apenas observar em silêncio. Sem ordens adicionais, presumo que não farão nada além disso, tampouco deixarão de fazê-lo.

— Seria bom, madame Gladia, se nos recolhêssemos ao nosso alojamento a bordo da nave — disse Daneel. — Acredito que o capitão esteja supervisionando a construção de defesas e ainda não esteja pronto para explorar o planeta. Acho que ele não aprovará o fato de que a senhora saiu do alojamento sem sua permissão expressa.

— Não vou adiar o momento de colocar o pé na superfície do meu próprio mundo só para atender a um capricho dele — disse Gladia com arrogância.

— Eu entendo, mas há membros da tripulação na vizinhança e creio que alguns notaram sua presença aqui.

— E estão se aproximando — acrescentou Giskard. — Se a senhora quiser evitar infecções...

— Estou preparada — retorquiu Gladia. — Filtros nasais e luvas.

Gladia não entendia a natureza das estruturas que estavam sendo montadas no terreno plano ao redor da nave. Em sua maior parte, os tripulantes, absortos com a construção, não haviam visto Gladia e seus dois acompanhantes, de pé à sombra como estavam. (Era a estação quente nessa parte de Solaria, e a tendência era de ficar mais quente, e, em outras ocasiões, mais frio que em Aurora, uma vez que o dia solariano tinha quase seis horas a mais de duração que o auroreano.)

Cinco tripulantes estavam se aproximando e um deles, o mais alto e mais corpulento, apontou o dedo na direção de Gladia. Os outros quatro olharam, pararam onde estavam por um instante, como se estivessem apenas curiosos, e então, a um sinal do primeiro, aproximaram-se de novo, mudando levemente o ângulo de modo a ir direto ao encontro dos três auroreanos.

Gladia os observou em silêncio e de sobrancelhas franzidas, com um ar desdenhoso. Daneel e Giskard esperavam, impassíveis.

— Não sei onde está o capitão — disse Giskard a Daneel em voz baixa. — Não consigo identificá-lo na multidão de tripulantes em meio à qual ele deve estar.

— Devemos recuar? — perguntou Daneel em voz alta.

— Isso seria vergonhoso — disse Gladia. — Este é o meu mundo.

Ela se manteve na mesma posição e os tripulantes foram se aproximando devagar.

Eles estavam trabalhando, realizando trabalhos físicos pesados (como robôs, pensou Gladia com menosprezo) e estavam suando. Gladia percebeu o fedor que emanava deles. Isso teria bastado para forçá-la a sair dali mais do que ameaças, mas ela manteve sua posição mesmo assim. Ela estava certa de que os filtros nasais atenuavam o efeito do odor.

O tripulante robusto chegou mais perto do que os outros. Sua pele era bronzeada. Seus braços nus brilhavam com o suor e a notável musculatura. Ele devia ter 30 anos (tanto quanto era possível a Gladia julgar a idade desses seres de vida curta) e, se tomasse banho e se vestisse de forma apropriada, poderia revelar-se um homem bem apresentável.

— Então você é a mulher Sideral de Aurora que trouxemos em nossa nave? — indagou ele. O homem falava devagar, obviamente tentando emprestar um matiz aristocrático ao seu Padrão Galáctico. Ele não conseguiu, claro, e falou como um colonizador... de modo ainda mais grosseiro do que D.G.

— Eu sou de Solaria, colonizador — replicou Gladia, estabelecendo seus direitos territoriais, e depois parou, confusa e constrangida. Ela havia passado tanto tempo pensando em Solaria nos últimos dias que vinte décadas haviam sumido e ela falara com um forte sotaque solariano. Havia o "a" bem aberto em Solaria e o "r" áspero, enquanto o "eu" soou horrivelmente como "eo".

Ela disse outra vez, em um tom bem mais baixo e menos imperioso, mas no qual o sotaque da universidade auroreana, o padrão para a pronúncia Galáctica em todos os Mundos Siderais, podia ser perfeitamente reconhecido:

— Eu sou de Solaria, colonizador.

O colonizador riu e se virou para os outros.

— Ela fala cantando, mas tinha que tentar. Certo, companheiros?

Os outros riram também, e um deles gritou:

— Faça ela falar mais um pouco, Niss. Talvez a gente possa aprender a falar como passarinhos Siderais. — Então ele colocou a mão no quadril com tanta delicadeza quanto pôde, enquanto estendia frouxamente a outra mão.

— Calem-se todos vocês — disse Niss, ainda sorrindo. Fez-se um silêncio instantâneo.

Ele se virou para Gladia de novo.

— Eu sou Berto Niss, expedidor de primeira classe. E o seu nome, mulherzinha?

Gladia não se arriscou a falar outra vez.

— Estou sendo educado, mulherzinha — recomeçou Niss. — Estou falando como um cavalheiro. Como um Sideral. Sei que é velha o bastante para ser minha bisavó. Qual é a sua idade, mulherzinha?

— Quatrocentos anos — gritou um dos tripulantes que estavam atrás de Niss —, mas ela não parece!

— Ela não parece ter cen — falou outro.

— Ela parece servir para um rala e rola — disse um terceiro — e acho que não faz isso há muito tempo. Pergunte se ela quer um pouco, Niss. Seja educado e pergunte se podemos nos revezar.

Gladia corou de raiva e Daneel interveio:

— Expedidor de primeira classe Niss, seus companheiros estão ofendendo madame Gladia. Queiram se retirar.

Niss se virou para olhar para Daneel, o qual ele havia ignorado totalmente até agora. O sorriso desapareceu de seu rosto e ele retrucou:

— Escute aqui. Essa mulher está em terreno proibido. O capitão disse. Não vamos incomodá-la. É só uma conversa inofensiva. Aquela coisa ali é um robô. Não vamos incomodá-lo e ele não pode nos ferir. A gente conhece as Três Leis da Robótica. Ordenamos que ele fique longe de nós, viu? Mas você é um Sideral e o capitão não deu nenhuma ordem referente a você. Então — ele apontou o dedo —, fique fora disso e não interfira, caso contrário vai ficar com sua linda pele toda machucada, e aí pode ser que você chore.

Daneel não disse nada.

Niss fez um aceno com a cabeça.

— Ótimo. Gosto de ver uma pessoa esperta o bastante para não começar algo que não seja capaz de terminar.

Ele se voltou para Gladia.

— Bem, mulherzinha, nós vamos deixá-la em paz porque o capitão não quer que seja incomodada. Se algum dos homens fez um comentário rude, é apenas natural. Vamos dar um aperto de mãos e ser amigos... Sideral, colonizador, qual é a diferença?

Ele estendeu a mão em direção a Gladia, que se encolheu, horrorizada. A mão de Daneel fez um movimento quase que rápido demais para se ver e agarrou o pulso de Niss.

— Expedidor de primeira classe Niss, não tente tocar a dama — advertiu ele em voz baixa.

Niss olhou para a mão do outro e para os dedos que envolviam seu pulso com firmeza.

— Vou contar até três para você me soltar — disse ele com um rosnado baixo e ameaçador.

Daneel abriu a mão.

— Devo fazer o que pede pois não desejo machucá-lo, mas devo proteger a dama... e, se ela não quiser ser tocada, como acredito que seja o caso, posso ser forçado a causar-lhe dor — replicou ele. — Por favor, aceite minha garantia de que farei tudo o que puder para minimizar isso.

— Dá uma nele, Niss — gritou um dos tripulantes em um tom alegre. — Ele fala demais.

— Olhe aqui, Sideral, eu lhe disse duas vezes para ficar fora disso e você me tocou uma vez — disse Niss. — Agora lhe digo o mesmo pela terceira vez e já chega. Se fizer um movimento, se disser uma palavra, eu acabo com você. Essa mulherzinha vai me cumprimentar de forma amigável, só isso. Depois nós vamos sair daqui. Certo?

— Não quero ser tocada por ele. Faça o que for necessário — declarou Gladia, com a voz embargada.

— Senhor, com todo o respeito, a senhora não deseja ser tocada. Devo pedir ao senhor e a todos que saiam — disse Daneel.

Niss deu um sorriso e fez um movimento firme com o braço, como que para empurrar Daneel para o lado... e fazê-lo com força.

Daneel moveu o braço esquerdo com destreza e outra vez segurou Niss pelo pulso.

— Por gentileza, senhor, deixe-nos.

Niss ainda estava mostrando os dentes, mas não estava mais sorrindo. Ele levantou o braço com violência. Daneel estendeu a mão até certo ponto, desacelerou o ritmo e parou. Seu rosto não demonstrava nenhuma irritabilidade. Ele abaixou a mão, trazendo com ela o braço de Niss e em seguida, com uma rápida torção, girou o braço do tripulante, forçando-o contra suas costas largas, e o manteve ali.

Niss, que se viu de repente de costas para Daneel, levantou o outro braço até a altura da cabeça, tentando encontrar o pescoço de Daneel. O pulso que estava preso foi puxado mais para baixo do que poderia ir com facilidade, e Niss grunhiu, obviamente sentindo dor.

Os outros quatro tripulantes, observando com muita ansiedade, permaneciam em seus lugares agora, imóveis, calados, boquiabertos.

Niss, fitando-os, rosnou:

— Ajudem-me!

— Eles não vão ajudá-lo, senhor, pois o castigo do capitão será muito pior se tentarem — disse Daneel. — Devo pedir-lhe que me garanta que não incomodará mais madame Gladia, e que sairão daqui em silêncio, todos vocês. Caso contrário, lamento muito, expedidor de primeira classe, terei de arrancar seus braços.

Ao dizer isso, ele segurou cada pulso com mais força e Niss soltou um grunhido abafado.

— Minhas desculpas, senhor — continuou Daneel —, mas tenho ordens estritas. O senhor dá a sua palavra?

Niss deu um chute para trás com súbita agressividade; ainda assim, bem antes de sua bota pesada tocá-lo, Daneel desviara para o lado, fazendo o outro perder o equilíbrio. O colonizador caiu pesadamente de cara no chão.

— O senhor dá a sua palavra? — perguntou Daneel, desta vez puxando com delicadeza os dois pulsos, de modo que os braços do tripulante ficaram levemente erguidos em relação às costas.

Niss urrou e disse, de forma meio incoerente:

— Eu desisto. Me solte.

Daneel soltou-o de imediato e afastou-se. Devagar e com dores, Niss rolou até ficar de barriga para cima, mexendo os braços lentamente e virando os pulsos com uma careta desfigurada.

Então, quando aproximou o braço direito do coldre que vestia, ele pegou desajeitadamente sua arma.

Daneel pisou na mão dele e prendeu-a no chão.

— Não faça isso, senhor, ou serei forçado a quebrar um ou mais dos pequenos ossos da sua mão. — Ele se curvou e tirou o desintegrador de Niss do coldre. — Agora levante-se.

— Muito bem, senhor Niss — disse outra voz. — Faça o que lhe foi ordenado e levante-se.

D.G. Baley estava ao lado deles, a barba encrespada, o rosto um pouco vermelho, mas com a voz perigosamente contida.

— Vocês quatro — ordenou ele —, entreguem-me suas armas, um de cada vez. Vamos. Sejam um pouco mais rápidos. Uma... duas... três... quatro. Agora continuem em formação. Senhor — falou para Daneel —, dê-me essa arma que está segurando. Ótimo. Cinco. E agora, sr. Niss, sentido. — E colocou os desintegradores no chão ao lado do outro.

Niss se retesou, assumindo a posição de sentido, com os olhos injetados de sangue, o rosto contorcido e um ar de evidente sofrimento.

— Será que alguém poderia, por favor, me contar o que estava acontecendo? — perguntou D.G.

— Capitão — começou Daneel sem demora —, o sr. Niss e eu estávamos brincando. Ninguém se machucou.

— Entretanto, o sr. Niss parece um pouco machucado — comentou D.G.

— Ninguém sofreu qualquer dano permanente, capitão — replicou Daneel.

— Entendo. Bem, voltaremos a esse assunto mais tarde. Senhora — ele voltou-se de repente em direção a Gladia —, não me lembro de ter lhe dado permissão para sair da nave. A senhora vai voltar para a sua cabine com seus dois companheiros agora mesmo. Eu sou o capitão aqui e isto não é Aurora. Faça o que eu disse!

Daneel colocou a mão no cotovelo de Gladia com pesar. Ela ergueu o queixo, mas virou-se e subiu a prancha de desembarque e entrou na nave, com Daneel ao seu lado e Giskard logo atrás.

Então D.G. se voltou para os tripulantes.

— Vocês cinco — recomeçou ele, alterando aquele tom de voz calmo e monótono —, me acompanhem. Vocês vão me contar tudo... ou irão se ver comigo. — E fez um sinal para um suboficial pegar as armas e levá-las embora.

20

D.G. lançou um olhar sombrio sobre os cinco. Ele estava em seu alojamento, a única parte da nave que aparentava ser mais ampla e algo que trazia à memória uma aparência luxuosa.

— Bem, façamos o seguinte. *Você* vai me dizer exatamente o que aconteceu, palavra por palavra, movimento por movimento. Quando terminar, *você* vai me contar se há algo errado ou que tenha ficado de fora. Depois, *você* vai fazer o mesmo, e então *você*, e por último vou conversar com você, Niss — ordenou ele, apontando um de cada vez. — Imagino que nenhum de vocês estava em seu estado normal, que fizeram algo extraordinariamente estúpido, o que valeu a todos, em especial a Niss, uma humilhação considerável. Depois que contarem a história, se parecer que não fizeram nada de errado e não foram humilhados, então saberei que estão mentindo, sobretudo porque a mulher Sideral com certeza vai me dizer o que aconteceu... e pretendo acreditar em cada palavra que ela disser. Bastará uma só mentira para piorar a situação de vocês, mais do que qualquer coisa que de fato tenham feito. Agora, *comecem*! – vociferou ele.

O primeiro tripulante contou a história aos tropeções e de forma apressada, e então o segundo fez algumas correções e a expandiu um pouco, depois foram o terceiro e o quarto. D.G. ouviu a narrativa com o rosto impassível, depois fez sinal para que Berto Niss ficasse a um lado.

– E enquanto o Sideral esfregava (com todo o direito) a cara do Niss no chão, o que vocês quatro estavam fazendo? Ficaram olhando? Com medo de sair do lugar? Os quatro? Contra um homem? – indagou aos outros.

Um deles quebrou o silêncio opressor para dizer:

– Tudo aconteceu tão rápido, capitão. Estávamos nos preparando para agir e então a coisa toda terminou.

– E vocês estavam se preparando para fazer o quê, caso algum dia conseguissem sair do lugar?

– Bem, íamos tirar o estrangeiro Sideral de cima do nosso companheiro.

– Acham que teriam conseguido?

Desta vez, ninguém se ofereceu a enunciar uma só palavra.

D.G. se inclinou na direção dos tripulantes.

– Bem, a situação é a seguinte. Vocês não tinham nada que mexer com os estrangeiros, então cada um pagará uma multa correspondente a uma semana de trabalho. E agora vamos esclarecer uma coisa. Se contarem o que aconteceu para mais alguém... da tripulação ou de fora, agora ou em qualquer outro momento, se estiverem bêbados ou sóbrios, serão rebaixados, todos vocês, a expedidor aprendiz. Não importa quem falar, todos os quatro serão rebaixados, então fiquem de olho uns nos outros. Agora, voltem às tarefas que lhes foram atribuídas e, se cruzarem o meu caminho em qualquer outro instante durante esta viagem, se derem um pio que seja contra as normas, serão mandados para uma cela.

Os quatro saíram cabisbaixos, envergonhados e calados. Niss permaneceu ali, com um hematoma surgindo no rosto, sentindo um evidente desconforto em relação aos braços.

D.G. olhava para ele com um silêncio ameaçador, enquanto Niss olhava para a esquerda, para a direita, para os pés, para todo lugar, menos para o rosto do capitão. Só quando o olhar de Niss, deixando de se evadir, encontrou-se com o de seu superior é que D.G. disse:

— Bem, você ficou muito bem, agora que brigou com um mariquinhas Sideral que tem metade do seu tamanho. Da próxima vez, é melhor se esconder quando um deles aparecer.

— Sim, capitão — assentiu Niss com tristeza.

— Você me ouviu ou não ouviu, Niss, quando eu disse nas minhas instruções, antes de partirmos de Aurora, que a mulher Sideral e seus acompanhantes não deveriam ser perturbados de modo algum, ou que nem mesmo deveriam dirigir-lhes a palavra?

— Capitão, eu só queria um cumprimento educado. Nós estávamos curiosos para ver mais de perto. Não queria fazer nada de mal.

— Não quis fazer nenhum mal? Você perguntou qual era a idade dela. Era da sua conta?

— Era só curiosidade. Eu queria saber.

— Um de vocês fez uma insinuação sexual.

— Não fui eu, capitão.

— Foi outra pessoa? Você pediu desculpas por isso?

— Para um Sideral? — Niss pareceu horrorizado.

— Certamente. Você agiu contra as minhas ordens.

— Eu não quis fazer mal — repetiu Niss com obstinação.

— Você não quis fazer nenhum mal àquele homem?

— Ele colocou as mãos em mim, capitão.

— Sei que ele colocou. Por quê?

— Porque estava me dando ordens.

— E você não podia tolerar isso?

— Você toleraria, capitão?

— Tudo bem, então. Você não tolerou. Você caiu no chão por conta disso. De cara. Como aconteceu?

— Não sei muito bem, capitão. Ele era rápido. Como se a câmera estivesse acelerada. E ele tinha um aperto de aço.

— Tinha mesmo — disse D.G. — O que você esperava, seu idiota? Ele *é* de aço.

— Capitão?

— Niss, é possível que você não conheça a história de Elijah Baley?

Niss esfregou a orelha, constrangido.

— Sei que ele é seu tetravô ou algo assim, capitão.

— Sim, todos sabem disso por causa do meu nome. Você já viu algum livro-filme sobre a vida dele?

— Não sou de ver livro-filmes, capitão. Não sobre história.

— Ele deu de ombros e, ao realizar esse movimento, encolheu-se e fingiu que ia esfregar o ombro, então achou melhor não ousar.

— Você alguma vez ouviu falar em R. Daneel Olivaw?

Ele franziu as sobrancelhas.

— Ele era amigo de Elijah Baley.

— Sim, ele era. Então você sabe alguma coisa. Você sabe o que o "R" significa em R. Daneel Olivaw?

— Significa "Robô", certo? Era um amigo dos robôs. Existiam robôs na Terra naquela época.

— Existiam, Niss, e ainda existem. Mas Daneel não era apenas um robô. Ele era um robô Sideral que parecia um homem Sideral. Pense nessa questão, Niss. Adivinhe quem era de fato o homem Sideral com quem você comprou briga?

Niss arregalou os olhos, seu rosto ficando vagamente vermelho.

— Quer dizer que o Sideral era um ro...

— Que era R. Daneel Olivaw.

— Mas, capitão, aquilo foi há duzentos anos.

— Sim, e a mulher Sideral era amiga do meu ancestral, Elijah. Ela está viva há 235 anos, caso ainda queira saber. Você acha que

um robô não pôde durar o mesmo tanto? Você estava tentando lutar contra um robô, seu grande tolo.
— Por que ele não disse? — perguntou Niss, muito indignado.
— Por que ele deveria? Você perguntou? Olhe aqui, Niss: você ouviu o que eu disse aos outros sobre contar essas coisas a quem quer que seja. Isso serve para você também, mas mais ainda. Eles são só tripulantes, mas eu estava pensando em você como líder de equipe. *Estava* pensando. Se vai ser o responsável pela tripulação, precisa ter cérebro, e não somente músculos. Então agora será mais difícil para você, porque terá de provar que tem cérebro, contrariando minha firme opinião de que não tem.
— Capitão, eu...
— Não fale. Ouça. Se essa história vazar, os outros quatro se tornarão aprendizes de expedidor, mas você não se tornará *nada*. Você nunca mais subirá a bordo de uma nave. *Nenhuma* nave o aceitará. Eu prometo. Nem como tripulante, nem como passageiro. Pergunte-se quanto dinheiro você seria capaz de ganhar no Mundo de Baley e fazendo o quê. Isso é o que vai acontecer se você falar sobre este assunto, ou se contrariar a mulher Sideral de qualquer forma, ou mesmo se olhar para ela por mais de meio segundo de cada vez, ou para os seus dois companheiros robôs. E você terá de garantir que ninguém mais da tripulação seja nem minimamente ofensivo. E você será multado no valor de duas semanas de trabalho.
— Mas, capitão, os outros... — objetou Niss, debilmente.
— Eu esperava menos dos outros, Niss, então apliquei uma multa menor. Saia daqui.

21

D.G. brincava distraidamente com o fotocubo que sempre ficava em sua mesa. Cada vez que ele o virava, o objeto escurecia, depois clareava quando se apoiava em um de seus lados. Quando clareava, podia-se ver a imagem tridimensional de um rosto sorridente de mulher.

O boato entre a tripulação era o de que cada um dos seis lados trazia a figura de uma mulher diferente. Tal boato estava certo.

Jamin Oser observava o rápido aparecimento e desaparecimento de imagens sem interesse algum. Agora que a nave estava segura, ou tão segura quanto possível contra qualquer tipo de ataque que se pudesse esperar, era hora de pensar no próximo passo.

Entretanto, D.G. estava abordando a questão de forma indireta, ou talvez não a estivesse abordando de modo algum.

— Foi culpa da mulher, claro — ele observou.

Oser deu de ombros e passou a mão pela barba, como se estivesse se certificando de que ele, ao menos, não era uma mulher. Diferente de D.G., o lábio superior de Oser era profusamente recoberto de pelos.

— Aparentemente, estar no seu planeta de origem tirou-lhe qualquer ideia de discrição. Ela saiu da nave, apesar de eu ter pedido que não fizesse isso — continuou D.G.

— Você poderia ter ordenado que ela não saísse.

— Não acho que teria ajudado. Ela é uma aristocrata mimada, acostumada a fazer as coisas do seu jeito e a ficar dando ordens aos seus robôs. Além do mais, pretendo usá-la e espero que ela coopere, não que fique amuada. E, por outro lado, ela era amiga do ancestral.

— E continua viva — comentou Oser, chacoalhando a cabeça. — Isso dá arrepios. Uma mulher muito, muito velha.

— Eu sei, mas ela parece bastante jovem. Ainda é atraente. E de nariz empinado. Não se recolheu quando os tripulantes se aproximaram, não deu um aperto de mãos em um deles. Bem, mas acabou.

— Apesar disso, capitão, foi prudente contar a Niss que ele havia se atracado com um robô?

— Tive de contar! Tive de contar, Oser. Se ele pensasse que havia sido derrotado e humilhado diante de quatro dos seus companheiros por um Sideral efeminado que tinha metade do tamanho dele, nunca mais teria qualquer utilidade para nós. Isso o teria destruído totalmente. E não queremos que aconteça nada que crie o boato de que os Siderais, os humanos Siderais, são super-homens. É por isso que tive de dar ordens tão enérgicas para não falarem sobre o assunto. Niss vai manter todos eles sob controle... e, se a história vazar, também vai vazar o fato de que o Sideral é um robô. Mas acho que tudo isso teve um lado bom.

— Qual, capitão?

— Isso me fez pensar em robôs. O que sabemos sobre eles? O que você sabe?

Oser encolheu os ombros.

— Capitão, não é uma coisa em que eu costumo pensar.

— Tampouco uma coisa em que as outras pessoas pensem. Pelo menos, os colonizadores. Sabemos que os Siderais têm robôs, que dependem deles, que não vão a parte alguma sem eles, que não conseguem fazer nada sem eles, que vivem à sua custa, e temos certeza de que estão desvanecendo em razão disso. Sabemos que um dia a Terra foi forçada pelos Siderais a adotar robôs e que estão desaparecendo do planeta aos poucos e que não são encontrados nas Cidades terráqueas de maneira alguma, apenas nas zonas rurais. Sabemos que os Mundos dos Colonizadores não os têm nem os terão em lugar algum, nem nas cidades, nem no campo. Então, os colonizadores nunca os encontram em seus próprios mundos e quase nunca os veem na Terra. — Sua voz apresentava uma inflexão curiosa quando dizia "Terra", como se fosse possível ouvir a letra maiúscula, como se fosse possível ouvir as palavras "lar" e "mãe" sussurradas por trás dela. — Que mais sabemos?

— Há as Três Leis da Robótica — acrescentou Oser.

— Certo. — D.G. pôs o fotocubo de lado e inclinou-se para a frente. — Em especial a Primeira Lei. "Um robô não pode ferir um ser humano ou, por inação, permitir que um ser humano venha a ser ferido." Não é? Bem, não confie nisso. Não significa nada. Todos nós nos sentimos absolutamente a salvo dos robôs em virtude dessa lei e é bom se nos der confiança, mas não se nos der uma falsa confiança. R. Daneel machucou Niss e esse fato não incomodou o robô de modo algum, com ou sem Primeira Lei.

— Ele estava defendendo...

— Exatamente. E se você tiver de equilibrar os danos? E se o caso envolvesse machucar Niss ou permitir que sua dona Sideral fosse machucada? Ela vem em primeiro lugar, naturalmente.

— Faz sentido.

— Claro que faz. E aqui estamos nós, em um planeta de robôs, algumas centenas de milhões deles. Que ordens eles receberam? Como eles equilibram o conflito entre diferentes danos? Como podemos ter certeza de que nenhum deles vai encostar um dedo em nós? Alguma coisa neste planeta já destruiu duas naves.

— Esse tal de R. Daneel é um robô fora do comum, se parece mais com um homem do que nós – disse Oser com desconforto. – Talvez não possamos generalizar tomando-o como base. O outro robô, qual é o nome dele?

— Giskard. Fácil de lembrar. Meu nome é Daneel Giskard.

— Eu penso em você como "capitão", capitão. Em todo caso, esse R. Giskard apenas ficou ali, parado, sem fazer nada. Ele parece um robô e age como um. Há um monte de robôs em Solaria nos observando neste exato momento e também não estão fazendo nada. Só observando.

— E se houver alguns robôs especiais que possam nos ferir?

— Acho que estamos preparados para eles.

— *Agora* estamos. É por isso que o incidente entre Daneel e Niss foi uma coisa boa. Estávamos pensando que poderíamos ter problemas somente se alguns dos solarianos ainda estivessem aqui. Eles não precisam estar. Podem ter partido. Talvez os robôs, ou, pelo menos, alguns robôs projetados de forma especial, possam ser perigosos. E se lady Gladia conseguir mobilizar seus robôs neste lugar (que costumava ser sua propriedade) e fazer com que a defendam, e a nós também, é bem possível que sejamos capazes de neutralizar qualquer coisa que os solarianos tenham deixado para trás.

— Será que ela consegue fazer isso? — perguntou Oser.

— É o que veremos — retrucou D.G.

22

— Obrigada, Daneel — disse Gladia. — Você agiu bem. — No entanto, seu rosto demonstrava aflição. Seus lábios estavam finos e lívidos, suas bochechas estavam pálidas. — Queria não ter vindo — acrescentou em voz mais baixa.

— É um desejo inútil, madame Gladia — salientou Giskard. — O amigo Daneel e eu ficaremos do lado de fora da cabine para nos assegurarmos de que a senhora não seja mais perturbada.

O corredor estava vazio e continuou assim, mas Daneel e Giskard conseguiram falar em intensidades de onda sonora abaixo do limite humano, trocando pensamentos da sua maneira breve e condensada.

— Madame Gladia tomou uma decisão imprudente quando se recusou a se recolher. Isso ficou claro — disse Giskard.

— Presumo, amigo Giskard, que não havia meios de fazê-la mudar essa decisão — falou Daneel.

— Era uma decisão firme demais, amigo Daneel, e tomada de forma muito rápida. O mesmo se pode dizer da intenção de Niss, o colonizador. Tanto a curiosidade com relação à madame Gladia quanto o desdém e a animosidade direcionados a você eram demasiado fortes para administrar sem causar sério dano mental. Consegui lidar com os outros quatro. Foi possível impedi-los de intervir. O assombro deles com a sua habilidade de conter Niss paralisou-os naturalmente e tive apenas de fortalecer um pouco esse sentimento.

— Foi sorte, amigo Giskard. Se aqueles quatro tivessem se juntado ao sr. Niss, eu teria enfrentado a difícil escolha de forçar madame Gladia a uma retirada humilhante ou machucar muito um ou dois dos colonizadores para assustar os demais. Creio que teria tido de escolher esta última alternativa, mas ela também teria me causado um sério desconforto.

— Você está bem, amigo Daneel?

— Bastante bem. O dano que causei ao sr. Niss foi mínimo.

— Fisicamente foi, amigo Daneel. Contudo, dentro da mente dele havia um sentimento de grande humilhação, o que, para ele, era pior do que o dano físico. Como eu podia sentir isso, não poderia ter feito o que você fez com tanta facilidade. E, no entanto, amigo Daneel...

— Sim, amigo Giskard?

— Estou preocupado com o futuro. Em Aurora, ao longo das décadas de minha existência, pude trabalhar de maneira lenta, esperar por oportunidades de tocar mentes com delicadeza, sem prejudicá-las, de fortalecer o que já estava lá, enfraquecendo o que já era tênue, ou dar um leve empurrão no sentido de um impulso que já existia. Agora, entretanto, estamos chegando a um momento de crise no qual os ânimos estarão exaltados, as decisões serão tomadas com rapidez e os acontecimentos passarão por nós a toda velocidade. Se eu quiser fazer algo de bom, terei de agir rapidamente também, e as Três Leis da Robótica me impedem de fazê-lo. Preciso de algum tempo para pesar as sutilezas do dano físico comparado ao dano mental. Se eu estivesse sozinho com madame Gladia no instante em que os colonizadores se aproximaram, não saberia que caminho poderia ser escolhido que não implicasse, segundo minha percepção, sérios danos a madame Gladia, a um ou mais dos colonizadores, a mim mesmo ou possivelmente a todos os envolvidos.

— O que se pode fazer, amigo Giskard? — indagou Daneel.

— Já que é impossível modificar as Três Leis, amigo Daneel, outra vez devemos chegar à conclusão de que não há nada que possamos fazer, exceto aguardar o fracasso.

7 SUPERINTENDENTE

23

Era manhã em Solaria, manhã na propriedade... *sua* propriedade. A distância estava a residência que podia ter sido a *sua*. De algum modo, vinte décadas desvaneceram-se e Aurora parecia-lhe um sonho distante que nunca acontecera.

Ela se virou para D.G., que estava apertando um cinto em torno de sua vestimenta exterior, no qual estavam penduradas duas armas. Do lado esquerdo do quadril estava um chicote neurônico; do lado direito, algo mais curto e volumoso que ela supôs ser um desintegrador.

— Nós vamos até a casa? — perguntou ela.

— Depois, talvez — respondeu D.G. meio distraído. Ele estava examinando cada uma de suas armas, levando uma delas ao ouvido como se estivesse tentando ouvir um leve zunido que lhe diria que ela estava viva.

— Só nós quatro? — Ela automaticamente voltou o olhar a cada um dos outros: D.G., Daneel...

— Onde está Giskard, Daneel? — indagou ela.

— Pareceu-lhe, madame Gladia, que seria prudente atuar como guarda avançado. Sendo robô, ele poderia passar despercebido entre os demais... E, se houvesse algo de errado, poderia nos alertar. Em todo caso, ele é mais dispensável do que a senhora ou o capitão.

— Bom raciocínio robótico — retrucou D.G. em um tom sombrio. — Não importa. Venha, vamos avançar agora.

— Só nós três? — perguntou Gladia em um tom queixoso. — Para ser sincera, eu não tenho a capacidade de Giskard de aceitar o fato de ser dispensável.

— Todos nós somos dispensáveis, lady Gladia — comentou D.G. — Duas naves foram destruídas, todos os membros de cada tripulação foram indiscriminadamente mortos. Não existe segurança quanto ao número de pessoas aqui.

— Não está me fazendo sentir nem um pouco melhor, D.G.

— Então deixe-me tentar. As naves anteriores não estavam preparadas. A nossa está. Eu também estou preparado. — Ele bateu com as mãos no quadril. — E a senhora tem um robô em sua companhia que se mostrou um protetor eficiente. Além do mais, a senhora é a nossa melhor arma. Sabe ordenar aos robôs que façam o que desejar e isso pode ser crucial. A senhora é a única entre nós que consegue fazer isso e as primeiras naves não tinham ninguém do seu calibre. Venha...

Eles avançaram.

— Não estamos indo em direção à casa — disse Gladia depois de algum tempo.

— Não, ainda não. Primeiro, vamos caminhar até um grupo de robôs. Imagino que os esteja vendo.

— Sim, estou, mas eles não estão fazendo nada.

— Não, não estão. Havia muito mais robôs presentes quando aterrissamos. A maioria se foi, mas esses ficaram. Por quê?

— Se perguntarmos, eles nos dirão.

— *A senhora* vai perguntar a eles, lady Gladia.

— Eles responderão ao senhor com tanta prontidão quanto a mim, D.G. Somos igualmente humanos.

D.G. parou e os outros dois pararam com ele. Ele se virou para Gladia e disse, sorrindo:

— Minha cara lady Gladia, *igualmente* humanos? Uma Sideral e um colonizador? O que deu na senhora?

— Somos igualmente humanos para um robô — replicou ela em um tom petulante. — E, por favor, não faça joguinhos. Eu não fiz o jogo da Sideral e do terráqueo com o seu ancestral.

O sorriso de D.G. desapareceu.

— Isso é verdade. Minhas desculpas, milady. Vou tentar controlar meu senso de ironia, pois, afinal de contas, neste mundo, somos aliados.

Pouco depois, ele acrescentou:

— Bem, senhora, o que quero que faça é descobrir quais ordens os robôs receberam, se é que receberam alguma, se existe algum robô que poderia, por acaso, conhecê-la, se há algum ser humano na propriedade ou no planeta, ou qualquer outra coisa que lhe ocorra perguntar. Eles não devem ser perigosos; são robôs, e a senhora é humana. Claro — lembrou-se ele —, seu Daneel maltratou Niss, mas isso aconteceu em condições que não se aplicam aqui. E Daneel pode ir com a senhora.

— Eu acompanharia lady Gladia de qualquer forma, capitão. Essa é minha função — disse Daneel em um tom respeitoso.

— É a função de Giskard também, imagino eu — retrucou D.G. —, e ele sumiu de vista.

— Com um propósito, capitão, que ele discutiu comigo e que concordamos ser o modo essencial de proteger lady Gladia.

— Muito bem. Os dois podem ir. Eu dou cobertura. — Ele tirou uma das armas do coldre que estava no quadril. — Se eu gritar "abaixem", os dois devem ir ao chão instantaneamente. Esta coisa não escolhe seus alvos.

— Por favor, não use isso a não ser como último recurso, D.G. — pediu Gladia. — Não haveria motivos para tal contra robôs. Venha, Daneel.

E lá se foi ela, avançando com passos rápidos e firmes em direção a um grupo com cerca de doze robôs, parados de pé bem em frente a uma fileira de arbustos baixos, com o sol da manhã refletindo aqui e ali em pontos reluzentes de seu lustroso exterior.

24

Os robôs não se afastaram, tampouco avançaram. Eles permaneceram calmamente em seus lugares. Gladia os contou. Podiam-se ver onze. Era possível que houvesse outros que não estivessem à vista. Eles eram projetados ao modo solariano. Muito polidos. Muito lisos. Não apresentavam nenhuma ilusão de vestimenta e não eram muito realistas. Eram quase como abstrações matemáticas do corpo humano, sendo que nenhum deles era semelhante aos demais.

Ela tinha a sensação de que eles não eram, de modo algum, tão flexíveis ou complexos quanto os robôs auroreanos, mas eram adaptados de maneira mais resoluta a tarefas específicas.

Gladia parou a pelo menos quatro metros da fileira de robôs e Daneel (ela percebeu) parou assim que ela o fez e ficou a menos de um metro atrás. Ele estava perto o bastante para interferir de imediato em caso de necessidade, mas estava distante o suficiente para deixar claro que ela era a porta-voz dominante entre os dois. Os robôs à sua frente, ela tinha certeza, viam Daneel como humano, mas ela também sabia que Daneel tinha demasiada consciência de si mesmo como robô para recorrer a uma ideia errônea por parte de outros robôs.

– Qual de vocês falará comigo? – perguntou Gladia.

Houve um breve período de quietude, como se uma silenciosa conferência estivesse acontecendo. Então um dos robôs deu um passo à frente.

– Senhora, eu falarei.

— Você tem um nome?
— Não, senhora. Tenho apenas um número de série.
— Há quanto tempo você tem estado em funcionamento?
— Tenho estado em funcionamento há 29 anos, senhora.
— Alguém mais nesse grupo está ativo há mais tempo?
— Não, senhora. É por isso que eu estou falando, e não outro.
— Quantos robôs trabalham nesta propriedade?
— Não tenho essa informação, senhora.
— Aproximadamente.
— Talvez 10 mil, senhora.
— Algum deles está ativo há mais de vinte décadas?
— Pode haver algum entre os robôs agricultores, senhora.
— E os robôs domésticos?
— Eles não estão ativos há muito tempo, senhora. Os mestres preferem modelos novos.

Gladia aquiesceu, voltou-se para Daneel e disse:
— Isso faz sentido. Também era assim na minha época.

Ela se virou para o robô de novo.
— A quem pertence esta propriedade?
— Esta é a propriedade de Zoberlon, senhora.
— Há quanto tempo ela pertence à família Zoberlon?
— Mais do que eu estou em funcionamento, senhora. Não sei há quanto tempo, embora seja possível obter essa informação.
— A quem pertencia antes de os Zoberlons tomarem posse?
— Não sei, senhora, embora seja possível obter essa informação.
— Você já ouviu falar da família Delmarre?
— Não, senhora.

Gladia voltou-se para Daneel e comentou com pesar:
— Estou tentando conduzir o robô, pouco a pouco, como Elijah poderia ter feito um dia, mas acho que não sei fazer isso de maneira apropriada.
— Ao contrário, lady Gladia — retorquiu Daneel em um tom sério —, parece-me que a senhora conseguiu obter muita coisa.

É pouco provável que qualquer robô desta propriedade, exceto talvez por alguns daqueles que trabalham com agricultura, tenha alguma lembrança da senhora. Em sua época, a senhora encontrou algum robô agricultor?

Gladia chacoalhou a cabeça.

– Nunca! Não me lembro de ter visto qualquer um deles, nem mesmo a distância.

– Então fica claro que a senhora não é conhecida nesta propriedade.

– Exatamente. E o pobre D.G. nos trouxe junto para nada. Se ele esperava que eu conseguisse algo de bom, não deu certo.

– Saber a verdade sempre é útil, senhora. Não ser conhecida é, neste caso, menos útil do que ser conhecida, mas não saber se alguém a conhece ou não seria menos útil ainda. Será que não existem outros pontos sobre os quais a senhora poderia obter informações?

– Sim, vejamos... – Durante alguns segundos, ela ficou perdida em pensamentos, depois acrescentou em tom suave: – É estranho. Quando falo com esses robôs, uso um acentuado sotaque solariano. No entanto, não falo assim com você.

– Não é de surpreender, lady Gladia – replicou Daneel. – Os robôs falam com esse sotaque porque são solarianos. Isso traz à lembrança os dias de sua juventude e a senhora reverteu de maneira automática ao modo como falou. Contudo, a senhora volta a si quando se vira para mim, pois faço parte do seu mundo presente.

Um lento sorriso se formou no rosto de Gladia e ela comentou:

– Você raciocina cada vez mais como um ser humano, Daneel.

Ela se voltou para os robôs outra vez e teve plena consciência da tranquilidade dos arredores. O céu era de um azul quase impecável, a não ser por uma fina linha de nuvens no horizonte a oeste (indicando que poderia ficar nublado à tarde). Ouvia-se o farfalhar de folhas em uma brisa leve, o zumbido de insetos, o solitário canto de um pássaro. Nenhum barulho de seres humanos. Poderia haver muitos robôs ao redor, mas eles trabalhavam em silêncio. Não se ouviam os exuberantes ruídos de seres humanos com os quais ela se acostumara (de forma dolorosa, em princípio) em Aurora.

Mas agora, de volta a Solaria, ela achou essa paz maravilhosa. Nem tudo fora ruim em Solaria. Ela tinha de admitir.

— Onde estão os seus mestres? — ela rapidamente perguntou ao robô, com um tom compulsivo impregnado em sua voz.

Entretanto, era inútil tentar apressar ou alarmar um robô, até mesmo pegá-lo desprevenido.

— Eles se foram, senhora — respondeu ele sem nenhum sinal de perturbação.

— Para onde foram?

— Não sei, senhora. Não me contaram.

— Qual de vocês sabe?

Seguiu-se um silêncio total.

— Há algum robô nesta propriedade que saberia? — indagou Gladia.

— Não sei de nenhum, senhora — replicou o robô.

— Os mestres levaram robôs junto com eles?

— Sim, senhora.

— No entanto, eles não levaram vocês. Por que ficaram para trás?

— Para fazer nosso trabalho, senhora.

— Porém, vocês ficam aqui sem fazer nada. Isso é trabalho?

— Senhora, nós protegemos a propriedade daqueles que vêm de fora.

— Como nós?

— Sim, senhora.

— Mas nós estamos aqui e mesmo assim vocês não fazem nada. Por quê?

— Estamos observando, senhora. Não temos outras ordens.

— Vocês reportaram suas observações?

— Sim, senhora.

— A quem?
— À superintendência, senhora.
— Onde fica a superintendência?
— Na mansão, senhora.
— Ah. — Gladia virou-se e voltou a passos rápidos em direção a D.G. Daneel a seguiu.
— E aí? — perguntou D.G. Ele sacara ambas as armas, e as segurava em prontidão, mas as colocou de volta nos coldres enquanto eles voltavam.

Gladia chacoalhou a cabeça.
— Nada. Nenhum robô me conhece. Tenho certeza de que nenhum dos robôs sabe para onde os solarianos foram. *Mas* eles reportam à superintendência.
— À superintendência?
— Em Aurora e nos demais Mundos Siderais, o superintendente de grandes propriedades é algum humano cujo trabalho é o de organizar e orientar grupos de robôs que trabalham nos campos, nas minas e nas indústrias.
— Então *há* solarianos que ficaram para trás.

Gladia chacoalhou a cabeça.
— Solaria é uma exceção. A proporção de robôs por seres humanos sempre foi tão alta que não tínhamos o hábito de atribuir a supervisão de robôs a um homem ou a uma mulher. Esse trabalho sempre foi feito por outro robô, especialmente programado para isso.
— Então há um robô na mansão — acenou D.G. com a cabeça — que é mais avançado do que esses e que poderia ser interrogado de forma proveitosa.
— Talvez, mas não sei ao certo se é seguro tentar entrar na mansão.
— É só mais um robô — retrucou D.G. com ironia.
— Pode haver armadilhas na mansão.

— Pode haver armadilhas neste campo.

— Seria melhor enviar um dos robôs à mansão para dizer ao superintendente que seres humanos desejam falar com ele — sugeriu Gladia.

— Isso não será necessário — replicou D.G. — Aparentemente, esse dever já foi cumprido. A pessoa responsável pela superintendência está surgindo ao longe e não é nem robô nem "ele". O que vejo é uma mulher humana.

Gladia levantou os olhos, atônita. Avançando a passos largos em direção a eles estava uma mulher alta, bem torneada e excessivamente atraente. Mesmo a distância, não havia dúvida quanto ao seu gênero.

25

D.G. abriu um sorriso largo. Ele parecia estar se endireitando um pouco, alinhando os ombros, estendendo-os para trás. Levou uma das mãos à barba suavemente, como que para certificar-se de que ela estava bem penteada e macia.

Gladia olhou para ele com um ar de reprovação.

— Aquela *não* é uma mulher solariana — disse a Sideral.

— Como pode saber? — indagou D.G.

— Nenhuma mulher solariana se deixaria ver de maneira tão aberta por outros seres humanos. *Ver*, não olhar.

— Conheço a distinção, milady. No entanto, a senhora permite que eu a veja.

— Vivo há vinte décadas em Aurora. Mesmo assim, restou-me o suficiente do decoro solariano para não aparecer diante dos outros *daquele jeito*.

— Ela tem muito que mostrar, senhora. Diria que ela é mais alta que eu e tão bonita quanto o pôr do sol.

A superintendente havia parado a vinte metros de distância de onde eles estavam e os robôs haviam se afastado de modo que nenhum deles permanecesse entre a mulher de um lado e os três que saíram da nave de outro.

— Os costumes podem mudar em vinte décadas — comentou D.G.

— Não algo tão básico quanto a aversão solariana ao contato humano — retrucou Gladia de forma categórica. — Nem em duzentos anos. — Ela havia revertido a seu sotaque solariano.

— Acho que a senhora está subestimando a maleabilidade social. Porém, solariana ou não, presumo que seja uma Sideral; e se houver outras Siderais desse tipo, sou totalmente a favor da coexistência pacífica.

O olhar de reprovação de Gladia se intensificou.

— Bem, o senhor pretende ficar parado e olhar desse jeito durante uma ou duas horas? Não quer que eu interrogue a mulher?

D.G. se surpreendeu e voltou-se para olhar para Gladia com um nítido ar de irritação.

— A senhora interroga os robôs, como fez. *Eu* interrogo os seres humanos.

— Em especial as mulheres, suponho.

— Não quero me gabar, mas...

— É um assunto sobre o qual nunca conheci homem algum que não se gabasse.

— Não acredito que a mulher vá esperar muito mais tempo — interpôs Daneel. — Se quiser tomar a iniciativa, capitão, aborde-a agora. Eu o seguirei, como fiz com madame Gladia.

— Não preciso de proteção — disse D.G. de forma brusca.

— O senhor é um ser humano e eu não devo, por inação, permitir que venha a ser ferido.

D.G. avançou a passos largos, com Daneel seguindo-o. Gladia, relutando em ficar sozinha para trás, seguiu em frente de modo hesitante.

A superintendente observava em silêncio. Ela vestia uma suave túnica branca que ia até o meio da coxa e estava amarrada por um cinto. O decote profundo deixava entrever uma porção convidativa do colo e seus mamilos eram nitidamente visíveis em contato com o tecido fino da túnica. Não havia sinal de que ela estivesse vestindo qualquer outra coisa a não ser um par de sapatos. Quando D.G. parou, um metro de distância os separava. Sua pele, ele podia ver, era impecável, as maçãs do rosto eram salientes, seus olhos eram separados e um pouco puxados, sua expressão era serena.

— Senhora — começou D.G., falando da forma mais próxima possível de um patrício auroreano —, posso ter o prazer de falar com a superintendente desta propriedade?

A mulher ouviu por um instante e depois disse, com um sotaque tão marcadamente solariano a ponto de parecer quase cômico quando saiu de sua boca perfeitamente desenhada:

— Você não é humano.

Então ela entrou em ação com tanta rapidez que Gladia, ainda a uns dez metros de distância, não pôde acompanhar em detalhes o que havia acontecido. Ela viu apenas um borrão em movimento e depois D.G. de costas no chão, imóvel, e a mulher ali de pé com as armas dele, uma em cada mão.

26

O que deixou Gladia mais estupefata naquele momento vertiginoso foi que Daneel não havia se movido nem em um ato de prevenção nem de represália.

Mas mesmo enquanto esse pensamento passava-lhe pela cabeça, ele se tornara desatualizado, pois Daneel já havia pego o pulso esquerdo da mulher e o havia torcido, dizendo "solte essas armas neste instante" em um tom de voz áspero e imperativo que Gladia nunca o ouvira usar antes. Era inconcebível que ele se dirigisse a um ser humano daquela forma.

— Você não é um ser humano — a mulher declarou em seu registro de voz mais alto e com a mesma aspereza. Ela ergueu o braço direito e disparou a arma que segurava com aquela mão. Por um instante, um brilho fraco reluziu no corpo de Daneel e Gladia, incapaz de emitir qualquer som em seu estado de choque, sentiu a vista escurecer. Ela jamais desmaiara na vida, mas isso parecia um prelúdio.

Daneel não se dissolveu, nem se ouviu nenhum estampido de uma explosão. Gladia percebeu que ele prudentemente agarrara o braço que portava o desintegrador. O outro continha o chicote neurônico e foi essa a arma que fora disparada com toda a sua carga, e à queima-roupa, contra Daneel. Se ele fosse humano, o violento estímulo de seus nervos sensoriais poderia tê-lo matado ou deixado inválido para sempre. No entanto, ele era, no final das contas, por mais humano que parecesse, um robô, e seu equivalente a um sistema nervoso não reagiu ao chicote neurônico.

Daneel segurava o outro braço agora, forçando-o para cima.

— Solte essas armas agora ou eu vou arrancar seus braços — repetiu ele.

— Vai mesmo? — perguntou a mulher. Seus membros superiores se contraíram e, por um momento, ela ergueu Daneel do chão. As pernas de Daneel balançaram para trás, depois para a frente, como um pêndulo, usando os pontos em que os braços se uniam como eixo. Seus pés atingiram a mulher com força e ambos caíram pesadamente ao chão.

Gladia, sem expressar seu pensamento em palavras, percebeu que, embora a mulher parecesse tão humana quanto Daneel, era igualmente inumana. Uma sensação instantânea de ultraje tomou conta de Gladia, que de repente era solariana até os ossos... ultraje porque um robô usou de força contra um ser humano. Dado que ela pudesse, de algum modo, ter reconhecido Daneel pelo que ele era, como *ousara* atacar D.G.?

Gladia estava correndo até eles, gritando. Nunca lhe ocorreu temer um robô simplesmente porque ele derrubara um homem vigoroso com um golpe e estava lutando com um robô ainda mais forte de igual para igual.

— Como ousa? — ela gritou com um sotaque solariano tão forte que chiou aos seus próprios ouvidos... mas de que outra maneira se fala com um robô solariano? — Como ousa, *garota*? Pare de resistir *agora mesmo*!

Os músculos da mulher pareceram relaxar por completo e de forma simultânea, como se uma corrente elétrica houvesse sido interrompida de repente. Seus lindos olhos fitaram Gladia sem a humanidade necessária para transparecerem perplexidade.

— Minhas desculpas, senhora — disse ela em um tom indistinto e hesitante.

Daneel estava de pé, olhando atentamente para a mulher que estava no chão. D.G., suprimindo um gemido, esforçava-se para se levantar.

Daneel curvou-se para pegar as armas, mas Gladia gesticulou de modo furioso para que ele se afastasse.

— Dê-me essas armas, *garota* — ordenou ela.

— Sim, senhora — replicou a mulher.

Gladia as pegou, escolheu depressa o desintegrador e o entregou a Daneel.

— Destrua-a quando lhe parecer melhor, Daneel. É uma ordem. — Ela entregou o chicote neurônico para D.G. e disse: — Isto é inútil aqui, a não ser contra mim... e contra o senhor. Como está? Bem?

— Não, *não* estou bem — murmurou D.G., esfregando um dos lados do quadril. — Quer dizer que ela é um *robô*?

— Uma *mulher* o teria derrubado dessa maneira?

— Nenhuma das que já conheci. Eu *disse* que deveria haver robôs especiais em Solaria que foram programados para serem perigosos.

— Claro — retrucou Gladia com grosseria —, mas quando o senhor viu algo que se encaixava em sua descrição de uma mulher bonita, esqueceu-se disso.

— Sim, é fácil ser sábio depois do ocorrido.
Gladia deu uma fungada e se virou para o robô outra vez.
— Qual é o seu nome, garota?
— Eu me chamo Landaree, senhora.
— Levante-se, Landaree.
Landaree se levantou do mesmo modo como Daneel se levantara: como se tivesse molas nos pés. Parecia que ela saíra totalmente ilesa de sua luta com Daneel.
— Por que você atacou esses seres humanos, agindo contra a Primeira Lei? — perguntou ela.
— Senhora, eles não são seres humanos — Landaree respondeu com firmeza.
— E você diria que *eu* não sou um ser humano?
— Não, a senhora é um ser humano.
— Então, como ser humano, estou definindo esses dois homens como seres humanos. Está me ouvindo?
— Senhora, eles não são seres humanos — retorquiu Landaree em um tom um pouco mais suave.
— Eles são de fato seres humanos porque estou lhe dizendo que são. Você está proibida de atacá-los ou machucá-los de qualquer forma.
Landaree ficou muda.
— Você entendeu o que eu disse? — o tom de Gladia ficou ainda mais solariano quando ela imprimiu maior intensidade à fala.
— Senhora, eles não são seres humanos — insistiu Landaree.
— Ela recebeu ordens tão intensas que a senhora não conseguirá contrabalançá-las com facilidade — disse Daneel a Gladia.
— É o que veremos — redarguiu Gladia, respirando rapidamente.
Landaree olhou ao redor. O grupo de robôs havia chegado mais perto de Gladia e seus dois companheiros durante os poucos minutos de conflito. Ao fundo estavam dois robôs que, concluiu Gladia, não faziam parte do grupo original e estavam carregando entre si, com certa dificuldade, algum tipo de dispositivo grande

e muito pesado. Landaree fez um gesto para eles e os dois avançaram um pouco mais rápido.

— Robôs, parem! — gritou Gladia.

Eles obedeceram.

— Senhora, estou cumprindo meu dever. Estou seguindo minhas instruções — explicou Landaree.

— Seu dever, garota, é seguir as minhas ordens! — declarou Gladia.

— Não pode me mandar desobedecer minhas instruções! — contrapôs Landaree.

— Daneel, desintegre-a! — disse Gladia.

Mais tarde, Gladia conseguiu racionalizar sobre o que acontecera. O tempo de reação de Daneel era muito mais rápido do que teria sido o de um ser humano e ele sabia que estava enfrentando um robô contra o qual as Três Leis não inibiam a violência. Entretanto, Landaree parecia tão humana que até o conhecimento exato de que ela era um robô não superou de todo sua inibição. Ele seguiu a ordem de forma mais lenta do que deveria.

Landaree, cuja definição de "ser humano" claramente não era a mesma de Daneel, não se sentiu inibida pela aparência dele e atacou com maior agilidade. Ela agarrou o desintegrador e ambos lutaram de novo.

D.G. virou o chicote neurônico, deixando o cabo para cima, e começou a correr para atacar. Ele golpeou a cabeça dela com firmeza, mas isso não surtiu efeito no robô e ela o empurrou de volta para trás com uma das pernas.

— Robô! Pare! — ordenou Gladia, erguendo as mãos entrelaçadas.

— Todos vocês! Juntem-se a mim! — gritou Landaree em um estentóreo tom de contralto. — Os dois supostos homens não são seres humanos. Destruam-nos sem machucar a mulher de maneira alguma.

Se Daneel sofreu uma inibição pela aparência humana, o mesmo acontecia, com uma intensidade consideravelmente

maior, nos simples robôs solarianos, que avançaram de forma lenta e intermitente.
— Parem! — berrou Gladia. Os robôs obedeceram, mas a ordem não teve efeito em Landaree.

Daneel agarrou com firmeza o desintegrador, mas estava se curvando para trás, cedendo diante da força aparentemente maior de Landaree.

Gladia, distraída, olhou ao redor como que na esperança de encontrar *alguma* arma em algum lugar.

D.G. estava tentando usar o rádio transmissor.

— Está danificado — disse ele, grunhindo. — Acho que caí em cima dele.

— O que vamos fazer?

— Temos de voltar à nave. Rápido.

— Então corra — disse Gladia. — Não posso abandonar Daneel. — Ela encarou os robôs que se atracavam, gritando de forma desvairada: — Landaree, pare! Landaree, pare!

— Não devo parar, senhora — replicou Landaree. — Minhas instruções são precisas.

Ela forçou os dedos de Daneel a se abrirem e recuperou o desintegrador.

Gladia se jogou diante de Daneel.

— Você não deve ferir este ser humano.

— Senhora — disse Landaree, o desintegrador apontado para Gladia sem tremer. — A senhora está protegendo algo que parece, mas não é um ser humano. Minhas instruções são para destruir tais criaturas assim que as avistar. — Depois, falando mais alto: — Vocês dois, carregadores... para a nave.

Os dois robôs, carregando entre si o dispositivo maciço, retomaram seu movimento adiante.

— Robôs, parem! — gritou Gladia e o avanço parou. Os robôs tremiam sem sair do lugar, como que tentando se mexer e, no entanto, incapazes de fazê-lo.

— Você não pode destruir meu amigo humano Daneel sem me destruir... e você mesma admitiu que eu sou um ser humano e, portanto, não devo ser ferida — argumentou Gladia.

— Milady, a senhora não deve atrair o perigo para si a fim de me proteger — Daneel falou em voz baixa.

— Isso é inútil, senhora. Posso tirá-la de sua atual posição com facilidade e depois destruir o ser inumano que está atrás da senhora. Uma vez que isso poderia feri-la, eu lhe peço, com todo o respeito, que saia de onde está de forma voluntária.

— A senhora deve fazer isso, milady — concordou Daneel.

— Não, Daneel. Ficarei aqui. Durante o intervalo de tempo que ela precisará para me tirar da frente, você corre!

— Não consigo correr mais rápido do que o feixe de um desintegrador... e, se eu tentar correr, ela atirará em sua direção em vez de não atirar. As instruções dela provavelmente são firmes a esse ponto. Lamento, milady, que isso vá lhe causar infelicidade.

E Daneel levantou Gladia, que se agitava, e colocou-a delicadamente de lado.

O dedo de Landaree envolveu o gatilho, mas nunca completou a ação. Ela permaneceu imóvel.

Gladia, que cambaleara até se sentar, pôs-se de pé. Com cautela, D.G., que ficara no lugar durante o final da conversa, aproximou-se de Landaree. Daneel estendeu o braço tranquilamente e tomou o desintegrador dos dedos do outro robô, que não ofereceram resistência.

— Acredito que este robô esteja permanentemente desativado — comentou Daneel.

Ele lhe deu um leve empurrão e ela caiu intacta, com os membros, o tronco e a cabeça nas posições relativas em que se encontravam quando ela estava de pé. Seu braço ainda estava curvado, sua mão ainda segurava um desintegrador invisível e seu dedo ainda pressionava um contato invisível.

Por entre as árvores a um lado do campo coberto de grama onde se passara aquela cena dramática, Giskard se aproximava, sua face robótica sem mostrar qualquer sinal de curiosidade, embora suas palavras talvez pudessem tê-la transmitido.

— O que aconteceu durante a minha ausência? — perguntou ele.

27

A caminhada de volta à nave foi um verdadeiro anticlímax. Agora que o frenesi do medo e da ação acabara, Gladia sentia-se zangada e contrariada. D.G. mancava dolorosamente e eles avançaram devagar, em parte devido ao andar prejudicado e em parte devido ao fato de que os dois robôs solarianos ainda carregavam aquele instrumento pesado, vagarosos em virtude do seu peso.

D.G. olhou para trás para observá-los.

— Eles obedecem às minhas ordens agora que a superintendente foi incapacitada.

— Por que, no final, não correu para pedir ajuda? Por que ficou parado, observando, sem fazer nada? — perguntou Gladia entredentes.

— Bem — começou D.G. tentando falar com um tipo de brandura que teria demonstrado com facilidade se estivesse se sentindo melhor —, com a senhora se recusando a deixar Daneel, hesitei em fazer papel de covarde em comparação com a sua atitude.

— Seu tolo! Eu estava segura. Ela não teria *me* ferido.

— Senhora, me angustia contradizê-la, mas acho que ela teria feito isso, uma vez que seu ímpeto de me destruir foi se intensificando — argumentou Daneel.

Gladia virou-se para ele, falando em um tom acalorado.

— E foi uma coisa muito inteligente aquilo que *você* fez: me tirar do meio do caminho. Você *queria* ser destruído?

— Em vez de vê-la ferida, senhora, sim. Minha incapacidade de deter o robô em virtude das inibições estabelecidas por sua aparência humana demonstrou, em todo caso, um limite insatisfatório de minha utilidade para a senhora.

— Mesmo assim, ela teria hesitado em atirar em mim, já que sou humana, durante um espaço perceptível de tempo e você poderia ter se apoderado do desintegrador nesse intervalo — disse Gladia.

— Eu não poderia colocar sua vida em risco, senhora, em nada tão incerto quanto a hesitação daquele robô — explicou Daneel.

— E o senhor — recomeçou Gladia, sem mostrar nenhum sinal de ter ouvido Daneel e voltando-se para D.G. de novo — não deveria ter trazido o desintegrador em primeiro lugar.

— Senhora, estou abrindo concessões pelo fato de que todos nós estivemos muito perto da morte. Os robôs não se importam com isso e eu fiquei um tanto acostumado com o perigo. Para a senhora, no entanto, isso foi uma novidade desagradável e, como consequência, está sendo infantil. Eu a perdoo... um pouco. Mas, por favor, me ouça. Era impossível saber que o desintegrador seria tomado de mim com tamanha facilidade. Se eu não tivesse trazido a arma, a superintendente poderia ter me matado só com as mãos com a mesma rapidez e eficiência como se usasse o desintegrador. Nem fazia sentido eu correr, para responder a sua reclamação anterior. Eu não poderia superar a velocidade de um desintegrador. Agora, por favor, continue, se for necessário para desabafar, mas não pretendo continuar argumentando com a senhora.

Gladia olhou de D.G. para Daneel e depois de volta para o primeiro e disse em voz baixa:

— Acho que estou sendo pouco razoável. Muito bem, chega de analisar tudo em retrospecto.

Eles haviam chegado à nave. Membros da tripulação saíram ao avistá-los. Gladia notou que estavam armados.

D.G. acenou para seu segundo em comando.

— Oser, suponho que esteja vendo aquele objeto que os dois robôs estão carregando.

— Sim, senhor.

— Bem, faça com que o levem a bordo. Ordene que eles o coloquem na sala de segurança e o mantenham lá. A sala de segurança deve ser trancada e mantida desse modo. — Ele se virou para outro lado e depois de volta. — E Oser, assim que isso for feito, vamos nos preparar para decolar de novo.

— Capitão, devemos ficar com os robôs também? — perguntou Oser.

— Não. Eles são projetados de forma simples demais para valer muita coisa e, nessas circunstâncias, levá-los geraria consequências indesejadas. O dispositivo que eles estão carregando é muito mais valioso do que eles.

Giskard observou o dispositivo sendo levado com lentidão e muito cuidado para dentro da nave.

— Capitão, suponho que esse é um objeto perigoso — comentou ele.

— Também tenho essa impressão — concordou D.G. — Acho que a nave teria sido destruída logo depois de nós.

— Aquela coisa? — perguntou Gladia. — O que é?

— Não sei ao certo, mas acredito tratar-se de um intensificador nuclear. Já vi modelos experimentais no Mundo de Baley e aquele objeto parece um irmão mais velho.

— O que é um intensificador nuclear?

— Como o nome diz, lady Gladia, é um dispositivo que intensifica a fusão nuclear.

— Como ele faz isso?

D.G. encolheu os ombros.

— Não sou físico, milady. Tem a ver com uma corrente de partículas W e elas mediam a interação fraca. É tudo o que sei sobre o assunto.

— O que ele faz? — indagou Gladia.

— Bem, suponha que a nave tinha sua fonte de energia, como tem neste exato momento, por exemplo. Há pequenos números de prótons, derivados da nossa reserva de combustível à base de hidrogênio, que estão superaquecidos e se fundem para produzir energia. Hidrogênio adicional é aquecido constantemente para produzir prótons livres, os quais, quando estão quentes o bastante, também se fundem para manter essa energia. Se a corrente de partículas W do intensificador nuclear atingir os prótons que estão se fundindo, eles se fundem mais rápido ainda e produzem mais calor. Esse calor produz prótons e os faz fundirem-se mais depressa do que deveriam e sua fusão eleva ainda mais a temperatura, o que intensifica o círculo vicioso. Em uma ínfima fração de segundo, uma quantidade suficiente de combustível se funde para formar uma minúscula bomba termonuclear e a nave inteira, bem como tudo o que estiver nela, são vaporizados.

Gladia parecia assustada.

— Por que não se incendeia tudo? Por que o planeta todo não explode?

— Acho que não existe risco de isso acontecer, senhora. Os prótons têm de estar superaquecidos e em estado de fusão. Prótons frios são tão impróprios para se fundirem que, mesmo quando a tendência é intensificada até a capacidade máxima de um dispositivo desses, isso ainda não é o bastante para permitir a fusão. Pelo menos, foi o que entendi de uma palestra que vi certa vez. E, que eu saiba, nada além do hidrogênio é afetado. Mesmo no caso de prótons ultra-aquecidos, o calor produzido não aumenta de forma desmedida. A temperatura é reduzida com a distância em relação ao feixe intensificador, de modo que se pode forçar a ocorrer apenas uma quantidade limitada de fusão. O bastante para destruir a nave, claro, mas não há possibilidade de explodir os oceanos ricos em hidrogênio, por exemplo, mesmo que parte do oceano estivesse ultra-aquecida... e sem dúvida seria impossível se estivesse frio.

— Mas e se a máquina for acidentalmente ligada na sala de armazenamento?

— Acho que não pode ser ligada. — D.G. abriu a mão e nela havia um cubo de dois centímetros de metal polido. — Do pouco que sei sobre essas coisas, este é o ativador, e o intensificador nada faz sem ele.

— Tem certeza?

— Não absoluta, mas teremos de arriscar, já que devo levar essa coisa de volta para o Mundo de Baley. Agora vamos embarcar.

Gladia e seus dois robôs subiram a prancha de embarque e entraram na nave. D.G. foi atrás e falou rapidamente com alguns de seus oficiais.

— Vai demorar duas horas para trazer todo o nosso equipamento a bordo e estarmos prontos para decolar, e cada momento aumenta o perigo — disse ele a Gladia, começando a dar mostras de cansaço.

— Perigo?

— A senhora não acha que aquela temível mulher robô seja a única desse tipo que possa existir em Solaria, acha? Ou que o intensificador nuclear que capturamos seja o único objeto desse tipo? Presumo que vá levar algum tempo até que outros robôs humanoides e outros intensificadores nucleares sejam trazidos para cá... mas devemos oferecer-lhes a menor chance possível. E, enquanto isso, senhora, vamos ao seu dormitório para lidar com algumas questões necessárias.

— Que questões necessárias seriam essas, capitão?

— Bem — disse D.G. indicando com gestos que eles seguissem em frente —, em vista do fato de que eu posso ter sido vítima de traição, creio que vou realizar uma corte marcial informal.

28

Depois de se sentar, D.G. gemeu audivelmente e disse:

— O que eu gostaria, na verdade, era um banho quente, uma massagem, uma boa refeição e uma chance de dormir, mas tudo isso terá de esperar até sairmos do planeta. Isso terá de esperar no seu caso também, senhora. Entretanto, certas coisas não esperarão. Minha pergunta é a seguinte: onde você estava, Giskard, enquanto o resto de nós enfrentava um perigo considerável?

– Capitão, não me pareceu que, se haviam restado apenas robôs no planeta, eles representariam perigo. Além do mais, Daneel permaneceu com o grupo – respondeu Giskard.

– Capitão, eu concordei com a decisão de que Giskard faria o reconhecimento da área e que eu ficaria com madame Gladia e com o senhor – acrescentou Daneel.

– Ah, vocês concordaram? – perguntou D.G. – Alguém mais foi consultado?

– Não, capitão – replicou Giskard.

– Se você tinha certeza de que os robôs eram inofensivos, Giskard, como explica o fato de que duas naves foram destruídas?

– Pareceu-me, capitão, que seres humanos deveriam ter ficado no planeta, mas que eles fariam o máximo para que o senhor não os visse. Eu desejava saber onde eles estavam e o que faziam. Fui à procura deles, percorrendo a área o mais rápido que pude. Interroguei os robôs que encontrei.

– Você encontrou algum ser humano?

– Não, capitão.

– Você examinou a casa de onde saiu a superintendente?

– Não, capitão, mas eu tinha certeza de que não havia seres humanos nela. Ainda tenho.

– Havia a superintendente.

– Sim, capitão, mas a superintendente era um robô.

– Um robô perigoso.

– Lamento muito, capitão, não percebi isso.

– Você lamenta, é?

– É uma expressão que escolhi usar para descrever o efeito que sinto nos meus circuitos positrônicos. É uma analogia gros-

seira em relação ao termo do modo como os seres humanos parecem usá-lo, capitão.
— Como foi possível que você não percebesse que um robô poderia ser perigoso?
— Em razão das Três Leis da Robótica...
— Pare com isso, capitão — interrompeu Gladia. — Giskard sabe apenas o que é programado para saber. Nenhum robô é perigoso para os seres humanos, a menos que uma briga mortal entre seres humanos esteja acontecendo e o robô seja obrigado a tentar impedi-la. Em uma briga dessas, Daneel e Giskard sem dúvida teriam nos defendido, causando o menor dano possível aos outros.
— É mesmo? — D.G. colocou dois de seus dedos na região da ponta do nariz, apertando-a. — Daneel *de fato* nos defendeu. Estávamos lutando contra robôs, não contra seres humanos, então ele não teve dificuldade alguma em decidir a quem defender, e até que ponto. No entanto, ele demonstrou um surpreendente fracasso, considerando que as Três Leis não o impediam de causar danos a robôs. Giskard ficou de fora, voltando no exato momento em que tudo acabou. É possível que exista um laço de simpatia entre os robôs? É possível que robôs, quando estão defendendo seres humanos contra robôs, sintam de algum modo o que Giskard chama de "lamentar" por ter de fazer uma coisa dessas e talvez fracassem... ou se ausentem?
— Não! — explodiu Gladia com vigor.
— Não? — indagou D.G. — Bem, não finjo ser especialista em robótica. A senhora é, lady Gladia?
— Não sou nenhum tipo de roboticista — contestou Gladia —, mas convivi com robôs minha vida inteira. O que o senhor está sugerindo é ridículo. Daneel estava preparado para dar a vida por mim e Giskard teria feito o mesmo.
— Qualquer robô teria feito o mesmo?
— É claro.
— Entretanto, a superintendente, aquela tal de Landaree, estava pronta para me atacar e me destruir. Digamos que, de alguma

maneira misteriosa, ela descobriu que Daneel era, apesar das aparências, tão robô quanto ela mesma, e que ela não sentia inibição alguma em relação a feri-lo. Mas como é que ela me atacou sendo que eu era, inquestionavelmente, um ser humano? Ela hesitou quanto a atacá-la, admitindo que a senhora era humana, mas não comigo. Como pôde um robô fazer distinção entre nós dois? Será que ela não era um robô de verdade?

— Ela era um robô — disse Gladia. — Claro que era. Mas... a verdade é que não sei por que ela agiu daquele jeito. Nunca ouvi relatos de uma coisa dessas. Só posso supor que os solarianos, tendo aprendido como construir robôs humanoides, projetaram-nos sem a proteção das Três Leis, embora eu pudesse jurar que os solarianos, de todos os Siderais, seriam os últimos a fazer isso. O número de solarianos é muito menor do que o de robôs, a ponto de serem totalmente dependentes deles, em um grau bem maior do que qualquer outro Sideral, e por esse motivo eles os temem mais. Subserviência e até mesmo um pouco de estupidez foram incorporados a todos os robôs solarianos. As Três Leis eram mais fortes em Solaria do que em qualquer outro lugar, e não mais fracas. Contudo, não consigo pensar em nenhuma outra forma de explicar as ações de Landaree a não ser supor que a Primeira Lei foi...

— Desculpe-me a interrupção, madame Gladia — começou Daneel. — A senhora me permite tentar explicar o comportamento da superintendente?

— Acho que faz sentido — comentou D.G. em um tom sardônico. — Só um robô pode explicar outro robô.

— Senhor, a menos que entendamos a superintendente, talvez não sejamos capazes de tomar medidas eficazes contra a ameaça solariana no futuro — contrapôs Daneel. — Acho que há uma forma de explicar o comportamento dela.

— Continue — disse D.G.

— A superintendente não tomou medidas contra nós de imediato. Ela parou e nos observou durante algum tempo, aparentemente sem saber ao certo como proceder. Quando o senhor, capitão, aproximou-se e dirigiu-lhe a palavra, ela declarou que o senhor não era humano e o atacou no mesmo instante. Quando intervim e gritei que ela era um robô, ela anunciou que eu também não era humano e me atacou sem hesitar. No entanto, quando lady Gladia veio em nossa direção, gritando com ela, a superintendente a reconheceu como humana e, por um momento, deixou-se dominar – explicou Daneel.

– Sim, eu me lembro de tudo isso, Daneel. Mas o que significa?

– Parece-me, capitão, que é possível alterar fundamentalmente o comportamento de um robô sem sequer tocar nas Três Leis, contanto que se mude, por exemplo, a definição de ser humano. Afinal de contas, um ser humano é apenas o que se define que ele seja.

– É mesmo? O que *você* considera que é um ser humano?

Daneel não estava preocupado com a presença ou ausência de sarcasmo.

– Fui construído com uma descrição detalhada da aparência e do comportamento dos seres humanos, capitão – retorquiu ele.

– Qualquer coisa que se encaixe nessa descrição é um ser humano para mim. Assim, o senhor tem a aparência e o comportamento, enquanto a superintendente tinha a aparência, mas não o comportamento. Por outro lado, para a superintendente, a principal propriedade de um ser humano era a fala, capitão. O sotaque solariano é característico e, para aquele robô, algo que parecia humanoide só era definido como ser humano se falasse como um solariano. Ao que parece, qualquer coisa que parecesse humana, mas não falasse com um sotaque solariano, deveria ser destruída sem pestanejar, assim como qualquer nave transportando tais seres.

– Pode ser que esteja certo – disse D.G., pensativo.

– O senhor tem um sotaque de colonizador que é tão característico, a seu modo, quanto o sotaque solariano, mas ambos são muito diferentes, capitão. Assim que falou alguma coisa, o senhor se definiu como inumano para a superintendente, que anunciou esse fato e o atacou.

— E você fala com um sotaque auroreano e foi atacado da mesma forma.

— Sim, capitão, mas lady Gladia falou com um autêntico sotaque solariano e portanto foi reconhecida como humana.

D.G. refletiu sobre o assunto em silêncio por algum tempo, depois disse:

— É uma configuração perigosa, mesmo para aqueles que fariam uso dela. Se um solariano, por algum motivo, em dado momento, falasse com um desses robôs de uma maneira que o robô não considerasse como um autêntico sotaque solariano, essa pessoa seria atacada de imediato. Se eu fosse um solariano, teria medo de me aproximar de um robô assim. Meu próprio esforço para falar com um sotaque puro poderia, muito provavelmente, fazer com que eu errasse, causando minha morte.

— Concordo, capitão, e imagino que seja por isso que os fabricantes de robôs não costumam limitar a definição de ser humano, e sim a tornam tão ampla quanto possível — continuou Daneel. — Os solarianos, no entanto, deixaram o planeta. Talvez possamos supor que o fato de que os superintendentes tenham uma programação perigosa como essa seja a melhor indicação de que os habitantes realmente foram embora e não estão aqui para deparar com o perigo. Ao que parece, os solarianos estão preocupados, neste momento, apenas em garantir que ninguém que não seja nativo deste mundo tenha permissão de pôr os pés no planeta.

— Nem mesmo os Siderais?

— Imagino, capitão, que seria difícil definir um ser humano de forma que incluísse dezenas de diferentes sotaques Siderais e ainda assim excluísse todos os outros sotaques dos colonizadores. Ajustar a definição com base no característico sotaque solariano por si só já seria difícil o bastante.

— Você é muito inteligente, Daneel — comentou D.G. — Não aprovo robôs, claro, não por eles mesmos, mas como influência perturbadora para a sociedade. E, contudo, com um robô como você ao meu lado, como esteve um dia ao lado do meu ancestral...

— Temo que não seja possível, D.G. — interrompeu Gladia. — Daneel nunca será dado como presente, nem nunca será vendido, tampouco pode ser levado à força com facilidade.

Sorridente, D.G. ergueu a mão em um gesto de negação.

— Foi apenas um devaneio, lady Gladia. Eu lhe garanto que as leis do Mundo de Baley tornariam a posse de um robô algo impensável para mim.

— O senhor me permite acrescentar algumas palavras, capitão? — perguntou Giskard de repente.

— Ah, o robô que conseguiu esquivar-se da ação e voltar quando tudo já estava terminado — disse D.G.

— Lamento que as coisas aparentem ser como o senhor declarou. Não obstante, o senhor me permite acrescentar algumas palavras, capitão?

— Bem, continue.

— Ao que parece, capitão, sua decisão de trazer lady Gladia consigo na expedição provou ser bem acertada. Caso ela não estivesse aqui, e se o senhor tivesse se aventurado em sua missão exploratória somente na companhia de membros da tripulação da nave, todos teriam sido mortos rapidamente e a nave teria sido destruída. Foi apenas a habilidade de lady Gladia de falar como uma solariana e sua coragem de enfrentar a superintendente que modificaram o desfecho.

— Não é verdade, pois todos teríamos sido destruídos, possivelmente até lady Gladia, se não fosse o acontecimento fortuito da desativação espontânea da superintendente — contrapôs D.G.

— Não foi algo fortuito, capitão — continuou Giskard —, e é muito pouco provável que um robô qualquer seja desativado de forma espontânea. Deve haver algum motivo para a desativação e posso sugerir só uma possibilidade. Lady Gladia ordenou ao robô que parasse diversas vezes, como me contou o amigo Daneel, mas as instruções de acordo com as quais a superintendente funcionava eram mais intensas. Não obstante, as atitudes de lady Gladia serviram para enfraquecer a determinação da superintendente, capitão. O fato de que lady Gladia era indubitavelmente um ser humano, mesmo segundo a definição da solariana, e o de que ela estava agindo de um modo que tornava necessário talvez machucá-la, ou até matá-la, enfraqueceu ainda mais essa determinação. Dessa forma, no momento crucial, as duas exigências contrárias, ter de destruir seres inumanos e ter de abster-se de ferir um ser humano, contrabalancearam-se e o robô paralisou, incapaz de realizar qualquer ação. Seus circuitos queimaram.

Gladia franziu as sobrancelhas em uma expressão de perplexidade.

— Mas... — começou ela, e depois se calou.

— Acaba de me ocorrer que seria bom o senhor informar a tripulação a esse respeito — continuou Giskard. — Poderia diminuir a desconfiança deles com relação a lady Gladia se o senhor enfatizasse que a iniciativa e a coragem dela representaram para cada homem da tripulação, uma vez que foi isso que salvou a vida deles. Poderia também dar-lhes uma excelente opinião sobre a sua prudência ao insistir em trazê-la a bordo da nave nesta ocasião, talvez mesmo contra os conselhos dos seus próprios funcionários.

D.G. soltou uma gargalhada.

— Lady Gladia, agora entendo por que não se separa desses robôs. Eles não são apenas tão inteligentes como seres humanos, são igualmente malandros. Eu a parabenizo por tê-los. E agora, se não se importar, devo apressar a tripulação. Não quero ficar em Solaria nem um minuto a mais do que o necessário. E prometo que não será perturbada durante as próximas horas. Sei que a senhora precisa de banho e descanso tanto quanto eu.

Depois que ele saiu, Gladia permaneceu imersa em profunda reflexão, e então se virou para Giskard e disse em auroreano comum, um dialeto fluido do Padrão Galáctico bastante difundido em Aurora e difícil para qualquer um que não fosse auroreano entender:

— Giskard, que tolice foi aquela sobre queima de circuitos?

— Milady, apresentei essa ideia apenas como uma possibilidade e nada mais — redarguiu Giskard. — Achei por bem enfatizar seu papel na paralisação da superintendente.

— Mas como você pôde pensar que ele acreditaria que um robô pode ser desativado com tanta facilidade?

— Ele sabe muito pouco sobre robôs, senhora. Ele pode negociá-los, mas vem de um planeta que não faz uso deles.

— No entanto, eu sei muita coisa sobre eles e você também. A superintendente não mostrou nenhum sinal sequer de circuitos se contrabalanceando: sem gagueira, sem tremores, sem dificuldades de comportamento de nenhum tipo. Ela simplesmente... parou.

— Senhora, como não sabemos as especificações exatas sob as quais a superintendente foi projetada, teremos de nos contentar com não saber qual foi a lógica por trás da paralisação — replicou Giskard.

Gladia chacoalhou a cabeça.

— De qualquer forma, é intrigante.

PARTE III
O MUNDO DE BALEY

⑧ O MUNDO DOS COLONIZADORES

29

A nave de D.G. estava no espaço outra vez, cercada pela eterna imutabilidade do vácuo infinito.

A viagem não viera cedo demais para Gladia, que reprimira de modo imperfeito a tensão originada pela possibilidade de que um segundo superintendente, com um segundo intensificador, poderia chegar sem aviso. O fato de que, caso isso acontecesse, seria uma morte rápida, que não se sentiria, não era muito satisfatória. A tensão estragara o que poderia ter sido um banho suntuoso, bem como várias outras formas de renovar seu conforto.

Na verdade, foi só depois da decolagem, após o surgimento do suave e distante zunido dos jatos protônicos, que ela conseguiu se acalmar e dormir. É estranho, pensou ela enquanto a consciência começava a desvanecer, que o espaço passasse uma sensação de segurança maior do que o mundo de sua juventude, que ela devesse partir pela segunda vez de Solaria ainda com mais alívio do que na primeira.

Mas Solaria não era mais o mundo de sua infância. Era um mundo sem humanidade, protegido por paródias distorcidas da humanidade; robôs humanoides que zombavam do gentil Daneel e do meditativo Giskard.

Por fim, ela dormiu... e, enquanto dormia, Daneel e Giskard, montando guarda, puderam conversar de novo.

— Amigo Giskard, tenho certeza de que foi você quem destruiu a superintendente — disse Daneel.

— Era evidente que não havia escolha, amigo Daneel. Foi mero acaso eu ter chegado a tempo, pois meus sentidos estavam completamente ocupados procurando seres humanos, e não encontrei nenhum. Eu tampouco teria compreendido o significado dos acontecimentos se não fosse pela fúria e pelo desespero de lady Gladia. Foi isso o que senti a distância e que me fez correr até o local... cheguei a tempo, por pouco. Nesse sentido, lady Gladia *de fato* salvou a situação, pelo menos no que se refere à existência do capitão e à sua. Acredito que ainda teria salvado a nave, mesmo que tivesse chegado tarde demais para salvar você. — Ele parou por um momento e acrescentou: — Teria sido muito insatisfatório para mim, amigo Daneel, chegar tarde demais para salvá-lo.

— Obrigado, amigo Giskard — retorquiu Daneel com um tom de voz sério e formal. — Fico feliz de que você não tenha sido inibido pela aparência humana da superintendente. Isso retardou minhas reações, assim como minha aparência havia retardado as dela.

— Amigo Daneel, a aparência física dela não significou nada para mim porque eu tinha consciência dos padrões de seu pensamento. Esse padrão era tão limitado e tão diferente da gama total dos padrões humanos que não foi necessário fazer esforço algum para identificá-la de maneira positiva. A identificação negativa como não humana era tão clara que agi de imediato. Na verdade, só percebi minha ação depois que ela havia ocorrido.

— Pensei que fosse esse o caso, amigo Giskard, mas queria uma confirmação para garantir que eu não tinha interpretado mal. Posso, então, presumir que você não sente nenhum desconforto por ter matado o que, na aparência, era um ser humano?

— Nenhum, visto que era um robô.

— Parece-me que, se eu tivesse conseguido destruí-la, teria sofrido alguma obstrução no livre fluxo positrônico, por mais que tivesse total entendimento de que ela era um robô.

— Não se pode lutar contra a aparência humanoide, amigo Daneel, quando é a única coisa a partir da qual se pode julgar. Ver é muito mais imediato do que deduzir. Foi só porque sou capaz de observar sua estrutura mental e me concentrar nisso que pude ignorar sua estrutura física.

— Como acha que a superintendente teria se sentido se tivesse nos destruído, a julgar sua estrutura mental?

— Ela recebeu ordens excessivamente firmes e não havia dúvida em seus circuitos de que você e o capitão não eram humanos, segundo sua definição.

— Mas ela poderia ter destruído madame Gladia também.

— Não podemos saber isso ao certo, amigo Daneel.

— Se a superintendente tivesse feito tal coisa, amigo Giskard, teria sobrevivido?

Giskard ficou em silêncio por um período de tempo considerável.

— Não tive tempo suficiente para estudar o padrão mental. Não sei dizer qual poderia ter sido sua reação se tivesse matado madame Gladia.

— Se me imagino no lugar da superintendente — a voz de Daneel vacilou e diminuiu o tom —, fico com a sensação de que eu poderia matar um ser humano para salvar outro cuja vida fosse mais necessária de se preservar, se eu julgasse haver motivos para tanto. Entretanto, essa ação seria difícil e prejudicial. Matar um ser humano apenas para destruir algo que eu considerasse não humano seria inconcebível.

— Ela só ameaçou. Não levou a ameaça a cabo.

— Será que ela poderia tê-la cumprido, amigo Giskard?

— Como podemos saber, já que não conhecemos a natureza de suas instruções?

— Essas instruções poderiam ter negado tão completamente a Primeira Lei?

— Vejo que o propósito desta discussão era levantar essa questão. Eu o aconselho a não ir adiante — disse Giskard.

— Vou expressar minha ideia como uma conjetura, amigo Giskard — insistiu Daneel teimosamente. — Certamente, o que não pode ser expressado como fato deve ser considerado ficção. *Se* as instruções pudessem ser limitadas por definições e condições, *se* fosse possível tornar as instruções suficientemente detalhadas de modo enérgico o suficiente, *seria* possível matar um ser humano por um motivo menos avassalador do que salvar a vida de outro ser humano?

— Não sei, mas suspeito que poderia ser possível — respondeu Giskard em tom de voz inexpressivo.

— Mas então, *se* sua suspeita estivesse correta, isso implicaria ser possível neutralizar a Primeira Lei em condições especiais. *Nesse caso*, a Primeira Lei e, portanto, com certeza as outras Leis, *poderiam* ser modificadas a ponto de quase não existirem. As Leis, mesmo a Primeira Lei, podem não ser absolutas, mas, ao contrário, seriam como os fabricantes de robôs as definissem.

— Já chega, amigo Daneel. Não continue — pediu Giskard.

— Resta um passo, amigo Giskard — redarguiu Daneel. — O parceiro Elijah teria dado mais esse passo.

— Ele era humano. Ele seria capaz.

— Devo tentar. *Se* as Leis da Robótica, e até a Primeira Lei, não são absolutas e *se* os seres humanos podem modificá-las, não seria possível, *talvez*, nas condições apropriadas, que nós mesmos pudéssemos mod...

Ele parou.

— Não continue — protestou Giskard com voz fraca.

— Não continuarei — anuiu Daneel, um leve zumbido interferindo em sua voz.

Seguiu-se um longo período de silêncio. Foi com dificuldade que os circuitos de cada um deles deixou de passar por discordâncias.

— Ocorreu-me outra ideia — disse Daneel por fim.

— A superintendente era perigosa não só pelo conjunto de instruções que recebeu, mas também por sua aparência. Ela inibiu minha ação e provavelmente a do capitão, e poderia ter iludido e enganado os seres humanos no geral, como eu o fiz, sem ter intenção, com o expedidor de primeira classe Niss. Ficou claro que ele não havia percebido, em princípio, que eu era um robô.

— E a que isso nos leva, amigo Daneel?

— Em Aurora, foram construídos vários robôs humaniformes no Instituto de Robótica, sob a liderança do dr. Amadiro, depois que obtiveram os projetos do dr. Fastolfe.

— Isso é de conhecimento público.

— O que aconteceu com aqueles robôs humanoides?

— O projeto fracassou.

— Isso é de conhecimento público — disse Daneel, por sua vez.

— Mas não responde à minha pergunta. O que aconteceu com aqueles robôs humanoides?

— Supõe-se que foram destruídos.

— Essa suposição não é necessariamente correta. Eles foram mesmo destruídos?

— Essa seria a coisa sensata a se fazer. Que outro fim dar a um fracasso?

— Como sabemos que os robôs humanoides foram um fracasso, a não ser pelo fato de que foram tirados de vista?

— Isso não é o bastante, se eles foram tirados de vista e destruídos?

— Eu não disse "e destruídos", amigo Giskard. Há algo além do que sabemos. Só sabemos que eles foram tirados de vista.

— Por que seria assim, a menos que fossem fracassos?

— E, caso *não* fossem fracassos, não poderia haver algum motivo para tirá-los de vista?

— Não consigo pensar em nenhum, amigo Daneel.

— Pense outra vez, amigo Giskard. Lembre-se de que estamos falando de robôs humanoides que poderiam, de acordo com o que agora consideramos, ser perigosos pelo simples fato de terem natureza humanoide. Pareceu-nos, em nossa discussão anterior, que havia um plano de pé em Aurora para derrotar os colonizadores de uma forma drástica, com certeza, e de um só golpe. Concluímos que tais desígnios deveriam estar centrados no planeta Terra. Estou certo até esse ponto?

— Sim, amigo Daneel.

— Então não seria possível que o dr. Amadiro esteja na essência e no centro desse plano? Ele deixou clara sua antipatia pela Terra nessas vinte décadas. E, se o dr. Amadiro construiu vários robôs humanoides, para onde eles poderiam ter sido mandados, já que desapareceram de vista? Lembre-se de que, se os roboticistas solarianos conseguem distorcer as Três Leis, os roboticistas auroreanos podem fazer o mesmo.

— Está sugerindo, amigo Daneel, que os robôs humanoides foram enviados para a Terra?

— Exatamente. Mandados para lá a fim de enganar os terráqueos com sua aparência humana e possibilitar seja lá o que o dr. Amadiro pretenda fazer para atacar a Terra.

— Você não tem evidências quanto a isso.

— No entanto, é possível. Reflita você mesmo sobre os passos da argumentação.

— Se fosse esse o caso, teríamos de ir à Terra. Teríamos de estar lá e impedir o desastre de alguma maneira.

— Sim, é verdade.

— Mas não podemos ir, a menos que lady Gladia vá, e isso é pouco provável.

— Se você pudesse influenciar o capitão a levar a nave para a Terra, madame Gladia não teria escolha a não ser ir também.

— Não posso fazer isso sem causar-lhe dano — retorquiu Giskard. — Ele demonstra uma decidida vontade de ir ao Mundo de Baley. Devemos manipular sua viagem para a Terra, se conseguirmos, depois que ele tiver feito o que quer que esteja planejando fazer no Mundo de Baley.

— Pode, então, ser tarde demais.

— Não posso evitar. Não devo ferir um ser humano.

— Caso seja tarde demais, amigo Giskard, pense no que isso significaria.

— Não posso pensar no que significaria. Só sei que não posso ferir um ser humano.

— Então a Primeira Lei não é suficiente e devemos...

Ele não pôde continuar e ambos os robôs caíram em um silêncio impotente.

30

O Mundo de Baley se tornava cada vez mais nítido à medida que a nave se aproximava dele. Gladia o mirava com atenção por meio do visualizador de sua cabine; era a primeira vez que via um Mundo dos Colonizadores.

Ela protestara contra essa etapa da viagem quando D.G. comentara a esse respeito pela primeira vez, mas ele desconsiderara o assunto com uma risadinha.

— O que a senhora queria, milady? Preciso levar essa arma do seu povo — ele enfatizara um pouco a palavra "povo" — para o meu. E preciso formalizar meu relato a eles.

— Sua permissão para me conduzir a Solaria lhe foi dada pelo Conselho Auroreano com a condição de que me levasse de volta — Gladia dissera com frieza.

— Na verdade, não é bem assim, milady. Pode ter havido um acordo informal quanto a isso, mas nada foi redigido. Nenhum contrato formal.

— Um acordo informal faria com que *eu*, ou qualquer indivíduo civilizado, cumprisse a palavra, D.G.

— Tenho certeza de que sim, madame Gladia, mas nós mercadores vivemos com base em dinheiro e em documentos legais devidamente assinados. Eu nunca violaria, em circunstância alguma, um contrato escrito, nem me recusaria a fazer algo pelo qual eu tivesse aceitado pagamento.

Gladia erguera o queixo.

— Isso é uma insinuação de que eu devo pagá-lo para que me leve para casa?

— Senhora!

— Ora, ora, D.G. Não desperdice essa falsa indignação comigo. Se vai me manter prisioneira no seu planeta, reconheça e me conte por quê. Diga-me exatamente qual é a minha situação.

— A senhora não é, e não será, minha prisioneira. Na verdade, honrarei este acordo verbal. *Vou* levá-la para casa... mais cedo ou mais tarde. Entretanto, antes de mais nada, devo ir ao Mundo de Baley e a senhora deve vir comigo.

— Por que devo ir com o senhor?

— O povo do meu planeta vai querer vê-la. A senhora é a heroína de Solaria. A senhora nos salvou. Não podemos privá-los da chance de gritarem seu nome até ficarem roucos. Além do mais, a senhora foi uma boa amiga do ancestral.

— O que eles sabem, ou pensam que sabem, sobre isso? — perguntara Gladia de maneira brusca.

D.G. esboçara um sorriso.

— Nada que a desmereça, eu garanto. A senhora é uma lenda, e as lendas adquirem grandes proporções com os anos (embora eu admita que é fácil uma lenda ter proporções maiores do que a senhora, milady) e são bem mais nobres. Normalmente, eu não desejaria que a senhora viesse a este planeta, por não fazer jus à lenda. A senhora não é alta o bastante, não é bonita o bastante, não é majestosa o bastante. Mas quando a história acerca de

Solaria for revelada, logo a senhora vai satisfazer todos os requisitos. Na verdade, pode ser que não queiram deixá-la partir. Deve se lembrar de que estamos falando do Mundo de Baley, o planeta em que a história do ancestral é levada mais a sério do que em qualquer outro, e a senhora faz parte dessa história.

– O senhor não deve usar isso como desculpa para me manter presa.

– Prometo que não usarei. E prometo levá-la para casa... quando eu puder... quando eu puder.

De certo modo, Gladia não ficou tão indignada quanto sentiu que tinha todo o direito de estar. Ela queria ver como era um Mundo dos Colonizadores e, afinal de contas, esse era o peculiar mundo de Elijah Baley. Seu filho o havia fundado. Ele próprio havia passado seus anos finais ali. No Mundo de Baley, haveria recordações dele... o nome do planeta, seus descendentes, sua lenda.

Então ela observava o planeta... e pensava em Elijah.

31

A observação pouco lhe ofereceu e ela ficou desapontada. Não havia muito o que ver em meio à camada de nuvens que cobria o planeta. Com base em sua experiência relativamente pequena como viajante do espaço, parecia-lhe que essa camada de nuvens era mais densa do que o normal para planetas habitados. Eles pousariam em algumas horas e...

O sinal luminoso piscou e Gladia se apressou para apertar o botão AGUARDE como resposta. Após alguns instantes ela apertou o botão ENTRE.

D.G. entrou sorrindo.

– É uma hora inconveniente, milady?

– Na verdade, não – retorquiu Gladia. – Era só uma questão de colocar minhas luvas e meus filtros nasais. Creio que eu deveria usá-los o tempo todo, mas ambos acabam me cansando e, por alguma razão, estou ficando menos preocupada com infecções.

— Familiaridade gera menosprezo, milady.

— Não chamemos isso de menosprezo — redarguiu Gladia, que se deu conta de que ela mesma estava sorrindo.

— Obrigado — disse D.G. — Vamos aterrissar logo, senhora, e eu lhe trouxe um cobretudo, cuidadosamente esterilizado e colocado dentro deste saco plástico, de modo a não ser tocado por mãos de colonizadores após tal processo. É simples de vestir. A senhora não terá dificuldades e descobrirá que ele cobre tudo, menos o nariz e os olhos.

— Só para mim, D.G.?

— Não, não, milady. Todos nós vestimos esses trajes quando saímos ao ar livre nesta época do ano. É inverno em nossa capital neste momento e faz frio. Vivemos em um mundo de temperaturas bem baixas... com uma camada espessa de nuvens, muita precipitação e neve frequente.

— Mesmo nas regiões tropicais?

— Não, lá costuma ser quente e seco. Contudo, a população se aglomera nas regiões mais frias. Nós preferimos. É revigorante e estimulante. Os mares, onde foram espalhadas espécies de vida da Terra, são tão férteis, de forma que os peixes e outras criaturas se multiplicaram em abundância. Como consequência, não há escassez de alimentos, mesmo que as terras usadas para agricultura sejam limitadas e nós nunca sejamos o celeiro da Galáxia. Os verões são curtos, mas bem quentes, e as praias ficam bastante cheias nessa época, embora a senhora possa achá-las pouco interessantes, uma vez que temos um forte tabu contra a nudez.

— Parece um clima peculiar.

— É uma questão de distribuição entre terra e mar, uma órbita planetária um pouco mais excêntrica do que a maioria, e alguns outros fatores. Sinceramente, não me incomodo com isso. — Ele deu de ombros. — Não é minha área de interesse.

— O senhor é um mercador. Imagino que não permaneça no planeta com muita frequência.

— É verdade, mas não me tornei um mercador para fugir. Gosto daqui. Ainda assim, talvez gostasse menos se passasse mais tempo aqui. Se olharmos para este detalhe dessa forma, as duras condições do Mundo de Baley servem a um propósito importante. Elas incentivam os negócios. Meu planeta cria homens que exploram os mares em busca de alimento e existe certa semelhança entre navegar pelos oceanos e navegar pelo espaço. Eu diria que talvez um terço de todos os mercadores que trabalham no espaço são nativos do Mundo de Baley.

— O senhor parece estar em um estado quase frenético, D.G. — comentou Gladia.

— Pareço? O que me parece neste instante é que estou de bom humor. Tenho motivos para tanto. E a senhora também.

— Ah, é?

— Isso é óbvio, não? Saímos de Solaria vivos. Sabemos exatamente em que consiste a ameaça solariana. Apropriamo-nos de uma arma incomum que deve ser de interesse para as nossas Forças Armadas. E a senhora será a heroína do Mundo de Baley. As autoridades do planeta já receberam o resumo dos acontecimentos e estão impacientes para saudá-la. Aliás, a senhora é a heroína desta nave. Quase todos os homens a bordo se ofereceram para trazer-lhe este cobretudo. Todos estão ávidos por se aproximarem e se banharem na sua aura, por assim dizer.

— Que mudança — disse Gladia secamente.

— Sem dúvida. Niss, o tripulante que o seu Daneel castigou...

— Eu me lembro bem, D.G.

— Ele está ansioso para se desculpar. E para trazer os quatro companheiros para que possam se retratar também. E para, na sua presença, chutar o traseiro daquele que fez uma sugestão imprópria. Ele não é má pessoa, milady.

— Tenho certeza de que não é. Assegure a ele de que está perdoado e de que o incidente foi esquecido. E se o senhor providenciar isto, eu... darei um aperto de mãos nele e talvez em alguns dos outros antes de desembarcar. Mas o senhor não deve deixar que se aglomerem à minha volta.

— Entendo, mas não posso garantir que não haverá certa aglomeração na Cidade de Baley... é a capital do Mundo de Baley. É impossível impedir que várias autoridades governamentais tentem obter vantagem política ao serem vistos com a senhora, enquanto sorriem e fazem mesuras.

— "Por Josafá!", como diria o seu ancestral.

— Não fale isso quando aterrissarmos, senhora. É uma expressão reservada ao ancestral. Consideramos inapropriado que qualquer outra pessoa a pronuncie. Haverá discursos e aplausos e todo tipo de formalidades sem sentido. Sinto muito, milady.

— Eu poderia passar sem isso, mas acho que é impossível evitar.

— Sim, milady.

— Por quanto tempo isso vai ocorrer?

— Até que se cansem. Vários dias, talvez, mas haverá certa variedade de eventos.

— E durante quanto tempo ficamos no planeta?

— Até *eu* me cansar. Lamento, milady, mas tenho muito a fazer... tenho lugares aos quais ir, amigos para ver...

— Mulheres com quem fazer amor...

— Ai de mim, e da fragilidade da moral humana — comentou D.G., dando um sorriso largo.

— Só falta o senhor salivar.

— Uma fraqueza. Não sou capaz de salivar.

Gladia sorriu.

— O senhor não é totalmente sano, é?

— Nunca afirmei que era. Mas, deixando esse detalhe de lado, também tenho que considerar questões tediosas como o fato de que meus oficiais e o resto da tripulação querem ver *seus* familiares e amigos, colocar o sono em dia e se divertir um pouco no planeta. E, se quiser levar em consideração os sentimentos dos objetos inanimados, a nave terá de ser reparada, renovada e reabastecida. Pequenos detalhes como esses.

— Quanto tempo leva para realizar todas essas coisinhas?

— Poderiam ser meses. Quem sabe?

— E o que eu faço enquanto isso?

— A senhora poderia ver nosso mundo, expandir seus horizontes.

— Mas o seu mundo não é exatamente o parque de diversões da Galáxia.

— É bem verdade, mas tentaremos mantê-la entretida. — Ele olhou para o relógio. — Mais um aviso, senhora. Não faça referências à sua idade.

— Que motivo eu teria para fazer isso?

— Poderia aparecer em algum comentário casual. Vão esperar que diga algumas palavras e a senhora poderia, por exemplo, dizer: "nas minhas mais de 23 décadas de vida, nunca fiquei tão feliz em ver alguém quanto estou agora ao ver o povo do Mundo de Baley". Se se sentir tentada a dizer algo com essa frase inicial, resista à tentação.

— Resistirei. Em todo caso, não tenho nenhuma intenção de fazer uso de hipérboles. Mas, por curiosidade, por que não?

— Apenas porque é melhor para eles não saber a sua idade.

— Mas eles *sabem* a minha idade, não sabem? Eles têm conhecimento de que fui amiga do seu ancestral e de quanto tempo faz que ele viveu. Ou todos acham — ela fitou-o, estreitando os olhos —, que sou uma descendente distante *daquela* Gladia?

— Não, não, eles sabem quem a senhora é e quantos anos tem, mas sabem disso apenas com a cabeça — ele deu tapinhas na testa —, e poucas pessoas têm uma cabeça pensante, como deve ter notado.

— Sim, eu notei. Até mesmo em Aurora.

— Ótimo. Eu não ia querer que os colonizadores fossem únicos nesse sentido. Bem, a senhora aparenta ter... — ele fez uma pausa criteriosa — uns 40, talvez 45 anos, e eles a aceitarão como uma mulher dessa idade no âmago, que é onde se localiza o verdadeiro mecanismo pensante de uma pessoa comum. *Se* a senhora não jogar na cara deles a sua verdadeira idade.

— Isso realmente faria a diferença?

— Se faria? Veja, o colonizador comum de fato não quer robôs. Ele não gosta de robôs, não deseja robôs. Nesse ponto, estamos satisfeitos em ser diferentes dos Siderais. Sua vida longa é uma questão diferente. Quarenta décadas é muito mais do que dez.

— Poucos de nós chegam mesmo à marca dos quatrocentos.

— E poucos de nós chegam mesmo à marca dos cem. Nós ensinamos as vantagens de uma vida curta: qualidade *versus* quantidade, velocidade evolucionária, um mundo sempre em transformação... mas não há nada que faça as pessoas ficarem felizes por viver dez décadas se elas podem imaginar como seria viver quarenta. Assim, depois de certo ponto, a propaganda produz um efeito colateral, e é melhor ficar quieto quanto a isso. Eles não veem Siderais com frequência, como a senhora pode imaginar, e então não têm a oportunidade de reclamar do fato de que os Siderais parecem jovens e vigorosos, mesmo quando têm o dobro da idade do colonizador mais velho que já viveu. Eles verão essa característica na *senhora* e, se pensarem sobre o assunto, isso os perturbará.

— O senhor gostaria que eu fizesse um discurso e explicasse a eles exatamente o que significam quarenta décadas? — perguntou Gladia com amargor. — Devo dizer-lhes quantos anos uma pessoa sobrevive à primavera de sua própria esperança, sem mencionar os amigos e os conhecidos? Devo contar-lhes sobre a falta de sentido de se ter filhos e uma família; das intermináveis idas e vindas de um marido após o outro; da indistinta confusão dos atos sexuais informais entre um casamento e outro, além daqueles que se dão em paralelo; da chegada de um tempo em que uma pessoa já viu tudo o que queria ver e ouviu tudo o que queria ouvir, e acha impossível conceber um pensamento novo; de como a pessoa se esquece do verdadeiro significado do entusiasmo e da descoberta e aprende a cada ano o quanto o tédio pode se intensificar ainda mais?

— As pessoas do Mundo de Baley não acreditariam nisso. Acho que eu mesmo não acredito. É dessa forma que todos os Siderais se sentem ou a senhora está inventando?

— Só tenho certeza de como eu me sinto, mas vi outros perderem o ânimo à medida que envelheciam, observei seus temperamentos azedarem, suas ambições diminuírem e sua indiferença aumentar.

D.G. apertou os lábios e ele tinha uma expressão sombria.

— A taxa de suicídio é alta entre os Siderais? Nunca ouvi dizer que é.

— É quase zero.

— Mas isso não condiz com o que a senhora está dizendo.

— Pense! Estamos cercados por robôs que se dedicam a nos manter vivos. É impossível nos matarmos quando nossos robôs de olhar aguçado estão ativados o tempo todo e ao nosso redor. Duvido que algum de nós chegaria a considerar uma coisa dessas. Eu nem pensaria nisso, tão somente porque não posso suportar a ideia do que essa atitude significaria para todos os meus robôs domésticos e, mais ainda, para Daneel e Giskard.

— Eles não estão realmente vivos, a senhora sabe. Não têm sentimentos.

Gladia chacoalhou a cabeça.

— O senhor só diz isso porque nunca conviveu com eles. Em todo caso, acho que está superestimando o desejo por uma vida prolongada entre o seu povo. *O senhor* sabe qual é a minha idade, *o senhor* observa minha aparência e, no entanto, isso não o incomoda.

— Porque estou convencido de que os Mundos Siderais vão definhar e morrer, de que os Mundos dos Colonizadores é que são a esperança do futuro da humanidade, e de que é a nossa característica de ter uma vida curta que garante isso. Ouvir o que a senhora acabou de dizer, presumindo que seja tudo verdade, me enche ainda mais de certeza.

— Não esteja tão certo. Vocês podem desenvolver seus próprios problemas insolúveis... se já não os tiverem.

— Sem dúvida é possível, milady, mas, por ora, devo deixá-la. A nave está costeando para aterrissar e preciso encarar o computador que a controla de forma a parecer que sou inteligente, ou ninguém acreditará que sou o capitão.

D.G. saiu e ela ficou perdida em melancólicos pensamentos por um instante, seus dedos repuxando o plástico que envolvia o cobretudo.

Ela chegara a um senso de equilíbrio em Aurora, uma maneira de permitir que a vida passasse tranquilamente. Refeição a refeição, dia a dia, estação a estação, sua existência passava, e a tranquilidade quase a isolara da tediosa espera pela única aventura que restara, a aventura final da morte.

E agora ela fora a Solaria e despertara lembranças de uma infância que se desenrolara havia muito tempo, em um mundo que se acabara havia muito tempo, de modo que a tranquilidade se estilhaçara, talvez para sempre, e que ela ficara agora descoberta e exposta ao horror de uma vida que continuava.

O que poderia substituir a tranquilidade que desaparecera?

Ela percebeu os olhos de brilho baço de Giskard fixos nela e disse:

— Ajude-me com isto, Giskard.

32

Estava frio. O céu estava cinzento e o ar brilhava com uma levíssima nevada. Porções de flocos diminutos rodopiavam na brisa fresca e, além do campo de aterrissagem, Gladia pôde ver longínquos amontoados de neve.

Havia várias pessoas aglomeradas aqui e ali, mas barreiras as impediam de chegar perto demais. Todas elas vestiam cobretudos de diferentes tipos e cores e todos pareciam inflados para fora, transformando a humanidade em uma multidão de objetos amorfos e com olhos. Alguns usavam visores que reluziam um brilho transparente por sobre a face.

Gladia levou a mão coberta por uma luva ao rosto. Exceto pelo nariz, ela parecia estar bastante aquecida. O cobretudo fazia mais do que apenas isolar; ele mesmo parecia produzir calor.

Ela olhou para trás. Daneel e Giskard estavam ao alcance, cada um deles vestindo um cobretudo.

Em princípio, ela protestara.

— Eles não precisam de macacões. Não são sensíveis ao frio.

— Tenho certeza disso — retrucara D.G. —, mas a senhora diz que não vai a parte alguma sem eles e não podemos deixar Daneel sentado aqui exposto ao frio. Pareceria algo contrário à natureza. Nem queremos despertar hostilidades deixando claro que a senhora tem robôs.

— Eles devem saber que tenho robôs aqui comigo e o rosto de Giskard vai revelar o que ele é... mesmo usando o cobretudo.

— Talvez saibam, mas há a chance de que não pensarão nisso se não forem forçados, então não vamos obrigá-los a tanto — replicara D.G.

Agora D.G. fazia gestos para que ela entrasse no veículo terrestre que tinha teto e laterais transparentes.

— Eles vão querer vê-la enquanto nos locomovemos, senhora — disse ele, sorrindo.

Gladia sentou-se a um lado e D.G. seguiu-a do outro.

— Sou um co-herói — comentou ele.

— O senhor valoriza isso?

— Ah, sim, significa um bônus para a minha tripulação e uma possível promoção para mim. Não desdenho algo assim.

Daneel e Giskard também entraram e se sentaram em bancos que ficavam de frente para os dois humanos. Daneel estava diante de Gladia; Giskard se posicionara diante de D.G.

Na vanguarda, um veículo terrestre sem transparência, e uma fila de algo em torno de uma dezena de carros atrás deles. Ouvia-se o som de aplausos e via-se um mar de braços acenando a partir da multidão que se reunira. D.G. sorriu e ergueu um braço em resposta, e fez um gesto para Gladia fazer o mesmo. Ela acenou de maneira superficial. Fazia calor dentro do carro e seu nariz já não estava mais dormente.

— Essas janelas refletem um brilho desagradável. É possível retirá-lo? — perguntou ela.

— Sem dúvida, mas isso não será feito — replicou D.G. — É o campo de força mais discreto que conseguimos instalar. Aquelas pessoas são entusiastas e foram revistadas, mas alguém *pode* ter conseguido esconder uma arma e não queremos que a senhora se machuque.

— Quer dizer que alguém poderia tentar me matar?

(Os olhos de Daneel examinavam calmamente a multidão de um lado do carro; Giskard examinava o outro.)

— É pouco provável, milady, mas a senhora é uma Sideral e os colonizadores não gostam dos Siderais. Alguns podem até odiá-los de forma tão extrema a ponto de enxergar apenas sua natureza Sideral. Mas não se preocupe. Mesmo que alguém tentasse (o que é, como eu disse, improvável), não conseguiria.

A fila de carros começou a andar, todos juntos e bem devagar.

Gladia se ergueu um pouco do assento, atônita. Não havia ninguém na frente da divisória que os cercava.

— Quem está dirigindo? — indagou ela.

— Os veículos são totalmente computadorizados — explicou D.G. — Presumo que os carros Siderais não sejam.

— Temos robôs para dirigi-los.

D.G. continuou acenando e Gladia seguiu o exemplo automaticamente.

— Nós não — retrucou ele.

— Mas, em essência, um computador é a mesma coisa que um robô.

— Um computador não é humanoide e não atrai a atenção das pessoas. Quaisquer que sejam as semelhanças tecnológicas, há, em termos psicológicos, um mundo de diferenças.

Gladia observou o cenário campestre e achou-o opressivamente estéril. Mesmo levando em conta que era inverno, havia algo de desolador nos arbustos desfolhados que pontilhavam a cena e nas árvores distribuídas de modo esparso, cuja aparência mirrada e desalentada enfatizava a morte que parecia agarrar-se a tudo.

D.G., percebendo a expressão de Gladia e relacionando-a aos olhares que lançava aqui e ali, disse:

– Não parece grande coisa agora, milady. Contudo, no verão, não fica nada mal. Há planícies cobertas por gramado, pomares, plantações de cereais...

– Florestas?

– Não existem florestas intocadas. Somos um planeta em crescimento. Ele ainda está sendo moldado. Só tivemos pouco mais de um século e meio, na verdade. O passo inicial foi estabelecer pequenas unidades de cultivo para os primeiros colonizadores, usando sementes importadas. Depois colocamos peixes e invertebrados de todas as espécies no oceano, esforçando-nos ao máximo para criar um sistema ecológico autossustentável. Esse é um processo bastante fácil, se a química do oceano for adequada. Se não for, então o planeta não é habitável sem uma ampla modificação química e, na realidade, nunca se tentou fazer isso, embora exista uma série de planos para esses procedimentos. Por fim, tentamos fazer a terra florescer, o que é sempre difícil, sempre lento.

– Todos os Mundos dos Colonizadores seguiram esse caminho?

– Estão seguindo. Nenhum está efetivamente terminado. O Mundo de Baley é o mais antigo e não está pronto. Daqui a duzentos anos, os Mundos dos Colonizadores serão ricos e cheios de vida, tanto em terra como nos mares, apesar de que, a essa altura, haverá diversos mundos mais novos que estarão abrindo caminho através dos mais variados estágios preliminares. Tenho certeza de que os Mundos Siderais passaram pelos mesmos procedimentos.

— Muitos séculos atrás... e de forma menos extenuante, creio eu. Nós tínhamos robôs para nos ajudar.

— Nós vamos dar um jeito — respondeu D.G. em poucas palavras.

— E quanto à vida nativa? As plantas e os animais que se desenvolveram neste planeta antes da chegada dos seres humanos?

D.G. deu de ombros.

— Insignificantes. Coisas pequenas e frágeis. Os cientistas têm interesse, claro, então a vida nativa ainda existe em aquários especiais, jardins botânicos, zoológicos. Há corpos de água remotos e porções de terra consideráveis que ainda não foram convertidos. Um pouco da vida nativa ainda existe na natureza.

— Mas um dia, todas essas áreas naturais serão convertidas, não é?

— Esperamos que sim.

— O senhor não acha que, na verdade, o planeta pertence a essas coisas insignificantes, pequenas e frágeis?

— Não. Não sou tão sentimental. O planeta e o Universo inteiro pertencem à inteligência. Os Siderais concordam com isso. Onde está a vida nativa de Solaria? Ou de Aurora?

A fila de carros, que avançava de forma tortuosa desde o espaçoporto, por fim chegou a uma área plana e pavimentada na qual se viam diversas construções baixas e abobadadas.

— Praça da Capital — comentou D.G. em voz baixa. — Este é o coração oficial do planeta. Os gabinetes governamentais estão localizados aqui; o Congresso Planetário se reúne aqui; a Mansão Executiva se encontra aqui, e assim por diante.

— Lamento, D.G., mas isso não impressiona muito. São construções pequenas e desinteressantes.

D.G. deu um sorriso.

— A senhora está vendo apenas algum teto ocasional, milady. As construções em si ficam no subsolo... todas são interconectadas. Na verdade, elas fazem parte de um único complexo, e ainda está sendo ampliado. É uma cidade autossuficiente, a senhora compreende. Este lugar, junto com as áreas residenciais ao redor, forma a Cidade de Baley.

— Vocês planejam que tudo seja construído no subsolo algum dia? A cidade inteira? O mundo inteiro?

— A maioria de nós espera ansiosamente por um mundo subterrâneo, sim.

— Pelo que sei, eles têm Cidades subterrâneas na Terra.

— De fato, eles têm, milady. As chamadas Cavernas de Aço.

— Então vocês as imitam aqui?

— Não é uma simples imitação. Nós acrescentamos nossas próprias ideias e... Estamos parando, milady, e a qualquer momento vão nos pedir para sair do veículo. Eu seguraria as aberturas do cobretudo se fosse a senhora. O vento sibilante na Praça durante o inverno é lendário.

Gladia fez o que ele disse, atrapalhando-se um pouco ao tentar juntar as extremidades das aberturas.

— O senhor estava dizendo que não é uma simples imitação.

— Não. Nós projetamos nosso subsolo levando o clima em consideração. Como as nossas condições climáticas são mais severas do que as da Terra, algumas modificações arquitetônicas foram necessárias. Construído de maneira apropriada, quase não precisamos de energia para manter o complexo aquecido no inverno e fresco no verão. Na verdade, de certo modo, nós o mantemos aquecido no inverno com o calor que armazenamos do verão anterior e fresco no verão com o frio do inverno que o precedeu.

— E quanto à ventilação?

— Ela usa parte de nossas reservas, mas não tudo. Funciona, milady, e um dia atingiremos o nível das estruturas da Terra. Esta é, claro, a ambição máxima: transformar o Mundo de Baley em um reflexo da Terra.

— Nunca soube que a Terra era tão admirável a ponto de desejarem imitá-la — comentou Gladia em tom indiferente.

D.G. olhou para ela de forma brusca.

— Não faça piadas desse tipo, milady, enquanto estiver com colonizadores... nem mesmo comigo. A Terra não é assunto para piadas.

— Desculpe-me, D.G. Não tive a intenção de ser desrespeitosa — disse Gladia.

— A senhora não sabia. Mas *agora* sabe. Venha, vamos sair.

A porta lateral do carro deslizou e abriu-se sem fazer barulho e D.G. virou-se no banco e saiu. Depois ele estendeu a mão para ajudar Gladia e disse:

— A senhora vai discursar para o Congresso Planetário, sabe, e todas as autoridades governamentais que puderem entrar farão isso.

Gladia, que estendera a mão para pegar a de D.G. e que já sentia, dolorosamente, o vento gelado no rosto, encolheu-se para dentro do carro de novo.

— Eu devo fazer um discurso? Não me disseram nada.

D.G. pareceu surpreso.

— Pensei que a senhora considerasse algo desse tipo como líquido e certo.

— Bem, não considerei. E não consigo fazer um discurso. Nunca fiz uma coisa dessas.

— A senhora precisa. Não é nada de terrível. Basta dizer algumas palavras após alguns discursos longos e chatos de boas-vindas.

— Mas o que eu posso dizer?

— Nada pomposo, eu lhe garanto. Só paz e amor e blá-blá--blá. Dê-lhes meio minuto. Posso rascunhar algo para a senhora, se quiser.

E Gladia saiu do carro e seus robôs a seguiram. Sua mente era um turbilhão.

9   O DISCURSO

33

Quando entraram no edifício, eles tiraram os macacões e os entregaram aos atendentes. Daneel e Giskard tiraram seus macacões também, e os atendentes lançaram olhares incisivos ao segundo, aproximando-se dele com cautela.

Gladia ajustou os filtros nasais nervosamente. Nunca antes ela estivera na presença de grandes multidões de seres humanos de vida curta... de vida curta em parte, ela sabia (ou sempre ouvira dizer), porque carregavam no corpo infecções crônicas e hordas de parasitas.

— Vou receber de volta meu próprio cobretudo? – sussurrou ela.

— A senhora não vestirá o de mais ninguém – respondeu D.G.
— Os cobretudos ficarão em segurança e serão esterilizados por radiação.

Gladia olhou ao redor com cautela. De certo modo, ela achava que até o contato ótico poderia ser perigoso.

— Quem são aquelas pessoas? – ela indicou vários indivíduos que trajavam roupas bem coloridas e estavam evidentemente armadas.

— Seguranças, senhora – replicou D.G.

— Até mesmo aqui? Em um edifício do governo?

— Com certeza. E quando estivermos na tribuna, haverá uma cortina de campo de força separando-nos do público.

— O senhor não confia no seu próprio Legislativo?

Um sorriso de esguelha se insinuou no rosto de D.G.

— Não de todo. É um mundo ainda bruto e seguimos nossos próprios hábitos. Nem todas as nossas arestas foram aparadas e não temos robôs nos vigiando. Além disso, temos partidos de minoria militantes; temos os nossos fomentadores da guerra.

— O que são fomentadores da guerra?

A maior parte do povo do Mundo de Baley havia tirado o cobretudo e estava pegando bebidas. Ouvia-se um burburinho de conversa no ar e muitas pessoas olhavam para Gladia, mas ninguém se aproximava para conversar. Na realidade, ficou claro para Gladia que a evitavam, mantendo um perímetro de distância ao seu redor.

D.G. notou seus olhares de um lado para o outro e os interpretou de maneira correta.

— Foram avisados de que a senhora apreciaria se lhe dessem um pouco de espaço — explicou ele. — Acho que eles entendem seu medo de infecções.

— Espero que não tenham achado ofensivo.

— Pode ser, mas a senhora trouxe algo consigo que é evidentemente um robô e a maioria do povo do Mundo de Baley não quer *esse* tipo de infecção. Em especial os fomentadores da guerra.

— O senhor não me disse o que são eles.

— Se houver tempo para isso, explicarei. Em breve, a senhora e eu e outras pessoas da tribuna teremos de nos colocar a postos. A maioria dos colonizadores acredita que, com o tempo, a Galáxia será deles, que os Siderais não podem e não irão competir com êxito na corrida pela expansão. Nós também sabemos que vai demorar. Não veremos esse dia chegar. É provável que nem nossos filhos testemunharão isso. Ao que se sabe, pode levar mil anos. Os fomentadores da guerra não querem esperar. Querem resolver essa questão agora.

— Eles desejam uma *guerra*?

— Eles não dizem isso com essas palavras. E não se autodenominam fomentadores da guerra. É o modo como nós, pessoas sensatas, os chamamos. Eles se chamam de Supremacistas Terráqueos. Afinal de contas, é difícil argumentar com pessoas que declaram ser a favor de que a Terra seja suprema. Somos todos a favor de que isso ocorra, mas a maior parte de nós não espera necessariamente que isso aconteça amanhã e não fica contrariado ao extremo porque não será.

— E esses fomentadores da guerra podem me atacar? Fisicamente?

D.G. fez um gesto para que ela avançasse.

— Acho que precisamos ir andando, senhora. Estão nos colocando em uma fila. Não, não penso que a senhora chegará a ser atacada, mas é sempre melhor ter cautela.

Gladia conteve o passo quando D.G. indicou-lhe seu lugar na fila.

— Não sem Daneel e Giskard, D.G. Continuo não indo a lugar algum sem eles. Nem mesmo à tribuna. Não depois do que o senhor acaba de me contar sobre os fomentadores da guerra.

— Está pedindo muito, milady.

— Pelo contrário, D.G. Não estou pedindo coisa alguma. Leve-me para casa neste mesmo instante... com os meus robôs.

Tensa, Gladia observou enquanto D.G. se aproximava de um pequeno grupo de oficiais. Ele fez uma leve mesura, os braços para baixo em diagonal. Era o que Gladia supunha tratar-se de um gesto de respeito no Mundo de Baley.

Ela não ouviu o que D.G. disse, mas um devaneio doloroso e involuntário passou-lhe pela cabeça. Se houvesse qualquer tentativa de separá-la de seus robôs contra a sua vontade, Daneel e Giskard com certeza fariam o que estivesse ao seu alcance para impedir tal separação. Eles se moveriam de forma rápida e precisa demais para chegar a machucar alguém... mas os seguranças usariam suas armas de imediato.

Ela teria de evitar isso a todo custo... fingir que estava se separando de Daneel e Giskard de maneira espontânea e pedir-lhes que esperassem por ela, um pouco afastados. Como ela seria capaz de fazer isso? Nunca ficara totalmente sem robôs em toda a sua vida. Como poderia se sentir segura sem eles? E, no entanto, haveria outro modo de se livrar do dilema?

D.G. voltou.

– Seu status de heroína é uma moeda de troca útil, milady. E, claro, sou um camarada persuasivo. Seus robôs podem acompanhá-la. Ficarão na tribuna atrás da senhora, mas não haverá nenhum holofote iluminando-os. E, em nome do ancestral, não desvie atenção para eles. Sequer olhe para os robôs.

Gladia suspirou, aliviada.

– O senhor é um bom homem, D.G. – disse ela com a voz trêmula. – Obrigada.

Ela tomou seu lugar próximo ao início da fila, D.G. à sua esquerda, Daneel e Giskard atrás dela, e atrás dos robôs uma longa fila de autoridades de ambos os sexos.

Uma colonizadora, carregando um bastão que parecia ser um símbolo de seu cargo, tendo examinado cuidadosamente a fileira, acenou com a cabeça, foi até o começo da fila, depois entrou. Todos a seguiram.

Gladia notou que havia uma música no ritmo simples e repetitivo de uma marcha vindo de cima e se perguntou se deveria marchar segundo alguma coreografia. (Os costumes variam infinita e irracionalmente de mundo para mundo, ela disse a si mesma.)

Olhando de soslaio, Gladia viu D.G. seguindo em frente a passo lento e de forma indiferente. Andava quase com desleixo. Ela apertou os lábios de maneira reprovadora e caminhou de modo rítmico, cabeça ereta, espinha esticada. Na ausência de instruções, iria marchar do jeito que *ela* quisesse.

Foram até um palco e, ao chegar, cadeiras emergiram suavemente de reentrâncias no chão. A fila se dividiu, mas D.G. pegou de leve na manga da roupa de Gladia, que o acompanhou. Os dois robôs a seguiram, como esperado.

Ela ficou diante da cadeira que D.G. lhe indicou discretamente. A música soou mais alto, embora a luz não estivesse tão clara quanto antes. E então, depois do que pareceu uma espera quase interminável, ela sentiu um toque de D.G. puxando-a com delicadeza para baixo. Ela se sentou, e todos fizeram o mesmo.

Gladia notou o ligeiro brilho da cortina de campo de força e, além dele, um público de vários milhares de pessoas. Todos os assentos estavam tomados em um anfiteatro que se inclinava abruptamente para cima. Todos vestiam roupas de cores sem graça, marrons e pretas, tanto homens como mulheres (até onde ela podia diferenciá-los). Os seguranças nos corredores se sobressaíam em seus uniformes em tom verde e carmesim. Não havia dúvida de que a roupa permitia que fossem reconhecidos de maneira instantânea. (Apesar de também torná-los alvos imediatos, pensou Gladia.)

Ela se virou para D.G. e disse, em voz baixa:

– Seu povo tem um Legislativo enorme.

D.G. encolheu um pouco os ombros.

– Acho que todos os que fazem parte do aparato governamental estão aqui, com companheiros e convidados. Um tributo à sua popularidade, milady.

Ela varreu o público com os olhos, da direita para a esquerda e de volta, e tentou, esforçando-se ao máximo, vislumbrar, com o canto dos olhos, Daneel ou Giskard... só para ter certeza de que estavam ali. E depois pensou, com rebeldia, que não aconteceria nada em razão de um relance e girou a cabeça de propósito. Eles estavam lá. Ela também viu D.G. revirando os olhos para cima, exasperado.

Gladia se sobressaltou de repente quando um holofote focou uma das pessoas no palco, enquanto a luz do resto do salão diminuía ainda mais, até atingir uma insubstancialidade obscura.

O vulto iluminado se levantou e começou a falar. Sua voz não era terrivelmente alta, mas Gladia pôde ouvir uma leve reverberação refletida pelas paredes ao longe. O som deve penetrar em cada recanto do grande salão, pensou ela. Seria em razão de algum tipo de amplificação feita por um aparelho tão discreto que ela não o via ou teria o salão um formato acústico particularmente inteligente? Ela não sabia, mas encorajou-se a continuar com suas conjeturas, pois isso evitava, por algum tempo, a necessidade de ter de ouvir o que estava sendo dito.

A certa altura, ela ouviu alguém dizer em voz baixa a palavra "baboseira", em algum ponto indeterminado do público. Mas, não fosse pela acústica perfeita (se é que era disso que se tratava), a expressão provavelmente não teria sido ouvida.

A palavra não significava nada para ela, mas, com base em breves e difusas risadas que perpassaram o público, ela supôs que era algo vulgar. O som desapareceu quase de imediato e Gladia admirou a profundidade do silêncio que se seguiu.

Talvez, se a sala fosse tão perfeitamente acústica a ponto de todos os sons serem ouvidos, o público *teria* de ficar em silêncio, caso contrário a confusão e o barulho seriam intoleráveis. Então, uma vez que o hábito do silêncio fosse estabelecido e o barulho do público se tornasse um tabu, qualquer coisa que não fosse o silêncio seria impensável. Exceto quando o impulso de sussurrar "baboseira" era irresistível, presumiu ela.

Gladia percebeu que seu raciocínio estava ficando turvo e seus olhos estavam se fechando. Ela se endireitou na cadeira com brusquidão. As pessoas daquele planeta estavam tentando homenageá-la e, se ela dormisse durante o processo, isso com certeza seria considerado como um insulto inaceitável. Ela tentou manter-se acordada e alerta, mas isso parecia deixá-la com mais sono. Em vez de ouvir, ela mordeu o lado de dentro das bochechas e respirou fundo.

Três autoridades falaram, uma após a outra, com uma semibrevidade semicompassiva, e então Gladia despertou de repente (será que ela realmente cochilara, apesar de todos os seus esforços, com milhares de olhos fixos nela?) quando o holofote recaiu à sua esquerda e D.G. se levantou para falar, ficando de pé diante de sua própria cadeira.

Ele parecia totalmente à vontade, com os polegares enganchados no cinto.

– Homens e mulheres do Mundo de Baley – começou ele. – Autoridades, passadores de leis, honrados líderes e concidadãos do planeta, vocês ouviram sobre o que aconteceu em Solaria. Sabem que tivemos êxito total. Sabem que lady Gladia de Aurora contribuiu para tal sucesso. Agora chegou o momento de apresentar alguns dos detalhes a vocês e aos meus concidadãos que estão assistindo por hipervisão.

Ele passou a descrever os acontecimentos de forma modificada e Gladia divertiu-se secamente com a natureza das modificações. Ele mencionou de maneira superficial sobre a própria derrota nas mãos de um robô humanoide. Giskard não foi mencionado, o papel de Daneel foi minimizado e o de Gladia enfatizado com exageros. O incidente se tornou um duelo entre duas mulheres, Gladia e Landaree, e foram a coragem e o senso de autoridade de Gladia que garantiram a vitória.

– E agora – D.G. disse, por fim –, lady Gladia, solariana de origem e auroreana de cidadania, mas uma cidadã do Mundo de Baley por seus atos... – (Ouviu-se uma forte torrente de aplausos, a mais forte que Gladia ouvira até então, pois os primeiros locutores foram recebidos sem grande entusiasmo.)

D.G. levantou as mãos, pedindo silêncio, o que se fez de imediato. Então ele concluiu:

– ... vai lhes dirigir algumas palavras.

Gladia de repente percebeu que o holofote incidia sobre ela e olhou para D.G. em um súbito estado de pânico. Ela ouviu aplausos e D.G. também estava batendo palmas. Abafado pelos aplausos, ele se inclinou em direção a ela e sussurrou:

— A senhora ama todos eles, quer a paz e, já que não é legisladora, não está acostumada a longos discursos de pouco conteúdo. Diga isso, e depois sente-se.

Ela olhou para ele sem compreender, nervosa demais para ter ouvido o que ele dissera.

Gladia levantou-se e viu-se fitando fileiras intermináveis de pessoas.

34

Gladia se sentiu muito pequena (não pela primeira vez na vida, com certeza) ao encarar o palco. Os homens no palco eram mais altos do que ela, assim como as outras três mulheres que ali estavam. Ela achou que, embora estivessem todos sentados e ela de pé, eles ainda a ultrapassavam em altura. Quanto ao público, que esperava naquele instante com um silêncio quase ameaçador, seus integrantes eram, ela tinha certeza, todos maiores do que ela em todas as dimensões.

Ela respirou fundo e disse:

— Amigos... — mas o que saiu foi um assobio fino e sem fôlego. Ela limpou a garganta (raspando-a de modo estrondoso) e tentou de novo.

— Amigos! — Desta vez, havia certa normalidade no som. — Todos vocês são descendentes de terráqueos, cada um de vocês. *Eu* sou descendente de terráqueos. Não existem seres humanos em parte alguma de todos os mundos habitados, sejam Siderais, dos Colonizadores, ou a própria Terra, que não sejam terráqueos de nascimento ou por descendência. Todas as outras diferenças vão se esvaindo até desaparecer em face desse fato colossal.

Ela olhou rapidamente para a esquerda para olhar na direção de D.G. e notou que ele estava sorrindo de leve e que uma das pálpebras estremecia, como se estivesse prestes a dar uma piscadela.

— Essa deveria ser a nossa orientação em todos os pensamentos e atitudes — continuou ela. — Agradeço a todos por me considerarem um ser humano igual a vocês e por me darem as boas-vindas sem levar em conta qualquer outra classificação na qual pudessem ter se sentido tentados a me encaixar. Em razão disso, e na esperança de que logo chegará o dia em que 16 bilhões de seres humanos, vivendo em amor e paz, considerar-se-ão apenas dessa forma, nem mais, nem menos, penso em vocês não somente como amigos, mas como parentes.

Irromperam os aplausos que trovejaram ao seu redor e Gladia semicerrou os olhos em sinal de alívio. Ela permaneceu de pé para deixar que a ovação continuasse e a banhasse com a bem-vinda indicação de que ela falara bem e, mais do que isso, que fora o bastante. Quando o barulho começou a desvanecer, ela sorriu, fez uma reverência para a direita e para a esquerda, e começou a sentar-se.

E então uma voz se elevou a partir do público.

— Por que não fala em solariano?

Ela ficou paralisada a meio caminho do assento e olhou para D.G. em estado de choque.

Ele chacoalhou a cabeça de leve e formou com a boca a palavra: "Ignore" e fez os sinais mais discretos que pôde para que ela se sentasse.

Ela o fitou por um ou dois segundos, depois se deu conta de que deveria estar parecendo uma figura deselegante, com a parte traseira do corpo projetada para trás no inacabado movimento de se sentar. Ela se retesou e esboçou um sorriso para o público enquanto virava a cabeça devagar de um lado ao outro. Pela primeira vez, notou a existência de objetos ao fundo cujas lentes brilhantes se fixavam nela.

Claro! D.G. havia mencionado que as atividades estavam sendo vistas via hiperonda. No entanto, isso não importava naquele momento. Ela havia falado e havia sido aplaudida e agora encarava a parte do público que podia ver, ereta e sem nervosismo. De que importava esse detalhe adicional que não se podia ver?

– Considero essa uma pergunta amigável – comentou ela, ainda sorrindo. – Você quer que eu lhe mostre os meus feitos. Quantos querem que eu fale como um solariano? Não hesitem. Levantem a mão direita.

Alguns braços se levantaram.

– O robô humanoide em Solaria me ouviu falar com sotaque solariano. Foi isso o que o derrotou no final das contas. Vamos lá... mostrem-me todos os que gostariam de ouvir uma demonstração.

Mais braços se ergueram e, em um instante, o público se tornou um mar de braços levantados. Gladia sentiu uma mão dando puxões em uma das pernas de sua calça e, com um movimento rápido, livrou-se dela.

– Muito bem. Podem abaixar os braços, meus parentes. Entendam que estou falando agora o Padrão Galáctico, que é a sua língua também. Eu, contudo, estou falando como um auroreano e sei que todos vocês me entendem apesar de o modo como pronuncio as palavras poder parecer-lhes engraçado e minha escolha de termos, às vezes, possa confundi-los um pouco. Vocês perceberão que meu jeito de falar apresenta notas que sobem e descem... quase como se eu estivesse cantando minhas palavras. Isso sempre soa ridículo para quem não é auroreano, mesmo para outros Siderais. Por outro lado, se eu fizer a transição para o jeito solariano de falar, como estou fazendo agora, vocês notarão de imediato que as notas param e que a pronúncia se torna gutural com "erres" que nunca terrrminam... em especial se não houverrr nenhum "errre" em lugarrr algum no panoramarrr vocal.

Ouviu-se uma gargalhada vindo do público e Gladia a confrontou com uma expressão séria no rosto. Por fim, ela ergueu os braços e gesticulou, pedindo silêncio, e a risada cessou.

— Todavia — continuou ela —, é provável que eu nunca mais vá a Solaria, portanto não terei outra oportunidade de falar no dialeto solariano. E o bom capitão Baley — ela se virou e fez uma meia reverência em sua direção, percebendo que havia uma linha de perspiração em sua fronte — me informou de que não se sabe quando voltarei para Aurora, por isso talvez eu tenha de renunciar ao dialeto auroreano também. Minha única escolha, nesse caso, será falar o dialeto do Mundo de Baley, o qual devo começar a praticar agora mesmo.

Ela colocou os dedos de ambas as mãos em um cinto invisível, estufou o peito, abaixou o queixo, deu aquele sorriso natural de D.G. e disse, em uma séria tentativa de falar em tom de barítono:

— Homens e mulheres do Mundo de Baley, autoridades, passadores de leis, honrados líderes e concidadãos do planeta, e isso deve incluir a todos, menos, talvez, os líderes desonrados. — Ela fez o melhor que pôde para incluir as oclusivas glotais e os "as" átonos e pronunciou cuidadosamente o "erre" de "honrados" e "desonrados" quase que com uma arfada.

A gargalhada foi ainda mais alta desta vez e mais prolongada, e Gladia permitiu-se sorrir e esperar com tranquilidade enquanto a risada continuava. Afinal de contas, ela os estava persuadindo a rir de si mesmos.

E quando o silêncio voltou, ela disse de forma simples, em uma versão sem exageros do dialeto auroreano:

— Todos os dialetos são curiosos, ou peculiares, para aqueles que não estão acostumados com ele e isso tende a dividir os seres humanos em grupos separados, e em geral mutuamente hostis. No entanto, os dialetos são apenas variantes da língua. Em vez deles, vocês e eu e todos os outros seres humanos em todos os mundos habitados deveríamos ouvir a linguagem do coração... e não existem dialetos para ele. Esse idioma, se nós o ouvirmos, ressoa da mesma forma em todos nós.

Já bastava. Ela estava pronta para se sentar de novo, mas ouviu-se outra pergunta. Desta vez foi a voz de uma mulher.

— Quantos anos a senhora tem?

Agora D.G. soltou um resmungo forçado por entre os dentes.

— *Sente-se*, senhora! Ignore a pergunta.

Gladia virou-se para encarar D.G. Ele quase havia se posto de pé. Os outros que estavam no palco, até onde ela podia vê-los na penumbra além da luz do holofote, inclinavam-se tensamente na direção dela.

Ela se virou para o público outra vez e bradou de maneira reverberante:

— As pessoas aqui no palco querem que eu me sente. Quantos de vocês querem que eu me sente? Vocês ficaram quietos. Quantos querem que eu fique aqui e responda à pergunta com sinceridade?

Ouviram-se abruptos aplausos e gritos de "Responda! Responda!".

— A voz do povo! Sinto muito, D.G. e todo o resto, mas exigiram que eu falasse — disse Gladia.

Gladia olhou para cima, na direção do holofote, apertando os olhos, e declarou:

— Não sei quem controla as luzes, mas ilumine o auditório e apague o holofote. Não me importo com o que essa mudança vai causar às câmeras de hiperonda. Apenas certifique-se de que o som está saindo com precisão. Ninguém vai se importar se eu parecer meio apagada, contanto que possam me ouvir. Certo?

— Certo! — foi a resposta dada por múltiplas vozes. Depois acrescentaram: — Luzes! Luzes!

Alguém no palco sinalizou de modo consternado e o público foi banhado em luz.

— Muito melhor — comentou Gladia. — Agora posso ver todos vocês, meus parentes. Eu gostaria de ver, em especial, a mulher que fez a pergunta, quem gostaria de saber a minha idade. Eu prefiro falar diretamente com ela. Não se sinta insegura e tímida. Se teve a coragem de formular a pergunta, deve ter a coragem de fazê-la abertamente.

Ela esperou e enfim uma mulher a meia distância se levantou. Seu cabelo escuro estava preso para trás, a cor de sua pele era morena-clara e a roupa, apertada para enfatizar o talhe delgado, era em tons de marrom mais escuro.

— Não tenho medo de ficar de pé — disse ela, de forma um tanto estridente. — E não tenho medo de perguntar de novo. Quantos anos a senhora tem?

Gladia encarou-a com calma e descobriu que até acolhia de bom grado o confronto. (Como isso era possível? Ao longo de suas primeiras três décadas de vida, ela fora cuidadosamente treinada para achar a presença mesmo de um único ser humano algo intolerável. Agora, olhem para ela... encarando milhares de pessoas sem tremer. Ela estava ligeiramente perplexa e totalmente satisfeita.)

— Por favor, continue de pé, senhora, e vamos conversar juntas. Como devemos medir a idade? Em anos decorridos desde o nascimento? — disse Gladia.

— Meu nome é Sindra Lambid — disse a mulher em tom calmo. — Sou membro do Legislativo e, portanto, um dos "passadores de leis" e "líderes honrados" do capitão Baley. Pelo menos espero ser "honrada". — Seguiu-se uma gargalhada à medida que o público parecia ficar cada vez mais bem-humorado. — Respondendo a sua pergunta, acho que o número de anos do Padrão Galáctico que transcorreu desde o nascimento é a definição comum da idade de uma pessoa. Dessa forma, eu tenho 54 anos. Quantos anos a senhora tem? Que tal apenas nos dizer um número?

— Farei isso. Desde o meu nascimento, se passaram 235 anos do Padrão Galáctico, de modo que tenho mais de 23 décadas e meia de idade... ou pouco mais do que quatro vezes a sua idade. — Gladia manteve-se ereta e sabia que sua figura pequena e delgada e a luz fraca faziam-na parecer extraordinariamente pueril naquele momento.

Ouviu-se um balbucio confuso vindo da plateia e uma espécie de resmungo a partir de sua esquerda. Uma olhada rápida nessa direção mostrou-lhe que D.G. colocara uma das mãos na testa.

— Mas esse é um modo totalmente passivo de medir a passagem do tempo — continuou Gladia. — É uma medição quantitativa que não leva em conta a qualidade. Minha vida transcorreu de maneira tranquila, pode-se até dizer que foi sem graça. Vaguei em meio a uma rotina fixa, protegida de todos os acontecimentos adversos por um sistema social que funciona de forma eficiente (que não deixava espaço nem para a mudança, nem a experimentação), e pelos meus robôs, que ficavam entre mim e qualquer tipo de desventura. Apenas duas vezes na vida experimentei os ventos da agitação e, em ambas as vezes, havia uma tragédia envolvida. Quando eu tinha 33 anos, mais jovem em idade do que muitos de vocês que estão me ouvindo agora, houve uma época (não muito longa), em que fui acusada de assassinato. Dois anos mais tarde, houve outro momento (não muito longo), em que estive envolvida em outro assassinato. Em ambas as ocasiões, o investigador Elijah Baley esteve ao meu lado. Acredito que a maioria de vocês, ou talvez todos, conheçam a história como foi contada no relato escrito pelo filho de Elijah Baley.

Ela prosseguiu:

— Devo acrescentar uma terceira ocasião pois, neste último mês, passei por bastante agitação, a qual atingiu seu clímax com a solicitação que me fizeram para me apresentar diante de vocês, algo que é bem diferente de tudo que eu já tenha feito em toda a minha vida. E devo admitir que é apenas o seu bom humor e seu gentil acolhimento que tornam isso possível. Levem em consideração, cada um de vocês, o contraste de tudo isso com as suas próprias vidas. Vocês são pioneiros e vivem em um mundo pioneiro. Este mundo tem crescido enquanto suas vidas transcorrem e continuará crescendo. Este mundo é qualquer coisa, menos acomodado, e cada dia é, e deve ser, uma aventura. O próprio clima é uma aventura. Primeiro faz frio, depois calor, depois frio de novo. É um clima em que há muito vento, tempestades e mudanças repentinas. Em momento algum, pode-se cruzar os braços e deixar o tempo passar de modo sonolento em um planeta em que as mudanças são suaves, isso se de fato houver alguma mudança. Muitos habitantes do Mundo de Baley são mercadores ou são capazes de escolher ser mercadores e podem passar a metade do seu tempo explorando o espaço. E, se algum dia este mundo ficar monótono, muitos de seus habitantes podem transferir sua esfera de atividade para um mundo menos desenvolvido ou juntar-se a uma expedição que encontrará um planeta adequado, que ainda não sentiu os passos de seres humanos e fazer sua parte para dar-lhe forma, semeá-lo e torná-lo apropriado para a ocupação humana. Meça a duração da vida pelos acontecimentos e pelos feitos, pelas realizações e pelas agitações, e serei uma criança, mais jovem do que qualquer um de vocês. A alta soma de anos da minha vida serviu apenas para me entediar e me cansar; o número menor de anos que vocês têm enriquecem-nos e entusiasmam-nos. Então, diga-me outra vez, madame Lambid, quantos anos tem?

Lambid deu um sorriso.

— Cinquenta e quatro *bons* anos, madame Gladia.

Ela se sentou e outra vez surgiram e continuaram os aplausos. Oculto por esse barulho, D.G. perguntou, com a voz rouca:

— Gladia, quem a ensinou a lidar com o público dessa maneira?

— Ninguém — sussurrou ela. — Nunca experimentei isso antes.

— Mas pare enquanto está em vantagem. A pessoa que está se levantando agora é nosso principal fomentador da guerra. A senhora não precisa enfrentá-lo. Diga que está cansada e sente-se. Nós mesmos cuidaremos do Velho Bistervan.

— Mas não estou cansada — retrucou Gladia. — Estou me divertindo.

O homem que a encarava naquele instante de um ponto à extrema direita dela, embora estivesse mais próximo ao palco, era alto e forte, com espessas sobrancelhas brancas sobre os olhos. Seu cabelo ralo também era branco e suas vestes eram de um preto sombrio, suavizado por uma faixa branca na vertical em cada uma das mangas e em cada uma das pernas da calça, como se estabelecesse um rígido limite para o seu corpo.

Sua voz era grave e musical.

— Meu nome é Tomas Bistervan e muitos aqui me conhecem como o Velho, em grande parte, creio, porque gostariam que eu fosse, de fato, velho e que não demorasse muito a morrer. Não sei como me dirigir à senhora porque, ao que parece, não tem sobrenome e porque não a conheço bem o bastante para usar seu primeiro nome. Para ser sincero, não quero conhecê-la assim tão bem. Aparentemente, a senhora ajudou a salvar uma nave do Mundo de Baley em seu planeta contra as armadilhas e armas instaladas pelo seu povo e estamos agradecendo-lhe por isso. Em troca, a senhora disse algumas bobagens piedosas sobre amizade e parentesco. Pura hipocrisia! Quando foi que o seu povo sentiu afinidade por nós? Quando foi que os Siderais sentiram qualquer ligação com a Terra e com seu povo? É certo que vocês, Siderais, são descendentes de terráqueos. Nós não nos esquecemos disso. Nem nos esquecemos de que *vocês* se esqueceram. Por muito mais de vinte décadas, os Siderais controlaram a Galáxia e trataram os terráqueos como se fossem odiosos e adoentados animais de vida curta. Agora que estamos nos fortalecendo, vocês estendem a mão em sinal de amizade, mas essa mão está coberta por uma luva, assim como as suas. A senhora tenta se lembrar de não erguer o nariz diante de nós, mas o nariz, mesmo que não esteja erguido, está com filtros. E então? Estou certo?

Gladia levantou as mãos.

— Pode ser que o público aqui nesta sala e, principalmente, os espectadores que não estão presentes e me veem por hiperonda, não tenham percebido que estou usando luvas. Elas não são chamativas, mas estão aqui. Não nego. E tenho filtros nasais que depuram a poeira e os micro-organismos sem interferir muito na respiração. Também tenho o cuidado de usar spray na garganta de tempos em tempos. E eu tomo mais banhos do que as exigências da limpeza consideram necessário. Não nego nada disso. Mas esse é o resultado das minhas deficiências, não das suas. Meu sistema imunológico não é forte. Minha vida foi confortável demais e sofri pouquíssima exposição. Essa não foi uma escolha proposital, mas devo pagar o preço. Se qualquer um de vocês estivesse na minha desafortunada posição, o que faria? Em particular, sr. Bistervan, o que *o senhor* faria?

— Faria exatamente como a senhora, e o consideraria um sinal de fraqueza, um sinal de que sou impróprio e inadequado para viver e de que eu, portanto, deveria dar lugar para aqueles que são fortes — respondeu Bistervan em um tom severo. — Mulher, não venha nos falar de parentesco. A senhora não é minha parente. A senhora é um daqueles que nos perseguiram e tentaram nos destruir quando eram fortes e que agora vêm a nós choramingando pois estão fracos.

Uma comoção varreu o público, algo nem um pouco amigável, mas Bistervan manteve sua posição firmemente.

— O senhor se lembra do mal que fizemos quando éramos fortes? — perguntou Gladia em um tom suave.

— Não ache que nos esquecemos. Está em nossa mente todos os dias — respondeu Bistervan.

— Ótimo! Porque agora sabem o que evitar. Vocês aprenderam que, quando os fortes oprimem os fracos, isso é errado. Portanto, quando o jogo virar e vocês ficarem fortes enquanto nós nos tornamos os fracos, vocês não serão opressores.

— Ah, sim. Eu já ouvi esse argumento. Quando vocês eram fortes, nunca ouviram falar em moralidade, mas agora que estão fracos, pregam-na com afinco.

— Entretanto, no seu caso, quando vocês eram fracos, sabiam tudo sobre moralidade e ficavam horrorizados com o comportamento dos fortes... e agora que são fortes, esquecem a moralidade. Por certo deve ser melhor que o imoral aprenda a ter moralidade por meio da adversidade do que o moral se esquecer da moralidade em um momento de bonança.

— Daremos o que recebemos — retrucou Bistervan, erguendo o punho cerrado.

— Deveriam dar o que gostariam de ter recebido — redarguiu Gladia, abrindo os braços, como se estivesse pronta para dar um abraço. — Já que todos conseguem pensar em alguma injustiça do passado da qual é preciso se vingar, o senhor está dizendo, meu amigo, que é certo o forte oprimir o fraco. E, quando diz isso, justifica os Siderais do passado e, por conseguinte, não deveria reclamar agora no presente. O que eu estou dizendo é que a opressão era errada quando a praticamos no passado e que será igualmente errada quando vocês a praticarem no futuro. Infelizmente, não podemos mudar o passado, mas ainda podemos decidir como será o futuro.

Gladia fez uma pausa. Quando Bistervan não replicou de imediato, ela gritou:

— Quantos querem uma nova Galáxia, e não que a velha Galáxia ruim se repita eternamente?

Os aplausos começaram, mas Bistervan levantou os braços e gritou de forma estentórea:

— Esperem! Esperem! Não sejam tolos! Parem!

Aos poucos a multidão foi se aquietando e Bistervan continuou:

— Vocês acreditam que essa mulher acredita no que está dizendo? Acham mesmo que os Siderais nos desejam o bem? Eles ainda se consideram fortes, e ainda nos desprezam, e ainda querem nos destruir... se não os destruirmos primeiro. Essa mulher vem aqui e, como tolos, nós a saudamos e lhe damos muita importância. Bem, coloquem suas palavras à prova. Deixemos que qualquer um de vocês peça permissão para visitar um Mundo Sideral e vejamos se conseguem. Ou, se tiverem o apoio de um planeta e se valerem de ameaças, como fez o capitão Baley, de modo que tenham permissão para aterrissar em tal mundo, como serão tratados? Perguntem ao capitão se ele foi tratado como um parente. Essa mulher é uma hipócrita, apesar de todas as suas palavras... não, justamente por elas. São provas verbais de sua hipocrisia. Ela se lamenta e se queixa de seu sistema imunológico inadequado e diz que deve se proteger contra o perigo de infecção. Claro que ela não faz isso por achar que somos sujos e doentes. Suponho que essa ideia nunca lhe passe pela cabeça. Ela se queixa de sua vida passiva, protegida de infortúnios e desventuras por uma sociedade acomodada demais e por uma multidão de robôs solícitos demais. Como ela deve odiar isso. Mas que perigos ela corre aqui? Que infortúnio acha que recairá sobre ela em nosso planeta? No entanto, ela trouxe dois robôs consigo. Neste salão, nós nos reunimos a fim de homenageá-la e dar-lhe importância, porém ela trouxe seus dois robôs até mesmo aqui. Estão lá na tribuna com ela. Agora que o salão está iluminado por igual, todos podem vê-los. Um é uma imitação de ser humano e seu nome é R. Daneel Olivaw. O outro é um robô descarado, com estrutura nitidamente metálica, e seu nome é R. Giskard Reventlov. Saúdem-nos, concidadãos do Mundo de Baley. *Eles* são os parentes dessa mulher.

— Xeque-mate! — D.G. se lamuriou em um sussurro.

— Ainda não — ela resmungou.

Pescoços se esticaram em meio ao público, como se uma súbita coceira tivesse afetado a todos, e a palavra "robôs" percorreu toda a extensão e toda a amplitude do anfiteatro, milhares de pessoas ofegando.

— Vocês podem vê-los sem dificuldade alguma — ressoou a voz de Gladia. — Daneel, Giskard, levantem-se.

Os dois robôs se puseram imediatamente de pé atrás dela.

– Coloquem-se cada um a um lado meu – disse ela –, de modo que meu corpo não bloqueie a visão. Não que meu corpo seja grande o suficiente para bloquear muita coisa, de qualquer forma. Agora deixem-me esclarecer alguns pontos. Esses dois robôs não vieram comigo para me servir. Sim, eles ajudam a administrar minha propriedade em Aurora, junto a outros 51 robôs, e não faço por mim mesma aquilo que prefiro que um robô faça por mim. Esse é o costume no mundo onde vivo. Os robôs variam em termos de complexidade, habilidade e inteligência, e esses dois apresentam um grau muito alto nesses quesitos. Daneel, em particular, é, na minha opinião, o robô, entre todos os robôs, cuja inteligência está mais próxima à do ser humano naquelas áreas em que é possível comparar.

Então ela questionou:

– Se eu os uso para proteção pessoal? Não. Eles me protegem sim, mas protegem da mesma maneira qualquer outra pessoa que precise de proteção. Em Solaria, recentemente, Daneel fez o que pôde para proteger o capitão Baley e estava pronto para abrir mão de sua própria existência para me proteger. Sem ele, a nave não teria sido salva. E com certeza não preciso de proteção aqui nesta tribuna. Afinal, há um campo de força perpassando o palco inteiro que protege de forma bem ampla. Não fui eu quem pediu que o campo fosse colocado, mas está aí e me dá toda a proteção de que preciso. Então por que trouxe meus robôs para cá comigo? Aqueles de vocês que conhecem a história de Elijah Baley, que libertou a Terra de seus soberanos Siderais, que iniciou a nova política de colonização e cujo filho trouxe o primeiro ser humano ao Mundo de Baley (por que outro motivo o planeta teria esse nome?), sabem que muito antes de me conhecer, Elijah Baley trabalhou com Daneel. Trabalhou com ele na Terra, em Solaria e em Aurora, em cada um de seus grandes casos. Para Daneel, Elijah Baley sempre foi o "parceiro Elijah". Não sei se esse fato aparece na biografia dele, mas podem tranquilamente acreditar na minha palavra. E, embora Elijah Baley, como terráqueo, tivesse começado com uma forte desconfiança em relação a Daneel, uma amizade nasceu entre eles. Quando Elijah Baley estava morrendo, aqui neste planeta, há mais de dezesseis décadas, quando era apenas um agrupamento de casas pré-fabricadas cercadas de trechos ajardinados, não foi o filho de Elijah que esteve com ele no último momento. Nem fui eu. Por um traiçoeiro instante, ela pensou que sua voz ficaria trêmula.

– Ele mandou chamarem Daneel e se agarrou à vida até Daneel chegar. Sim, esta é a segunda visita de Daneel a este planeta. Eu estava com ele, mas permaneci em órbita. – Com a voz firme! – Daneel aterrissou sozinho e ouviu suas últimas palavras. Pois bem, isso não significa nada para vocês?

Ela ergueu ainda mais a voz enquanto brandia os punhos no ar.

– Eu preciso lhes contar isto? Vocês já não sabem? Aqui está o robô que Elijah Baley amava. Sim, amava. Eu desejava ver Elijah Baley antes de ele morrer, ansiava dizer-lhe adeus; mas ele queria Daneel... e este é Daneel. O próprio. E este outro é Giskard, que só conheceu Elijah em Aurora, mas que conseguiu salvar sua vida naquele planeta. Sem esses dois robôs, Elijah Baley não teria alcançado seus objetivos. Os Mundos Siderais ainda seriam supremos; os Mundos dos Colonizadores não existiriam, e nenhum de vocês estaria aqui. Eu sei disso. Vocês sabem disso. Eu me pergunto se o sr. Bistervan sabe disso. Daneel e Giskard são nomes honrados neste planeta. Eles são usados com frequência pelos descendentes de Elijah Baley, a pedido dele. Cheguei aqui em uma nave cujo capitão se chama Daneel Giskard Baley. Eu me pergunto quantas das pessoas que agora estão diante de mim, ao vivo ou por hiperonda, ostentam o nome de Daneel ou Giskard. Bem, estes dois atrás de mim são os robôs que tais nomes celebram. E é a eles que Tomas Bistervan censura?

O crescente murmúrio do público estava se tornando ruidoso e Gladia ergueu os braços de forma suplicante.

— Um momento. Um momento. Deixem-me terminar. Eu não lhes contei por que trouxe estes dois robôs até aqui.

O silêncio foi imediato.

— Estes dois robôs nunca se esqueceram de Elijah Baley, assim como eu não o esqueci — disse Gladia. — O passar das décadas não apagou nem um pouco essas lembranças. Quando eu estava pronta para subir na nave do capitão Baley, quando soube que talvez pudesse visitar o Mundo de Baley, como poderia me furtar de trazer Daneel e Giskard comigo? Eles queriam ver o planeta que Elijah Baley tornara possível, o planeta onde passou seus anos finais e morreu. Sim, eles são robôs, mas são robôs inteligentes, que serviram bem e fielmente a Elijah Baley. Não basta termos respeito por todos os seres humanos; é preciso ter respeito por todos os seres inteligentes. Então eu os trouxe até aqui. — Depois acrescentou, em um último clamor que exigia uma resposta: — *Eu fiz mal?*

Ela recebeu sua resposta. Um "não", gritado de forma gigantesca, ressoou pelo salão e todos ficaram de pé, batendo palmas, batendo os pés, bradando, gritando... sem parar... sem parar... sem parar.

Gladia observou, sorrindo, e, enquanto o barulho continuava interminavelmente, percebeu duas coisas. Primeiro, que ela estava encharcada de suor. Segundo, que estava feliz como nunca se sentira na vida.

Era como se a vida inteira ela houvesse esperado por esse momento... o momento em que ela, tendo sido criada em isolamento, pudesse enfim descobrir, após 23 décadas, que conseguia encarar multidões, e comovê-las, e dobrá-las à sua vontade.

Ela ouvia a incansável e barulhenta resposta... sem parar... sem parar... sem parar...

35

Foi depois de um período considerável (ela não sabia dizer quanto tempo transcorrera) que Gladia voltou a si.

Primeiro houvera um barulho interminável, a sólida força dos seguranças guiando-a em meio à multidão, o mergulho em infinitos túneis que pareciam se embrenhar cada vez mais no subterrâneo.

Mais cedo, ela perdera contato com D.G. e não sabia ao certo se Daneel e Giskard estavam com ela, em segurança. Gladia queria perguntar por eles, mas só havia pessoas desconhecidas à sua volta. Pensou vagamente que os robôs tinham de estar com ela, pois resistiriam à separação e ela ouviria o tumulto se houvesse qualquer tentativa nesse sentido.

Quando ela por fim chegou a um aposento, os dois robôs estavam consigo. Não sabia com exatidão onde estava, mas o lugar era bastante grande e limpo. Era pobre, se comparado à sua casa em Aurora, mas em relação à cabine a bordo da nave, era bem luxuoso.

— A senhora ficará a salvo aqui — disse o último dos seguranças ao sair. — Se precisar de alguma coisa, é só nos avisar. — Ele indicou um dispositivo em uma mesinha perto da cama.

Ela olhou para o objeto, mas, quando se virou de volta para perguntar o que era e como funcionava, ele já havia partido.

Ah, bem, pensou ela, eu me viro.

— Giskard — chamou ela em um tom cansado —, descubra qual dessas portas leva ao banheiro e como funciona o chuveiro. O que eu *preciso* agora é de um banho.

Ela se sentou com cautela, ciente de que estava encharcada e relutante em saturar a cadeira com seu suor. Estava começando a sentir dores em razão da rigidez nada natural de sua posição quando surgiu Giskard.

— Senhora, o chuveiro está funcionando e a temperatura está ajustada — anunciou ele. — Há um material sólido que acredito ser sabonete e um tipo primitivo de toalha, junto a vários outros artigos que podem lhe ser úteis.

— Obrigada, Giskard — replicou Gladia, bastante consciente de que, apesar de sua grandiloquência sobre o modo como robôs da categoria de Giskard não realizavam serviços inferiores, foi exatamente isso que ela pediu que ele fizesse. Mas as circunstâncias alteram os casos...

Se nunca tivesse precisado tanto de um banho como agora, parecia-lhe que jamais seria capaz de desfrutá-lo daquela forma. Ela permaneceu debaixo do chuveiro por muito mais tempo do que o necessário e, quando terminou, nem lhe passou pela cabeça se as toalhas haviam sido esterilizadas com radiação até depois de ter se enxugado, e, àquela altura, já era tarde demais.

Ela examinou os materiais que Giskard havia deixado dispostos para ela (pó compacto, desodorante, pente, pasta de dente, secador de cabelo), mas não conseguiu encontrar algo que lhe servisse como escova de dentes. Ela acabou desistindo e usou o dedo, o que achou bastante insatisfatório. Não havia escova de cabelo e isso também era insatisfatório. Limpou o pente com sabonete antes de usá-lo, mas ainda assim retraiu-se de medo. Encontrou uma vestimenta que parecia adequada para dormir. Tinha cheiro de limpa, embora fosse muito larga, em sua opinião.

— Senhora, o capitão gostaria de saber se pode vê-la — informou Daneel em voz baixa.

— Creio que sim — respondeu Gladia, ainda procurando por outra roupa de dormir. — Deixe-o entrar.

D.G. parecia fatigado e até mesmo abatido, mas, quando ela se virou para cumprimentá-lo, ele deu um sorriso débil e comentou:

— É difícil acreditar que a senhora tenha mais de 23 décadas e meia de idade.

— O quê? Vestindo esta coisa?

— Ela ajuda. É semitransparente. Ou a senhora não sabia?

Ela olhou para baixo para a camisola com incerteza, e depois disse:

— Bom, se isso o entretém, mas, ainda assim, estou viva há dois séculos e três oitavos.

— Ninguém poderia arriscar só de olhar para a senhora. Deve ter sido muito bonita quando era mais jovem.

— Nunca me disseram que fui, D.G. Sempre acreditei que um charme discreto era o máximo a que eu poderia aspirar. Em todo caso, como uso aquele instrumento?

— O dispositivo de chamada? Basta tocar naquela parte à direita e alguém lhe perguntará em que pode servi-la e a senhora continua a partir daí.

— Ótimo. Vou precisar de uma escova de dentes, uma escova de cabelo e roupas.

— Eu me certificarei de que a senhora receba a escova de dentes e a escova de cabelo. Quanto às roupas, já pensaram nisso. Há uma mala de roupas pendurada no seu armário. A senhora vai ver que ela contém o melhor da moda do Mundo de Baley, o que pode não agradá-la, claro. E não garanto que as roupas lhe servirão. A maioria das mulheres do Mundo de Baley é mais alta que a senhora e com certeza mais corpulenta e robusta. Mas isso não importa. Creio que a senhora ficará reclusa por algum tempo.

— Por quê?

— Bem, milady. Parece que a senhora fez um discurso ontem à noite e, se bem me lembro, preferiu não se sentar, embora eu tivesse sugerido mais de uma vez que o fizesse.

— Pareceu-me um discurso bastante bem-sucedido, D.G.

— E foi. Foi um sucesso estrondoso. — D.G. deu um sorriso largo e coçou o lado direito da barba como se estivesse refletindo com muito cuidado sobre tal palavra. — Entretanto, o sucesso também tem seu preço. Neste exato momento, eu diria que a senhora é a pessoa mais famosa do Mundo de Baley e que todos os habitantes do planeta anseiam por vê-la e tocá-la. Se nós a levarmos lá fora, isso significará um tumulto instantâneo. Pelo menos até as coisas se acalmarem. Não podemos saber ao certo quanto vai demorar. Além disso, conseguiu fazer até os fomentadores da guerra gritarem pela senhora, mas à luz fria do amanhã, quando a hipnose e a histeria diminuírem, eles ficarão furiosos. Se o Velho Bistervan na realidade não considerou a ideia de matar a senhora logo após seu discurso, então é certo que amanhã a ideia de assassiná-la por meio de tortura lenta será a maior ambição dele. E há pessoas no partido do Velho que poderiam possivelmente tentar satisfazer esse pequeno capricho. É por isso que a senhora está aqui, milady. É por isso que seu quarto, todo o andar, e o hotel inteiro estão sendo vigiados por sabe-se lá quantos pelotões de seguranças, entre os quais, espero, não haja ninguém que seja um aliado secreto dos fomentadores da guerra. E porque fui tão intimamente associado à senhora nesse jogo de herói e heroína, também estou enjaulado aqui e não posso sair.

– Oh – disse Gladia de forma vaga. – Lamento por isso. O senhor não pode ver sua família.

D.G. deu de ombros.

– Mercadores não têm uma tradição familiar tão arraigada assim.

– Sua amiga, então.

– Ela vai sobreviver. É provável que fique melhor do que eu. – Ele lançou um olhar especulativo para Gladia.

– Nem *pense* nisso, capitão – anunciou Gladia em um tom neutro.

D.G. franziu as sobrancelhas.

– É impossível me impedir de pensar, mas não *farei* nada, senhora.

– Por quanto tempo acha que vou ficar aqui? – perguntou Gladia. – É sério.

– Depende do Diretório.

– Diretório?

— Nosso conselho executivo quíntuplo, senhora. Cinco pessoas — ele levantou a mão com os dedos bem abertos —, cada uma com um mandato de cinco anos com alternância, com uma substituição todo ano, além das eleições especiais em caso de morte ou invalidez. Isso provê continuidade e reduz o perigo de um governo dominado por uma única pessoa. Também significa que todas as decisões devem ser discutidas e isso leva tempo, às vezes mais do que temos à disposição.

— Penso que, se um dos cinco fosse um indivíduo determinado e forte... — começou Gladia.

— Que ele poderia impor seu ponto de vista aos demais. Esse tipo de coisa aconteceu algumas vezes, mas isso não ocorre no presente momento, se a senhora entende o que quero dizer. O diretor sênior é Genovus Pandaral. Ele não é má pessoa, mas é indeciso... e, por vezes, isso acaba sendo a mesma coisa. Eu o convenci a permitir que seus robôs subissem na tribuna com a senhora e isso se provou uma péssima ideia. Um ponto contra nós dois.

— Mas por que foi uma péssima ideia? As pessoas ficaram *satisfeitas*.

— Satisfeitas *demais*, milady. Queríamos que a senhora fosse nossa heroína Sideral favorita e ajudasse a manter a opinião pública mais tranquila, de modo que não iniciássemos uma guerra prematura. Mas aí a senhora os fez ovacionar robôs e não queremos isso. Por essa razão, não apreciamos muito o fato de o público ter aplaudido a noção de parentesco com os Siderais.

— Vocês não querem uma guerra prematura, mas tampouco querem a paz prematura. É isso?

— Muito bem colocado, senhora.

— Mas então o que querem?

— Queremos a Galáxia, *toda* a Galáxia. Queremos colonizar e povoar todos os planetas habitáveis que nela existem e estabelecer nada menos do que um Império Galáctico. E não queremos que os Siderais interfiram. Eles podem permanecer em seus próprios mundos e viver em paz como bem entenderem, mas não devem interferir.

— Mas assim vocês os estarão enjaulando em seus cinquenta mundos, como fizemos com os terráqueos durante tantos anos. A mesma velha injustiça. Vocês são tão maus quanto Bistervan.

— As situações são diferentes. Os terráqueos foram enjaulados para ir contra seu potencial expansivo. Vocês Siderais não têm esse potencial. Vocês seguiram o caminho da longevidade e dos robôs e tal potencial desvaneceu. Vocês nem têm mais cinquenta mundos. Solaria foi abandonado. Com o tempo, os outros também deixarão de existir. Os colonizadores não têm interesse em forçar os Siderais ao caminho rumo à extinção. Por que deveríamos intervir em sua escolha voluntária de seguir essa trilha? Seu discurso acabou por interferir nisso.

— Estou contente. O que o senhor pensou que eu ia dizer?

— Eu lhe disse. Paz e amor e sente-se. A senhora poderia ter terminado em menos de um minuto.

— Não posso acreditar que esperava algo tão ridículo da minha parte — disse Gladia com raiva. — O que você acha que sou?

— O que a senhora mesma pensava que fosse... alguém que morria de medo de falar. Como poderíamos saber que a senhora era uma louca que, em meia hora, seria capaz de persuadir os habitantes do Mundo de Baley a gritar a favor daquilo que, por gerações, tentamos convencê-los a se oporem? Mas esta conversa não vai nos levar a lugar algum. — Ele se levantou pesadamente.

— Também quero um banho, e é melhor eu dormir, se puder. Até amanhã.

— Mas quando vamos descobrir o que os diretores decidirão fazer comigo?

— Quando *eles* descobrirem o que farão, o que pode demorar um pouco. Boa noite, senhora.

36

— Eu fiz uma descoberta — declarou Giskard, sua voz desprovida de qualquer nuance de emoção. — Fiz uma descoberta porque, pela primeira vez durante a minha existência, confrontei milhares de seres humanos. Se eu tivesse feito isso há dois séculos, já teria descoberto isto. Se nunca tivesse confrontado tantos de uma só vez, então nunca teria descoberto coisa alguma. Leve em consideração a quantidade de pontos vitais que eu poderia compreender com facilidade, mas nunca fui capaz nem nunca seria, só porque as condições apropriadas para tal entendimento jamais viriam ao meu encontro. Continuaria ignorante, exceto quando as circunstâncias me ajudam, e não posso contar com as circunstâncias.

— Não pensei, amigo Giskard, que lady Gladia, com seu modo de vida tão arraigado, pudesse encarar milhares de pessoas em pé de igualdade — opinou Daneel. — Não achei que ela sequer seria capaz de falar. Quando se revelou que ela conseguia, presumi que você a tivesse ajustado e que tivesse descoberto que isso poderia ser feito sem feri-la. Foi essa a sua descoberta?

— Amigo Daneel, na verdade, a única coisa que ousei fazer foi afrouxar alguns cordões de inibição, apenas o suficiente para permitir que ela falasse algumas palavras, de modo que pudesse ser ouvida — contou Giskard.

— Mas ela fez bem mais do que isso.

— Após aquele ajuste microscópico, voltei-me para a multiplicidade de mentes que eu defrontava na plateia. Nunca havia vivenciado tantas, assim como lady Gladia, e fiquei tão perplexo quanto ela. Achei, em princípio, que não podia fazer nada diante do vasto entrelaçamento mental que colidia contra mim. Senti-me impotente. E então percebi pequenas cordialidades, curiosidades, interesses (não posso descrevê-los em palavras) com um tom de simpatia por lady Gladia em torno deles. Joguei com o que pude encontrar que tinha esse tom de simpatia, fortalecendo-os e engrossando-os só um pouco. Eu desejava uma pequena reação a favor de lady Gladia, que pudesse encorajá-la, tornar desnecessário que me sentisse tentado a mexer com a mente dela. Isso foi tudo o que fiz. Não sei com quantos fios do tom apropriado trabalhei. Não muitos.

— E depois, amigo Giskard? — perguntou Daneel.

— Descobri, amigo Daneel, que havia começado algo que era autocatalítico. Cada fio que eu fortalecia também afetava um fio próximo do mesmo tipo e ambos intensificavam vários outros por perto. Não tive de fazer mais nada. Pequenas agitações, pequenos sons e pequenos olhares que pareciam aprovar o que lady Gladia falava encorajavam outros. Então descobri algo ainda mais estranho. Todas essas pequenas indicações de aprovação, as quais só pude detectar porque as mentes estavam abertas para mim, de algum modo lady Gladia deve tê-las sentido, pois outras inibições em sua mente diminuíram sem que eu as tocasse. Ela começou a falar mais rápido e de forma mais confiante, e o público respondeu melhor do que nunca, sem que eu nada fizesse. E, no final, houve histeria, uma tormenta, uma tempestade de raios e trovões mentais tão intensos que tive de fechar minha mente para tudo isso, caso contrário teria sobrecarregado meus circuitos. Nunca, em toda a minha existência, eu havia encontrado algo assim; e, no entanto, começara sem que tivesse introduzido mais modificações em toda aquela multidão do que eu introduzira anteriormente em apenas um punhado de pessoas. Na verdade, suspeito que o efeito tenha se espalhado para além da plateia sensível à minha mente... até a grande audiência alcançada via hiperonda.

— Não entendo como isso possa acontecer, amigo Giskard — confessou Daneel.

— Nem eu, amigo Daneel. Não sou humano. Não vivencio diretamente a mente humana, com todas as suas complexidades e contradições, de modo que não compreendo os mecanismos por meio dos quais eles respondem. Mas, ao que parece, as multidões são mais fáceis de administrar do que os indivíduos. Soa paradoxal. É necessário maior esforço para mover uma carga mais pesada do que uma mais leve. Exige-se maior esforço para se contrapor a muita energia do que a pouca. Leva-se mais tempo para percorrer uma longa distância do que uma pequena. Por que então deveria ser mais fácil influenciar muitas pessoas do que poucas? Você pensa como um ser humano, amigo Daneel. Consegue explicar?

— Você mesmo disse, amigo Giskard, que era um efeito autocatalítico, uma questão de contágio — replicou Daneel. — Um simples foco de chamas pode acabar queimando uma floresta inteira.

Giskard fez uma pausa e parecia estar mergulhado em um profundo pensar. Depois ele disse:

— Não é a razão que é contagiosa, é a emoção. Madame Gladia escolheu argumentos que achou que atiçariam os sentimentos de seu público. Ela não tentou apelar à razão. Sendo assim, pode ser que, quanto maior a multidão, mais facilmente as pessoas sejam influenciadas pela emoção em vez de serem movidas pela razão. Já que as emoções são poucas e as razões são muitas, o comportamento de uma multidão pode ser previsto com mais facilidade do que o comportamento de uma pessoa. E isso, por sua vez, significa que, se as leis que permitem que as correntes da história sejam previstas podem ser desenvolvidas, então deve-se lidar com grandes populações, quanto maiores, melhor. Essa pode ser a Primeira Lei da Psico-história, a chave para o estudo da Humânica. Ainda assim...

— Sim?

— Impressiona-me que eu tenha demorado tanto para entender isso, apenas por não ser um ser humano. Talvez, de forma instintiva, um humano entenda a própria mente bem o bastante para saber como lidar com seus semelhantes. Madame Gladia, sem experiência alguma em discursar para enormes multidões, conduziu a questão com destreza. Estaríamos em uma situação muito melhor se tivéssemos alguém como Elijah Baley conosco. Amigo Daneel, você não está pensando nele?

— Você consegue ver a imagem dele em minha mente? — indagou Daneel. — Isso é surpreendente, amigo Giskard.

— Não estou vendo-o, amigo Daneel. Não posso captar seus pensamentos. Mas sinto emoções e humor... e a sua mente tem uma textura que, de acordo com experiências passadas, sei que estão associadas a Elijah Baley.

— Madame Gladia mencionou o fato de que fui o último a ver o parceiro Elijah vivo, então ouço de novo, em memória, aquele momento. Penso outra vez no que ele disse.

— Por quê, amigo Daneel?

— Procuro o significado. Sinto que era importante.

— Como as coisas que ele disse poderiam ter um significado além do que as palavras implicam? Se houvesse algum significado oculto, Elijah Baley teria dito.

— Talvez — disse Daneel devagar — o próprio parceiro Elijah não entendesse o significado do que estava dizendo.

10. DEPOIS DO DISCURSO

37

A memória!

Repousava na mente de Daneel como um livro fechado de infinitos detalhes, sempre disponível para seu uso. Algumas passagens eram invocadas com frequência em razão de suas informações, mas pouquíssimas eram invocadas apenas porque Daneel queria sentir sua textura. Estas poucas, em sua maior parte, eram aquelas que continham Elijah Baley.

Muitas décadas antes, Daneel viera ao Mundo de Baley enquanto Elijah Baley ainda vivia. Madame Gladia o acompanhara, mas, depois que entraram na órbita daquele planeta, Bentley Baley subiu até a atmosfera com sua pequena nave para encontrá-los e foi trazido a bordo. Naquela época, ele era um enrugado homem de meia-idade.

Ele dirigiu a Gladia um olhar ligeiramente hostil e disse:

— A senhora não pode vê-lo, madame.

E Gladia, que tinha chorado, perguntou:

— Por que não?

— Ele não quer, senhora, e devo respeitar os desejos dele.

— Não posso acreditar nisso, sr. Baley.

— Tenho um bilhete escrito à mão e tenho uma gravação da voz dele, madame. Não sei se a senhora consegue reconhecer a letra ou a voz dele, mas tem a minha palavra de honra de que são dele e de que ele não sofreu nenhuma influência nociva para declará-las.

Ela entrou na própria cabine para ler e ouvir sozinha. Depois ela reapareceu, com um ar de derrota, mas conseguiu falar com firmeza:

— Daneel, você deve descer sozinho para vê-lo. É o desejo dele. Mas deve me relatar tudo o que for feito e dito.

— Sim, senhora — replicou Daneel.

Daneel desceu à superfície na nave de Bentley e o humano disse:

— Robôs não são permitidos neste mundo, Daneel, mas estão abrindo uma exceção no seu caso por ser o desejo do meu pai e porque ele é muito reverenciado aqui. Não lhe quero mal, entenda, mas a sua presença neste mundo deve ser totalmente limitada. Será levado diretamente ao meu pai. Quando terminarem de conversar, será levado de volta para a órbita de imediato. Compreendeu?

— Compreendi, senhor. Como está o seu pai?

— Ele está morrendo — respondeu Bentley talvez com uma brutalidade calculada.

— Também compreendi isso — Daneel falou, sua voz nitidamente trêmula, não em razão de alguma emoção comum, mas porque a consciência da morte de um ser humano, por mais que fosse inevitável, transtornava as vias positrônicas do seu cérebro. — Quero dizer, quanto tempo mais antes que ele morra?

— Já deveria ter morrido há algum tempo. Ele está ligado à vida porque se recusa a partir antes de vê-lo.

Eles pousaram. Era um planeta grande, mas a parte habitada (se aquilo fosse toda a sua extensão) era pequena e de aspecto pobre. Era um dia nublado e havia chovido pouco antes. As ruas amplas e retas estavam vazias, como se a população que ali houvesse não tivesse vontade de se reunir para observar um robô.

O veículo terrestre os levou por um trecho ermo até uma casa um pouco maior e mais imponente do que a maioria. Juntos eles entraram. Diante de uma das portas internas, Bentley parou.

— Meu pai está aí — disse ele com tristeza. — Você deve entrar sozinho. Ele não deseja que eu o acompanhe. Entre. Talvez você não o reconheça.

Daneel adentrou a escuridão do cômodo. Seus olhos se ajustaram rapidamente e ele percebeu que havia um corpo coberto por um lençol dentro de um casulo transparente que só era possível divisar por um ligeiro brilho. A intensidade da luz dentro do quarto aumentou e Daneel pôde então ver o rosto com clareza.

Bentley estava certo. Daneel não via nada de seu antigo parceiro ali. Aquele corpo era magro e ossudo. Os olhos estavam fechados e parecia a Daneel que via apenas um cadáver. Ele nunca havia visto um ser humano morto antes e, quando essa ideia passou-lhe pela cabeça, o robô cambaleou e pareceu-lhe que suas pernas não seriam capazes de sustentá-lo.

Mas os olhos do velho se abriram e Daneel recobrou o equilíbrio, embora ainda continuasse a sentir uma fraqueza incomum.

Os olhos o fitaram e um leve e débil sorriso fez os lábios pálidos e rachados se arquearem.

— Daneel. Meu velho amigo Daneel. — Percebia-se o débil timbre da voz de Elijah Baley como uma lembrança contida naquele sussurro. Um braço surgiu lentamente por debaixo dos lençóis e pareceu a Daneel que enfim reconhecia Elijah.

— Parceiro Elijah — disse ele em um tom suave.

— Obrigado... obrigado por vir.

— Era importante que eu viesse, parceiro Elijah.

— Tive medo de que não lhe dessem permissão. Eles... os outros... até meu filho... o consideram um robô.

— Eu *sou* um robô.

— Não para mim, Daneel. Você não mudou, não é? Não o estou vendo com muita nitidez, mas você aparenta exatamente como eu me lembrava. Quando foi que o vi pela última vez? Há 29 anos?

— Sim, e em todo esse tempo, parceiro Elijah, não mudei; portanto você sabe que eu *sou* um robô.

— Mas eu mudei, e bastante. Eu não deveria ter deixado que me visse assim, mas estou fraco demais para resistir ao desejo de vê-lo outra vez. — A voz de Baley parecia ter recobrado um pouco de sua força, como se tivesse se revigorado ao ver Daneel.

— Estou feliz de vê-lo, parceiro Elijah, por mais que tenha mudado.

— E lady Gladia? Como está?

— Está bem. Ela veio comigo.

— Ela não está... — Um toque de pânico surgiu em sua voz enquanto ele tentava olhar ao redor.

— Ela não desembarcou neste planeta, mas ficou em órbita. Explicaram-lhe que você não queria vê-la... e ela compreendeu.

— Isso não é verdade. Eu *quero* vê-la, mas fui capaz de resistir a *essa* tentação. Ela não mudou, não é?

— Ela ainda tem a aparência que tinha quando a viu da última vez.

— Ótimo. Mas eu não podia deixar que ela me visse neste estado. Eu não podia deixar que *esta* fosse sua última lembrança de mim. Com você, é diferente.

— É porque sou um robô, parceiro Elijah.

— Pare de insistir nisso — disse o homem à beira da morte, obstinado. — Daneel, você não poderia significar mais para mim, mesmo se fosse um homem.

Ele ficou em silêncio na cama por algum tempo e depois prosseguiu:

— Durante todos estes anos, nunca entrei em contato por hipervisão nem escrevi para ela. Eu não podia me permitir interferir na vida dela. Gladia ainda está casada com Gremionis?

— Sim, senhor.

— E é feliz?

— Não posso julgar isso. Ela não se comporta de um modo que poderia ser interpretado como infeliz.

— Tem filhos?

— Os dois que são permitidos.

— Ela ficou ressentida porque não entrei em contato?

— Acredito que ela entendeu seus motivos.

— Em alguma ocasião ela... mencionou o meu nome?

— Quase nunca, mas, na opinião de Giskard, ela pensa em você com frequência.

— Como está Giskard?

— Está funcionando apropriadamente... da maneira como você conhece.

— Então você sabe... sobre as habilidades dele.

— Ele me contou, parceiro Elijah.

Outra vez, Baley ficou ali em silêncio. Depois se mexeu e disse:

— Daneel, eu quis você aqui em razão de um desejo egoísta de vê-lo, de ver com meus próprios olhos que você não havia mudado, que algo dos dias áureos da minha vida ainda existe, que você se lembra de mim e continuará a se lembrar. Mas também quero lhe dizer uma coisa. Logo estarei morto, Daneel, e sabia que a notícia chegaria até você. Mesmo que não estivesse aqui, mesmo que estivesse em Aurora, o relato chegaria até você. Minha morte será divulgada por toda a Galáxia.

Seu peito arquejou com um riso fraco e silencioso.

— Quem poderia imaginar? Gladia também ficaria sabendo, claro, mas ela sabe que devo morrer e aceitará o ocorrido, por mais que fique triste. No entanto, eu temia o efeito desse acontecimento em você, uma vez que é (como você insiste e eu nego) um robô. Em nome dos velhos tempos, pode ser que você sinta que está em suas mãos impedir que eu morra e o fato de não poder fazê-lo talvez tenha um efeito permanentemente nocivo. Então, deixe-me discutir esse assunto com você.

A voz de Baley estava ficando mais fraca. Embora Daneel estivesse imóvel, seu rosto apresentava a incomum condição de refletir emoção. Estava marcado por uma expressão de preocupação e tristeza. Os olhos de Baley estavam fechados e ele não pôde reparar nisso.

— Minha morte, Daneel, não é importante — explicou ele. — Nenhuma morte individual entre os seres humanos é importante. Alguém que morre deixa para trás sua obra e *isso* não morre de todo. Nunca morre de fato enquanto a humanidade existir. Entende o que estou dizendo?

— Sim, parceiro Elijah — respondeu Daneel.

— A obra de cada indivíduo contribui para uma totalidade e assim se torna uma parte imortal do todo. Essa totalidade de vidas humanas (passada, presente e que ainda estão por vir) forma uma tapeçaria que tem existido há muitas dezenas de milhares de anos e tem se aperfeiçoado e, no geral, se tornado mais bonita em todo esse tempo. Até mesmo os Siderais são um ramo dessa tapeçaria e eles também colaboram com a perfeição e a beleza do padrão. Uma vida individual é um fio na tapeçaria, e o que é um fio comparado com o todo? Daneel, mantenha sua mente fixa na tapeçaria e não deixe que o desaparecimento de um único fio o afete. Há tantos outros fios, cada um deles valioso, cada um deles contribuindo...

Baley parou de falar, mas Daneel esperou, paciente.

O terráqueo abriu os olhos e, fitando Daneel, franziu um pouco as sobrancelhas.

— Ainda está aí? Está na hora de você ir embora. Eu já lhe disse o que queria dizer.

— Não quero ir, parceiro Elijah.

— Você precisa. Não posso mais resistir à morte. Estou cansado... desesperadamente cansado. Quero morrer. Chegou a hora.

— Não posso esperar enquanto você está vivo?

— Não quero. Se eu morrer enquanto você observa, isso pode afetá-lo muito, apesar de tudo o que disse. Agora vá. É... uma ordem. Permito que seja um robô se quiser, mas, nesse caso, deve seguir as minhas ordens. Não há nada que possa fazer para salvar a minha vida, então não há nada que preceda a Segunda Lei. Vá!

Baley apontou fracamente com o dedo e disse:

— Adeus, amigo Daneel.

Daneel virou-se devagar, seguindo as ordens de Baley com uma dificuldade sem precedentes.

— Adeus, parceiro... — Ele fez uma pausa e então disse: — Adeus, amigo Elijah.

No aposento contíguo, Bentley confrontou Daneel:

— Ele ainda está vivo?

— Estava vivo quando eu saí.

Bentley entrou e saiu quase que de imediato.

— Não está mais. Ele viu você e então... partiu.

Daneel percebeu que precisou encostar-se na parede. Levou um tempo até conseguir ficar ereto.

Bentley, desviando o olhar, esperou e então eles voltaram juntos para a pequena nave e entraram em órbita, onde Gladia esperava.

E ela também perguntou se Elijah Baley ainda estava vivo e, quando lhe disseram com delicadeza que não, ela virou as costas, com os olhos sem lágrimas, e entrou em sua própria cabine para chorar.

37a

E Daneel continuou sua linha de pensamento como se a brusca lembrança da morte de Baley, com todos os seus detalhes, não houvesse interferido naquele momento.

— E agora, no entanto, à luz do discurso de madame Gladia, pode ser que eu tenha compreendido algo a mais sobre o que o parceiro Elijah estava dizendo.

— Em que sentido?

— Não sei ao certo. É muito difícil prosseguir na direção em que estou tentando pensar.

— Esperarei o quanto for necessário — disse Giskard.

38

Genovus Pandaral era alto e ainda não muito velho, apesar da espessa cabeleira branca que, junto com as costeletas felpudas da mesma cor, davam-lhe um ar de dignidade e distinção. Seu aspecto geral, que o fazia se parecer com um líder, o havia ajudado a galgar os degraus da hierarquia, mas, como ele bem sabia, sua aparência era muito mais forte do que sua fibra interior.

Uma vez eleito para o Diretório, superara a euforia inicial com bastante rapidez. Ele estava além de suas capacidades e, a cada ano, conforme o empurravam automaticamente um pouco mais para cima, ele via isso com mais clareza. Agora era diretor sênior.

E, de todas as épocas, ser diretor sênior agora!

Nos velhos tempos, a tarefa de governar não era grande coisa. Na época de Nephi Morler, há oitenta décadas, o mesmo Morler que sempre fora mostrado aos alunos como o maior dos diretores, não era grande coisa. De que consistia o Mundo de Baley naquela época? Um pequeno mundo, uma porção de sítios, um punhado de vilas amontoadas ao longo de linhas naturais de comunicação. A população total não passava de 5 milhões e seus produtos de exportação mais importantes consistiam de lã churda e um pouco de titânio.

Os Siderais haviam-nos ignorado de todo, sob a influência mais ou menos benigna de Han Fastolfe de Aurora, e a vida era simples. As pessoas podiam sempre fazer viagens de volta à Terra, se ansiavam por um pouco de cultura ou um toque de tecnologia, e havia um fluxo estável de terráqueos imigrando. A imensa população da Terra era inesgotável.

Então por que Morler não teria sido um grande diretor? Ele não tivera de fazer quase nada.

E, no futuro, governar voltaria a ser simples. À medida que os Siderais continuassem definhando (era dito a todos os alunos que eles definhariam, que se afogariam nas contradições de sua sociedade, embora Pandaral às vezes se perguntasse se isso era mesmo verdade) e os colonizadores continuassem a aumentar em número e se fortalecer, logo chegaria o momento em que a vida seria segura outra vez. Os colonizadores viveriam em paz e desenvolveriam sua própria tecnologia ao máximo.

Assim que o Mundo de Baley se tornasse mais populoso, assumiria as proporções e tradições de outra Terra, assim como todos os mundos, enquanto novas colônias surgiriam aqui e ali em números cada vez maiores, constituindo por fim o grande Império Galáctico que estava por vir. E com certeza o Mundo de Baley, por ser o mais antigo e mais povoado dos Mundos dos Colonizadores, sempre teria um lugar primordial nesse Império, sob o benigno e perpétuo domínio da Mãe Terra.

Mas não foi no passado que Pandaral se tornou diretor sênior. Nem no futuro. Era no presente.

Agora, Han Fastolfe estava morto, mas Kelden Amadiro vivia. Vinte décadas antes, Amadiro se posicionara contrário a permitir que a Terra enviasse colonizadores ao espaço, e ele continuava vivo para causar problemas. Os Siderais ainda eram fortes demais para serem desconsiderados; os colonizadores ainda não eram poderosos o bastante para avançar de forma confiante. De algum modo, os colonizadores tinham de manter os Siderais a distância até que o equilíbrio houvesse mudado o suficiente.

E a tarefa de manter os Siderais calmos e os colonizadores decididos, e ao mesmo tempo sensatos, recaía mais sobre os ombros de Pandaral do que nos de qualquer outra pessoa... e era uma tarefa que ele não apreciava nem desejava.

Mas naquela manhã, uma manhã fria e cinzenta com mais neve por cair, embora *isso* não fosse surpresa, ele abriu caminho pelo hotel sozinho. Ele não queria séquito algum.

Os seguranças, em grande número, entraram em alerta quando Pandaral passou e ele os agradeceu com um ar cansado. Falou com o capitão da guarda quando este último avançou para ir ao seu encontro:

— Algum problema, capitão?

— Nenhum, diretor. Está tudo tranquilo.

Pandaral aquiesceu.

— Em que quarto colocaram Baley? Ah. E a mulher Sideral e seus dois robôs estão sob estrita vigilância? Ótimo.

Ele seguiu adiante. De modo geral, D.G. se comportara bem. Solaria, abandonada, poderia ser usada pelos mercadores como um suprimento quase infinito de robôs e como fonte de grandes lucros... embora os lucros não devessem ser considerados o equivalente natural de um planeta seguro, pensou Pandaral com melancolia. Mas era melhor deixar Solaria, cheia de armadilhas, em paz. Não valia a pena entrar em guerra pelo planeta. D.G. fizera bem em partir de imediato.

E em trazer o intensificador nuclear consigo. Até o momento, esses dispositivos eram tão absurdamente grandes que só podiam ser usados em instalações enormes e caras, projetadas para destruir naves invasoras... e mesmo esses nunca saíram do papel. Eram caros demais. Versões menores e mais baratas eram absolutamente necessárias, então D.G. estava certo ao pensar que carregar um intensificador solariano para casa era mais importante do que a soma de todos os robôs daquele planeta. Esse intensificador poderia ajudar muito os cientistas do Mundo de Baley.

E, no entanto, se um Mundo Sideral tinha um intensificador portátil, por que não os outros? Por que não Aurora? Se essas armas passassem a ser pequenas o bastante para serem colocadas em naves de guerra, uma frota Sideral poderia aniquilar inúmeras naves colonizadoras sem dificuldade. Será que estavam perto de desenvolver algo assim? E em que velocidade o Mundo de Baley poderia avançar nesse sentido com a ajuda do intensificador que D.G. trouxera?

Ele apertou o sinal sonoro à porta do quarto de hotel de D.G., depois entrou sem aguardar uma resposta e sentou-se sem esperar um convite. Há *algumas* regalias úteis que acompanham o cargo de diretor sênior.

D.G. espiou de dentro do banheiro e disse, suas palavras abafadas pela toalha com a qual dava a primeira secada no cabelo:

— Gostaria de ter cumprimentado Vossa Excelência Diretorial de uma forma adequadamente imponente, mas o senhor me pegou em desvantagem, já que estou na situação extremamente indigna, por ter acabado de sair do banho.

— Ora, cale-se — retrucou Pandaral com mau humor.

Em geral, ele gostava da jovialidade irreprimível de D.G., mas não naquele instante. De certa maneira, nunca entendera D.G. de fato. D.G. era um Baley, um descendente direto do grande Elijah e do Fundador, Bentley. Isso tornava D.G. um candidato natural ao cargo de diretor, em especial porque ele tinha o tipo de bonomia que cativava o público. Entretanto, ele escolhera ser mercador, o que era uma vida difícil... e perigosa. Ela podia torná-lo rico, mas era muito mais provável que lhe trouxesse a morte, ou, o que era pior, o envelhecesse de forma precoce.

Além do mais, a vida de D.G. como mercador o afastava do Mundo de Baley durante meses em cada viagem, e Pandaral preferia os conselhos dele aos da maioria de seus chefes de departamento. Nem sempre era possível saber se D.G. estava falando sério, mas, mesmo levando esse detalhe em conta, valia a pena ouvi-lo.

— Não acho que o discurso daquela mulher foi a melhor coisa que poderia ter nos acontecido — disse ele com dureza.

D.G., quase totalmente vestido, deu de ombros.

— Quem poderia ter previsto?

— Você. Se decidiu colocá-la em tal situação, deveria ter pesquisado os antecedentes dela.

— Eu *pesquisei* os antecedentes dela, diretor. Ela passou pouco mais de três décadas em Solaria. Foi Solaria que a formou e ela morava lá unicamente com robôs. Via seres humanos só por meio de imagens holográficas, exceto pelo marido... e ele não a visitava com frequência. Teve de passar por uma adaptação difícil quando foi para Aurora e mesmo lá ela vivia a maior parte do tempo com robôs. Em nenhum momento em 23 décadas ela teve de confrontar mais de vinte pessoas ao mesmo tempo, muito menos 4 mil. Presumi que ela não conseguiria falar mais do que algumas palavras... se chegasse a tanto. Eu não tinha como saber que era uma agitadora.

— Você poderia tê-la feito parar, uma vez que descobriu que era. Estava sentado ao lado dela.

— O senhor teria preferido um tumulto? O povo estava gostando dela. O senhor estava lá. Sabe que estavam apreciando o discurso. Se eu a tivesse forçado a se sentar, eles teriam cercado o palco. Afinal de contas, diretor, *o senhor* não tentou interrompê-la.

Pandaral pigarreou.

— Na verdade, a ideia me passou pela cabeça, mas, toda vez que eu olhava para trás dela, via seu robô olhando para mim... aquele que parece um robô.

— Giskard. Sim, mas e daí? Ele não iria machucá-lo.

— Eu sei. Mas ele me deixava nervoso e, de algum modo, isso me fazia perder a vontade de agir.

— Bem, esqueça, diretor — falou D.G. Estava completamente vestido agora e empurrava a bandeja de café da manhã em direção ao outro. — O café ainda está quente. Sirva-se de pães e geleias se quiser. Isso vai passar. Não creio que o público vá de fato morrer de amores pelos Siderais e estragar a nossa política. Talvez até sirva a um propósito. Se os Siderais ficarem sabendo do ocorrido, talvez isso fortaleça o partido de Fastolfe. Ele pode estar morto, mas seu partido não, pelo menos não de todo, e precisamos encorajar sua política de moderação.

— Estou pensando no Congresso de Todos os Colonizadores, que acontecerá daqui a cinco meses — comentou Pandaral. — Terei de ouvir várias referências sarcásticas ao apaziguamento do Mundo de Baley e ao fato de os nativos do nosso mundo serem amantes de Siderais. Estou lhe dizendo — acrescentou ele com tristeza —, quanto menor o planeta, mais fomentador da guerra ele é.

— Então diga-lhes o seguinte — começou D.G. — Seja muito diplomático em público, mas, quando falar com eles a sós, olhe bem em seus olhos, de forma extraoficial, e diga que há liberdade de expressão no Mundo de Baley e que pretendemos que continue assim. Diga-lhes que os interesses da Terra são muito caros ao Mundo de Baley, mas que, se algum planeta deseja provar que tem maior devoção pela Terra ao declarar guerra contra os Siderais, o Mundo de Baley observará com interesse, e nada mais. Isso deverá silenciá-los.

— Oh, não — retorquiu Pandaral, alarmado. — Um comentário desses vazaria. Daria origem a um escândalo impossível.

— O senhor está certo, o que é uma pena — concordou D.G. — Mas *pense* dessa maneira e não deixe que aqueles bocudos de cérebro pequeno o irritem.

Pandaral deu um suspiro.

— Acho que daremos um jeito, mas o que aconteceu ontem à noite atrapalhou nossos planos de encerrar o evento com chave de ouro. É o que eu lamento de fato.

— Que chave de ouro?

— Quando vocês saíram de Aurora em direção a Solaria, duas naves de guerra auroreanas também foram para Solaria — explicou Pandaral. — Sabia disso?

— Não, mas era de se esperar — respondeu D.G. com indiferença. — Foi por esse motivo que me dei ao trabalho de ir a Solaria por uma rota evasiva.

— Uma das naves auroreanas pousou em Solaria, há milhares de quilômetros de distância de você, portanto ela não parecia estar fazendo nenhum esforço para acompanhá-lo de perto, e a segunda permaneceu em órbita.

— Sensato. É o que eu teria feito se tivesse uma segunda nave à minha disposição.

— A nave auroreana que aterrissou foi destruída em questão de horas. A nave em órbita relatou o fato e recebeu ordens para retornar. Uma estação de monitoramento dos mercadores captou o relatório e o enviou para nós.

— O relatório não estava criptografado?

— Claro que estava, mas usaram um dos códigos que deciframos.

D.G. chacoalhou a cabeça pensativamente e depois disse:

— Presumo que eles não tinham ninguém que soubesse falar solariano.

— É óbvio que não — replicou Pandaral em um tom grave. — A menos que alguém consiga descobrir para onde foram os outros, essa sua mulher é a única solariana disponível na Galáxia.

— E eles me deixaram ficar com ela, não deixaram? Falta de sorte dos auroreanos.

— Em todo caso, eu ia anunciar a destruição da nave auroreana ontem à noite. De maneira objetiva, sem exultar. Ainda assim, a notícia teria entusiasmado todos os colonizadores da Galáxia. Quero dizer, nós conseguimos escapar e os auroreanos não.

— Nós tínhamos uma solariana — comentou D.G. secamente. — Os auroreanos não.

— Muito bem. Isso também passaria uma boa imagem de você e da mulher. Mas acabou sendo impossível. Depois do que a mulher fez, qualquer outra coisa teria se tornado um anticlímax, até mesmo as notícias sobre a destruição de uma nave de guerra auroreana.

— Sem mencionar o fato de que, uma vez que todos tinham terminado de aplaudir o parentesco e o amor, seria antinatural (pelo menos no intervalo de meia hora depois), aplaudir a morte de duzentos parentes auroreanos.

— Suponho que sim. Dessa forma, perdemos um enorme golpe psicológico.

D.G. franzia as sobrancelhas.

— Esqueça isso, diretor. O senhor sempre poderá explorar a propaganda em outro momento mais apropriado. O importante é o que tudo isso significa. Uma nave auroreana foi destruída. Mostra que eles não estavam esperando a utilização de um intensificador nuclear. A outra nave recebeu ordens para ir embora e pode ser que isso signifique que ela não estava equipada para se defender do dispositivo... e talvez eles sequer tenham uma defesa. Com base nisso, acho que o intensificador portátil, ou, em todo caso, semiportátil, é especificamente uma inovação solariana, e não um produto dos Siderais em geral. Por enquanto, não nos preocupemos com os pontos que poderíamos ganhar com propaganda, mas sim concentremo-nos em extrair toda informação que pudermos daquele intensificador. Queremos estar à frente dos Siderais nesse quesito... se possível.

Pandaral mastigou um pão e disse:

— Talvez esteja certo. Mas, nesse caso, como nos encaixamos na outra parte da notícia?

— Que outra parte da notícia? Diretor, o senhor vai me dar as informações de que necessito para ter uma conversa inteligente ou pretende jogá-las para o alto uma a uma e me fazer pegá-las no ar?

— Não fique irritado, D.G. Não faz sentido falar com você se eu não puder ser informal. Você sabe como é em uma reunião de Diretório? Quer o meu emprego? Pode ficar com ele, você sabe.

— Não, obrigado, não quero. O que eu quero é a sua parte da notícia.

— Recebemos uma mensagem de Aurora. Uma mensagem de verdade. Eles se dignaram de fato a se comunicarem diretamente conosco em vez de enviá-la por intermédio da Terra.

— Então, poderíamos considerá-la uma mensagem importante... para eles. O que querem?
— Querem a mulher solariana de volta.
— Nesse caso, é óbvio que sabem que a nossa nave saiu de Solaria e veio para o Mundo de Baley. Eles também têm suas estações de monitoramento e bisbilhotam nossas comunicações da mesma maneira como fazemos com as deles.
— Com certeza — concordou Pandaral, consideravelmente irritado. — Eles deciframos códigos com a mesma rapidez com que quebramos os deles. Minha sensação é a de que devíamos estabelecer o acordo de enviar mensagens às claras. Ficaríamos em igualdade de condições.
— Disseram por que querem a mulher?
— Claro que não. Siderais não dão motivos; dão ordens.
— Eles descobriram o que a mulher de fato realizou em Solaria? Já que ela é a única pessoa que fala solariano autêntico, será que eles a querem para livrar o planeta de todos os superintendentes?
— Não vejo como poderiam ter descoberto, D.G. Só anunciamos o papel que ela desempenhou ontem à noite. A mensagem de Aurora foi recebida bem antes disso. Mas não importa por que a querem. A questão é: O que vamos fazer? Se não a devolvermos, podemos ter uma crise com Aurora, e isso eu não quero. Se a devolvermos, ficaremos mal diante dos habitantes do Mundo de Baley e o Velho Bistervan vai deitar e rolar, declarando que estamos rastejando aos pés dos Siderais.
Eles se entreolharam e depois D.G. disse lentamente:
— Teremos de devolvê-la. Afinal de contas, ela é uma Sideral e uma cidadã auroreana. Não podemos mantê-la aqui contra a vontade de Aurora, ou colocaremos em risco todos os mercadores que se aventurarem em território Sideral a negócios. Mas eu mesmo vou levá-la de volta, diretor, e o senhor pode colocar a culpa em mim. Diga que a condição para eu levá-la a Solaria era a de que a devolveria a Aurora, o que, de fato, é verdade, mesmo

que não seja uma questão de formalidade escrita; e, por ser um homem ético, achei que deveria manter o acordo. E isso pode resultar em vantagem para nós.

— Em que sentido?

— Terei de pensar a respeito. Mas, se for para fazer isso, diretor, minha nave terá de ser reaparelhada à custa do planeta. E meus homens precisarão de bônus salutares. Ora, diretor, eles estão abrindo mão de suas folgas.

39

Considerando que ele não tivera a intenção de entrar na nave por, pelo menos, outros três meses, D.G. parecia estar alegre.

E, considerando que Gladia tinha aposentos maiores e mais luxuosos do que antes, ela parecia deprimida.

— Por que tudo isto? — perguntou ela.

— Olhando os dentes de um cavalo dado? — indagou D.G.

— Só estou perguntando. Por quê?

— Para começar, milady, a senhora é uma heroína de primeira classe e, quando a nave foi reformada, nós demos um tapa neste lugar para a senhora.

— Deram um tapa?

— É só uma expressão. Enfeitamos, se preferir.

— Este ambiente não foi simplesmente criado. Quem perdeu espaço?

— Na verdade, era a sala de estar da tripulação, mas eles insistiram, sabe. A senhora também é a queridinha deles. Com efeito, Niss... a senhora se lembra de Niss?

— Sem dúvida.

— Ele deseja que a senhora o aceite no lugar de Daneel. Ele diz que Daneel não aprecia o trabalho que tem e fica pedindo desculpas para suas vítimas. Niss disse que destruirá qualquer um que lhe cause a mínima perturbação, sentirá prazer em fazer isso e nunca pedirá desculpas.

Gladia deu um sorriso.

— Diga-lhe que vou me lembrar de sua oferta e que me agradaria apertar a mão dele, se for possível providenciar isso. Não tive a chance de fazê-lo antes de aterrissarmos no Mundo de Baley.

— A senhora vai usar luvas quando forem se cumprimentar, espero.

— Claro, mas me pergunto se isso é totalmente necessário. Sequer cheguei a espirrar desde que saí de Aurora. As injeções que venho tomando devem ter fortalecido maravilhosamente meu sistema imunológico. — Ela olhou ao redor de novo. — Colocaram até nichos nas paredes para Daneel e Giskard. Isso foi muito gentil de sua parte, D.G.

— Senhora, nós trabalhamos duro para agradar e ficamos felizes que tenha ficado de seu agrado — ele comentou.

— Curiosamente — Gladia parecia estar de fato perplexa com o que estava prestes a dizer —, não estou de todo satisfeita. Não estou certa se quero ir embora do seu mundo.

— Não? Frio, neve, monotonia, primitivismo, multidões que aplaudem em toda parte. O que poderia tê-la atraído aqui?

Gladia corou.

— Não foram as multidões que gritam.

— Vou fingir que acredito na senhora, madame.

— *Não* foram. É algo totalmente diferente. Eu... eu nunca fiz coisa alguma. Eu me diverti de várias formas triviais, dediquei-me a fazer pinturas em campo de força e ao exodesign de robôs. Fiz amor, fui esposa e mãe e... e... em nenhuma dessas coisas fui um indivíduo de grande importância. Se eu deixasse de existir de repente ou se nunca tivesse nascido, esse fato não teria afetado ninguém nem coisa alguma... exceto, talvez, um ou dois amigos pessoais. Agora é diferente.

— Ah, é? — Havia um tom muito ligeiro de zombaria na voz de D.G.

— Sim! Eu posso influenciar as pessoas. Posso adotar uma causa e abraçá-la. Eu *adotei* uma causa. Quero evitar a guerra. Quero o Universo povoado tanto por Siderais quanto por colonizadores. Quero que cada grupo mantenha suas próprias peculiaridades, mas que também aceitem livremente as dos outros. Quero me esforçar tanto nesse sentido que, quando eu me for, a história terá mudado por minha causa e as pessoas dirão: "As coisas não seriam tão satisfatórias agora se não fosse por ela".

Ela se virou para D.G. com o rosto iluminado.

— O senhor sabe a diferença que faz, após dois séculos e um terço sendo ninguém, ter a chance de ser *alguém*; descobrir que uma vida que considerava vazia demonstra que, afinal de contas, tem algo, uma coisa maravilhosa; ser feliz muito tempo depois de ter desistido de qualquer esperança de ser feliz?

— A senhora não precisa estar no Mundo de Baley, milady, para sentir tudo isso. — De certo modo, D.G. parecia um pouco encabulado.

— Não terei isso em Aurora. Sou apenas uma imigrante solariana em Aurora. Em um Mundo dos Colonizadores, sou uma Sideral... algo incomum.

— No entanto, em várias ocasiões, e de maneira bastante enérgica, a senhora declarou que queria voltar a Aurora.

— Algum tempo atrás, sim... mas não é o que estou falando agora, D.G. Realmente não quero mais voltar.

— O que nos influenciaria muito, a não ser pelo fato de que Aurora quer *a senhora* de volta. Foi o que eles nos disseram.

Gladia ficou nitidamente atônita.

— Eles me *querem*?

— Uma mensagem oficial do presidente do Conselho de Aurora informa que este é o desejo deles — respondeu D.G. em um tom suave. — Nós gostaríamos de ficar com a senhora, mas os diretores decidiram que não vale a pena mantê-la se isso der início a uma crise interestelar. Não sei ao certo se concordo, mas a autoridade deles é maior do que a minha.

Gladia franziu as sobrancelhas.

— Por que eles iriam me querer? Estive em Aurora por mais de vinte décadas e em nenhum momento pareceram me querer ali. Espere! O senhor acha que agora eles me veem como o único modo de deter os superintendentes em Solaria?

— Essa ideia me passou pela cabeça, milady.

— Não vou fazer isso. Detive aquela superintendente por um triz e pode ser que nunca consiga repetir o que fiz naquele instante. Sei que não conseguirei. Além do mais, por que eles precisariam aterrissar no planeta? Eles poderiam destruir os superintendentes de longe, agora que sabem o que eles são.

— Na verdade, a mensagem exigindo seu retorno foi enviada muito antes que eles pudessem saber do seu confronto com a superintendente — explicou D.G. — Devem querê-la para outra coisa.

— Ah. — Ela parecia surpresa. Então, exaltando-se de novo, acrescentou: — Nada mais me importa. Não quero voltar. Tenho meu trabalho por aqui e pretendo dar continuidade a ele.

D.G. levantou-se.

— Fico feliz de ouvi-la dizer isso, madame Gladia. Eu esperava que se sentisse assim. Prometo que farei tudo ao meu alcance para levá-la comigo quando sairmos de Aurora. Neste exato momento, no entanto, eu *devo* ir a Aurora e a senhora *deve* ir comigo.

40

Gladia observava o Mundo de Baley, à medida que ele se distanciava, com emoções muito diferentes daquelas que sentira quando o observara durante sua aproximação. Ele era, naquele instante, exatamente o mesmo mundo frio, cinzento e miserável que parecera em princípio, mas havia calor e vida no seu povo. Eles eram reais, sólidos.

Solaria, Aurora e os outros Mundos Siderais que ela visitara ou observara por meio de hipervisão, todos pareciam cheios de pessoas que eram insubstanciais... vaporosas.

Era essa a palavra. Vaporosas.

Não importava quão pequena fosse a quantidade de pessoas que vivesse em um Mundo Sideral, elas se espalhavam para ocupar o planeta da mesma maneira que as moléculas de gás se propagavam para ocupar um recipiente. Era como se os Siderais se repelissem uns aos outros.

E se repeliam, pensou ela com tristeza. Os Siderais sempre a haviam repelido. Ela fora criada para sentir tanta repulsa em Solaria, mas, mesmo em Aurora, quando, só no começo, experimentara o sexo loucamente, o aspecto menos agradável era a proximidade que o ato fazia necessário.

Exceto... exceto com Elijah. Mas ele não era um Sideral.

O Mundo de Baley não era dessa forma. Provavelmente, nenhum Mundo dos Colonizadores era. Eles permaneciam juntos, deixando grandes extensões ermas ao seu redor como preço por se agruparem... vazio, isto é, até que o aumento populacional o preenchesse. Um Mundo dos Colonizadores era um planeta de aglomerados de pessoas, de pedregulhos e rochas, não de gás.

Por que era assim? Os robôs, talvez! Eles reduziam a dependência que as pessoas tinham umas em relação às outras. Ocupavam os espaços entre elas. Era o isolamento que diminuía a atração natural que os humanos sentiam por seus iguais, de modo que todo o sistema se dissolvia em afastamento.

Tinha de ser isso. Em nenhum lugar havia mais robôs do que em Solaria e o efeito de isolamento ali fora tão grande que as moléculas de gás separadas, que eram os seres humanos, se tornaram tão completamente inertes que quase nunca se inter-relacionavam.

(Para onde haviam ido os solarianos, pensou ela outra vez, e como estavam vivendo?)

E sua vida longa tinha algo a ver com isso também. Como poderia uma pessoa estabelecer uma ligação emocional que não se tornasse azeda com o passar das décadas... ou, se a pessoa morresse, como poderia o outro suportar a perda durante várias décadas? Aprendia-se, então, a não se apegar emocionalmente, mas sim a se afastar, a se manter isolado.

Por outro lado, os seres humanos, se tivessem vida curta, não poderiam, com tanta facilidade, durar mais do que o fascínio pela vida. Enquanto as gerações passavam rapidamente, a tocha do fascínio trocava de mão sem nunca se apagar.

Há pouco tempo, ela dissera a D.G. que não havia nada mais a fazer ou saber, que vivenciara e pensara tudo, que tinha de continuar a existir em completo tédio. E ela não conhecia nem imaginava, enquanto lhe dizia isso, multidões de pessoas, tão próximas umas das outras, falar com muitas delas enquanto se mesclavam em um contínuo mar de cabeças, ouvir sua resposta, não com palavras, mas com sons inarticulados, misturar-se a eles, sentir suas emoções, tornar-se um grande organismo.

Não era apenas o fato de que ela nunca vivenciara uma coisa dessas antes, mas que ela nunca sonhara que algo assim *pudesse* ser vivenciado. Quantas outras coisas ela desconhecia, apesar de sua longa vida? O que mais existia para ser experimentado que era incapaz de imaginar?

— Madame Gladia, acredito que o capitão esteja pedindo, por meio do sinal, para entrar — disse Daneel em um tom gentil.

Gladia foi tomada por um sobressalto.

— Então deixe-o entrar.

D.G. surgiu pela porta, a testa franzida.

— Estou aliviado. Achei que talvez não estivesse em casa.

Gladia deu um sorriso.

— De certa maneira, não estava. Eu me perdi em pensamentos. Isso acontece às vezes.

— A senhora é afortunada — comentou D.G. — Meus pensamentos nunca são grandes o bastante para que eu possa me perder neles. A senhora se resignou com a visita a Aurora, madame?

— Não, não me resignei. E entre os pensamentos nos quais me perdi, havia um cuja ideia central era o fato de eu não imaginar por que o senhor deve ir a Aurora. Não pode ser apenas para me devolver. Qualquer cargueiro capaz de navegar pelo espaço poderia ter feito esse trabalho.

— Posso me sentar, senhora?

— Sim, claro. Nem precisava perguntar, capitão. Gostaria que parasse de me tratar como uma aristocrata. Torna-se cansativo. E se for uma indicação irônica de que sou uma Sideral, então é mais do que cansativo. Na verdade, quase prefiro que me chame de Gladia.

— Você parece ansiosa por rejeitar sua identidade Sideral, Gladia — disse D.G. enquanto se sentava e cruzava as pernas.

— Eu preferiria dispensar as distinções não essenciais.

— Não essenciais? Não enquanto a senhora é capaz de viver cinco vezes mais do que eu.

— Estranhamente, tenho pensado nisso como uma desvantagem irritante para os Siderais. Quanto tempo levará até chegarmos a Aurora?

— Nenhuma ação evasiva desta vez. Alguns dias para nos afastarmos o suficiente do nosso sol a fim de poder realizar um Salto pelo hiperespaço que nos levará a um lugar a alguns dias de Aurora... e pronto.

— E por que *você* deve ir a Aurora, D.G.?

— Eu poderia alegar que é mera educação, mas, na verdade, gostaria de ter a chance de explicar ao presidente auroreano, ou mesmo a um de seus subordinados, exatamente o que aconteceu em Solaria.

— Eles sabem o que aconteceu?

— Em essência, sabem. Eles foram gentis o bastante para espionar nossas comunicações, bem como teríamos feito se a situação fosse inversa. No entanto, pode ser que não tenham chegado às conclusões apropriadas. Gostaria de corrigi-los... se esse for o caso.

— Quais são as conclusões apropriadas, D.G.?

— Como sabe, os superintendentes em Solaria foram feitos para reconhecer uma pessoa como ser humano somente se ele ou ela falasse com sotaque solariano, como você. Isso significa que não apenas os colonizadores deixaram de ser considerados humanos, mas também os Siderais não solarianos. Para ser exato, os auroreanos não seriam considerados seres humanos se aterrissassem em Solaria.

Gladia arregalou os olhos.

— Difícil de acreditar. Os solarianos não tomariam providências para que os superintendentes tratassem os auroreanos do jeito como trataram você.

— Não? Eles já destruíram uma nave auroreana. Você sabia disso?

— Uma nave auroreana! Não, eu não sabia.

— Posso lhe garantir que destruíram. Ela aterrissou aproximadamente na mesma hora que nós aterrissamos. Nós escapamos, mas eles não. A conclusão é, ou deveria ser, que Aurora não pode assumir que os outros Mundos Siderais são seus aliados. Em uma emergência, será cada Mundo Sideral por si mesmo.

Gladia chacoalhou a cabeça com determinação.

— Não seria seguro generalizar com base em um caso isolado. Os solarianos teriam tido dificuldade em fazer os superintendentes reagirem de forma favorável a cinquenta sotaques em detrimento de vários outros. Era mais fácil restringi-los a um único sotaque. Só isso. Eles assumiram que outros Siderais não tentariam aterrissar no mundo deles e erraram.

— Sim, estou certo de que essa será a forma como os líderes auroreanos argumentarão, já que as pessoas costumam achar muito mais fácil chegar a uma conclusão agradável do que a uma desagradável. Desejo me certificar de que eles enxerguem a possibilidade da explicação desagradável, e que esse fato os deixe realmente incomodados. Perdoe a minha presunção, mas não posso confiar em ninguém para fazer isso de forma tão bem feita quanto eu e, portanto, creio ser a pessoa certa, e não qualquer outra, para ir a Aurora.

Gladia sentiu-se desconfortavelmente dilacerada. Ela não queria ser uma Sideral; ansiava ser apenas um ser humano e esquecer o que acabara de chamar de "distinções não essenciais". E, contudo, quando D.G. falou com evidente satisfação sobre forçar Aurora a assumir uma posição humilhante, ela percebeu que, de algum modo, ainda era uma Sideral.

– Presumo que os Mundos dos Colonizadores também tenham desentendimentos uns com os outros – comentou Gladia, irritada. – Não é cada Mundo dos Colonizadores por si?

D.G. negou com a cabeça.

– Pode parecer-lhe que seja assim e eu não me surpreenderia se, por vezes, cada Mundo dos Colonizadores tivesse o impulso de colocar seus próprios interesses à frente do bem comum, mas nós temos algo que vocês Siderais não têm.

– E o que é? Maior nobreza?

– Claro que não. Não somos mais nobres do que os Siderais. O que temos é a Terra. É o nosso mundo. Todos os colonizadores visitam a Terra sempre que podem. Todos os colonizadores sabem que existe um mundo, grande e avançado, com uma variedade histórica e cultural incrivelmente rica e uma complexidade ecológica que é de cada um deles e às quais eles pertencem. Os Mundos dos Colonizadores podem brigar entre si, mas não é possível que a briga resulte em violência ou em rompimento permanente de relações, pois o governo da Terra é chamado automaticamente para intermediar todos os problemas e sua decisão é soberana e inquestionável. Estas são as três vantagens que temos, Gladia: não utilizar robôs, algo que nos permite modelar novos mundos com nossas próprias mãos; a rápida sucessão de gerações, que possibilita mudanças constantes; e, acima de tudo, a Terra, que constitui nosso núcleo central.

— Mas os Siderais... — começou Gladia em um tom persistente, mas parou.

D.G. deu um sorriso e falou, com uma ponta de amargura:

— Você ia dizer que os Siderais também descendem dos terráqueos e que o planeta também é deles? Em termos factuais, é verdade; em termos psicológicos, não. Os Siderais fizeram o máximo para negar sua herança. Eles não se consideram terráqueos em segundo grau, ou em qualquer grau. Se eu fosse um místico, diria que, cortando suas raízes, os Siderais não sobreviverão por muito tempo. Claro que não sou místico, então não vou expressar as coisas dessa maneira... mas, de qualquer modo, eles não sobreviverão por muito tempo. Eu acredito nisso.

Então, após uma breve pausa, ele acrescentou com gentileza e preocupação, como se percebesse que, em seu entusiasmo, ele estava atingindo um ponto sensível no íntimo da Sideral:

— Mas, por favor, pense em si mesma como um ser humano, Gladia, em vez de considerar-se uma Sideral, e julgarei a mim mesmo como ser humano, em vez de um colonizador. A humanidade sobreviverá, seja na forma de colonizadores ou Siderais, ou ambos. Acredito que será apenas como colonizadores, mas posso estar errado.

— Não — respondeu Gladia, tentando não ser emotiva. — Creio que você esteja certo... a menos que, de algum modo, as pessoas aprendam a parar de insistir na distinção Sideral/colonizador. Esse é meu objetivo... ajudar as pessoas a aprenderem isso.

— No entanto — começou D.G., olhando para a indistinta faixa que marcava a hora em torno da parede —, estou atrasando seu jantar. Posso comer com você?

— Claro — concordou Gladia.

D.G. se pôs de pé.

— Então vou buscar nossa refeição. Eu mandaria Daneel ou Giskard, mas não quero, em hipótese alguma, adquirir o hábito de dar ordens a robôs. Além disso, por mais que a tripulação a adore, não acho que a afeição deles se estenda aos seus robôs.

Gladia não apreciou a refeição quando D.G. a trouxe. Parecia não conseguir acostumar-se com a falta de sutileza dos sabores, algo que poderia ser uma herança do cozimento de levedura que havia na Terra para o consumo em massa, mas que tampouco era repulsivo. Ela comeu impassivelmente.

D.G., percebendo sua falta de entusiasmo, comentou:

— A comida não a desagrada, espero.

Ela chacoalhou a cabeça.

— Não. Ao que parece, já me acostumei. Passei por alguns episódios desagradáveis quando embarquei na nave pela primeira vez, mas não foi nada grave.

— Fico feliz de ouvir isso, mas, Gladia...

— Sim?

— Você não conseguiria sugerir um motivo pelo qual o governo auroreano a quisesse de volta com tanta urgência? Não pode ser a maneira como deteve a superintendente tampouco o seu discurso. O pedido foi enviado muito antes que eles pudessem tomar conhecimento de qualquer um dos dois.

— Nesse caso, D.G., eles não podem me querer para nada. Nunca me quiseram — respondeu Gladia.

— Mas deve haver algo. Como eu lhe disse, a mensagem chegou em nome do presidente do Conselho de Aurora.

— Esse presidente em particular, nesta ocasião em particular, é considerado um testa de ferro.

— Ah, é? E quem está por trás dele? Kelden Amadiro?

— Exato. Então você o conhece.

— Ah, sim — concordou D.G. em um tom sombrio —, o ponto central do fanatismo anti-Terra. O homem que foi políticamente destruído pelo dr. Fastolfe há vinte décadas sobreviveu para nos ameaçar de novo. Esse é um exemplo da influência opressiva da longevidade.

– Mas aí também jaz o enigma – sugeriu Gladia. – Amadiro é um homem vingativo. Ele sabe que Elijah Baley foi a causa da derrota que você mencionou e Amadiro acredita que eu tenho parte da responsabilidade. Sua repulsa, sua extrema repulsa, se estende a mim. Se o presidente me quer, só pode ser porque Amadiro assim o deseja... e por que ele ia me querer? Ele preferiria se livrar de mim. Provavelmente foi por isso que me mandou com você para Solaria. Com certeza esperava que sua nave fosse destruída... e eu junto com ela. E isso não lhe causaria sofrimento algum.

– Nada de choro descontrolado, hein? – comentou D.G., pensativo. – Mas sem dúvida não foi isso o que lhe disseram. Ninguém falou: "Vá com esse mercador maluco porque sua morte nos agradaria".

– Não. Disseram que você precisava muito da minha ajuda, que era diplomático cooperar com os Mundos dos Colonizadores neste momento e que seria muito bom para Aurora se eu informasse a eles tudo o que aconteceu em Solaria quando voltasse.

– Claro, é o que eles diriam. Talvez estivessem falando sério até certo ponto. Então, quando nossa nave, contra todas as expectativas, escapou em segurança enquanto uma nave auroreana foi destruída, eles podem muito bem ter desejado um relato em primeira mão do que ocorreu. Portanto, quando eu a trouxe para o Mundo de Baley em vez de levá-la de volta a Aurora, pediram pelo seu retorno. Talvez seja isso. A esta altura, eles conhecem a história, então pode ser que já não a queiram, porém – ele falava consigo mesmo mais do que com Gladia –, o que sabem é o que ouviram a partir dos meios de comunicação por hipervisão do Mundo de Baley e podem escolher não aceitar esses fatos como verdadeiros. E, ainda assim...

– E, ainda assim, o quê, D.G.?

— De certo modo, meu instinto me diz que essa mensagem pode não ter sido enviada só por quererem que você dê o seu relato. Ao que me parece, a contundência do pedido vai além disso.

— Existe algo mais que eles podem querer? Nada – disse Gladia.

— É o que fico me perguntando – retorquiu D.G.

41

— Eu também fico me perguntando – comentou Daneel de seu nicho na parede aquela noite.

— O que você fica se perguntando, amigo Daneel? – questionou Giskard.

— Fico refletindo a respeito do verdadeiro significado da mensagem de Aurora pedindo por lady Gladia. A meu ver, assim como pensa o capitão, querer um relatório não parece uma motivação suficiente.

— Você tem outra sugestão?

— Tenho uma ideia, amigo Giskard.

— Posso saber qual é, amigo Daneel?

— Ocorreu-me que, ao pedir o retorno de madame Gladia, pode ser que o Conselho Auroreano espere ver mais do que aquilo pelo que pediram... e pode ser que não seja madame Gladia o que querem.

— Há algo mais que eles possam conseguir além de madame Gladia?

— Amigo Giskard, pode-se conceber que madame Gladia volte sem você e sem mim?

— Não, mas que utilidade você e eu podemos ter para o Conselho de Aurora?

— Eu, amigo Giskard, não teria serventia alguma para eles. Você, no entanto, é único, pois é capaz de sentir as mentes de forma direta.

— Isso é verdade, amigo Daneel, mas eles não sabem disso.

— Desde que partimos, não é possível que tenham descoberto esse fato de alguma maneira e tenham se arrependido amargamente de ter permitido que você saísse de Aurora?

Giskard não hesitou de forma visível.

— Não, não é possível, amigo Daneel. Como poderiam ter descoberto?

— Segui esta linha de raciocínio. Há muito tempo, durante sua visita à Terra com o dr. Fastolfe, você conseguiu ajustar alguns robôs terráqueos de modo a permitir que tivessem uma habilidade mental muito limitada, apenas o bastante para dar prosseguimento ao seu trabalho de influenciar as autoridades da Terra, fazendo com que elas tratassem o processo de colonização com coragem e aprovação. Portanto, existem robôs na Terra que são capazes de realizar ajustes mentais. Além do mais, como viemos a suspeitar recentemente, o Instituto de Robótica de Aurora enviou robôs humanoides para a Terra. Não sabemos seu exato propósito ao fazer isso, mas o mínimo que se pode esperar de tais robôs é que observem os acontecimentos na Terra e os relatem.

Daneel continuou argumentando:

— Mesmo que os robôs auroreanos não possam sentir as mentes, eles são capazes de enviar relatórios, informando que essa ou aquela autoridade mudou de repente de atitude quanto à colonização e, talvez, no período que se passou desde que partimos de Aurora, tenha ocorrido a alguém em posição de poder em Aurora, ou ao próprio dr. Amadiro, que essa mudança só possa ser explicada pela existência de robôs que ajustam mentes na Terra. Então, pode ser que o estabelecimento dessa habilidade possa ser remontado ao dr. Fastolfe ou a você. Isso poderia, por sua vez, tornar claro para as autoridades auroreanas o significado de outros eventos, que poderiam ser ligados a você e não ao dr. Fastolfe. Como consequência, eles desejariam tê-lo de volta desesperadamente; entretanto, não poderiam pedir diretamente por você, pois isso revelaria o fato de saberem. Então pedem pelo retorno de lady Gladia, um pedido natural, sabendo que, se ela voltar, você também iria.

Giskard ficou em silêncio durante um minuto e depois disse:
– É um raciocínio interessante, amigo Daneel, mas não coerente. Aqueles robôs que projetei para cumprir a tarefa de encorajar a colonização terminaram seu trabalho há mais de dezoito décadas e estão inativos desde então, pelo menos no que se refere ao ajuste de mentes. Além do mais, a Terra retirou os robôs de circulação nas Cidades e os confinou às áreas não povoadas fora das Cidades há muito tempo. Isso significa que os robôs humanoides que foram enviados à Terra, segundo especulamos, não teriam, dessa forma, tido a oportunidade de se encontrar com meus robôs que ajustavam mentes, nem tomar consciência de tal ajuste, considerando que os robôs já não estão mais realizando essa tarefa. Portanto, é impossível que minha habilidade especial tenha sido descoberta do modo como você sugeriu.

– Não existe nenhuma outra maneira de descobrir, amigo Giskard? – perguntou Daneel.

– Nenhuma – respondeu Giskard.

– E, no entanto, fico me perguntando... – disse Daneel.

PARTE IV
AURORA

11   O VELHO LÍDER

42

Kelden Amadiro não era imune à praga humana da memória. Ele estava, na verdade, mais sujeito a ela do que a maioria das pessoas. Além disso, no caso dele, a tenacidade da memória vinha acompanhada de um teor incomum em razão da intensidade de sua profunda e prolongada raiva e frustração.

Tudo ia tão bem para ele há vinte décadas. Ele era o diretor fundador do Instituto de Robótica (ele ainda era o diretor fundador) e, por um instante de brilho e triunfo, pareceu-lhe que seu plano de alcançar o controle total do Conselho não poderia fracassar, culminando na destruição de seu grande inimigo, Han Fastolfe, e deixando-o impotente.

Se ele tivesse... Se pelo menos tivesse...

(Como ele tentava não pensar nisso e como sua memória lhe apresentava essa lembrança, repetidas vezes, como se o pesar e o desespero nunca lhe bastassem.)

Se ele tivesse ganhado, a Terra teria continuado isolada e sozinha e ele teria se certificado de que ela entrasse em declínio, se deteriorasse e enfim desaparecesse de todo. Por que não? Seria melhor para as pessoas de vida curta, de um mundo doente e superpovoado, se estivessem mortas... era cem vezes melhor morrer do que levar a vida da forma como eram forçadas.

E os Mundos Siderais, calmos e seguros, então se expandiriam mais ainda. Fastolfe sempre reclamara que os Siderais tinham vida demasiado longa e confortável para serem pioneiros, sempre amortecidos por seus robôs, mas Amadiro teria provado que ele estava errado.

Entretanto, Fastolfe ganhara. No momento da derrota certa, de algum modo, ele inacreditável e incrivelmente estendera a mão no espaço vazio, por assim dizer, e encontrara a vitória ao seu alcance, surgida do nada.

Era aquele terráqueo, claro, Elijah Baley...

Mas a memória de Amadiro, desconfortável em outros aspectos, sempre se detinha no terráqueo e se afastava. Ele não conseguia remontar aquele rosto, ouvir aquela voz, lembrar-se daquele feito. O nome era o bastante. Vinte décadas não haviam sido suficientes para diminuir nem um pouco do ódio... ou para suavizar um pingo que fosse da dor que sentia.

E, com Fastolfe no controle da política, os miseráveis terráqueos fugiram de seu mundo corrompido e se estabeleceram em um planeta após o outro. O turbilhão do progresso da Terra aturdiu os Mundos Siderais e forçou-os a adotar uma posição de total paralisia.

Quantas vezes Amadiro falara ao Conselho e salientara que a Galáxia estava escapando pelos dedos dos Siderais, que Aurora estava observando, apática, enquanto mundo após mundo estava sendo ocupado por sub-homens, que a cada ano a indiferença estava se apossando do espírito Sideral com mais firmeza?

— Acordem — ele gritara. — Acordem. Vejam como eles crescem em número. Vejam os Mundos dos Colonizadores se multiplicarem. O que é que estão esperando? Que eles pulem em sua garganta?

E Fastolfe sempre respondia com aquela voz tranquilizadora de canção de ninar e os auroreanos e os Siderais (o tempo todo seguindo o exemplo de Aurora, enquanto esta preferia não liderar) se acalmavam e voltavam à inércia.

O óbvio parecia não sensibilizá-los. Os fatos, os números, o incontestável agravamento das coisas com o passar de cada década deixaram-nos inertes. Como era possível gritar-lhes a verdade sem parar, testemunhar a realização de todas as previsões que ele fazia e, no entanto, ter de ver uma inalterável maioria seguindo Fastolfe como ovelhas?

Como era possível que o próprio Fastolfe pudesse observar tudo o que havia dito revelar-se pura insensatez sem, contudo, nunca se demover de suas políticas? Nem era o caso de que ele insistia teimosamente em estar errado; ele apenas nunca parecia perceber que estava errado.

Se Amadiro fosse o tipo de homem que se permitisse devanear, com certeza imaginaria que algum tipo de feitiço, algum tipo de encantamento apático recaíra sobre os Mundos Siderais. Imaginaria que, em algum lugar, alguém possuía o poder mágico de adormecer cérebros normalmente ativos e de cegar com relação à verdade olhos que, em outras ocasiões, são aguçados.

Para acrescentar uma extraordinária agonia final, as pessoas sentiam pena por Fastolfe ter morrido frustrado. Frustrado, diziam, porque os Siderais não tomavam para si novos mundos.

Foram as próprias políticas de Fastolfe que impediram que eles fizessem isso! Que direito tinha ele de sentir frustração por esse motivo? O que ele teria feito caso sempre tivesse, como Amadiro, enxergado e falado a verdade e não tivesse conseguido forçar os Siderais, um número suficiente de Siderais, a ouvi-lo?

Quantas vezes Amadiro pensara que seria melhor que a Galáxia ficasse vazia do que sob o domínio de sub-homens? Se ele tivesse algum poder mágico de destruir a Terra, o mundo de Elijah Baley, com um aceno de cabeça, com que avidez ele o faria.

Entretanto, encontrar refúgio em um devaneio desses só poderia representar um sinal de seu total desespero. Era o outro lado de seu desejo recorrente e fútil de desistir e acolher a morte... caso seus robôs o permitissem.

E então chegou o momento em que lhe deram o poder de destruir a Terra, mesmo que esse poder houvesse sido imposto sobre ele contra a sua vontade. Tal evento acontecera três quartos de década antes, quando encontrara Levular Mandamus pela primeira vez.

43

Memória! Três quartos de década antes...

Amadiro ergueu os olhos e notou que Maloon Cicis havia entrado no escritório. Sem dúvida ele havia ativado o sinal e tinha o direito de entrar se este fosse ignorado.

Amadiro deu um suspiro e deixou de lado o pequeno computador. Cicis fora seu braço direito desde que o Instituto fora criado. Havia envelhecido durante seu tempo de serviço. Nada que fosse drasticamente perceptível; apenas um ar generalizado de ligeira decadência. Seu nariz parecia um pouco mais assimétrico do que fora certo dia.

Ele esfregou o próprio nariz um tanto bulboso e se perguntou até que ponto a atmosfera de decadência o estava envolvendo. Já tivera 1,95 metro, uma boa altura mesmo para os padrões Siderais. Certamente ele se mantinha tão ereto agora quanto sempre se mantivera e, no entanto, quando medira de fato sua altura, pouco tempo antes disso, mal conseguira chegar ao 1,93 metro. Será que estava começando a curvar-se, encolher, acomodar-se?

Afastou esses pensamentos persistentes que eram, em si mesmos, um sinal mais seguro de envelhecimento do que uma simples medida de altura e disse:

— O que é, Maloon?

Um robô pessoal de Cicis seguia insistentemente seus passos... muito modernista e com acabamento lustroso. Isso era um sinal de envelhecimento também. Se uma pessoa não é capaz de manter o corpo jovem, sempre pode comprar um robô novo e jovem. Amadiro estava determinado a nunca provocar sorrisos entre os jovens de verdade deixando-se levar por essa ilusão em particular... sobretudo porque Fastolfe, que era oito décadas mais velho do que Amadiro, jamais o fizera.

— É aquele tal de Mandamus de novo, chefe — anunciou Cicis.
— Mandamus?
— Aquele que insiste em querer vê-lo.

Amadiro pensou por algum tempo.

— Quer dizer o idiota que é descendente da mulher solariana?
— Sim, chefe.
— Bem, não quero vê-lo. Você não deixou isso claro para ele, Maloon?
— Absurdamente claro. Ele pediu que eu lhe entregasse um bilhete e disse que então o senhor o receberia.
— Duvido muito, Maloon — replicou Amadiro devagar. — O que diz o bilhete?
— Não o compreendo, chefe. Não está escrito em Galáctico.
— Nesse caso, por que eu entenderia mais do que você?
— Não sei, mas ele pediu que o entregasse ao senhor. Se quiser olhar a mensagem, chefe, e me dar a ordem, volto lá e me livro dele mais uma vez.
— Pois bem, deixe-me vê-la — anuiu Amadiro, chacoalhando a cabeça. Lançou uma olhadela ao bilhete com desagrado.

Ele dizia: *"Ceterum censeo, delenda est Carthago"*.

Amadiro leu a mensagem, olhou para Maloon, depois voltou a olhar para a mensagem.

— Você deve ter lido isso, já que sabe não se tratar de Galáctico — disse ele enfim. — Você perguntou a ele o que significava?
— Sim, perguntei, chefe. Ele respondeu que era latim, mas isso não me esclareceu nada. Disse que o senhor entenderia. Ele é um homem muito determinado e afirmou que ficaria ali sentado o dia todo esperando até que o senhor lesse o bilhete.

— Como ele é?
— Magro. Sério. Provavelmente sem senso de humor. Alto, mas não tanto quanto o senhor. Intenso, olhar profundo, lábios finos.
— Quantos anos ele tem?
— Pela textura da pele, eu diria que mais ou menos quatro décadas. Ele é muito jovem.
— Nesse caso, devemos ser tolerantes em razão de sua juventude. Mande-o entrar.

Cicis pareceu surpreso.
— O senhor vai recebê-lo?
— Foi o que acabei de dizer, não foi? Mande-o entrar.

44

O jovem entrou na sala como se estivesse quase marchando. Parou em frente à mesa com a postura rígida e disse:
— Obrigado, senhor, por concordar em me receber. Tenho sua permissão para pedir aos meus robôs que se juntem a mim?

Amadiro franziu as sobrancelhas.
— Eu ficaria feliz em vê-los. O senhor permitiria que eu mantivesse o meu aqui?

Fazia muitos anos que ouvira alguém recitar aquela velha fórmula em relação aos robôs. Era um daqueles bons costumes antigos que caíram em desuso conforme a educação formal declinou e passou-se a dar cada vez mais como certo que os robôs pessoais de um indivíduo faziam parte do seu ser.

— Sim, senhor — respondeu Mandamus, e dois robôs se aproximaram. Eles não entraram, notou Amadiro, até que a permissão lhes fosse dada. Eram robôs novos, claramente eficientes, e mostravam todos os sinais de uma boa manufatura.

— O senhor mesmo os projetou, dr. Mandamus? — Sempre havia um valor adicional em robôs projetados pelos próprios donos.

— Sim, senhor.

— Então é roboticista?

— Sim, senhor. Eu me formei pela Universidade de Eos.

— Trabalhando sob a supervisão de...

— Não do dr. Fastolfe, senhor — replicou Mandamus em um tom suave. — Sob a supervisão do dr. Maskellnik.

— Ah, mas o senhor não é membro do Instituto.

— Eu me candidatei à admissão, senhor.

— Entendo. — Amadiro arrumou os papéis na mesa e depois acrescentou depressa, sem levantar os olhos: — Onde aprendeu latim?

— Não sei latim bem o suficiente para falar ou ler, mas sei o bastante para reconhecer essa citação e saber onde encontrá-la.

— Isso, por si só, é notável. Como foi que obteve essa informação?

— Não posso devotar todo o meu tempo à robótica, portanto tenho meus interesses secundários. Um deles é a planetologia, em particular no que se refere à Terra. Isso me levou à história e à cultura da Terra.

— Não é um estudo muito popular entre os Siderais.

— Não, senhor, e é uma pena. Uma pessoa sempre deve conhecer bem seus inimigos... como o senhor conhece.

— Como eu conheço?

— Sim, senhor. Acredito que conheça muitos aspectos da Terra e saiba mais do que eu a esse respeito, pois estudou o assunto por mais tempo.

— Como sabe disso?

— Tento saber tantas coisas sobre o senhor quanto possível.

— Porque sou outro de seus inimigos?

— Não, senhor, mas porque quero tê-lo como um aliado.

— Ter-me como um aliado? Então pretende me usar? Já lhe passou pela cabeça que está sendo um tanto impertinente?

— Não, senhor, pois tenho certeza de que vai querer ser meu aliado.

Amadiro fitou-o e disse:

— Não obstante, passou pela *minha* cabeça que o senhor está sendo mais do que um tanto impertinente. Diga-me, o senhor entende essa citação que encontrou para mim?

— Sim, senhor.

— Então traduza-a para o Padrão Galáctico.

— Ela diz: "Na minha opinião, Cartago deve ser destruída".

— E o que isso significa, na *sua* opinião?

— Essa declaração foi feita por Marco Pórcio Catão, o senador da República Romana, uma unidade política da Terra Antiga. Ela havia derrotado sua principal rival, Cartago, mas não a havia destruído. Catão defendia que Roma não estaria segura até Cartago ser totalmente arruinada... e, no fim, foi o que aconteceu.

— Mas o que Cartago significa para nós, meu jovem?

— Existe algo chamado analogia.

— E o que isso significa?

— Que os Mundos Siderais também têm um rival principal que, na minha opinião, deve ser destruído.

— Diga o nome do inimigo.

— O planeta Terra, senhor.

Amadiro tamborilava os dedos com muita suavidade na mesa à sua frente.

— E o senhor deseja que eu me torne seu aliado nesse projeto. Presume que ficarei feliz e ávido por me associar. Diga-me, sr. Mandamus, quando foi que eu disse, em qualquer um dos meus inúmeros discursos e escritos sobre o assunto, que a Terra deve ser destruída?

Mandamus apertou os lábios finos e suas narinas se dilataram.

— Não estou aqui para tentar coagi-lo a dizer algo que possa ser usado contra o senhor. Não vim a mando do dr. Fastolfe nem de ninguém do partido dele. Tampouco *sou* do partido dele. Nem estou tentando presumir o que o senhor tem em mente. Só lhe digo o que se passa pela *minha*. A meu ver, a Terra deve ser destruída.

— E como propõe destruir a Terra? O senhor sugere que lancemos bombas nucleares até que as explosões, a radiação e as nuvens de poeira destruam o planeta? Porque, se for esse o caso, como propõe impedir que naves colonizadoras, sedentas por vingança, façam o mesmo com Aurora e com tantos outros Mundos Siderais quantos conseguirem alcançar? A Terra poderia ter sido atacada impunemente quinze décadas atrás. Agora não mais.

Mandamus parecia revoltado.

— Não tenho nada desse tipo em mente, dr. Amadiro. Eu não destruiria seres humanos de forma desnecessária, mesmo que fossem terráqueos. Entretanto, existe uma maneira de a Terra ser destruída sem necessariamente matar seu povo aos montes... e não haverá retaliação.

— O senhor é um sonhador — retrucou Amadiro — ou talvez não seja muito são.

— Deixe-me explicar.

— Não, meu jovem. Tenho pouco tempo e, uma vez que sua citação, a qual entendi perfeitamente bem, despertou minha curiosidade, permiti que ele fosse desperdiçado pelo senhor.

Mandamus levantou-se.

— Entendo, dr. Amadiro, e peço desculpas por ter tomado mais do seu tempo do que o senhor poderia me conceder. No entanto, pense no que eu disse e, se ficar curioso, por que não me convida quando tiver mais tempo para dedicar a mim do que neste instante? Mas não espere muito, pois, se necessário, procurarei outros caminhos, porque vou destruir a Terra. Entenda que estou sendo franco com o senhor.

O jovem tentou dar um sorriso, esticando as bochechas magras sem produzir grande efeito em seu rosto.

— Adeus... e obrigado de novo — disse, virou-se e saiu.

Pensativo, Amadiro ficou olhando para o local onde o jovem estivera por algum tempo, depois tocou um contato do lado da mesa.

— Maloon — disse ele quando Cicis entrou —, quero que esse jovem seja observado a todo momento e desejo saber sobre todos os que conversarem com ele. Todos. Quero que sejam identificados e interrogados. Aqueles a quem eu indicar devem ser trazidos até mim. Mas, Maloon, isso deve ser realizado com discrição e de forma a transparecer doce e amigável persuasão. Como sabe, ainda não mando aqui.

Mas acabaria por mandar enfim. Fastolfe tinha 36 décadas de idade e estava claramente em declínio, e Amadiro era oito décadas mais jovem.

45

Amadiro recebeu seus relatórios durante nove dias.

Mandamus falou com seus robôs, em algumas ocasiões com colegas na universidade, e com ainda mais frequência com indivíduos nas propriedades vizinhas à sua. Suas conversas eram completamente triviais e, muito antes de se passarem os nove dias, Amadiro concluíra que não poderia esperar mais do que o jovem. Mandamus estava apenas no início de uma longa vida e poderia ter trinta décadas diante de si; Amadiro só tinha de oito a dez, no máximo.

E pensando no que o rapaz dissera, Amadiro sentiu, com uma crescente inquietação, que não poderia correr o risco de que pudesse existir uma maneira de destruir a Terra e a qual ele tivesse ignorado. Seria ele capaz de permitir que a destruição acontecesse após a sua morte, de modo que não a testemunhasse? Ou, quase tão ruim quanto isso, deixar que acontecesse enquanto estivesse vivo, mas que a mente de outra pessoa estivesse no comando, que os dedos de outro estivessem nos controles?

Não, ele tinha de ver aquilo, testemunhar aquilo, e fazer *aquilo*; por que outro motivo ele havia suportado sua longa frustração? Mandamus podia ser um tolo ou um louco, mas, nesse caso, Amadiro tinha de ter certeza disso.

Tendo chegado a essa conclusão, Amadiro chamou Mandamus ao seu escritório.

Amadiro percebeu que, fazendo isso, estava se humilhando, mas este era o preço que ele tinha de pagar para se certificar de que não havia a menor chance de a Terra ser destruída sem ele. Era um preço que estava disposto a pagar.

Ele até se preparou para a possibilidade de Mandamus aparecer com um sorriso afetado e um ar de triunfo desdenhoso. Também teria de suportar isso. Depois de passar por todo aquele embaraço, se a sugestão do jovem se provasse uma tolice, ele se certificaria de que este fosse punido ao limite máximo permitido por uma sociedade civilizada, mas, caso contrário...

Então ficou feliz ao ver que, quando Mandamus entrou em seu escritório, adotara uma atitude de razoável humildade, agradecendo-o, com sinceridade ao que tudo indicava, por uma segunda entrevista. Pareceu a Amadiro que teria, por sua vez, de ser polido.

— Dr. Mandamus — começou ele —, fui descortês ao mandá-lo embora sem ouvir seu plano. Conte-me, então, o que tem em mente e vou ouvi-lo até que fique claro para mim (como acho que será o caso), que seu plano talvez seja mais um resultado do entusiasmo do que da razão fria. Nesse momento, vou dispensá-lo outra vez, mas não o menosprezarei, e espero que o senhor, de sua parte, reaja sem raiva.

— Eu não poderia ficar irritado por terem me oferecido uma audiência justa e paciente, dr. Amadiro; mas e se o que eu contar fizer sentido? — perguntou Mandamus.

— Nesse caso, seria concebível que nós dois trabalhássemos juntos — respondeu Amadiro devagar.

— Isso seria maravilhoso, senhor. Juntos seríamos capazes de realizar mais do que faríamos separados. Mas haveria algo mais tangível do que o privilégio de trabalhar juntos? Haveria um prêmio?

Amadiro pareceu insatisfeito.

— Eu ficaria agradecido, claro, mas sou apenas membro do Conselho e diretor do Instituto de Robótica. Existiria um limite com relação ao que eu poderia fazer pelo senhor.

— Entendo isso, dr. Amadiro. Mas, dentro desses limites, eu não poderia receber alguma coisa? Agora? — Ele olhou para Amadiro com firmeza.

Amadiro franziu a testa ao perceber que olhava para um par de olhos penetrantes e determinados que não piscavam. Não havia humildade alguma ali!

— O que o senhor tem em mente? — indagou Amadiro com frieza.

— Nada que o senhor não possa me dar, dr. Amadiro. Faça de mim um membro do Instituto.

— Se o senhor for qualificado...

— Não tema. Eu sou.

— Não podemos deixar essa decisão ao candidato. Temos de...

— Ora, dr. Amadiro, esta não é maneira de começar uma relação. Já que o senhor me observou a cada instante desde que parti da última vez, não posso acreditar que não tenha estudado meu histórico de forma minuciosa. Como consequência, deve *saber* que sou qualificado. Se, por alguma razão, o senhor achasse que eu *não* sou, não alimentaria esperança alguma de que eu seja hábil o suficiente para elaborar um plano para destruir nossa Cartago em particular, e eu não estaria aqui outra vez a seu pedido.

Por um momento, Amadiro sentiu um fogo arder dentro de si. Durante aquele instante, sentiu que não valia a pena suportar essa maneira autoritária de uma criança, nem mesmo pela destruição da Terra. Mas só por um momento. Depois seu senso de devida proporção voltou e ele pôde até dizer a si mesmo que uma pessoa tão jovem, e no entanto tão audaciosa e tão friamente segura de si, era o tipo de homem de que ele precisava. Além do mais, ele *havia* estudado o histórico de Mandamus e não havia dúvida de que tinha as qualificações necessárias para fazer parte do Instituto.

– O senhor está certo. É qualificado – concordou Amadiro em um tom calmo (a certo custo para a sua pressão sanguínea).

– Então me inscreva. Tenho certeza de que tem os formulários necessários no seu computador. Tudo o que tem a fazer é registrar o meu nome, minha instituição de ensino, o ano da minha graduação, e qualquer outra insignificância estatística exigida e depois assinar o formulário de próprio punho.

Sem responder uma palavra, Amadiro virou-se para o computador. Registrou as informações necessárias, pegou o impresso, assinou-o e entregou-o a Mandamus.

– Está com a data de hoje. Agora o senhor é membro do Instituto.

Mandamus examinou o papel, depois entregou-o a um de seus robôs, que pôs o formulário dentro de uma pequena pasta, colocando-a debaixo do braço.

– Obrigado – disse Mandamus –, é muita gentileza de sua parte e espero nunca falhar com o senhor ou fazê-lo lamentar sua gentil avaliação de minhas habilidades. Isso, contudo, leva a outra coisa.

– É mesmo? O quê?

– Será que poderíamos discutir a natureza do prêmio final? Apenas em caso de sucesso, claro. Sucesso absoluto.

– Por uma questão de lógica, não poderíamos deixar isso para quando o sucesso absoluto for alcançado, ou esteja razoavelmente perto de se realizar?

– Pensando de forma racional, sim. Mas sou uma criatura tanto dos sonhos quanto da razão. Gostaria de sonhar um pouco.

– Bem, que sonhos gostaria de ter? – perguntou Amadiro.

– Parece-me, dr. Amadiro, que o dr. Fastolfe não está nada bem. Ele viveu por bastante tempo e não pode mais adiar a morte por muitos anos mais.

— E se for esse o caso?

— Quando ele morrer, o partido do qual o senhor faz parte se tornará mais agressivo e os membros menos entusiasmados da bancada de Fastolfe talvez achem conveniente mudar de aliado. Sem Fastolfe, a próxima eleição com certeza será sua.

— É possível. E então?

— O senhor se tornará o líder de fato do Conselho e orientará a política externa de Aurora, o que significaria, na verdade, a política externa dos Mundos Siderais em geral. E, caso meu plano prospere, sua administração será tão bem-sucedida que o Conselho não deixará de elegê-lo presidente na primeira oportunidade.

— Seus sonhos voam alto, meu jovem. E o que acontece se tudo o que prevê se realizar?

— O senhor não teria tempo para administrar Aurora e também o Instituto de Robótica. Então peço que, quando enfim decidir renunciar à sua posição atual como diretor do Instituto, esteja preparado para me apoiar como seu sucessor ao cargo. Não se espera que sua escolha pessoal seja rejeitada.

— Existe uma coisa chamada qualificação para o cargo — contrapôs Amadiro.

— Estarei qualificado.

— Vamos esperar para ver.

— Estou disposto a aguardar, mas o senhor descobrirá que, bem antes de obtermos sucesso absoluto, vai querer atender ao meu pedido. Portanto, por favor, acostume-se com a ideia.

— Tudo isso antes de eu ouvir uma palavra — murmurou Amadiro. — Bem, o senhor é membro do Instituto e eu vou me esforçar para me acostumar com o seu sonho pessoal, mas agora vamos encerrar as preliminares. Diga-me como pretende destruir a Terra.

Quase de maneira automática, Amadiro fez um sinal que indicava aos robôs que não deveriam se lembrar de nenhuma parte da conversa. E Mandamus, com um sorrisinho, fez o mesmo.

— Vamos começar, então — propôs Mandamus.

Mas, antes que pudesse continuar falando, Amadiro lançou-se ao ataque.

— Tem certeza de que não é pró-Terra?

Mandamus pareceu perplexo.

— Vim procurá-lo com uma proposta para *destruir* a Terra.

— E, no entanto, é descendente da mulher solariana... da quinta geração, pelo que sei.

— Sim, senhor, está nos registros públicos. O que tem isso?

— A mulher solariana é, e tem sido há muito tempo, uma pessoa próxima (amiga e protegida) de Fastolfe. Portanto, fico me perguntando se o senhor não simpatiza com seu ponto de vista pró-Terra.

— Devido à minha ascendência? — Mandamus parecia sinceramente atônito. Por um instante, algo que poderia ter sido um lampejo de irritação ou mesmo de raiva pareceu marcar seu rosto, mas desapareceu e ele disse em um tom calmo: — Uma pessoa igualmente próxima ao senhor (amiga e protegida) é a dra. Vasilia Fastolfe, que é filha do dr. Fastolfe. Ela é uma descendente da primeira geração. Fico me perguntando se ela não simpatiza com o ponto de vista dele.

— Eu também me perguntei o mesmo no passado — afirmou Amadiro —, mas ela não simpatiza com as perspectivas do pai e, no caso dela, parei de me questionar.

— O senhor também pode parar de se perguntar esse tipo de coisa no meu caso. Sou um Sideral e quero ver a Galáxia sob o controle dos Siderais.

— Muito bem então. Prossiga com a descrição do seu plano.

— Vou prosseguir. Mas, se não se importa, vou contar desde o começo...

Então, Mandamus falou:

— Dr. Amadiro, os astrônomos concordam que existem milhões de planetas semelhantes à Terra em nossa Galáxia; planetas nos quais os seres humanos podem viver após os ajustes necessários no ambiente, mas sem que seja imprescindível promover uma terraformação geológica. Suas atmosferas são respiráveis, há um oceano, o solo e o clima são adequados, e existe vida. Na verdade, a atmosfera não conteria oxigênio livre sem, no mínimo, a presença de plâncton nos oceanos. Em geral, o solo é estéril, mas, uma vez que ele e o oceano passam pela terraformação biológica (isto é, quando recebem seres vivos da Terra), essas formas se desenvolvem bem e o planeta pode ser colonizado. Centenas desses mundos foram registrados e estudados e mais ou menos metade deles já foi ocupada pelos colonizadores. E, ainda assim, nenhum planeta habitável entre todos aqueles que foram descobertos até agora tem a enorme variedade e o excesso de vida que a Terra possui. Nenhum deles tem nada maior ou mais complexo do que uma série de invertebrados vermiformes ou insetos ou, no reino vegetal, nada mais avançado do que folhagens similares a samambaias. Nada de vida inteligente, nada que se aproxime disso.

Amadiro ouviu as rígidas frases e pensou: Ele está falando de forma automática. Memorizou tudo isso.

Remexeu-se e disse:

— Não sou planetólogo, dr. Mandamus, mas, acredite, não está me dizendo nada que eu já não saiba.

— Como eu disse, dr. Amadiro, estou contando desde o começo. Os astrônomos estão cada vez mais convencidos de que temos uma amostra razoável dos planetas habitáveis da Galáxia e de que todos, ou quase todos, possuem diferenças nítidas da Terra. Por algum motivo, a Terra é um planeta surpreendente e fora do comum; nele a evolução avançou em um ritmo radicalmente rápido e de um modo radicalmente anormal.

— O argumento habitual é o de que, caso houvesse outra espécie inteligente na Galáxia tão avançada como nós, a esta altura ela teria percebido nossa expansão e se dado a conhecer, de um jeito ou de outro — interpôs Amadiro.

— Sim, senhor. Na verdade, se houvesse outra espécie inteligente na Galáxia, uma que fosse mais avançada do que nós, para começar, não teríamos tido a oportunidade de nos expandirmos — recomeçou Mandamus. — Então, o fato de que somos a única espécie na Galáxia capaz de viajar pelo hiperespaço poderia ser dado como certo. Que somos a única espécie na Galáxia que é inteligente talvez não seja tão correto, mas existe uma grande chance de sermos.

Amadiro agora ouvia com um meio sorriso cansado. O rapaz estava sendo didático, como um homem marcando o ritmo de sua monomania com uma batida torpe. Era uma das marcas de uma pessoa excêntrica, e a leve esperança que Amadiro alimentara de que Mandamus poderia realmente ter algo que seria capaz de mudar o rumo da história estava começando a desaparecer.

— O senhor continua a me contar aquilo que já é conhecido, dr. Mandamus — reclamou ele. — Todos sabem que a Terra parece ser única e que provavelmente somos a única espécie inteligente na Galáxia.

— Mas ninguém parece fazer a pergunta mais simples: *por quê?* Os terráqueos e os colonizadores não perguntam. Eles aceitam o fato. Eles têm essa postura mística em relação à Terra e a consideram um planeta sagrado, de modo que sua natureza incomum é vista como uma coisa natural. Quanto aos Siderais, não fazemos essa pergunta. Nós a ignoramos. Fazemos o melhor para não pensar nem um pouco na Terra, já que, se o fizermos, é provável que cheguemos mais longe e nos consideremos descendentes de terráqueos.

— Não vejo vantagem nessa pergunta — retrucou Amadiro. — Não precisamos procurar respostas complexas para tal "por quê?". Processos aleatórios desempenham um papel importante na evolução e, até certo ponto, em todas as coisas. Se existem milhões de mundos habitáveis, a evolução pode acontecer em cada um deles em um ritmo diferente. Na maioria, o ritmo terá um valor intermediário; em alguns, será nitidamente lento; em outros nitidamente rápido; talvez em um deles seja demasiado vagaroso e em outro, demasiado ágil. O fato é que a Terra é o planeta em que a evolução ocorreu muito rápido e estamos aqui por causa disso. Agora, se perguntarmos "por quê", a resposta natural e suficiente é "acaso".

Amadiro esperou que o outro traísse seu lado didático e explodisse de raiva em razão de uma afirmação preeminentemente lógica, apresentada de modo divertido, que servia para acabar de uma só vez com sua tese. Entretanto, Mandamus apenas fitou-o por alguns minutos com seus olhos penetrantes e depois replicou em voz baixa:

– Não.

Mandamus deixou sua negativa pairando no ar por dois segundos e depois acrescentou:

– É preciso mais do que sorte em um ou dois acontecimentos fortuitos para acelerar mil vezes a evolução. Em cada planeta, exceto a Terra, a velocidade da evolução está intimamente ligada ao fluxo da radiação cósmica pela qual o planeta é banhado. Essa velocidade não é fruto do acaso de forma alguma, mas sim resultado de radiação cósmica produzindo mutações em ritmo lento. Na Terra, algo produz muito mais mutações do que aquelas em outros planetas habitáveis e isso não tem relação com raios cósmicos, pois eles não atingem a Terra em profusão extraordinária. Talvez agora o senhor entenda por que o "porquê" poderia ser importante.

– Pois bem, dr. Mandamus, já que ainda estou ouvindo com mais paciência do que eu mesmo esperava ter, responda à questão que o senhor levanta de maneira tão insistente. Ou o senhor apenas possui a pergunta e não a resposta?

– Tenho uma resposta – respondeu Mandamus – e ela depende do fato de que a Terra é única em um segundo sentido.

– Deixe-me adivinhar – propôs Amadiro. – O senhor está se referindo ao seu grande satélite. O senhor não pode promover isso como uma descoberta sua, dr. Mandamus.

— De forma alguma — retrucou Mandamus com frieza —, mas leve em consideração que os grandes satélites parecem ser comuns. Nosso sistema planetário tem cinco, o da Terra tem sete e assim por diante. Entretanto, todos os grandes satélites conhecidos, exceto um, circundam gigantes de gás. Só o satélite da Terra, a Lua, se move em torno de um planeta não muito maior do que ele próprio.

— Devo me atrever a usar a palavra "acaso" de novo, dr. Mandamus?

— Nesse caso, pode ser acaso, mas a Lua continua sendo excepcional.

— Mesmo assim. Que ligação pode ter o satélite com a profusão de vida na Terra?

— Pode não ser óbvio e essa ligação pode ser improvável... mas é bem mais improvável que dois exemplos incomuns de singularidade em um único planeta não possuam relação alguma entre si. Descobri qual é essa relação.

— É mesmo? — indagou Amadiro rapidamente. Agora surgiria uma evidência inequívoca de excentricidade. Ele olhou de maneira casual para a faixa que marcava a hora que estava na parede. De fato, não havia muito mais tempo que ele pudesse gastar com isso, apesar de continuar curioso.

— A Lua — disse Mandamus — está se afastando da Terra aos poucos devido aos efeitos que exerce nas marés do planeta. As grandes marés da Terra são uma consequência singular da existência desse grande satélite. Seu Sol produz marés também, mas com apenas um terço do volume das marés da Lua... da mesma forma que o nosso Sol produz pequenas marés em Aurora. Uma vez que a Lua se afasta devido ao efeito que exerce na maré, ela estava muito mais próxima da Terra durante a pré-história do sistema planetário. Quanto mais próxima da Terra estava a Lua, maiores as marés no planeta. Essas marés tiveram dois efeitos importantes na Terra. Elas vergaram a crosta terrestre de forma contínua conforme a Terra girava; e desaceleraram a rotação da

Terra, tanto por meio dessa ação de vergar quanto por meio da fricção das marés do oceano nos leitos rasos do mar. Portanto, a Terra tem uma crosta mais fina se comparada à de qualquer outro planeta habitável que apresente atividade vulcânica e tenha um sistema ativo de placas tectônicas.

— Mas até mesmo tudo isso pode não ter relação alguma com a profusão de vida na Terra. Acho que o senhor deve ir direto ao ponto, dr. Mandamus, ou sair.

— Peço a gentileza de ter paciência, dr. Amadiro, só por mais um pouco de tempo. É importante entender o ponto-chave quando chegarmos a ele. Eu fiz cuidadosas simulações computadorizadas do desenvolvimento químico da crosta terrestre, considerando o efeito da maré e das placas tectônicas, algo que ninguém jamais fez de maneira tão meticulosa e elaborada quanto fui capaz... se me permite o autoelogio.

— Oh, sem dúvida — murmurou Amadiro.

— E, como ficou bem claro (eu lhe mostrarei todos os dados necessários assim que desejar), provou-se que há urânio e tório na crosta e no manto superior da Terra em concentrações até mil vezes maiores do que em qualquer outro mundo habitável. Além disso, eles se acumulam de forma irregular, de modo que, espalhados pela Terra, há ocasionais bolsões nos quais o urânio e o tório se encontram em concentrações ainda maiores.

— E, presumo, apresentam radioatividade perigosamente alta.

— Não, dr. Amadiro. O urânio e o tório são muito pouco radioativos e, mesmo onde são relativamente concentrados, não o são em um sentido absoluto. Tudo isso, repito, deve-se à presença de uma Lua grande.

— Suponho, então, que a radioatividade, embora não seja intensa o bastante para oferecer perigo à vida, é suficiente para aumentar a taxa de mutação. Correto, dr. Mandamus?

— Correto. Havia extinções mais rápidas aqui e ali, mas também um desenvolvimento mais veloz de novas espécies... resultando em uma enorme variedade e profusão de formas de vida. E, por fim, apenas na Terra, esse processo teria chegado a ponto de desenvolver uma espécie inteligente e uma civilização.

Amadiro aquiesceu. Aquele jovem não era um excêntrico. Ele poderia estar errado, mas não era excêntrico. E ainda poderia estar certo.

Amadiro não era planetologista, então teria de examinar livros sobre o assunto para conferir se Mandamus talvez houvesse descoberto o que já era conhecido, como faziam tantos entusiastas. Havia, contudo, uma questão mais importante que ele tinha de verificar antes.

— O senhor falou da possível destruição da Terra — disse ele em tom suave. — Existe alguma ligação entre ela e as propriedades singulares do planeta?

— Uma pessoa pode tirar vantagem de propriedades singulares de um modo singular — retorquiu Mandamus no mesmo tom.

— Nesse caso em particular, de que modo?

— Antes de discutir o método, dr. Amadiro, devo explicar que, em um sentido, essa questão depende do senhor.

— De mim?

— Sim — respondeu Mandamus com firmeza. — Do senhor. De outra forma, por que eu viria procurá-lo com essa longa história, se não fosse para persuadi-lo de que sei do que estou falando, de maneira que o senhor se dispusesse a cooperar comigo de forma essencial para o meu êxito?

Amadiro deu um longo suspiro.

— E, se eu me recusar, alguém mais serviria ao seu propósito?

— Eu poderia voltar a minha atenção para outros, caso o senhor se recuse. O senhor *se recusa*?

— Talvez não, mas estou me perguntando quão essencial eu sou para o senhor.

— A resposta é: não tanto como eu sou para o senhor. O senhor *precisa* colaborar comigo.

— Preciso?

— Eu gostaria que colaborasse, se o senhor prefere que seja expresso de outra maneira. Mas, se o senhor deseja que Aurora e os Siderais vençam a Terra e os colonizadores, agora e para sempre, então *precisa* colaborar comigo, goste dessa expressão ou não.

— Diga-me exatamente o que eu *preciso* fazer — perguntou Amadiro.

— Comece me dizendo se não é verdade que o Instituto projetou e construiu, no passado, robôs humanoides.

— Sim, construímos. Cinquenta deles no total. Isso ocorreu entre quinze e vinte décadas atrás.

— Tanto tempo assim? E o que aconteceu com eles?

— Fracassaram — retrucou Amadiro com indiferença.

Mandamus recostou-se na cadeira com um uma expressão horrorizada no rosto.

— Foram destruídos?

Amadiro franziu as sobrancelhas.

— Destruídos? Ninguém destrói robôs caros. Estão guardados. As fontes de energia foram retiradas e existe uma bateria de microfusão especial de longa duração em cada um para manter suas vias positrônicas minimamente vivas.

— Então podem ser colocados de volta em pleno funcionamento?

— Tenho certeza de que podem.

Com a mão direita, Mandamus produzia um ritmo bem controlado contra o braço da cadeira. Em seguida, anunciou sombriamente:

— Então podemos vencer!

⑫ O PLANO E A FILHA

46

Fazia muito tempo desde a última vez que Amadiro pensara nos robôs humanoides. Era uma lembrança dolorosa e ele se preparara, com certa dificuldade, para manter sua mente afastada desse assunto. E agora Mandamus o trouxera inesperadamente à tona.

O robô humanoide fora o grande trunfo de Fastolfe naqueles longínquos dias em que Amadiro estivera a um passo de ganhar o jogo, com carta de trunfo e tudo. Fastolfe projetara e construíra dois robôs humanoides (dos quais um ainda existia) e ninguém mais conseguira construir algo daquele tipo. Nem mesmo todos os membros do Instituto de Robótica, trabalhando juntos, haviam sido capazes.

A única coisa que Amadiro salvara de sua grande derrota fora essa carta de trunfo. Fastolfe fora obrigado a tornar pública a natureza do projeto humanoide.

Isso significava que robôs humanoides podiam ser construídos e *foram* e – veja só! – ninguém os quis. Os auroreanos não os aceitaram em sua sociedade.

Amadiro contorceu o rosto diante desse resquício de pesar que recordara. De algum modo, a história da mulher solariana se tornara pública... o fato de que ela usara Jander, um dos dois robôs humanoides de Fastolfe, e de que tal uso fora para fins sexuais. Em tese, os auroreanos não tinham objeção contra uma situação dessas. Quando pararam para pensar no assunto, entretanto, as mulheres auroreanas simplesmente não gostaram da ideia de serem obrigadas a competir com robôs femininos. Nem os homens auroreanos desejavam competir com robôs masculinos.

O Instituto havia se esforçado ao extremo para explicar que os robôs humanoides não eram destinados a Aurora em si, mas serviriam como a onda inicial de pioneiros que semeariam e adaptariam novos planetas habitáveis para que, mais tarde, os auroreanos pudessem ocupar, depois de concluído o processo de terraformação.

Esse uso também foi rejeitado, à medida que a desconfiança e a objeção se autoalimentavam. Alguém chamou os humanoides de "o primeiro buraco do barco". A expressão se espalhou e o Instituto foi obrigado a desistir.

Teimosamente, Amadiro insistira em guardar os que existiam para um possível uso futuro... um uso que nunca se materializara.

Por que existira tamanha objeção aos humanoides? Amadiro sentia de leve o retorno daquela irritação que praticamente envenenara sua vida durante todas aquelas décadas. O próprio Fastolfe, embora relutante, concordara em apoiar o projeto e, para lhe fazer justiça, cumprira sua palavra, mas sem a eloquência que dedicara aos assuntos com os quais seu coração se comprometera verdadeiramente. Mas isso não ajudou.

E no entanto... e no entanto... se Mandamus agora tivesse de fato em mente algum projeto que funcionasse e necessitasse dos robôs...

Amadiro não tinha apreço algum por comentários místicos como "foi melhor assim" ou "tinha de ser". Contudo, foi com muito esforço que ele se absteve de pensar dessa forma, enquanto um elevador os levava para um lugar bem abaixo do nível do solo... o único local em Aurora que poderia ser minimamente parecido com as lendárias Cavernas de Aço da Terra.

Mandamus saiu do elevador em resposta a um gesto de Amadiro e viu-se em um corredor sombrio. Estava frio e havia uma leve corrente de ventilação de ar. Ele estremeceu um pouco. Amadiro se juntou a ele. Mas apenas um robô de cada cientista os seguia.

— Poucas pessoas vêm aqui — comentou Amadiro de maneira casual.

— A que profundidade estamos? — perguntou Mandamus.

— A cerca de quinze metros. Existem vários andares. É neste que os robôs humanoides estão guardados.

Amadiro se deteve por um instante, como se precisasse pensar, depois virou-se com firmeza para a esquerda.

— Por aqui!

— Não há nenhuma sinalização?

— Como eu disse, poucas pessoas vêm para cá. Aqueles que descem até aqui sabem aonde devem ir para encontrar o que precisam.

Assim que terminou de dizer isso, eles chegaram a uma porta que parecia maciça e formidável sob aquela luz pálida. Dos dois lados havia um robô. Não eram humanoides.

Mandamus observou-os de forma crítica e comentou:

— São modelos simples.

— Muito simples. O senhor não esperava que desperdiçássemos algo elaborado para a tarefa de proteger uma porta. — Amadiro levantou a voz, mas manteve-se impassível. — Sou Kelden Amadiro.

Os olhos de ambos os robôs brilharam por um instante. Eles se viraram para fora e afastaram-se da porta, a qual se abriu sem fazer barulho, do chão para o alto.

Amadiro fez um gesto para o outro entrar e, quando passou pelos robôs, disse em tom calmo:

— Deixem a porta aberta e ajustem a iluminação à necessidade pessoal.

— Suponho que não é qualquer um que entra aqui — comentou Mandamus.

— Certamente que não. Aqueles robôs reconhecem a minha aparência além da minha biometria vocal, e requerem ambas para abrir a porta. — Depois acrescentou, meio que para si mesmo: — Não é necessário ter trancas ou chaves ou combinações em lugar algum nos Mundos Siderais. Os robôs nos protegem com fidelidade e a todo instante.

— Algumas vezes pensei que — disse Mandamus, meditativo —, se um auroreano pegasse emprestado um daqueles desintegradores que os colonizadores parecem levar consigo aonde quer que vão, não haveria portas trancadas para ele. Poderia destruir robôs em um instante, depois ir aonde desejasse, fazer o que quisesse.

Amadiro lançou um olhar inflamado ao outro.

— Mas que Sideral sonharia em usar essas armas em um Mundo Sideral? Vivemos nossa vida sem armas e sem violência. O senhor não entende que foi por *isso* que dediquei minha vida à derrota e à destruição da Terra e de sua prole pérfida? Sim, tivemos violência certa vez, mas foi há muito tempo, quando os Mundos Siderais foram fundados e ainda não tínhamos nos livrado do veneno de nossa origem terráquea, e antes de aprendermos os valores da segurança robótica. Não vale a pena lutar pela paz e pela segurança? Mundos sem violência! Mundos em que a razão impera! Foi certo o que fizemos, entregando um grande número de mundos habitáveis a bárbaros de vida curta que, como o senhor mesmo diz, levam desintegradores consigo a toda parte?

— E ainda assim, o senhor está pronto para usar de violência para destruir a Terra? — indagou Mandamus em voz baixa.

— Violência por um curto espaço de tempo e com um propósito é um preço que provavelmente teremos de pagar para pôr fim à violência para sempre.

— Eu sou Sideral o bastante para desejar que até essa violência seja minimizada — disse Mandamus.

Agora eles se encontravam em uma sala grande e cavernosa; e, quando entraram, paredes e teto ganharam vida refletindo uma luz difusa e fosca.

— Bem, é isso o que o senhor quer, dr. Mandamus? — perguntou Amadiro.

Mandamus olhou ao redor, atordoado. Por fim, conseguiu exclamar:

— Incrível!

Eles estavam ali, um sólido batalhão de seres humanos, com tanta vida em si como quaisquer estátuas poderiam ter transparecido, mas com bem menos vida do que seres humanos teriam revelado durante o sono.

— Estão de pé — murmurou Mandamus.

— Ocupam menos espaço desse modo. Obviamente.

— Mas eles estão de pé há aproximadamente quinze décadas. Eles *não podem* estar ainda em condições de funcionamento. Suas juntas devem estar paralisadas; seus órgãos, enguiçados.

Amadiro deu de ombros.

— Talvez. Ainda assim, se as juntas tiverem deteriorado (e creio que isso não está fora de questão), elas podem ser substituídas, se necessário. Dependeria de haver um motivo para fazê-lo.

— Haveria um motivo — afirmou Mandamus. Ele observou cada uma das cabeças. Estavam olhando para direções ligeiramente diferentes e isso lhes emprestava uma aparência um tanto perturbadora, como se estivessem a ponto de romper a formação.

— Cada um tem uma aparência individual e variam em altura, constituição física e assim por diante.

— Sim. Isso o surpreende? Estávamos planejando torná-los, junto com outros que poderíamos ter construído, os pioneiros no desenvolvimento de novos mundos. A fim de que o fizessem de maneira apropriada, gostaríamos que eles fossem tão humanos quanto possível, o que significava fazer com que fossem tão individuais quanto os auroreanos. Não lhe parece sensato?

— Com certeza. Fico contente de que seja esse o caso. Li tudo o que pude sobre os dois proto-humaniformes que o próprio Fastolfe construiu: Daneel Olivaw e Jander Panell. Vi hologramas deles e pareciam idênticos.

— Sim — concordou Amadiro com impaciência. — Não apenas idênticos, mas cada um dos dois praticamente uma caricatura da concepção que se tem de um Sideral idealizado. Foi o romantismo de Fastolfe. Estou certo de que teria construído uma raça de robôs humanoides intercambiáveis, com ambos os sexos possuindo uma beleza tão etérea (ou o que ele considerava ser), de modo a torná-los, por fim, inumanos. Fastolfe pode ser um roboticista brilhante, mas é um homem incrivelmente estúpido.

Amadiro chacoalhou a cabeça. Ter sido derrotado por um homem tão estúpido, pensou ele... e então repeliu esse pensamento. Ele não fora derrotado por Fastolfe, mas por aquele terráqueo infernal. Ensimesmado, não ouviu a próxima pergunta de Mandamus.

— Desculpe-me — disse ele com uma ponta de irritação.

— Perguntei se o senhor projetou esses robôs, dr. Amadiro.

— Não, por uma estranha coincidência, algo que me parece dotado de uma ironia peculiar, estes foram projetados pela filha de Fastolfe, Vasilia. Ela é tão brilhante quanto ele e muito mais inteligente, o que pode ser uma das razões pelas quais os dois nunca se deram bem.

— Segundo ouvi dizer sobre a história deles... — começou Mandamus.

Amadiro fez um gesto para que se calasse.

— Eu também ouvi a história, mas não importa. Basta saber que ela faz seu trabalho muito bem e não existe nenhum risco de que vá ter simpatia por alguém que, apesar de, por acidente, ser seu pai biológico, é e deve permanecer sendo-lhe para sempre estranho e odioso. Ela até adotou o nome de Vasilia Aliena, o senhor bem sabe.

— Sim, eu sei. O senhor tem os padrões cerebrais desses robôs humanoides documentados?

— Com certeza.

— De *cada* um desses?

— Claro.

— E o senhor pode disponibilizá-los para mim?

— Se houver motivo para isso.

— Haverá – disse Mandamus com firmeza. — Já que esses robôs foram projetados para atividades pioneiras, posso supor que estão preparados para explorar um planeta e lidar com condições primitivas?

— Isso deveria ser evidente.

— Perfeito... mas algumas modificações podem se provar necessárias. O senhor acha que Vasilia Fast... Aliena poderia me ajudar com isso, se for preciso? Obviamente, ela estaria mais familiarizada com os padrões cerebrais.

— É óbvio. Entretanto, não sei se ela estaria disposta a ajudá-lo. Sei que é fisicamente impossível ela fazer isso no momento, já que não está em Aurora.

Mandamus pareceu surpreso e contrariado.

— Onde ela está, então, dr. Amadiro?

— O senhor viu estes robôs humaniformes e eu não quero me expor a este ambiente um tanto deplorável. O senhor me fez esperar por bastante tempo e não deve reclamar se o faço esperar agora. Se tiver alguma pergunta adicional, vamos lidar com ela no meu escritório.

47

De volta ao escritório, Amadiro adiou as coisas por um pouco mais de tempo.

— Espere por mim aqui – disse ele de forma peremptória e saiu.

Mandamus esperou com uma postura rígida, organizando seus pensamentos, pensando quando Amadiro voltaria... ou se voltaria. Será que ele seria preso ou apenas ejetado de lá? Será que Amadiro se cansara de esperar que ele chegasse ao ponto-chave da questão? Mandamus se recusou a acreditar nisso. Ele conseguira ter uma boa noção do desejo desesperado de Amadiro em ajustar contas antigas. Parecia evidente que Amadiro não se cansaria de ouvir desde que parecesse haver uma chance mínima de que Mandamus pudesse viabilizar sua vingança.

Enquanto perscrutava ociosamente o escritório de Amadiro, Mandamus descobriu-se pensando se poderia haver alguma informação que pudesse ser-lhe de ajuda nos arquivos computadorizados que estavam quase à mão. Seria útil não ter de depender diretamente de Amadiro para tudo.

A ideia era inútil. Mandamus não sabia o código de acesso dos arquivos e, mesmo que soubesse, havia vários dos robôs pessoais de Amadiro em seus nichos. Eles o impediriam caso desse um único passo em direção a qualquer coisa que estivesse marcada como sensível em suas mentes. Até os robôs do próprio Mandamus o impediriam.

Amadiro estava certo. Os robôs eram tão úteis, eficientes e incorruptíveis como guardas que o próprio conceito de alguma ação criminosa, ilegal ou simplesmente ardilosa não ocorria a ninguém. A tendência atrofiou... pelo menos contra outros Siderais.

Ele se perguntava como os colonizadores conseguiam tocar a vida sem robôs. Mandamus tentou imaginar personalidades humanas em conflito, sem amortecedores robóticos para conter a interação, sem presença robótica alguma para dar-lhes um senso decente de segurança e para reforçar (sem ter consciência disso na maior parte do tempo) uma forma apropriada de moralidade.

Sob essas circunstâncias, era impossível que os colonizadores fossem qualquer coisa a não ser bárbaros e a Galáxia não podia ser deixada para eles. Amadiro estava certo a esse respeito e sempre estivera certo, enquanto Fastolfe estava incrivelmente errado.

Mandamus aquiesceu, como se tivesse se persuadido outra vez do quão correto era seu plano. Ele suspirou e desejou que não fosse necessário, e se preparava para repassar de novo a linha de pensamento que lhe provava que *era* necessário, quando Amadiro voltou com passos largos.

Amadiro ainda era uma figura impressionante, embora estivesse a um ano de completar 28 décadas. Ele era o que um Sideral deveria parecer, exceto pelo infeliz aspecto desproporcional de seu nariz.

— Lamento tê-lo feito esperar, mas havia um assunto do qual eu tinha de tratar. Sou o diretor deste Instituto e isso implica responsabilidades.

— O senhor pode me dizer onde está a dra. Vasilia Aliena? — perguntou Mandamus. — Em seguida descreverei meu projeto sem demora.

— Vasilia está viajando. Ela está visitando cada um dos Mundos Siderais para descobrir em que pé se encontram em termos de pesquisa robótica. Ela parece pensar que, uma vez que o Instituto de Robótica foi fundado para coordenar as pesquisas individuais em Aurora, uma coordenação interplanetária faria a causa avançar ainda mais. Uma boa ideia, na verdade.

Mandamus deu uma risada breve e sem humor.

— Não dirão nada a ela. Duvido que qualquer Mundo Sideral queira dar a Aurora uma vantagem muito maior do que ela já tem.

— Não tenha tanta certeza. A situação dos colonizadores perturbou a todos nós.

— O senhor sabe onde ela está agora?

— Temos o itinerário dela.

— Traga-a de volta, dr. Amadiro.

Amadiro franziu a testa.

— Duvido que eu possa fazer isso com facilidade. Acredito que ela queira ficar longe de Aurora até o pai morrer.

— Por quê? — indagou Mandamus, surpreso.

Amadiro deu de ombros.

— Não sei. Não me importo. Mas o que sei é que o seu tempo se esgotou. Entendeu? Vá direto ao ponto ou saia. — Ele apontou sombriamente para a porta e Mandamus sentiu que a paciência do outro chegara ao limite.

— Muito bem — disse Mandamus. — Existe ainda uma terceira forma pela qual a Terra é única...

Ele falava com facilidade e com a devida parcimônia, como se estivesse fazendo uma apresentação que havia frequentemente ensaiado e lapidado, com o único propósito de expô-la a Amadiro. E Amadiro se viu cada vez mais absorvido.

Era isso! Primeiro, Amadiro sentiu uma enorme onda de alívio. Fizera bem em apostar que o jovem não era louco. Ele era completamente são.

Depois veio o triunfo. Com certeza ia funcionar. Claro, o ponto de vista do rapaz, conforme ia sendo exposto, desviava um pouco do caminho que Amadiro achava que deveria ser seguido, mas ele podia cuidar disso mais cedo ou mais tarde. Modificações sempre eram possíveis.

E, quando Mandamus terminou, Amadiro assegurou-lhe com uma voz que ele se esforçava para manter firme:

— Não precisaremos de Vasilia. Temos habilidade suficiente no Instituto para começarmos de imediato. Dr. Mandamus — um tom de respeito formal se insinuou na voz de Amadiro —, deixe que isso funcione conforme o planejado (e não posso deixar de pensar que irá), e o senhor será o diretor do Instituto quando eu for presidente do Conselho.

Mandamus deu um breve sorriso de esguelha enquanto Amadiro se recostava na cadeira e, de forma igualmente breve, permitiu-se olhar para o futuro com satisfação e confiança, algo que não fora capaz de fazer durante vinte longas e cansativas décadas.

Quanto tempo demoraria? Décadas? Uma década? Parte de uma década?

Não muito tempo. Não muito tempo. O plano deveria ser apressado, valendo-se de todos os recursos, de modo que ele pudesse viver para ver aquela antiga decisão contornada e a si mesmo como senhor de Aurora e, consequentemente, dos Mundos Siderais... e, assim (com a Terra e os Mundos Siderais condenados), até mesmo senhor da Galáxia antes de morrer.

48

Quando o dr. Han Fastolfe morreu, sete anos depois de Amadiro e Mandamus se encontrarem e darem início ao seu projeto, a hiperonda transmitiu a notícia com força explosiva a cada canto dos mundos ocupados. O fato mereceu a maior das atenções em toda parte.

Foi importante para os Mundos Siderais, uma vez que Fastolfe fora o homem mais importante de Aurora e, portanto, da Galáxia, durante vinte décadas. Nos Mundos dos Colonizadores e na Terra, era importante porque Fastolfe fora um amigo (até onde um Sideral assim podia ser considerado), e a pergunta agora era se a política Sideral mudaria e, se isso ocorresse, de que maneira.

A notícia chegou também até Vasilia Aliena, que passou por uma fase complicada em razão da amargura que impregnara a relação com seu pai biológico quase desde o início.

Ela se disciplinara para não sentir nada quando seu progenitor morresse; no entanto, não queria estar no mesmo planeta que ele quando isso acontecesse. Ela não queria ser alvo das perguntas que lhe dirigiriam em qualquer lugar, mas com maior frequência e insistência em Aurora.

A relação pai-filho entre os Siderais era, na melhor das hipóteses, tênue e indiferente. Com vida longa, era natural que fosse assim. Nem ninguém se interessaria por Vasilia em razão disso, não fosse o fato de Fastolfe ser um líder perene e distinto de um partido enquanto Vasilia era uma partidária quase tão proeminente da oposição.

Era uma coisa tóxica. Ela tivera o trabalho de mudar seu nome em cartório para Vasilia Aliena e de usá-lo em todos os documentos, em todas as entrevistas, em todos os assuntos de qualquer tipo... e, ainda assim, ela sabia muito bem que a maioria das pessoas pensava nela como Vasilia Fastolfe. Era como se *nada* pudesse apagar aquela relação totalmente desprovida de sentido, de modo que teve de se contentar que se dirigissem a ela apenas pelo primeiro nome. Pelo menos era um nome raro.

E isso também parecia enfatizar sua relação de imagem espelhada com uma mulher solariana que, por razões completamente distintas, negara seu primeiro marido da mesma forma que Vasilia negara o pai. A mulher solariana tampouco conseguira viver com os sobrenomes anteriores atrelados a si e acabou apenas com o primeiro nome: Gladia.

Vasilia e Gladia, desajustadas, párias... elas até se pareciam fisicamente.

A roboticista arriscou olhar-se no espelho de sua cabine na espaçonave. Fazia muitas décadas que não via Gladia, mas tinha certeza de que a semelhança permanecia. Ambas eram pequenas e esbeltas. Ambas eram loiras e tinham feições um tanto parecidas.

Mas era Vasilia quem sempre perdia e Gladia quem sempre ganhava. Quando Vasilia deixara o pai e o apagara de sua vida, ele se voltara para Gladia... e ela provou ser a filha dócil e passiva que ele queria, a filha que Vasilia nunca pôde ser.

Não obstante, isso amargurava Vasilia. Ela própria era uma roboticista, que por fim se tornou tão competente e habilidosa quanto Fastolfe sempre fora, enquanto Gladia era só uma artista que se divertia com imagens em campos de força e com as ilusões de vestimentas para robôs. Como Fastolfe pudera se dar por satisfeito em perder uma e ficar, em seu lugar, com outra que não tinha nada de mais em relação à sua própria filha?

E quando aquele policial da Terra, Elijah Baley, viera a Aurora, ele forçara Vasilia a revelar mais sobre seus pensamentos e sentimentos do que ela jamais admitira a qualquer outra pessoa. Ele fora, entretanto, a delicadeza em pessoa com Gladia e a ajudara (bem como a seu protetor, Fastolfe) a ganhar contra todas as probabilidades, embora até os dias atuais Vasilia não tenha sido capaz de entender com clareza como aquilo acontecera.

Fora Gladia quem ficara à cabeceira de Fastolfe durante a enfermidade final, quem segurara sua mão até o fim e quem ouvira suas últimas palavras. Por que deveria ressentir-se disso, ela não sabia; Vasilia não teria, em circunstância alguma, reconhecido a existência do velho a ponto de visitá-lo para testemunhar sua passagem para a não existência em um sentido absoluto, não de uma forma subjetiva... e, contudo, ela sentia raiva da presença de Gladia em tal ocasião.

É o modo como me sinto, disse a si mesma em um tom desafiador, e não devo explicações a ninguém.

E ela também perdera Giskard. Giskard fora *seu* robô, o robô de Vasilia quando criança, concedido a ela por um pai que, naquela época, parecia carinhoso. Fora com Giskard que ela aprendera robótica e por quem sentira a primeira estima genuína. Quando criança, ela não refletia sobre as Três Leis nem lidava com a filosofia do automatismo positrônico. Giskard *parecera* afetuoso, *agira* como se fosse afetuoso e isso era o suficiente para uma criança. Ela nunca encontrara um sentimento assim em qualquer ser humano... com certeza não em seu pai.

Até hoje, ela ainda não se permitira fraquejar o bastante a ponto de participar do tolo jogo do amor com ninguém. Sua amargura pela perda de Giskard a ensinara que qualquer ganho inicial não compensava a privação final.

Quando Vasilia saiu de casa, repudiando o pai, ele não permitiu que Giskard partisse com ela, apesar de ela mesma ter aprimorado Giskard de forma incomensurável no decorrer da cuidadosa reprogramação que fizera no robô. E quando seu pai morrera, ele deixara Giskard para a mulher solariana, e também Daneel, mas Vasilia não se importava nem um pouco com aquela etérea imitação de homem. Ela queria Giskard, que lhe pertencia.

Vasilia estava, então, voltando para Aurora. Sua viagem chegava ao fim. Na verdade, no que se referia à utilidade, a excursão essencialmente acabara havia meses. Mas ela permanecera em Hesperos para um descanso necessário, como teve de explicar em sua notificação oficial ao Instituto.

Agora, no entanto, Fastolfe estava morto e ela podia voltar. E, embora não pudesse reescrever todo o passado, podia reescrever parte dele. Giskard tinha de ser seu.

Ela estava determinada a consegui-lo.

49

Amadiro foi bastante ambivalente em sua reação ao retorno de Vasilia. Ela não voltara até ter se passado um mês da morte do velho Fastolfe (ele podia dizer o nome para si mesmo com muita facilidade, agora que ele estava morto). Aquilo inflara sua opinião quanto à sua própria compreensão das coisas. Afinal, ele dissera a Mandamus que o motivo da viagem dela fora permanecer longe de Aurora até o pai morrer.

Além disso, Vasilia era bem transparente. Ela não tinha aquela característica exasperadora de Mandamus, seu novo favorito, que sempre parecia ter escondido ainda outro pensamento que não fora expressado, não importava o quanto ele parecesse ter revelado todo o conteúdo de sua mente.

Por outro lado, ela era irritantemente difícil de controlar, a que era menos propensa a seguir em silêncio pelo caminho que ele indicara. Deixar que ela investigasse os Siderais dos outros mundos nos mínimos detalhes durante os anos que passara fora de Aurora também era deixar que ela interpretasse tudo isso em termos sombrios e enigmáticos.

Então ele a cumprimentou com um entusiasmo que ficava entre o falso e o sincero.

— Vasilia, estou tão feliz de que esteja de volta. O Instituto voa com uma asa só quando você não está.

Vasilia riu.

— Ora, Kelden — ela era a única que não hesitava nem se inibia ao usar seu primeiro nome, embora fosse duas décadas e meia mais nova que ele —, essa asa que sobrou é sua e desde quando você deixou de ter certeza absoluta de que ela seja suficiente?

— Desde que você decidiu estender sua ausência por anos. Acha que Aurora mudou muito nesse intervalo?

— Nem um pouco... o que talvez devesse ser motivo de preocupação para nós. Imutabilidade é decadência.

— Um paradoxo. Não existe decadência sem uma mudança para pior.

— Imutabilidade é uma mudança para pior, Kelden, se comparada com os Mundos dos Colonizadores que nos cercam. Eles mudam rapidamente, estendendo seu controle a um número maior de planetas e em cada planeta individual de forma mais absoluta. Eles aumentam sua força, seu poder e sua autoconfiança, enquanto nós ficamos aqui sonhando e vemos nosso poder imutável diminuindo de maneira gradual, se os colocarmos em comparação.

— Lindo, Vasilia! Acho que você memorizou isso cuidadosamente durante o seu voo para cá. Entretanto, houve uma mudança na situação política em Aurora.

— Quer dizer que meu pai biológico está morto.

Amadiro fez um gesto largo com os braços e baixou um pouco a cabeça.

— Exatamente. Ele foi, em grande parte, o responsável por nossa paralisia e ele se foi, então imagino que agora haverá mudanças, embora elas possam não ser necessariamente visíveis.

— Está guardando segredos de mim, não é?

— E eu faria uma coisa dessas?

— Sem dúvida. Esse seu sorriso falso sempre o trai.

— Então devo aprender com você a ser sério. Venha, recebi seu relatório. Diga-me o que não incluiu nele.

— Tudo foi incluído nele... quase. Todos os Mundos Siderais declaram com veemência que estão preocupados com a crescente arrogância dos colonizadores. Cada um está firmemente determinado a se opor aos colonizadores até o fim, seguindo o comando de Aurora com vigor e com uma galante bravura que desafia a morte.

— Seguir o nosso comando, sim. E se não liderarmos?

— Então vão esperar e tentar disfarçar o alívio por não comandarmos. Fora isso... bem, todos eles estão engajados com avanços tecnológicos e todos relutam em revelar o que exatamente estão fazendo. Todos trabalham de forma independente e não se unificaram sequer dentro de sua própria esfera global. Não existe nenhuma equipe de pesquisa em parte alguma dos Mundos Siderais que se assemelhe ao nosso Instituto de Robótica. Cada mundo possui pesquisadores individuais, e cada um deles resguarda com zelo seus próprios dados de todos os demais.

Amadiro foi quase complacente quando declarou:

— Eu não esperaria que tivessem avançado tanto quanto nós.

— É uma pena que não avançaram — replicou Vasilia com aspereza. — Com um amontoado desorganizado de indivíduos em todos os Mundos Siderais, o progresso é muito lento. Os Mundos dos Colonizadores se reúnem com regularidade em convenções, têm seus institutos... e, embora estejam muito atrasados em relação a nós, eles *vão* nos alcançar. Entretanto, consegui descobrir alguns dos avanços tecnológicos nos quais os Mundos Siderais estão trabalhando e eu os listei em meu relatório. Todos estão trabalhando no intensificador nuclear, por exemplo, mas não acredito que esse dispositivo tenha passado do nível de demonstração em laboratório em um só mundo. Ainda não se chegou a algo que seria prático de colocar a bordo de uma nave.

— Espero que esteja certa a esse respeito, Vasilia. O intensificador nuclear é uma arma que nossas frotas poderiam usar, pois aniquilaria os colonizadores de imediato. Entretanto, em linhas gerais, creio que seria melhor se Aurora a tivesse antes de nossos irmãos Siderais. Mas você disse que havia incluído tudo no relatório... quase tudo. Eu ouvi "quase". O que não incluiu, então?

— Solaria!

— Ah, o mais jovem e peculiar dos Mundos Siderais.

— Não consegui extrair quase nada deles de maneira direta. Eles me olharam com absoluta hostilidade, como teriam, creio, feito com qualquer não solariano, fosse Sideral ou colonizador. E, quando falo "olhar", quero dizer no sentido deles. Permaneci durante quase um ano no planeta, um tempo consideravelmente maior do que passei em qualquer outro mundo e, em todos aqueles meses, nunca encontrei um único solariano cara a cara. Em todo caso, eu o olhava, ou a olhava, por meio de um holograma via hiperonda. Nunca pude lidar com nada tangível, apenas com imagens. O planeta era confortável, inacreditavelmente luxuoso, na verdade; e, para um amante da natureza, totalmente intocado, mas como senti falta de ver!

— Bem, olhar é um costume solariano. Todos nós sabemos disso, Vasilia. Viva e deixe viver.

— *Hmpf* — retrucou Vasilia. — Você pode estar empregando mal sua tolerância. Seus robôs estão no modo de não repetição?

— Sim, estão. E eu lhe garanto que não há ninguém nos bisbilhotando.

— Espero que não, Kelden. Tenho a nítida impressão de que os solarianos estão mais perto de desenvolver um intensificador nuclear miniaturizado do que qualquer outro planeta... do que nós. Talvez estejam perto de construir um que seja portátil e tenha um poder de destruição pequeno o suficiente para tornar prático seu transporte em naves espaciais.

Amadiro franziu as sobrancelhas.

— Como conseguiram isso?

— Não sei dizer. Você não acha que eles me mostraram os projetos, acha? Minhas impressões são tão incipientes que não ousei colocá-las no relatório, mas a partir das coisinhas que ouvi aqui e observei ali, creio que estão fazendo progressos importantes. Isso é algo em que devemos pensar com cuidado.

— Nós pensaremos. Há alguma outra coisa que queira me contar?

— Sim, e também não está no relatório. Solaria tem trabalhado nos robôs humanoides por várias décadas e acho que alcançaram esse objetivo. Nenhum outro Mundo Sideral, fora o nosso caso, claro, nem ao menos se empenhou nesse sentido. Quando perguntei, em cada mundo, o que estavam fazendo com relação aos robôs humanoides, a reação foi a mesma. Eles consideram o próprio conceito desagradável e horripilante. Suspeito que todos perceberam nosso fracasso e o levaram a sério.

— Mas não Solaria? Por que não?

— Em primeiro lugar, eles sempre viveram na sociedade mais extremamente robotizada da Galáxia. Estão cercados por robôs: 10 mil por indivíduo. O planeta está saturado deles. Se alguém fosse perambular por Solaria a esmo, procurando por humanos, não os encontraria. Então, por que os poucos habitantes de um mundo assim deveriam se incomodar com a ideia de ter mais alguns robôs só porque são humaniformes? Além disso, aquele miserável pseudo-humano que Fastolfe projetou e construiu, e que ainda existe...

— Daneel — disse Amadiro.

— Sim, esse. Ele... essa *coisa* esteve em Solaria há vinte décadas e os solarianos o trataram como um ser humano. Eles nunca se recuperaram disso. Mesmo não tendo serventia para os humaniformes, foram humilhados por terem sido enganados. Foi, de todo modo, uma demonstração inesquecível de que Aurora estava bem à frente deles nessa faceta da robótica. Os solarianos têm um orgulho exagerado de serem os roboticistas mais avançados da Galáxia e, desde então, têm trabalhado nos humaniformes... pela simples razão de apagar tal desonra. Se fossem em maior número ou tivessem um instituto que pudesse coordenar seu trabalho, sem dúvida teriam produzido alguns há muito tempo. Da forma como as coisas estão, acho que eles têm esses robôs agora.

— Você não sabe ao certo, não é? Isso é só uma suspeita baseada em fragmentos de informação aqui e ali.

— É verdade, mas é uma suspeita bastante forte e merece uma investigação mais detalhada. E uma terceira questão. Eu poderia jurar que eles estavam trabalhando em comunicação telepática. Houve alguns equipamentos que incautamente me deixaram ver. E, uma vez, quando eu estava olhando um de seus roboticistas, a tela de hipervisão mostrou um quadro-negro com uma matriz de padrão positrônico que não se parecia com nada que me lembre de ter visto; no entanto, pareceu-me que aquele padrão se encaixava em um programa telepático.

— Suspeito, Vasilia, de que esse assunto está entrelaçado em uma teia ainda mais diáfana do que a parte sobre os robôs humaniformes.

Uma expressão de leve embaraço passou pelo rosto de Vasilia.

— Devo admitir que é provável que esteja certo nesse ponto.

— Na verdade, Vasilia, parece mera fantasia. Se a matriz de padrão que você viu não se parecia com nada que se lembre de ter visto antes, como poderia pensar que ela se encaixava em alguma coisa?

Vasilia hesitou.

— Para ser sincera, tenho pensado sobre isso. Contudo, quando vi o padrão, a palavra "telepatia" me veio à mente de imediato.

— Apesar de a telepatia ser impossível, mesmo em tese.

— *Acredita-se* que é impossível, mesmo em tese. Não é exatamente a mesma coisa.

— Ninguém jamais conseguiu fazer algum progresso nesse sentido.

— Sim, mas por que eu teria olhado para aquele padrão e pensado em "telepatia"?

— Ah, bem, Vasilia, pode haver alguma peculiaridade psicológica aí que é inútil tentar analisar. Eu esqueceria essa questão. Mais alguma coisa?

— Mais uma... e a mais intrigante de todas. Fiquei com a impressão, Kelden, com base em uma pequena indicação ou outra, de que os solarianos estão planejando abandonar o planeta.

— Por quê?

— Não sei. Sua população, que já é pequena, está diminuindo ainda mais. Talvez queiram um novo começo em outro local antes que morram de vez.

— Que tipo de recomeço? Para onde iriam?

Vasilia chacoalhou a cabeça.

— Eu lhe disse tudo o que sei.

— Bem, vou levar tudo isso em consideração — Amadiro falou devagar. — Quatro coisas: intensificador nuclear, robôs humanoides, robôs telepatas e abandono do planeta. Francamente, não tenho fé em nenhuma das quatro, mas vou persuadir o Conselho a autorizar diálogos com o regente solariano. E agora, Vasilia, acho que você precisa descansar, então por que não tirar algumas semanas de folga e se acostumar com o sol auroreano e o bom clima antes de voltar a trabalhar?

— É muita gentileza sua, Kelden — respondeu Vasilia, permanecendo firmemente sentada —, mas restam duas questões que devo levantar.

Involuntariamente, os olhos de Amadiro procuraram a faixa que marcava a hora.

— Isso não vai levar muito tempo, não é, Vasilia?

— Levará o tempo necessário, Kelden.

— O que você quer?

— Para começar, quem é este jovem sabichão que parece achar que está administrando o Instituto, esse... qual é o nome dele... esse tal de Mandamus?

— Você o conheceu então? — perguntou Amadiro, seu sorriso disfarçando certo desconforto. — Sabe, as coisas *mudam* em Aurora.

— Com certeza não para melhor, neste caso — retorquiu Vasilia em um tom sombrio. — Quem *é* ele?

— Ele é exatamente o que você descreveu... um sabichão. É um jovem brilhante, inteligente o bastante em robótica, mas igualmente versado em física geral, química, planetologia...

— E que idade tem esse monstro da erudição?

— Não chega a cinco décadas.

— E o que essa criança vai ser quando crescer?

— Sábio e brilhante, talvez.

— Não finja que não entendeu o que eu quis dizer, Kelden. Está pensando em treiná-lo para ser o próximo diretor do Instituto?

— Ainda pretendo continuar vivendo por muitas décadas.

— Isso não é resposta.

— É a única resposta que tenho.

Vasilia mudou de posição em seu assento, agitada, e seu robô, de pé atrás dela, olhou de um lado para o outro, como se estivesse se preparando para repelir um ataque... levado a esse tipo de comportamento, talvez, por conta do estado de inquietação de Vasilia.

— Kelden, eu devo ser a próxima a ocupar o cargo de diretora. Está resolvido. Você me falou isso — disse Vasilia.

— Eu falei, Vasilia, mas, na realidade, quando eu morrer, o Conselho Administrativo vai fazer uma escolha. Mesmo se eu deixar uma diretiva sobre quem será o próximo diretor, o Conselho pode revogar minha decisão. Isso está claro nos termos das normas que fundaram o Instituto.

— Apenas escreva a sua diretiva, Kelden, e eu cuidarei do Conselho Administrativo.

E Amadiro, franzindo as sobrancelhas, declarou:

— Isso é um assunto que não discutirei em maiores detalhes neste momento. Qual é a outra questão que você quer debater? Por favor, seja breve.

Ela o fitou com raiva, mas em silêncio por um instante, depois, parecendo pronunciar a palavra com agressividade, declarou:

— Giskard.

— O robô?

— Claro que é o robô. Você conhece algum outro Giskard ao qual eu pudesse me referir?

— Bem, o que tem ele?

— Ele é *meu*.

Amadiro pareceu surpreso.

— Ele é... ou era... propriedade legal de Fastolfe.

— Giskard era meu quando eu era criança.

— Fastolfe o emprestou para você e, por fim, acabou pegando-o de volta. Não houve transferência formal de propriedade, houve?

— Moralmente, ele era meu. Mas, em todo caso, Fastolfe não é mais seu dono. Ele está morto.

— Ele também fez um testamento. E, se me lembro bem, segundo esse testamento, os dois robôs, Giskard e Daneel, agora são da mulher solariana.

— Mas não quero que sejam. Sou a filha de Fastolfe...

— Ah, é?

Vasilia corou.

— Eu tenho direito à posse de Giskard. Por que uma estranha, uma estrangeira, deveria ficar com ele?

— Em primeiro lugar, porque Fastolfe dispôs as coisas dessa forma. E ela é uma cidadã auroreana.

— Quem disse? Para todos os auroreanos, ela é "a mulher solariana".

Amadiro bateu o punho no braço da cadeira em um súbito acesso de raiva.

— Vasilia, o que quer de mim? Não gosto da mulher solariana. Na verdade, tenho uma profunda aversão por ela e, se houvesse alguma maneira, eu... — ele olhou rapidamente para os robôs, como se não quisesse perturbá-los — a mandaria embora do planeta. Mas não posso anular o testamento. Mesmo que houvesse um modo legal de fazer isso, e não existe, não seria sensato anulá-lo. Fastolfe morreu.

— E esse é justamente o motivo pelo qual Giskard deveria ser meu agora.

Amadiro ignorou-a.

— E a coalizão que ele liderava está se desintegrando. Ela se manteve unida nas últimas décadas apenas em razão de seu carisma pessoal. O que eu gostaria de fazer neste exato momento é pegar os fragmentos dessa coalizão e acrescentá-los aos meus próprios seguidores. Dessa forma, posso formar um grupo que seria forte o bastante para dominar o Conselho e ganhar o controle das eleições que estão por vir.

— Com você se tornando o próximo presidente?

— Por que não? Aurora poderia ficar em pior situação, mas a eleição me daria uma chance de reverter nossa política datada, de natureza desastrosa, antes que seja tarde demais. O problema é que não tenho a popularidade pessoal de Fastolfe. Não tenho seu dom de transmitir santidade para encobrir a estupidez. Portanto, se parecer que eu triunfei de um modo injusto e mesquinho sobre um homem morto, isso não será bom para a minha imagem. Ninguém deve dizer que, tendo sido derrotado por Fastolfe enquanto ele estava vivo, anulei seu testamento por um despeito banal depois de sua morte. Não vou permitir que uma coisa ridícula dessas fique no caminho das grandes decisões de vida e morte que

Aurora deve tomar. Você me entende? Você vai ter de se virar sem Giskard!

Vasilia levantou-se, postura ereta, estreitando os olhos.

— É o que veremos.

— Isso já está decidido. Esta reunião está terminada e, se tiver alguma ambição de se tornar diretora do Instituto, em nenhum momento quero vê-la me ameaçando em alguma esfera. Então, se vai fazer uma ameaça neste exato momento, de qualquer tipo que seja, eu a aconselho a reconsiderar.

— Eu não faço ameaças — retrucou Vasilia, cada milímetro de sua linguagem corporal contradizendo suas palavras... virou e saiu, com um aceno desnecessário para que o seu robô a seguisse.

50

A emergência, ou melhor, a série de emergências, começou alguns meses depois, quando Maloon Cicis entrou no escritório do diretor para a habitual reunião matutina.

Como era de costume, Amadiro esperava ansiosamente por ela. Cicis era sempre um interlúdio relaxante no decorrer de um dia ocupado. Ele era o único membro sênior do Instituto que não tinha ambições e que não estava contando os dias para a morte ou a aposentadoria de Amadiro. Sentia-se feliz em servir e ficava encantado por ser da confiança de Amadiro.

Por esse motivo, Amadiro se sentira perturbado, nos últimos doze meses, mais ou menos, com o ar de decadência, a ligeira concavidade do peito, o vestígio de rigidez no andar de seu subordinado perfeito. Será que Cicis estaria envelhecendo? Ele devia ser apenas algumas décadas mais velho do que Amadiro.

Ocorreu a Amadiro, com grande desagrado, que, talvez junto com o declínio gradual de tantas facetas da vida Sideral, a expectativa de vida estivesse caindo. Ele tinha a intenção de verificar as estatísticas, mas vivia se esquecendo de fazê-lo... ou, de modo inconsciente, receava fazê-lo.

No entanto, nessa ocasião, a aparência de idade avançada em Cicis estava submersa em uma emoção violenta. Seu rosto estava vermelho (evidenciando o grisalho em seus cabelos cor de bronze) e ele parecia estar quase explodindo de perplexidade.

Amadiro não teve de perguntar quais eram as notícias. Cicis as forneceu como se fosse algo que não pudesse conter.

Quando a explosão terminou, Amadiro perguntou, estupefato:

— Todas as emissões em ondas de rádio cessaram? Todas?

— *Todas*, chefe. Todos eles devem ter morrido... ou partido. Nenhum planeta habitado pode deixar de emitir *alguma* radiação eletromagnética ao nosso nível de...

Amadiro fez um sinal para que se calasse. Uma das questões apontadas por Vasilia, a quarta, de acordo com o que ele se lembrava, fora a de que os solarianos estariam se preparando para deixar o planeta. Fora uma sugestão absurda; todas as quatro haviam sido mais ou menos absurdas. Ele dissera que pensaria a respeito e, claro, não pensara. Agora, ao que parecia, isso se provou um erro.

O que fizera a ideia parecer absurda quando Vasilia a apresentara ainda fazia com que continuasse absurda. Naquele instante Amadiro repetiu a pergunta que fizera antes, apesar de não esperar uma resposta. (Que resposta poderia haver?)

— Para que lugar do espaço eles poderiam ir, Maloon?

— Não se sabe nada sobre isso, chefe.

— Bem, e *quando* eles partiram?

— Também não se sabe nada a esse respeito. Recebemos a notícia hoje de manhã. O problema é que a intensidade da radiação é muito baixa em Solaria de qualquer maneira. O planeta é escassamente povoado e seus robôs são bem blindados. A intensidade é de uma ordem de magnitude menor do que a de qualquer outro Mundo Sideral; duas ordens mais baixa do que a nossa.

— Então um dia alguém percebeu que o que era muito baixo havia, na verdade, diminuído para zero, mas ninguém percebeu enquanto estava em queda. *Quem* notou a diminuição?

— Uma nave nexoniana, chefe.

— Como?

— A nave foi forçada a entrar em órbita ao redor do sol de Solaria a fim de realizar reparos de emergência. Eles entraram em contato por hiperonda, pedindo permissão, mas não receberam resposta. Não tiveram escolha a não ser desconsiderar isso, continuar em órbita e fazer os reparos. Ninguém os perturbou de forma alguma durante todo aquele tempo. Só depois de terem partido, ao checar seus registros, descobriram que não apenas haviam ficado sem resposta, mas também não haviam recebido nenhum sinal de radiação de qualquer ordem. É impossível saber exatamente quando a radiação cessou. O último registro de qualquer mensagem recebida de Solaria ocorreu mais de dois meses atrás.

— E as outras três questões que ela levantou? — murmurou Amadiro.

— O quê, chefe?

— Nada, nada — respondeu Amadiro, mas franziu a testa e perdeu-se em seus pensamentos.

13   O ROBÔ TELEPATA

51

Mandamus não sabia dos acontecimentos em Solaria quando retornou de uma terceira e prolongada viagem à Terra.

Em sua primeira viagem, seis anos antes, Amadiro conseguira, com certa dificuldade, enviá-lo como emissário legal de Aurora para discutir uma questão insignificante sobre uma invasão do território Sideral por parte de embarcações de mercadores. Ele suportara o tédio dos cerimoniais e da burocracia e, em pouco tempo, ficou claro que, como emissário, sua mobilidade seria limitada. Isso não importava, pois ele descobrira o que pretendia com sua ida.

Voltara com as novidades.

– Duvido, dr. Amadiro, que haverá quaisquer problemas. Não existe uma maneira, em absoluto, pela qual as autoridades da Terra possam controlar nem a entrada nem a saída. Todos os anos, muitos milhões de colonizadores visitam a Terra vindo de dezenas de mundos e todos os anos esses mesmos visitantes partem para voltar às suas casas. Cada colonizador parece sentir que a vida não está completa a menos que ele ou ela respire periodicamente o ar da Terra e ande por suas câmaras subterrâneas repletas de gente. É uma busca por raízes, imagino. Eles não parecem sentir o absoluto pesadelo que é a existência na Terra.

— Eu sei disso, Mandamus — retrucou Amadiro em um tom cansado.

— Apenas *em termos intelectuais*, senhor. O senhor não pode compreender essa sensação de fato até vivenciá-la. Tendo passado por essa experiência, descobrirá que nenhum "conhecimento" seu irá prepará-lo minimamente para a realidade. Por que alguém ia querer voltar, depois de ter partido de lá?

— Nossos ancestrais com certeza não queriam voltar, após ter deixado a Terra.

— Não — concordou Mandamus —, mas o voo interestelar não era tão avançado no passado quanto é agora. Naquela época, costumava demorar meses e o Salto hiperespacial era algo complicado. Agora só leva alguns dias e os Saltos são rotineiros e nunca falham. *Se* fosse tão fácil retornar à Terra no tempo dos nossos ancestrais quanto é hoje, eu me pergunto se eles teriam rompido os laços do modo como fizeram.

— Não vamos filosofar, Mandamus. Vá direto ao ponto.

— Certamente. Além das idas e vindas de multidões infinitas de colonizadores, a cada ano milhões de terráqueos vão como imigrantes a um ou outro dos Mundos dos Colonizadores. Alguns voltam quase que de imediato, por não serem capazes de se adaptar. Outros estabelecem novos lares, mas retornam com bastante frequência para visitas. É impossível acompanhar as saídas e entradas e a Terra nem se esforça. A tentativa de instituir métodos sistemáticos para identificar e rastrear os recém-chegados poderia estancar o fluxo e a Terra sabe muito bem que cada visitante traz dinheiro consigo. O turismo, se quisermos chamá-lo assim, é a indústria mais lucrativa do planeta nos dias de hoje.

— Está dizendo, suponho, que podemos fazer os robôs humanoides entrarem na Terra sem dificuldades.

— Sem dificuldade alguma. Não tenho dúvidas quanto a isso. Agora que nós os programamos de forma apropriada, podemos mandá-los à Terra em meia dúzia de grupos com documentos falsificados. Não podemos fazer nada em relação ao respeito robótico e ao deslumbramento que apresentam em relação aos seres humanos, mas é possível que isso não revele sua natureza. Serão interpretados como o respeito e o deslumbramento habituais pelo planeta ancestral. Mas, além disso, acho que não temos de deixá-los em um dos aeroportos das Cidades. Os vastos espaços entre elas são quase desocupados, exceto pelos primitivos robôs trabalhadores, e as naves que chegassem passariam despercebidas... ou pelo menos ignoradas.

— Arriscado demais, eu acho — comentou Amadiro.

51a

Dois grupos de robôs humanoides foram enviados à Terra e se misturaram com os habitantes terráqueos da Cidade antes de encontrar um caminho para o exterior, até as áreas descampadas entre um aglomerado de pessoas e outro, e se comunicaram com Aurora por meio de hiperfeixe protegido.

Mandamus declarou (ele havia pensado muito sobre isso e hesitado por muito tempo):

— Terei de ir de novo, senhor. Não posso garantir que eles encontraram o lugar certo.

— Tem certeza de que *você* sabe qual é o lugar certo, Mandamus? — perguntou Amadiro em um tom irônico.

— Eu perscrutei a história antiga da Terra de forma minuciosa, senhor. Sei que posso encontrá-lo.

— Não acho que eu seja capaz de persuadir o Conselho a enviar uma nave de guerra com você.

— Não, eu não ia querer isso. Seria mais do que inútil. Quero uma embarcação para uma pessoa, com energia suficiente para uma viagem de ida e volta.

E, desse modo, Mandamus fez sua segunda visita à Terra, pousando nos arredores de uma das Cidades menores. Com um misto de alívio e satisfação, ele encontrou vários dos robôs no lugar certo e permaneceu com eles para inspecionar seu trabalho, dar algumas ordens e fazer alguns leves ajustes em sua programação.

E depois, sob o olhar desinteressado de uns poucos robôs agricultores primitivos produzidos na Terra, Mandamus se dirigiu para a Cidade próxima.

Era um risco calculado e Mandamus, que não era nenhum herói destemido, podia sentir seu coração batendo de forma desconfortável em seu peito. Mas correu tudo bem. O guarda do portão demonstrou um pouco de surpresa quando um ser humano se apresentou naquela entrada, mostrando todos os sinais de ter passado um tempo considerável a céu aberto.

Entretanto, Mandamus tinha documentos que o identificavam como colonizador, e o guarda deu de ombros. Os colonizadores não se importavam com espaços abertos e não era raro que eles fizessem pequenas excursões pelos campos e bosques que cercavam as inexpressivas camadas superiores de uma Cidade que sobressaíam acima do solo.

O guarda fez apenas uma avaliação superficial dos documentos dele e mais ninguém os pediu. O sotaque de fora da Terra de Mandamus (o menos auroreano que ele conseguiu torná-lo) foi aceito sem comentários e, até onde ele podia dizer, ninguém se perguntou se ele não seria um Sideral. Mas por que o fariam? Os dias em que os Siderais tinham um posto avançado permanente haviam acabado dois séculos antes e os emissários oficiais dos Mundos Siderais eram poucos e, ultimamente, diminuíam cada vez mais. Os terráqueos provincianos talvez nem se lembrassem de que os Siderais existiam.

Mandamus estava um pouco preocupado com que as luvas finas e transparentes que sempre usava fossem notadas ou que seus filtros nasais gerassem comentários, mas nada disso aconteceu. Não colocaram nenhuma restrição contra seus passeios pela Cidade ou suas idas a outras Cidades. Ele tinha dinheiro suficiente para se locomover e o dinheiro falava alto na Terra (e, para falar a verdade, até nos Mundos Siderais).

Acostumou-se a não ser acompanhado por qualquer servo robótico e, quando encontrou alguns dos robôs humanoides de Aurora naquela ou em outras Cidades, teve de explicar-lhes com bastante firmeza que *eles* não deveriam segui-lo de perto. Mandamus ouviu os relatórios, deu-lhes quaisquer instruções que parecessem necessárias e providenciou mais remessas de robôs fora da Cidade. Por fim, ele retornou à sua nave e partiu.

Não foi questionado na saída, da mesma forma que não fora na chegada.

— Na realidade — disse ele a Amadiro, pensativo —, esses terráqueos não são bárbaros de fato.

— Ah, não são?

— Em seu mundo, eles se comportam de forma bastante humana. Na verdade, existe algo cativante em sua cordialidade.

— Está começando a se arrepender da tarefa na qual está envolvido?

— Tenho uma sensação horrível quando ando entre eles pensando que não sabem o que vai acontecer-lhes. Não posso me forçar a *gostar* do que estou fazendo.

— Claro que pode, Mandamus. Pense que, uma vez que a tarefa esteja concluída, você terá certeza de um cargo de diretor do Instituto em pouquíssimo tempo. Isso adoçará seu dever.

E Amadiro reforçou sua vigilância sobre Mandamus a partir daquele momento.

51b

Na terceira viagem de Mandamus, grande parte de seu desconforto inicial havia passado e ele pôde se comportar quase como se fosse um terráqueo. O projeto avançava com lentidão, mas seguia bem na metade da linha de progresso projetada.

Não tivera nenhum problema de saúde em suas primeiras visitas, mas na terceira, sem dúvida em função do excesso de confiança, ele deve ter se exposto a uma coisa ou outra. Pelo menos, durante um tempo, uma coriza alarmante pingava de seu nariz, acompanhada de tosse.

Uma visita a um dos dispensários da Cidade resultou em uma injeção de gamaglobulina que aliviou o problema de imediato, mas achou o dispensário mais assustador do que a própria doença. Todos ali, ele sabia, provavelmente estavam com alguma enfermidade contagiosa ou em contato próximo com aqueles que estavam.

Mas agora, enfim, ele havia voltado para o sossego de Aurora e estava incrivelmente agradecido por isso. Estava ouvindo o relato de Amadiro sobre a crise de Solaria.

— Você não ouviu falar nada sobre esse assunto? — perguntou Amadiro.

Mandamus chacoalhou a cabeça.

— Nada, senhor. A Terra é um mundo incrivelmente provinciano. Oitocentas Cidades com um total de 8 bilhões de pessoas... todas interessadas em nada além das oitocentas Cidades com seus 8 bilhões de pessoas. Daria para pensar que os colonizadores existem só para visitar a Terra e que os Siderais não existem. Na verdade, as reportagens em qualquer das Cidades tratam daquela própria Cidade em torno de 90% do tempo. A Terra é um mundo fechado, que tem um desejo doentio de se enclausurar, tanto no âmbito mental como no físico.

— E, no entanto, você diz que eles não são bárbaros.

— A claustrofilia não é necessariamente algo bárbaro. Em seus próprios termos, eles são civilizados.

— Em seus próprios termos! Mas deixe para lá. O problema no momento é Solaria. Nenhum dos Mundos Siderais vai sair do lugar. O princípio de não interferência é supremo e eles insistem em que os problemas internos de Solaria são exclusivamente de Solaria. Nosso próprio presidente é tão inerte quanto qualquer outro, apesar de Fastolfe ter morrido e sua mão paralítica não estar mais sobre todos nós. Não posso fazer nada sozinho... até chegar o dia em que *eu* me tornar o presidente.

— Como podem supor que Solaria tenha problemas internos nos quais não podemos interferir quando os próprios solarianos se foram? — indagou Mandamus.

— Como é possível você entender a insensatez de tudo isso em um breve instante e eles não? — perguntou Amadiro em um tom irônico. — Eles dizem que não há prova concreta de que todos os solarianos tenham partido e, enquanto houver a chance de eles, ou alguns deles, estarem no planeta, nenhum Mundo Sideral tem o direito de se intrometer sem ser convidado.

— Como eles explicam a ausência de radiação?

— Dizem que os solarianos podem ter se mudado para o subsolo ou que podem ter desenvolvido um avanço tecnológico de algum tipo que evita o vazamento de radiação. Também dizem que ninguém viu os solarianos saírem e que eles não teriam qualquer lugar aonde ir. Claro que ninguém os viu sair, porque ninguém estava observando.

— Como argumentam que os solarianos não teriam aonde ir? Há muitos planetas vazios — contrapôs Mandamus.

— O argumento é o de que os solarianos não conseguem viver sem suas incríveis multidões de robôs e não podem levar esses robôs consigo. Se viessem para cá, por exemplo, quantos robôs acha que poderíamos conceder-lhes, se é que poderíamos fazer isso?

— E qual é o seu argumento contra essa ideia?

— Ainda não tenho nenhum. No entanto, tenham eles partido ou não, a situação é estranha e misteriosa e é inacreditável que ninguém saia do lugar para investigá-la. Eu alertei a todos, de maneira tão vigorosa quanto pude, de que a inércia e a apatia serão o nosso fim, de que, assim que os colonizadores ficarem sabendo que Solaria está (ou que poderia estar) vazia, *eles* não hesitariam em investigar a questão. Aquele enxame de insetos tem uma curiosidade irracional da qual gostaria que nós tivéssemos um quinhão. Eles arriscarão a vida sem pensar duas vezes se algum lucro os atrair.

— Que lucro haveria nesse caso, dr. Amadiro?

— Se os solarianos se foram, forçosamente deixaram quase todos os seus robôs para trás. Eles são, ou eram, roboticistas particularmente engenhosos e os colonizadores, apesar de todo o seu ódio pelos robôs, não hesitariam em se apropriar deles e despachá-los para nós por uma boa quantia de créditos siderais. Na verdade, eles anunciaram que farão isso. Duas naves colonizadoras já aterrissaram em Solaria. Nós enviamos nosso protesto contra essa atitude, mas é certo que eles irão desconsiderar tal queixa e, seguramente, nós não faremos nada mais. Ao contrário. Alguns dos Mundos Siderais estão enviando perguntas discretas sobre a natureza dos robôs que poderiam ser adquiridos e o seu preço.

— Talvez seja melhor assim — comentou Mandamus em voz baixa.

— Talvez seja melhor que estejamos nos comportando do exato modo como os propagandistas colonizadores dizem que nos comportaremos? Que estejamos agindo como se estivéssemos entrando em declínio e tornando-nos moleirões e decadentes?

— Por que repetir o chavão utilizado por eles, senhor? O fato é que somos quietos e civilizados, e ainda não colocaram o dedo em nossa ferida. Se tivessem feito isso, contra-atacaríamos com bastante força e estou certo de que os aniquilaríamos. Nossa tecnologia ainda supera e muito a deles.

— Mas o dano a nós mesmos não será exatamente agradável.

— O que significa que não devemos estar demasiado propensos a entrar em guerra. Se Solaria estiver abandonada e os colonizadores quiserem saqueá-la, talvez devêssemos deixá-los seguir adiante. Afinal, minhas previsões são de que estaremos prontos para fazer a nossa jogada dentro de alguns meses.

O rosto de Amadiro assumiu uma expressão ávida e feroz.

— Meses?

— Tenho certeza disso. Então, a primeira coisa que devemos fazer é evitar provocações. Arruinaremos tudo se caminharmos em direção a um conflito do qual não precisamos participar e, mesmo que vençamos, seria um conflito pelo qual não temos de passar. Afinal de contas, em pouco tempo, vamos ter uma vitória total sem lutar e sem sofrer danos. Pobre Terra!

— Se vai sentir pena deles, talvez não vá lhes fazer nada — sugeriu Amadiro com falsa brandura.

— Pelo contrário — retrucou Mandamus com frieza. — É precisamente porque tenho pleno afinco em fazer-lhes algo, e sei que será feito, que sinto pena deles. O senhor será presidente!

— E você será o diretor do Instituto.

— Um cargo pequeno em comparação ao seu.

— E depois que eu morrer? — indagou Amadiro com um meio resmungo.

— Não olho para um horizonte tão distante.

— Estou... — começou Amadiro, mas foi interrompido pelo toque constante do dispositivo de mensagem. Sem olhar e de forma bastante automática, Amadiro colocou a mão no compartimento de saída. Ele olhou para a fina tira de papel que saiu de lá e um lento sorriso se formou em seus lábios.

— As duas naves colonizadoras que aterrissaram em Solaria... — disse ele.

— Sim, senhor? — perguntou Mandamus, franzindo a testa.

— Destruídas! Ambas destruídas!

— Como?

— Em uma explosão fulgurante de radiação, detectada com facilidade a partir do espaço. Entende o que isso significa? No final das contas, os solarianos não partiram e o mais fraco dos nossos mundos consegue lidar com as naves colonizadoras sem dificuldades. É uma derrota para os colonizadores e não é algo de que eles vão se esquecer. Tome, Mandamus, leia você mesmo.

Mandamus pôs o papel de lado.

— Mas isso não necessariamente significa que os solarianos ainda estão no planeta. Eles podem apenas ter colocado, de algum modo, armadilhas nele.

— Qual é a diferença? Ataque pessoal ou armadilha, a nave foi destruída.

— Desta vez, eles foram pegos de surpresa. E da próxima vez, quando estiverem preparados? E se considerarem tal acontecimento como um ataque Sideral deliberado?

— Responderemos que os solarianos só estavam se defendendo contra uma invasão deliberada dos colonizadores.

— Mas, senhor, está sugerindo uma batalha verbal? E se os colonizadores não se derem ao trabalho de conversar, e sim considerarem a destruição de suas naves um ato de guerra e retaliarem de pronto?

— Por que deveriam?

— Porque são tão insanos quanto nós podemos ser uma vez que tenhamos nosso orgulho ferido; mais insanos ainda, já que têm mais antecedentes de violência.

— Eles serão derrotados.

— O senhor mesmo admitiu que vão nos causar danos inaceitáveis, mesmo se forem derrotados.

— O que quer que eu faça? Aurora não destruiu aquelas naves.

— Convença o presidente a deixar bem claro que Aurora não teve nada a ver com aquilo, que nenhum dos Mundos Siderais teve nada a ver com aquilo, que a culpa daquela atitude é apenas de Solaria.

— E abandonar Solaria? Isso seria um ato de covardia.

Mandamus teve um rompante de entusiasmo.

– Dr. Amadiro, o senhor nunca ouviu falar de algo chamado retirada estratégica? Convença os Mundos Siderais a recuar com base em algum pretexto plausível. É só uma questão de meses até o nosso plano na Terra se concretizar. Pode ser difícil para todos os outros Siderais recuarem e se desculparem, pois não sabem o que está por vir... mas nós sabemos. Na verdade, o senhor e eu, com nosso conhecimento especial, podemos considerar esse acontecimento um presente daqueles que costumavam ser chamados de deuses. Deixe os colonizadores se preocuparem com Solaria enquanto sua destruição está sendo preparada, sem ser observada por eles, na Terra. Ou o senhor prefere que sejamos arruinados à beira da vitória final?

Amadiro percebeu que se retraía diante do olhar penetrante e direto do outro.

52

Amadiro nunca passara por um momento tão difícil quanto o período que se seguiu à destruição das naves colonizadoras. Felizmente, o presidente pôde ser persuadido a seguir uma política do que Amadiro denominou "capitulação magistral". A expressão despertou o interesse do presidente, apesar de ser um oxímoro. Além do mais, o presidente era bom em capitulações magistrais.

Foi mais difícil lidar com o resto do Conselho. O exasperado Amadiro descreveu à exaustão os horrores da guerra e a necessidade de escolher a hora apropriada, e não a imprópria, para atacar, caso uma guerra fosse necessária. Ele inventou plausibilidades originais sobre por que aquele ainda não era o momento e usou-as em discussões com os líderes dos outros Mundos Siderais. A hegemonia natural de Aurora teve de ser exercida ao máximo para fazê-los recuarem.

Mas quando o capitão D.G. Baley chegou com sua nave e sua exigência, Amadiro sentiu que não poderia fazer mais do que já havia feito. Era demais.

— É completamente impossível — declarou Amadiro. — Teremos de permitir que ele aterrisse em Aurora com sua barba, suas roupas ridículas e seu sotaque incompreensível? Esperam que eu peça ao Conselho para concordar em entregar-lhe uma mulher Sideral? Seria um ato absolutamente sem precedentes na nossa história. Uma mulher Sideral!

— O senhor sempre se referiu a essa mulher em particular como "a mulher solariana" — comentou Mandamus secamente.

— Ela é "a mulher solariana" para nós, mas será considerada uma mulher Sideral a partir do momento em que um colonizador estiver envolvido. Se aterrissarem em Solaria, como ele sugere, sua nave poderá ser destruída como as outras foram, junto com ele e a mulher. Então posso ser acusado por meus inimigos, com alguma justificativa, de assassinato... e minha carreira política não sobreviveria a isso.

— Pense, por outro lado, que trabalhamos quase sete anos a fim de providenciar a destruição final da Terra e que estamos agora a apenas alguns meses de completar o projeto — lembrou Mandamus. — Será que devemos correr o risco de uma guerra agora e, de um só golpe, arruinar tudo o que fizemos quando estamos tão perto da vitória final?

Amadiro chacoalhou a cabeça.

— Não tenho escolha nessa questão, meu amigo. O Conselho não me seguiria se eu tentasse convencê-los a entregar a mulher para um colonizador. E o simples fato de eu ter feito tal sugestão será usado contra mim. Minha carreira política ficará abalada e podemos, afinal, ter uma guerra. Além disso, a ideia de uma mulher Sideral morrer a serviço de um colonizador é insuportável.

— Pode-se pensar que o senhor gosta da mulher solariana.

— Você sabe que não gosto. Desejo, com todo o meu coração, que ela tivesse morrido vinte décadas atrás, mas não desse jeito, não em uma nave colonizadora. Mas devo me lembrar de que ela é sua ancestral em quinto grau.

Mandamus ficou um pouco mais sisudo que de costume.

— Que importância isso tem para mim? Sou um indivíduo Sideral, cônscio de mim mesmo e de minha sociedade. Não sou um adorador de ancestrais, membro de um conglomerado tribal.

Por um instante, Mandamus se calou e seu rosto assumiu um ar de intensa concentração.

— Dr. Amadiro, o senhor não poderia explicar ao Conselho que essa minha ancestral seria levada não como uma refém Sideral, e sim apenas porque seu conhecimento singular sobre Solaria, onde ela passou a infância e a juventude, pode torná-la parte essencial da exploração e que isso pode até ser tão útil para nós quanto para os colonizadores? — perguntou ele. — Afinal de contas, em verdade, não seria desejável que nós soubéssemos o que aqueles solarianos miseráveis estão tramando? Presumivelmente, a mulher voltará com um relatório sobre os acontecimentos, se sobreviver.

Amadiro espichou o lábio inferior.

— Isso poderia funcionar se a mulher embarcasse voluntariamente, se ela deixasse claro que entendia a importância do trabalho e que deseja cumprir seu dever patriótico. Porém, colocá-la a bordo da nave à força seria impensável.

— Pois bem, e se eu fosse ver essa minha ancestral e tentasse persuadi-la a entrar na nave de bom grado; e se o senhor também falasse com esse capitão colonizador por hiperonda e lhe dissesse que pode aterrissar em Aurora e levar a mulher *caso* consiga convencê-la a segui-lo por vontade própria... ou, pelo menos, *diga* que ela irá com ele de forma voluntária, quer ela vá ou não.

— Acho que não perdemos nada fazendo esse esforço, mas não vejo como isso pode dar certo.

No entanto, para surpresa de Amadiro, deu certo. Ele ouvira, atônito, quando Mandamus contou-lhe os detalhes.

— Levantei a questão dos robôs humanoides — comentou Mandamus — e ficou claro que ela não sabia nada sobre eles, fato a partir do qual deduzi que Fastolfe não sabia nada a respeito deles. Essa era uma das coisas que estavam me incomodando. Depois, falei bastante sobre minha ascendência de modo a forçá-la a falar daquele terráqueo Elijah Baley.

— O que tem ele? — perguntou Amadiro com dureza.

— Nada, a não ser que ela falou sobre ele e se lembrou. Esse colonizador que a quer é descendente de Baley e pensei que isso poderia influenciá-la a considerar o pedido dos colonizadores de maneira mais favorável do que poderia ter feito em outras circunstâncias.

Em todo caso, a estratégia funcionara e, durante alguns dias, Amadiro sentiu alívio com relação à pressão mais contínua que o importunara desde o início da crise solariana.

Mas só por alguns poucos dias.

53

Um ponto que funcionou a favor de Amadiro durante a crise solariana foi que ele não havia visto Vasilia, até então.

Com certeza não teria sido um momento apropriado para vê-la. Ele não queria ser incomodado por sua preocupação insignificante com um robô que ela alegava lhe pertencer, desconsiderando totalmente os aspectos legais da situação, em uma época em que uma crise de verdade ocupava todos os nervos e pensamentos dele. Tampouco queria se expor ao tipo de discussão que poderia surgir com facilidade entre ela e Mandamus quanto à questão de qual dos dois presidiria o Instituto de Robótica no futuro.

De qualquer forma, ele decidira que Mandamus deveria ser seu sucessor. No decorrer da crise solariana, o jovem mantivera os olhos fixos no que era importante. Mesmo quando o próprio

Amadiro ficara abalado, Mandamus permanecera friamente calmo. Foi Mandamus quem achou concebível que a mulher solariana pudesse acompanhar o capitão colonizador de bom grado e foi ele quem a manipulara.

E, se seu plano para a destruição da Terra funcionasse como deveria (como precisava), então Amadiro poderia, no final das contas, ver Mandamus sucedendo-o como presidente do Conselho. Seria até justo, pensou Amadiro, em um raro acesso de altruísmo.

Em consequência, naquela noite em particular, ele não despendeu nem um pensamento para Vasilia. Saiu do Instituto com um pequeno pelotão de robôs que garantiram sua segurança até chegar ao veículo terrestre. Esse carro, dirigido por um robô e com mais dois no banco de trás com ele, passou tranquilamente por uma chuva gelada e iluminada pelo crepúsculo e levou-o à sua propriedade, onde dois outros robôs o conduziram para dentro. E, durante todo esse tempo, ele não pensou em Vasilia.

Portanto, encontrá-la sentada em sua sala de estar em frente ao aparelho de hiperonda, assistindo a um intrincado balé robótico, com vários dos robôs de Amadiro em seus nichos e dois dos próprios robôs dela atrás da poltrona que ocupava, tomou-o em princípio não com raiva em razão de sua privacidade violada, mas com um sentimento de pura surpresa.

Demorou algum tempo para ele controlar sua respiração de maneira satisfatória para falar e, a essa altura, surgiu sua raiva, em um tom severo:

— O que está fazendo aqui? Como entrou?

Vasilia estava bastante calma. Afinal, era de se esperar que Amadiro logo aparecesse.

— O que estou fazendo aqui — respondeu ela — é esperar para vê-lo. Entrar não foi difícil. Seus robôs conhecem a minha aparência muito bem e sabem do meu status no Instituto. Por que eles não deveriam permitir que eu entrasse se eu lhes assegurei que tenho um horário marcado com você?

— Mas não tem. Você violou minha privacidade.

— Na verdade, não. Existe um limite quanto ao grau de confiança que se consegue extrair dos robôs de outra pessoa. Olhe para eles. Não tiraram os olhos de mim nem uma vez. Se eu quisesse mexer nos seus pertences, vasculhar os seus papéis, tirar vantagem da sua ausência de qualquer maneira, asseguro-lhe de que não teria conseguido. Meus dois robôs não são páreo para eles.

— Você sabe que agiu de forma completamente não Sideral? — indagou ele. — Você é desprezível e eu não vou esquecer isso.

Vasilia pareceu empalidecer um pouco ao ouvir os adjetivos.

— Espero que não esqueça, Kelden, pois fiz o que fiz por *você*... — disse ela em voz baixa e firme. — E se reagisse da forma como deveria à sua boca suja, sairia agora e deixaria você continuar sendo, pelo resto de sua vida, o homem derrotado que tem sido pelas últimas vinte décadas.

— Não continuarei sendo um homem derrotado, não importa o que você faça.

— Você parece acreditar nisso, mas não sabe o que eu sei, entende? — contrapôs Vasilia. — Devo lhe dizer que, sem a minha intervenção, continuará a ser derrotado. Não me importo com o esquema que você tem em mente. Não me importo com o que aquele sujeito de lábios finos e cara deformada, aquele Mandamus, maquinou para você...

— Por que você o mencionou? — perguntou Amadiro sem demora.

— Porque eu quis — replicou Vasilia com um toque de desdém. — Seja lá o que ele tenha feito ou pense estar fazendo, e, não se assuste, pois não faço ideia do que poderia ser, não vai funcionar. Posso não saber mais nada sobre isso, mas tenho certeza de que não vai funcionar.

— Você está falando asneiras — disse Amadiro.

— É melhor você ouvir essas asneiras, Kelden, se não quiser que tudo seja arruinado. Não só você, mas possivelmente os

Mundos Siderais, sem exceção. No entanto, pode ser que não queira me ouvir. A escolha é sua. Então, como vai ser?

— Por que eu deveria ouvi-la? Que motivo poderia existir para eu ouvi-la?

— Para começar, eu lhe disse que os solarianos estavam se preparando para deixar seu planeta. Se tivesse me ouvido naquele momento, não teria sido pego tão desprevenido quando eles partiram.

— A crise solariana ainda irá se virar a nosso favor.

— Não vai, não — retrucou Vasilia. — Você pode achar que sim, mas não vai. Ela o destruirá, não importa o que esteja fazendo para responder a essa emergência, a menos que esteja disposto a me deixar falar.

Os lábios de Amadiro estavam pálidos e tremiam um pouco. Os dois séculos de derrota que Vasilia havia mencionado tiveram um efeito duradouro sobre ele e a crise solariana não havia ajudado, de modo que lhe faltava a força interior para ordenar a seus robôs que a acompanhassem até a saída, como deveria ter feito.

— Pois bem, então seja breve — disse ele, carrancudo.

— Você não acreditaria no que tenho a dizer se eu assim o fizesse, então deixe-me fazer isso do meu jeito. Você pode me interromper a qualquer instante, mas nesse caso destruirá os Mundos Siderais. Claro que eles sobreviverão durante o meu tempo de vida e não serei eu quem afundará na história (na história dos *colonizadores*, a propósito) como o maior fracasso já registrado. Devo prosseguir?

Amadiro sentou-se em uma poltrona.

— Prossiga e, quando tiver terminado, saia.

— É o que pretendo fazer, Kelden, a menos, claro, que me peça, de forma *muito* educada, para ficar e ajudá-lo. Devo começar?

Amadiro não disse nada e Vasilia começou.

— Eu tinha lhe contado que, durante minha estadia em Solaria, tomei conhecimento de alguns padrões de vias positrônicas muito peculiares que eles haviam projetado, vias que chamaram minha atenção de maneira muito insistente como algo que representava tentativas de produzir robôs telepatas. Bem, por que eu deveria ter pensado nisso?

— Não sei dizer que ímpetos patológicos podem impulsionar o seu pensamento — comentou Amadiro com azedume.

Vasilia deixou esse comentário de lado com uma careta.

— Obrigada, Kelden. Passei meses considerando essa questão, já que fui perspicaz o bastante para pensar que ela, na verdade, não implicava uma patologia, mas sim uma lembrança subliminar. Minha mente voltou à minha infância, quando Fastolfe, que eu considerava ser meu pai na época, em um de seus arroubos de generosidade, entende, me deu um robô.

— Giskard outra vez? — murmurou Amadiro com impaciência.

— Sim, Giskard. Sempre Giskard. Eu estava na adolescência e já tinha o instinto de uma roboticista ou, devo dizer, nasci com o instinto. Eu ainda sabia pouco de matemática, mas tinha uma noção de padrões. Com o passar de várias décadas, meu conhecimento matemático melhorou de forma gradual, mas não acho que tenha progredido muito em minha percepção dos padrões. Meu pai dizia: "Pequena Vas" (ele também fazia experiências com diminutivos carinhosos para ver como isso me afetava), "você tem talento para os padrões". Acho que eu tinha...

— Poupe-me — disse Amadiro. — Admito que tem talento. Entretanto, ainda não jantei, você sabia?

— Bem, peça o seu jantar e me convide para acompanhá-lo — retrucou Vasilia de modo brusco.

Amadiro, franzindo a testa, ergueu o braço de maneira negligente e fez um gesto rápido. O silencioso movimento de robôs trabalhando se fez evidente de pronto.

— Eu brincava com padrões de vias para Giskard — contou Vasilia. — Eu ia até Fastolfe (meu pai, como eu o considerava naquela época), e lhe mostrava um padrão. Ele chacoalhava a cabeça, ria e dizia: "Se você acrescentar isso ao cérebro do pobre Giskard, ele não poderá mais falar e vai sentir muita dor". Eu me lembro de perguntar se Giskard podia de fato sentir dor e meu pai respondeu: "Não sabemos se ele *sentiria*, mas *agiria* da maneira como nós agiríamos se estivéssemos sentindo muita dor, então poderíamos muito bem dizer que sim". Ou eu levava um de meus padrões para ele e ele dava um sorriso indulgente e dizia: "Bem, isso não vai machucá-lo, pequena Vas, e poderia ser interessante tentar". E eu tentava. Às vezes, eu tirava meus padrões e às vezes os deixava. Não estava apenas mexendo em Giskard pelo prazer sádico de fazê-lo, como imagino que poderia ser o caso se eu fosse outra pessoa. O fato é que gostava muito de Giskard e não tinha vontade de causar-lhe dano. Quando me parecia que uma de minhas melhorias (eu sempre pensava nelas como melhorias) fazia Giskard falar com mais desenvoltura ou reagir com mais rapidez ou de forma mais interessante, e não parecia prejudicá-lo, eu a deixava lá. E então, certo dia...

O robô de pé ao lado de Amadiro não teria ousado interromper um convidado a menos que houvesse uma verdadeira emergência, mas Amadiro não teve dificuldade em entender o significado da espera.

— O jantar está pronto? — perguntou ele.

— Sim, senhor — confirmou o robô.

Amadiro fez um gesto um tanto impaciente na direção de Vasilia.

— Você está convidada a jantar comigo.

Eles foram até a sala de jantar de Amadiro, na qual Vasilia nunca entrara antes. Amadiro era, afinal, uma pessoa reservada e era conhecido por negligenciar as cortesias sociais. Disseram-lhe, mais de uma vez, que seria mais bem-sucedido na política se recebesse convidados em casa e ele sempre dera um sorriso educado e comentara: "É um preço alto demais".

Talvez fosse por não receber ninguém, pensou Vasilia, que não havia nenhum sinal de originalidade ou criatividade na mobília. Nada poderia ser mais simples do que a mesa, os pratos e os talheres. Quanto às paredes, eram apenas planos verticais pintados de uma cor fosca. Em suma, tudo aquilo diminuía o apetite de uma pessoa, refletiu ela.

A sopa com a qual iniciaram o jantar, claramente um *bouillon*, era tão simples quanto a mobília e Vasilia começou a tomá-la sem entusiasmo.

– Minha querida Vasilia, você pode ver que estou sendo paciente. Não tenho objeção alguma se quiser escrever sua autobiografia. Mas você está mesmo planejando ler vários de seus capítulos para mim? Se for, devo dizer-lhe com franqueza que não estou nem um pouco interessado.

– Você vai ficar extremamente interessado daqui a pouquinho – retorquiu Vasilia. – Porém, se estiver mesmo apaixonado pelo fracasso e quiser continuar sem alcançar nada do que deseja, é só dizer. Nesse caso, comerei em silêncio e irei embora. É isso que você quer?

Amadiro suspirou.

– Bem, continue, Vasilia.

– E então, certo dia, criei um padrão mais elaborado, mais agradável e mais atrativo do que jamais vira antes e, com toda a sinceridade, do que jamais vi desde então. Eu teria adorado mostrá-lo ao meu pai, mas ele estava fora em alguma reunião em um dos outros mundos. Eu não sabia quando ele voltaria e deixei meu padrão de lado, mas a cada dia eu dava uma olhada nele com maior interesse e fascínio. Por fim, não consegui mais esperar. Simplesmente não consegui. Parecia tão lindo que achei ridículo supor que pudesse causar algum dano. Eu era só uma criança na minha segunda década e não tinha superado de todo minha fase irresponsável, então modifiquei o cérebro de Giskard incorporando o meu padrão a ele. E isso não lhe causou danos. Esse detalhe tornou-se óbvio de imediato. Ele respondeu a mim com perfeita facilidade e, ao que me pareceu, entendia as coisas com mais rapidez e estava muito mais inteligente do que já fora. Achei-o bem mais fascinante e adorável do que antes. Fiquei encantada, mas nervosa, também. O que eu havia feito, modificar Giskard sem a autorização de Fastolfe, era estritamente contra as regras que Fastolfe havia estabelecido para mim e eu sabia bem disso. No entanto, estava claro que não podia desfazer o que eu havia feito. Quando modifiquei o cérebro de Giskard, justifiquei-me para mim mesma dizendo que seria só por algum tempo e que logo eu neutralizaria a modificação. Entretanto, quando a alteração estava feita, ficou óbvio para mim que eu *não* a rescindiria. Eu simplesmente *não* ia fazer isso. Na verdade, nunca voltei a modificar Giskard por medo de estragar o que tinha acabado de fazer. Também nunca contei a Fastolfe o que havia feito. Destruí todos os registros do maravilhoso padrão que eu inventara e Fastolfe jamais descobriu que Giskard havia sido modificado sem seu conhecimento. Jamais!

Ela concluiu:

— E então ocorreu nossa cisão, Fastolfe e eu, e Fastolfe não desistiu de Giskard. Bradei que ele era meu e que eu amava o robô, mas Fastolfe não permitiu que sua benevolência, a qual ele tanto alardeara a vida inteira, aquela insistência em amar todas as coisas, grandes e pequenas, ficasse no caminho de seus próprios desejos. Recebi outros robôs com os quais não me importava nem um pouco, mas ele manteve Giskard para si mesmo. E, quando ele morreu, deixou Giskard para a mulher solariana, um último e duro golpe contra mim.

Amadiro acabara de comer a primeira metade da musse de salmão.

— Se o propósito de tudo isso foi apresentar seu caso de que a posse de Giskard deve ser transferida da mulher solariana para as suas mãos, essa história não ajudará. Eu já lhe expliquei por que não posso anular o testamento de Fastolfe.

— Há mais coisas envolvidas nisso, Kelden — advertiu Vasilia.
— Bem mais. Infinitamente mais. Quer que eu pare agora?

Amadiro esticou os lábios, formando um sorriso pesaroso.

— Tendo ouvido tanto sobre essa história, vou bancar o maluco e ouvir mais um pouco.

— Você bancaria o maluco se não ouvisse, pois agora estou chegando ao ponto crucial. Nunca parei de pensar em Giskard, na crueldade e injustiça de ter ficado sem ele, mas, de algum modo, jamais pensei naquele padrão com o qual o modifiquei sem que ninguém soubesse além de mim. Tenho certeza de que não poderia ter reproduzido aquele padrão mesmo se tivesse tentado e, com base no que consigo lembrar agora, não se parecia com nada que eu havia visto em robótica até... até eu ver, de relance, algo semelhante àquele padrão durante minha estadia em Solaria. O padrão solariano me pareceu familiar, mas eu não sabia por quê. Levou algumas semanas de intensa reflexão até que eu conseguisse desenterrar de uma parte muito bem escondida da minha memória inconsciente a evasiva ideia daquele padrão que eu havia imaginado do nada há vinte e cinco décadas. Apesar de não conseguir me lembrar do meu padrão em detalhes, sei que o padrão solariano era um vestígio dele e nada mais. Era apenas uma sugestão mínima de algo que eu tinha capturado em uma simetria miraculosamente complexa. Mas, ao olhar para o padrão solariano com a experiência que havia obtido em vinte e cinco décadas de imersão em teoria robótica, ele me sugeriu a noção de telepatia. Se esse padrão simples, que não chegava a ser interessante, sugeria isso, o que deve ter significado o meu padrão original, aquilo que inventei quando era criança e que nunca fui capaz de recapturar desde então?

— Você insiste que está chegando ao ponto, Vasilia — comentou Amadiro. — Seria completamente insensato de minha parte se pedisse a você para parar de resmungar e recordar e apresentar de uma vez esse ponto com uma frase simples e declarativa?

— Com prazer — concordou Vasilia. — O que estou lhe dizendo, Kelden, é que, sem saber, transformei Giskard em um robô telepata e que ele tem sido assim desde então.

54

Amadiro olhou para Vasilia por bastante tempo e, porque a história parecia ter chegado ao fim, voltou à musse de salmão e comeu um pouco, pensativo.

— Impossível! — exclamou ele. — Você acha que sou idiota?

— Acho que você é um fracasso — retrucou Vasilia. — Não estou dizendo que Giskard possa ler conversas em nossa mente, que seja capaz de transmitir e receber palavras ou ideias. Talvez isso *seja* impossível, mesmo em teoria. Mas estou certa de que ele pode detectar emoções e a disposição geral de atividades mentais, e talvez possa até modificá-las.

Amadiro chacoalhou a cabeça com violência.

— Impossível!

— Impossível? Pense um pouco. Há vinte décadas, você havia quase alcançado os seus objetivos. Fastolfe estava à sua mercê, o presidente Horder era seu aliado. O que aconteceu? Por que deu tudo errado?

— O terráqueo... — começou Amadiro, engasgando com a lembrança.

— O terráqueo — imitou Vasilia. — O terráqueo. Ou foi a mulher solariana? Nenhum dos dois! Nenhum deles! Foi Giskard, que esteve lá o tempo todo. Captando. Ajustando.

— Por que ele se interessaria? Ele é um robô.

— Um robô leal a seu mestre, a Fastolfe. De acordo com a Primeira Lei, ele tinha de garantir que Fastolfe não sofresse dano algum e, sendo telepata, ele não poderia interpretar isso apenas como se tratando de dano físico. Ele sabia que, caso Fastolfe não conseguisse impor sua vontade, se não pudesse incentivar a colonização dos planetas habitáveis da Galáxia, vivenciaria uma profunda decepção... e isso seria um "dano" no universo telepático de Giskard. Ele não poderia permitir que algo assim acontecesse e interveio para evitá-lo.

— Não, não, não — disse Amadiro, enojado. — Você quer que esse seja o caso em razão de uma saudade romântica e descontrolada, mas isso não torna a história verdadeira. Eu me lembro muito bem do que aconteceu. Foi o terráqueo. Não precisamos de um robô telepata para explicar os eventos.

— E o que aconteceu desde aquela época até agora, Kelden? — indagou Vasilia. — Em vinte décadas, você conseguiu vencer Fastolfe em algum momento? Com todos os fatos a seu favor, com a óbvia falência das políticas de Fastolfe, você alguma vez conseguiu dispor de uma maioria no Conselho? Em algum instante você conseguiu influenciar o presidente a ponto de obter verdadeiro poder?

Sem dar tempo para respostas, ela continuou questionando:

— Como você explica isso, Kelden? Em todas estas vinte décadas, o terráqueo não esteve em Aurora. Ele morreu há mais de dezesseis décadas, sua vida miseravelmente curta esgotando-se em oito décadas. No entanto, você continua fracassando... você tem um recorde de fracassos inigualável. Mesmo agora que Fastolfe está morto, você conseguiu lucrar totalmente com os fragmentos da coalizão dele ou acha que o êxito ainda parece escapar-lhe? E o que resta? O terráqueo se foi. Fastolfe se foi. Giskard é que tem trabalhado contra você este tempo todo... e Giskard permanece. Ele é tão leal agora à mulher solariana quanto era a Fastolfe e acho que a mulher solariana não tem nenhum motivo para gostar de você.

Amadiro contorceu o rosto, deixando-o com marcas de raiva e frustração.

— Não é verdade. Nada disso é verdade. Você está imaginando coisas.

Vasilia continuou bastante fria.

— Não, não estou imaginando. Estou explicando os fatos. Expliquei coisas que você não foi capaz de explicar. Ou tem uma explicação alternativa? E eu posso lhe dar a cura. Transfira a posse de Giskard da mulher solariana para mim e, de maneira bem abrupta, os acontecimentos começarão a se voltar em seu benefício.

— Não — disse Amadiro. — Eles já estão se movendo em meu benefício.

— Você pode achar que sim, mas eles não irão, contanto que Giskard esteja trabalhando contra você. Não importa quão perto chegue de ganhar, não importa o quão certo esteja de sua vitória, tudo irá se dissipar enquanto não tiver Giskard do seu lado. Isso aconteceu há vinte décadas; acontecerá agora.

O rosto de Amadiro se desanuviou de súbito.

— Bem, se pensarmos nisso, embora nem eu nem você tenhamos Giskard, não importa, porque posso demonstrar que ele não é telepata. Se Giskard fosse como você diz, se tivesse a habilidade de organizar as coisas a seu bel-prazer ou de acordo com as preferências do ser humano que é seu dono, então por que teria permitido que a mulher solariana fosse levada àquilo que provavelmente será sua morte?

— Sua morte? Do que está falando, Kelden?

— Você ficou sabendo que duas naves colonizadoras foram destruídas em Solaria, Vasilia? Ou você não tem feito nada nos últimos tempos além de sonhar com padrões e com os gloriosos dias de infância em que você estava modificando seu robô de estimação?

— Sarcasmo não combina com você, Kelden. Ouvi sobre as naves colonizadoras no noticiário. O que tem elas?

— Uma terceira nave colonizadora vai até Solaria para investigar. Ela pode ser destruída também.

— É possível. Por outro lado, eles tomariam precauções.

— Eles tomaram. Fizeram o pedido e receberam a autorização de levar a mulher solariana, partindo do pressuposto de que ela conhece o planeta bem o suficiente para permitir que escapem da destruição.

— Isso é pouco provável, já que ela não vai para lá faz vinte décadas — contrapôs Vasilia.

— Correto! Então, há grandes chances de que ela morrerá com eles. Pessoalmente, não significaria nada para mim. Eu ficaria encantado com a morte dela e acho que você também. E, colocando isso de lado, o acontecimento nos daria bons motivos para reclamar contra os Mundos dos Colonizadores e tornaria difícil para eles defender a tese de que a destruição das naves é uma ação intencional da parte de Aurora. Nós destruiríamos um dos nossos? Agora, a questão, Vasilia, é, se Giskard possuísse os poderes e a lealdade que você alega que ele tem, por que permitiria que a mulher solariana se oferecesse para ser levada ao que muito provavelmente será a sua morte?

Vasilia foi pega de surpresa.

— Ela foi de vontade própria?

— Com certeza. Ela estava muito disposta a ir. Teria sido politicamente impossível forçá-la a fazer isso contra a sua vontade.

— Mas eu não entendo...

— Não há nada a entender exceto que Giskard é apenas um robô.

Por um instante, Vasilia ficou paralisada em seu assento, com uma das mãos no queixo. Depois disse devagar:

— Eles não permitem robôs em Mundos dos Colonizadores ou em naves colonizadoras. Quer dizer que ela foi sozinha. Sem robôs.

— Bem, não, claro que não. Eles tiveram de aceitar robôs pessoais se esperavam que ela fosse de bom grado. Levaram junto aquela imitação de homem, o robô Daneel, e o outro era... — ele fez uma pausa e pronunciou a palavra com um silvo: — Giskard.

Quem mais poderia ser? Então esse robô miraculoso de seus devaneios também está indo em direção à própria destruição. Ele não poderia mais...

Sua voz desvaneceu. Vasilia estava de pé, olhos flamejantes, rosto banhando de rubor.

— Quer dizer que *Giskard* foi? Ele saiu deste planeta e está em uma nave colonizadora? Kelden, você pode ter arruinado a todos nós.

55

Nenhum dos dois terminou a refeição.

Vasilia saiu apressada da sala de jantar e desapareceu, entrando no Privativo. Amadiro, esforçando-se para permanecer friamente lógico, gritou para ela do outro lado da porta fechada, ciente de que isso feria sua dignidade.

— Tudo isso é uma indicação ainda mais forte de que Giskard não passa de um robô comum — gritou ele. — Por que ele estaria disposto a ir a Solaria enfrentar a destruição de sua dona?

Por fim, o som de água corrente e respingos parou, e Vasilia saiu com o rosto recém-lavado e quase congelado em seu domínio de uma expressão calma.

— Você não entende mesmo, não é? — perguntou ela. — Você me surpreende, Kelden. Pense nisso. Giskard nunca pode correr perigo enquanto conseguir influenciar mentes humanas, não é? Nem a mulher solariana, enquanto Giskard se dedicar a ela. O colonizador que a levou deve ter descoberto, quando a entrevistou, que ela não havia estado em Solaria nas últimas vinte décadas, então ele não pode ter de fato continuado a acreditar, no final das contas, que a mulher solariana pudesse ser de muita ajuda. Com ela, ele levou Giskard, mas ele também não sabia que o robô poderia ser útil... Ou será que poderia saber disso?

Ela pensou um pouco e depois continuou devagar:

— Não, é impossível que o colonizador saiba. Se, em mais de vinte décadas, ninguém descobriu que Giskard tem habilidades mentais, então está claro que ele tem interesse em que não saibam... e, se for esse o caso, então ninguém pode ter descoberto.

— *Você* alega ter percebido — comentou Amadiro em um tom maldoso.

— Eu tinha conhecimentos especiais, Kelden, e, mesmo assim, foi só agora que percebi o óbvio, e somente em virtude da pista obtida em Solaria — disse Vasilia. — Giskard também deve ter obscurecido minha mente a esse respeito, ou eu teria entendido há muito tempo. Eu me pergunto se Fastolfe sabia...

— Como seria mais fácil aceitar o mero fato de que Giskard é um simples robô — retrucou Amadiro, agitado.

— Você vai pegar o caminho mais fácil para sua ruína, Kelden, mas acho que não vou deixá-lo fazer isso, por mais que você queira. A questão é que o colonizador veio em busca da mulher solariana e a levou consigo, apesar de ter descoberto que ela seria de pouca utilidade para ele, se é que teria alguma. E a mulher solariana se ofereceu para ir, apesar de temer estar em uma nave colonizadora junto com bárbaros cheios de doenças... e apesar de que sua destruição em Solaria deva ter lhe parecido uma consequência muito provável. Parece-me, então, que tudo isso é obra de Giskard, que forçou o colonizador a continuar, contra a lógica, exigindo a mulher solariana e forçou a mulher a aceitar, contra a lógica, tal pedido.

— Mas por quê? — perguntou Amadiro. — Posso lhe fazer essa simples pergunta? Por quê?

— Suponho, Kelden, que Giskard tenha achado importante afastar-se de Aurora. Será que ele teria adivinhado que eu estava prestes a descobrir seu segredo? Se foi isso, ele pode não ter certeza absoluta quanto às suas atuais habilidades para mexer com a minha mente. Afinal de contas, sou uma roboticista habilidosa.

Além do mais, ele se lembraria de que um dia foi meu e um robô não ignora com facilidade as exigências da lealdade. Talvez ele tenha achado que o único modo de manter a mulher solariana a salvo era se afastar da minha área de influência.

Ela olhou para Amadiro e disse com firmeza:

— Kelden, precisamos trazê-lo de volta. Não podemos deixá-lo trabalhar na promoção da causa colonizadora, a salvo no seio de um Mundo dos Colonizadores. Ele causou estrago suficiente aqui entre nós. Precisamos trazê-lo de volta e você deve me tornar sua dona legal. Posso lidar com ele, eu lhe garanto, e fazê-lo trabalhar em nosso favor. Lembre-se! Sou a *única* que pode lidar com ele.

— Não vejo nenhum motivo para nos preocuparmos — disse Amadiro. — No caso mais provável de ele ser apenas um robô, Giskard será destruído em Solaria e nós vamos nos livrar tanto dele quanto da mulher solariana. No caso improvável de ele ser o que você afirma, Giskard não será destruído em Solaria, mas então terá de voltar para Aurora. Afinal, a solariana, embora não seja auroreana de nascimento, viveu em Aurora por demasiado tempo para conseguir encarar uma vida entre os bárbaros... e, quando ela insistir em voltar para a civilização, o robô não terá alternativa a não ser retornar com ela.

— Depois de tudo isso, Kelden, você ainda não entende as habilidades de Giskard — retrucou Vasilia. — Se achar que é importante ficar longe de Aurora, ele pode facilmente ajustar as emoções da mulher solariana de modo a fazê-la suportar a vida em um Mundo dos Colonizadores, da mesma forma como ele a tornou disposta a embarcar na nave colonizadora.

— Bem, se necessário, podemos simplesmente escoltar aquela nave colonizadora, com a solariana e Giskard, de volta a Aurora.

— Como você propõe fazer isso?

— Pode ser feito. Nós *não* somos tolos aqui em Aurora, apesar de claramente parecer que, na sua opinião, você é a única pessoa racional neste planeta. A nave colonizadora vai a Solaria para investigar a destruição das duas naves anteriores, mas espero que você não pense que nós temos a intenção de depender de sua boa vontade ou mesmo da solariana. Vamos mandar duas de nossas naves de guerra a Solaria e não achamos que *elas* terão problemas. Se ainda houver solarianos no planeta, eles podem ser capazes de destruir as primitivas naves colonizadoras, mas sequer conseguirão tocar em uma embarcação auroreana de guerra. Então, se a nave colonizadora, valendo-se de alguma mágica por parte de Giskard...

— Não é mágica — interrompeu Vasilia com aspereza. — É influência mental.

— Então, se a nave colonizadora, por qualquer motivo que seja, conseguir decolar da superfície de Solaria, nossas naves vão interceptá-la e educadamente pedir a devolução da mulher solariana e seus robôs. Do contrário, insistirão que a nave colonizadora as acompanhe até Aurora. Não haverá nenhuma hostilidade nisso. Nossas naves estarão apenas escoltando uma cidadã auroreana até seu lar. Assim que a solariana e seus dois robôs desembarcarem em Aurora, a nave colonizadora poderá então prosseguir à vontade para o seu próprio destino.

Vasilia aquiesceu com um ar cansado ao ouvir essa colocação.

— Parece bom, Kelden, mas sabe o que acho que vai acontecer?

— O quê, Vasilia?

— Na minha opinião, a nave colonizadora vai decolar da superfície de Solaria, mas as nossas naves não. Seja lá o que esteja acontecendo em Solaria pode ser contra-atacado por Giskard, mas temo que por mais ninguém.

— Se *isso* acontecer — disse Amadiro com um sorriso sombrio —, então vou admitir que pode haver alguma coisa verdadeira, afinal, em seu devaneio. Mas não acontecerá.

56

Na manhã seguinte, o principal robô pessoal de Vasilia, delicadamente projetado para parecer feminino, veio até a cama de sua mestra. A roboticista se remexeu e, sem abrir os olhos, perguntou:

– O que foi, Nadila? – Não havia necessidade de abrir os olhos. Durante muitas décadas, ninguém se aproximara de sua cama a não ser Nadila.

– Madame, o dr. Amadiro deseja vê-la no Instituto – anunciou Nadila em tom suave.

Vasilia abriu os olhos de repente.

– Que horas são?

– São 5h17, senhora.

– Antes do amanhecer? – ela perguntou, revoltada.

– Sim, madame.

– Quando ele quer me ver?

– Agora, madame.

– Por quê?

– Os robôs dele não nos informaram, senhora, mas dizem que é importante.

Vasilia jogou os lençóis da cama para o lado.

– Primeiro, vou tomar café da manhã, Nadila, e, antes disso, um banho. Diga aos robôs do dr. Amadiro que se instalem nos nichos dos visitantes e esperem. Se eles pedirem pressa, lembre-os de que estão em *minha* propriedade.

Vasilia, irritada, não se apressou em absoluto. Pelo contrário, sua toalete foi mais minuciosa do que o habitual e seu café da manhã, mais vagaroso. (Ela não costumava gastar muito tempo com nenhum deles.) As notícias, às quais ela assistiu, não davam indicação alguma que pudesse explicar a convocação feita por Amadiro.

Quando o veículo terrestre (seguindo com ela e quatro robôs, dois de Amadiro e dois dela) a levou para o Instituto, o sol estava aparecendo sobre o horizonte.

Amadiro levantou os olhos e disse:

— Então, enfim você chegou.

As paredes de seu escritório ainda brilhavam, embora sua iluminação não fosse mais necessária.

— Sinto muito — disse Vasilia com frieza. — Eu percebo que o nascer do sol é uma hora terrivelmente tarde para começar a trabalhar.

— Sem jogos, Vasilia, por favor. Em breve terei de me apresentar na Câmara do Conselho. O presidente está acordado há mais tempo do que eu. Vasilia, eu peço desculpas, muito humildemente, por ter duvidado de você.

— A nave colonizadora decolou em segurança, então.

— Sim. E uma de *nossas* naves foi destruída, como você previu. O fato ainda não foi divulgado, mas a notícia acabará vazando, é claro.

Vasilia arregalou os olhos. Ela havia previsto o resultado um pouco mais no sentido de aparentar confiança do que de fato sentira, mas ficara óbvio que aquele não era o momento de revelar isso. O que ela disse foi:

— Então você aceita o fato de que Giskard tem poderes extraordinários?

— Não considero a questão comprovada matematicamente, mas estou disposto a aceitá-la na pendência de maiores informações — respondeu Amadiro com cautela. — O que desejo saber é o que vamos fazer agora. O Conselho não sabe nada sobre Giskard e proponho não contar a eles.

— Fico contente de que você tenha clareza de raciocínio, pelo menos, nesse ponto, Kelden.

— Mas é você quem compreende Giskard e tem melhores condições de me detalhar o que deve ser feito. O que devo dizer ao Conselho, então, e como explico a ação sem revelar toda a verdade?

— Depende. Agora que a nave colonizadora partiu de Solaria, para onde ela vai? Nós sabemos? Afinal, se estiver retornando a

Aurora, não precisamos fazer coisa alguma, a não ser nos prepararmos para a sua chegada.

— Ela não está vindo para Aurora — disse Amadiro de forma enfática. — Você também estava certa nesse aspecto, ao que parece. Giskard, supondo que ele esteja comandando o espetáculo, parece determinado a se manter distante. Nós interceptamos as mensagens da nave para o seu planeta de origem. Codificadas, claro, mas não há nenhum código dos colonizadores que não tenhamos decifrado.

— Suspeito que tenham decifrado os nossos também. Eu me pergunto por que todos não chegam ao acordo de enviar mensagens às claras e poupar o trabalho.

Amadiro deixou esse comentário de lado.

— Esqueça isso. A questão é que a nave colonizadora está voltando para seu próprio planeta.

— Com a mulher solariana e os robôs?

— Claro.

— Você tem certeza disso? Eles não foram deixados em Solaria?

— Temos certeza — respondeu Amadiro com impaciência. — Ao que parece, a mulher solariana foi responsável por tirá-los de lá.

— Ela? De que maneira?

— Não sabemos ainda.

— Tem que ter sido Giskard — insistiu Vasilia. — Ele fez parecer que foi a solariana.

— E o que fazemos agora?

— Precisamos trazer Giskard de volta.

— Sim, mas não posso de jeito algum persuadir o Conselho a correr o risco de uma crise interestelar pelo retorno de um robô.

— Você não vai fazer isso, Kelden. Você pede o retorno da mulher solariana, algo que é nosso direito garantido de requisitar. E você pensou, por um segundo, que ela voltaria sem seus robôs? Ou que Giskard permitirá que a mulher solariana retorne sem ele? Ou que o Mundo dos Colonizadores vai querer ficar com os robôs se a solariana voltar? Peça por *ela*. Com firmeza. Ela é uma cidadã auroreana, emprestada para uma tarefa em Solaria que foi concluída, e deve agora ser devolvida imediatamente. Expresse esse pedido de forma belicosa, como se fosse uma ameaça de guerra.

— Não podemos arriscar uma guerra, Vasilia.

— Você não vai correr esse risco. Giskard não tomará uma atitude que seja capaz de levar direto à guerra. Se os líderes colonizadores resistirem e se, por sua vez, tornarem-se beligerantes, Giskard forçosamente fará as modificações necessárias na atitude deles de modo que a mulher solariana seja devolvida de maneira pacífica a Aurora. E ele próprio terá, claro, de retornar com ela.

— E, quando tiver voltado, ele vai *nos* manipular, suponho, e vamos esquecer seus poderes e ignorá-lo, e ele ainda será capaz de seguir seu próprio plano, seja lá qual for — disse Amadiro secamente.

Vasilia inclinou a cabeça para trás e riu.

— Impossível. Eu *conheço* Giskard, entende, e posso cuidar dele. Apenas traga-o de volta e convença o Conselho a desconsiderar o testamento de Fastolfe (isso pode ser feito e você pode fazê-lo) e entregue Giskard a mim. Então, ele trabalhará para nós, Aurora dominará a Galáxia, você passará as décadas que lhe restam de vida como presidente do Conselho e eu o sucederei como diretora do Instituto de Robótica.

— Tem certeza de que funcionará dessa forma?

— Absoluta. Basta enviar a mensagem e fazer com que ela seja incisiva, e eu garantirei todo o resto: vitória para os Siderais e para nós, derrota para a Terra e os colonizadores.

14   O DUELO

57

Gladia observava o globo de Aurora na tela. Sua camada de nuvens parecia presa em um meio redemoinho ao longo do espesso semicírculo que brilhava à luz de seu sol.

– Não devemos estar tão perto assim – comentou ela.

D.G. deu um sorriso.

– De modo algum. Estamos vendo o planeta através de lentes muito boas. Ainda está a vários dias de distância, contando a aproximação em espiral. Se, no futuro, obtivermos o impulso antigravitacional com que os físicos insistem em sonhar, mas parecem incapazes de criar, o voo espacial se tornará de fato simples e rápido. Do modo como navegamos, nossos Saltos só conseguem nos transportar com segurança a um lugar consideravelmente distante de massas planetárias.

– É estranho – comentou Gladia, pensativa.

– O quê, madame?

– Quando fomos a Solaria, pensei comigo mesma: "Estou indo pra casa". Mas, quando aterrissei, descobri que aquela não era minha casa em absoluto. Nesta viagem, a caminho de Aurora, pensei comigo mesma: "*Agora* estou indo pra casa". E, no entanto, aquele mundo lá embaixo também não é minha casa.

— Então, onde é sua casa, madame?

— Estou começando a me questionar isso. Mas por que insiste em me chamar de "madame"?

D.G. pareceu surpreso.

— Prefere "lady Gladia", lady Gladia?

— Isso também é um falso respeito. É assim que se sente em relação a mim?

— Falso respeito? Com certeza não. Mas de que outra forma um colonizador se dirige a uma Sideral? Estou tentando ser educado e me adequar aos seus costumes, tratá-la de maneira que a faça se sentir confortável.

— Mas isso não me deixa confortável. Apenas me chame de Gladia. Já fiz essa sugestão antes. Afinal, eu o chamo de D.G.

— E é bastante adequado para mim, embora, na frente dos meus oficiais e do meu pessoal, eu preferiria que se dirigisse a mim como "capitão", e eu a chamarei de "madame". A disciplina deve ser mantida.

— Sim, claro — concordou Gladia, desatenta, olhando de novo para Aurora. — Não tenho casa.

Ela se virou em direção a D.G.

— Seria possível você me levar para a Terra, D.G.?

— Possível — repetiu D.G. sorrindo. — Pode ser que você não queira ir... Gladia.

— Acredito que quero ir — replicou Gladia —, a menos que perca a coragem.

— Existem riscos de infecção — lembrou D.G. —, e é isso que os Siderais temem, não é?

— Em demasia, talvez. Afinal, conheci seu ancestral e não fui infectada. Estou nesta nave e sobrevivi. Veja, você está perto de mim neste exato instante. Eu estive até no seu mundo, com milhares de pessoas aglomerando-se perto de mim. Acho que desenvolvi certa resistência.

— Devo lhe dizer, Gladia, que a Terra é mil vezes mais populosa do que o Mundo de Baley.

— Mesmo assim — começou Gladia, sua voz animando-se —, mudei completamente de ideia sobre muitas coisas. Eu lhe disse que não havia mais nada pelo que viver após 23 décadas e foi provado que *há*. O que aconteceu comigo no Mundo de Baley, aquele discurso que fiz, e a maneira como isso causou impacto nas pessoas, foi algo novo, algo que eu nunca imaginei. Foi como nascer outra vez, começar de novo da primeira década. Agora percebo que, mesmo se a Terra me matasse, teria valido a pena, pois eu morreria jovem, tentando e lutando contra a morte; não velha, cansada e ansiando por ela.

— Muito bem! — disse D.G., levantando os braços em um gesto herói-cômico. — Você soa como uma personagem de um drama histórico de hiperonda. Você já os assistiu em Aurora?

— Claro. São muito populares.

— Está ensaiando para um deles, Gladia, ou está falando sério?

Gladia deu risada.

— Creio que eu pareça bastante tola, D.G., mas o divertido é que *realmente* estou falando sério... se não perderei a coragem.

— Nesse caso, faremos isso. Vamos à Terra. Não acho que vão pensar que valha a pena entrar em guerra por esse motivo, em especial se você fizer um relatório completo sobre os acontecimentos em Solaria, como esperam que faça, e se der a sua palavra de honra como mulher Sideral (se é que vocês fazem coisas desse tipo) de que voltará.

— Mas não vou voltar.

— Mas pode ser que, um dia, deseje. E agora, milady... quero dizer, Gladia... é sempre um prazer falar com você, mas sempre fico tentado a passar tempo demais conversando, e tenho certeza de que precisam de mim na sala de controle. Prefiro que eles não descubram que conseguem se virar sem mim quando não estou por lá.

58

— Isso foi obra sua, amigo Giskard?
— A que você se refere, amigo Daneel?
— Lady Gladia está ansiosa para ir à Terra e talvez até para não retornar. Esse é um desejo tão contrário ao de uma Sideral como ela que não pude deixar de suspeitar que você fez alguma coisa à sua mente para que se sentisse dessa forma.
— Eu não toquei nela — disse Giskard. — É difícil o bastante influenciar a mente de qualquer ser humano dentro da jaula das Três Leis. É mais difícil ainda intervir na mente de um indivíduo em particular por cuja segurança se é diretamente responsável.
— Então por que ela anseia ir para a Terra?
— Suas experiências no Mundo de Baley mudaram consideravelmente seu ponto de vista. Ela tem uma missão, assegurar a paz na Galáxia, e está ávida por trabalhar nela.
— Nesse caso, amigo Giskard, não seria melhor fazer o possível para persuadir, do seu modo, o capitão a ir direto para a Terra?
— Isso criaria dificuldades. As autoridades auroreanas insistem tanto em que lady Gladia seja devolvida para Aurora que seria melhor se isso acontecesse, pelo menos temporariamente.
— Entretanto, fazê-lo poderia ser perigoso — comentou Daneel.
— Então você ainda acha, amigo Daneel, que é a mim que eles querem reter, porque descobriram as minhas habilidades?
— Não vejo outro motivo para insistirem na volta de lady Gladia.
— Pelo que posso ver, pensar como um homem apresenta alguns perigos — disse Giskard. — Torna-se possível pressupor dificuldades que não podem existir. Mesmo que alguém em Aurora suspeitasse da existência das minhas habilidades, é com essas habilidades que eu retiraria tais suspeitas. Não há nada a temer, amigo Daneel.
— Se você diz, amigo Giskard — aquiesceu Daneel, relutante.

59

Gladia olhou ao redor, pensativa, despachando seus robôs com um gesto negligente de sua mão.

Ela olhou para a mão, ao fazer o sinal, quase como se estivesse vendo-a pela primeira vez. Fora a mão com a qual ela apertara as mãos de cada um dos tripulantes da nave antes de entrar na pequena embarcação que a levou, ao lado de D.G., até a superfície de Aurora. Quando ela prometeu voltar, eles a aplaudiram e Niss gritara: "Não partiremos sem a senhora, milady".

Os aplausos a haviam agradado muitíssimo. Seus robôs a serviam interminável, leal e pacientemente, mas nunca a aplaudiam.

D.G., observando-a com curiosidade, disse:

– Com certeza você está em casa agora, Gladia.

– Estou em minha propriedade – respondeu ela em voz baixa. – Tem sido minha propriedade desde que o dr. Fastolfe a designou a mim, vinte décadas atrás... e, no entanto, parece-me estranha.

– É estranha para *mim* – retrucou D.G. – Eu me sentiria um tanto perdido se ficasse aqui sozinho. – Ele olhou ao redor para o mobiliário ornamentado e para as paredes elaboradamente decoradas com um meio sorriso.

– Você não ficará sozinho, D.G. – assegurou Gladia. – Os robôs da minha propriedade estarão com você e receberam instruções detalhadas. Eles se dedicarão ao seu conforto.

– Eles vão entender meu sotaque de colonizador?

– Se não entenderem, pedirão para que repita e, então, você deve falar devagar e fazer gestos. Eles vão preparar sua refeição, mostrar como usar as instalações nos quartos de hóspedes... e eles também vão ficar de olhos bem atentos em você para certificar-se de que não se comporte de maneira inapropriada para um convidado. Eles o impedirão, se necessário, mas o farão sem machucá-lo.

– Espero que não me considerem não humano.

— Como a superintendente fez? Não, isso eu lhe garanto, D.G., ainda que sua barba e seu sotaque possam confundi-los a ponto de reagirem com um ou dois segundos de atraso.

— Suponho que eles me protegerão contra intrusos.

— Protegerão, mas não haverá nenhum intruso.

— O Conselho pode querer vir e me pegar.

— Nesse caso, eles enviarão robôs, e os meus os mandarão embora.

— E se os robôs deles dominarem os seus?

— Isso não pode acontecer, D.G. As propriedades são invioláveis.

— Ora, Gladia. Quer dizer que nunca ninguém...

— Nunca! — ela replicou de pronto. — Fique aqui confortavelmente e meus robôs cuidarão de todas as suas necessidades. Se quiser entrar em contato com sua nave, com o Mundo de Baley ou até com o Conselho Auroreano, eles saberão exatamente o que fazer. Você não terá de levantar um dedo.

D.G. sentou-se em uma das poltronas mais próximas, acomodou-se nela e deu um suspiro profundo.

— Como somos sábios por não permitir robôs nos Mundos dos Colonizadores. Você sabe quanto tempo levaria para me corromper, fazendo-me aderir ao ócio e à preguiça, se eu ficasse neste tipo de sociedade? Cinco minutos, no máximo. Na verdade, já fui corrompido. — Ele bocejou e se esticou com prazer. — Eles se importariam se eu dormisse?

— Claro que não se importariam. Se dormir, os robôs se certificarão de que o ambiente esteja silencioso e escuro.

Então D.G. se endireitou de repente.

— E se você não voltar?

— Por que eu não voltaria?

— O Conselho parece querer sua presença com bastante urgência.

— Eles não podem me deter. Sou uma cidadã auroreana livre e vou aonde quero.

— Sempre há emergências quando um governo quer fabricar uma... e, durante uma emergência, as regras sempre podem ser quebradas.

— Bobagem. Giskard, vão me deter lá?

— Madame Gladia, a senhora não será detida. O capitão não precisa se preocupar a esse respeito — respondeu Giskard.

— Viu, D.G.? E o seu ancestral, da última vez que me viu, me disse que eu deveria confiar em Giskard em todas as ocasiões.

— Ótimo! Excelente! Mesmo assim, o motivo pelo qual vim até este planeta com você, Gladia, foi para garantir que voltasse comigo. Lembre-se e diga isso ao seu dr. Amadiro se for preciso. Se tentarem detê-la contra a sua vontade, também terão de se virar para me manter aqui... e minha nave, que está em órbita, é totalmente capaz de reagir a isso.

— Não, por favor — pediu Gladia, preocupada. — Nem pense em fazer algo assim. Aurora também tem naves e tenho certeza de que a sua está sob observação.

— No entanto, há uma diferença, Gladia. Duvido muito que Aurora estaria disposta a entrar em guerra por você. O Mundo de Baley, por outro lado, está preparado para tanto.

— Certamente que não. Eu não gostaria que entrassem em guerra por minha causa. Em todo caso, por que deveriam? Só porque fui amiga do seu ancestral?

— Não exatamente. Não acho que alguém consiga conceber que você é aquela amiga. Talvez a sua bisavó, não você. Nem eu acredito que era você.

— Você sabe que era eu.

— Em termos intelectuais, sim. Em termos emocionais, acho impossível acreditar. Aquilo foi há vinte décadas.

Gladia chacoalhou a cabeça.

— Você tem a visão de uma pessoa que vive pouco.

— Talvez todos nós tenhamos, mas isso não importa. O que a torna importante no Mundo de Baley é o discurso que fez. Você é uma heroína e eles acabarão decidindo que deve ser apresentada na Terra. Não permitirão que nada impeça esse acontecimento.

— Apresentada na Terra? — perguntou Gladia, um pouquinho alarmada. — Com cerimônia completa?

— A mais completa.

— Por que considerariam isso como algo tão importante, a ponto de valer a pena arriscar uma guerra?

— Não sei ao certo se consigo explicar a um Sideral. A Terra é um mundo especial. A Terra é um... mundo sagrado. É o único mundo verdadeiro. É onde os seres humanos surgiram e é o único planeta onde evoluíram, se desenvolveram e viveram em um contexto inteiro de vida. Nós temos árvores e insetos no Mundo de Baley, mas, na Terra, eles têm um tumulto desenfreado de árvores e insetos que nenhum de nós vê, em nenhum outro planeta. Nossos mundos são imitações, débeis imitações. Eles não existem e não podem existir se não for pela força intelectual, cultural e espiritual que extraem da Terra.

— Isso é o oposto da opinião dos Siderais sobre a Terra — comentou Gladia. — Quando nos referimos à Terra, o que fazemos raras vezes, é como sendo um mundo bárbaro e em decadência.

D.G. enrubesceu.

— É por esse motivo que os Mundos Siderais têm enfraquecido de forma gradual. Como eu disse antes, vocês são como plantas que se soltaram das raízes; como animais que arrancaram o coração.

— Bem, eu estou ansiosa para ver a Terra com meus próprios olhos, mas agora tenho de ir — disse Gladia. — Por favor, sinta-se como se esta propriedade fosse sua. — Ela caminhou a passos rápidos em direção à porta, parou, depois virou. — Não há bebidas alcoólicas nesta casa ou em lugar algum em Aurora, nem tabaco, nem estimulantes alcaloides, nada de qualquer tipo artificial de... de qualquer coisa com que possa estar acostumado.

D.G. deu um sorriso azedo.

— Nós, colonizadores, estamos cientes disso. Puritanos, vocês.

— Puritanos nada — contestou Gladia, franzindo a testa. — Devemos pagar por nossas trinta ou quarenta décadas de vida... e essa é uma das maneiras. Você não acha que isso se dá por um passe de mágica, acha?

— Bem, vou me virar com saudáveis sucos de fruta e um café quase esterilizado... e vou cheirar flores.

— Vai encontrar essas coisas em grande quantidade — replicou Gladia com frieza — e, quando voltar para a sua nave, estou certa de que pode compensar quaisquer sintomas de abstinência que esteja sentindo.

— Sentirei abstinência de *ti*, milady — disse D.G. em um tom sério.

Gladia se viu forçada a sorrir.

— Você é um mentiroso incorrigível, meu capitão. Eu voltarei. Daneel. Giskard.

60

Gladia sentou-se empertigada no escritório de Amadiro. Durante muitas décadas, ela vira Amadiro apenas de longe ou em uma tela e, nessas ocasiões, virar-se de costas tornara-se uma prática. Ela se lembrava dele apenas como o grande inimigo de Fastolfe e agora que se encontrava, pela primeira vez, na mesma sala que ele, em um duelo cara a cara, ela tinha de congelar o rosto em um estado de inexpressividade, a fim de não permitir que o ódio transparecesse.

Embora ela e Amadiro fossem os únicos seres humanos palpáveis na sala, havia pelo menos uma dezena de funcionários do alto escalão presentes através de holovisão por feixe protegido, o presidente entre eles. Gladia reconhecera o presidente e alguns dos outros, mas não todos.

Foi uma experiência relativamente horrível. Era muito parecido com o costume de olhar que era universal em Solaria e ao qual fora tão acostumada quando era criança, e de que ela se lembrava com tanta aversão.

Ela fez um esforço para falar de forma clara, concisa e não dramática. Quando lhe apresentavam uma pergunta, ela era breve e consistente, e tão evasiva quanto permitisse a cortesia.

O presidente ouviu impassivelmente e os outros seguiram seu exemplo. Era evidente que ele era velho... os presidentes sempre eram, de certo modo, pois costumava ser no fim da vida que alcançavam essa eminência. Ele tinha um rosto comprido, ainda possuía bastante cabelo e sobrancelhas proeminentes. Sua voz era doce, mas de modo algum amigável.

Quando Gladia terminou, ele disse:

— A senhora sugere, então, que os solarianos redefiniram o termo "ser humano" em um sentido limitado que o restringia a solarianos.

— Não sugiro nada, sr. presidente. A questão é que ninguém conseguiu cogitar outra explicação que pudesse justificar os acontecimentos.

— A senhora sabe, madame Gladia, que em toda a história da ciência robótica, robô algum jamais foi projetado com uma definição limitada de "ser humano"?

— Não sou roboticista, sr. presidente, e não sei nada sobre a matemática das vias positrônicas. Uma vez que o senhor diz que nunca foi feito, aceito essa informação, claro. Entretanto, não sei dizer, com base em meu próprio conhecimento, se o fato de jamais ter sido feito significa que nunca poderá ser feito no futuro.

Em nenhum momento seus olhos ficaram tão arregalados e transpareciam tanta inocência quanto agora, e o presidente enrubesceu e comentou:

— Em teoria, não é impossível limitar a definição, mas é impensável.

Gladia disse, com um olhar abatido voltado para as mãos, que estavam frouxamente cruzadas sobre o colo.

— Por vezes, as pessoas conseguem pensar em coisas tão peculiares.

O presidente mudou de assunto e perguntou:

— Uma nave auroreana foi destruída. Como explica isso?

— Eu não estava presente no local do incidente, sr. presidente. Não faço ideia do que aconteceu, portanto não posso explicar.

— A senhora esteve em Solaria e nasceu nesse planeta. Dada a sua experiência recente e a sua bagagem anterior, o que diria que ocorreu? — O presidente mostrava sinais de uma paciência mal controlada.

— Se devo fazer conjeturas — começou Gladia —, diria que nossa nave de guerra foi destruída pelo uso de um intensificador nuclear portátil semelhante ao que quase foi usado contra a nave colonizadora.

— Contudo, não lhe chama a atenção o fato de que os dois casos são diferentes? No primeiro, uma nave colonizadora invadiu Solaria para confiscar robôs solarianos; no segundo, uma embarcação auroreana pousou para ajudar a proteger um planeta irmão.

— Só posso supor, sr. presidente, que os superintendentes, os robôs humanoides que foram deixados para proteger o planeta, não foram suficientemente bem instruídos para distinguir a diferença.

O presidente pareceu ofendido.

— É inconcebível que eles não tenham sido instruídos quanto à diferença entre colonizadores e companheiros Siderais.

— Se o sr. presidente assim acredita... Não obstante, se a única definição de ser humano é alguém com a aparência de um ser humano, mas com a habilidade de falar com o sotaque solariano (como pareceu a nós, que estávamos no local, que devia ser), então os auroreanos, que não falam de tal modo, poderiam não se encaixar na classificação de seres humanos no que se referia aos superintendentes.

— Então a senhora está dizendo que os solarianos definiram seus companheiros Siderais como não humanos e os sujeitaram à destruição?

— Apresento isso apenas como uma possibilidade porque não consigo pensar em outra maneira de explicar a destruição de qualquer nave de guerra auroreana. Com certeza, pessoas mais experientes podem propôr explicações alternativas. — De novo aquele olhar inocente, quase inexpressivo.

— A senhora planeja retornar a Solaria, madame Gladia? — perguntou o presidente.

— Não, sr. presidente, não tenho tais planos.

— Seu amigo colonizador lhe pediu que retornasse a fim de livrar o planeta de seus superintendentes?

Lentamente, Gladia meneou a cabeça.

— Não recebi nenhum pedido dessa natureza. Se tivesse recebido, teria recusado. Tampouco fui a Solaria, em primeiro lugar, por qualquer outro motivo a não ser o de cumprir meu dever com Aurora. O dr. Levular Mandamus, do Instituto de Robótica, solicitou que eu fosse de modo que, quando eu retornasse, pudesse informar os acontecimentos, como acabo de fazer. A solicitação teve, aos meus ouvidos e no meu entendimento, um caráter autoritário e eu a considerei - ela lançou um breve olhar na direção de Amadiro - como uma ordem do próprio dr. Amadiro.

Amadiro não esboçou nenhuma reação aparente a esse comentário.

— Então, quais são seus planos para o futuro? — indagou o presidente.

Gladia esperou um ou dois segundos, depois concluiu que podia muito bem confrontar a situação com ousadia.

— É minha intenção, sr. presidente — anunciou Gladia, falando com muita clareza —, visitar a Terra.

— A Terra? Por que a senhora ia querer visitar a Terra?

— Pode ser importante, sr. presidente, que as autoridades auroreanas saibam o que está acontecendo na Terra. Já que fui convidada pelos dignitários do Mundo de Baley a visitar a Terra, e já que o capitão Baley está pronto para me levar para lá, seria uma oportunidade de trazer um relatório sobre os acontecimentos, como acabo de informar o que ocorreu em Solaria e no Mundo de Baley.

Pois bem, pensou Gladia, será que ele vai violar o costume e, com efeito, aprisioná-la em Aurora? Se fosse esse o caso, tinha de haver formas de apelar contra essa decisão.

Gladia sentiu a tensão aumentar e deu uma rápida olhada na direção de Daneel, que transparecia total impassibilidade, claro.

Entretanto, o presidente, com ar de azedume, disse:

— A esse respeito, madame Gladia, a senhora tem o direito de um auroreano de fazer o que quiser, mas será por sua própria conta e risco. Ninguém está pedindo isso da senhora, como pediram, de acordo com sua declaração, uma visita sua a Solaria. Por essa razão, devo alertá-la que Aurora não se sentirá obrigada a ajudá-la em qualquer caso de infortúnio.

— Entendo, senhor.

— Haverá muito o que discutir sobre essa questão mais tarde, Amadiro — disse o presidente de modo abrupto. — Entrarei em contato com você.

As imagens se apagaram e Gladia viu-se, junto com seus robôs, sozinha com Amadiro e os robôs dele.

61

Gladia levantou-se e disse com frieza, recusando-se cuidadosamente a olhar direto para Amadiro enquanto o fazia:

— Presumo que a reunião tenha acabado, então vou embora.

— Sim, claro, mas tenho uma ou duas perguntas, as quais espero que não se importe se eu fizer. — Sua figura alta parecia descomunal quando se levantou e sorriu e se dirigiu a ela com toda a cortesia, como se existisse cordialidade entre eles há muito tempo. — Deixe-me acompanhá-la até a saída, lady Gladia. Então, a senhora vai para a Terra?

— Sim. O presidente não fez nenhuma objeção e um cidadão auroreano pode viajar livremente pela Galáxia em tempos de paz. E, perdoe-me, mas meus robôs, e os seus, serão escolta suficiente.

— Como quiser, milady. — Um robô manteve a porta aberta para eles. — Presumo que pretenda levar robôs consigo quando for para a Terra.

— Não há dúvida quanto a isso.

— Posso perguntar quais robôs, senhora?

— Estes. Os dois robôs que estão comigo. — Seus sapatos produziram um estalido firme enquanto ela caminhava a passos rápidos pelo corredor, de costas para Amadiro, sem fazer esforço algum para certificar-se de que ele a ouvira.

— Essa ideia é sensata, milady? Eles são robôs avançados, projetos incomuns produzidos pelo grande dr. Fastolfe. A senhora estará cercada por bárbaros que podem cobiçá-los.

— Se eles os cobiçassem, ainda assim não os teriam.

— Não subestime o perigo, nem superestime a proteção robótica. A senhora estará em uma das Cidades deles, cercada por dezenas de milhões desses terráqueos, e os robôs não podem ferir os seres humanos. Na verdade, quanto mais avançado um robô, mais sensível às nuances das Três Leis ele se torna e menos provável que ele tome alguma atitude que irá ferir um ser humano em qualquer sentido. Não é, Daneel?

— Sim, dr. Amadiro.

— Imagino que Giskard concorde com você.

— Concordo — replicou Giskard.

— Viu, milady? Aqui, em Aurora, em uma sociedade pacífica, seus robôs podem protegê-la contra os outros. Na Terra (um lugar insano, decadente e bárbaro) será impossível que dois robôs sejam capazes de proteger a senhora ou a si mesmos. Não gostaríamos que a senhora ficasse sem robôs. Tampouco nós, do Instituto e do governo, pretendemos ver robôs avançados nas mãos dos bárbaros, para expressar as coisas de uma forma mais egoísta. Não seria melhor levar robôs de um tipo mais comum, que os terráqueos ignorariam? Nesse caso, a senhora pode levar vários. Uma dúzia, se quiser.

– Dr. Amadiro, eu levei esses dois robôs em uma nave colonizadora e visitei um Mundo dos Colonizadores – salientou Gladia. – Ninguém tentou se apropriar deles.

– Os colonizadores não usam robôs e alegam reprovar sua utilização. Na Terra, eles ainda empregam robôs.

– Se me permite intervir, dr. Amadiro... segundo meu entendimento, os robôs estão sendo gradualmente eliminados da Terra – explicou Daneel. – Existem pouquíssimos nas próprias Cidades. Nos dias atuais, quase todos os robôs da Terra são usados nas atividades de agricultura e mineração.

Amadiro lançou um olhar rápido para Daneel, depois disse a Gladia:

– É provável que seu robô esteja certo e suponho que não haveria problemas em levar Daneel. Aliás, ele se passaria por humano com facilidade. Seria melhor se Giskard, no entanto, ficasse na sua propriedade. Ele poderia despertar os instintos aquisitivos de uma sociedade aquisitiva, mesmo que seja verdade que estão tentando se livrar dos robôs.

– Nenhum dos dois ficará, senhor – disse Gladia. – Eles virão comigo. Sou soberana para decidir quais partes da minha propriedade irão me acompanhar e quais não.

– Claro. – Amadiro sorriu da maneira mais amável. – Ninguém contesta isso. Queira esperar aqui.

Outra porta se abriu, mostrando uma sala confortavelmente mobiliada. Não tinha janelas, mas era iluminada por uma luz suave e banhada com uma música mais suave ainda.

Gladia parou no limiar da porta e perguntou de forma brusca:
– Por quê?

– Um membro do Instituto quer vê-la e falar com a senhora. Não vai demorar, mas é necessário. Quando essa conversa estiver terminada, a senhora estará livre para ir embora. A senhora não será sequer incomodada pela minha presença a partir deste momento. Por favor. — Havia um toque de aspereza oculta nesta última expressão.

Gladia estendeu os braços para Daneel e Giskard.

— Nós entraremos juntos.

Amadiro deu uma risada amigável.

— A senhora acha que estou tentando separá-la de seus robôs? Acha que eles permitiriam isso? A senhora passou tempo demais com colonizadores, minha cara.

Gladia olhou para a porta fechada e comentou entredentes:

— Tenho uma profunda aversão por aquele homem. E é ainda mais profunda quando ele sorri e tenta ser tranquilizador.

Ela se alongou, as juntas de seus cotovelos estalando de leve.

— Em todo caso, estou cansada. Se alguém vier fazer mais perguntas sobre Solaria e o Mundo de Baley, receberá respostas curtas, estou dizendo.

Ela se sentou em um sofá que cedeu delicadamente sob o seu peso. Tirou os sapatos e ergueu os pés, colocando-os no móvel. Deu um sorriso sonolento, respirou fundo enquanto tombava para um lado e, com a cabeça virada na direção contrária à sala, caiu em um sono instantâneo e profundo.

62

— Foi bom que ela estivesse naturalmente sonolenta — disse Giskard. — Pude aprofundar essa sensação sem que isso causasse algum vestígio de dano a ela. Eu não gostaria que lady Gladia ouvisse o que é provável que esteja por vir.

— O que é provável que esteja por vir, amigo Giskard? — perguntou Daneel.

— O que está por vir é resultado, creio, do fato de que eu estava errado e você, amigo Daneel, certo. Eu deveria ter levado sua mente esplêndida mais a sério.

— Então, é você que eles queriam de volta em Aurora?

— Sim. E, ao solicitar o retorno de lady Gladia com urgência, estavam agilizando a minha volta. Você ouviu quando o dr. Amadiro pediu para que fôssemos deixados aqui. Primeiro, nós dois; depois, somente eu.

— Será que suas palavras teriam apenas o sentido superficial, de que ele acha perigoso perder um robô avançado para os terráqueos?

— Havia um fluxo subjacente de ansiedade, amigo Daneel, que, devo julgar, era forte demais para se adequar às palavras dele.

— Você consegue estabelecer se ele tem conhecimento sobre suas habilidades especiais?

— Não posso dizer de modo direto, uma vez que não leio mentes. Não obstante, duas vezes no decorrer dessa entrevista com os membros do Conselho, houve um repentino e brusco aumento do nível de intensidade emocional na mente do dr. Amadiro. Picos de tensão extraordinariamente bruscos. Não consigo descrever com palavras, mas seria análogo, talvez, a observar uma cena em preto e branco e vê-la, de forma repentina e breve, manchada com cores intensas.

— Quando isso aconteceu, amigo Giskard?

— A segunda vez foi quando lady Gladia mencionou que iria à Terra.

— Esse fato não criou nenhuma agitação visível entre os membros do Conselho. Como estavam suas mentes?

— Não poderia dizer. Eles participaram por meio de holovisão e tais imagens não vêm acompanhadas por sensações mentais que eu possa detectar.

— Então podemos concluir que o Conselho pode ou não estar preocupado com a viagem à Terra planejada por lady Gladia, mas que o dr. Amadiro, ao menos, certamente *está*.

— Não é uma simples preocupação. O dr. Amadiro parecia ansioso no mais alto grau; como seria de esperar, por exemplo, se ele tivesse de fato um projeto à mão, como suspeitamos, para a destruição da Terra, e teme sua descoberta. Além disso, ao ouvir a menção de que lady Gladia tinha de fato essa intenção, amigo Daneel, o dr. Amadiro deu uma breve olhada para mim, o único momento durante toda a sessão em que fez isso. O lampejo de intensidade emocional coincidiu com esse olhar. Creio que a ideia de *eu* ir à Terra foi o que o deixou ansioso. Como seria de se esperar caso ele acreditasse que eu, com meus poderes especiais, representaria um perigo específico para seus planos.

— Os atos dele, amigo Giskard, também podem ser considerados compatíveis com seu receio manifesto de que os terráqueos tentariam se apropriar de você, por ser um robô avançado, e de que isso seria ruim para Aurora.

— A chance de essa apropriação acontecer, amigo Daneel, e a extensão do dano que poderia causar à comunidade Sideral são pequenas demais para explicar o nível de ansiedade do dr. Amadiro. Que prejuízo eu poderia causar a Aurora se estivesse sob o controle da Terra, caso eu fosse apenas o robô que acreditam que sou?

— Você conclui, portanto, que o dr. Amadiro sabe que você *não* é apenas o robô que acreditam ser.

— Não sei ao certo. Pode ser que ele simplesmente suspeite. Se ele *soubesse* o que eu sou, não se esforçaria ao máximo para evitar fazer planos na minha presença?

— Pode ser apenas azar dele o fato de que lady Gladia não deseja se separar de nós. Ele não pode insistir que você não esteja presente, amigo Giskard, sem revelar o que ele de fato sabe. — Daneel fez uma pausa e depois acrescentou: — É uma grande vantagem essa sua capacidade de pesar os conteúdos emocionais das mentes, amigo Giskard. Mas você disse que o lampejo de emoção do dr. Amadiro ao ouvir sobre a viagem à Terra foi o segundo. Qual foi o primeiro?

— O primeiro surgiu com a menção do intensificador nuclear... e isso também parece significativo. O conceito de tal aparelho é bastante conhecido em Aurora. Eles não têm um dispositivo portátil, nem um que seja leve e eficiente o bastante para ser instalado em naves com praticidade, mas não é algo que o abalaria como se um raio o tivesse fulminado. Por que, então, tanta ansiedade?

— Possivelmente porque um intensificador desse tipo tem algo a ver com seus planos na Terra — respondeu Daneel.

— Possivelmente.

E foi nesse ponto que a porta se abriu, uma pessoa entrou e uma voz disse:

— Ora... Giskard!

63

Giskard olhou para a recém-chegada e disse em voz calma:
— Madame Vasilia.

— Então você se lembra de mim — comentou Vasilia, dando um sorriso terno.

— Sim, madame. A senhora é uma roboticista muito famosa e seu rosto aparece nas notícias via hiperonda com alguma frequência.

— Vamos, Giskard. Eu não quis dizer que você me reconheceu. Qualquer um pode fazer isso. Quis dizer que você *se lembra* de mim. Certa vez, você já me chamou de *senhorita* Vasilia.

— Também me lembro disso, madame. Foi há muito tempo.

Vasilia fechou a porta atrás de si e sentou-se em uma das cadeiras. Ela virou o rosto para o outro robô.

— E você é Daneel, claro.

— Sim, senhora — afirmou Daneel. — Para fazer uso da distinção que acaba de apresentar, lembro-me da senhora, pois estava com o investigador Elijah Baley quando ele a entrevistou, e também a reconheço.

— Você não deve se referir àquele terráqueo de novo — ordenou Vasilia de maneira brusca. — Eu também o reconheço, Daneel.

Você é tão famoso quanto eu, a seu próprio modo. Ambos são famosos, pois são criações do falecido dr. Han Fastolfe.

— Do seu pai, senhora — disse Giskard.

— Você sabe muito bem, Giskard, que eu não dou importância a essa relação puramente genética. Você não deve se referir a ele dessa forma outra vez.

— Não o farei, senhora.

— E essa aí? — Ela lançou um olhar casual ao vulto dormindo no sofá. — Já que vocês dois estão aqui, é razoável supor que a bela adormecida seja a mulher solariana.

— Esta é lady Gladia e sou propriedade dela — esclareceu Giskard. — Gostaria que eu a acordasse, senhora?

— Nós só iríamos incomodá-la, Giskard, se você e eu falarmos sobre os velhos tempos. Deixe-a dormir.

— Sim, senhora.

— Talvez a discussão que Giskard e eu teremos tampouco seja do seu interesse, Daneel — disse Vasilia. — Você poderia esperar lá fora?

— Receio que não possa sair, milady — respondeu Daneel. — Meu dever é proteger lady Gladia.

— Não creio que ela precise de muita proteção contra mim. Você deve ter notado que não estou acompanhada de nenhum dos meus robôs, então Giskard sozinho oferecerá ampla proteção para a sua senhora solariana.

— A senhora não tem robôs na sala, madame, mas vi quatro robôs ali fora no corredor quando a porta se abriu — retorquiu Daneel. — Será melhor se eu ficar.

— Bem, não tentarei sobrepujar suas ordens. Você pode ficar. Giskard!

— Sim, senhora.

— Você se lembra de quando foi ativado pela primeira vez?

— Sim, senhora.

— De que você se lembra?

— Em primeiro lugar, da luz. Depois, do som. Em seguida, ocorreu a cristalização da imagem do dr. Fastolfe. Eu podia entender o Padrão Galáctico e tinha certa quantidade de conhecimento inato incorporada às minhas vias cerebrais positrônicas: as Três Leis, claro; um extenso vocabulário com definições; deveres robóticos; costumes sociais. Outras coisas fui aprendendo com rapidez.

— Você se lembra do seu primeiro dono?

— Como eu disse, o dr. Fastolfe.

— Pense outra vez, Giskard. Não era eu?

Giskard fez uma pausa, depois replicou:

— Madame, recebi a tarefa de protegê-la na qualidade de robô pertencente ao dr. Han Fastolfe.

— Foi um pouco mais do que isso, creio eu. Você obedeceu apenas a mim durante dez anos. Se você ficava sob o comando de mais alguém, inclusive do dr. Fastolfe, era apenas de maneira incidental, como consequência dos seus deveres robóticos e só na medida em que se encaixava com a sua função principal de me proteger.

— Fui designado à senhora, é verdade, lady Vasilia, mas o dr. Fastolfe manteve o direito de posse. Quando a senhora deixou a propriedade dele, o doutor retomou controle total sobre mim como meu dono. Ele continuou sendo meu dono mesmo tempos depois, quando me designou a lady Gladia. Ele foi meu único dono durante todo o seu intervalo de vida. Com sua morte, por meio de seu testamento, o direito de posse sobre mim foi transferido para lady Gladia e é assim como as coisas estão agora.

— Isso não é verdade. Eu perguntei se você se lembrava quando foi ativado pela primeira vez e de que se lembrava. O que você era quando foi ativado pela primeira vez não é o mesmo que você é agora.

— Neste momento, madame, meus bancos de memória estão incomparavelmente mais cheios do que estavam naquela época e tenho muita experiência, algo que não tinha então.

A voz de Vasilia tornou-se mais inflexível.

— Não estou falando de memória nem de experiência. Estou falando de capacidades. Eu somei às suas vias positrônicas. Eu as ajustei. Eu as melhorei.

— Sim, madame, a senhora fez essas alterações com a ajuda e a aprovação do dr. Fastolfe.

— Certa vez, Giskard, em uma ocasião em especial, inseri uma melhoria... uma extensão, ao menos, e *sem* a ajuda ou a aprovação do dr. Fastolfe. Você se lembra disso?

Giskard ficou em silêncio por um período de tempo substancial. Depois respondeu:

— Eu me lembro de uma ocasião em que não presenciei a senhora consultando-o. Presumi que o tivesse consultado em um momento em que eu não havia testemunhado.

— Se presumiu isso, equivocou-se. Na verdade, já que você sabia que ele não estava neste planeta no período em questão, não poderia ter feito essa suposição. Está sendo evasivo, para não usar uma palavra mais forte.

— Não, madame. A senhora poderia tê-lo consultado por hiperonda. Considerei que essa seria uma possibilidade.

— Não obstante, aquela adição foi inteiramente minha — continuou Vasilia. — O resultado foi que você se tornou um robô substancialmente diferente do que era antes. O robô que você se tornou a partir daquela mudança foi *meu* projeto, *minha* criação, e você sabe muito bem disso.

Giskard permaneceu em silêncio.

— Agora, Giskard, com que direito o dr. Fastolfe era seu mestre na época em que você foi ativado? — Ela esperou e depois disse de forma brusca: — Responda, Giskard. É uma ordem!

— Já que ele era meu projetista e supervisionou a construção, eu era sua propriedade.

— E quando eu, com efeito, o reprojetei e reconstruí de um modo muito fundamental, você não se tornou, então, minha propriedade?

— Não posso responder a essa pergunta — disse Giskard. — Exigiria a decisão de um tribunal que discutisse esse caso específico. Dependeria, talvez, do grau em que fui reprojetado e reconstruído.

— Você tem ciência do grau em que isso ocorreu?

Giskard ficou em silêncio outra vez.

— Isso é infantil, Giskard — opinou Vasilia. — Vou ter de insistir com você após cada pergunta? Você não vai me obrigar a fazer isso. Nesse caso, de qualquer forma, o silêncio indica uma afirmação. Você tem ciência de qual foi a mudança e como ela foi fundamental, e tem ciência de que eu sei o que foi. Você fez a mulher solariana dormir porque não queria que ela descobrisse, por mim, o que você era. Ela não sabe, não é?

— Ela não sabe, senhora — respondeu Giskard.

— E você não quer que ela saiba?

— Não quero, senhora — replicou Giskard.

— Daneel sabe?

— Ele sabe, senhora.

Vasilia anuiu com a cabeça.

— Eu suspeitei disso em razão de sua insistência para ficar. Então me ouça, Giskard. Suponha que um tribunal descubra que você era, antes de eu reprojetá-lo, um robô comum e que você se tornou, depois que eu o reprojetei, um robô capaz de sentir a configuração mental de um ser humano específico e ajustá-la a seu gosto. Você acha que eles poderiam deixar de considerar que essa não seria uma mudança grande o suficiente para garantir que a posse passaria para as minhas mãos?

— Madame Vasilia, não seria possível permitir que isso fosse levado a um tribunal. Nessas circunstâncias, eu certamente seria declarado propriedade do Estado, por motivos óbvios.

— Bobagem. Você acha que sou criança? Com as suas habilidades, você poderia impedir que a corte tomasse uma decisão dessas. Mas a questão não é essa. Não estou sugerindo que levemos isso a um tribunal. Estou perguntando qual é a sua opinião.

Você não diria que sou sua dona por direito, e que tenho sido desde que era jovem?

— Madame Gladia se considera minha dona e, até que a lei diga o contrário, ela deve ser assim considerada — argumentou Giskard. — Mas *você* sabe que tanto ela como a lei atuam sob a influência de um equívoco. Se você se preocupa com os sentimentos de sua mulher solariana, seria muito fácil ajustar a configuração mental dela de forma que não se importasse com o fato de você não ser mais propriedade dela. Você pode até fazê-la se sentir aliviada por eu tirá-lo das mãos dela. Vou ordenar que faça isso assim que conseguir admitir o que você já sabe: que eu sou sua dona. Há quanto tempo Daneel sabe sobre a sua natureza?

— Há décadas, senhora.

— Você pode fazer com que *ele* esqueça. Há algum tempo, o dr. Amadiro sabe, e você pode fazer com que *ele* esqueça. Só você e eu saberemos.

— Madame Vasilia, já que Giskard não se considera sua propriedade, ele pode facilmente fazer *a senhora* esquecer, e então ficará perfeitamente satisfeita com as coisas como elas estão — Daneel contrapôs de súbito.

Vasilia lançou um olhar frio a Daneel.

— Será que ele pode? Sabe, não é você quem decide a quem Giskard se considera pertencente. Estou certa de que Giskard sabe que *eu* sou a dona dele, de maneira que seu dever, no âmbito das Três Leis, é inteiramente para comigo. Se deve fazer *alguém* esquecer e pode fazê-lo sem dano físico, será necessário que ele, ao fazer uma escolha, eleja qualquer um a não ser eu. Ele não pode me fazer esquecer ou mexer com a minha mente em sentido algum. Obrigada, Daneel, por me dar esta oportunidade de deixar isso bem claro.

— Mas as emoções de madame Gladia estão envolvidas demais com Giskard e, ao forçá-la a se esquecer, poderia causar-lhe dano — argumentou Daneel.

— Giskard é quem decidirá isso — retrucou Vasilia. — Giskard, você é meu. Você sabe que é meu e ordeno que você induza ao esquecimento esse arremedo de homem que está ao seu lado e a mulher que o tratou erroneamente como sua propriedade. Faça isso enquanto ela dorme e nenhum dano de qualquer tipo será feito a ela.

— Amigo Giskard, lady Gladia é legalmente sua dona. Se induzir lady Vasilia ao esquecimento, esse ato não lhe causará dano — contrapôs Daneel.

— Mas causará — retrucou Vasilia de pronto. — A mulher solariana não será prejudicada, pois só precisa se esquecer da impressão de que é a dona de Giskard. Eu, por outro lado, também sei que Giskard tem poderes mentais. Extrair isso será mais complexo e Giskard com certeza sabe, baseado na minha intensa determinação em reter esse conhecimento, que não poderia deixar de infligir dano a mim no processo de extricá-lo.

— Amigo Giskard — insistiu Daneel.

— Eu ordeno que você, robô Daneel Olivaw, fique calado — disse Vasilia com uma voz dura como diamante. — Não sou sua dona, mas, já que sua proprietária está dormindo e não me contraria, então minha ordem *deve* ser obedecida.

Daneel se calou, mas seus lábios tremiam, como se ele estivesse tentando falar apesar da ordem.

Vasilia observou aquela manifestação com um sorriso entretido insinuando-se no rosto.

— Viu só, Daneel, você não pode falar.

E Daneel, em um sussurro rouco, declarou:

— Eu posso, senhora; é difícil para mim, mas eu posso, pois creio que algo tem primazia sobre a sua ordem, que é governada apenas pela Segunda Lei.

Vasilia arregalou os olhos e disse com brusquidão:

— Silêncio, eu disse. Nada tem primazia sobre a minha ordem a não ser a Primeira Lei, e já demonstrei que Giskard causará menos dano (na verdade, dano nenhum) se voltar para mim. Ele causará dano a *mim*, a quem prejudicaria menos, caso siga qualquer outro curso de ação. – Ela apontou um dedo para Daneel e disse outra vez, em um tênue silvo: – Silêncio!

Era um esforço evidente para Daneel emitir qualquer ruído que fosse. A pequena bomba dentro dele que manipulava a corrente de ar que produzia som fez um pequeno zunido ao funcionar. No entanto, embora falasse no mais tênue dos sussurros, ele ainda se fazia ouvir.

– Madame Vasilia, existe algo que transcende até mesmo a Primeira Lei – disse ele.

– Amigo Daneel, você não deve dizer isso. Nada transcende a Primeira Lei – contrapôs Giskard em tom de voz igualmente baixo, porém natural.

Vasilia, franzindo de leve a testa, demonstrou uma centelha de interesse.

– É mesmo? Daneel, eu o alerto que, se tentar prosseguir com essa linha de pensamento, com certeza causará sua própria ruína. Nunca vi nem ouvi falar de um robô fazendo o que você está tentando e seria fascinante observar sua autodestruição. Continue falando.

Com a ordem dada, a voz de Daneel voltou de imediato ao normal.

– Obrigado, madame Vasilia. Anos atrás, estive no leito de morte de um terráqueo a quem a senhora pediu que eu não me referisse. Posso me referir a ele agora ou a senhora sabe de quem estou falando?

– Está falando do policial Baley – retorquiu Vasilia de forma monótona.

– Sim, senhora. Em seu leito de morte, ele me disse: "A obra de cada indivíduo contribui para uma totalidade e assim se torna uma parte imortal do todo. Essa totalidade de vidas humanas (passada, presente e que ainda estão por vir) forma uma tapeçaria que tem existido há muitas dezenas de milhares de anos e tem se aperfeiçoado e, no geral, se tornado mais bonita em todo esse tempo. Até mesmo os Siderais são um ramo dessa tapeçaria e eles também colaboram com a perfeição e a beleza do padrão. Uma vida individual é um fio na tapeçaria, e o que é um fio comparado com o todo? Daneel, mantenha sua mente fixa na tapeçaria e não deixe que o desaparecimento de um único fio o afete".

— Sentimentalismo nauseante — murmurou Vasilia.

— Acredito que o parceiro Elijah estava tentando me proteger contra o fato de que morreria logo. Era de sua própria vida que ele falava como sendo um fio na tapeçaria; era sua própria vida cujo "desaparecimento de um único fio" não deveria me afetar. Suas palavras me protegeram durante aquela crise.

— Não há dúvida — concordou Vasilia —, mas vá direto ao ponto de transcender a Primeira Lei, pois é isso que trará sua destruição.

— Por décadas, refleti sobre a declaração do investigador Elijah Baley e é bastante provável que eu a teria entendido de pronto se as Três Leis não tivessem ficado no caminho. Recebi ajuda nessa minha busca do meu amigo Giskard, que há muito pressentiu que as Três Leis eram incompletas. Também recebi ajuda de aspectos realçados por lady Gladia em um discurso recente em um Mundo dos Colonizadores. Além disso, esta crise atual, lady Vasilia, serviu para aguçar meu raciocínio. Agora, tenho certeza de que maneira as Três Leis são incompletas.

— Um robô que é também um roboticista — comentou Vasilia com um toque de ironia. — De que modo as Três Leis são incompletas, robô?

— A tapeçaria da vida é mais importante do que um único fio. Aplique isso não só ao parceiro Elijah, mas sim generalize esse conceito e... e... e... concluímos que a humanidade como um todo é mais importante do que um único ser humano — argumentou Daneel.

— Você gagueja quando diz isso, robô. Você não acredita no que fala.

— Existe uma lei maior do que a Primeira Lei — continuou Daneel. — "Um robô não pode ferir a humanidade nem deixar, por inação, que a humanidade venha a ser ferida." Penso nela agora como a Lei Zero da Robótica. A Primeira Lei deveria então declarar: "Um robô não pode ferir um ser humano ou, por inação, permitir que um ser humano venha a ser ferido, desde que isso não entre em conflito com a Lei Zero da Robótica".

Vasilia bufou.

— E você ainda está de pé, robô?

— Eu ainda estou de pé, senhora.

— Nesse caso, vou lhe explicar uma coisa, robô, e veremos se consegue sobreviver à explicação. As Três Leis da Robótica envolvem seres humanos individuais e robôs individuais. Você pode indicar um ser humano qualquer ou um robô qualquer. Mas o que é a sua "humanidade", senão uma abstração? Você consegue indicar a humanidade? Você é capaz de machucar ou deixar de machucar um ser humano específico e entender que tal coisa aconteceu ou não. Você consegue constatar um ferimento na humanidade? Consegue entendê-lo? Consegue identificá-lo?

Daneel ficou em silêncio.

Vasilia abriu um sorriso amplo.

— Responda, robô. Você consegue constatar um ferimento na humanidade e identificá-lo?

— Não, senhora, não consigo. Mas acredito que tal ferimento possa, ainda assim, existir e a senhora pode ver que continuo de pé.

— Então pergunte a Giskard se ele obedecerá, ou se consegue obedecer, à sua Lei Zero da Robótica.

A cabeça de Daneel se virou para Giskard.

— Amigo Giskard?

— Não posso aceitar a Lei Zero, amigo Daneel — disse Giskard lentamente. — Você sabe que li muito sobre a história humana.

Nela, encontrei grandes crimes cometidos por alguns seres humanos uns contra os outros e a desculpa sempre foi a de que os crimes se justificavam em função das necessidades da tribo ou do Estado, ou mesmo da humanidade. É precisamente porque a humanidade é uma abstração que se pode apelar para ela com tanta liberdade para justificar qualquer coisa; portanto, a sua Lei Zero é inadequada.

— Mas você sabe, amigo Giskard, que existe um perigo contra a humanidade e que ele será colocado em prática caso você se torne propriedade de madame Vasilia — contrapôs Daneel. — Isso, pelo menos, não é uma abstração.

— O perigo ao qual se refere não é algo que sabemos ao certo, apenas uma inferência — lembrou Giskard. — Não podemos basear nossas ações em inferências, desafiando as Três Leis.

Daneel fez uma pausa e depois acrescentou em voz baixa:

— Mas você tem a esperança de que seus estudos sobre a história humana o ajudem a desenvolver as Leis que regem o comportamento humano; que você aprenderá a prever e a guiar a história humana... ou, pelo menos, estabelecer um começo, de forma que alguém, algum dia, aprenda a prevê-la e guiá-la. Você até chama essa técnica de "psico-história". Para tanto, você não está lidando com a tapeçaria humana? Não está tentando trabalhar com a humanidade como um todo generalizado, em vez de coleções de seres humanos individuais?

— Sim, amigo Daneel, mas não é, por enquanto, mais do que uma esperança, e não posso basear meus atos em uma mera esperança, nem posso modificar as Três Leis de acordo com ela.

A isso Daneel não respondeu.

— Bem, robô, todas as suas tentativas não surtiram efeito e, contudo, você continua de pé — disse Vasilia. — Você é estranhamente teimoso e um robô como você, que consegue censurar as Três Leis e continuar funcionando, é um perigo evidente a todo e qualquer ser humano. Por esse motivo, acredito que você deveria ser desmontado sem demora. O caso é perigoso demais para esperar a lenta majestade da lei, em especial porque você é, afinal, um robô, e não o ser humano que tenta parecer.

— Com certeza, milady, não é adequado a senhora tomar essa decisão por conta própria — advertiu Daneel.

— Mesmo assim eu a tomei, e se houver repercussões legais daqui em diante, lidarei com elas.

— A senhora estará privando lady Gladia de um segundo robô... e um robô sobre o qual a senhora não reivindica a posse.

— Ela e Fastolfe, entre si, me privaram do meu robô, Giskard, por mais de vinte décadas, e não acredito que esse fato os tenha afligido sequer por um minuto. Agora, não me afligirá o ato de privá-la. Ela tem dezenas de outros robôs, e há muitos aqui no Instituto que garantirão sua segurança com lealdade até ela poder voltar aos seus próprios robôs.

— Amigo Giskard, se você acordar lady Gladia, pode ser que ela convença lady Vasilia...

Vasilia, olhando para Giskard, franziu as sobrancelhas e disse de modo brusco:

— *Não*, Giskard. Deixe a mulher dormir.

Giskard, que se agitara ao ouvir as palavras de Daneel, deteve-se.

Vasilia estalou os dedos da mão direita três vezes, fazendo a porta se abrir de imediato e quatro robôs entraram em fila.

— Você estava certo, Daneel. Há quatro robôs. Eles vão desmontá-lo e ordeno que você não resista. Depois disso, Giskard e eu cuidaremos das questões remanescentes.

Ela olhou por sobre o ombro para os robôs que entravam.

— Fechem a porta atrás de si. Agora desmontem este robô com rapidez e eficiência — e ela apontou para Daneel.

Os robôs olharam para Daneel e, por alguns segundos, não se mexeram.

— Eu lhes disse que ele é um robô e vocês devem desconsiderar sua aparência humana. Daneel, diga-lhes que você é um robô — insistiu Vasilia com impaciência.

— Eu sou um robô — afirmou Daneel — e não resistirei.

Vasilia deu um passo para o lado e os quatro robôs avançaram. Os braços de Daneel permaneceram abaixados. Ele se virou para observar Gladia, ainda adormecida, uma última vez e depois encarou os robôs.

Vasilia sorriu e comentou:

— Isto será interessante.

Os robôs pararam.

— Vamos logo com isso — incentivou Vasilia.

Eles não se moveram e Vasilia se virou, espantada, para mirar Giskard. Ela não completou o movimento. Seus músculos relaxaram e ela desmaiou.

Giskard pegou-a e colocou-a sentada com as costas apoiadas contra a parede.

— Preciso de alguns instantes e então iremos embora — disse ele com uma voz abafada.

Tais instantes se passaram. Os olhos de Vasilia permaneceram vidrados, sem se fixar em nada. Seus robôs mantiveram-se imóveis. Daneel se aproximou de Gladia com um único passo.

Giskard levantou os olhos e disse aos robôs de Vasilia:

— Protejam sua senhora. Não permitam que ninguém entre até que ela desperte. Ela acordará pacificamente.

Ao mesmo tempo que ele falava, Gladia se remexeu e Daneel ajudou-a a se levantar.

— Quem é essa mulher? De quem são esses robôs? Como ela...? — a solariana perguntou, pensativa.

Giskard respondeu com firmeza, mas havia preocupação em sua voz.

— Mais tarde, lady Gladia. Eu vou explicar. Por enquanto, devemos nos apressar.

E eles saíram.

PARTE V
TERRA

15. O MUNDO SAGRADO

64

Amadiro mordeu o lábio inferior e seus olhos se dirigiram rapidamente a Mandamus, que parecia ensimesmado.

— Ela insistiu — falou o diretor, em tom defensivo. — Ela me disse que era a única que poderia lidar com Giskard, que só ela seria capaz de exercer uma influência forte o suficiente sobre ele e impedi-lo de usar esses poderes mentais que ele tem.

— O senhor nunca me contou nada a esse respeito, dr. Amadiro.

— Eu não sabia ao certo o que havia para contar, meu jovem. Não tinha certeza se ela tinha razão.

— Tem certeza agora?

— Absoluta. Ela não se lembra do que aconteceu...

— De modo que *nós* não temos conhecimento algum do que aconteceu...

Amadiro anuiu com a cabeça.

— Exato. E ela não se lembra de nada do que me contou antes.

— E ela não está fingindo?

— Certifiquei-me de que ela fosse submetida a um eletroencefalograma de emergência. Houve mudanças nítidas em relação a registros anteriores.

— Existe alguma chance de que ela recobre a memória com o tempo?

Amadiro meneou a cabeça com amargura.

— Quem pode dizer? Mas eu duvido.

Mandamus, ainda cabisbaixo e cheio de pensamentos, perguntou:

— Sendo assim, isso importa? Podemos considerar verdadeiro o relato dela sobre Giskard e sabemos que ele tem o poder de afetar mentes. Essa informação é crucial e nós a temos agora. Na verdade, é bom que nossa colega roboticista tenha falhado. Se Vasilia tivesse obtido controle daquele robô, quanto tempo acha que teria demorado para o senhor acabar sob o jugo dela... e eu também, supondo que ela acreditasse que valeria a pena me controlar?

Amadiro aquiesceu.

— Presumo que ela pudesse ter algo desse tipo em mente. Porém, neste exato momento, é difícil dizer o que ela tem em mente. Ela parece, pelo menos superficialmente, não ter sofrido quaisquer danos a não ser pela perda de memória específica (ao que parece, ela se lembra de todo o resto), mas quem sabe de que forma isso afetará seus processos cognitivos mais profundos e sua habilidade como roboticista? O fato de que Giskard foi capaz de fazer algo assim com alguém tão qualificado como ela o torna um fenômeno incrivelmente perigoso.

— Já lhe ocorreu, dr. Amadiro, que os colonizadores podem estar certos em sua desconfiança quanto aos robôs?

— Quase chego a considerar isso, Mandamus.

Mandamus esfregou as mãos.

— Suponho, a julgar sua atitude deprimida, que toda essa questão não foi descoberta antes que eles tivessem tempo de partir de Aurora.

— Sua suposição está correta. Aquele capitão colonizador está com a mulher solariana e ambos os robôs dela em sua nave, dirigindo-se à Terra.

— E como ficamos agora?

— De modo algum derrotados, ao que me parece — Amadiro respondeu devagar. — Se completarmos o nosso projeto teremos ganhado... com ou sem Giskard. E nós podemos concluí-lo. Seja lá o que Giskard possa fazer com e sobre as emoções, ele não consegue ler pensamentos. Ele pode ser capaz de reconhecer quando um rompante de sentimentos perpassa uma mente humana, ou mesmo distinguir uma emoção de outra, até mudar de uma a outra, ou ainda induzir ao sono ou à amnésia... coisas tênues desse tipo. Contudo, Giskard não pode ser aguçado. Ele não consegue decifrar verdadeiras palavras ou ideias.

— O senhor tem certeza disso?

— Foi o que Vasilia afirmou.

— Ela podia não fazer ideia do que estava falando. Afinal de contas, ela não conseguiu controlar o robô, como atestou que faria. Isso não tem grande serventia como testemunho da precisão do entendimento dela.

— No entanto, acredito nela quanto a essa questão. Ser de fato capaz de ler pensamentos exigiria tanta complexidade no padrão das vias positrônicas que é totalmente improvável que uma criança pudesse ter introduzido tal habilidade naquele robô, há mais de vinte décadas. Na realidade, está muito além dos modelos atuais mais avançados, Mandamus. Sem dúvida, você deve concordar.

— Eu com certeza acreditaria que está. E eles estão a caminho da Terra?

— Estou certo disso.

— Essa mulher, criada do modo como foi, iria mesmo à Terra?

— Se Giskard a estiver controlando, ela não tem escolha.

— E por que Giskard ia querer que ela fosse para a Terra? É possível que ele saiba sobre o nosso projeto? O senhor parece acreditar que ele não sabe.

— É possível que ele não saiba. Sua motivação para ir à Terra poderia não ser nada além de colocar a si mesmo e à mulher solariana fora do nosso alcance.

— Não acho que ele nos temeria se foi capaz de controlar Vasilia.

— Uma arma de longo alcance poderia abatê-lo — disse Amadiro com frieza. — Suas próprias habilidades devem ter um alcance limitado. Elas não podem ser baseadas em algo além do campo eletromagnético e ele deve estar sujeito à lei do inverso do quadrado. Então, nós escapamos do seu alcance à medida que seus poderes se enfraquecem, mas ele verá, portanto, que *não* está fora do alcance das nossas armas.

Mandamus franziu as sobrancelhas e pareceu preocupado.

— O senhor parece ter um gosto pela violência atípico para os padrões Siderais, dr. Amadiro. Entretanto, em um caso como este, suponho que seria admissível o uso de força.

— Em um caso como este? Um robô capaz de ferir seres humanos? Penso que sim. Teremos de encontrar um pretexto para enviar uma nave apta para persegui-los. Não seria sensato explicar a real situação...

— Não — concordou Mandamus de modo enfático. — Pense em quantos desejariam ter controle pessoal sobre esse robô.

— Algo que não podemos permitir. O que apresenta outro motivo pelo qual julgo que a destruição desse robô seja a medida mais segura e preferível.

— Pode ser que esteja certo — disse Mandamus, relutante —, mas não acho que seja prudente contar apenas com sua destruição. Devo ir à Terra... agora. É preciso acelerar a conclusão do projeto, mesmo que não coloquemos os pingos em todos os "is". Quando estiver terminado, então estará *concluído*. Nem mesmo um robô que manipula mentes, sob o controle de *quem quer que seja*, conseguirá desfazer a ação. E, se ele fizer mais alguma coisa, talvez já não importe.

— Não fale no singular — advertiu Amadiro. — Eu também irei.

— O senhor? A Terra é um mundo horrível. Eu *preciso* ir, mas por que o senhor?

— Porque também preciso ir. Não posso mais permanecer aqui e ficar imaginando as coisas. Você não esperou por este momento durante uma longa vida como eu, Mandamus. Você não tem contas a acertar como eu.

65

Outra vez, Gladia estava no espaço e novamente Aurora podia ser vista como um globo. D.G. estava ocupado em outra parte e a nave toda tinha uma atmosfera indistinta, porém penetrante, de emergência, como se estivesse em pé de guerra, como se estivesse sendo perseguida ou antecipasse uma perseguição.

Gladia chacoalhou a cabeça. Ela conseguia pensar com clareza; sentia-se bem; mas quando sua mente voltava àquele período no Instituto, pouco depois que Amadiro a deixara, uma sensação curiosa de irrealidade se apoderava dela. Havia uma lacuna no tempo. Em um instante, ela estava sentada no sofá, sentindo-se sonolenta; no outro, havia quatro robôs e uma mulher na sala, os quais não estavam lá antes.

Ela adormecera, então, mas não havia consciência nem lembrança de tê-lo feito. Havia uma lacuna inexistente.

Em retrospecto, ela reconheceu a mulher após o ocorrido. Era Vasilia Aliena... a filha a quem Gladia substituíra nas afeições de Han Fastolfe. Gladia nunca chegara a encontrar Vasilia, embora a tivesse observado via hiperonda diversas vezes. Gladia sempre pensara nela como um outro eu, distante e hostil. Havia aquela vaga semelhança em termos de aparência, algo que os outros sempre comentavam, mas que a própria Gladia insistia em dizer que não via... e havia a estranha ligação antitética com Fastolfe.

Assim que embarcaram na nave e ela ficou a sós com seus robôs, ela fez a pergunta inevitável.

— O que Vasilia Aliena estava fazendo na sala e por que permitiram que eu continuasse dormindo quando ela chegou?

— Madame Gladia, responderei à sua pergunta, uma vez que se trata de uma questão que o amigo Giskard acharia difícil de tratar — disse Daneel.

— Por que ele acharia difícil, Daneel?

— Madame Vasilia chegou na esperança de que pudesse persuadir Giskard a servi-la.

— Tirando-o de mim? — Gladia questionou com nítida indignação. Ela não gostava de Giskard de maneira absoluta, mas isso não fazia diferença. O que era dela, era dela. — E você permitiu que eu dormisse enquanto vocês dois cuidavam do assunto sozinhos?

— Achamos, madame, que a senhora precisava muito do seu descanso. Além disso, madame Vasilia nos ordenou que deixássemos a senhora dormir. Por fim, em nossa opinião Giskard não a serviria, de maneira alguma. Por todos esses motivos, nós não a acordamos.

— *Espero* que Giskard não tenha pensado, nem por um segundo, em me deixar — comentou Gladia, indignada. — Seria ilegal de acordo com a lei auroreana e, mais importante, segundo as Leis da Robótica. Seria bom voltar a Aurora e acusá-la diante de um Tribunal de Reivindicações.

— Isso não seria aconselhável neste momento, senhora.

— Qual foi a explicação dela para cobiçar Giskard? Ela tinha uma?

— Quando ela era criança, Giskard foi designado a ela.

— Legalmente?

— Não, senhora. O dr. Fastolfe apenas permitiu que ela o usasse.

— Então ela não tinha direito algum sobre Giskard.

— Nós salientamos esse fato, senhora. Ao que parece, era uma questão de apego sentimental por parte de madame Vasilia.

Gladia deu uma fungada.

— Tendo sobrevivido à perda de Giskard desde antes de eu vir para Aurora, ela poderia muito bem ter continuado como estava, sem chegar ao ponto de usar-se de atitudes ilegais para me privar de minha propriedade. — Depois, inquieta, acrescentou: — Deviam ter me acordado.

— Madame Vasilia trouxera quatro robôs consigo — continuou Daneel. — Se tivéssemos acordado a senhora e ocorresse uma altercação entre as duas, poderia haver alguma dificuldade em fazer os robôs calcularem as reações apropriadas.

— Garanto que eu teria orientado as reações apropriadas, Daneel.

— Sem dúvida, senhora. Madame Vasilia também poderia fazer o mesmo e ela é uma das roboticistas mais inteligentes da Galáxia.

Gladia passou sua atenção para Giskard.

— E você, não tem nada a dizer?

— Apenas que foi melhor assim, milady.

Gladia olhou, pensativa, para aqueles olhos robóticos que reluziam levemente, tão distintos dos olhos quase humanos de Daneel, e pareceu-lhe que o incidente, no final das contas, não era muito importante. Era insignificante. E havia outras coisas com que se preocupar. Eles estavam indo para a Terra.

De algum modo, ela não voltou a pensar em Vasilia outra vez.

66

— Estou preocupado — disse Giskard em um sussurro de confidencialidade, cujas ondas sonoras mal faziam o ar tremer. A nave colonizadora se afastava suavemente de Aurora e, por ora, não havia perseguição. A atividade a bordo voltara à rotina e, como quase todas as rotinas eram automatizadas, fez-se o silêncio, e Gladia dormiu naturalmente.

— Estou preocupado com lady Gladia, amigo Daneel.

Daneel entendia as características dos circuitos positrônicos de Giskard bem o bastante para não requerer uma longa explicação.

— Ajustar lady Gladia foi necessário, amigo Giskard — disse ele.

— Se ela houvesse feito mais perguntas, poderia ter deduzido a existência de suas atividades mentais e, nesse caso, o ajuste seria mais perigoso. Já ocorreram danos suficientes por lady Vasilia ter descoberto esse fato. Não sabemos com quem, ou com quantas pessoas, ela pode ter compartilhado o que sabia.

— Não obstante, gostaria de não ter feito esse ajuste. Se lady Gladia desejasse esquecer, teria sido simples e não apresentaria riscos. Entretanto, ela queria, com força e com furor, saber mais sobre o assunto. Ela lamentava não ter desempenhado um papel maior naquela situação. Fui forçado, portanto, a romper forças de ligação de intensidade considerável — explicou Giskard.

— Até mesmo isso foi necessário, amigo Giskard — afirmou Daneel.

— Nesse caso, todavia, a possibilidade de causar dano não foi, de forma alguma, insignificante. Se pensar em uma força de ligação como uma corda fina e elástica (essa é uma analogia pobre, mas não consigo pensar em qualquer outra, pois o que sinto em uma mente não encontra paridade do lado de fora), então as inibições comuns com as quais eu lido são tão finas e insubstanciais que desaparecem assim que toco nelas. Por outro lado, uma força de ligação intensa se quebra e produz uma vergastada quando rompida, e, então, esse golpe é capaz de quebrar outras forças de ligação completamente alheias ou, ao fustigar e tensionar outras forças semelhantes, pode fortalecê-las enormemente. Em qualquer caso, é possível que mudanças involuntárias sejam ocasionadas nas emoções e atitudes humanas, e é quase certo que isso traria danos.

— Você tem a impressão de que causou danos a lady Gladia, amigo Giskard? — perguntou Daneel, sua voz um pouco mais alta.

— Creio que não. Fui extremamente cuidadoso. Trabalhei nessa questão durante todo o período em que você esteve falando com ela. Foi gentil de sua parte suportar todo o peso da conversa e correr o risco de ser pego entre uma verdade inconveniente e uma inverdade. Mas, apesar de todo o meu cuidado, amigo Daneel, corri um risco e estou preocupado com o fato de que me predispus a correr tal risco. Chegou tão perto de infringir a Primeira Lei que isso exigiu um esforço extraordinário de minha parte. Tenho certeza de que não teria sido capaz de fazer isso...

— Sim, amigo Giskard?

— Se você não tivesse exposto sua noção da Lei Zero.

— Então você a aceita?

— Não, não sou capaz. Você consegue? Diante da possibilidade de causar dano a um ser humano individual ou de permitir que ele sofresse dano, você conseguiria fazer a primeira opção ou permitir a segunda em nome de uma humanidade abstrata? Pense!

— Não sei ao certo — respondeu Daneel, a voz tremendo até se transformar em ínfimo sussurro. Depois, com esforço, continuou: — Talvez. O simples conceito me impulsiona... e impulsiona você. Ele o ajudou a decidir correr o risco de ajustar a mente de madame Gladia.

— Sim, ajudou — concordou Giskard —, e, quanto mais pensarmos na Lei Zero, mais ela poderia ajudar a nos impelir. Entretanto, fico me perguntando: será que poderia fazê-lo não apenas de modo marginal? Não poderia nos ajudar a correr riscos pouco maiores do que normalmente correríamos?

— Ainda assim, estou convencido da validade da Lei Zero, amigo Giskard.

— Eu também estaria, se fôssemos capazes de definir o que queremos dizer com "humanidade".

Seguiu-se uma pausa e Daneel disse:

— Você não aceitou a Lei Zero, enfim, quando paralisou os robôs de madame Vasilia e apagou da mente dela o conhecimento sobre seus poderes mentais?

— Não, amigo Daneel. Na verdade, não. Fiquei tentado a aceitar a Lei Zero, mas não o fiz — esclareceu Giskard.

— E, contudo, suas ações...

— Foram ditadas por uma combinação de motivos. Você me falou sobre o seu conceito da Lei Zero e parecia haver certa validade nela, mas não o suficiente para cancelar a Primeira Lei ou até mesmo para cancelar o uso incisivo que madame Vasilia fez da Segunda Lei nas ordens que deu. Depois, quando você chamou minha atenção para a aplicação da Lei Zero à psico-história, pude sentir a força positronomotora aumentar, mas não o bastante para suplantar a Primeira Lei ou mesmo a reforçada Segunda Lei.

— No entanto, você subjugou madame Vasilia, amigo Giskard — murmurou Daneel.

— Quando ela ordenou que os robôs desmontassem você, demonstrando nisso um claro sentimento de prazer com essa perspectiva, a sua necessidade, amigo Daneel, aliada ao que o conceito da Lei Zero já havia feito, se sobrepôs à Segunda Lei e rivalizou com a Primeira. Foi uma combinação da Lei Zero, da psico-história, da minha lealdade para com lady Gladia e do apuro que você enfrentava que ditaram minha ação.

— Minha situação não poderia tê-lo afetado, amigo Giskard. Sou apenas um robô e, embora minha necessidade pudesse afetar minhas próprias ações em razão da Terceira Lei, ela não seria capaz de afetar as suas. Você destruiu a superintendente em Solaria sem hesitar; deveria ter observado minha destruição sem ser instado a agir.

— Sim, amigo Daneel, e, em uma ocasião normal, poderia ter acontecido dessa forma. Entretanto, sua menção da Lei Zero havia reduzido a intensidade da Primeira Lei a um grau extremo. A necessidade de salvá-lo foi suficiente para cancelar o que havia restado dela e eu... agi do modo como agi.

— Não, amigo Giskard. A perspectiva de dano a um robô não deveria afetá-lo em absoluto. Não deveria ter contribuído de forma alguma para superar a Primeira Lei, por mais fraca que essa lei tivesse se tornado.

— É uma coisa estranha, amigo Daneel. Não sei como isso me ocorreu. Talvez seja porque noto que, cada vez mais, você continua a pensar como um ser humano, mas...

— Sim, amigo Giskard?

— No momento em que os robôs avançaram em sua direção e lady Vasilia expressou seu prazer selvagem, meu padrão das vias positrônicas se remodelou de maneira anômala. Por um instante, pensei em você... como um ser humano... e reagi de acordo com essa percepção.

— Isso foi errado.

— Sei disso. E, contudo... e, contudo, caso isso acontecesse de novo, acredito que a mesma mudança anômala ocorreria outra vez.

— É estranho, mas, ao ouvi-lo expressar as coisas desse modo, tenho a sensação de que você agiu de maneira correta — disse Daneel. — E, se a situação fosse inversa, quase chego a pensar que eu também faria... faria o mesmo... que eu pensaria em você... como um ser humano.

Daneel lenta e hesitantemente estendeu a mão e Giskard olhou para ela, indeciso. Depois, de forma muito vagarosa, estendeu a própria mão. As pontas dos dedos quase se tocaram e então, pouco a pouco, cada um tomou a mão do outro e a apertou, quase como se, de fato, fossem aquilo pelo que se denominavam: amigos.

67

Gladia olhou ao redor com uma curiosidade velada. Era a primeira vez que entrava nos aposentos de D.G. Não era perceptivelmente mais luxuosa do que a nova cabine que fora planejada para ela. A cabine de D.G. tinha um painel de visualização mais elaborado, com certeza, e tinha um console mais complexo, cheio de luzes e contatos que, imaginava ela, serviam para manter D.G. conectado com o resto da nave, mesmo a partir dali.

— Eu o vi poucas vezes desde que partimos de Aurora, D.G. — comentou ela.

— Fico lisonjeado por ter notado — respondeu D.G. sorrindo.

— E, para lhe dizer a verdade, Gladia, também notei isso. Com uma tripulação composta apenas de homens, você se destaca.

— Esse não é um motivo muito lisonjeiro para sentir minha falta. Com uma tripulação composta apenas de humanos, imagino que Daneel e Giskard também se destaquem. Você sentiu tanta falta deles quanto de mim?

D.G. olhou ao redor.

— Na realidade, sinto tão pouca falta deles que só agora percebi que não a acompanham. Onde eles estão?

— Na minha cabine. Pareceu tolice arrastá-los comigo por aí, nos confins do pequeno mundo formado por esta nave. Eles pareciam dispostos a permitir que eu ficasse sozinha, o que me surpreendeu. Não — corrigiu-se ela —, pensando bem, eu tive de dar-lhes ordens bastante incisivas para ficarem ali antes que eles de fato o fizessem.

— Isso não é estranho? Os auroreanos nunca andam desacompanhados de seus robôs, segundo me deram a entender.

— E daí? Uma vez, há muito tempo, quando vim para Aurora pela primeira vez, tive de aprender a suportar a presença física de seres humanos, algo para o qual a minha criação solariana não havia me preparado. Aprender a ficar sem meus robôs, às vezes, quando estiver entre colonizadores, provavelmente será uma adaptação mais fácil para mim do que foi aquela primeira.

— Bom. Muito bom. Devo admitir que prefiro estar com você sem os olhos reluzentes de Giskard fixos em mim... e, melhor ainda, sem o sorrisinho de Daneel.

— Ele não sorri.

— Para mim, ele parece esboçar um sorrisinho insinuante e depravado.

— Você está louco. Daneel desconhece todo esse tipo de coisa.

— Você não o observa como eu. Sua presença é muito inibidora. Ela me obriga a me comportar.

— Bem, espero que sim.

— Não precisa ser tão enfática. Mas esqueçamo-nos disso. Deixe-me pedir desculpas por vê-la tão pouco desde que deixamos Aurora.

— Não é necessário.

— Já que você tocou no assunto, achei que era preciso. Entretanto, permita-me explicar. Estamos em pé de guerra. Tendo partido do modo como fizemos, estávamos certos de que naves auroreanas nos perseguiriam.

— Achei que eles ficariam felizes de se livrar de um grupo de colonizadores.

— Claro, mas você não é uma colonizadora e pode muito bem ser que você seja quem eles querem. Estavam bastante ansiosos para que voltasse do Mundo de Baley.

— E voltei. Fiz meu relato a eles e ponto-final.

— Não quiseram nada além do seu relatório?

— Não — Gladia fez uma pausa e, por um instante, franziu a testa como se algo estivesse alfinetando de leve sua memória. Seja lá o que fosse, passou, e ela repetiu com indiferença: — Não.

D.G. deu de ombros.

— Não faz muito sentido, mas eles não tentaram nos deter enquanto estávamos em Aurora, nem depois disso, quando embarcamos na nave e ela se preparou para sair de órbita. Não vou reclamar disso. Agora não falta muito para realizarmos o Salto... e, então, não deve haver nada com que nos preocupar.

— A propósito: por que você *tem* uma tripulação composta só de homens? — perguntou Gladia. — As naves auroreanas têm tripulações mistas.

— As naves colonizadoras também. As comuns. Esta é uma embarcação mercante.

— Que diferença faz?

— Essa atividade envolve perigo. É uma vida dura e imprevisível. Mulheres a bordo criariam problemas.

— Bobagem! Que problemas eu crio?

— Não vamos discutir essa questão. Além do mais, é tradicional. Os homens não aprovariam.

— Como você sabe? — Gladia deu risada. — Você já tentou?

— Não. Mas, por outro lado, não existem longas filas de mulheres implorando por um emprego na minha nave.

— Eu estou aqui. Estou gostando.

— Você está recebendo tratamento especial... e, se não fosse pelo que fez em Solaria, bem poderia ter havido muitos problemas. Na verdade, *houve* um problema. Mas deixe isso de lado. — Ele tocou em um dos contatos do controle e apareceu, por pouco tempo, uma contagem regressiva. — Vamos Saltar mais ou menos em dois minutos. Você nunca esteve na Terra, não é, Gladia?

— Não, claro que não.

— Nem viu *o* Sol, em vez de ver apenas *um* sol.

— Não... embora eu o tenha visto por hipervisão em dramas históricos, mas imagino que o que mostram nos programas não seja de fato *o* Sol.

— Tenho certeza de que não é. Se não fizer objeções, vamos diminuir as luzes da cabine.

As luzes diminuíram até quase se apagarem e Gladia notou o campo estelar no painel de visualização, com estrelas mais brilhantes e dispostas em agrupamentos mais densos se comparado ao céu de Aurora.

— Isto é uma visão telescópica? — perguntou ela com uma voz abafada.

— Um pouquinho. Baixo consumo de energia... quinze segundos. — Ele fez a contagem regressiva. Houve uma mudança no campo estelar e uma estrela brilhante estava agora quase centralizada. D.G. tocou em outro contato e informou: — Estamos bem próximos do plano planetário. Ótimo! Foi um tanto arriscado;

deveríamos ter nos afastado mais do astro auroreano antes do Salto, mas estávamos com um pouco de pressa. Aquele é *o* Sol.

— Quer dizer aquela estrela brilhante?

— Sim. O que acha dela?

— É... brilhante — respondeu Gladia, um tanto desconcertada ao pensar em que tipo de resposta ele esperava.

Ele pressionou outro contato e a vista foi perceptivelmente escurecida.

— Sim... e não é nada bom para os seus olhos ficar fitando-o. Mas não é o brilho que conta. Em sua aparência, é só uma estrela... mas pense nisto: aquele é o Sol *original*. Aquela foi a estrela cuja luz banhava um planeta que era o *único* mundo em que existiam seres humanos. Iluminava um planeta onde os seres humanos estavam se desenvolvendo aos poucos. Banhava um planeta onde a vida se formou há bilhões de anos, a qual se desenvolveria a ponto de dar origem aos seres humanos. Existem 300 bilhões de estrelas na Galáxia e 100 bilhões de Galáxias no Universo e só uma, entre todas essas estrelas, presidiu o nascimento da humanidade, e é *aquela* ali.

Gladia estava prestes a dizer: "Bem, *alguma* estrela tinha de ser". Mas pensou melhor e comentou em um tom débil:

— Bem impressionante.

— Não é apenas impressionante — retorquiu D.G., seus olhos encobertos pela penumbra. — Não há um colonizador na Galáxia que não considere que essa estrela seja sua. A radiação das estrelas que brilham em nossos vários planetas de origem é uma radiação emprestada... uma coisa alugada, da qual fazemos uso. Ali, bem ali, está a verdadeira radiação que nos deu vida. É aquela estrela e o planeta que a circula, a Terra, que nos mantêm todos unidos em um forte vínculo. Se não tivéssemos nada a compartilhar, compartilharíamos a luz nessa tela, e seria o bastante. Vocês, Siderais, se esqueceram disso e é por esse motivo que se afastam uns dos outros e é pelo mesmo motivo que, a longo prazo, não sobreviverão.

— Há espaço para todos nós, capitão — disse Gladia em um tom suave.

— Sim, claro. Eu não tomaria qualquer ação para *forçar* a não sobrevivência dos Siderais. Apenas acredito que é isso que acontecerá, mas que poderia não acontecer se os Siderais desistissem da irritante certeza quanto à sua superioridade, dos seus robôs e do ensimesmamento fruto de sua vida longa.

— É desse modo que você me vê, D.G.? — indagou Gladia.

— Você teve seus momentos. Mas melhorou. Tenho de admitir — respondeu D.G.

— Obrigada — replicou ela com evidente ironia. — E, embora você ache difícil de acreditar, os colonizadores também têm uma arrogância altiva. Mas você melhorou, tenho de admitir.

D.G. deu risada.

— Com tudo isso que estou gentilmente admitindo a seu respeito e você ao meu, é provável que terminemos em uma inimizade pela vida toda.

— Acho difícil — redarguiu Gladia, rindo a seu turno, um pouco surpresa ao ver que a mão dele estava pousada sobre a sua. E muito surpresa ao ver que ela não retirara a própria mão.

68

— Sinto-me incomodado, amigo Giskard, por madame Gladia não estar sob nossa observação direta — revelou Daneel.

— Isso não é necessário a bordo desta nave, amigo Daneel. Não detecto emoções perigosas e, neste momento, o capitão está com ela. Além disso, haveria vantagens no fato de ela se sentir confortável em ficar sem nós, pelo menos em certas ocasiões, quando estivermos todos na Terra. É possível que você e eu tenhamos que agir de forma repentina, sem que sua presença e sua segurança se tornem elementos complicadores.

— Então você manipulou essa separação entre ela e nós?

— Muito pouco. Apesar de ser estranho, encontrei uma forte tendência dentro dela de imitar o modo de vida colonizador a esse respeito. Ela tem um desejo reprimido por independência, prejudicado principalmente por uma sensação de que, com isso, está violando sua condição de Sideral. Essa é a melhor forma com que consigo descrever tal sentimento. As sensações e emoções não são nada fáceis de interpretar, pois nunca encontrei algo assim entre os Siderais antes. Então, eu apenas afrouxei a inibição referente à sua natureza Sideral com um toque mínimo.

— Então ela não vai mais querer fazer uso de nossos serviços, amigo Giskard? Isso me incomodaria.

— Mas não deveria. Se ela decidir que deseja uma vida sem robôs e se ficar mais feliz dessa maneira, também deve ser o que desejamos para ela. Entretanto, no contexto atual, tenho certeza de que ainda seremos úteis para ela. Esta nave é um habitat pequeno e especializado, no qual não existe grande perigo. Ela sente ainda mais segurança na presença do capitão e isso reduz a necessidade que tem de nós. Na Terra, ainda precisará de nós, embora creio que não será de forma tão premente quanto em Aurora. Como eu disse, pode ser que necessitemos de maior flexibilidade de ação enquanto estivermos na Terra.

— Então você é capaz de predizer qual é a natureza da crise que a Terra enfrenta? Sabe o que teremos de fazer?

— Não, amigo Daneel — respondeu Giskard. — Não sei. É você quem possui o dom do entendimento. Será que há algo que você seja capaz de compreender?

Daneel ficou calado por um momento. Depois disse:

— Tive algumas ideias.

— Quais são as suas ideias?

— Você se lembra do que me disse no Instituto de Robótica, pouco antes de lady Vasilia entrar na sala onde madame Gladia estava dormindo? Sobre os dois lampejos de ansiedade que o dr.

Amadiro havia tido? O primeiro surgiu com a menção ao intensificador nuclear; o segundo, com a declaração de que madame Gladia iria para a Terra. Parece-me que os dois devem estar ligados. Sinto que a crise com a qual estamos lidando envolve o uso de um intensificador nuclear na Terra; que há tempo para impedi-lo; e que o dr. Amadiro teme que façamos exatamente isso se formos para a Terra.

— Sua mente me diz que você não está satisfeito com essa ideia. Por que não, amigo Daneel?

— Um intensificador nuclear acelera os processos de fusão que já estejam acontecendo por meio de um fluxo de partículas W. Portanto, perguntei-me se o dr. Amadiro planeja usar um ou mais intensificadores nucleares para explodir os reatores de microfusão que fornecem energia para a Terra. As explosões nucleares induzidas desse modo envolveriam destruição por meio de calor e força mecânica, além de poeira e produtos radioativos que seriam jogados na atmosfera. Mesmo que não fosse o suficiente para causar danos mortais à Terra, a destruição de seu suprimento de energia certamente levaria, a longo prazo, ao colapso de sua civilização.

— Essa é uma ideia abominável e parece ser uma resposta quase certa para a natureza da crise que procuramos. Sendo assim, por que não está satisfeito?

— Tomei a liberdade de usar o computador da nave para obter informações sobre o planeta Terra. Como poderia se esperar de uma nave colonizadora, o computador está cheio dessas informações. Parece que a Terra é o único mundo humano que não utiliza reatores de microfusão como fonte de energia em grande escala. Em quase todo o planeta, os terráqueos usam a energia direta do Sol, com estações solares em torno de toda a órbita geoestacionária. Não há utilidade alguma para um intensificador nuclear, exceto destruir pequenos dispositivos: espaçonaves ou alguns edifícios. O dano poderia não ser ignorado, mas não ameaçaria a existência da Terra.

— Pode ser, amigo Daneel, que o dr. Amadiro tenha algum dispositivo que possa destruir os geradores de energia solar.

— Se for o caso, por que ele reagiu à menção aos intensificadores nucleares? É impossível que eles possam ser utilizados contra os geradores de energia solar.

Giskard lentamente concordou com a cabeça.

— Essa é uma boa pergunta. E, para fazer outra, se o dr. Amadiro ficou tão horrorizado com a ideia de irmos para a Terra, por que não fez esforço algum para nos impedir enquanto ainda estávamos em Aurora? Ou, se ele só ficou sabendo sobre nossa fuga depois que havíamos saído de órbita, por que não mandou uma embarcação auroreana nos interceptar antes que fizéssemos o Salto para a Terra? Será que estamos seguindo um caminho totalmente errado? Será que, em algum lugar, demos um grave passo em falso, que...

Uma sequência insistente de sinais sonoros descontinuados ressoou pela nave e Daneel disse:

— Fizemos o Salto em segurança, amigo Giskard. Senti isso há alguns minutos. Mas ainda não chegamos à Terra e suspeito de que a interceptação que você acabou de mencionar chegou agora, de modo que não estamos necessariamente no caminho errado.

69

D.G. foi tomado por uma admiração perversa. Quando os auroreanos de fato entravam em ação, seu requinte tecnológico ficava evidente. Não havia dúvida de que eles enviaram uma de suas mais atuais naves de guerra, fato a partir do qual se podia deduzir, de pronto, que seja lá o que os houvesse motivado, tratava-se de algo que lhes era muito caro.

E aquela nave detectara a presença da embarcação de D.G. em um espaço de quinze minutos após seu surgimento no espaço normal... e, aliás, mesmo a uma distância considerável.

A nave auroreana estava usando uma configuração de hiperonda de foco limitado. A cabeça do interlocutor podia ser vista com clareza enquanto estava focalizada. Todo o resto era uma névoa cinzenta. Se o falante mexesse a cabeça algo em torno de um decímetro para fora do foco, também ficava embaçada. A nitidez do som era igualmente limitada. O resultado líquido era que se via e se ouvia o mínimo da nave inimiga (D.G. já pensava nela como a nave "inimiga"), de modo que sua privacidade estava protegida.

A nave de D.G. também possuía hiperonda de foco limitado, mas, pensou D.G. com inveja, faltavam-lhe o refinamento e a elegância da versão auroreana. Claro, sua nave não era o melhor modelo que os colonizadores podiam fazer, porém, mesmo assim, os Siderais estavam bem à frente em termos tecnológicos. Os colonizadores ainda tinham de alcançá-los.

A aparência da cabeça auroreana em foco era clara e tão real que parecia horrivelmente destacada do corpo, de forma que D.G. não teria ficado surpreso se dela escorresse sangue. À segunda vista, porém, podia-se ver que o pescoço desaparecia em uma névoa cinzenta que se insinuava logo abaixo da gola de um uniforme indubitavelmente bem feito.

A cabeça, fazendo uma cortesia meticulosa, identificou-se como sendo o comandante Lisiform, da nave auroreana *Borealis*. D.G., por sua vez, identificou-se, projetando o queixo para a frente a fim de ter certeza de que sua barba lhe conferia um ar de ferocidade, algo que não poderia deixar de ser assustador para um Sideral sem barba e (pensou ele) de queixo frágil.

D.G. assumiu a tradicional expressão de informalidade que era tão irritante para um oficial Sideral quanto a tradicional arrogância do outro era para um colonizador.

– Qual é o seu motivo para me abordar, comandante Lisiform?

O comandante auroreano tinha um sotaque exagerado que possivelmente acreditava ser tão formidável quanto D.G. considerava sua barba. D.G. sentiu estar sob considerável tensão enquanto tentava compreender o sotaque e entendê-lo.

— Acreditamos que o senhor tem em sua nave uma cidadã auroreana chamada Gladia Solaria — anunciou Lisiform. — Correto, capitão Baley?

— Madame Gladia está a bordo desta nave, comandante.

— Obrigado, capitão. Com ela, segundo minhas informações me levam a supor, estão dois robôs de fabricação auroreana, R. Daneel Olivaw e R. Giskard Reventlov. Correto?

— Correto.

— Nesse caso, devo informá-lo de que R. Giskard Reventlov é, no momento, uma máquina perigosa. Pouco antes de a sua nave sair do espaço auroreano com ele, o mencionado robô feriu gravemente uma cidadã auroreana, desafiando as Três Leis. O robô deve, portanto, ser desmontado e reparado.

— O senhor está sugerindo, comandante, que desmontemos o robô em nossa nave?

— Não, senhor, isso de nada adiantaria. O seu povo, não tendo experiência com robôs, poderia desmontá-lo de maneira inadequada e, mesmo se conseguissem, não seriam capazes de repará-lo.

— Poderíamos, então, simplesmente destruí-lo.

— Ele é valioso demais para isso. Capitão Baley, o robô é produto e responsabilidade de Aurora. Não queremos ser causa de danos às pessoas em sua nave e no planeta Terra se o senhor aterrissar lá. Por conseguinte, pedimos que ele nos seja entregue.

— Comandante, agradeço sua preocupação — retorquiu D.G. — Contudo, o robô é propriedade legal de lady Gladia, que está conosco. Pode ser que ela não concorde em se separar de seu robô e, embora eu não pretenda ensiná-lo sobre as leis auroreanas, acredito que seria ilegal, de acordo com essas leis, forçar tal separação. Embora minha tripulação e eu não nos consideremos sujeitos à lei auroreana, não o ajudaríamos de bom grado a fazer algo que o seu próprio governo poderia julgar como um ato ilegal.

Havia um toque de impaciência na voz do comandante.

— Não se trata de uma ação ilegal, capitão. Uma avaria em um robô que coloca em risco a vida suplanta os direitos comuns de propriedade. Não obstante, se houver qualquer dúvida quanto a isso, minha nave está pronta para aceitar lady Gladia e seu robô, Daneel, junto com Giskard, o robô em questão. Não haverá nenhuma separação entre Gladia Solaria e sua propriedade robótica até que ela seja levada a Aurora. A lei poderá, então, seguir seu próprio curso.

— É possível, comandante, que lady Gladia não queira deixar a minha nave, nem permitir que sua propriedade deixe.

— Ela não tem escolha, capitão. Tenho autorização legal do meu governo para exigi-la... e, como cidadã auroreana, ela tem de obedecer.

— Mas não sou juridicamente obrigado a devolver qualquer coisa que esteja em minha nave a pedido de um poder estrangeiro. E se eu escolher desconsiderar o seu pedido?

— Nesse caso, capitão, eu não teria escolha a não ser considerar tal ato como hostil. Devo salientar que estamos dentro da esfera do sistema planetário do qual a Terra faz parte? O senhor não hesitou em me orientar sobre as leis auroreanas. Perdoe-me, portanto, se destaco que *seu* povo não considera apropriado iniciar ações hostis dentro do espaço deste sistema planetário.

— Estou ciente disso, comandante, e não desejo entrar em hostilidades nem pretendo agir de modo inamistoso. Entretanto, estou me dirigindo à Terra com certa urgência; estou perdendo tempo com esta conversa e perderia ainda mais se fosse em sua direção, ou esperasse que viesse até mim, para que pudéssemos realizar uma transferência física de lady Gladia e seus robôs. Prefiro continuar seguindo para a Terra e aceitar formalmente toda responsabilidade pelo robô Giskard e seu comportamento até que lady Gladia e seus robôs retornem a Aurora.

— Posso sugerir, capitão, que o senhor coloque a mulher e os dois robôs em uma nave salva-vidas e destaque um membro de sua tripulação para pilotá-la até nós? Quando a mulher e os robôs forem entregues, nós mesmos escoltaremos a nave salva-vidas aos arredores da Terra e o compensaremos adequadamente pelo seu tempo e trabalho. Um mercador não deveria se opor a isso.

— Não me oponho, comandante, não me oponho — respondeu D.G. com um sorriso. — No entanto, este tripulante destacado para pilotar a nave salva-vidas poderia correr grande risco, já que estaria sozinho com esse robô perigoso.

— Capitão, se a dona do robô for firme em seu controle, seu tripulante não correrá mais perigo na nave salva-vidas do que em sua embarcação. Nós o compensaremos pelo risco.

— Mas, se o robô pode, afinal, ser controlado pela dona, com certeza não é tão perigoso que não possam deixá-lo conosco.

— Capitão, espero que não esteja tentando fazer joguinhos comigo. O senhor recebeu meu pedido e gostaria que ele fosse cumprido de imediato.

— Suponho que eu possa consultar lady Gladia.

— Se o fizer agora mesmo. Por favor, explique a ela exatamente o que está envolvido. Se, nesse meio-tempo, o senhor tentar seguir em direção a Terra, considerarei esse ato como sendo hostil e tomarei as medidas apropriadas. Se sua viagem à Terra é urgente como diz, eu o aconselho a consultar Gladia Solaria sem demora e a chegar à instantânea decisão de cooperar conosco. Dessa forma, o senhor não se atrasará por muito tempo.

— Farei o que puder — respondeu D.G., o rosto inexpressivo ao sair do foco.

70

— E então? — D.G. perguntou em tom sério.

Gladia parecia aflita. Ela olhou automaticamente para os robôs Daneel e Giskard, mas eles permaneceram calados e imóveis.

— Não quero voltar a Aurora, D.G. — disse ela. — Eles não podem querer a destruição de Giskard; ele está em perfeitas condições de funcionamento, eu lhe asseguro. Isso é um subterfúgio. Eles me querem de volta por alguma razão. Suponho que não haja nenhuma maneira de impedi-los, não é?

— É uma nave de guerra auroreana... e das grandes — comentou D.G. — Esta é apenas uma nave mercante. Temos escudos de energia e eles não podem simplesmente nos destruir com um golpe só, mas acabariam nos vencendo em uma ação continuada... em pouco tempo, na verdade, e, depois, podem nos destruir.

— Você pode atacá-los de alguma maneira?

— Com as minhas armas? Sinto muito, Gladia, mas seus escudos conseguem resistir a qualquer coisa que possamos usar contra eles pelo tempo que eu tiver energia para gastar. Além do mais...

— Sim?

— Bem, eles acabaram me encurralando. De certo modo, pensei que tentariam me interceptar antes do Salto, mas eles sabiam qual era o meu destino, chegaram aqui primeiro e esperaram por mim. Estamos no Sistema Solar... o sistema planetário do qual a Terra faz parte. Não podemos lutar aqui. Mesmo que eu quisesse, a tripulação não me obedeceria.

— Por que não?

— Pode chamar de superstição. O Sistema Solar é um espaço sagrado para nós... se quiser descrever isso em termos melodramáticos. Não podemos profaná-lo com uma luta.

— Posso contribuir com esta discussão, senhor? — perguntou Giskard de repente.

D.G. franziu a testa e olhou para Gladia.

— Por favor. Permita que ele participe — pediu Gladia. — Estes robôs são altamente inteligentes. Sei que acha difícil acreditar, mas...

— Vou ouvir. Não preciso ser influenciado.

— Senhor, estou certo de que é a *mim* que eles querem — começou Giskard. — Não posso permitir que eu mesmo seja a causa de um dano a seres humanos. Se o senhor não pode se defender e tem certeza da destruição em um conflito com a outra embarcação, não tem escolha a não ser me entregar. Estou convicto de que, se deixá-los ficar comigo, eles não apresentarão um sério obstáculo caso queira ficar com lady Gladia e o amigo Daneel. É a única solução.

– Não – discordou Gladia de forma vigorosa. – Você é meu e não vou abrir mão de você. Vou com você, se o capitão decidir que deve ir... e garantirei que *não* o destruam.

– Também posso falar? – indagou Daneel.

D.G. lançou as mãos para o alto, fingindo desespero.

– Por favor. Falem todos.

– Se decidirem que devem entregar Giskard, precisam entender as consequências – advertiu Daneel. – Acredito que Giskard considera que, se abrirem mão dele, as pessoas da nave auroreana não lhe fariam mal e até o libertariam. Não acho que seria esse o caso. Creio que os auroreanos pensam seriamente que ele é perigoso e podem muito bem ter instruções para destruir a nave salva-vidas quando se aproximar, matando todos os tripulantes.

– Por que motivo fariam isso? – perguntou D.G.

– Nenhum auroreano jamais encontrou, ou sequer concebeu, o que eles chamam de um robô perigoso. Eles não correriam o risco de receber um robô desse tipo a bordo de suas embarcações. Eu sugeriria, capitão, uma retirada. Por que não realizar outro Salto, para longe da Terra? Não estamos perto o bastante de nenhuma massa planetária para impossibilitar esse movimento.

– Retirada? Quer dizer uma fuga? Não posso fazer isso.

– Bem, então deve nos entregar – disse Gladia com ar de desesperança resignada.

– Não vou desistir de vocês – retrucou D.G. com ímpeto. – E não vou fugir. E não posso lutar.

– E então, o que restou? – questionou Gladia.

– Uma quarta alternativa – replicou D.G. – Gladia, devo pedir-lhe que permaneça aqui com os seus robôs até eu voltar.

71

D.G. considerou as informações que tinha em mãos. Durante a conversa, houvera tempo suficiente para obter a localização detalhada da embarcação auroreana. Estava um pouco mais longe do Sol do que sua própria nave, e isso era bom. Saltar em direção ao Sol, àquela distância, realmente teria sido arriscado; em comparação, um Salto para o lado, por assim dizer, seria moleza. Havia a chance de um acidente por desvio de probabilidade, mas isso sempre existia.

Ele mesmo assegurara à tripulação que nenhum tiro seria disparado (o que, de qualquer forma, de nada adiantaria). Estava claro que eles tinham absoluta fé que o espaço da Terra iria protegê-los contanto que não profanassem sua paz oferecendo violência. Era puro misticismo, do qual D.G. escarneceria com desdém se ele próprio não compartilhasse dessa convicção.

Ele voltou a entrar em foco. Fora uma espera razoavelmente longa, mas não houvera nenhum sinal do outro lado. Eles haviam demonstrado uma paciência exemplar.

– Capitão Baley falando – disse ele. – Eu gostaria de falar com o comandante Lisiform.

A espera não durou muito.

– Comandante Lisiform falando. O senhor pode me dizer qual é a sua resposta?

– Vamos entregar a mulher e os dois robôs – retrucou D.G.

– Ótimo! É uma sábia decisão.

– E vamos entregá-los o mais rápido que pudermos.

– Outra vez, uma sábia decisão.

– Obrigado. – D.G. fez um sinal e sua nave Saltou.

Não houve tempo, nem necessidade, de prender a respiração. Terminou tão rápido quanto começou... ou, pelo menos, o lapso de tempo foi imperceptível.

A notícia veio do piloto.

— A nova posição da nave inimiga foi fixada, capitão.

— Ótimo — disse D.G. — Você sabe o que fazer.

A nave saíra do Salto em alta velocidade em relação à embarcação auroreana e a correção do curso (não era considerável, esperava-se) estava sendo realizada. Depois houve uma aceleração adicional.

D.G. entrou em foco de novo.

— Estamos perto, comandante, e a caminho para a entrega. O senhor pode abrir fogo se quiser, mas levantamos escudos e, antes que possa exauri-los, nós o teremos alcançado a fim de realizar a entrega.

— O senhor vai mandar uma nave salva-vidas? — O comandante saiu do foco.

D.G. esperou e o comandante voltou, com o rosto contorcido.

— O que é isso? Sua nave está em rota de colisão.

— Sim, parece que está — concordou D.G. — Essa é a forma mais rápida de realizar essa entrega.

— O senhor vai destruir a sua nave.

— E a sua também. Sua nave é pelo menos cinquenta vezes mais cara do que a minha... provavelmente mais. Uma troca ruim para Aurora.

— Mas o senhor está entrando em combate no espaço da Terra, capitão. Seus costumes não permitem isso.

— Ah, o senhor conhece nossos costumes e tira vantagem deles. Mas não estou em combate. Não dispararei nenhum erg de energia e não farei isso. Estou apenas seguindo uma trajetória. Acontece que a trajetória cruza a sua posição, mas, já que tenho certeza de que o senhor se moverá antes que cheguemos a essa intersecção, fica claro que não pretendo cometer violência alguma.

— Pare. Vamos conservar sobre isso.

— Estou cansado de discutir, comandante. Devemos todos nos despedir cordialmente? Caso não se mexa, estarei abrindo mão de cerca de quatro décadas de vida, sendo que a terceira e a quarta não seriam, de qualquer modo, tão boas. Quantas o senhor perderá?

E D.G. saiu de foco e assim permaneceu.

Um feixe de radiação foi disparado a partir da nave auroreana... hesitante, como que para testar se o outro havia, de fato, levantado os escudos. Ele havia cumprido a palavra.

Os escudos das naves suportavam radiação eletromagnética e partículas subatômicas, até mesmo neutrinos, e podiam resistir à energia cinética de pequenas massas, como partículas de poeira e fragmentos de meteoros. Os escudos não conseguiam resistir a energias cinéticas maiores, tais como aquela de uma nave inteira colidindo com outra em velocidade supermeteórica.

Eles podiam cuidar até mesmo de massas perigosas não guiadas (como um meteoroide, por exemplo). Os computadores de uma embarcação automaticamente desviariam a nave do curso do meteoroide que estivesse se aproximando caso fosse grande demais para ser detido pelo escudo. Isso, entretanto, não funcionaria com uma nave, que poderia desviar quando seu alvo desviasse. E se a nave colonizadora era a menor das duas, ela também era a mais fácil de manobrar.

Só havia uma maneira de a nave auroreana evitar a destruição...

D.G. observou enquanto a outra nave aumentava a olhos vistos em seu painel de visualização e se perguntava se Gladia, em sua cabine, sabia o que estava acontecendo. Ela devia ter sentido a aceleração, apesar da suspensão hidráulica de sua cabine e a ação compensatória do campo de pseudogravidade.

E então a outra nave simplesmente sumiu de vista em um piscar de olhos, Saltando para longe, e D.G. percebeu, com considerável desapontamento, que estava prendendo a respiração e que seu coração batia acelerado. Será que ele não confiara na influência protetora da Terra ou em sua própria avaliação garantida da situação?

D.G. falou pelo transmissor com uma voz que, com uma decisão firme, ele forçou a soar fria:

– Muito bem, homens! Corrijam o curso e se dirijam à Terra.

16. A CIDADE

72

— Você está falando a sério, D.G.? — perguntou Gladia. — Pretendia mesmo colidir com a nave?

— De modo algum — respondeu D.G. com indiferença. — Não esperava colidir. Eu apenas me precipitei contra eles, sabendo que bateriam em retirada. Aqueles Siderais não iam arriscar suas longas e maravilhosas vidas quando podiam muito bem preservá-las.

— *Aqueles* Siderais? Que covardes *eles* são.

D.G. pigarreou.

— Vivo me esquecendo de que você é uma Sideral, Gladia.

— Sim... e imagino que você considere isso um elogio para mim. E se eles tivessem sido tão tolos quanto você (se demonstrassem a mesma loucura infantil que você entende como valentia) e tivessem ficado no lugar? O que teria feito?

— Teria me chocado com eles — replicou D.G.

— E então todos nós teríamos morrido.

— A transação teria sido a nosso favor, Gladia. Uma nave mercante velha e miserável de um Mundo dos Colonizadores em troca de uma nave de guerra nova e avançada do principal Mundo Sideral.

D.G. inclinou a cadeira para trás, contra a parede, e colocou as mãos atrás do pescoço (era impressionante como ele se sentia confortável, agora que tudo havia terminado).

— Certa vez assisti a um hiperdrama histórico em que, no final de uma guerra, aviões carregados de explosivos eram jogados de propósito contra navios muito mais caros, a fim de afundá-los. Claro que o piloto de cada avião perdia a vida.

— Isso é ficção — retorquiu Gladia. — Você não acredita que pessoas civilizadas fariam coisas desse tipo na vida real, não é?

— Por que não? Se a causa for boa o bastante.

— E, então, o que você sentiu enquanto mergulhava em direção à sua morte gloriosa? Exaltação? Você estava enviando toda a sua tripulação para o mesmo destino.

— Eles sabiam disso. Não havia mais nada que pudéssemos fazer. A Terra estava nos olhando.

— As pessoas da Terra sequer sabiam.

— Quero dizer metaforicamente. Estamos no espaço da Terra. Não podíamos agir de maneira ignóbil.

— Ah, que bobagem! E você também arriscou a minha vida.

D.G. olhou para as próprias botas.

— Quer ouvir uma coisa louca? Essa foi a única coisa que me incomodou.

— Que eu morreria?

— Não exatamente. Que eu a perderia. Quando aquela nave me ordenou que a entregasse, eu sabia que não o faria, mesmo se você me pedisse. Em vez disso, eu colidiria contra eles com prazer; eles não podiam levá-la. E depois, enquanto eu observava a outra nave aumentando no meu painel de visualização, pensei: "Se eles não saírem de lá, vou perdê-la de qualquer forma". E foi nesse momento que meu coração passou a bater forte e comecei a suar. Eu *sabia* que eles iam fugir, e, no entanto, a possibilidade... — Ele chacoalhou a cabeça.

— Não entendo você — comentou Gladia. — Não estava preocupado que eu fosse morrer, mas em me perder? Os dois não caminham juntos?

— Eu sei. Não estou dizendo que é racional. Lembrei-me de você correndo até a superintendente para me salvar, sabendo que ela poderia matá-la com um só golpe. Lembrei-me de quando você encarou uma multidão no Mundo de Baley e dissuadiu-a, sendo que nunca havia enfrentado uma multidão antes. Até pensei em quando você foi a Aurora quando era jovem, aprendendo um novo modo de vida... e sobrevivendo. E pareceu-me que não importava se eu morresse; só me importava de perdê-la. Você está certa. Não faz sentido.

— Você esqueceu minha idade? — indagou Gladia, pensativa. — Eu era quase tão velha quanto sou agora quando você nasceu. Quando eu tinha a sua idade, eu costumava sonhar com o seu distante ancestral. Além disso, tenho até uma articulação artificial no quadril. Meu polegar esquerdo... este aqui — ela balançou o dedo em questão —, é inteiramente protético. Alguns dos meus nervos foram reconstruídos. Meus dentes são todos implantes de cerâmica. E você fala como se, a qualquer momento, fosse confessar uma paixão transcendente. Pelo quê? Por quem? Pense, D.G.! Olhe para mim e me veja como sou.

D.G. fez os quatro pés da cadeira tocarem o chão, voltando à posição normal, e cofiou a barba, produzindo um estranho som de algo raspando.

— Tudo bem. Você me fez parecer tolo, mas vou continuar. O que sei sobre a sua idade é que sobreviverá a mim e não vai parecer mais velha com o passar do tempo, de modo que você é mais jovem do que eu, e não mais velha. Além disso, não me importo que seja mais velha. O que gostaria é que você ficasse comigo aonde quer que eu fosse... por toda a minha vida, se possível.

Gladia estava prestes a dizer algo, mas D.G. interveio de maneira precipitada.

— Ou, se parecer mais conveniente, gostaria de ficar com você aonde quer que fosse... durante toda a minha vida, se possível. Se você não se importar.

— Eu sou uma Sideral. Você é um colonizador — lembrou Gladia.

— Quem se importa, Gladia? Você se importa?

— Quero dizer, não posso ter filhos. Já tive os meus.

— Que diferença isso faz para mim? Não existe risco de o sobrenome Baley desaparecer.

— Tenho meu próprio dever. Pretendo trazer a paz à Galáxia.

— Vou ajudá-la.

— E a sua atividade mercante? Vai desistir de sua chance de ser rico?

— Vamos trabalhar um pouco com isso, em paralelo. O suficiente para manter minha tripulação feliz e para lhe dar apoio em sua tarefa como pacifista.

— A vida vai ser tediosa para você, D.G.

— Será? Parece-me que, desde que você se juntou a nós, ela tem sido *muito* emocionante.

— E você provavelmente vai insistir que eu desista dos meus robôs.

D.G. pareceu perturbado.

— É por *isso* que estava tentando me dissuadir? Eu não me importaria em ficar com os dois, até com Daneel e seu sorrisinho depravado, mas, se vamos viver entre colonizadores...

— Então creio que terei de encontrar coragem para fazê-lo.

Ela deu uma risada suave e D.G. também. Ele estendeu os braços em direção a ela e Gladia colocou suas mãos nas dele.

— Você é louco; eu sou louca... mas tudo tem sido tão estranho desde aquela noite em que olhei para o céu de Aurora e tentei encontrar o sol de Solaria que imagino que a loucura seja a única reação possível diante dos fatos — disse ela.

— O que você acabou de dizer não é só loucura, é insanidade, mas é desse modo que desejo estar com você — retrucou D.G. Ele hesitou. — Não, espere. Vou raspar a minha barba antes de tentar beijá-la. Vai diminuir as chances de infecção.

— Não, não faça isso! Estou curiosa para saber como é.

E ela descobriu no mesmo instante.

73

O comandante Lisiform caminhava de um lado para o outro ao longo de sua cabine.

— Seria inútil perder a nave. Totalmente inútil — declarou ele.

Seu conselheiro político estava sentado em sua cadeira, calado. Seus olhos não se deram ao trabalho de seguir o rápido e agitado movimento de lá para cá do outro.

— Sim, claro — concordou ele.

— O que aqueles bárbaros têm a perder? De qualquer forma, eles vivem apenas algumas décadas. A vida não significa nada para eles.

— Sim, claro.

— No entanto, nunca testemunhei nem ouvi falar de uma nave colonizadora fazendo uma coisa dessas. Pode ser uma nova estratégia fanática e não temos defesa contra ela. E se eles mandassem naves teleguiadas contra nós com os escudos levantados e com força total, mas sem nenhum humano a bordo?

— Poderíamos robotizar nossas naves por inteiro.

— Isso não adiantaria. Não poderíamos nos dar ao luxo de perder a nave. O que precisamos é da lâmina de campo de força da qual vivem falando. Algo que atravessará um campo de força.

— Nesse caso, eles também desenvolverão uma, e nós teremos de inventar um campo de força à prova de lâmina, e eles farão o mesmo, e teremos outro impasse, em um nível mais alto.

— Então precisamos de algo completamente novo.

— Bem, talvez surja algo — comentou o conselheiro. — Sua missão principal era a questão da mulher solariana e seus robôs, não? Teria sido agradável se tivéssemos conseguido forçá-los a sair da nave colonizadora, mas isso era secundário, não era?

— De todo modo, o Conselho não vai gostar.

— É meu trabalho cuidar desse detalhe. O importante é que Amadiro e Mandamus deixaram a nave e estão a caminho da Terra em um bom e veloz transporte espacial.

— Bem, sim.

— E você não só distraiu a nave colonizadora como também a atrasou. Isso significa que Amadiro e Mandamus não apenas deixaram a nave sem ser percebidos, mas que chegarão à Terra antes do nosso capitão bárbaro.

— Suponho que sim. Mas que importância isso tem?

— Eu fico me perguntando... Se fosse apenas Mandamus, eu desconsideraria a questão. Ele é irrelevante. Mas Amadiro? Abandonar as batalhas políticas em casa, em um momento tão difícil, e vir à Terra? Algo absolutamente crucial deve estar acontecendo aqui.

— O quê? — O comandante parecia irritado por estar envolvido tão de perto e de maneira tão fatal em algo sobre o qual ele nada sabia.

— Não faço ideia.

— O senhor acha que poderiam ser negociações secretas no mais alto escalão para algum tipo de modificação geral do acordo de paz que Fastolfe havia firmado?

O conselheiro sorriu.

— Acordo de paz? Se pensa isso, não conhece o nosso dr. Amadiro. Ele não viajaria à Terra a fim de modificar esta ou aquela cláusula em um acordo de paz. O que ele busca é uma Galáxia sem colonizadores e, se ele foi à Terra... bem, tudo o que posso dizer é que não gostaria de estar no lugar dos bárbaros colonizadores a esta altura.

74

— Acredito, amigo Giskard, que madame Gladia não se sente incomodada por estar sem nós — disse Daneel. — Você consegue averiguar a mente dela a distância?

— Posso detectá-la de leve, porém inconfundivelmente, amigo Daneel. Ela está com o capitão e há uma nítida camada de entusiasmo e alegria.

— Excelente, amigo Giskard.

— Não tão excelente para mim, amigo Daneel. Eu me encontro em estado de desordem. Estive sob grande tensão.

— Aflige-me ouvir isso, amigo Giskard. Posso perguntar qual o motivo?

— Nós permanecemos aqui por algum tempo enquanto o capitão negociava com a nave auroreana.

— Sim, mas, ao que parece, a nave auroreana já se foi, então presumo que o capitão obteve bons resultados.

— Ele fez isso de um modo do qual você aparentemente não tem conhecimento. Eu sabia... até certo ponto. Embora o capitão não estivesse aqui conosco, tive pouca dificuldade para perceber sua mente. Ela emitia uma tensão e um suspense avassaladores e, sob essas emoções, crescia e se fortalecia um sentimento de perda.

— Perda, amigo Giskard? Você conseguiu determinar em que essa perda poderia consistir?

— Não posso descrever o meu método de análise de tais coisas, mas a perda não parecia ser do tipo que associei, no passado, a generalidades e objetos inanimados. Havia um toque (não é esta a palavra, mas não existe nenhuma outra que se encaixe sequer de forma vaga) de perda de uma pessoa específica.

— Lady Gladia.

— Sim.

— Seria natural, amigo Giskard. Ele teve de encarar a possibilidade de ter de entregá-la à nave auroreana.

— Era intenso demais para se tratar disso. Era lamentoso demais.

— Lamentoso demais?

— É a única palavra em que consigo pensar neste contexto. Havia um pesar desgastante, associado ao sentimento de perda. Não era como se lady Gladia fosse para outro lugar e ficasse indisponível. Afinal de contas, essa situação poderia ser corrigida em algum momento no futuro. Era como se lady Gladia fosse deixar de existir, fosse morrer, e ficar indisponível para sempre.

— Ele achou então que os auroreanos iam matá-la? Certamente, isso seria impossível.

— De fato, impossível. E não era isso. Senti um fio de uma sensação de responsabilidade pessoal ligado a esse profundíssimo medo de perda. Procurei em outras mentes a bordo da nave e, juntando as peças, cheguei à suspeita de que o capitão estava chocando sua nave contra a embarcação auroreana de propósito.

— Isso também é impossível, amigo Giskard — retorquiu Daneel em voz baixa.

— Tive de aceitar essa alternativa. Meu primeiro impulso foi o de alterar a composição emocional do capitão para obrigá-lo a mudar de rota, mas não consegui. Sua mente estava tão firmemente decidida, tão saturada de determinação e, apesar de todo o suspense, toda a tensão e todo o medo da perda, ainda tão cheia de confiança no êxito...

— Como podia haver, ao mesmo tempo, medo de perda em razão da morte e sensação de confiança no sucesso?

— Amigo Daneel, desisti de estranhar a capacidade da mente humana de sustentar duas emoções opostas ao mesmo tempo. Apenas aceito tal fato. Neste caso, a tentativa de alterar a mente do capitão a ponto de tirar a nave de sua rota o teria matado. Eu não podia fazer isso.

— Mas, se você não fizesse, amigo Giskard, dezenas de seres humanos nesta nave, inclusive madame Gladia, e outras centenas na embarcação auroreana morreriam.

— Poderiam não morrer se o capitão estivesse certo em sua sensação de confiança no êxito. Eu não seria capaz de ocasionar uma morte certa para impedir a mera possibilidade de várias mortes. Aí está a dificuldade, amigo Daneel, da sua Lei Zero. A Primeira Lei lida com indivíduos e certezas específicos. Sua Lei Zero lida com grupos e probabilidades vagos.

— Os seres humanos a bordo dessas naves não são grupos vagos. São muitos indivíduos específicos juntos.

— Contudo, quando preciso tomar uma decisão, o que levo em conta é o destino do indivíduo específico a quem estou prestes a influenciar diretamente. Não consigo evitar isso.

— Então o que você fez, amigo Giskard? Ou ficou completamente incapaz de agir?

— Em meu desespero, amigo Daneel, tentei contatar o comandante da nave auroreana depois que um pequeno Salto a trouxe para bastante perto de nós. Não consegui. A distância era muito grande. E, no entanto, a tentativa não foi de todo um fracasso. Detectei algo, o equivalente a um ligeiro zunido. Considerei isso por algum tempo antes de perceber que estava recebendo a sensação geral das mentes de todos os seres humanos a bordo da embarcação auroreana. Tive de filtrar esse leve zunido, separando-o das sensações muito mais proeminentes oriundas da nossa própria embarcação... uma tarefa difícil.

— Quase impossível, devo pensar, amigo Giskard — comentou Daneel.

— Como você disse, quase impossível, mas, com um esforço enorme, consegui. No entanto, por mais que tentasse, não era capaz de distinguir mentes individuais. Quando madame Gladia encarou os inúmeros seres humanos do seu público no Mundo de Baley, senti a confusão anárquica de um amontoado de mentes, mas pude escolher mentes individuais aqui e ali por um ou dois minutos. Não foi o que aconteceu nesta ocasião.

Giskard fez uma pausa, como se estivesse perdido na lembrança dessa sensação.

— Imagino que deva ser análogo ao modo como vemos estrelas individuais mesmo entre grandes grupos, quando o todo está comparativamente próximo a nós — sugeriu Daneel. — Em uma Galáxia distante, no entanto, não conseguimos distinguir estrelas individuais; vemos apenas uma névoa levemente luminosa.

— Essa me parece uma boa analogia, amigo Daneel. E, conforme me concentrei naquele zunido sutil, porém distante, pareceu-me que eu estava conseguindo detectar um toque muito tênue de medo permeando-o. Não tinha certeza quanto a essa sensação, mas achei que tinha de tentar tirar vantagem dela. Eu nunca havia arriscado exercer minha influência sobre algo que estivesse tão longe, sobre algo tão incipiente quanto um mero zunido... mas tentei desesperadamente aumentar esse medo, mesmo que em uma pequena parcela. Não sei dizer se fui bem-sucedido.

— A nave auroreana fugiu. Você *deve* ter sido bem-sucedido.

— Não necessariamente. A nave poderia ter fugido se eu não tivesse feito nada.

Daneel pareceu perdido em pensamentos.

— Poderia. Se nosso capitão estava tão confiante que ela fugiria...

— Por outro lado, não posso saber com certeza que havia uma base racional para tal confiança — retrucou Giskard. — Pareceu-me que o que detectei estava mesclado a um sentimento de profundo respeito e reverência pela Terra. A confiança que senti era bastante similar ao tipo que detectei em crianças pequenas em relação a seus protetores, sejam os pais ou de outra espécie. Tive a impressão de que o capitão acreditava que não poderia fracassar estando nas vizinhanças da Terra em razão da influência desse planeta. Eu não diria que tal sentimento era exatamente irracional, mas, ainda assim, não parecia racional.

— Sem dúvida, você está certo quanto a esse ponto, amigo Giskard. Em determinadas ocasiões, o capitão falou sobre a Terra, em nossa presença, de maneira reverencial. Uma vez que a Terra não pode de fato influenciar o sucesso de uma ação por meio de uma interferência mística, é bem possível supor que a sua influência foi exercida com êxito. E, além disso...

— Em que está pensando, amigo Daneel? — perguntou Giskard, seus olhos com um brilho indistinto.

— Estava considerando a suposição de que o ser humano individual é concreto enquanto a humanidade é abstrata. Quando você detectou aquele zunido sutil da nave auroreana, não estava captando um indivíduo, mas uma porção da humanidade. Será que você não conseguiria, se estivesse a uma distância adequada da Terra e se o ruído de fundo fosse suficientemente pequeno, detectar o zunido da atividade mental da população humana da Terra, em geral? E, ampliando essa noção para a Galáxia inteira, não seria possível imaginar que existe o zunido da atividade mental de toda a humanidade? Então, de que forma a humanidade é uma abstração? É algo que se pode apontar. Pense nisso em conexão com a Lei Zero e verá que a extensão das Leis da Robótica é justificada... justificada pela sua própria experiência.

Seguiu-se uma longa pausa e por fim Giskard disse lentamente, como se as palavras estivessem sendo arrancadas de dentro dele:

— Pode ser que esteja certo, amigo Daneel. E, contudo, se estivermos aterrissando na Terra agora, com uma Lei Zero que *talvez* possamos usar, ainda não sabemos *como* faríamos uso dela. Ao que nos parece, até o momento, a crise que a Terra enfrenta envolve a utilização de um intensificador nuclear, mas, até onde sabemos, não existe nada de significativo na Terra em que um intensificador nuclear possa fazer seu trabalho. O que, então, faremos nesse planeta?

— Não sei ainda — respondeu Daneel com tristeza.

75

Barulho!

Gladia ouvia, perplexa. Não feria seus ouvidos. Não era o som de uma superfície batendo em outra. Não era um grito penetrante, ou um clamor, ou uma pancada, ou... qualquer coisa que pudesse ser expresso por uma onomatopeia.

Era mais suave e menos devastador, aumentando e diminuindo, apresentando uma irregularidade ocasional... e sempre ali.

D.G. a observou ouvindo, inclinando o pescoço para lá e para cá, e disse:

— Chamam isso de "burburinho da Cidade", Gladia.

— E isso nunca para?

— Na verdade, nunca, mas o que se pode esperar? Você nunca esteve em um campo e ouviu o vento fazendo as folhas farfalharem, os insetos estridulando, os pássaros cantando e a água correndo? Isso nunca para.

— É diferente.

— Não é, não. É a mesma coisa. O som aqui é a mistura da vibração das máquinas e dos vários ruídos que as pessoas fazem, mas o princípio é exatamente o mesmo dos sons naturais não produzidos por humanos. Você está acostumada com os campos, então não percebe o barulho ali. Você não está acostumada com *isto*, então o ouve e é provável que o ache irritante. Os terráqueos não o ouvem a não ser em raras ocasiões em que acabam de chegar do campo... e então até se sentem muito felizes em saudá-lo. Amanhã você também não o ouvirá.

Gladia olhou pensativa ao redor a partir de onde eles se encontravam, em uma pequena sacada.

— Tantos edifícios!

— Isso é verdade. Construções para todos os lados, se espalhando por quilômetros. E de cima para baixo também. Não é apenas uma cidade à moda de Aurora ou do Mundo de Baley.

É uma Cidade, com C maiúsculo, do tipo que só existe na Terra.

— Estas são as Cavernas de Aço — declarou Gladia. — Eu sei. Estamos no subterrâneo, não estamos?

— Sim. Sem dúvida. Devo lhe dizer que *eu* levei tempo para me acostumar a esse tipo de coisa na primeira vez em que visitei a Terra. Aonde quer que se vá em uma Cidade, tudo parece um cenário urbano cheio de gente. Galerias, pistas, vitrines e aglomerados de pessoas, todos banhados pelas luzes fluorescentes suaves e universais, fazendo tudo parecer iluminado por tênues raios solares que não lançam sombras; mas *não é* a luz do Sol. Lá em cima, na superfície, não se sabe se o Sol está realmente brilhando no momento, se está encoberto por nuvens ou se nem está nos céus, deixando esta parte do mundo mergulhada na noite e na escuridão.

— Isso torna a Cidade enclausurada. As pessoas respiram o mesmo ar que as outras.

— Nós fazemos isso de qualquer maneira, em qualquer mundo, em qualquer lugar.

— Não dessa forma. — Ela deu uma fungada. — Sente-se o cheiro.

— Todos os mundos têm cheiro. Todas as Cidades na Terra têm um cheiro diferente. Você vai se acostumar.

— Será que eu quero? Como as pessoas não sufocam?

— Excelente ventilação.

— O que acontece quando ela quebra?

— Nunca quebra.

Gladia olhou ao redor e disse:

— Todos os edifícios parecem repletos de sacadas.

— É um sinal de status. Pouquíssimas pessoas têm apartamentos voltados para fora e, se elas os têm, querem tirar vantagem desses apartamentos. A maioria das pessoas da Cidade mora em apartamentos sem janelas.

Gladia estremeceu.

— Que coisa horrível! Qual é o nome desta Cidade, D.G.?

— É Nova York. É a principal Cidade, mas não é a maior. Neste continente, a Cidade do México e Los Angeles são as maiores e, em outros continentes, há Cidades ainda maiores que Nova York.

— Então, o que faz de Nova York a principal Cidade?

— O motivo de costume. O Governo Global está localizado aqui. As Nações Unidas.

— Nações? — Triunfante, ela apontou o dedo para D.G. — A Terra era dividida em várias unidades políticas independentes, certo?

— Certo. Dezenas delas. Mas isso foi antes das viagens hiperespaciais. Foi nos tempos pré-espaciais. Contudo, o nome permanece. É isso o que há de maravilhoso sobre a Terra. Ela é história fossilizada. Todos os outros mundos são novos e superficiais. Só a Terra é a *humanidade* em sua essência.

D.G. fez esse comentário em um sussurro abafado e depois voltou para o quarto. O cômodo não era grande e sua mobília era reduzida.

— Por que não há ninguém por aqui? — perguntou Gladia, desapontada.

D.G. deu risada.

— Não se preocupe, querida. Se são desfiles e atenção que você quer, logo os terá. Pedi que nos deixassem sozinhos por algum tempo. Quero um pouco de paz e sossego, e imagino que você também queira. Quanto aos meus homens, eles têm de atracar a nave, limpá-la, renovar as provisões, cuidar de suas devoções...

— Mulheres?

— Não, não é a isso que me refiro, embora, creio eu, as mulheres terão sua participação mais tarde. Por devoções quero dizer que a Terra ainda tem suas religiões e, de alguma forma, elas confortam os homens. Pelo menos aqui na Terra. Parece ter mais sentido aqui.

— Bem — começou Gladia com um toque de desdém. — Como diz você, história fossilizada. Você acha que podemos sair deste edifício e andar um pouco pelos arredores?

— Aceite meu conselho, Gladia, e não pense em fazer esse tipo de coisa neste exato momento. Você fará muito disso quando as cerimônias começarem.

— Mas elas serão muito formais. Poderíamos pular as cerimônias?

— De modo algum. Uma vez que você insistiu em se tornar uma heroína no Mundo de Baley, também terá de ser uma heroína na Terra. Entretanto, as cerimônias vão acabar mais cedo ou mais tarde e, quando se recuperar delas, vamos procurar um guia e conhecer de fato a Cidade.

— Teremos dificuldades para levar meus robôs conosco? — Ela fez um gesto em direção a Daneel e Giskard, que estavam na extremidade oposta da sala. — Não me importo de ficar sem eles enquanto estou com você em sua nave, mas, se estarei com multidões de estranhos, vou me sentir mais segura se eles forem comigo.

— Não haverá problema algum com Daneel, com certeza. Ele é um herói por mérito próprio. Foi o parceiro do ancestral e pode se passar por humano. Giskard, que é evidentemente um robô, em tese, não deveria ter recebido permissão para entrar nos limites da Cidade, mas abriram uma exceção neste caso e espero que continuem fazendo isso. De certo modo, é uma pena que tenhamos de esperar aqui e não possamos sair.

— Você quer dizer que eu ainda não deveria ser exposta a todo esse barulho — disse Gladia.

— Não, não. Não estou me referindo às praças públicas e às pistas. Eu apenas gostaria de levá-la aos corredores deste edifício em particular. Há, literalmente, quilômetros e quilômetros deles, e estes são uma pequena parte da Cidade em si mesmos: recantos de compras, refeitórios, áreas para recreação, Privativos, elevadores, transcorredores, e assim por diante. Existe mais cor e variedade em um andar de um edifício de uma Cidade da Terra do que em todo um povoado Sideral ou em um Mundo Sideral inteiro.

— Creio que todos devam se perder.

— Claro que não. Todos conhecem sua própria seção aqui, como em qualquer outro lugar. Até para os visitantes, basta seguir as placas.

— Suponho que toda essa caminhada que as pessoas têm de fazer seja boa para o físico delas — comentou Gladia em tom de dúvida.

— Para o aspecto social também. Há pessoas nos corredores o tempo todo e é convencional parar e trocar algumas palavras com seus conhecidos e também cumprimentar aqueles que você não conhece. Nem andar é algo absolutamente necessário. Há elevadores para viagens verticais em toda parte. Os corredores principais são transcorredores e se movem para o deslocamento horizontal. Fora do edifício, claro, há uma via afluente que leva à malha da via expressa. *Ela* é incrível. Você deve andar nela.

— Ouvi falar delas. Há faixas que você atravessa e que o levam cada vez mais rápido, ou cada vez mais devagar, conforme se passa de uma a outra. Eu não seria capaz de fazer uma coisa dessas. Não me peça isso.

— Claro que conseguirá — contestou D.G. em tom cordial. — Vou ajudá-la. Se necessário, eu a instruirei, mas tudo o que você precisa é de um pouco de prática. Entre os terráqueos, as crianças do jardim de infância conseguem fazer isso, e até os idosos o fazem, usando bengalas. Admito que os colonizadores tendem a ser desajeitados com essa prática. Eu mesmo não sou nenhum prodígio de graciosidade, mas consigo andar nelas e você também conseguirá.

Gladia deu um suspiro profundo.

— Pois bem, tentarei se for preciso. Mas vou lhe dizer uma coisa, D.G. querido. *Preciso* de um quarto razoavelmente quieto à noite. Quero que o seu "burburinho da Cidade" seja silenciado.

— Tenho certeza de que isso pode ser providenciado.

— E não quero ser obrigada a comer nas cozinhas comunitárias da seção.

D.G. pareceu estar em dúvida.

— Podemos providenciar que a comida seja trazida aqui, mas seria bem melhor se você participasse da vida social da Terra. Afinal de contas, estarei com você.

— Talvez depois de algum tempo, D.G., mas não de início... e quero um Privativo para mim.

— Ah, não, *isso* é impossível. Haverá um lavatório e um vaso sanitário em qualquer quarto que designem para nós, porque temos status, mas se quiser usar de fato um chuveiro ou uma banheira, terá de seguir a multidão. Haverá uma mulher para lhe mostrar o procedimento e vão lhe designar uma cabine ou seja lá o que tenham aqui. Você não vai ficar constrangida. Mulheres colonizadoras têm de ser instruídas quanto ao uso dos Privativos todos os dias do ano. E você pode acabar gostando desse costume, Gladia. Dizem que o Privativo feminino é um lugar de muita atividade e diversão. No Privativo masculino, por outro lado, não se permite dizer uma só palavra. Muito chato.

— Tudo isso é horrível — murmurou Gladia. — Como conseguem suportar a falta de privacidade?

— "Em um mundo superpovoado, a necessidade se sobrepõe" — D.G. pontificou com delicadeza. — "Nunca se sente falta daquilo que nunca se teve." Quer ouvir algum outro aforismo?

— Na verdade, não — replicou Gladia.

Ela parecia abatida e D.G. envolveu-a, colocando um braço no ombro dela.

— Ora, não será tão ruim quanto você pensa. Eu prometo.

76

Não foi exatamente um pesadelo, mas Gladia estava grata pela experiência anterior no Mundo de Baley ter lhe dado uma prévia do que era, agora, um verdadeiro oceano de humanidade. As multidões eram muito maiores ali, em Nova York, do que haviam sido no Mundo dos Colonizadores, mas ali, por outro lado, ela estava mais isolada da turba do que havia estado na primeira ocasião.

As autoridades governamentais estavam claramente ansiosas para serem vistas com ela. Havia uma disputa educada e sem palavras por uma posição próxima o bastante para ser visto com ela em hipervisão. Isso a isolava não apenas das multidões do outro lado das linhas policiais, mas também de D.G. e de seus dois robôs. E, da mesma forma, a sujeitava a um tipo de empurrão educado de pessoas que pareciam ter olhos somente para as câmeras.

Ela escutou o que pareciam ser inúmeros discursos, todos misericordiosamente curtos, sem de fato os ouvir. Ela sorria de tempos em tempos, tediosa e cegamente, lançando a visão de seus dentes implantados em todas as direções de forma indiscriminada.

Gladia seguia em um veículo terrestre por quilômetros de passagens em ritmo lento, à medida que um incontável formigueiro se alinhava nas galerias, dando vivas e acenando conforme ela passava. (Ela se perguntava se, em algum dia no passado, um Sideral recebera tamanha adulação dos terráqueos e convenceu-se de que seu caso em particular era algo sem precedentes.)

A certa altura, Gladia vislumbrou a distância um grupo de pessoas reunidas em torno de uma tela de hipervisão e, por um instante, viu a si mesma ali de relance. Ela sabia que o grupo estava ouvindo uma gravação de seu discurso no Mundo de Baley. Gladia se perguntava quantas vezes, em quantos lugares e diante de quantas pessoas ele estava sendo reprisado naquele momento; quantas vezes fora passado desde que ela o proferira; quantas vezes ainda seria retransmitido no futuro; e se haviam tido alguma notícia sobre ele nos Mundos Siderais.

Será que ela poderia de fato parecer uma traidora do povo de Aurora e que essa recepção seria usada como prova disso?

Poderia acontecer tanto uma coisa como a outra, e ela estava longe de se importar. Ela tinha sua missão de paz e reconciliação, e a seguiria seja lá aonde a levasse, sem reclamar... até a increditável orgia dos banhos em massa e do exibicionismo estrídulo e inconsciente no Privativo feminino aquela manhã. (Bem, sem reclamar em demasia.)

Eles chegaram a uma das vias expressas que D.G. mencionara e Gladia olhou, horrorizada, para as intermináveis filas de carros de passageiros que passavam, e passavam... e passavam... cada um com seu carregamento de pessoas que iam tratar de negócios inadiáveis em função do cortejo (ou que apenas não queriam ser incomodadas) e que olhavam de modo solene para as multidões e para a procissão durante os poucos instantes em que permaneciam à vista.

Então o veículo terrestre mergulhou sob uma via expressa, passando por um pequeno túnel que não diferia nem um pouco da passagem acima (toda a Cidade era composta de túneis) e apareceu de novo do outro lado.

E, por fim, a procissão terminou em um grande edifício público que, felizmente, era mais atrativo do que a repetição infinita de blocos que representavam as unidades da seção residencial da Cidade.

Dentro do edifício, houve outra recepção, durante a qual bebidas alcoólicas e canapés foram servidos. Gladia, com desgosto, não tocou em nenhum dos dois. Mil pessoas circulavam, agitadas, e uma interminável sucessão delas veio conversar com Gladia. Ao que parecia, correra o conselho de não se oferecer para apertar as mãos, mas alguns inevitavelmente o faziam; tentando não hesitar, Gladia colocava rapidamente dois dedos na mão do outro e então os puxava de volta.

Enfim, várias mulheres se prepararam para ir ao Privativo mais próximo e uma delas realizou o que era obviamente um rito social e perguntou, com delicadeza, se Gladia gostaria de acompanhá-las. Gladia não queria, mas poderia haver uma longa noite pela frente e talvez fosse mais embaraçoso ter de interrompê-la mais tarde.

Dentro do Privativo, ouviram-se as risadas e a tagarelice entusiasmadas de costume e Gladia, cedendo diante das exigências da situação e fortalecida pela experiência daquela manhã, usou as instalações em uma pequena câmara com partições em ambos os lados, mas nenhuma à frente.

Ninguém parecia se importar e Gladia tentou se lembrar de que devia se adaptar aos costumes locais. Pelo menos, o lugar era bem ventilado e parecia impecavelmente limpo.

Embora estivessem à vista, Daneel e Giskard foram ignorados. Isso, percebeu Gladia, era uma gentileza. Não se permitiam mais robôs dentro dos limites da Cidade, embora houvesse milhões no campo lá fora. Questionar a presença de Daneel e Giskard significaria levantar os problemas legais envolvidos. Era mais fácil fingir, de maneira diplomática, que eles não estavam lá.

Quando começou o banquete, eles se sentaram, em silêncio, à mesa com D.G., não muito longe do estrado. Gladia estava sentada à mesa situada no estrado, comendo com moderação e imaginando se a comida lhe faria mal.

D.G., talvez não muito satisfeito por ter sido relegado ao posto de guardião dos robôs, ficava olhando incansavelmente na direção de Gladia e, de vez em quando, ela acenava com uma das mãos e sorria para ele.

Giskard, igualmente vigilante em relação a Gladia, teve uma oportunidade de dizer a Daneel em voz muito baixa, encoberto pelo inexorável e interminável ruído de fundo dos talheres e da tagarelice:

— Amigo Daneel, estes que estão sentados nesta sala são altos funcionários. É possível que um ou mais deles tenham alguma informação útil para nós.

— É possível, amigo Giskard. Você poderia, com base em suas habilidades, me guiar nesse sentido?

— Não posso. O contexto mental não me fornece nenhuma reação emocional específica que seja de interesse. Nem mesmo o ocasional lampejo entre os mais próximos nada me revela. No entanto, estou certo de que o clímax da crise está se aproximando rápido, mesmo enquanto estamos sentados aqui, ociosos.

— Vou tentar fazer como o parceiro Elijah teria feito e acelerar o curso natural das coisas — disse Daneel em um tom sério.

77

 Daneel não comia. Ele observou aquela reunião com olhos calmos e encontrou a pessoa que estava procurando. Em silêncio, levantou-se e andou em direção a outra mesa, com seus olhos fixos em uma mulher que comia depressa, mas que ainda mantinha uma conversa animada com o homem à sua esquerda. Era uma mulher atarracada com cabelos curtos que revelavam nítidos indícios de grisalho. Seu rosto, apesar de não ser jovial, era agradável.

 Daneel esperou uma pausa natural na conversa e, já que isso não aconteceu, ele disse com certo esforço:

— Madame, posso interromper?

Ela olhou para ele, perplexa e claramente insatisfeita.

— Sim — disse ela de forma um tanto abrupta —, o que é?

— Madame, perdoe-me por interrompê-la, mas me permitiria falar com a senhora por algum tempo?

Ela olhou para ele, franzindo a testa por um instante, e então sua expressão se suavizou.

— Devo julgar, com base em sua cortesia excessiva, que você é um robô, não é? — perguntou ela.

— Sou um dos robôs de madame Gladia, senhora.

— Sim, mas você é o robô humano. Você é R. Daneel Olivaw.

— Esse é o meu nome, senhora.

A mulher se virou para o homem à sua esquerda e disse:

— Por favor, me dê licença. Não posso de modo algum me recusar a falar com este... robô.

Seu vizinho deu um sorriso indeciso e transferiu sua atenção ao prato diante de si.

— Por que não traz sua cadeira para cá? — sugeriu a mulher para Daneel. — Ficarei feliz em conversar com você.

— Obrigado, senhora.

Quando Daneel voltou e se sentou, ela indagou:

— Você é *mesmo* R. Daneel Olivaw, não é?

— Esse é o meu nome — repetiu Daneel.

— Quero dizer, aquele que trabalhou com Elijah Baley há muito tempo? Você não é um modelo da mesma linha? Não é R. Daneel IV ou algo assim?

— Há poucas coisas em mim que não foram substituídas nas últimas vinte décadas, ou mesmo modernizadas e melhoradas, mas o meu cérebro positrônico é o mesmo desde que trabalhei com o parceiro Elijah em três mundos diferentes... e uma vez em uma espaçonave. Ele não foi alterado.

— Bem! — Ela olhou para ele com admiração. — Você com certeza é um trabalho bem feito. Se todos os robôs fossem como você, eu não veria uma objeção sequer a eles. Sobre o que é que você quer falar comigo?

— Quando a senhora foi apresentada a lady Gladia, antes que todos nós nos sentássemos, foi identificada como subsecretária de Energia, Sophia Quintana.

— Você lembrou bem. Esses são o meu cargo e o meu nome.

— O cargo se refere a toda a Terra ou apenas à Cidade?

— Sou subsecretária global, eu lhe garanto.

— Então a senhora recebeu instrução no campo de energia?

Quintana sorriu. Ela não parecia se opor a ser interrogada. Talvez achasse divertido, ou se sentisse atraída pelo ar de seriedade respeitosa de Daneel, ou talvez pelo simples fato de que um robô pudesse interrogá-la daquela forma. De qualquer maneira, ela respondeu com um sorriso:

— Sou formada em Física pela Universidade da Califórnia e fiz mestrado na área de Energia. Não sei ao certo quão instruída ainda sou. Passei muitos anos trabalhando como administradora... algo que consome o cérebro de uma pessoa, eu lhe garanto.

— Mas a senhora conheceria muito bem os aspectos práticos do atual suprimento de energia da Terra, não é?

— Sim. Sobre isso, admito que sei. Há algo que você queira aprender sobre esse assunto?

— Há algo que despertou minha curiosidade, madame.

— Curiosidade? Em um robô?

Daneel aquiesceu com a cabeça.

— Se um robô for complexo o bastante, ele pode notar algo dentro de si que busca informações. É análogo ao que tenho observado nos seres humanos, que o chamam de "curiosidade", e tomo a liberdade de usar a mesma palavra em relação aos meus próprios sentimentos.

— Muito bem. Sobre o que você está curioso, R. Daneel? Posso chamá-lo desse modo?

— Sim, senhora. Soube que o suprimento de energia da Terra é oriundo de estações de energia solar na órbita geoestacionária do plano equatorial deste planeta.

— Sua informação está correta.

— Mas essas estações são a única fonte de suprimento de energia deste planeta?

— Não. Elas são a fonte primária, mas não a única, do fornecimento de energia. Há um uso considerável da energia do calor interno da Terra, dos ventos, das ondas, das marés, da água corrente, e assim por diante. Temos uma mescla bastante complexa, e cada variedade tem suas vantagens. No entanto, a energia solar é a principal fonte.

— A senhora não fez nenhuma menção à energia nuclear, madame. Não se usa microfusão?

Quintana franziu as sobrancelhas.

— É sobre isso que você está curioso, R. Daneel?

— Sim, senhora. Qual é o motivo de não existirem fontes de energia nuclear na Terra?

— Elas existem, R. Daneel. Podem ser encontradas em pequena escala. Nossos robôs (nós temos muitos nos campos, sabia?) funcionam à base de microfusão. A propósito, você funciona dessa forma?

— Sim, senhora — respondeu Daneel.

— Além disso — continuou ela —, há máquinas à base de microfusão aqui e ali, mas o total é irrisório.

— Não é verdade, madame Quintana, que as fontes de energia à base de microfusão são sensíveis à ação de intensificadores nucleares?

— Com certeza são. Sim, claro. A fonte de energia à base de microfusão explodirá e creio que isso pode ser classificado como sendo sensível.

— Então, é possível que uma pessoa, usando um intensificador nuclear, prejudique seriamente alguma parte crucial do suprimento de energia da Terra?

Quintana deu risada.

— Não, claro que não. Em primeiro lugar, não consigo imaginar alguém arrastando um intensificador nuclear por aí de um lugar ao outro. Eles pesam toneladas e não acho que sejam capazes de passar pelas ruas e corredores de uma Cidade. Com certeza, se alguém tentasse, seria notado. E também, mesmo que um intensificador nuclear entrasse em ação, a única coisa que destruiria seriam alguns robôs e algumas máquinas antes que o ato fosse descoberto e interrompido. Não existem quaisquer chances, nem mesmo uma remota, de sermos prejudicados dessa maneira. É essa a confirmação que você queria, R. Daneel?

Era quase uma dispensa.

— Há apenas uma ou duas pequenas dúvidas que eu gostaria de esclarecer, madame Quintana — disse Daneel. — *Por que* não existe uma grande fonte de microfusão na Terra? Todos os Mundos Siderais dependem dela, bem como os Mundos dos Colonizadores. A microfusão é portátil, versátil e barata... e não requer grande esforço de manutenção, reparo e substituição que as estruturas espaciais requerem.

— E, como você disse, R. Daneel, elas são sensíveis aos intensificadores nucleares.

— E, como *a senhora* disse, madame Quintana, os intensificadores nucleares são grandes e volumosos demais para ser de muita serventia.

Quintana deu um sorriso largo e aquiesceu.

— Você é muito inteligente, R. Daneel — comentou ela. — Nunca pensei que algum dia eu me sentaria à mesa e teria uma discussão dessas com um robô. Seus roboticistas auroreanos são muito engenhosos (engenhosos demais), pois tenho medo de continuar discutindo este assunto. Eu teria de me preocupar com a possibilidade de você tomar o meu lugar no governo. Sabia que temos uma lenda a respeito de um robô chamado Stephen Byerly assumindo um alto cargo no governo?

— Deve ser mera ficção, madame Quintana — retorquiu Daneel em tom sério. — Não existem robôs em cargos governamentais em qualquer um dos Mundos Siderais. Somos apenas robôs.

— Estou aliviada de ouvir isso e, portanto, vou continuar com a conversa. A questão das diferentes fontes de energia tem raízes históricas. Na época em que a viagem hiperespacial foi desenvolvida, nós tínhamos microfusão, de modo que as pessoas que deixaram a Terra levaram as fontes de energia à base de microfusão consigo. Ela era necessária nas naves espaciais, e também nos planetas, nas gerações durante as quais aqueles lugares estavam sendo adaptados para a ocupação humana. Leva muitos anos para construir um complexo adequado de estações de energia solar e, em vez de empreender essa tarefa, os imigrantes ficaram com a microfusão. Foi o que aconteceu com os Siderais na época deles, e é o que está acontecendo agora com os colonizadores. Entretanto, na Terra, a microfusão e a energia solar no espaço foram desenvolvidas mais ou menos ao mesmo tempo e ambas acabaram sendo cada vez mais usadas. Por fim, pudemos fazer nossa escolha e usar tanto a microfusão quanto a energia solar, ou ambas. E optamos pela energia solar.

— Essa escolha me parece estranha, madame Quintana. Por que não ambas? — perguntou Daneel.

— Na verdade, não é uma pergunta muito difícil de responder, R. Daneel. Nos tempos pré-espaciais, a Terra havia tido uma experiência com uma forma primitiva de energia nuclear, e não foi uma experiência feliz. Quando chegou a hora de escolher entre a energia solar e a microfusão, os terráqueos perceberam que a microfusão era uma forma de energia nuclear e se afastaram dela. Outros mundos, que não tiveram nossa vivência direta com aquela forma primitiva de energia nuclear, não viram motivos para se afastarem da microfusão.

— Posso perguntar o que seria essa forma primitiva de energia nuclear a que a senhora se refere?

— Fissão de urânio — respondeu Quintana. — É completamente diferente da microfusão. A fissão envolve a quebra de núcleos maciços, tais como o do urânio. A microfusão envolve a junção de núcleos leves, como os do hidrogênio. Contudo, ambas são formas de energia nuclear.

— Presumo que o urânio seria o combustível para dispositivos de fissão.

— Sim, ou outros núcleos maciços, tais como os do tório ou do plutônio.

— Mas o urânio e esses outros elementos são metais excessivamente raros. Eles poderiam sustentar uma sociedade que usasse fissão?

— Esses elementos são raros em outros mundos. Na Terra, eles não são exatamente comuns, mas não chegam a ser terrivelmente raros. O urânio e o tório estão espalhados de modo bastante amplo pela crosta em pequenas quantidades e concentrados em alguns lugares.

— E existe algum dispositivo de energia à base de fissão na Terra hoje em dia, senhora?

— Não — replicou Quintana de forma categórica. — Em lugar algum e de maneira alguma. Os seres humanos prefeririam queimar óleo, ou mesmo madeira, antes de se valer da fissão de urânio. Você não estaria me fazendo todas essas perguntas, nem eu lhe dando essas respostas, se você fosse um ser humano e um terráqueo.

— Mas a senhora tem certeza, madame? Não existe nenhum dispositivo secreto que faz uso da fissão e que, por uma questão de segurança nacional... — persistiu Daneel.

— Não, robô — assegurou Quintana, franzindo a testa. — Estou lhe dizendo: não há um dispositivo desses. Nenhum!

Daneel se levantou.

— Obrigado, senhora, e peço-lhe perdão por ter tomado o seu tempo e por investigar o que parece ser um assunto sensível. Com a sua permissão, vou deixá-la agora.

Quintana acenou com a mão de modo displicente.

— Disponha, R. Daneel.

Ela se voltou outra vez para seu vizinho, segura por saber que, em meio às multidões da Terra, as pessoas nunca tentavam entreouvir uma conversa próxima ou, se o faziam, nunca admitiam o fato.

— Quem poderia imaginar uma discussão sobre física e energia com um robô?

Quanto a Daneel, ele retornou ao seu lugar de origem e disse a Giskard em tom suave:

— Nada, amigo Giskard. Nada de útil.

Depois ele acrescentou com tristeza:

— Talvez eu tenha feito as perguntas erradas. O parceiro Elijah teria formulado as certas.

⑰ O ASSASSINO

78

O secretário-geral Edgar Andrev, diretor-executivo da Terra, era um homem bastante alto e imponente, com a barba completamente raspada à moda Sideral. Ele sempre se movimentava de forma calculada, como se estivesse em constante exposição, e tinha um brilho nos olhos, como se estivesse sempre satisfeito consigo mesmo. Sua voz era um pouco aguda demais para o seu biotipo, mas não chegava a ser estridente. Sem parecer obstinado, ele não era influenciado com facilidade.

E também não o foi desta vez.

— Impossível — disse ele a D.G. com firmeza. — Ela *precisa* aparecer em público.

— Ela teve um dia difícil, secretário-geral — explicou D.G. — Ela não está acostumada com as multidões ou com este ambiente. Sou o responsável perante o Mundo de Baley pelo bem-estar dela e minha honra pessoal está em jogo.

— Entendo sua posição — retorquiu Andrev —, mas sou um representante e não posso negar aos terráqueos a chance de vê-la. Os corredores estão lotados, os canais de hiperonda estão prontos e eu não conseguiria escondê-la, mesmo se assim o desejasse desesperadamente. Depois disso (e quanto tempo pode durar? meia hora?) ela pode se retirar e não precisa fazer outra aparição pública até o discurso de amanhã à noite.

— É necessário cuidar do conforto dela — comentou D.G., abandonando tacitamente sua posição. — É preciso mantê-la a certa distância da turba.

— Haverá um cordão de segurança que dará a ela um amplo espaço para respirar. A primeira fila da multidão será mantida bem afastada. Estão lá fora neste momento. Se não anunciarmos que ela aparecerá logo, podemos muito bem ter um tumulto em mãos.

— Isso não deveria ter sido organizado — advertiu D.G. — Não é seguro. Há terráqueos que não gostam de Siderais.

O secretário-geral encolheu os ombros.

— Gostaria que me dissesse como eu poderia ter impedido que fosse organizado. Neste instante, ela é uma heroína e não pode ser escondida. E ninguém terá nada além de aplausos para oferecer... por ora. Mas, se ela não aparecer, as coisas vão mudar. Agora vamos.

D.G. se afastou, insatisfeito. Ele chamou a atenção de Gladia. Ela transparecia cansaço e mais do que mera infelicidade.

— Você precisa, Gladia — disse ele. — Não há como escapar.

Por um instante, ela olhou para as mãos como se perguntasse o que elas ainda podiam fazer para protegê-la, depois se endireitou e ergueu o queixo... uma pequena Sideral no meio dessa horda de bárbaros.

— Se eu preciso, preciso. Você ficará ao meu lado?

— A menos que me tirem dali fisicamente.

— E meus robôs?

D.G. hesitou.

— Gladia, como dois robôs seriam capazes de ajudá-la em meio a milhões de seres humanos?

— Eu sei, D.G. E também sei que terei de me virar sem eles, mais cedo ou mais tarde, se quiser continuar com esta minha missão. Mas não agora, por favor. No momento, vou me sentir mais segura com eles, faça sentido ou não. Se essas autoridades terráqueas querem que eu cumprimente a multidão, sorria, acene e faça seja lá o que eu deva fazer, a presença de Daneel e Giskard me confortará. Olhe, D.G., estou cedendo em algo muito grande, apesar de estar me sentindo tão desconfortável a ponto de achar que o melhor seria fugir. Deixe que eles cedam nesse pequeno detalhe.

— Vou tentar — disse D.G. com ar de evidente desânimo e, enquanto andava em direção a Andrev, Giskard o acompanhou em silêncio.

Alguns minutos depois, quando Gladia avançou, cercada por um contingente cuidadosamente selecionado de oficiais, dirigindo-se a uma sacada aberta, D.G. ficou um pouco atrás dela, acompanhado à esquerda por Giskard e à direita por Daneel.

— Tudo bem, tudo bem — aceitara o secretário-geral em um tom pesaroso. — Não sei como conseguiu me fazer concordar, mas tudo bem. — Ele coçou a cabeça, consciente de uma leve dor na têmpora direita. Por algum motivo, seu olhar encontrou o de Giskard e ele desviou os olhos com um estremecimento contido. — Mas lembre-se: deve mantê-los imóveis, capitão. E, por favor, mantenha aquele que parece um robô o mais discreto que puder. Ele me deixa incomodado e não quero que as pessoas notem sua presença mais do que o necessário.

— Eles estarão olhando para Gladia, secretário-geral — garantiu D.G. — Não verão mais ninguém.

— Espero que sim — redarguiu Andrev com petulância. Ele fez uma pausa para pegar a cápsula de mensagem que alguém pôs em sua mão. Colocou-a no bolso, depois continuou andando e não pensou no objeto de novo até chegarem à sacada.

79

Para Gladia, parecia que cada vez que ela entrava em outro cenário, tudo ficava pior: mais pessoas, mais barulho, mais luzes confusas, mais invasão de todos os sentidos de percepção.

Havia gritos. Ela pôde ouvir seu próprio nome sendo bradado. Com dificuldade, superou sua tendência de recuar e ficar parada. Levantou o braço, acenou, sorriu e a gritaria aumentou. Alguém começou a falar, um homem com a voz retumbando através do sistema de alto-falante, sua imagem em um telão bem acima da multidão para que pudesse ser visto por todos. Sem dúvida, ele também podia ser visto em diversas telas em inúmeros salões em cada Seção de todas as Cidades do planeta.

Gladia suspirou aliviada por outra pessoa estar sob o holofote. Ela tentou se recolher dentro de si mesma e deixar o som do alto-falante distrair a atenção da turba.

O secretário-geral Andrev buscou a proteção daquela voz, da mesma forma que Gladia, e ficou agradecido porque, ao dar precedência a ela, não lhe pareceu necessário discursar naquela ocasião. De repente, lembrou-se da mensagem que havia guardado no bolso.

Franziu a testa, subitamente perturbado com o que poderia justificar a interrupção de uma cerimônia tão importante; em seguida experimentou um sentimento inverso, de intensa irritação, pelo fato de ser provável que a mensagem se provaria totalmente irrelevante.

Pressionou o polegar direito com força contra uma ligeira concavidade, projetada para receber a pressão, e a cápsula se abriu. Retirou o fino pedaço de plastipapel, leu a mensagem nele contida e depois observou enquanto a tira se retorcia e se fragmentava. Sacudiu o pó impalpável que restou e fez um gesto autoritário a D.G.

Nem havia a necessidade de sussurrar devido às condições de amplo e contínuo barulho da praça.

— Você relatou seu encontro com uma embarcação de guerra auroreana dentro do espaço do Sistema Solar — começou Andrev.

— Sim... e imagino que os sensores da Terra a detectaram.

— Claro que detectaram. O senhor contou que não houve atos hostis de nenhuma das partes.

— Nenhuma arma foi usada. Eles exigiram madame Gladia e seus robôs. Eu me recusei e eles foram embora. Expliquei todos esses acontecimentos.

— Quanto tempo levou tudo isso?

— Não muito tempo. Algumas horas.

— Quer dizer que Aurora enviou uma nave de guerra só para discutir com o senhor durante umas horas e depois partir?

D.G. encolheu os ombros.

— Secretário-geral, não sei quais eram as motivações deles. Só posso relatar o que aconteceu.

O secretário-geral olhou para ele com arrogância.

— Mas o senhor não está me contando tudo o que aconteceu. A informação dos sensores foi analisada por computador de forma minuciosa e parece que você os atacou.

— Não disparei um quilowatt de energia sequer, senhor.

— O senhor levou em consideração a energia cinética? O senhor usou a própria nave como projétil.

— Pode ser que eles tenham considerado dessa forma. Eles escolheram não me desafiar e expor o que poderia ter sido um blefe.

— Mas foi um blefe?

— Poderia ter sido.

— Parece-me, capitão, que o senhor estava pronto para destruir duas naves *dentro do Sistema Solar* e talvez criar uma crise bélica. Foi um risco terrível de se assumir.

— Não achei que chegaria a uma destruição de fato, e não chegou.

— Mas todo esse processo o atrasou e atraiu nossa atenção.

— Sim, presumo que sim, mas por que o senhor está salientando essa questão?

— Porque nossos sensores captaram algo que o senhor não observou... ou, em todo caso, não relatou.

— E o que seria, secretário-geral?

— Eles detectaram o lançamento de um módulo orbital que parecia conter dois seres humanos a bordo e vindo em direção à Terra.

Ambos mergulharam em seu próprio mundo. Nenhum ser humano na sacada prestava atenção neles. Apenas os dois robôs que estavam lado a lado com D.G. olhavam na direção dos dois e ouviam.

Foi a essa altura que o interlocutor parou, suas últimas palavras sendo:

— Lady Gladia, nascida Sideral no planeta de Solaria, vivendo como Sideral no planeta de Aurora, mas se tornando cidadã da Galáxia no Mundo dos Colonizadores chamado Mundo de Baley. — O apresentador se virou para ela e fez um gesto largo. — Lady Gladia...

O ruído da multidão se tornou um rumor longo e satisfeito, e a turba composta de muitas cabeças converteu-se em uma floresta de braços que acenavam. Gladia sentiu uma suave mão em seu ombro e ouviu uma voz em seu ouvido dizer:

— Por favor. Algumas palavras, milady.

— Povo da Terra — começou Gladia com uma voz fraca. As palavras saíram retumbantes e, de maneira estranha, silenciaram-se. Ela recomeçou com mais firmeza: — Povo da Terra, estou diante de todos na condição de ser humano, como vocês. Um pouco mais velha, admito, de maneira que não tenho sua juventude, sua esperança, sua capacidade de entusiasmo. Contudo, meu infortúnio é minimizado pelo fato de que, em sua presença, sinto que me contagio com seu vigor, de modo que o manto da idade desaparece...

Os aplausos foram ficando mais fortes e alguém na sacada disse a outra pessoa:

— Ela os está deixando felizes por terem vida curta. Aquela mulher Sideral tem o descaramento de um demônio.

Andrev não estava prestando atenção.

— Todo aquele episódio envolvendo você pode ter sido um artifício para fazer aqueles homens chegarem à Terra — disse ele a D.G.

— Eu não tinha como saber disso — retorquiu D.G. — Não consegui pensar em qualquer outra coisa a não ser salvar lady Gladia e a minha nave. Onde eles aterrissaram?

— Não sabemos. Não pousaram em nenhum dos espaçoportos da Cidade.

— Imaginei que não fariam isso — comentou D.G.

— Não que isso importe, mas me causa uma irritação passageira — disse o secretário-geral. — Nos últimos anos, registramos vários pousos desse tipo, embora nenhum tivesse sido preparado com tanto cuidado. Nada nunca aconteceu e não prestamos atenção. Afinal, a Terra é um mundo aberto. É o lar da humanidade e qualquer pessoa de qualquer mundo pode ir e vir livremente... até os Siderais, se quiserem.

D.G. cofiou a barba, produzindo um ruído áspero.

— No entanto, as intenções deles podem não ser amistosas.

(Gladia estava dizendo: "Desejo o bem a todos vocês neste mundo que originou a humanidade, neste mundo tão especial e nesta maravilhosa Cidade" e retribuiu os aplausos que aumentavam com um sorriso e um aceno enquanto permanecia de pé e deixava o entusiasmo se acender e se expandir.)

Andrev ergueu a voz para ser ouvido por sobre o clamor da multidão.

— Seja lá qual for a intenção deles, não pode dar em nada. A paz que recaiu sobre a Terra desde que os Siderais se retiraram e a colonização se iniciou é inquebrantável por dentro e por fora. Há muitas décadas, os espíritos mais selvagens entre nós têm partido para os Mundos de Colonização de forma que um espírito como o seu, capitão, que consegue se atrever a correr o risco de destruir duas naves dentro do Sistema Solar não pode ser encontrado na

Terra. Já não existe mais um nível de crime substancial na Terra, não há mais violência. Os seguranças designados para controlar esta multidão não têm armas, uma vez que não precisam mais delas.

E, enquanto o secretário-geral declarava tais palavras, um desintegrador se voltava em direção à sacada a partir do anonimato do vasto aglomerado, cuidadosamente apontado.

80

Várias coisas aconteceram quase ao mesmo tempo.

A cabeça de Giskard se virara para olhar para a turba, atraída por uma súbita impressão.

Os olhos de Daneel seguiram a mesma direção, viram o desintegrador apontado e, com reflexos mais rápidos do que os humanos, ele se precipitou.

O som do desintegrador ressoou.

As pessoas na sacada ficaram paralisadas, e depois começaram a gritar, surpresas com as vozes alteradas.

D.G. agarrou Gladia e puxou-a para um lado.

O barulho da multidão se transformou em um aterrorizante bramido a plenos pulmões.

O movimento de Daneel fora dirigido a Giskard, derrubando o outro robô.

O tiro do desintegrador atravessou o cômodo atrás da sacada e fez um buraco em uma parte do teto. Uma linha traçada do desintegrador até o buraco teria passado pelo espaço ocupado pela cabeça de Giskard um segundo antes.

– Não humano. Um robô – murmurou Giskard enquanto era empurrado.

Daneel, soltando Giskard, examinou rapidamente a cena. O térreo ficava a cerca de seis metros abaixo da sacada e esse espaço estava vazio. Os seguranças se esforçavam para abrir caminho até o local da confusão em meio à turba, que marcava o ponto onde estivera o suposto assassino.

Daneel saltou por sobre o parapeito e caiu, seu esqueleto de metal absorvendo o impacto com facilidade, como o de um ser humano não poderia ter feito.

Ele correu em direção à multidão.

Daneel não tinha escolha. Jamais encontrara algo como aquilo antes. A suprema necessidade era a de alcançar o robô com o desintegrador antes que fosse destruído e, com isso em mente, Daneel descobriu que, pela primeira vez em sua existência, não podia insistir na sutileza de preservar seres humanos individuais de quaisquer danos. Ele tinha de tirá-los do lugar de algum modo.

Na realidade, ele os empurrava para o lado enquanto trombava com o aglomerado, gritando bem alto:

— Abram caminho! Abram caminho! A pessoa com o desintegrador precisa ser interrogada!

Os seguranças o seguiram em fila e, por fim, encontraram a "pessoa", caída e um tanto maltratada.

Mesmo na Terra, que se orgulhava de sua não violência, um acesso de fúria contra alguém que era claramente um assassino deixou sua marca. O criminoso havia sido agarrado, chutado e agredido. Apenas a própria densidade da turba o salvara de ser despedaçado. Os diversos agressores, entrando na frente uns dos outros, acabaram fazendo relativamente pouco.

Os seguranças tiveram dificuldade em afastar a multidão. No chão, próximo ao robô prostrado, estava o desintegrador. Daneel ignorou-o.

Daneel estava ajoelhado ao lado do assassino capturado.

— Você consegue falar? — perguntou ele.

Olhos brilhantes fitaram os de Daneel.

— Consigo — respondeu o assassino em uma voz baixa, mas que, tirando isso, soava bastante normal.

— Você é de origem auroreana?

O assassino não respondeu.

— Sei que é — retrucou Daneel sem demora. — Era uma pergunta desnecessária. Onde fica sua base neste planeta?

O assassino não respondeu.

— Sua base? — indagou Daneel. — Onde fica? Você deve dizer. Estou ordenando que responda.

— Você não pode mandar em mim — replicou o assassino. — Você é R. Daneel Olivaw. Instruíram-me a seu respeito e não preciso obedecê-lo.

Daneel levantou os olhos, tocou o segurança mais próximo e disse:

— O senhor poderia perguntar a essa pessoa onde fica a base dela?

O guarda, perplexo, tentou falar, mas só emitiu um rouquejo. Constrangido, ele engoliu em seco e depois bradou:

— Onde fica a sua base?

— Fui proibido de responder a essa pergunta, senhor — contestou o assassino.

— Você deve responder — declarou Daneel com firmeza. — Uma autoridade planetária está perguntando. O senhor poderia ordenar que ele respondesse?

— Ordeno que responda, prisioneiro — repetiu o segurança.

— Fui proibido de responder a essa pergunta, senhor.

O guarda se abaixou para agarrar o assassino pelo ombro com vigor, mas Daneel rapidamente interveio:

— Não creio que seria útil usar de força, senhor.

Daneel olhou ao redor. Muito do clamor da multidão havia abrandado. Parecia haver certa tensão no ar, como se um milhão de pessoas estivessem esperando com ansiedade para ver o que Daneel faria.

— Senhores, será que poderiam abrir o caminho para mim? — pediu Daneel aos vários seguranças que agora se aglomeravam em torno dele e do assassino debruçado. — Devo levar o prisioneiro até lady Gladia. Talvez ela consiga forçá-lo a responder.

— E quanto a atendimento médico para o prisioneiro? — perguntou um dos guardas.

— Não será necessário, senhor — respondeu Daneel. Ele não explicou.

81

— Como foi acontecer uma coisa dessas? — Andrev esbravejou em tom firme, com os lábios tremendo de raiva. Eles estavam no cômodo ao lado da sacada e o secretário-geral olhou para o buraco no telhado, que permanecia como uma evidência silenciosa da violência que ocorrera.

— Nada aconteceu — disse Gladia, empenhando-se com sucesso para que sua voz não saísse trêmula. — Não me machuquei. Há um buraco no teto que vocês terão de consertar e, talvez, alguns reparos adicionais no cômodo de cima. Só isso.

Enquanto falava, ela pôde ouvir pessoas no andar de cima afastando objetos do buraco e presumivelmente avaliando o estrago.

— Não é só isso — retorquiu Andrev. — Esse acontecido arruína nossos planos de amanhã para a apresentação de seu grande discurso para o planeta.

— Ele faz o contrário. O planeta estará ainda mais ansioso para me ouvir, sabendo que quase fui vítima de uma tentativa de assassinato — contrapôs Gladia.

— Mas existe o risco de outro atentado.

Gladia estremeceu de leve.

— Isso apenas me faz sentir que estou no caminho certo. Descobri, secretário-geral Andrev, e não faz muito tempo, que tenho uma missão na vida. Não me passou pela cabeça que essa missão pudesse me colocar em perigo, mas, já que o faz, também me ocorre que eu *não* estaria em perigo *nem* valeria a pena a tentativa de me matar caso meus esforços não estivessem produzindo efeito. Se o perigo é uma medida da minha eficácia, estou disposta a correr esse risco.

— Madame Gladia, Daneel está aqui, presumo, com o indivíduo que apontou um desintegrador nessa direção — anunciou Giskard.

Não foi somente Daneel (carregando uma figura relaxada, que não resistia) que apareceu à porta, mas meia dúzia de seguranças também. Do lado de fora, o ruído da multidão parecia mais baixo e mais distante. Era evidente que a aglomeração estava começando a se dispersar e, de tempos em tempos, era possível ouvir o anúncio pelo alto-falante: "Ninguém se feriu. Não há perigo. Voltem para suas casas".

Andrev fez um sinal, mandando os guardas embora.

— Foi ele? — perguntou ele de forma brusca.

— Não há dúvida, senhor, de que este é o indivíduo que empunhava o desintegrador — confirmou Daneel. — A arma estava perto dele, as pessoas próximas ao local testemunharam sua ação, e ele mesmo admite ser o autor do atentado.

Andrev olhou para ele, perplexo.

— Ele está tão calmo. Não parece humano.

— Ele não é humano, senhor. É um robô, um robô humanoide.

— Mas não temos robôs humanoides na Terra. A não ser você.

— Este robô, secretário-geral, assim como eu, é de fabricação auroreana — esclareceu Daneel.

Gladia franziu as sobrancelhas.

— Mas isso é impossível. Um robô não poderia ter recebido ordens para me assassinar.

D.G., com ar de exasperado e uma possessiva mão em torno do ombro de Gladia, resmungou, irritado:

— Um robô auroreano especialmente programado...

— Bobagem, D.G. — disse Gladia. — Impossível. Auroreano ou não, com ou sem programação especial, um robô não pode atentar contra um ser humano de propósito caso saiba que se trata de um ser humano. Se esse robô disparou o desintegrador na minha direção, deve ter me errado de propósito.

— Com que finalidade? — indagou Andrev. — Por que ele erraria, senhora?

— O senhor não compreende? — perguntou Gladia. — Seja lá quem tenha dado essas ordens ao robô, deve ter achado que a *tentativa* seria suficiente para deter meus planos aqui na Terra, e era essa interrupção que eles queriam. Eles não podiam ordenar ao robô que me matasse, mas podiam mandá-lo errar e, se isso fosse o bastante para atrapalhar a programação, ficariam satisfeitos. Mas não vai atrapalhar. Eu não permitirei.

— Não aja como uma heroína, Gladia — pediu D.G. — Não sei o que vão tentar da próxima vez e nada, *nada*, vale o risco de perdê-la.

Os olhos de Gladia se abrandaram.

— Obrigada, D.G. Entendo seus sentimentos, mas *devemos* arriscar.

Andrev puxou a própria orelha, perplexo.

— O que faremos? O fato de que um robô humanoide usou um desintegrador em uma multidão de seres humanos não será bem-visto pelos terráqueos.

— Claro que não seria — assentiu Daneel. — Portanto, não contaremos a eles.

— Várias pessoas já devem estar sabendo... ou imaginam que estamos lidando com um robô.

— O senhor não será capaz de evitar os boatos, secretário-geral, mas não há necessidade de transformá-lo em algo além disso fazendo um anúncio oficial.

— Se Aurora estiver disposta a chegar a esse extremo para... — começou Andrev.

— Aurora, não — redarguiu Gladia rapidamente. — Determinadas pessoas em Aurora, certos cabeças quentes. Também existe esse tipo de extremistas belicosos entre os colonizadores, eu sei, e é provável que haja até mesmo na Terra. Não caia na rede desses extremistas, secretário-geral. Apelo à ampla maioria de seres humanos sensatos de ambos os lados a fim de que nada se faça para enfraquecer essa causa.

Daneel, que esperara pacientemente, enfim encontrou uma pausa longa o suficiente para possibilitar que ele interpusesse seu comentário.

— Madame Gladia, senhores, é importante descobrir onde fica a base deste robô aqui na Terra. Pode haver outros.

— Você não perguntou a ele? — inquiriu Andrev.

— Perguntei, secretário-geral, mas não sou humano. Este robô não é obrigado a responder a perguntas feitas por outro robô. Tampouco é obrigado a seguir minhas ordens.

— Bem, então *eu* farei essa pergunta — disse Andrev.

— Talvez isso não ajude, senhor. Este robô recebeu ordens estritas para não responder, e seu comando para fazê-lo provavelmente não irá superá-las. O senhor não conhece a fraseologia e a entonação adequadas... Madame Gladia é auroreana e sabe como isso deve ser feito. Madame Gladia, a senhora poderia questioná-lo quanto ao local de sua base planetária?

— Pode ser que não seja possível — disse Giskard em voz baixa, de modo que apenas Daneel o ouviu. — Ele pode ter recebido ordens para entrar em paralisia irreversível se o interrogatório se tornar muito insistente.

Daneel voltou a cabeça para Giskard de modo abrupto.

— Você pode impedir essa paralisia? — sussurrou ele.

— Não sei ao certo — respondeu Giskard. — O cérebro foi fisicamente danificado pelo ato de disparar um desintegrador na direção de humanos.

Daneel virou-se de novo para Gladia.

— Senhora, sugiro que seja mais inquisidora e menos brutal — aconselhou Daneel.

— Bem. Não sei — disse Gladia com dúvidas. Ela encarou o robô assassino, respirou fundo e, com uma voz firme, porém suave e gentil, ela perguntou: — Robô, como posso chamá-lo?

— Referem-se a mim como R. Ernett Segundo, senhora.

— Ernett, você é capaz de distinguir que sou auroreana?

— A senhora fala à moda auroreana, mas não de todo, madame.

— Eu nasci em Solaria, mas sou uma Sideral que viveu vinte décadas em Aurora e estou acostumada a ser servida por robôs. Ordenei e recebi os serviços de robôs todos os dias da minha vida, desde que era uma criança pequena. Nunca me desapontaram.

— Aceito esse fato, senhora.

— Você vai responder às minhas perguntas e acatar minhas ordens, Ernett?

— Sim, madame, se não forem neutralizadas por uma ordem concorrente.

— Se eu lhe perguntar sobre a localização da sua base neste planeta, ou seja, qual parte dele considera como sendo propriedade do seu mestre, você me responderia?

— Não poderia fazer isso, senhora. Tampouco responder a qualquer pergunta sobre o meu mestre. Pergunta alguma.

— Você entende que, caso não responda, ficarei muito decepcionada e que minha expectativa de direito pelos serviços robóticos será permanentemente frustrada?

— Entendo, senhora — replicou o robô com voz fraca.

Gladia olhou para Daneel.

— Será que devo insistir?

— Não há outra escolha a não ser prosseguir, madame Gladia — assegurou Daneel. — Se o esforço nos deixar sem informação, não ficaremos em situação pior do que esta em que nos encontramos.

— Não me cause dano, Ernett, recusando-se a revelar a localização da sua base neste planeta — disse Gladia com uma voz que evocava autoridade. — Ordeno que me conte.

O robô pareceu enrijecer. Ele abriu a boca, mas não emitiu nenhum som. Abriu outra vez e sussurrou com voz rouca:

"... *Mile*...". Abriu-a silenciosamente uma terceira vez, e depois, enquanto a boca permanecia aberta, o brilho dos olhos do robô assassino se apagou e eles ficaram inexpressivos e baços. Um de seus braços, que estivera um pouco erguido, caiu.

— O cérebro positrônico foi paralisado — sentenciou Daneel.

— Irreversível! Fiz o melhor que pude, mas não consegui deter — murmurou Giskard somente para Daneel.

— Não temos nada — declarou Andrev. — Não sabemos onde os outros robôs podem estar.

— Ele disse *"mile"* — lembrou D.G.

— Não reconheço a palavra — redarguiu Daneel. — Não faz parte do Padrão Galáctico como ele é usado em Aurora. Ela tem algum significado na Terra?

— Ele poderia estar tentando dizer "milenar" ou "Miles" — comentou Andrev de forma inexpressiva. — Uma vez conheci um homem cujo nome era Miles.

— Não vejo como qualquer uma das duas pudesse fazer sentido como resposta, ou parte de uma resposta, à pergunta que lhe foi apresentada — argumentou Daneel em tom sério. — Também não ouvi nenhum som vibrante nem antes nem depois de tal palavra.

Um terráqueo idoso, que até então permanecera calado, disse com certa modéstia:

— Tenho a impressão de se tratar de *mile*, "milha" em inglês, uma antiga medida de distância, robô.

— Qual a grandeza dessa medida, senhor? — perguntou Daneel.

— Não sei — respondeu o terráqueo. — Maior do que um quilômetro, creio eu.

— Ela não é mais usada, senhor?

— Não desde a era pré-espacial.

D.G. alisou a barba e disse, pensativo:

— Ainda é usada. Pelo menos, temos um antigo ditado no Mundo de Baley que diz: "por um triz é tão bom quanto por uma milha*". É usada para dizer que evitar um infortúnio por pouco é tão bom quanto evitar por uma grande margem. Sempre pensei que "milha" significasse bastante. Se de fato representar uma medida de distância, consigo entender melhor a expressão.

— Se for esse o caso, talvez o assassino estivesse tentando dizer exatamente isso — sugeriu Gladia. — Ele pode ter indicado que um erro por um triz (o tiro que ele errou de propósito) realizaria o que lhe ordenaram que fizesse; ou ainda que ter errado o tiro, não causando danos, equivalia a nem ter atirado.

— Madame Gladia, um robô de fabricação auroreana não usaria expressões que poderiam existir no Mundo de Baley, mas que com certeza nunca foram ouvidas em Aurora — salientou Daneel. — E, danificado como estava, ele não filosofaria. Fizeram-lhe uma pergunta e ele só poderia estar tentando respondê-la.

— Ah, talvez ele estivesse se esforçando para responder. Estava tentando nos dizer que a base ficava a certa distância daqui, por exemplo. Tantas milhas — argumentou Andrev.

— Nesse caso, por que ele usaria uma medida de distância arcaica? — perguntou D.G. — Nesse sentido, nenhum auroreano usaria outra medida senão quilômetros, tampouco robôs de fabricação auroreana. Na verdade — continuou ele com um toque de impaciência —, o robô estava avançando rapidamente para um estado de total inatividade e poderia estar apenas emitindo sons aleatórios. É inútil tentar extrair um significado de algo que não o contém. E agora quero me certificar de que madame Gladia vá descansar um pouco ou que, pelo menos, seja transferida deste quarto antes que o resto do teto caia.

---

* No original, o ditado popular utilizado é "a miss is as good as a mile", e significa que quase ter feito alguma coisa é tão ruim quanto não pensar em fazê-la, pois, em ambos os casos, o resultado é o mesmo, ou ainda que uma perda, mesmo que por pouco, continua sendo uma perda. A frase costuma ser traduzida ao português como "perdido por um, perdido por mil". No entanto, se essa tradução fosse usada, o trocadilho com a palavra "mile", que é o cerne da discussão entre os personagens neste trecho do romance, seria perdido. [N. de T.]

Eles saíram rapidamente e Daneel, atrasando o passo por um instante, disse para Giskard em voz baixa:

— Falhamos de novo!

82

A Cidade nunca ficava em completo silêncio, mas havia períodos em que as luzes ficavam mais difusas, o barulho das Vias Expressas (sempre em movimento) se acalmava e o estrépito das máquinas e da humanidade diminuía só um pouco. Em vários milhões de apartamentos, as pessoas dormiam.

No apartamento que lhe designaram, Gladia se deitou, sentindo desconforto em razão daquelas comodidades que faltavam, temendo que isso a forçasse a sair pelos corredores durante a noite.

Seria noite na superfície, ela se perguntou pouco antes de adormecer, ou seria apenas um "período de sono" arbitrário dentro desta Caverna de Aço em particular, em respeito a um hábito desenvolvido durante as centenas de milhões de anos em que os seres humanos e seus ancestrais haviam vivido na superfície daquela terra?

E, por fim, ela dormiu.

Daneel e Giskard não dormiram. Daneel, descobrindo que havia um terminal de computador no apartamento, passou meia hora absorvido, aprendendo combinações desconhecidas de teclas por tentativa e erro. Não havia instruções de tipo algum à disposição (quem precisa de instruções para algo que todo jovem aprende na escola?), mas, felizmente, os controles, embora não fossem os mesmos que os de Aurora, também não eram muito diferentes. Por fim, ele conseguiu encontrar a seção de referência da biblioteca da Cidade e abriu a enciclopédia. Passaram-se horas.

No estágio mais profundo do período de sono dos humanos, Giskard chamou:

— Amigo Daneel.

Daneel levantou os olhos.

— Sim, amigo Giskard.

— Devo pedir uma explicação sobre suas ações na sacada.

— Amigo Giskard, você olhou para a multidão. Eu segui seu olhar, vi a arma apontada em sua direção e reagi de imediato.

— Foi o que você fez, amigo Daneel, e, seguindo algumas suposições, consigo entender por que se precipitou em minha direção para me proteger. A começar com o fato de que o suposto assassino era um robô. Nesse caso, por mais que estivesse programado, ele não poderia apontar a arma para qualquer ser humano com a intenção de atingir um homem ou uma mulher. Tampouco era provável que apontasse a arma para você, pois tem semelhança suficiente com um ser humano para ativar a Primeira Lei. Mesmo se houvessem dito ao criminoso que um robô humanoide estaria na sacada, ele não saberia ao certo que seria você. Portanto, se o robô pretendia destruir alguém na sacada, só poderia ser a mim, aquele que não havia dúvida de que se tratava de um robô, e você agiu de pronto para me proteger. Ou comece pelo fato de que o assassino era um auroreano, não importando se era humano ou robô. É muito provável que o dr. Amadiro tenha ordenado tal ataque, uma vez que ele é extremista em seu posicionamento anti-Terra e, segundo acreditamos, está tramando a destruição deste planeta. Podemos garantir com um grau de certeza razoável que o dr. Amadiro ficou sabendo sobre minhas habilidades especiais por madame Vasilia; a partir daí, poderíamos argumentar que ele atribuiria prioridade total à minha destruição, já que ele naturalmente temeria mais a mim do que a qualquer outro, robô ou humano. Raciocinando dessa maneira, seria lógico que você agisse do modo como agiu para me proteger. E, de fato, se você não tivesse me derrubado, acredito que o disparo teria me destruído. Mas, amigo Daneel, você não tinha como saber que o assassino era um robô ou que ele era auroreano. Mesmo eu só percebi a estranha anomalia de um padrão cerebral robótico em contraste com o amplo borrão de emoções humanas quando você me alcançou... e foi só depois disso que tive a chance de informá-lo. Sem a minha habilidade, você somente poderia ter notado que a arma estava sendo apontada por alguém que, naturalmente, deveria ser considerado um humano e um terráqueo. O alvo lógico, portanto, era madame Gladia, como, na verdade, todos os que estavam na sacada presumiram ser. Nesse caso, por que você ignorou madame Gladia e protegeu a mim, e não a ela?

— Amigo Giskard, considere minha linha de raciocínio — começou Daneel. — O secretário-geral havia comentado que um módulo de aterrissagem auroreano com dois homens se dirigira para a superfície da Terra. Presumi de imediato que o dr. Amadiro e o dr. Mandamus haviam vindo para este planeta. Poderia existir apenas um motivo para isso. O plano que eles arquitetaram, seja lá qual a sua natureza, atingiu o ponto de maturação ou está muito próximo disso. Agora que você chegou à Terra, amigo Giskard, eles vieram correndo até aqui para se certificarem de que seja executado prontamente antes que você tenha a chance de impedi-lo com os seus poderes de ajuste de mentes. Para se assegurarem duplamente, eles agiriam no sentido de destruí-lo se pudessem. Portanto, quando vi a arma apontada, avancei de imediato para tirá-lo da linha de tiro.

— A Primeira Lei deveria tê-lo forçado a tirar madame Gladia da linha de tiro — contrapôs Giskard. — Nenhum pensamento, nenhum raciocínio, poderia ter alterado isso.

— Não, amigo Giskard. Você é mais importante do que madame Gladia. Na verdade, você é mais importante do que qualquer ser humano neste momento. Se alguém pode impedir a destruição da Terra, esse alguém é você. Uma vez que sei do potencial serviço que você tem à humanidade, então, quando sou confrontado por uma escolha sobre como agir, a Lei Zero exige que eu proteja você antes de qualquer outro.

— E você não se sente incomodado por ter desafiado a Primeira Lei?

— Não, pois obedeci à predominante Lei Zero.

— Mas a Lei Zero não foi incorporada em você.

— Eu a aceitei como corolário da Primeira Lei, pois de que maneira se pode impedir que um ser humano seja ferido a não ser assegurando que a sociedade humana em geral seja protegida e mantida em funcionamento?

Giskard pensou por um instante.

— Entendo o que está tentando dizer, mas e se, ao agir para me salvar e, portanto, agir para salvar a humanidade, a arma não estivesse apontada para mim e madame Gladia fosse assassinada? Como você teria se sentido nessa circunstância, amigo Daneel?

— Não sei, amigo Giskard — respondeu Daneel em um tom baixo de voz. — No entanto, caso eu tivesse me jogado para salvar madame Gladia e ficasse provado que ela estava, de qualquer modo, a salvo, e isso resultasse em sua destruição e, com você, na minha opinião, o futuro da humanidade, como eu poderia ter sobrevivido a esse golpe?

Os dois se entreolharam por algum tempo, perdidos em seus próprios pensamentos.

— Pode ser, amigo Daneel, mas você concorda que é difícil julgar nesses casos? — perguntou Giskard enfim.

— Concordo, amigo Giskard.

— É bastante difícil quando é necessário escolher rapidamente entre dois indivíduos, decidir qual indivíduo pode sofrer, ou provocar, o maior dano. Escolher entre um indivíduo e a humanidade quando não se sabe ao certo com qual aspecto da humanidade se está lidando é tão difícil que a própria validade das Leis da Robótica se torna suspeita. Assim que a humanidade, no sentido abstrato, é apresentada, as Leis da Robótica começam a se fundir com as Leis da Humânica... e estas podem nem sequer existir.

— Eu não o compreendo, amigo Giskard — comentou Daneel.

— Não estou surpreso. Não sei ao certo se eu me fiz compreender. Mas reflita. Quando pensamos na humanidade que devemos salvar, pensamos nos terráqueos e nos colonizadores. Eles são mais numerosos do que os Siderais, mais vigorosos, mais expansivos. Demonstram mais iniciativa porque dependem menos dos robôs. Eles têm um potencial maior para a evolução biológica e social porque têm vida curta, embora sua existência seja longa o bastante para contribuir, individualmente, com grandes feitos.

— Sim — concordou Daneel —, você está expressando as coisas de forma sucinta.

— E, contudo, os terráqueos e os colonizadores parecem ter uma confiança mística e até irracional na santidade e na inviolabilidade da Terra. Será que esse misticismo não é tão fatal ao desenvolvimento deles quanto o misticismo envolvendo os robôs e a longevidade que atrapalha os Siderais?

— Eu não tinha pensado nisso — replicou Daneel. — Não sei.

— Se você tivesse consciência das mentes como eu, não teria deixado de pensar nessa questão — comentou Giskard. — Como se escolhe? — continuou ele com repentina intensidade. — Pense na humanidade como um todo dividido em duas espécies: os Siderais, com um misticismo aparentemente fatal, e os terráqueos e os colonizadores, com outro misticismo possivelmente fatal. Pode ser que existam outras espécies, no futuro, com propriedades ainda menos atrativas. Então, não é suficiente escolher, amigo Daneel; precisamos ser capazes de moldar. Devemos moldar uma espécie desejável e então protegê-la, em vez de nos vermos forçados a selecionar entre duas ou mais opções indesejáveis. Mas como podemos atingir o desejável a menos que tenhamos a psico-história, a ciência com a qual sonho, mas que não consigo alcançar?

— Não havia avaliado a dificuldade de possuir a habilidade de sentir e influenciar mentes, amigo Giskard — disse Daneel. — É possível que você aprenda coisas demais para permitir que as Três Leis da Robótica funcionem de modo harmonioso dentro de você?

— Essa sempre foi uma possibilidade, amigo Daneel, mas só depois desses acontecimentos recentes é que ela se tornou real. Conheço o padrão de vias positrônicas que produz o efeito de sentir e influenciar mentes dentro de mim. Eu me estudei com cuidado durante décadas a fim de conhecê-lo e poder passá-lo para você, de forma que pudesse se autoprogramar para ser como eu... mas resisti a esse impulso. Seria cruel com você. Já basta que eu carregue esse fardo.

— Não obstante, amigo Giskard, se algum dia, na sua opinião, o bem da humanidade o exigisse, eu aceitaria tal fardo — garantiu Daneel. — Na verdade, pela Lei Zero, eu seria obrigado a aceitá-lo.

— Mas esta discussão é inútil — destacou Giskard. — Parece que a crise está prestes a eclodir e, uma vez que sequer fomos capazes de descobrir a natureza dela...

— Você está errado, pelo menos nesse ponto, amigo Giskard — interrompeu Daneel. — Agora sei a natureza da crise.

83

Não era de se esperar que Giskard demonstrasse surpresa. Sua face, claro, era incapaz de apresentar uma expressão. Sua voz possuía modulação, de maneira que sua fala parecia humana e não era monótona nem desagradável. Essa modulação, contudo, nunca se alterava em função de alguma forma reconhecível de emoção.

Portanto, quando ele disse "Você está falando a sério?", soou como se ele tivesse expressado dúvida quanto a um comentário de Daneel sobre como o tempo estaria no dia seguinte. Entretanto, pelo modo como ele virou a cabeça em direção a Daneel, a maneira como ergueu uma das mãos, não havia dúvida de que estava surpreso.

— Eu sei, amigo Giskard — afirmou Daneel.

— Como lhe ocorreu tal informação?

— Em parte, com base no que a madame subsecretária Quintana me contou à mesa do jantar.

— Mas você não havia comentado que não obtivera nada de útil a partir daquela conversa, que supunha ter feito as perguntas erradas?

— Foi o que me pareceu na ocasião. Durante uma reflexão posterior, no entanto, percebi que poderia fazer deduções úteis a partir do que ela havia dito. Estive realizando buscas na enciclopédia central da Terra pelo terminal de computador nestas últimas horas...

— E confirmou suas deduções?

— Não exatamente, mas não achei nada que as refutasse, o que talvez seja tão bom quanto a primeira opção.

— Mas uma evidência negativa é suficiente para ter certeza?

— Não é. E, portanto, não tenho certeza. Contudo, deixe-me descrever meu raciocínio para você e, se o achar falho, avise-me.

— Por favor, prossiga, amigo Daneel.

— A energia à base de fusão, amigo Giskard, foi desenvolvida neste mundo antes da época das viagens hiperespaciais e, portanto, quando os seres humanos encontravam-se apenas em um único planeta, a Terra. Esse é um fato muito conhecido. Levou bastante tempo para desenvolver uma forma prática e controlada de energia à base de fusão após essa possibilidade ter sido concebida e colocada em um sólido fundamento científico. A principal dificuldade em converter o conceito em prática envolvia a necessidade de atingir uma temperatura suficientemente alta em um gás suficientemente denso por um tempo longo o bastante para causar a ignição da fusão. E, no entanto, várias décadas antes que a energia baseada em fusão controlada fosse estabelecida, já existiam bombas de fusão; tais artefatos representavam uma reação descontrolada da fusão. Mas, controlada ou não, a fusão não podia acontecer sem uma temperatura extremamente alta, na casa dos milhões de graus. Uma vez que os seres humanos não conseguiam produzir a temperatura necessária para a energia de fusão controlada, como faziam isso para causar uma explosão descontrolada de fusão? Madame Quintana me contou que, antes de existir fusão na Terra, havia outra variedade de reação nuclear: a fissão. A energia originada da divisão, ou fissão, de grandes núcleos, tais como os do urânio e do tório. Pensei que essa poderia ser uma forma de alcançar uma temperatura alta.

Ele explicou:

— A enciclopédia que estive consultando durante esta noite fornece pouquíssimas informações sobre bombas nucleares de qualquer tipo e, com certeza, nenhum detalhe real. Pelo que entendi, o assunto é tabu aqui, assim como deve ser em todos os mundos, pois também nunca li sobre tais detalhes em Aurora, embora essas bombas ainda existam. É uma parte da história da qual os seres humanos têm vergonha, ou medo, ou ambos, e creio que isso é racional. Contudo, no material que li sobre as bombas de fusão, não encontrei coisa alguma a respeito de sua ignição que pudesse ter eliminado a bomba de fissão como mecanismo de ignição. Portanto, tenho algumas suspeitas, com base na evidência negativa, de que a bomba de fissão era o mecanismo de ignição. Mas, nesse caso, como se dava a ignição da bomba de fissão? As bombas de fissão existiam antes das de fusão e, se as bombas de fissão requeriam uma temperatura altíssima para ser acionadas, como acontecia com as de fusão, então não havia nada que existisse antes das bombas de fissão que pudesse fornecer uma temperatura alta o suficiente. Com base nesse raciocínio, concluo, apesar de a enciclopédia não conter informações sobre o assunto, que a ignição das bombas de fissão podia acontecer a graus de calor relativamente menores, talvez até à temperatura ambiente. O processo envolvia dificuldades, pois levou vários anos de esforços incessantes após a descoberta de que a fissão existia para a bomba ser desenvolvida. No entanto, quaisquer que possam ter sido tais dificuldades, elas não envolveram a produção de temperaturas ultra-altas. Qual é a sua opinião sobre tudo isso, amigo Giskard?

Giskard mantivera seus olhos fixos em Daneel ao longo da explicação e, então, disse:

— Acho que a linha de raciocínio que você traçou tem sérios pontos fracos, amigo Daneel, e, portanto, pode não ser muito confiável... ainda assim, mesmo que fosse perfeitamente sensata, com certeza isso não tem relação com a possível crise que está por vir, a qual estamos nos esforçando por entender.

— Peço que tenha paciência, amigo Giskard, e eu vou continuar — pediu Daneel. — Acontece que tanto o processo de fusão quanto o de fissão são expressões de interações fracas, uma das quatro interações que controlam todo o Universo. Como consequência, o mesmo intensificador nuclear que explodiria um reator de fusão também explodiria um reator de fissão. Há, entretanto, uma diferença. A fusão acontece apenas a temperaturas ultra-altas. O intensificador explode a porção ultraquente do combustível que está ativamente sofrendo fusão, além de uma quantidade menor do combustível ao redor que é aquecido ao ponto de fusão pela explosão inicial, antes que o material exploda pelo espaço adjacente e o calor seja dissipado até o ponto em que outras quantidades de combustível presentes não se inflamem. Em outras palavras, parte do combustível de fusão explode, mas uma boa quantidade, talvez a maioria, não. Mesmo assim, é claro que a explosão é poderosa o bastante para destruir o reator de fusão e qualquer coisa que esteja na vizinhança imediata, como a nave que esteja transportando o reator. Por outro lado, um reator de fissão pode funcionar a temperaturas baixas, talvez não muito acima do ponto de ebulição da água, talvez até à temperatura ambiente. Então o efeito do intensificador nuclear será o de fazer todo o combustível de fissão ser consumido. Na verdade, mesmo se o reator de fissão não estiver funcionando ativamente, um intensificador o explodiria. Apesar de que, pouco a pouco, descobri que o combustível de fissão libera menos energia do que o de fusão, o reator de fissão produzirá uma explosão maior, já que uma quantidade maior do seu combustível explode se comparado ao reator de fusão.

Giskard acenou devagar com a cabeça e perguntou:

— Pode ser que tudo isso esteja correto, amigo Daneel, mas existe alguma estação de energia de fissão na Terra?

— Não, não existe... nenhuma. Foi o que a subsecretária Quintana deu a entender e a enciclopédia parece estar de acordo. De fato, enquanto existem dispositivos na Terra que são movidos por pequenos reatores de fusão, não há nada, absolutamente nada, que seja movido por reatores de fissão, pequenos ou grandes.

— Então, amigo Daneel, não há nada com que um intensificador nuclear possa agir. Todo o seu raciocínio, embora impecável, resulta em nada.

— Não exatamente, amigo Giskard — emendou Daneel em um tom sério. — Resta um terceiro tipo de reação nuclear a ser levado em consideração.

— Qual poderia ser? — indagou Giskard. — Não consigo pensar em um terceiro.

— Não é uma linha de pensamento fácil, amigo Giskard, pois, nos Mundos Siderais e dos colonizadores, existe pouquíssimo urânio e tório nas crostas planetárias e, portanto, baixos níveis de radioatividade evidente. Por conseguinte, o assunto é de pouco interesse e é ignorado por todos, exceto por alguns físicos teóricos. Na Terra, contudo, como madame Quintana me indicou, o urânio e o tório são comparativamente comuns, e a radioatividade natural, com sua lenta produção de calor e radiação energética, deve, em comparação, ser uma parte importante do ambiente. Este é o terceiro tipo de reação nuclear a ser considerada.

— Em que sentido, amigo Daneel?

— A radioatividade natural também é uma expressão de interação fraca. Um intensificador nuclear capaz de explodir um reator de fusão ou de fissão também pode acelerar a radioatividade natural a ponto, presumo, de explodir uma parte da crosta, se houver urânio ou tório em quantidade suficiente.

Giskard olhou para Daneel por algum tempo, sem se mexer ou falar. Depois replicou em um tom suave:

— Você está sugerindo, então, que o plano do dr. Amadiro é explodir a crosta da Terra, destruir o planeta como um abrigo para a vida e, dessa maneira, assegurar o domínio da Galáxia pelos Siderais?

Daneel aquiesceu.

— Ou, caso não haja tório e urânio o bastante para uma explosão em massa, o aumento de radioatividade seria capaz de produzir um excesso de calor que alteraria o clima, além de um excesso de radiação que produziria câncer e defeitos congênitos, e esses efeitos serviriam ao mesmo propósito... ainda que um pouco mais devagar.

— Essa possibilidade é terrível — comentou Giskard. — Você acha mesmo que isso pode ser feito?

— É possível. Parece-me que, por vários anos, não sei quantos exatamente, robôs humanoides de Aurora, tais como o suposto assassino, têm se infiltrado na Terra. Eles são avançados o suficiente para receber uma programação completa e podem, quando necessário, entrar nas Cidades em busca de equipamentos. Presume-se que vêm montando intensificadores nucleares em locais onde o solo é rico em urânio ou tório. Talvez muitos intensificadores tenham sido montados no decorrer dos anos. O dr. Amadiro e o dr. Mandamus agora estão aqui para supervisionar os detalhes finais e para ativar os intensificadores. Presumivelmente, eles estão organizando as coisas de modo que tenham tempo de escapar do planeta antes que este seja destruído.

— Nesse caso, é imperativo que o secretário-geral seja informado; que as forças de segurança da Terra sejam mobilizadas de imediato; que o dr. Amadiro e o dr. Mandamus sejam localizados sem demora; e, finalmente, que sejam impedidos de completar seu projeto – advertiu Giskard.

– Não creio que isso possa ser feito – contrapôs Daneel. – É muito provável que o secretário-geral se recusará a acreditar em nós, graças à generalizada crença mística na inviolabilidade do planeta. Você falou a respeito disso como algo que trabalharia contra a humanidade, e suspeito que é exatamente isso que acontecerá neste caso. Caso essa crença na posição singular da Terra seja desafiada, ele se recusará a deixar que sua convicção se abale, por mais irracional que seja, e procurará refúgio, negando-se a acreditar em nós. Não só isso, mesmo se acreditasse em nós, qualquer preparação para contramedidas teria de passar pela burocracia governamental, e não importa o quanto esse processo fosse apressado, levaria tempo demais para servir ao seu propósito. Mas, além de tudo, mesmo se pudéssemos imaginar que todos os recursos da Terra fossem mobilizados de imediato, não acredito que os terráqueos sejam aptos para localizar a presença de dois seres humanos em uma enorme região erma. Os terráqueos vivem nas Cidades há inúmeras décadas e quase nunca se aventuram fora dos limites da Cidade. Eu me lembro bem disso em razão do meu primeiro caso com Elijah Baley, aqui na Terra. E mesmo que os terráqueos pudessem se forçar a caminhar pelos espaços abertos, seria improvável que cruzem com dois seres humanos rápido o bastante para salvar a situação, a não ser pela mais inacreditável das coincidências... e isso é algo com que não podemos contar.

– Os colonizadores poderiam facilmente formar um grupo de busca. Eles não têm medo de espaços abertos ou estranhos – comentou Giskard.

– Mas eles têm uma convicção tão firme na inviolabilidade do planeta quanto os terráqueos, insistiriam tanto quanto eles em se recusar a acreditar em nós e, da mesma forma, seria improvável que encontrassem os dois seres humanos rápido o suficiente para salvar a situação, mesmo que *acreditassem* em nós.

— E os robôs da Terra? — lembrou Giskard. — Estão aglomerados nos espaços entre as Cidades. Alguns já devem ter notado seres humanos entre eles. Esses robôs deveriam ser interrogados.

— Os seres humanos entre eles são roboticistas qualificados — retrucou Daneel. — Nenhum deles deixaria de se certificar de que quaisquer robôs na vizinhança continuassem ignorando sua presença. Nem precisam temer, por esse mesmo motivo, o perigo ocasionado por quaisquer robôs que pudessem participar de um grupo de busca. O grupo receberia ordens para partir e esquecer. Para piorar as coisas, os robôs da Terra são modelos comparativamente simples, projetados para quase nada além das tarefas específicas relacionadas ao cultivo de plantações, ao pastoreio de animais e ao funcionamento de minas. Eles não podem ser adaptados com facilidade a um propósito generalizado como conduzir uma busca significativa.

— Você eliminou todas as ações possíveis, amigo Daneel? — perguntou Giskard. — Restou alguma coisa?

— Devemos nós mesmos encontrar os dois seres humanos e impedi-los... e precisamos fazer isso agora — afirmou Daneel.

— Você sabe onde eles estão, amigo Daneel?

— Não sei, amigo Giskard.

— Então, se parece improvável que um elaborado grupo de buscas composto por muitos e muitos terráqueos, colonizadores, robôs, ou, presumo, todos os três, pudesse ter êxito em encontrar a localização deles a tempo a não ser pela mais incrível das coincidências, como apenas nós dois poderíamos fazê-lo?

— Não sei, amigo Giskard, mas precisamos.

E Giskard disse em tom de voz que parecia trazer um toque de aspereza na escolha das palavras:

— Necessidade não é o bastante, amigo Daneel. Você percorreu um longo caminho. Descobriu a existência de uma crise e, pouco a pouco, desvendou sua natureza. E nada disso é de alguma valia. Aqui estamos, tão impotentes como antes, sem que possamos fazer coisa alguma a esse respeito.

— Resta uma chance; uma chance improvável; uma chance quase vã, mas não temos escolha a não ser tentá-la — disse Daneel. — Em razão do medo que Amadiro tem de você, ele enviou um robô assassino para destruí-lo e *talvez* isso tenha sido um erro.

— E se essa chance que é quase vã falhar, amigo Daneel?

Daneel lançou um olhar calmo para Giskard.

— Então estaremos impotentes, a Terra será destruída e a história humana fenecerá até chegar a seu fim definitivo.

18   A LEI ZERO

84

Kelden Amadiro não estava feliz. A gravidade da superfície da Terra era um pouco alta demais para o gosto dele; a atmosfera um pouco densa demais; o som e o cheiro do espaço ao ar livre eram sutil e irritantemente distintos daqueles de Aurora; e não havia um espaço fechado onde pudesse ter qualquer pretensão de ser civilizado. Os robôs haviam construído um tipo de abrigo. Havia vastos suprimentos de comida e banheiros improvisados que eram adequados no sentido funcional, mas ofensivamente inadequados em todos os outros sentidos.

Pior ainda, embora a manhã fosse bastante agradável, era um dia límpido e o sol da Terra, demasiado brilhante, estava nascendo. Logo a temperatura ficaria elevada demais, o ar úmido demais e apareceriam os insetos que picam. Amadiro não entendera, em princípio, por que em seus braços havia pequenos inchaços que coçavam até Mandamus explicar.

Agora ele murmurava enquanto se coçava:

— Terrível! Talvez eles transmitam infecções.

— Acredito que transmitem, às vezes — respondeu Mandamus com aparente indiferença. — Entretanto, não é provável. Tenho loções para aliviar o desconforto e podemos queimar certas substâncias que os insetos não gostam, embora eu também não aprecie o cheiro.

— Queime-as — disse Amadiro.

— E não quero fazer nada — continuou Mandamus sem mudar o tom de voz —, por mais insignificante que seja (um cheiro ou um pouco de fumaça), que possa aumentar a chance de sermos detectados.

Amadiro olhou para ele com desconfiança.

— Você se fartou de repetir que esta região nunca é visitada, nem por terráqueos nem pelos robôs do campo.

— É verdade, mas isso não é uma proposição matemática. É uma observação sociológica e sempre existe a possibilidade de exceções em tais observações.

Amadiro fechou a cara.

— O melhor caminho para nossa segurança é terminar este projeto. Você disse que estaria pronto hoje.

— Essa também é uma observação sociológica, dr. Amadiro. *Deveria* estar pronto hoje. Eu gostaria que estivesse. Não posso garantir matematicamente.

— Quanto tempo vai levar até *poder* garantir?

Mandamus fez um largo gesto de incerteza.

— Dr. Amadiro, tenho a impressão de que já expliquei isso ao senhor, mas estou disposto a repetir. Demorou sete anos para chegarmos até aqui. Não estou computando alguns meses de observação pessoal nas catorze diferentes estações de retransmissão na superfície da Terra. Não posso fazer essa verificação agora porque devemos terminar antes de sermos localizados e, possivelmente, detidos pelo robô Giskard. Isso significa que terei de realizar a conferência me comunicando com os outros robôs humanoides nas estações. Não posso confiar neles como em mim mesmo. Preciso verificar e reverificar seus relatórios e é possível que eu tenha que ir a um local ou outro até estar satisfeito. Isso levaria dias... talvez uma ou duas semanas.

— Uma ou duas semanas? Impossível! Quanto tempo você acha que eu consigo suportar este planeta, Mandamus?

— Senhor, em uma das minhas visitas anteriores, fiquei neste planeta durante quase um ano... em outra, durante mais de quatro meses.

— E você gostou?

— Não, senhor, mas havia um trabalho a ser feito e o fiz... sem poupar esforços. — Mandamus lançou um olhar frio a Amadiro.

Amadiro enrubesceu e resmungou, em tom de quem foi repreendido:

— Pois bem, em que ponto estamos?

— Ainda estou avaliando os relatórios que estão chegando. O senhor pode ver que não estamos trabalhando com um sistema bem projetado e feito em laboratório. Temos que lidar com uma crosta planetária extraordinariamente heterogênea. Por sorte, os materiais radioativos estão amplamente espalhados, mas em alguns lugares eles se tornam perigosamente dispersos, e precisamos posicionar um retransmissor nesses locais e deixar robôs encarregados. Se esses retransmissores não estiverem, em todos os casos, posicionados de forma apropriada e em ordem adequada, a intensificação nuclear se extinguirá e teremos desperdiçado todos esses dolorosos anos de esforço para nada. Ou, então, pode haver uma onda de intensificação localizada que terá a força de uma explosão que logo se apagará e não afetará o resto da crosta. Em qualquer dessas situações, o dano total seria insignificante. O que desejamos, dr. Amadiro, é fazer com que os materiais radioativos (e, portanto, partes significativamente grandes da crosta terrestre) fiquem lenta, gradual e irreversivelmente — ele compassava as palavras, pronunciando-as em intervalos espaçados — mais e mais radioativos, de modo que a Terra se torne, aos poucos, imprópria para ser habitada. A estrutura social do planeta desmoronará e a Terra, como efetivo abrigo da humanidade, estará acabada e arruinada. Entendo, dr. Amadiro, que isso é o que o senhor almeja. É o que descrevi para o senhor anos atrás e o que o senhor disse, na época, ser o que esperava.

— Ainda espero, Mandamus. Não seja tolo.

— Então aguente o desconforto, senhor, ou vá embora, e continuarei pelo tempo que for necessário.

— Não, não — murmurou Amadiro. — Devo estar aqui quando tudo estiver terminado, mas não consigo conter minha impaciência. Quanto tempo você estima até que o processo se desenvolva? Quero dizer, a partir do momento que você iniciar a onda original de intensificação, quanto vai demorar para a Terra se tornar inabitável?

— Isso depende do grau de intensificação que for aplicado no início. Ainda não sei que grau será preciso, pois depende da eficiência geral dos retransmissores, então preparei um controle variável. O que espero é estabelecer um período de dez a vinte décadas.

— E se você conceder um período menor?

— Quanto menor o período que dermos, mais rápido as partes da crosta ficarão radioativas e mais rápido o planeta se aquecerá e se tornará perigoso. E isso significa que é menos provável que um número significativo de sua população possa ser retirado a tempo.

— E tem importância? — murmurou Amadiro.

Mandamus franziu a testa.

— Quanto mais rápido a Terra se deteriorar, mais provável será que os terráqueos e os colonizadores suspeitem de uma causa tecnológica e mais provável que sejamos considerados culpados. Então os colonizadores nos atacarão com fúria e, pela causa de seu mundo sagrado, lutarão até a extinção, contanto que consigam nos causar um dano substancial. Já discutimos esse assunto antes e parece que havíamos concordado quanto a esse ponto. Seria muito melhor permitir um grande intervalo de tempo durante o qual pudéssemos nos preparar para o pior e durante o qual a Terra, confusa, iria supor que a radioatividade crescente é algum fenômeno natural que eles não entendem. Na minha opinião, esse detalhe se tornou mais urgente hoje do que era ontem.

— É mesmo? — Amadiro também estava franzindo a testa.

— Você adotou aquela expressão azeda e puritana que me dá a

certeza de que encontrou um modo de colocar a responsabilidade desse plano em meus ombros.

— Com todo o respeito, senhor, isso não seria difícil. Foi insensato enviar um dos robôs para destruir Giskard.

— Pelo contrário, era algo que tinha de ser feito. Giskard é o único que seria capaz de nos destruir.

— Ele precisa nos encontrar primeiro, e não conseguirá. E, mesmo que nos encontre, somos roboticistas versados. O senhor acha que não poderíamos cuidar dele?

— É mesmo? — perguntou Amadiro. — Foi o que Vasilia pensou e ela conhecia Giskard melhor do que nós... e, no entanto, ela não foi capaz de lidar com ele. E, de alguma forma, a nave de guerra que deveria tê-lo colocado sob custódia e o destruído a distância também não foi bem-sucedida. E assim, ele chegou à Terra. De um jeito ou de outro, ele deve ser eliminado.

— Mas isso não foi feito. Não houve nenhum relatório a esse respeito.

— Às vezes um governo prudente suprime notícias ruins... e as autoridades da Terra, embora bárbaras, poderiam, em teoria, ser prudentes. E se nosso robô falhasse e fosse interrogado, tenho certeza de que entraria em um estado de bloqueio irreversível. Significa que teríamos perdido um robô, algo que podemos nos dar ao luxo, mas nada além disso. E se Giskard ainda estiver à solta, mais uma razão para nos apressarmos.

— Se tivermos perdido um robô, perdemos mais do que um robô, caso eles sejam capazes de extrair a localização deste centro de operação. Deveríamos, pelo menos, ter usado um robô que não fosse deste local.

— Usei um dos que estavam imediatamente disponíveis. E ele nada revelará. Creio que você pode confiar na minha programação.

— Mas esteja ele paralisado ou não, acaba revelando, em razão de sua mera existência, que é de fabricação auroreana. Os roboticistas da Terra, e existem alguns neste planeta, terão certeza disso. Mais um motivo para fazer com que o aumento da radioatividade seja muito lento. Deve-se passar tempo suficiente para os terráqueos se esquecerem desse incidente e não associá-lo com a progressiva mudança na radioatividade. Precisamos deixar que se passem, no mínimo, dez décadas... talvez quinze, ou até vinte.

Ele se afastou para examinar seus instrumentos outra vez e restabelecer contato com os retransmissores seis e dez, os quais ele ainda achava serem problemáticos. Amadiro olhou para ele com uma mistura de desdém e intensa aversão e murmurou para si mesmo:

— Sim, mas eu não tenho mais vinte décadas, ou quinze, ou talvez nem mesmo dez. Você tem... mas eu não.

85

Era de manhã bem cedo em Nova York. Giskard e Daneel assim presumiram em razão do aumento gradual de atividade.

— Em algum lugar lá fora, acima da Cidade, o Sol deve estar raiando — comentou Giskard. — Certa vez, conversando com Elijah Baley vinte décadas atrás, eu me referi à Terra como o Mundo da Alvorada. Será que continuará a ser por muito mais tempo? Ou será que já não é mais?

— Esses pensamentos são mórbidos, amigo Giskard — retrucou Daneel. — Seria melhor se nos ocupássemos com o que deve ser feito neste dia para ajudar a manter a Terra como o Mundo da Alvorada.

Gladia entrou no apartamento vestindo um roupão e usando chinelos. Havia acabado de secar o cabelo.

— Ridículo! — exclamou ela. — As terráqueas seguem desgrenhadas e desmazeladas pelos corredores a caminho dos imensos Privativos todas as manhãs. Acho que fazem isso de propósito. Não é educado pentear os próprios cabelos a caminho do Privativo. Ao que parece, o desalinho inicial acentua a aparência bem cuidada depois. Eu deveria ter levado meu traje de manhã completo. Vocês tinham de ver o modo como me olharam quando saí de roupão. Ao sair do Privativo, uma pessoa deve ser a última palavra em termos de elegância. Sim, Daneel?

— Madame, posso ter uma conversa com a senhora? — indagou Daneel.

Gladia hesitou.

— Não muito longa, Daneel. Como você provavelmente sabe, hoje será um longo dia e meus compromissos da manhã começam em pouquíssimo tempo.

— É exatamente esse o assunto que gostaria de discutir, madame — retrucou Daneel. — Neste dia importante, tudo transcorrerá melhor se não estivermos com a senhora.

— O quê?

— O efeito que a senhora deseja ter sobre os terráqueos seria muito reduzido se estivesse cercada de robôs.

— Não estarei cercada. Haverá apenas vocês dois. Como posso lidar com a situação sem vocês?

— É necessário que aprenda, madame. Enquanto estivermos em sua companhia, a senhora ficará marcada como diferente dos terráqueos. Faz com que pareça que tem medo deles.

— Preciso de *alguma* proteção, Daneel. Lembre-se do que aconteceu ontem à noite.

— Senhora, nós não teríamos evitado o que aconteceu na noite passada e não poderíamos tê-la protegido, caso fosse necessário. Felizmente, a senhora não era o alvo ontem à noite. O desintegrador estava apontado para a cabeça de Giskard.

— Por que Giskard?

— Como um robô seria capaz de apontar para a senhora ou para qualquer outro ser humano? Por alguma razão, o robô apontou para Giskard. Sendo assim, o fato de estarmos perto da senhora poderia aumentar o risco. Lembre-se de que, à medida que a história sobre os acontecimentos da noite de ontem se espalhar, ainda que o governo da Terra tente suprimir os detalhes, o boato de que o disparo foi efetuado por um robô que carregava um desintegrador se espalhará. Isso despertará a indignação pública contra os robôs, contra *nós*, e até mesmo contra *a senhora*, caso insista em ser vista conosco. Seria melhor se não estivéssemos com a senhora.

— Por quanto tempo?

— Ao menos durante a sua missão, senhora. O capitão Baley terá melhores condições de ajudá-la do que nós, nos dias que estão por vir. Ele conhece os terráqueos, é tido por eles em altíssima conta... e ele a tem na mais alta conta, madame.

— Você consegue *perceber* que ele tem muita consideração por mim? — perguntou Gladia.

— Embora eu seja um robô, é o que me parece. E, a qualquer momento que a senhora nos quiser de volta, retornaremos, é claro... mas, por enquanto, achamos que a melhor maneira de servi-la e protegê-la é deixando-a nas mãos do capitão.

— Vou pensar nisso — respondeu Gladia.

— Nesse meio-tempo, senhora, iremos nos encontrar com o capitão Baley e indagaremos se ele concorda conosco — comentou Daneel.

— Façam isso! — disse Gladia, e entrou no quarto.

Daneel se virou e falou o mais baixo possível com Giskard:

— Ela está disposta a fazer isso?

— Mais do que disposta — replicou Giskard. — Ela sempre se sentiu um pouco desconfortável na minha presença e não sofreria nem um pouco pela minha ausência. Por você, amigo Daneel, ela tem sentimentos ambivalentes. Você a faz lembrar em demasia do amigo Jander, cuja desativação, muitas décadas atrás, foi tão traumática para ela. Isso tem sido uma fonte tanto de atração quanto de repulsa para ela, então não foi necessário fazer muito. Diminuí a atração que ela tem por você e ampliei a forte atração que sente pelo capitão. Ela lidará facilmente com nossa ausência.

— Vamos encontrar o capitão — disse Daneel. Juntos, eles saíram do quarto e entraram no corredor de acesso ao apartamento.

86

Tanto Daneel como Giskard haviam estado na Terra em outras ocasiões, Giskard mais recentemente. Eles entendiam o uso do diretório computadorizado que lhes fornecia a seção, a ala e o número do apartamento que fora designado a D.G., e também compreendiam as indicações coloridas nos corredores que levavam às interseções e aos elevadores apropriados.

Era cedo o bastante e a movimentação de humanos era pequena, mas os que passavam ou se aproximavam a princípio olhavam perplexos para Giskard, depois com indiferença calculada.

Os passos de Giskard estavam ligeiramente irregulares quando se aproximaram da porta do apartamento de D.G. Não era muito evidente, mas chamou a atenção de Daneel.

— Você está sentindo algum desconforto, amigo Giskard? — ele perguntou em voz baixa.

— Foi necessário apagar perplexidade, apreensão e até mesmo a atenção de vários homens e mulheres... e, em um jovem, foi ainda mais difícil. Não tive todo o tempo necessário para me certificar de que não estava lhe causando dano algum — respondeu Giskard.

— Era importante fazer essas coisas. Não devemos ser impedidos.

— Entendo isso, mas a Lei Zero não funciona bem comigo. Não tenho a sua facilidade a esse respeito. — Ele continuou, como se quisesse distrair a própria atenção do desconforto. — Tenho notado com frequência que a hiper-resistência nas vias positrônicas se mostra primeiro na dificuldade em ficar de pé e em andar, só depois no falar.

Daneel tocou o sinal da porta.

— É a mesma coisa no meu caso, amigo Giskard — disse ele. — Manter o equilíbrio sobre dois suportes é difícil na melhor das circunstâncias. O desequilíbrio controlado, como ao andar, é ainda mais difícil. Ouvi dizer certa vez que houve tentativas iniciais de produzir robôs com quatro pernas e dois braços. Eram chamados de "centauros". Eles funcionavam bem, mas eram inaceitáveis porque tinham, como base, uma aparência inumana.

— No momento, eu gostaria de ter quatro pernas, amigo Daneel — comentou Giskard. — Porém, creio que meu desconforto está passando.

Naquele instante, D.G. abriu a porta. Ele olhou para os robôs com um sorriso largo. Depois espiou em ambas as direções pelo corredor e, em consequência disso, seu sorriso desapareceu, sendo substituído por uma expressão de extrema preocupação.

— O que estão fazendo aqui sem Gladia? Ela...

— Capitão, madame Gladia está bem — garantiu Daneel. — Ela não está em perigo. Podemos entrar e conversar?

D.G. franziu o cenho enquanto fazia um gesto para que entrassem. Sua voz adquiriu o tom intimidador que uma pessoa naturalmente assume quando máquinas se comportam mal e os repreendeu:

— Por que a deixaram sozinha? Que circunstâncias fariam com que vocês a deixassem só?

— Ela está tão sozinha quanto qualquer pessoa na Terra, corre o mesmo perigo — argumentou Daneel. — Se quiser perguntar a madame Gladia sobre esta questão mais tarde, acredito que ela lhe dirá que não pode agir com eficácia aqui na Terra enquanto for seguida por robôs Siderais. Creio que ela argumentará que a orientação e a proteção de que precisa deveria vir do senhor em vez de robôs. É o que acreditamos que ela deseja, pelo menos por enquanto. Se, a qualquer momento, ela nos quiser de volta, assim será.

O rosto de D.G. relaxou, formando um sorriso outra vez.

— Ela quer a minha proteção, não é?

— No momento, capitão, acreditamos que ela esteja bastante ansiosa pela sua presença, e não pela nossa.

D.G. deu um sorriso ainda mais largo.

— Quem pode culpá-la? Vou me aprontar e assim que puder estarei no apartamento dela.

— Mas, primeiro, senhor...

— Ah... — comentou D.G. — querem algo para compensar?

— Sim, senhor. Estamos ansiosos por descobrir o máximo que pudermos sobre o robô que efetuou o disparo com o desintegrador na sacada ontem à noite.

D.G. pareceu tenso.

— Vocês preveem que haverá mais perigo para madame Gladia?

— Nada desse tipo. Na noite passada, o robô não atirou em lady Gladia. Sendo um robô, ele não poderia ter feito isso. Ele atirou no amigo Giskard.

— Por que ele teria feito isso?

— É o que gostaríamos de descobrir. Para tanto, gostaríamos que o senhor ligasse para a madame Quintana, subsecretária de Energia, e dissesse que seria importante e agradaria ao senhor e ao governo do Mundo de Baley, se quiser acrescentar esse detalhe, que ela me permitisse fazer-lhe algumas perguntas sobre tal assunto. Gostaríamos que o senhor fizesse o que achar melhor para persuadi-la a concordar com essa entrevista.

— É só isso que querem que eu faça? Persuadir uma autoridade razoavelmente importante e ocupada a se submeter a um interrogatório feito por um robô?

— Senhor, pode ser que ela concorde se o senhor fizer um pedido de modo enfático — disse Daneel. — Além do mais, uma vez que ela pode estar em uma localidade distante, seria útil se o senhor alugasse um jatomotor para nos levar até lá. Como pode imaginar, estamos com pressa.

— E essas são todas as coisinhas de que precisam? — perguntou D.G.

— Não exatamente, capitão — respondeu Daneel. — Precisaremos de um motorista e, por favor, pague-lhe bem o suficiente para que ele concorde em transportar o amigo Giskard, que é nitidamente um robô. Pode ser que ele não se importe comigo.

— Espero que saiba, Daneel, que tudo o que está me pedindo não é nem um pouco razoável.

— Eu não acreditava que fosse, capitão — comentou Daneel.
— Mas, já que essa é sua resposta, não há mais nada a dizer. Não temos escolha, então, a não ser voltar para madame Gladia, o que a deixará infeliz, pois ela preferiria estar com o senhor.

Ele se virou para ir embora, fazendo um gesto para Giskard acompanhá-lo, mas D.G. o interrompeu:

— Espere. Há um contato público de comunicação no fim do corredor. Posso pelo menos tentar. Fiquem aqui e esperem por mim.

Os dois robôs ficaram de pé.

— Você teve que fazer muita coisa, amigo Giskard? — indagou Daneel.

Giskard parecia bem equilibrado sobre as pernas agora.

— Eu não podia fazer nada — replicou o robô. — Ele se opunha de forma vigorosa a tratar com madame Quintana e de forma igualmente vigorosa a nos arranjar um jatomotor. Eu não poderia alterar aqueles sentimentos sem causar dano. Entretanto, quando você sugeriu voltar para madame Gladia, a atitude dele mudou de maneira repentina e dramática. Presumo que você previu isso, amigo Daneel.

— Sim.

— Parece que você não precisa de mim. Existe mais de um modo de ajustar mentes. Contudo, acabei fazendo outra coisa. A mudança de ideia do capitão veio acompanhada de uma forte emoção favorável para com madame Gladia. Aproveitei a oportunidade de fortalecê-la.

— Esse é o motivo pelo qual você é necessário. Eu não poderia ter feito isso.

— Você ainda será capaz, amigo Daneel. Talvez em bem pouco tempo.

D.G. retornou.

— Acredite ou não, ela vai vê-lo, Daneel. O jatomotor e o motorista estarão aqui em um instante... e, quanto mais rápido partirem, melhor. Vou para o apartamento de Gladia agora mesmo.

Os dois robôs voltaram ao corredor para esperar.

— Ele está muito feliz — disse Giskard.

— É o que parece, amigo Giskard — redarguiu Daneel —, mas receio que a parte fácil tenha chegado ao fim para nós. Conseguimos, com facilidade, fazer madame Gladia nos deixar sair para nos movimentarmos livremente. Depois persuadimos o capitão, com certa dificuldade, a possibilitar que víssemos a subsecretária. Com ela, entretanto, pode ser que cheguemos a um beco sem saída.

87

O motorista deu uma olhada em Giskard e sua coragem pareceu vacilar.

— Escute — disse ele para Daneel —, me disseram que pagariam o dobro para levar um robô, mas eles não são permitidos na Cidade e eu poderia ter muitos problemas. O dinheiro não vai me ajudar se eu perder a minha carta. Não posso levar só o senhor?

— Eu também sou um robô, senhor — retrucou Daneel. — Neste momento nós estamos *na* Cidade e isso não é culpa sua. Queremos *sair* da Cidade e o senhor estará nos ajudando. Vamos até uma alta funcionária do governo que, espero, providenciará essa saída e é o seu dever cívico nos ajudar. Caso se recuse a nos levar, motorista, estará contribuindo para manter robôs *na* Cidade e isso pode ser considerado contra a lei.

A expressão do motorista se suavizou. Ele abriu a porta e disse com mau humor:

— Entrem!

Contudo, ele fechou cuidadosamente a grossa repartição translúcida que o separava dos passageiros.

— Foi preciso fazer muito, amigo Giskard? — perguntou Daneel em voz baixa.

— Muito pouco, amigo Daneel. Sua declaração fez a maior parte do trabalho necessário. É surpreendente que uma série de declarações que são individualmente verdadeiras possam ser usadas, de forma combinada, para produzir um efeito que a mera verdade não teria produzido.

— Observei esse fato com frequência nas conversas humanas, amigo Giskard, mesmo naquelas envolvendo indivíduos sinceros. Acho que essa prática é justificada, na mente dessas pessoas, como servindo a um propósito maior.

— A Lei Zero, você quer dizer.

— Ou o equivalente, se é que a mente humana tem um equivalente. Amigo Giskard, você disse há pouco que eu terei os seus poderes, possivelmente em breve. Você está me preparando para essa finalidade?

— Estou, amigo Daneel.

— Por quê? Posso fazer essa pergunta?

— A Lei Zero de novo. O episódio de tremor pelo qual acabei de passar me mostrou o quanto fico vulnerável à tentativa de uso da Lei Zero. Antes que o dia de hoje termine, pode ser que eu tenha de agir com base na Lei Zero para salvar o mundo e a humanidade, e talvez eu não seja capaz disso. Em tal caso, você deve ter as condições de fazer esse trabalho. Estou preparando-o aos poucos de maneira que, no momento desejado, eu possa lhe dar as instruções finais e fazer com que tudo se encaminhe.

— Não entendo como isso poderia acontecer, amigo Giskard.

— Você não terá dificuldade para entender quando chegar a hora. Usei essa técnica, em pequena proporção, nos robôs que enviei para a Terra naquela época antes de serem banidos das Cidades e eles ajudaram a ajustar os líderes da Terra, a ponto de aprovarem a decisão de enviar os colonizadores para o espaço.

O motorista, cujo jatomotor não andava sobre rodas, mas se mantinha pouco mais de um centímetro acima do solo o tempo todo, havia passado para corredores especiais reservados para tais veículos e o havia feito com velocidade suficiente para justificar o nome do meio de transporte.

Ele agora surgiu em um corredor comum da Cidade, em paralelo ao qual, a uma distância razoável à esquerda, corria uma via expressa. O jatomotor, movendo-se muito mais lentamente neste momento, virou à esquerda, precipitou-se por baixo da via expressa, saiu do outro lado e então, depois de uma curva de quase um quilômetro, parou diante da fachada de um edifício bem decorado.

A porta do jatomotor se abriu automaticamente. Daneel saiu primeiro, esperou que Giskard o acompanhasse, em seguida entregou ao motorista o pedaço de uma lâmina metálica que recebera de D.G. O motorista observou o objeto, estreitando os olhos, depois as portas se fecharam de modo brusco e ele partiu depressa, sem dizer uma palavra.

88

Houve uma pausa antes que a porta se abrisse em resposta ao sinal deles e Daneel presumiu que estavam passando por uma varredura.

Quando ela se abriu, uma jovem os conduziu com cautela até o interior do edifício. Ela evitava olhar para Giskard, mas demonstrava muita curiosidade por Daneel.

Eles encontraram a subsecretária Quintana atrás de uma mesa grande. Ela sorriu e comentou:

– Dois robôs desacompanhados de seres humanos. Estou segura?

– Totalmente, madame Quintana – retorquiu Daneel em um tom sério. – É incomum para nós ver um ser humano desacompanhado de robôs.

– Tenho os meus robôs, eu lhe garanto – disse ela. – Eu os chamo de "subordinados" e uma os acompanhou até aqui. Estou impressionada que ela não tenha desmaiado ao ver Giskard. Acho que poderia ter perdido os sentidos se não tivesse sido avisada e se você não tivesse uma aparência tão interessante, Daneel. Mas deixe isso pra lá. O capitão Baley foi tão insistente em seu desejo de que eu os recebesse e meu interesse em manter relações diplomáticas com um importante Mundo dos Colonizadores é tamanho que concordei com a reunião. No entanto, meu dia continua ocupado mesmo assim e eu ficaria agradecida se pudéssemos tratar disso de forma rápida. O que posso fazer por vocês?

— Madame Quintana — começou Daneel.

— Um instante. Vocês se sentam? Eu os vi sentados ontem à noite.

— Podemos nos sentar, mas, para nós, é tão confortável quanto ficar de pé. Não nos importamos.

— Mas eu me importo. Para mim, não seria confortável ficar de pé e, se eu me sentar, ficarei com torcicolo de olhar para vocês. Por favor, tomem essas cadeiras e sentem-se. Obrigada. Bem, Daneel, de que se trata tudo isso?

— Madame Quintana, imagino que a senhora se recorde do incidente envolvendo o desintegrador disparado contra a sacada ontem à noite, após o banquete — disse Daneel.

— Com certeza me lembro. Além do mais, sei que era um robô humanoide que portava a arma, apesar de não admitirmos esse fato oficialmente. Contudo, estou aqui sentada com dois robôs do outro lado da minha mesa e não tenho proteção alguma. E um de vocês também é humanoide.

— Não tenho um desintegrador comigo, senhora — retrucou Daneel, sorrindo.

— Espero que não. Aquele outro robô humanoide não se parecia nem um pouco com você, Daneel. Você é uma obra de arte, sabe disso?

— Tenho uma programação complexa, senhora.

— Estou falando da sua aparência. Mas o que tem o incidente com o disparo?

— Madame, aquele robô tem uma base em algum lugar na Terra e preciso saber onde ela fica. Vim de Aurora com o intuito de encontrar essa base e impedir que esses incidentes perturbem a paz entre os nossos mundos. Tenho motivos para acreditar...

— *Você* veio? Não o capitão? Não madame Gladia?

— *Nós*, senhora — respondeu Daneel. — Giskard e eu. Não estou em posição de revelar toda a história de como viemos a assumir a tarefa e é impossível dizer-lhe o nome do ser humano a cujas instruções seguimos.

— Ora! Espionagem interestelar! Que coisa fascinante. Pena que não sou capaz de ajudá-los; não sei de onde aquele robô veio. Não faço ideia de onde poderia ficar sua base. Na verdade, nem sei por que vieram até mim em busca dessas informações. Se eu fosse você, Daneel, iria ao Departamento de Segurança. — Ela se inclinou em direção a ele. — Você tem pele *de verdade* no rosto, Daneel? Se não for, é uma imitação extraordinária. — Ela esticou o braço na direção dele e pousou a mão na bochecha do robô humanoide com delicadeza. — Ela até transmite a sensação certa ao toque.

— Não obstante, senhora, não é verdadeira. Ela não cicatriza sozinha caso seja cortada. Por outro lado, um rasgo pode ser fechado com facilidade ou um segmento pode até mesmo ser substituído.

— Credo! — disse Quintana, franzindo o nariz. — Mas nossa conversa terminou, pois não posso ajudá-los no que se refere ao criminoso. Não sei coisa alguma.

— Madame, deixe-me fornecer maiores explicações. Esse robô pode fazer parte de um grupo que está interessado no antigo processo de produção de energia que a senhora descreveu na noite passada, a fissão. Suponhamos que esse seja o caso, que existam pessoas interessadas na fissão e no conteúdo de urânio e tório na crosta. Que lugar poderia ser conveniente para usarem como base?

— Uma antiga mina de urânio, talvez? Eu nem sei onde essas instalações poderiam estar localizadas. Você precisa entender, Daneel, que a Terra tem uma aversão quase supersticiosa a qualquer coisa que seja nuclear, em especial a fissão. Você não encontrará quase nada em nossas obras populares sobre energia e apenas as informações superficiais nos produtos técnicos para especialistas. Mesmo eu sei muito pouco, mas sou administradora, e não cientista.

— Mais uma observação, senhora — retomou Daneel. — Nós interrogamos o suposto assassino quanto à localização de sua base e o fizemos da maneira mais insistente. Ele foi programado para entrar em desativação permanente, uma paralisia total de suas vias cerebrais em tal caso... e foi *isso* o que aconteceu. Antes de fazê-lo, entretanto, em sua luta final entre responder e se desativar, ele abriu a boca três vezes, possivelmente como se fosse pronunciar três sílabas, três palavras, três grupos de palavras, ou qualquer dessas combinações. A segunda sílaba, palavra, ou simples som foi "*mile*". Isso tem algum significado para a senhora, no sentido de ter alguma relação com a fissão?

Quintana chacoalhou a cabeça devagar.

— Não. Não posso dizer que signifique. Com certeza não é uma palavra que você encontrará em qualquer dicionário de Padrão Galáctico. Lamento, Daneel. É um prazer vê-lo de novo, mas tenho a mesa cheia de trivialidades para resolver. Se me derem licença.

— Disseram-me, senhora — Daneel insistiu, como se não a houvesse escutado —, que "*mile*", ou milha, poderia ser uma expressão arcaica que se refere a alguma unidade antiga de comprimento, uma que era possivelmente maior que um quilômetro.

— Isso parece totalmente irrelevante — redarguiu Quintana —, mesmo que seja verdade. O que um robô de Aurora saberia sobre expressões arcaicas e antigas...

Ela parou de súbito. Arregalou os olhos e empalideceu.

— Será possível? — comentou ela.

— O que seria possível, senhora? — perguntou Daneel.

— Existe um lugar que todos evitam — começou Quintana, meio que perdida em pensamentos. — Tanto os terráqueos como os robôs deste mundo. Se eu quisesse ser dramática, diria que é um lugar de mau agouro. É tão nefasto que sua existência foi quase apagada de nossa consciência. Sequer é incluído nos mapas. Representa a quintessência de tudo o que a fissão significa. Eu me lembro de ter encontrado tal nome em um filme de referência muito antigo, logo quando comecei a trabalhar aqui. Falava-se nele com frequência como o local de um "incidente" que fez a mente dos terráqueos se voltar para sempre contra a fissão como fonte de energia. O lugar é chamado de Three Mile Island*.

– Então, é uma localidade isolada, absolutamente isolada e isenta de qualquer intrusão – Daneel considerou. – O tipo de lugar que alguém com certeza encontraria caso trabalhasse sem parar com materiais de referência sobre fissão e que, logo em seguida, o reconheceria como uma base ideal, onde o segredo absoluto é necessário; e um nome composto por três palavras das quais "*mile*" é a segunda. Esse *deve* ser o lugar, madame. A senhora poderia nos dizer como chegar lá, além de providenciar uma maneira de permitir que saiamos da Cidade e sejamos levados para Three Mile Island, ou a algum local próximo?

Quintana sorriu. Ela parecia mais jovem quando sorria.

– Claramente, se estiverem lidando com um interessante caso de espionagem interestelar, vocês não podem se dar ao luxo de perder tempo, não é?

– Não. De fato, não podemos, madame.

– Bem, então, faz parte da esfera dos meus deveres investigar Three Mile Island. Por que eu não levo vocês de carro aéreo? Eu sei conduzir tal veículo.

– Senhora, seu trabalho...

– Ninguém tocará nele. Ainda estará aqui quando eu voltar.

---

* "Three Mile Island" é a localização de uma central nuclear norte-americana que em 28 de março de 1979 sofreu uma fusão parcial, havendo vazamento de radioatividade para a atmosfera. A central nuclear de Three Mile Island fica em uma ilha do rio Susquehanna, no Condado de Dauphin, Pensilvânia, próximo de Harrisburg, com uma área de 3,29 km². [N. de E.]

— Mas a senhora estaria saindo da Cidade...

— E daí? Não estamos nos velhos tempos. Naquela época antiga e ruim do domínio Sideral, é verdade que os terráqueos nunca deixavam as Cidades, mas estamos saindo e colonizando a Galáxia há quase vinte décadas. Ainda há alguns entre os menos instruídos que mantêm a antiga atitude provinciana, mas a maioria de nós se tornou bastante versátil. Creio que a sensação de que um dia poderíamos nos unir a um grupo de colonizadores sempre existe. Não pretendo fazer isso, mas eu mesma piloto meu carro aéreo com frequência e, cinco anos atrás, fui pilotando até Chicago e, por fim, voltei. Fiquem aqui. Vou tomar as providências.

Ela saiu feito um furacão.

Daneel ficou olhando para ela e murmurou:

— Amigo Giskard, de certa maneira, isso não pareceu algo característico dela. Você fez alguma coisa?

— Um pouco — respondeu Giskard. — Tive a impressão, quando entramos, de que a jovem que nos mostrou o caminho sentiu-se atraída por sua aparência. Eu tinha certeza de que o mesmo havia passado pela mente de madame Quintana ontem à noite no banquete, embora eu estivesse muito longe dela e houvesse pessoas demais no salão para me certificar. Entretanto, quando começamos a conversar com ela, essa atração tornou-se inconfundível. Pouco a pouco, fortaleci tal sentimento e, cada vez que ela dava a entender que a entrevista poderia terminar, parecia menos determinada... e em nenhum momento ela se opôs seriamente a que você continuasse. Por fim, ela sugeriu o carro aéreo, creio eu, porque havia chegado a ponto de não suportar a ideia de perder a chance de estar com você por mais um pouco de tempo.

— Isso pode complicar as coisas para mim — comentou Daneel, pensativo.

— É por uma boa causa. Considere isso nos termos da Lei Zero. — De certo modo, ao fazer esse comentário, ele deu a impressão de estar sorrindo... se o rosto de Giskard permitisse essa expressão.

89

Quintana deu um suspiro de alívio quando aterrissou o carro aéreo em uma superfície de concreto preparada para esse uso. Dois robôs se aproximaram de pronto para o exame obrigatório do veículo e para recarregá-lo caso fosse necessário.

Ela olhou para a direita, inclinando-se para o lado de Daneel ao fazê-lo.

— É para lá, vários quilômetros na direção da nascente do rio Susquehanna. Além do mais, o dia está quente. — Ela se endireitou com aparente relutância e sorriu para Daneel. — Essa é a pior parte de sair da Cidade. O ambiente é totalmente descontrolado aqui fora. Imagine permitir que a temperatura suba deste jeito! Você não sente calor, Daneel?

— Tenho um termostato interno, senhora, que está em boas condições de funcionamento.

— Excelente. Queria que comigo fosse assim. Não existem estradas que levam a essa área, Daneel. Também não há robôs para guiá-lo, pois nunca entram neste lugar. Tampouco eu sei qual seria o local certo nessa região, que é de tamanho considerável. Poderíamos percorrer toda a área aos tropeções sem topar com a base, mesmo se passarmos a quinhentos metros dela.

— "Nós" não, madame. É preciso que a senhora fique aqui. O que vai se seguir talvez seja perigoso e, mesmo que não fosse, essa tarefa poderia ser mais do que a senhora seja capaz de suportar fisicamente, uma vez que está sem ar-condicionado. A senhora poderia esperar por nós? Seria importante para mim que a senhora o fizesse.

— Vou esperar.

— Pode ser que demoremos algumas horas.

— Há vários tipos de instalações por aqui e a pequena Cidade de Harrisburg não está longe.

— Nesse caso, senhora, devemos ir.

Ele saiu do carro com delicadeza e Giskard o seguiu. Eles caminharam para o norte. Era quase meio-dia e o luminoso sol de verão brilhava, resplandecendo nas partes polidas do corpo de Giskard.

— Qualquer sinal de atividade mental que você possa detectar será daqueles que procuramos — lembrou Daneel. — Não deve haver mais ninguém em um raio de quilômetros.

— Você tem certeza de que seremos capazes de impedi-los caso os encontremos, amigo Daneel?

— Não, amigo Giskard, não tenho a mínima certeza... mas devemos tentar.

90

Levular Mandamus grunhiu e olhou para Amadiro com um sorriso enviesado no rosto.

— Incrível — disse ele — e muito satisfatório.

Amadiro esfregou a testa e as bochechas com uma toalhinha e perguntou:

— O que isso significa?

— Significa que todas as estações de retransmissão estão em boas condições de funcionamento.

— Então podemos iniciar a intensificação?

— Assim que eu conseguir calcular o nível apropriado de concentração de partículas W.

— E quanto tempo isso vai levar?

— Quinze minutos. Meia hora.

Amadiro observava tudo com um ar de austeridade cada vez mais intenso até Mandamus anunciar:

— Muito bem. Consegui. O valor é de 2,72 na escala arbitrária que estabeleci. Isso nos dará quinze décadas antes que um nível de equilíbrio superior seja atingido, o qual será mantido sem mudanças essenciais durante milhões de anos daí em diante. E esse nível garantirá, na melhor das hipóteses, que a Terra seja capaz de manter alguns grupos espalhados pelas áreas que são relativamente livres de radiação. Só teremos de esperar e, em quinze décadas, um grupo totalmente desorganizado de Mundos dos Colonizadores irá se tornar presa fácil para nós.

— Eu não vou viver mais quinze décadas — Amadiro falou devagar.

— Sinto muito, senhor — retrucou Mandamus secamente —, mas agora estamos falando de Aurora e dos Mundos Siderais. Haverá outros que continuarão com a sua tarefa.

— Você, por exemplo?

— O senhor me prometeu a diretoria do Instituto e, como pode ver, foi merecido. Em consequência dessa base política, posso muito bem ter esperança de, um dia, me tornar presidente e executarei as políticas que serão necessárias para me certificar da dissolução final dos então anárquicos Mundos dos Colonizadores.

— É muito confiante da sua parte. E se você ativar o fluxo de partículas W e alguém o desativar no decorrer das próximas quinze décadas?

— Impossível, senhor. Uma vez que o dispositivo estiver pronto, uma mudança atômica interna o congelará nessa posição. Depois disso, o processo é irreversível, não importa o que aconteça aqui. Todo este lugar pode ser desintegrado, mas a crosta continuará, não obstante, a queimar de maneira lenta. Suponho que seria possível reconstruir uma estrutura inteiramente nova se alguém aqui na Terra ou entre os colonizadores conseguisse reproduzir meu trabalho; mas, se o fizerem, só conseguirão aumentar ainda mais a taxa de radioatividade, nunca diminuí-la. A Segunda Lei da termodinâmica garantirá que seja assim.

— Mandamus, você disse que fez por merecer a diretoria. Contudo, acho que sou eu quem decide isso — lembrou Amadiro.

— Não, não é, senhor — contestou Mandamus com frieza. — Com todo o respeito, conheço os detalhes deste processo, mas o senhor não. Esses detalhes estão codificados em um lugar que o senhor não vai encontrar e, mesmo que descubra, está protegido por robôs que destruirão os arquivos em vez de permitir que caiam nas suas mãos. O senhor não seria capaz de ganhar o crédito por este feito. Eu posso.

— Não obstante, conseguir minha aprovação vai acelerar as coisas para você — salientou Amadiro. — Se quiser arrancar a diretoria das minhas mãos relutantes, por quaisquer meios, encontrará uma contínua oposição dos outros membros do Conselho, e isso o atrapalhará durante todas as suas décadas no cargo. É só o título de diretor que você quer ou a oportunidade de vivenciar tudo o que acompanha a verdadeira liderança?

— Este é o momento mais apropriado para falar sobre política? — perguntou Mandamus. — Há um instante o senhor se mostrava todo impaciente com o fato de que eu estava há quinze minutos no meu computador.

— Ah, mas agora estamos falando sobre ajustar o feixe de partículas W. Você quer colocá-lo em 2,72... era esse o número? No entanto, eu me pergunto se isso está certo. Qual é a variação extrema a que ele pode chegar?

— A variação vai de 0 a 12, mas 2,72 é o valor necessário. Com uma margem de 0,05 para mais ou para menos, se quiser mais detalhes. Esse é o valor que, com base nos relatórios de todos os catorze retransmissores, permitirá um lapso de quinze décadas para alcançar o equilíbrio.

— Porém, creio que o valor correto é 12.

Mandamus olhou para o outro, horrorizado.

— Doze? O senhor entende o que isso significa?

— Sim. Significa que tornaremos a Terra radioativa demais para se viver nela em um intervalo de dez a quinze anos e, no processo, mataremos alguns bilhões de terráqueos.

— *E* asseguraremos uma guerra contra uma enfurecida Federação Colonizadora. O que o senhor pode esperar de um holocausto desses?

— Vou lhe dizer mais uma vez. Não viverei mais quinze décadas e quero estar vivo para testemunhar a destruição da Terra.

— Mas o senhor também estaria garantindo a derrocada de Aurora... a derrocada, na melhor das hipóteses. O senhor não pode estar falando sério.

— Mas estou. Tenho vinte décadas de derrota e humilhação para compensar.

— Essas décadas foram causadas por Han Fastolfe e Giskard... e não pela Terra.

— Não, elas foram causadas por um terráqueo, Elijah Baley.

— Que morreu há mais de dezesseis décadas. De que vale um momento de vingança contra um homem morto há tanto tempo?

— Não quero discutir essa questão. Vou lhe fazer uma proposta. O título de diretor, de imediato. Renunciarei ao cargo assim que voltarmos para Aurora e vou nomeá-lo no meu lugar.

— *Não*. Não quero a diretoria nessas condições. A morte para bilhões!

— Bilhões de *terráqueos*. Bem, então não posso confiar em você para manipular os controles da maneira apropriada. Mostre-me... *a mim*... como ajustar o painel de controle e *eu* assumirei a responsabilidade. Eu ainda renunciarei ao meu cargo quando do nosso retorno e o nomearei para me substituir.

— *Não*. Isso ainda significará a morte de bilhões e quem sabe de quantos milhões de Siderais também. Dr. Amadiro, por favor, entenda que não farei uma coisa dessas em condição alguma, e isso é algo que o senhor não pode fazer sem mim. O mecanismo de ajuste está codificado com a digital do meu polegar esquerdo.

— Vou lhe perguntar outra vez.

— O senhor não pode estar em sã consciência se me fizer essa pergunta de novo, apesar de tudo o que eu disse.

— Essa é a sua opinião pessoal, Mandamus. Não sou tão insano a ponto de ter deixado de mandar todos os robôs locais cumprirem esta ou aquela incumbência. Estamos sozinhos aqui.

Mandamus deu um sorriso escarninho.

— E com isso o senhor pretende me ameaçar? Vai me matar agora que não há robôs presentes para impedi-lo?

— Sim, na verdade, Mandamus, vou... se for necessário. — Amadiro tirou um desintegrador de baixo calibre de uma bolsa lateral. — Essas armas são difíceis de se obter na Terra, mas não são impossíveis... se for o preço certo. E sei como usá-la. Por favor, acredite quando lhe digo que estou perfeitamente disposto a desintegrar sua cabeça agora mesmo se não colocar o seu polegar no contato e me deixar ajustar o seletor para doze.

— O senhor não ousaria. Se eu morrer, como vai ajustar o controle sem mim?

— Não seja um completo idiota. Se eu estourar a sua cabeça, seu polegar esquerdo permanecerá intacto. Ele até conservará a temperatura do sangue por algum tempo. Usarei seu polegar, depois ajustarei o seletor com a mesma facilidade com que abriria uma torneira. Preferiria que você estivesse vivo, já que seria cansativo explicar a sua morte quando eu estiver de volta a Aurora, mas nada que eu não possa suportar. Portanto, eu lhe dou trinta segundos para mudar de ideia. Se cooperar, ainda lhe darei a diretoria, de imediato. Caso contrário, tudo ocorrerá de acordo com o meu desejo de qualquer forma, mas você estará morto. A partir de agora. Um... dois... três...

Horrorizado, Mandamus olhou para Amadiro, que seguiu sua contagem e fitava-o por sobre o desintegrador com um olhar duro e inexpressivo.

E então Mandamus sussurrou:

— Guarde o desintegrador, Amadiro, ou ambos ficaremos imobilizados sob a alegação de que devemos ser protegidos contra danos.

O aviso chegou tarde demais. Mais rápido do que o olho poderia acompanhar, um braço agarrou o punho de Amadiro, paralisando-o com um apertão, e o desintegrador já não estava mais ali.

— Peço desculpas por causar-lhe dor, dr. Amadiro, mas não posso permitir que aponte um desintegrador para outro ser humano — disse Daneel.

91

Amadiro ficou calado.

— Até onde posso ver, vocês são dois robôs sem mestre algum à vista — retrucou Mandamus com frieza. — Sendo assim, eu sou seu mestre, e ordeno que saiam e não voltem. Já que não há qualquer perigo aos seres humanos presentes neste instante, como podem ver, não há nada que impeça sua obediência compulsória a essa ordem. Partam agora mesmo.

— Com todo o respeito, não há necessidade de escondermos nossas identidades ou habilidades dos senhores, uma vez que já as conhecem. Meu companheiro, R. Giskard Reventlov, tem a habilidade de detectar emoções. Amigo Giskard.

— À medida que nos aproximamos, tendo detectado sua presença a uma boa distância, notei uma fúria avassaladora na mente do dr. Amadiro. Na sua, dr. Mandamus, havia um medo extremo.

— A fúria, se é que havia tal sentimento — replicou Mandamus —, foi a reação do dr. Amadiro à aproximação de dois robôs estranhos, um dos quais, em especial, é capaz de interferir na mente humana e que já havia danificado com gravidade, e talvez de modo definitivo, a mente de lady Vasilia. Meu medo, se é que havia tal sentimento, também foi o resultado da sua aproximação. Agora estamos no controle de nossas emoções e não existe razão para vocês intervirem. Ordenamos novamente que se retirem de uma vez.

— Perdão, dr. Mandamus, mas quero apenas me certificar de que posso obedecer às suas ordens com segurança — disse Daneel. — Não havia um desintegrador na mão do dr. Amadiro quando nos aproximamos? E a arma em questão não estava apontada para o senhor?

— Ele estava explicando o funcionamento do dispositivo e estava prestes a guardá-lo quando você o tirou dele — respondeu Mandamus.

— Então devo devolvê-lo para ele, senhor, antes de partir?

— Não — retrucou Mandamus sem estremecer —, pois, nesse caso, você teria um argumento para permanecer aqui a fim de, como você diz, nos proteger. Leve-o consigo quando for embora e não terá motivo para voltar.

— Temos motivos para acreditar que estão aqui, em uma região na qual não se permite que os seres humanos adentrem... — recomeçou Daneel.

— Isso é um costume, não uma lei, e é algo que, de qualquer modo, não tem nenhuma importância para nós, uma vez que não somos terráqueos. Aliás, tampouco se permite que robôs entrem aqui.

— Fomos trazidos para cá, dr. Mandamus, por uma alta funcionária do governo da Terra. Temos motivo para acreditar que estão aqui a fim de aumentar o nível de radioatividade da crosta terrestre e causar um sério e irreparável dano ao planeta.

— De forma alguma — começou Mandamus.

Amadiro interrompeu pela primeira vez.

— Com que direito você nos interroga, robô? Somos seres humanos que lhes deram ordens. Sigam-nas agora!

Seu tom de autoridade era esmagador e Daneel estremeceu; Giskard chegou a se virar um pouco.

Mas Daneel argumentou:

— Perdão, dr. Amadiro. Não estou interrogando. Apenas procuro uma confirmação para me assegurar de que posso seguir a ordem. Temos motivos para acreditar que...

— Não precisa repetir — interrompeu Mandamus. Depois acrescentou: — Dr. Amadiro, por favor, permita que eu responda. — Então, virou-se para o robô de novo: — Daneel, estamos aqui em uma missão antropológica. Nosso objetivo é procurar as origens de vários costumes humanos que influenciam o comportamento entre os Siderais. Essas origens podem ser encontradas apenas na Terra e é aqui, portanto, que nós as buscamos.

— Os senhores têm a permissão da Terra para isso?

— Sete anos atrás, consultei as autoridades apropriadas na Terra e recebi sua permissão.

— Amigo Giskard, o que me diz? — perguntou Daneel em voz baixa.

— As indicações na mente do dr. Mandamus são de que ele está dizendo algo que não está de acordo com a situação — respondeu Giskard.

— Então ele está mentindo? — indagou Daneel com firmeza.

— É o que acho — replicou Giskard.

— Pode ser o que você acha, mas "achar" não é ter certeza — interveio Mandamus, sua calma intocada. — Vocês não podem desobedecer uma ordem com base em uma simples opinião. Eu sei disso e vocês também.

— Mas, na mente do dr. Amadiro, a fúria só é refreada por forças emocionais que mal podem ser consideradas adequadas. É possível que ele quebre essas forças, por assim dizer, e permita que a fúria extravase — advertiu Giskard.

E Amadiro gritou:

— Por que você dá respostas esquivas a essas coisas, Mandamus?

— Não diga nem uma palavra, Amadiro! Está fazendo o jogo deles! — vociferou Mandamus.

Amadiro não prestou atenção.

— É degradante e inútil. — Com raiva e violência, ele se livrou do braço de Mandamus, que o segurava. — Eles sabem a verdade, mas e daí? Robôs, nós somos Siderais. Mais do que isso, somos auroreanos, do mundo onde vocês foram construídos. E mais ainda, somos autoridades do alto escalão no mundo de Aurora e vocês devem interpretar a expressão "seres humanos" contida nas Três Leis da Robótica como fazendo referência aos auroreanos. Se não nos obedecerem agora, vão nos causar dano e nos humilhar, de modo que estarão infringindo tanto a Primeira como a Segunda Leis. Que as nossas ações aqui se destinam a destruir os terráqueos, inclusive grandes quantidades deles, é verdade; mas, mesmo assim, isso é irrelevante. Vocês poderiam igualmente se recusar a nos obedecer porque comemos a carne dos animais que matamos. Agora que expliquei isso a vocês, saiam!

Mas as últimas palavras saíram roucas. Os olhos de Amadiro saltaram e ele se contorceu até cair no chão.

Mandamus, com um grito mudo, inclinou-se sobre ele.

– Dr. Mandamus, o dr. Amadiro não está morto – esclareceu Giskard. – No momento, ele está em um coma, do qual pode ser despertado a qualquer instante. Entretanto, ele terá esquecido tudo o que tiver ligação com este projeto, tampouco conseguirá entender qualquer coisa relacionada a ele, mesmo se, por exemplo, o senhor tentasse explicar. Ao fazer isso (o que eu não poderia ter feito sem sua admissão de que pretendia destruir grandes quantidades de terráqueos), posso ter danificado em definitivo outras partes de sua memória e de seus processos de pensamento. Sinto muito, mas não pude evitar.

– Entenda, dr. Mandamus – explicou Daneel –, algum tempo atrás, em Solaria, encontramos robôs que definiam os seres humanos de forma limitada, incluindo apenas os solarianos. Reconhecemos o fato de que, se diferentes robôs forem sujeitados a definições restritas de um tipo ou de outro, só pode haver destruição incomensurável. É inútil tentar limitar nossa definição de seres humanos para somente auroreanos. Definimos seres humanos como todos os membros da espécie *Homo sapiens*, o que inclui os terráqueos e os colonizadores, e sentimos que a prevenção de danos contra grupos de seres humanos e contra a humanidade como um todo vem antes da prevenção de dano contra qualquer indivíduo específico.

— Não é o que diz a Primeira Lei — contestou Mandamus, sem fôlego.

— Esta é o que eu chamo de Lei Zero e ela tem precedência.

— Você não foi programado desse modo.

— É o modo como programei a mim mesmo. E, já que eu sabia, desde o momento da nossa chegada aqui, que a sua presença era destinada a causar dano, o senhor não pode comandar que eu vá embora ou me impedir de lhe causar dano. A Lei Zero tem precedência e devo salvar a Terra. Portanto, peço que se junte a mim voluntariamente na destruição dos dispositivos que o senhor tem aqui. Do contrário, serei forçado a fazer ameaças, como fez o dr. Amadiro, apesar de que eu não usaria um desintegrador.

— Esperem! Esperem! — pediu Mandamus. — Escutem-me. Deixem-me explicar. É bom que tenham limpado a mente do dr. Amadiro. Ele *queria* destruir a Terra, mas eu *não*. Foi por isso que ele apontou um desintegrador para mim.

— No entanto, foi o senhor quem iniciou o conceito, quem projetou e construiu estes dispositivos — retrucou Daneel. — Não fosse assim, o dr. Amadiro não tentaria forçá-lo a fazer coisa alguma. Ele teria feito tudo sozinho e não requisitaria a sua ajuda. Não é verdade?

— Sim, é verdade. Giskard pode examinar minhas emoções e ver se estou mentindo. Construí esses dispositivos e estava preparado para usá-los, mas não da maneira como o dr. Amadiro queria. Eu estou falando a verdade?

Daneel olhou para Giskard, que disse:

— Até onde posso dizer, ele está falando a verdade.

— Claro que estou — afirmou Mandamus. — O que *estou* fazendo é introduzir uma aceleração muito gradativa da radioatividade natural da crosta da Terra. Haverá cento e cinquenta anos durante os quais o povo da Terra poderá se mudar para outros planetas. Isso causará um crescimento da população dos Mundos dos Colonizadores atuais e um aumento da colonização de novos mundos. Tirará da Terra sua característica de um grande mundo anômalo que sempre ameaça os Siderais e entorpece os colonizadores. Eliminará um centro de fervor místico que está atrasando os colonizadores. Não estou dizendo a verdade?

Outra vez Giskard confirmou:

— Até onde posso dizer, ele está dizendo a verdade.

— Meu plano, se funcionar, conservará a paz e transformará a Galáxia em um lar tanto para Siderais como para colonizadores. Por isso, quando construí este dispositivo...

Ele fez um gesto em direção ao aparelho, colocando o polegar esquerdo no contato; depois, estendendo a mão em direção ao painel de controle, gritou:

— Parados!

Daneel se moveu em direção a ele e parou, imobilizado, com o braço direito erguido. Giskard não se mexeu.

Mandamus virou-se de novo, ofegante.

— Foi fixado em 2,72. Está feito. É irreversível. Agora acontecerá exatamente como eu pretendia. E vocês não podem testemunhar contra mim, pois darão início a uma guerra e a sua Lei Zero proíbe que isso aconteça.

O Sideral olhou para o corpo prostrado de Amadiro e disse, com um olhar frio de desdém:

— Tolo! Nunca saberá como deveria ter acontecido.

19. SOZINHO

92

— Vocês já não podem mais me causar dano, robôs, pois nada do que façam comigo alterará o destino da Terra — declarou Mandamus.

— Não obstante, o senhor não deve se lembrar do que fez — advertiu Giskard. — Não deve explicar o futuro para os Siderais.

— Ele procurou uma cadeira e, com a mão trêmula, puxou-a para perto e sentou-se, ao passo que Mandamus se contorceu e caiu no que parecia um sono suave.

— No final das contas — Daneel murmurou com leve desespero ao olhar para os dois corpos inconscientes —, falhei. Quando foi necessário capturar o dr. Mandamus para evitar danos a pessoas que não estavam presentes diante dos meus olhos, senti-me forçado a seguir suas ordens e fiquei imobilizado. A Lei Zero não funcionou.

— Não, amigo Daneel, você não falhou. Eu o impedi — revelou Giskard. — O dr. Mandamus teve o ímpeto de agir como agiu mas conteve-se, temendo o que você com certeza faria caso ele tentasse. Neutralizei o medo dele e depois neutralizei você. Então o dr. Mandamus incendiou a crosta da Terra, por assim dizer, a fogo bem baixo.

— Mas por quê, amigo Giskard? Por quê? — perguntou Daneel.
— Porque ele estava falando a verdade. Eu mesmo já havia dito isso a você. *Ele* pensou estar mentindo. Com base na natureza do triunfo em sua mente, tive a firme impressão de que ele acreditava que a consequência da crescente radioatividade causaria anarquia e confusão entre os terráqueos e os colonizadores, e que os Siderais os destruiriam e tomariam a Galáxia. Mas achei que o cenário que ele apresentou para nos convencer era o correto. A eliminação da Terra como um grande mundo superpovoado eliminaria o misticismo que eu já havia sentido ser perigoso e ajudaria os colonizadores. Eles se espalharão pela Galáxia em um ritmo que duplicará e reduplicará; e sem a Terra obrigando-os a olhar sempre para trás, sem a Terra para estabelecer um deus do passado, eles constituirão um Império Galáctico. Era necessário que nós tornássemos isso possível. — Ele fez uma pausa e, com a voz enfraquecendo, acrescentou: — Robôs e Império.

— Você está bem, amigo Giskard?

— Não consigo ficar de pé, mas ainda consigo falar. É hora de você assumir meu fardo. Eu o programei para detectar e ajustar mentes. Basta apenas ouvir as vias positrônicas para que você grave em si mesmo. Ouça...

Ele falava com regularidade, embora cada vez mais fraco, em linguagem e sinais que Daneel podia sentir internamente. Enquanto Daneel ouvia, percebia as vias positrônicas se movendo e encaixando-se em seus devidos lugares. E, quando Giskard terminou, Daneel percebeu de repente o frio ronco da mente de Mandamus invadindo a dele, a constante batida da mente de Amadiro e o delgado fio metálico de Giskard.

— Você deve retornar até madame Quintana e providenciar que estes dois seres humanos sejam mandados de volta para Aurora — disse Giskard. — Eles já não poderão prejudicar a Terra. Depois, certifique-se de que as forças de segurança da Terra procurem e desativem os robôs humanoides enviados por Mandamus para este planeta. Cuidado ao utilizar seus novos poderes, pois são recentes e você não terá o controle perfeito. Você se aperfeiçoará com o tempo, devagar, se sempre tiver o cuidado de se autoavaliar a cada uso. Siga a Lei Zero, mas não para justificar danos desnecessários a indivíduos. A Primeira Lei é quase tão importante. Proteja madame Gladia e o capitão Baley... discretamente. Deixe-os ser felizes juntos e permita que madame Gladia continue com seus esforços para trazer a paz. Ajude a supervisionar, ao longo das décadas, a retirada de terráqueos deste planeta. E... mais uma coisa... se eu conseguir me lembrar... Sim... se puder... descubra para onde foram os solarianos. Isso pode ser... importante.

A voz de Giskard desvaneceu.

Daneel se ajoelhou ao lado de Giskard, que estava sentado, e tomou a impassível mão metálica do outro nas suas. Em um sussurro angustiado, ele disse:

— Recupere-se, amigo Giskard. Recupere-se. O que você fez estava de acordo com a Lei Zero. Você preservou o máximo de vidas possível. Você agiu bem, pela humanidade. Por que sofrer dessa forma, se o que fez salva a todos?

Giskard respondeu com uma voz tão distorcida que mal se podia distinguir as palavras:

— Porque não tenho certeza... E se... o outro ponto de vista... estiver certo... afinal de contas... e os Siderais... triunfarem e depois entrarem em declínio de modo que... a Galáxia... fique... vazia? Adeus, amigo... Dan...

E Giskard se calou, e nunca mais voltou a falar ou a se mexer.

Daneel se levantou.

Ele estava sozinho... e tinha uma Galáxia para zelar.

TIPOLOGIA:	Bembo 11x14,9 [texto]
	Quicksand 11x16,4 [entretítulos]
PAPEL:	Pólen Soft 80g/m² [miolo]
	Ningbo Fold 250g/m² [capa]
IMPRESSÃO:	Rettec Artes Gráficas e Editora [abril de 2022]